KB046014

목차

레네 오르소
클레어 프랑소와
레이 테일러
미샤 유르

커버, 본문 일러스트 하나가타

제 4 장

사랑의 천칭

"잠깐 당신. 저를 햇볕에 태울 작정이에요? 양산이 삐뚤어졌잖아요."

초여름의 저녁. 해가 기우는 시간이라고는 해도 아직 강하게 햇볕이 내리쬐는 현재, 바로 옆을 걷던 클레어 님이 불만스럽게 말했다. 지금은 학교기사단 일을 마치고 기숙사로 돌아가는 중이었다.

"아, 정말 죄송합니다, 클레어 님. 잠깐 클레어 님을 바라보며 눈보신을 하고 있었더니 손이 미끄러졌어요."

나는 허둥지둥 양산 위치를 바로잡았다. 클레어 님의 백옥 같은 피부에 기미라도 생겼다간 큰일이다. 이 세계에는 피부용 비타민제도 없으니까 말이지.

"그 눈보신이라는 게 뭔지는 잘 모르겠지만 일은 똑바로 해주실 수 없을까요."

"정말 죄송합니다."

"……흥."

삐친 듯이 고개를 획 돌리는 클레어 님. 넵. 뾰로통한 얼굴도 엄청 사랑스럽습니다.

그나저나 평소라면 여기서 한 마디 더 잔소리가 날아와도 이상하지 않았을 텐데 최근의 클레어 님은 조금 기운이 없다. 역시 오랫동안 옆에서 시중을 들어주었던 레네가 떠나버린 일이 클레어 님의 마음에 그늘을 드리우고 있었다. 나로서는 클레어 님이 어서 기운을 차릴 수 있도록 도와드리고 싶지만, 구체적으로 어떻게 해야 기운을 북돋을 수 있을지는 아직 궁리하는 중이다.

"클레어 님."
"뭔가요?"
"학교가 끝나면 뭔가 달콤한 음식이라도 만들어드릴까요?"
"갑자기 뭔가요. 딱히 필요 없어요."
"클레어 님이 가장 좋아하시는 크렘 브륄레인데요?"
"……그건 레네에게 선물한 레시피였죠."
잠긴 목소리로 말하는 클레어 님. 내가 이런 실수를. 격려해드리려고 했는데 오히려 지뢰를 밟고 말았다. 이래선 안 되겠어.
"클레어 님."
"뭔가요."
"기운 내서 씩씩하게 가보죠."
"저는 아무런 문제 없다고요."
클레어 님은 그렇게 말하고서 다시 삐친 듯이 고개를 휙 돌렸지만 허세를 부리는 게 명백했다. 이걸 어찌해야 하나 하고 고민해봤지만 별다른 명안이 떠오르지 않았다.
"클레어 님."
"뭔가요."
"안아드려도 괜찮을까요?"
"하아?!"
어이쿠, 저질렀다. 아무리 해도 뾰족한 생각이 떠오르지 않다 보니 그냥 단순한 욕망이 입 밖으로 흘러나오고 말았다.
"괜찮을 리가 없잖아요. 세상에 주인한테 포옹을 요청하는 메이드가 어디 있나요."

"어? 여기에 있잖아요?"

"그러니까, 대체 무슨 소릴 하는 거냐는 표정 하지 말아줄래요?!"

하지만 불행 중에 다행이라고 해야 할지, 뿌루퉁하게 화를 내는 클레어 님은 확실히 조금 전보다는 조금 기운을 차린 것처럼 보였다.

좋아. 지금 흐름이라면 말할 수 있어.

"클레어 님."

"뭔가요…… 아니, 지금 이 패턴만 벌써 세 번째잖아요."

"좋아합니다."

"아, 그래요, 네. 저는 싫어해요."

그냥 건성으로 넘겨지고 말았다.

"이거 참 이상하네요. 지금 이 흐름대로라면 가능할 거라고 생각했는데."

"대체 뭘 어떻게 하면 그런 발상이 되는 건가요?! 애초에 가능할 거라는 게 뭐예요! 뭐가 가능하다는 거예요!"

"네? 그걸 제 입으로 말하라고요? 싫다아, 클레어 님. 엉큼하셔라."

"당신이 꺼낸 말이잖아요?!"

응응. 드디어 평소의 페이스가 돌아왔다.

이런 식으로 클레어 님에게 질책과 격려를(?) 보내고 있자니 별 탈 없이 기숙사에 도착했다. 아니 물론 저번 평민 운동 같은 사건이 매번 일어나면 버틸 수 없겠지만.

함께 클레어 님 방에 도착해서 문을 열고 들어갔다. 짐들을 다 풀고 정리까지 마치고 나자, 나는 그제야 문에 붙어있는 우편함에 뭔가 들어있다는 걸 깨달았다. 우편물의 확인과 선별도 메이드의 일이다.

봉랍된 문장은 본 기억이 있었다. 물론, 저 문장을 직접 보는 건 처음이지만 〈Revolution〉마니아인 나는 편지의 발신인뿐만 아니라 무슨 내용인지도 짐작이 갔다.

그 사람, 이…… 온다.

"클레어 님, 편지가 와 있습니다."

"누가 보낸 거죠?"

"마나리아 스스 님이에요."

"! 언니한테서?!"

클레어 님은 재빠른 걸음으로 내 곁으로 오더니 마치 빼앗듯이 강한 기세로 봉투를 낚아채고 발신인을 확인했다.

"봉투를 열어줘요."

"알겠습니다."

다시 받아든 봉투를 은으로 된 페이퍼 나이프로 깔끔하게 개봉한다. 안에는 한 장의 편지가 들어있었다. 개봉한 채로 클레어 님께 건네 드렸다.

"……."

꽤나 기뻐 보이는 모습으로 편지를 읽는 클레어 님. '언니'라는 호칭을 보면 짐작이 가겠지만, 클레어 님은 편지의 발신인인 마나리아 님이라는 분을 몹시 사모한다.

마나리아 님이 어떤 분인지에 대해선 조만간 본인과 만나게 될 게 틀림없기 때문에, 그때가 되면 자연스럽게 알게 될 거라고 생각한다.

“클레어 님, 이제 식당으로 가셔야 해요.”

“먼저 가 있도록 하세요. 저는 이 편지를 다 읽고서 가겠어요.”

“그러시다면 저도 기다리겠습니다.”

“…….”

클레어 님은 편지에 몰두해서 읽고 있었다. 마치 사랑하는 연인에게서 온 러브레터라도 읽는 것 같았다. 나는 가슴 깊은 곳에서부터 올라오는 어떤 어두운 감정이 머릿속에서 고개를 드는 것을 느끼고 있었다.

“언니가…… 학교로 오고 계신다고 하네요.”

이윽고 다 읽은 건가. 클레어 님은 상기된 목소리로 그렇게 중얼거렸다. 마냥 입 다물고 있는 것도 부자연스러우니까 나도 화답했다.

“언니라는 분은 그 마나리아 님을 말씀하시는 건가요?”

“맞아요. 스스 왕국의 제1왕녀님이에요. 제가 동경하는 여성이에요.”

“허어.”

“바우어 왕국으로 유학을 오게 돼서 왕립학교로 온다는 모양이에요. 편지는 연락이 늦어진 데에 대한 사과가 적혀 있고요.”

“헤에, 그렇습니까.”

“지금 뭔가 국어책 읽기라고 해야 하나, 불만스러운 목소리로 말하지 않았나요?”

“기분 탓입니다. 클레어 님.”

클레어 님의 행복이 내가 바라는 소원 1순위다. 클레어 님이 어떤 분에게 연정을 품든지 딱히 상관없다—, 고 머리로는 생각해도 내심으론 역시 태연하게 있을 수 없는지라.

“슬슬 식당으로 가죠. 클레어 님.”

“그렇네요. 아아 하지만 너무 가슴이 벅차서 밥이 넘어가지 않을지도 모르겠어요.”

“아 그러세요. 빨리 가죠.”

“당신. 역시 뭔가 불만스러워 보이는데요?”

“아~니요? 따악~히?”

절대로 아무렇지도 않거든—요. 흥.

“혹시 질투하는 건가요?”

“네.”

“즉답?!”

그치마안.

“전 클레어 님을 사모하고 있다고 말씀드렸잖아요.”

“슬슬 그 농담도 질리기 시작한 참이라고요?”

“어떻게 하면 진심이라고 믿어주실 건가요?”

“어떻게 해도 무리예요……. 아, 하지만——.”

클레어 님은 거기서 한번 말을 끊고는 의미심장하게 웃으며,

“플로스의 꽃을 천칭에 올려 줄래요? 그때 당신의 마음이 진실인지 밝혀지겠죠.”

클레어 님 답지 않은 소녀틱한 말투로 마치 노래하듯이 말했다.

"아모르의 시인가요."

"어라, 알고 있었군요."

아모르의 시라는 건 바우어 왕국에 옛날부터 전해 내려오는 전설을 말한다. 전설의 내용은 이렇다.

어떤 키가 큰 남성과, 키가 작은 남성이 한 사람의 무녀를 사랑했다. 두 남자는 둘 다 왕국의 유력자로, 서로가 자신이 더 그녀를 사랑하고 있다고 다퉜다. 두 남자가 무녀에 대한 사랑에 정신이 팔렸던 동안 나라는 점점 어지러워졌다. 무녀는 두 남자가 다툼을 그만두도록 신에게 기도했더니 신은 하나의 천칭을 내려주며 이렇게 말했다.

"천칭에 공물을 올려라. 천칭이 가리키는 자가 너의 남편이 될 자다."

신이 내려준 천칭의 판결에 의해 키가 작은 남자가 무녀와 결혼하고, 실연당한 키가 큰 남자는 뛰어난 왕이 되었다고 한다.

클레어 님이 노래하듯이 읊은 대사는 무녀가 신의 천칭을 가리키면서 남자들한테 말한 대사다.

"클레어 님도 그런 이야기를 좋아하시나요?"

"딱히 싫어하지는 않는데요? 로맨틱하잖아요."

마나리님이 이제 곧 도착한다는 낭보를 들은 여운 탓인지 클레어 님은 어딘지 모르게 들떠있는 목소리로 말했다.

"저도 사랑 이야기는 싫어하지 않지만 아모르의 시는 그다지 좋아하지 않네요."

"어머, 어째서인가요?"

고개를 갸웃거리는 클레어 님. 귀엽구나.

"그도 그럴 게 무녀가 처음부터 이 사람이다, 하고 선택하면 되는 거잖아요. 그걸 못해서 남자들을 서로 다투게 하다니 악녀예요, 악녀."

"그건 틀렸어요."

뭘 모르는군, 이라고 말하고 싶어 하는 표정으로 클레어 님이 말을 이었다.

"무녀는 분명 선택할 수 없었던 거예요. 진정으로 사랑에 빠지게 되면 누구를 얼마나 더 좋아한다고 그렇게 간단히 딱 잘라 구분할 수는 없을 거예요."

꿈 많은 소녀 같은 대사였다.

"자기 자신도 누구를 얼마만큼 더 좋아하는지 알 수 없어. 그럴 수만 있다면 누가 좀 가르쳐줬으면 좋겠어. 이 시에는 사랑을 하는 사람의 그런 절실한 마음이 담겨 있는 게 틀림없어요."

클레어 님이 갑자기 시인으로 변해버렸다. 아니 뭐, 클레어 님은 원래부터 시학 쪽에도 일가견이 있기는 했지만.

"클레어 님."

"뭔가요…… 아니, 지금 이거 오늘만 벌써 몇 번째 하는 대화인가요."

진저리치는 듯이, 하지만 그러면서도 하나하나 성실히 반응해 주시는 클레어 님에게 나는――.

"배가 고파졌습니다."

하고 기탄없는 감상을 전했다.

"당 · 신 · 이 · 란 · 사 · 람 · 은──……!"

클레어 님은 순간 펄펄 끓는 주전자마냥 얼굴이 빨갛게 달아올랐지만, 금방 추욱 어깨를 늘어뜨렸다.

"뭐, 당신같이 사랑이라는 마음을 농담거리로 삼는 사람은 이해 못 할 섬세한 감정이겠죠."

클레어 님은 그 말만 남기고서 문을 열고 나가버렸다.

"농담으로 하는 소리가 아닌데 말이지──."

나는 그 뒤를 쫓으며 조용히 혼잣말을 했다.

오늘도 내 마음은 클레어 님에게 닿지 않는다.

"처음 뵙겠습니다. 마나리아 스스입니다. 모두들 잘 부탁해."

그렇게 말하면서 마나리아 님은 상쾌하게 웃었다. 별난 부분에서 일본의 학교와 닮은 점이 많은 이 왕립학교에서는 수업 시작 전에 하는 홈룸 시간이 있다. 유학생으로 학교에 편입한 마나리아 님은 마치 일본 학교처럼 교실 앞에 나와서 자기소개를 하게 됐다. 처음의 저 말이 바로 마나리아 님의 자기소개였다.

백금발을 짧게 다듬고 보이시한 그녀의 용모는, 교실에 있는 남성들뿐만 아니라 여성들의 시선까지도 한 몸에 사로잡았다. 내 옆에 앉아 있는 클레어 님은 어째서인지 몹시 뽐내는 표정으로 코를 벌름거리고 있었다.

"알고 계시는 분들도 많겠지만 마나리아 님은 스스 왕국의 제1왕녀이십니다. 모두들 실례가 없도록——."

"트레드 선생님. 그런 배려는 괜찮습니다."

마나리아 님은 트레드 선생님의 말을 가로막았다.

"스스 왕국이라면 모를까, 이 나라에는 한 명의 학생으로서 왔습니다. 평범하게 대해주셔도 괜찮으니까요. 여러분들도 부디 저와 친구로서 사이좋게 지내주세요."

마치 연극이라도 하듯, 가슴에 손을 얹고서 허리를 굽히는 자세로 마나리아 님은 고개 숙여 인사했다. 그리고 다시 고개를 들고서 또 한 번 상쾌하게 웃었다. 나는 마나리아 님 주변에 순정만화같이 꽃무늬 디자인 배경효과가 둥둥 떠 있는 것처럼 보였다.

"역시 언니세요."

아니나 다를까, 클레어 님은 황홀한 듯이 바라보고 있었다.

"마나리아 님, 그렇게 말씀하셔도 한 나라의 제1왕녀를 그렇게 대할 수는 없습니다."

트레드 선생님은 난감한 표정이었다. 트레드 선생님은 작위를 가지고 있기는 해도 평민 출신이기 때문에 왕족을 상대로 예를 갖추지 말라는 말에 곤혹스러움을 감출 수 없는 모양이었다. 귀족이라기보단 연구원에 가까운 선생님조차도 이럴 정도니 이 학교 학생의 대다수를 차지하는 귀족 태생 자녀들로선 더욱 더 무리겠지.

"제1왕녀라고는 해도 그저 이름뿐입니다. 저는 후계자 다툼에

휘말려서 내쫓긴 신세나 다름없는 몸이니까요."

마나리아 님이 웃는 얼굴인 채로 아무렇지도 않게 말했기 때문에 트레드 선생님을 비롯한 많은 학생들이 그 의미를 이해하기까지는 시간이 걸렸다.

"유학이라는 건 명분입니다. 저는 실질적으로 국외추방을 당한 거지요."

마나리아 님이 그렇게 딱 잘라서 정리해 버리자 교실 안이 술렁였다. 옆에 있는 클레어 님도 필시 동요하고 있을 거라고 생각했는데, 클레어 님은 의외로 그다지 쇼크를 받은 모습이 아니었다.

"알고 계셨던 건가요?"

"네에. 정말 화가 치미는 사실이지만요."

클레어 님의 말에 의하면 마나리아 님과는 편지로 빈번하게 연락을 주고받고 있었던 모양이라, 유학이라는 이름을 빌린 국외추방이라는 것도 이미 전해 들었다고 한다. 마나리아 님을 사모하고 있는 클레어 님에게 있어서 그건 용납하지 못할 폭거였다고 한다.

"그런 사정이 있으니 저는 이제 더 이상 왕녀가 아닙니다. 여러분, 부디 여러분들과 대등한 상대로서 잘 부탁드립니다."

마나리아 님에게서 비장한 마음은 털끝만큼도 느껴지지 않았다. 진심으로 즐거운 듯이 생긋생긋 웃고 있었다. 우리까지도 왠지 덩달아 기분이 좋아지는 것 같은 그런 매력으로 넘쳐나는 웃음이었다.

"어, 어흠. 마나리아 님에 대한 대우는 차차 생각해보는 걸로 하고, 일단 오늘은 평범하게 강의를 받아주십시오."

그렇게 말하고서 트레드 선생님은 마나리아 님한테 자리에 앉도록 했다.

"알겠습니다. 트레드 선생님."

시원스러운 대답과 함께 마나리아 님은 우리 쪽으로 다가왔다. 그리고서 클레어 님을 중심으로 내가 앉아 있는 자리와는 반대인, 클레어 님 왼쪽 옆자리에 앉았다.

"여어, 클레어. 오랜만이야."

"정말 오랜만에 봬요, 언니. 건강해 보이셔서 다행이에요."

친근한 웃음과 함께 말을 걸어오는 마나리아 님을 향해 클레어 님도 미소지으며 대답했다.

"언니 같은 분을 제쳐놓고 그런 우둔한 자를 후계자로 삼다니 스스 국왕도 뭘 모르네요."

"아하하. 너무 그러지 마. 어차피 나는 첩의 자식이니."

"하지만——."

"나는 말이지, 성가시기 그지없는 집안 소동에서 멀어질 수 있어서 오히려 속이 시원할 정도야. 이걸로 나는 자유야."

클레어 님은 한마디 더 보태려고 했지만 마나리아 님은 독기 한 점 없는 웃음으로 뒷말을 잠재웠다. 그건 분명, 마나리아 님의 말이 거짓 없는 본심이기 때문이겠지.

"알겠어요. 언니가 그렇게 말씀하신다면 저도 더 이상 아무 말도 하지 않을게요."

"고마워. 그건 그렇고 저쪽은?"

마나리아 님의 갈색 눈동자가 나를 흥미 깊게 바라보고 있었다.

"제 메이드예요. 당신, 자기소개를 하도록 하세요."

"레이 테일러라고 합니다. 사랑하는 클레어 님의 노예입니다. 부디 잘 부탁드립니다."

"헤에, 노예……."

내 농담을 듣자, 마나리아 님은 어째선지 감탄한 듯이 웃었다.

"잠깐만요 당신, 언니한테 지금 무슨 이상한 소리를 불어넣고 있는 건가요?! 그냥 메이드라고요, 메이드!"

클레어 님이 당황하면서 황급히 수정했다. 나는 불만이다.

"들어본 적 없는 이름이네. 바우어 왕국이 아닌 다른 나라의 귀족이려나?"

"아니요, 이 자는 평민이에요. 전통과 격식 있는 이 학교를 더럽히고 있어요. 언니가 모르시는 것도 무리는 아니에요."

"헤에, 평민인데 이 학교에 들어오다니 분명 우수한 능력을 가진 거겠지."

굉장한 기세로 나를 공격하는 클레어 님과는 대조적으로 마나리아 님은 호의적인 태도였다. 그게 또 마음에 들지 않았는지 클레어 님이 말을 이었다.

"우수하다고는 해도 언니와 비교할 정도는 아니에요. 잘됐네요, 당신. 2속성 보유자(듀얼 캐스터)라고 너무 잘난 척하지 않는 게 좋을 거예요. 언니는 전 세계에서 유일한 4속성 보유자(쿼드 캐스터)니까요."

마치 자기 일인 것처럼 자랑스럽게 말하는 클레어 님. 귀여워.

클레어 님의 말은 사실이다. 이전에 트레드 선생님이 왕국에서 확인된 유일한 3속성 보유자(트라이 캐스터)라는 말은 했었을 테지만, 마나리아 님은 이 세계에서 유일하게 확인된 4속성 보유자(쿼드 캐스터)인 것이다. 거기다가 트레드 선생님은 보유 속성은 많아도 적성은 낮은데 비해서 마나리아 님은 전 속성이 높음 적성 이상을 가진 정말 엄청난 사람이다. 클레어 님이 말했듯이 나 같은 건 발끝에도 미치지 못한다.

"태어나기 전부터 결정된 요소를 가지고 뽐낼 생각은 없는데. 편리하기는 하지만."

"무슨 말씀을 하시는 건가요. 언니는 신에게 축복받은 존재인 거예요."

혼잣말처럼 말하는 마나리아 님의 말을 클레어 님이 바로잡았다. 아무래도 좋지만 클레어 님은 마나리아 님을 너무 좋아한다.

"마나리아 님, 클레어 님. 죄송하지만 지금은 아직 전달사항을 전하는 도중입니다. 옛정을 나누는 건 나중에 해주셨으면 합니다."

트레드 선생님이 정말로 면목 없다는 듯이 말했다.

"엇차. 이거 실례했습니다, 트레드 선생님."

"실례했어요."

두 사람은 솔직하게 사과하면서 대화를 접었다.

"자—, 그러면 이번 달 말에 예정된 아모르의 제사에 대해서……."

트레드 선생님이 이야기를 계속했다. 연령 탓에 약간 쉬어있는 그 목소리를 귀에 담고 있자니.

『저기 레이. 잠깐 괜찮을까?』

머릿속으로 울리는 목소리가 있었다.

『아, 갑자기 미안해. 마법으로 너의 마음속에 직접 말을 걸고 있어. 딱히 마음속을 엿보거나 하는 건 불가능하니까 안심해도 돼.』

그 목소리의 주인은 마나리아 님이었다.

『알고 있습니다.』

『아, 염화로 말하는 법 알고 있었구나?』

『마나리아 님이 채널을 연결해 주신 덕분에 저는 그걸 이용할 뿐입니다만…….』

염화는 풍속성 마법중 하나로, 소위 말하는 텔레파시 같은 마법이다.

적성이 높은 술자가 채널을 확립해 준다면, 적성이 낮은 자도 거기에 편승할 수 있다.

『그래서 어쩐 일로?』

『응. 너에 대해서 알고 싶어서.』

결국 온 건가, 하고 생각했다.

마나리아 님은 〈Revolution〉에도 당연히 등장한다. 그녀는 게임 내에서 미샤와 함께 몇 안 되는 주인공의 아군이다. 마나리아 님은 클레어 님을 마음껏 다룰 수 있다는 특기를 가진 몹시 귀한 캐릭터인 것이다.

마나리아 님은 클레어 님의 먼 친척으로, 클레어 님은 어릴 적에 마나리아 님의 집에 맡겨진 적이 있었다. 클레어 님의 어머님이 돌아가신 직후의 일이었다. 마나리아 님과 친자매처럼 함께 자랐던 클레어 님은 마나리아 님을 사모함과 동시에 마나리아 님 앞에서는 고개를 들지 못한다. 그렇기 때문에 게임 내에서 주인공의 아군이 되는 마나리아 님은 클레어 님을 막는 방파제가 되어주는 것이다. 그녀와의 친밀도를 높여서 클레어 님을 붙잡아 두도록 부탁한 다음 그사이에 왕자님들과 밀회를 거듭하는 것. 그게 〈Revolution〉에서 중반 이후의 테크닉 중 하나다.

하지만――.

『저따위 그저 별거 없는 평민이에요. 마나리아 님이 굳이 마음에 두실만한 점은 아무것도.』

나는 쌀쌀맞게 대답했다. 왕자님들을 공략할 마음은 털끝만큼도 없는데다 오히려 클레어 님과의 밀회를 즐기고 있는 나로서는 마나리아 님의 존재가 그렇게 중요하진 않다. 오히려 클레어 님의 호감도 1순위를 차지하고 있는 그녀를 향해 질투마저 느끼고 있다. 아니 그냥 나에겐 적이다.

『음――, 그 반응 신선해. 더욱더 흥미가 생기기 시작했어.』

곁눈질로 마나리아 님을 바라보니 짓궂은 웃음을 지으면서 실실거리고 있었다.

"……귀찮은 사람이 와버렸네."

이건 염화가 아닌 내 혼잣말이었다.

마나리아 님이 학교에 녹아드는 건 순식간이었다.

"하하. 클레어는 하나도 변한 게 없구나."

"언니야말로 조금도 달라지시지 않아서 안심했어요."

그런 대화를 나누며 차를 마시고 있는 건, 마나리아 님과 나의 사랑하는 클레어 님.

"마나리아 님 저랑도 함께 대화해 주세요."

"치사해요 피피 님. 저도 마나리아 님과 얘기하고 싶단 말이에요."

오늘은 클레어 님과 그 추종자들의 모임에 마나리아 님도 함께하고 있었다. 마나리아 님은 눈 깜짝할 사이에 추종자들의 마음을 사로잡아 버렸다. 클레어 님은 그걸 마음에 들지 않는다는 표정으로 바라볼 줄 알았더니 마나리아 님은 예외에 속하는 모양이었다.

"후후, 피피도 로렛타도 고마워. 나랑 사이좋게 지내줘서 기쁜걸."

꺄악, 거리며 소란스럽게 떠드는 추종자들에게도 친근하게 미소를 뿌려주는 고도의 사교능력은 역시나 왕녀라고 해야 할까. 어디 사는 누군가처럼 무거운 사랑으로 추종자들을 질겁하게 만든 것과는 완전 다르다. 그게 누구냐고? 나야 나.

"방금 전의 시학 수업에서 마나리아 님이 읊으신 시의 마지막 부분 말인데요, 어째서 정석적으로 '이 시를 당신에게 바친다'가 아니라 '이 시를 당신에게 보낸다'로 하신 건가요?"

"그건 고전 시가의 방법이야. 고대의 시인인 아이네의 시에 있는 한 구절을 응용해 봤거든."

그렇게 말하면서 마나리아 님은 아이네의 시를 읊어 보았다.

"아이네는 나도 좋아해요. 특히 〈시집〉에 있는 아모르의 시를 기리는 시는 가슴이 아파올 정도예요."

"아아, '천칭을 기울여줘' 말이지. 나는 아모르의 시를 기리는 시 중에선, 게레도 좋아하지."

과연 왕족이다. 교양의 깊이가 보통이 아니다. 게임 지식 덕분에 나도 이야기를 이해할 수는 있어도 대화에 적극적으로 낄 정도로 생생하게 이야기할 자신은 없으므로, 시중을 드는 데 전념했다.

마나리아 님은 예의 작법에도 도저히 흠잡을 데가 없다. 아무렇지도 않게 컵을 기울이는 모습 하나만 가지고도 그 세련됨 몸가짐이 옆에 있는 추종자들과는 격이 다르다. 비교 대상으로 삼아도 꿀리지 않는 사람은 클레어 님 정도다. 왕족과 견주어도 전혀 지지 않는 클레어 님도 역시 대단하지만.

"레이도 같이 동석하면 어때? 함께 차 한잔하자고."

"어머, 언니, 레이는 메이드라고요? 함께 차를 마신다니 말도 안 돼요."

클레어 님이 남을 흉보는 동네 사모님 같은 말투로 나를 따돌리려고 한다. 응. 언제나 일관된 태도라 좋네. 사랑합니다.

하지만——.

"자, 클레어 그런 말 하지 말고. 나는 그녀한테 흥미가 있단다."

마나리아 님이 그렇게 말하자 클레어 님을 포함한 일동 전원이 마음에 들지 않는다는 표정이다.

"언니. 평민 따위를 어째서……."

"신분 같은 건 아무래도 좋아. 나는 그녀에 대해 알고 싶단다. 레이, 이리 오렴."

불만스러워 보이는 클레어 님을 다독이면서 마나리아 님은 나에게 손짓했다.

"아니요. 클레어 님의 말씀대로입니다. 저는 사양하겠습니다."

"어머나! 마나리아 님의 권유를 거절하다니, 이 무슨 무례한!"

"조금 우수하다고 해서 우쭐해져서는 이 평민이."

내가 거절하자 추종자들이 다 같이 입을 모아 나를 매도했다.

"레이는 그렇게나 뛰어난 거니?"

"아니요, 마나리아 님과 비교한다면——."

"아아, 우수하다고."

추종자들의 아부의 말을 중간에 끊은 사람은 로드 님이었다.

"이야~ 로드 님 아니십니까. 오랜만이네요."

"오랜만이구나, 마나리아."

로드 님은 여자들만 잔뜩 있는 자리인데도 조금도 신경 쓰는 기색 없이 자연스럽게 다과회에 끼어들었다.

"그래서, 레이의 우수함은 어느 정도인가요?"

"나보다 뛰어날지언정 절대 뒤처지지 않을 정도야. 예법은 평범한 수준이지만 그 외 부분에선 웬만한 귀족으론 도저히 그녀를 이길 수 없지. 특히 마법은 굉장하다고. 그 끝을 알 수 없어."

시종한테서 찻잔을 받아 들며 로드 님은 어째선지 기쁜 듯이 말했다. 마나리아 님은 왕족인지라 국가는 다르다곤 해도 같은 왕족인 로드 님과도 친분이 있다. 클레어 님같이 혈연관계가 있는 건 아니고 외교상의 친분이긴 하지만.

"헤에, 그거 한번 붙어보고 싶군요."

"나도 같은 마음이지만 이 녀석은 클레어에게 푹 빠져 있어서 말이야. 어지간해선 상대를 해주지 않아. 같이 체스를 둔 적이 있는데 완전히 농락당하고 말았어."

"왕족이신 로드 님을 거들떠보지도 않는다니, 이거 점점 더 재미있어."

"그치?"

그렇게 말하면서 두 사람은 서로 마주 본 채 껄껄대며 웃었다. 이 두 사람은 성별은 다르지만 성격은 어딘지 닮았다. 특히 나한테 흥미를 나타내는 방식이.

"뭐, 나는 마나리아한테도 흥미가 있는데. 소문으로만 듣던 4속성 보유자(쿼드 캐스터)가 어떤지 시험해 보고 싶어."

"후후, 저도 로드 님의 화염의 군세는 한 번쯤 견식해 보고 싶다고 생각했습니다."

그런 대화를 나누는 두 사람 사이에서는 벌써부터 불꽃이 튀어 오르는 것처럼 보였다.

"어때, 마나리아. 대련이라도 하지 않겠나?"

"저는 상관없습니다."

로드 님의 도발적인 말에 마나리아 님은 조금의 주저도 없이 승낙했다. 로드 님의 마법 솜씨는 국내외를 가리지 않고 널리 알려져 있을 정도로 유명하다. 그런 로드 님과 붙어보려고 하는 만큼 마나리아 님도 당연히 강하다.

"좋아, 운동장으로 이동하자고."

그렇게 해서 다과회는 여기서 끝나게 되었고, 갑자기 로드 님 vs 마나리아 님의 마법 대결이 결정됐다. 학교기사단의 입단시험에서도 사용했던 마법 위력 감소의 마도구가 있는 장소로 이동한 후 우리들은 로드 님과 마나리아 님, 두 사람의 대결을 지켜보았다.

"손대중은 필요 없는 거 알지?"

"말씀대로."

"자 그럼…… 4속성 보유자(쿼드 캐스터)의 실력, 한번 보도록 할까!"

그 말을 신호 삼아서 로드 님의 주변에 무수한 화염 병사——미니언즈가 나타났다.

"헤에, 이거 굉장한걸."

평범한 사람이라면 보기만 해도 오줌을 지릴 것 같은 광경이었지만 마나리아 님은 흥미롭다는 듯이 웃을 뿐이었다. 여유만만이다.

"가라."

딱히 마나리아 님의 여유로운 태도가 마음에 들지 않아서 그런 건 아니겠지만 로드 님은 무자비한 공격명령을 내렸다. 미니언즈가 마나리아 님을 향해 쇄도한다.

"흠. 그렇다면 일단은 정석대로."

마나리아 님이 딱, 하고 손가락을 튕기자 무수히 많은 얼음의 화살이 나타나서 미니언즈를 공격했다. 얼음 화살과 미니언즈가 서로 상쇄되면서 소멸한다.

"아직 멀었다."

로드 님은 곧바로 미니언즈를 추가로 소환해서 공격했다. 미샤를 상대로 싸웠을 때와 똑같은 흐름이다. 이대로 마나리아 님이 방어전으로 돌입한다면 미니언즈를 막아내도 산소결핍에 처할 위험성이 있다.

"흠…… 이대론 끝이 없네. 이쪽도 공격해 보도록 할까."

그렇게 말하며 마나리아 님은 다시 손가락을 튕겼다. 그와 동시에 주변 일대에 냉기가 퍼져나갔다. 뭔지 보니, 얼음의 미니언즈라고 부를 수 있을 만한 얼음 병사가 마나리아 님의 주변에 나타나고 있다.

"나와 한판 승부를 벌이자는 건가?"

"싫으신가요?"

"싫지는 않지만 조금 마음에 들지 않는군. 뭐, 어디까지 버틸지 시험해 보도록 할까."

화염과 얼음. 두 가지 군세가 격돌한다.

"어떻게 되는 걸까요……?"

클레어 님이 전전긍긍하면서 두 사람의 싸움을 지켜보고 있었다. 마나리아 님의 실력은 잘 알고 있지만 그럼에도 상대는 로드 님이다. 로드 님이 전력을 다하는 바람에 경애해 마지않는 마나리아 님이 부상이라도 입는다면 어쩌나 하고 걱정이 이만저만 아니겠지.

"마나리아 님은 아직도 여유가 있어요."

걱정으로 가득한 표정을 보고 있기 힘들어서 나도 모르게 말을 건넸다.

"그거야 저도 알고 있지만 로드 님의 화염의 군세는 남들과는 차원이 다른 마력 용량이 있기 때문에 가능한 전법이에요. 같은 전법으로는 로드 님 쪽이 더 유리하지 않겠어요?"

"마나리아 님에게는 비장의 수가 있으니까요."

뭐, 일단 한번 지켜보세요. 내가 그렇게 말하자, 클레어 님은 의아하게 여기면서도 다시 두 사람 쪽으로 시선을 돌렸다.

전황은 교착상태에 빠져 있었다. 화염과 얼음의 미니언들이 로드 님과 마나리아 님 사이, 딱 중간 쯤 되는 위치에서 격돌을 반복하고 있다.

클레어 님이 말한 대로 이 상태가 지속된다면 불리해지는 건 마나리아 님이다.

"응, 이해했어."

마나리아 님이 갑자기 그렇게 말했다.

"뭘 말이냐? 나를 공략할 방법이라도 찾아냈나?"

대전 상대인 로드 님이 대담하게 웃었다.

"아니요. 이런 걸 말이죠."

마나리아 님이 여전히 여유로운 태도를 유지하면서 또 다시 손가락을 딱, 하고 튕겼다. 그러자 로드 님이 소환한 화염 병사가 홀연히 사라졌다.

"무슨?!"

로드 님은 당황하면서도 다시 한번 미니언즈를 불러내려고 했지만, 미니언즈는 단 한 마리도 나타나지 않는다. 형세는 단숨에 마나리아 님 쪽으로 기울고 로드 님은 얼음 병사들에게 포위되고 말았다.

"……항복이다."

"변변치 않은 솜씨였습니다만."

승부는 싱겁게 막을 내렸다.

"대체 뭘 어떻게 한 거지?"

"제가 특기로 삼는 마법이에요. 마법을 깨부수는 마법입니다."

스펠 브레이커라고 불리는 마나리아 님의 주특기다. 마나리아 님은 상대의 마법 구성을 해석한 다음, 그 구성에 강제로 비집고 들어가서 마법 자체를 해제해 버리는 것이다.

스펠 브레이커를 쓸 수 있는 사람 자체는 마나리아 님 말고도 있다. 하지만 이 마법이 성립 하려면 상대의 속성과 같은 속성을 지녀야 하고, 거기다 상대가 사용한 마법보다 높은 적성을 가지고 있어야 한다. 무엇보다도 마법의 구성을 해석하는 일 자체가 지극히 어려운 일이다. 마법의 해석은 훌륭한 마법이 만들어졌을 때 국가 레벨의 사업으로 이루어지는 것이다. 그런데 그걸 단독으로, 더욱이 전투 도중에 해내는 사람이 마나리아 님이다. 이게 얼마나 말도 안 되는 일인지 아마도 조금은 이해가 갈 거라고 생각한다.

모든 마법 적성이 높음 레벨에다가 뛰어난 지성을 겸비한 마나리아 님은 이론적으론 거의 모든 마법을 깨부술 수 있는 것이다.

"아주 터무니없군, 너는."

"그런 말 자주 듣습니다."

"이 정도로 완벽하게 패배한 건 처음이다. 인정하지. 너는 나보다 강하다."

"감사합니다."

대화를 주고받은 후, 두 사람은 악수를 나눴다. 관객들로부터 뜨거운 환호성이 터졌다.

"언니…… 굉장해요."

마나리아 님을 향해 뜨거운 시선을 보내는 클레어 님. 나는 그 모습을 보면서 복잡한 마음을 품었다.

"사랑의 천칭……? 그 아모르의 시에 나오는?"

"응 맞아. 실제 그 전설 속 천칭이라고 전해지는 물건이 제사에서 사용돼."

나는 오늘도 클레어 님의 시중을 드는 메이드로서 다과회에 함께하고 있었다. 오늘의 화제는 이번 달 말에 열리는 아모르의 제사에 대해서인 모양이다. 다과회 참가자는 클레어 님과 그 추종자들 말고도 마나리아 님과 유 님, 거기다 웬일로 세인 님이 함께하고 있다. 정령교회 사람으로서 제례 의식에 해박한 유 님이 마나리아 님에게 아모르의 제사에 대해서 설명하는 중이었다.

"아모르의 시는 그저 전설일 뿐 아니었어?"

우아하게 찻잔을 기울이면서 마나리아 님이 물었다. 마나리아 님은 로드 님과 대화할 때와는 다르게, 유 님과는 왕위계승 순위가 비슷하기도 해서 그런지 좀 더 격의 없는 친근한 말투로 말하고 있었다.

"아모르의 시의 이야기 자체는 아마 누군가가 민간전승들을 모아서 정리한 거라고 여겨지고 있어."

"그런데 천칭은 실제 한다고……?"

"……뭐, 실제로는 마도구인 거겠지."

세인 님의 말에 유 님이 고개를 끄덕이면서 말을 이었다.

"그러네. 마도구라고 불리는 초상적인 힘을 가진 도구를 개발하게 된 건 마법석이 발견된 요 근래의 일이야. 하지만 불가사의한 힘을 가진 도구 자체는 먼 옛날부터 몇 개인가 전해져 내려왔어."

옛날엔 마법석이 그런 힘을 가졌다는 걸 모른 채로 쓰였다는 모양이다.

"그럼 사랑의 천칭에도 마법석이 있는 거야?"

"……그런 모양이다."

세인 님은 그다지 흥미 없어 보이는 모습으로 끄덕였다.

"그래서 그 제사에서 천칭은 구체적으로 어떤 식으로 쓰는데?"

"뭐, 일종의 결투라고 해야 하나, 볼거리 제공이라고 해야 하나…… 한마디로 말해서 신부 쟁탈전이네."

유 님이 생글생글 웃으며 대답했다.

"아모르의 시가 노래하듯, 사랑이란 옛날부터 다툼의 씨앗이었지. 아모르의 제사는 그 전설에서 유래된 신부 쟁탈전이야."

"공물이라도 바치는 거야?"

마나리아 님은 장난스럽게 농담처럼 말했지만——.

"바로 그 말대로야. 사랑의 천칭에 공물을 올려서 공물의 무게로 사랑의 싸움에 종지부를 찍는 거지."

유 님은 그 말이 맞다고 긍정했다.

"깜짝 놀랐는걸. 바우어 왕국의 문화사는 얼추 공부했었으니 아모르의 시에 대해서도 알고 있었지만 천칭이 실제로 존재한다는 사실까지는 몰랐어."

"뭐, 이건 민속학적인 역사니까 말이지. 마나리아의 선생님도 거기까지 망라하지는 못했던 거 아닐까?"

유 님의 찻잔이 비었기 때문에 나는 조용히 한잔 더 따라드렸다. 유 님은 고마워, 하고 인사한 후 이야기를 계속했다.

"뭐, 공물의 무게를 겨룬다고 해도 공물의 실제 질량을 가지고 겨루는 건 아니야. 입수 난이도에 비례해서 천칭에 미리 설정된 사랑의 무게가 승부를 좌우하는 거야."

"헤에? 그럼 플로스의 꽃이라도 바치면 되는 건가?"

"역대 제사의 역사를 돌이켜 봤을 때 플로스의 꽃이 가장 무겁다고 여겨지고 있지."

"그런 부분도 전설 그대로구나."

마나리아 님이 감탄한 듯이 말했다.

"꽤나 열심히 제사 의식에 대해 물어보는데 마나리아는 아모르의 제사에 흥미가 있는 건가?"

마음에 품고 있는 사람이라도 있는 거야?, 하고 유 님이 놀리듯 말했다.

"그런 건 아니지만 재밌어 보이잖아. 게다가 로맨틱하다고. 나도 자신의 마음을 천칭에 달아보고 싶다고 생각하는걸."

"언니, 저희는 천칭에 마음을 달아보는 쪽이 아니라 경쟁의 대상이 되는 쪽인데요?"

쓴웃음을 지으면서 클레어 님이 말했다.

"클레어는 좋겠네. 레이가 있으니까."

"무슨?! 유 님!"

유 님의 놀리자 클레어 님이 즉각 반응했다.

"뭔데, 뭔데? 클레어와 레이는 그렇고 그런 사이인거야?"

그리고 마나리아 님이 그 떡밥을 덥석 물었다.

"언니마저 그런 말도 안 되는 소리는 하지 말아주세요. 이자는 저를 놀리고 있을 뿐이라고요."

더 이상 놀림거리가 되는 건 참을 수 없다는 표정을 지으며 찻잔을 드는 클레어 님.

"저는 진심이라고 몇 번이나 말씀드리고 있습니다만 클레어 님의 가드가 워낙 철벽이라."

"어라. 그럼 레이의 짝사랑인 거야?"

"머지않아 클레어 님도 저와 같은 마음이 되도록 만들 거지만요."

"당신, 그 이상의 헛소리는 용서하지 않을 건데요?"

클레어 님이 나를 째려봤다. 응. 나이스한 눈초리. 오늘도 귀엽습니다.

"애초에 만약 동성도 괜찮다고 한다면 저는 당신 따위보다도 언니를 택할 거예요."

"앗핫하. 이거 기쁜 말을 해주는구나. 나도 클레어가 상대라면 어지간한 신사들보다 훨씬 기쁘지."

"언니도 참."

그런 대화를 나누면서 마주 웃는 두 사람. 염장질은 딴 데 가서 해라.

"그러고 보니 클레어의 첫사랑은 마나리아였지."

"정말이지! 유 님, 어릴 적 이야기를 다시 꺼내지 말아 주세요."

"나를 남자애라고 착각했었어."

이건 클레어 님이 마나리아 님의 본가인 라낙 백작가에 맡겨졌을 때의 이야기다.

클레어 님의 어머니가 돌아가셨을 때. 클레어 님은 한 가지 후회를 품고 있었다. 자기 생일날에 부모님이 외출할 일이 생기는 바람에, 클레어 님은 짜증을 내면서 어머니한테 "정말 싫어"라는 말을 해버린 것이다. 그리고 그 외출에서 마차 사고가 일어나, 도르 님은 무사했지만 프랑소와 부인은 사망하고 말았다.

그날 이후로 클레어 님은 타인에게 어리광부리는걸 스스로 엄격히 금지했다. 지금의 제멋대로에 방약무인한 아가씨 모습으론 상상이 안 갈지도 모르지만, 어릴 적의 클레어 님은 굳이 말하자면 몹시도 말을 잘 듣는 아이였던 것이다.

도르 님은 자신의 파트너이자, 우수한 정치가이고, 사교계의 꽃이기도 했던 아내를 잃고서, 당분간 사후처리에 바빠졌기 때문에 돌볼 여유가 없었던 딸을 친척인 라낙 가문에 맡겼다. 그리고 클레어 님은 거기서 마나리아 님과 만났다.

"저는 마나리아 님의 말에 구원받은 거예요."

자기 자신에게 매우 엄격했던 어린 시절의 클레어 님을 향해 마나리아 님은 이렇게 말했다.

——아무도 클레어를 탓하지 않아.

친아버지인 도르 님조차 눈치채지 못했던 클레어 님이 품은 죄책감을 마나리아 님은 예리하게 꿰뚫어 보고선 용서의 말을 건넸다.

클레어 님은 그 말을 듣고, 몇 년 만에 겨우 눈물을 흘렸다고 한다. 울음을 멈추지 않는 클레어 님에게 마나리아 님은 계속해서 이렇게 말했다.

——나는 지금 이곳에서 맹세하겠어. 그대를 끝까지 지키겠다고.

그건 아모르의 시에 등장하는 사랑의 맹세의 한 구절. 당시 마나리아 님이 클레어 님에게 연애감정을 품고 있었는지 어떤지는 모르겠다. 하지만 이야기 속에서나 나올 것 같은 대사를 들은 클레어 님은 그걸로 완전히 마나리아 님에게 반해버리고 말았다.

이것들은 게임 안에서는 묘사되지 않는 뒷이야기들로 설정 자료집에서만 볼 수 있다. 이러한 배경 스토리도 내가 클레어 님을 좋아하는 이유 중 하나다. 뭐, 마나리아 님의 그 말과 도르님의 응석받이 교육 덕분에 클레어 님은 그 후, 현재 성격으로 이어지는 직선도로를 쏜살같이 질주하게 되기는 했지만.

"그런 클레어 님을 좋아합니다."

"그러니까, 당신은 갑자기 무슨 소릴 하는 거예요?!"

"죄송합니다. 사랑이 넘쳐버려서."

언제나 한결같이 넘치고 있다는 기분이 들지만 신경 쓰면 지는 거다.

"그렇구나—, 레이는 클레어를 정말로 좋아하는 거네. 그렇구나—……."

마나리아 님은 그런 말을 중얼거리면서 재미있는 걸 발견한 아이처럼 웃었다. 그저 웃는 얼굴일 뿐인데도 나는 마치 뱀한테 노려지는 개구리의 심경을 느끼고 있었다.

"하지만 아쉽게 됐네. 클레어는 내 쪽이 더 좋다는데."

마나리아 님은 그 말과 함께 클레어 님을 자기 쪽으로 끌어안으며 그 두 팔로 감싸 안았다.

"어머머, 언니 왜 그러세요?"

클레어 님은 그렇게 물으면서도 은근히 싫지 않아 보였다. 참아라, 나. 쿨해지는 거다. 침착하게 소수를 세자……!

"클레어. 내가 좋아한다고 고백하면 믿어주겠어?"

"물론이지요. 오히려 지금까지 그렇게 믿고 있었는데요?"

"후후, 그렇구나, 그렇구나."

마나리아 님이 갑자기 은근히 나보고 들으라는 듯이 말했다. 이야~ 아주 사이가 좋으셔서 그것참 다행이네요. 평상심, 평상심.

"……레이, 주전자에서 차가 넘치고 있다고."

"실례했습니다."

전혀 평상심을 유지할 수 없었다.

"……무슨 일 있나? 안색이 나쁜데."

"아니요, 아무것도요. 신경 써주셔서 감사합니다."

연애 놀음에는 전혀 흥미가 없는 세인 님의 물음에 억지로 웃으면서 대답했다. 아니 근데, 클레어 님은 지금 세인 님한테 반했던 거 아니었나.

"……클레어와 마나리아는 사이가 좋군."

"……그러네요. 한잔 더 드릴까요?"

마치 남의 일인 양 말하는 세인 님에게, 나는 차를 따라드리려고 했다.

"……레이 그건 홍차가 아니라 밀크 주전자다."

아, 나는 이제 무리일지도 몰라.

그런 내 모습을 보면서 마나리아 님은 진심으로 즐겁다는 듯이 웃고 있었다.

“클레어 님. 좋은 아침입니——.”
“그렇다니깐. 아하하”
“후후. 언니도 참.”
매일 아침마다의 즐거움인 클레어 님의 옷 갈아입히기 시중을 들기 위해서 클레어 님의 방으로 향하자 먼저 온 선객이 있었다.
“여어, 레이. 안녕.”
“안녕하십니까, 마나리아 님. 클레어 님.”
“당신, 늦었잖아요? 이미 다 갈아입었다고요.”
“……드릴 말씀이 없습니다.”
보니, 클레어 님은 복장은 물론이고 헤어 세팅까지 완벽하게 갖추고 있었다. 그 빙글빙글 롤 헤어 세팅은 제법 어렵기 때문에 레네가 없는 현재로선 나만이 할 수 있는 일이라고 생각했었는데.
“참고삼아 여쭤보는데 옷 갈아입기랑 헤어 세팅은 스스로 하신건가요?”
“아니요? 언니가 해주셨어요. 엄청 잘하신다고요.”
“후후. 옛날에는 곧잘 이런 식으로 클레어를 돌봐주곤 했거든.”
하고, 금슬을 자랑하듯이 마주 웃는 두 사람.

"그렇습니까. 정말 감사합니다, 마나리아 님."
"아니, 아니. 뭘 이 정도 가지고."
"하지만 클레어 님의 신변을 돌보는 것은 제 취미 커흠커흠, 일이기 때문에 내일부터는 저를 기다려주셨으면 하고 부탁드리는 바입니다."
"지금, 뭔가 얼버무리기 전에 불순한 단어가 들렸는데요?!"
무슨 말을 하든, 옷을 갈아입혀 드릴 때 클레어 님의 신체를 사랑으로 보듬는 건 내 삶의 보람이고, 머릿결 정리는 내 삶의 빛이다. 절대로 마나리아 님에게 뺏길 수는 없어.
"아니, 아니. 레이야 말로 일이라고 **싫은데 억지로** 하지 않아도 돼. 나라면 즐겁게 할 수 있는걸. 아침은 나한테 맡겨줬으면 좋겠네."
"아니요. 저도 즐겁게 하는 일이기 때문에, 부디 저한테 맡겨주시죠."
"그래요, 언니. 언니한테 메이드 흉내를 시킬 수는 없어요."
마나리아 님의 말에 머뭇거리는 클레어 님. 하지만——.
"내가 메이드라면, 클레어는 불만이야?"
"저, 정말이지. 언니는 또 저를 놀리시기나 하고."
"아하하. 미안, 미안. 클레어가 너무 귀여워서 나도 모르게."
"우후후."
나를 방치해 둔 채 한껏 달아오르는 두 사람. 뭐야 이 웃기는 짓거리는.
아니 뭐 됐나.

"클레어 님, 슬슬 아침 식사를──."

"아 클레어. 슬슬 배고프지 않아? 식당으로 이동하자."

내 말을 가로채듯이 말하는 마나리아 님. ……지금 건, 백 프로 고의다. 그 증거로 마나리아 님의 눈이 장난스럽게 웃고 있었다.

"그렇네요. 슬슬 가볼까요."

"클레어는 뭘 먹을 거니? 나는 최근에 미소시루라는 동방의 스프가 마음에 들어서."

마나리아 님은 클레어 님의 어깨를 감싸 안으면서 방을 나서려고 했다. 이건…… 일부러 보여주려고 이러는 거지?

"당신, 뭐하고 있는 건가요. 가자고요."

"죄송합니다."

짐을 들고 클레어 님의 뒤를 쫓지만──.

"클레어는 블루메 라는 레스토랑을 알고 있니?"

"네. 물론."

"사실은 요즘, 그 블루메에 라이벌 가게가 나타났단다."

"어머, 어떤 가게인가요?"

"다음에 내가 안내해줄게. 에스코트는 나한테 맡겨줄래?"

"어머, 언니도 참."

즐거운 듯이 대화를 주고받는 두 사람은 이미 완전히 두 사람만의 세계에 빠져 있었다. 아니, 나는 메이드니까 지금까지도 클레어 님과 다른 누군가가 대화하고 있을 때는 끼어들지 않고 빠져 있을 때가 많기는 했다. 그러나 지금은 마나리아 님이 의

도적으로 나를 떼어놓고 있다는 생각이 든다. 가끔씩 슬쩍슬쩍 내 쪽을 어떠냐는 듯이 쳐다보는 게 정말 짜증난다.

나는 딱히 아무렇지도 않다. 누구랑 붙어있든 간에 클레어 님만 행복하다면야. 실제로 마나리아 님이 오고 나서부터 클레어 님은 레네가 떠나기 전의 기운찬 모습을 되찾았다. 그런 의미로서는 나는 마나리아 님에게 고마움을 느끼고 있다.

"잠깐만요 당신! 이거 손수건이 아니라 속옷이잖아요!"

뭐, 머리로는 그렇게 생각해도 내 마음은 그 생각을 따라가지 못한다는 문제가 있지만 말이지.

그 후로도 마나리아 님의 고의적인 행동들은 계속됐다. 내 말을 틈만 나면 가로채거나. 강의실에서 클레어 님을 통로 쪽 끝자리에 앉힌 후, 일부러 나와 클레어 님 사이에 앉는다든가. 클레어 님한테 체스를 가르치고 있으면 방해하러 오거나, 점심을 먹을 때는 클레어 님한테 앙~ 하고 먹여주는 모습을 보여주거나.

잘도 이렇게까지 뻔뻔하게, 라는 생각이 들 정도로 마나리아 님은 끈질기게 나를 자극했다.

"저기, 레이. 너 괜찮아? 안색이 나쁜데?"

밤에 방으로 돌아가자, 내 상태가 평소와 다르다는 걸 깨달은 미샤가 나에게 말을 건넸다.

"클레어 님 성분이 부족해……."

"아아, 괜찮은 거 같네."

평소랑 다를 게 없었다면서 재빠르게 이불 속으로 들어가려고 하는 미샤를 내가 필사적으로 붙잡았다.

"마나리아 님 때문에 클레어 님을 귀여워할 수가 없어! 나를 괴롭혀 주시지도 않는다고?! 앙~ 이라니 뭐야 그거, 부러워!"

"아아, 역시 괜찮지 않구나. 평소보다 심각해."

내가 쏟아내는 푸념에 미샤는 기가막힌다는 표정을 지으면서도 함께 어울려 줬다. 정말로 착한 아이다.

"너, 마나리아 님한테 무슨 짓이라도 했어?"

"짐작 가는 건 없어."

이건 반쯤은 거짓말이지만 마나리아 님이 클레어 님한테 치근대는 이유에 대해선 정말로 짐작 가는 게 없다.

"좋은 기회니 만큼 너도 클레어 님한테서 좀 떨어지도록 해."

"무리. 클레어 님은 내 삶의 보람이니까."

클레어 님 없는 생활 따위 있을 수 없어.

"그럼 싸울 수밖에 없는 거 아니야?"

"음~ 그건 뭔가, 마나리아 님의 의도대로 되는 느낌이란 말이지."

"의도대로?"

"나를 도발하고 있다는 느낌이 들어."

애초에 게임에서는 주인공의 아군이었을 터인 마나리아 님이 어째서 클레어 님 쪽으로 가 있는 건가. 그걸 잘 모르겠다.

"그렇다면, 참을 수밖에 없겠네. 딱히 클레어 님과 영영 떨어지게 된 것도 아니니까."

"그럴 수밖에 없는 건가~"

나는 잠 못 이루는 심정으로 이불 속에 들어갔다. 그날 밤에 나는, 클레어 님과 마나리아 님이 서로 두 손을 마주 잡아당기고 있는 꿈을 꾸었다.

다음 날도 마나리아 님의 고의적인 과시는 계속됐다. 나는 어떻게든 최대한 무시하고 있었지만 마나리아 님의 도발은 멈추지 않았다. 마나리아 님에 대해선 아무래도 좋지만 클레어 님이 부끄부끄하고 있는 게 조금 마음에 들지 않는다.

아니, 그냥 이대로도 좋지 않을까. 세인 님 루트에선 이미 한참 벗어난 느낌이 들지만 클레어 님이 웃는 모습으로 계실 수 있다면 그걸로 좋다.

그걸로 좋을…… 것이다.

"……제법 인내심이 강하네, 레이."

계속 참고 있는 나를 향해 마나리아 님이 말을 걸어온 건 그날 밤이었다. 나는 클레어 님이 잠드는 모습을 지켜보고 난 후에 내 방으로 돌아가는 도중이었다.

"무슨 용건이십니까. 마나리아 님."

"딱히 용건이라고 부를만한 일은 아니지만 말이지."

내 방 바로 옆의 벽에 등을 기댄 채로, 아마도 내가 오기를 기다리고 있었던 모양인 마나리아 님은 언제나처럼 상쾌한 웃음을 지으며 말을 이었다.

"너는 클레어를 좋아하는 거지?"

"네에."

"그런 것 치고는 꽤나 얌전하잖아. 이 정도로 도발하고 있는데도."

"클레어 님을 좋아하지만 딱히 저를 바라봐 주시지 않아도 클레어 님이 행복하다면 그걸로 좋기 때문에."

"……흐~응."

내 대답에 마나리아 님은 처음으로 재미없다는 표정을 지었다.

"뭐야~ 그래봤자 겨우 그 정도밖에 안 되는 마음이었던 거네. 실망이야."

"하?"

나를 조롱하는 어조로 던져진 그 말에, 나는 조금 욱했다.

"그 정도, 라는 건 무슨 의미인가요?"

"딱히~? 아, 마음에 들지 않았나? 미안, 미안. 그러네. 레이는 클레어를 좋아하는 거네. 분명 나 같은 녀석보다도 클레어에 대해서 아주 잘 알고 있는 거겠네. 그야말로 쉽게 포기해 버릴 정도로는."

짜증이 올라온다.

"하찮은 도발이네요, 마나리아 님. 그러고도 한 나라의 왕녀인가요?"

"응. 이러고도 왕녀라고. 그러니 너 같은 녀석보다도 훨씬 클레어에 어울리지."

"저는 평민이지만 클레어 님에 대한 마음만큼은 누구한테도 질 생각이 없다고요."

"이미 포기해 버린 주제에?"
대체 뭐야 이 사람은.
"포기해버린 게 아닙니다. 저는 클레어 님의 행복을 가장 첫 번째로——."
"그냥 도망치고 있는 거뿐이잖아? 어째서 자기가 클레어를 가장 행복하게 만들어주겠다고 말하지 않는 거야?"
"그건……"
그야 나는 평민이고, 클레어 님과 똑같이 여성이다. 나는 클레어 님의 행복을 위해서 무슨 짓이든 하겠지만 동시에 클레어 님의 행복을 위해서는, 나는 클레어 님의 반려로서 어울리지 않는다고 생각한다.
"도망치지 마."
"도망치지 않았습니다."
"그럼 나한테서 빼앗아보라고."
"지금 싸움을 거시는 겁니까?"
"맞아. 이제야 눈치챈 거야?"
마나리아 님은 그 단정한 얼굴을 찌푸리며 진심으로 이상하다는 듯이 말했다.
"너의 이도 저도 아닌 어중간한 마음을 내가 끊어내 주겠어. 이대로라면 클레어도 너도 둘 다 불쌍해."
"좋습니다. 그 싸움 받아들이겠습니다."
"응. 당연히 그래야지. 그럼 내일 방과 후, 운동장의 마법 연습장에서."

마나리아 님은 도망가지 말라는 말을 남기고서 떠나갔다.

"……대체 뭐야……? 정말 대체 뭐냐고 저 사람……."

나는 지금 이 사태를 제대로 납득하지는 못했지만, 클레어 님을 향한 마음을 바보 취급당한 사실만큼은 분명히 분노하고 있었다.

"……잘됐네. 4속성 보유자(쿼드 캐스터)인지 뭔지는 몰라도 혼쭐을 내주겠어."

분명 그때 나는 분노로 이성을 잃었던 거겠지, 하고 나중에 가서야 돌이켜 생각했다.

"마나리아 님—!"

"멋져—!"

"레이 힘내라—!"

"지지 말라고—!"

다음날, 마나리아 님과 나는 운동장에 있는 마법 연습장에서 구경꾼들에게 둘러싸여 있었다. 나로서는 그다지 눈에 띄는 행동을 하고 싶지 않았지만 어떤 경로로 퍼진 건지는 몰라도 마나리아 님과 내가 마법 대결을 한다는 소식이 교내에 쫙 퍼진 모양이다. 자연스럽게 구경꾼들의 성원을 받아주는 마나리아 님과는 다르게 나는 몰려든 구경꾼에 질색하고 있었다.

"저기…… 정말로 해야 하는 건가요, 언니?"

구경꾼들이 빨리해라! 하고 요란하게 외치는 와중에 클레어 님은 떨떠름한 표정이었다. 클레어 님에겐 이 대결의 심판 역할을 부탁드렸다. 마법위력감소 결계가 있다고는 하나 마나리아 님도, 나도 적성치가 매우 높다. 어중간한 실력을 가진 사람한테 심판을 맡기기엔 위험하다는 판단이었다.

"어라, 나와 레이가 하려는 일에 뭔가 문제라도 있니?"

마나리아 님은 어째서 그런 말을 하느냐는 듯이 클레어 님한테 물었다.

"사적인 결투 같은 건…… 이런 건 좋지 않아요. 어째서 둘이서 서로 싸워야 하는 거죠?"

"뭐, 그냥 겨루기일 뿐이야."

이 대결의 진짜 의도는 클레어 님에겐 비밀로 했다.

"뭐, 조금은 사적인 원한도 들어가 있긴 하지만. 레이는 클레어한테 어울리지 않아. 클레어도 레이가 끈덕지게 들러붙어서 곤란해하고 있었지?"

"그, 그건……."

"틀리니?"

"……틀리지 않아요."

클레어 님은 마치 목소리를 쥐어 짜내는 것처럼 말했다. 가슴이 꾹 죄어들었다.

"레이도 마찬가지로 내가 마음에 들지 않겠지."

"네에."

"그런 이유로 이쯤에서 한번 매듭을 지을 필요가 있는 거야."

"……알겠어요."
클레어 님은 대답과 함께 우리들한테서 조금 떨어졌다.
"각오는 됐니, 레이?"
"마나리아 님이야말로."
"후훗, 재미있네. 바로 그 기세야"
씨익, 하고 자신만만한 웃음을 보이는 마나리아 님.
"그럼 두 사람 모두 준비는 되셨는지요?"
"응."
"네."
우리 둘은 클레어 님의 말에 대답했다.
"그럼 준비하시고…… 시작!"
클레어 님의 개시 신호에 구경꾼들이 환호성을 질렀다.
"자, 그럼 처음은 어떻게 나올 거니?"
"일단은 이겁니다."
내가 마법 지팡이를 한번 휘두르자 마나리아 님의 모습이 지면에서 사라졌다. 학교기사단 입단 시험 때 클레어 님을 꼼짝 못 하게 만들었던 수직 낙하 구멍이다.
"아~ 깜짝 놀랐다. 하지만 이런 걸로는 날 쓰러트릴 수 없는데?"
마나리아 님은 여유로운 목소리와 함께 공중으로 떠오르며 구멍에서 빠져나왔다. 그야 당연히 알고 있다. 마나리아 님은 4속성 전부 높음 이상의 적성을 가지고 있다. 토속성 마법으로 구멍을 다시 위로 솟구치게 만드는 것도 가능하고, 풍속성 마법으로 공중을 날아오를 수도 있겠지.
"그렇죠. 노림수는 따로 있습니다."
"……어라."
마나리아 님이 자신의 머리 위에서 일어난 이변을 눈치챘다. 탁한 흙탕물 덩어리가 대량으로 공중에 떠 있었다. 내가 마법 지팡이를 아래쪽으로 휘두르자, 그 덩어리는 단숨에 마나리아 님에게 쏟아져 내렸다. 토속성과 수속성의 합성마법인 〈워터 메테오〉다. 토석류 덩어리를 상대에게 떨어트리는 이 마법은 〈Revolution〉게임 내에서 등장하는 마법들 중에서도 상당한 위력을 자랑하는 마법이다.
한순간 직격한 것처럼 보였지만――.
"이것 참. 옷이 홀딱 젖어버렸잖아."
내 등 뒤에서 아무 일도 없었다는 듯이 태연한 목소리가 들려왔다. 내가 뒤를 돌아보자 그곳에는 다소 옷이 젖었지만 전혀 데미지를 입지 않은 마나리아 님이 있었다. 어떻게 회피했는지는 이미 알고 있었다. 공간을 뛰어넘은 것이다. 풍속성 초월 마법인 〈텔레포트〉다.
"시작부터 크게 나오네, 레이."
"이렇게라도 하지 않으면 마나리아 님에게 이길 수 없으니."
다른 주요 등장인물과는 다르게 주인공한테는 정해져 있는 전투 패턴이 없다. 예를 들어, 로드 님의 화염의 군세나 미샤의 세이렌 같이 고도의 단련을 통해 완성된 전법은 강력하다. 그러나 그런 전법들은 마나리아 님 상대로는 상성이 나쁘다. 마나리아 님에게는 스펠 브레이커가 있다. 완성된 전법들은 스펠 브레이커 앞에선 속수무책이기 때문이다.

장기전도 위험하다. 어떤 유효한 전법이라도 장기전이 되면 마나리아 님은 결국 마법의 구성을 해석해낼 테고, 마찬가지로 스펠 브레이커의 먹이가 되고 만다. 즉, 마나리아 님을 쓰러트리기 위해서는 새로운 전투 방법을 사용한 단기 결전밖에 없다.

물론 단기 결전이라고 해도 결코 쉬운 일은 아니다. 그녀는 지 · 수 · 화속성의 높음 적성과, 풍속성의 초월 적성이라는 터무니없는 스펙이다. 2속성 보유자(듀얼 캐스터)에 초월 적성인 나로서도 마법 적성으로 맞붙기엔 현격한 차이가 난다. 첫수로 낙하구멍에 워터 메테오로 이어지는 공격을 한 건, 상대의 움직임을 봉쇄한 뒤 단숨에 승부를 내려는 속셈이었지만 역시나 일이 그렇게 간단히 풀리지는 않는 모양이다.

"설마 이걸로 끝이라고는 말하지 않겠지?"

"물론 그런 말은 안하죠."

나는 지팡이를 치켜들고서 크게 휘둘렀다. 주변이 안개에 휩싸인다.

"흐~응. 본적 없는 마법이네. 하지만 안개를 만들어낸 것만으로는 어차피 시야를 방해하는 효과밖엔——."

"얼어붙어라."

마나리아 님의 도발을 무시하고, 나는 마법을 발동시켰다. 나와 구경꾼들을 제외한 모든 공간이 순식간에 얼어붙었다. 수속성 마법 〈쥬데카〉다. 광범위한 공간을 순식간에 동결시키는 이 마법은, 본래대로라면 게임 후반에나 가야만 쓸 수 있는 고등마법이다.

나는 거기서 멈추지 않았다. 주변을 얼려버린 얼음덩어리들이 밑에서 솟아오른 바위 송곳에 꿰뚫리면서 산산조각이 났다. 토속성 마법 〈어스 파이크〉다. 이 두 가지 마법의 연계기는 연속마법 〈코퀴토스〉라는 이름이 붙여져 있다.

광범위 동결에서 이어지는 위력적인 타격기다. 평범한 상대야 말할 것도 없고, 단련된 숙련자라도 이 공격엔 당해낼 수 없을 터.

그러나——.

"응. 아깝네, 아까워."

목소리는 바로 내 뒤에서 들려왔다. 나는 반사적으로 뒤를 돌아보면서 얼음 화살을 발사했다.

"상대가 내가 아니었다면 지금 걸로 승부가 났겠지."

얼음 화살을 스펠 브레이커로 소멸시키면서, 마나리아 님은 태연한 모습으로 서 있었다.

"……어떻게 피한 건가요?"

"비 · 밀."

마나리아 님은 검지를 입술에 가져다 대는 익살스러운 몸짓을 했다.

"그건 그렇고, 레이. 이건 좀 심한 거 아니니? 아무리 마법위력감소 결계가 있었다고는 해도 지금 그 마법에 직격했다면 단순히 부상만으론 끝나지 않았을 거라고 생각하는데?"

"간단히 파훼당하고 말았지만요."

"뭐, 그건 상대가 나였으니까."

마나리아 님은 그렇게 말하면서 크게 껄껄 웃었다. 그렇게 한바탕 소리 내서 웃고 나자 체셔 고양이 같은 미소를 짓더니——

"그럼 이번엔 내 차례인 걸로. 재미있는 걸 보여줬으니 그 보답으로 살짝 본 실력을 발휘해 볼까나."

——위험해, 그게 온다!

나는 게임 지식을 통해서 마나리아 님의 다음 행동을 예감했다. 통하지 않을 걸 알면서도 한 번 더 코퀴토스를 발동한다.

하지만——

"……도미네이터."

마나리아 님의 마법지팡이가 빛나자 거의 완성 직전이었던 코퀴토스의 발동이 멈춰버리고 말았다.

"이걸로 끝이라고."

다음 순간 나는 전신에서 피를 흘리며 쓰러졌고, 그대로 의식을 잃었다.

"——! —이!"

뭔가가 들려온다. 정말로 마음이 편안해지는 소리였다. 분명 평범한 사람에겐 지나친 고음으로 느껴질 쨍쨍 울리는 소리. 하지만 나는 이 소리—— 아니, 이 목소리를 아주 좋아한다.

"——이! 레이!"

내가 눈을 뜨자, 눈앞에는 안색이 창백하진 클레어 님의 얼굴이 있었다.

"……클레어, 님……?"

"레이! 다행이다……."

내가 이름을 부르자, 클레어 님은 좀처럼 볼 수 없었던 안도의 표정을 지었다.

"괜찮다고 말했잖아. 내가 치료했으니까."

"그렇다고는 해도 언니도 너무 지나치셨어요! 레이한테 그렇게 심한 상처를!"

별거 아니라는 듯이 말하는 마나리아 님을 향해 클레어 님이 따지듯 말했다.

점점 의식이 돌아온다. 주위를 살펴보니 지금 이곳은 학교에 있는 교회 치료소인 것 같았다. 중앙정원 사건 때 매트에게 사건에 대해 물었던 장소다.

"저……는……."

"언니의 마법을 맞고는 기절했었어요. 아픈 곳은 없나요?"

클레어 님이 걱정스러운 목소리로 나에게 물었다.

그렇구나, 나는――.

"응. 너는 진 거야."

마나리아 님이 판결을 선고하는 재판관처럼 말했다. 그런가……져버린 건가.

마나리아 님이 마지막에 사용한 건 4속성 합성마법 〈도미네이터〉――범위 내의 마력 전부를 지배하고 폭주시키는 흉악하기 그지없는 공격 마법이다. 모든 마력을 자신의 지배하에 두기 때문에 상대의 마법을 완전히 봉인하고, 마력 적성이 높은 상대일수록 폭주한 마력에 의해 커다란 데미지를 입힌다. 마법사를 상대하는 최종병기라고도 할 수 있는 마법이다.

마나리아 님이 도미네이터를 쓸 수 있다는 사실은 알고 있었다. 아니, 알고 있는 것들에 대해 말하자면 나는 게임 내의 지식을 통해서 마나리아 님에 대해 거의 전부 알고 있었다. 알고 있기 때문에 확실히 이해하는 사실이 있다. 클레어 님에 대한 마음을 바보 취급당한 분노로 이성을 잃긴 했지만, 나는──.

"자 그럼, 클레어는 내 거라는 거겠지?"

이 사람에게는, 이길 수 없다.

"……가라."

나는 원뿔 모양으로 만들어진 암석── 스톤 캐논을 원숭이처럼 생긴 마물을 향해 발사했다. 마물은 폭발과 함께 산산조각이 나고 그 자리에는 마법석만이 남았다. 나는 무표정한 얼굴로 그걸 주워서 가죽 부대에 넣었다.

"……."

마나리아 님과의 승부가 끝나고 며칠이 지났다. 학교는 아모르의 제사를 위한 준비가 진행되고 있었다.

그래서 구체적으로 지금 뭘 하고 있냐면, 제사가 열리는 식장 주변의 마물 소탕이다. 사랑의 천칭에는 마법석이 있기 때문에 그 마법석에 마물이 이끌려온다. 그렇기 때문에 매해 아모르의 제사 전에는 학생들이 총출동해서 마물을 사냥한다. 본래대로라면 마물 토벌은 군이 나서서 해야 하는 일이지만 아무래도 마물의 숫자가 너무 많다 보니 학생들도 동원된다. 다행히도 식장 주변의 마물은 그다지 강한 편이 아니라서 학생들만으로도 쓰러트릴 수 있다.

물론 약하다고는 해도 아직 학기 초반인 이 시기의 학생 중에는 아직 마물과의 전투에 익숙하지 않은 1학년 학생도 있기 때문에, 1학년은 팀을 짜서 마물 토벌에 나선다. 나는 클레어 님, 그리고 마나리아 님과 같은 팀이었다.

"당신, 조금 무리하는 거 아닌가요?"

그저 담담하게 마물을 도살하고 있는 내 모습을 보면서 클레어 님이 말을 건넸다.

"아뇨. 괜찮습니다."

나는 다음 사냥감을 찾아서 수풀을 헤집었다. 그곳에는 부정형 마물—— 그린 슬라임이 있었다.

"……."

머릿속에 한순간 레레어의 모습이 떠올랐지만, 나는 다시 한번 스톤 캐논을 써서 그 녀석을 사냥했다. 핵을 꿰뚫린 슬라임이 흐물흐물 흙으로 되돌아갔다.

"어라 꽤나, 조급해 보이네."

이상하다는 듯이 말하는 그 목소리는 마나리아 님이었다. 시선을 돌리니 마나리아 님은 클레어 님의 어깨에 손을 두른 채로 내 쪽을 보며 싱글싱글 웃고 있었다.

"잠깐만요, 언니. 지금은 전투 중이라고요?"

"괜찮아. 우리 세 명이 함께 있는데 이 주변 마물한테 질 리가 없지."

그건 방심이 아닌 절대적인 자신감에서 나오는 말이다. 사실 마나리아 님 혼자서라도 마물을 토벌하는 데는 아무런 지장이 없겠지.

"하지만 이자는 부상을 회복한 지 얼마 되지 않았어요."

클레어 님은 걱정스러운 어조로 말했다. 나는 그게 너무나 싫었다.

"저는 괜찮습니다."

"하지만……."

분명 마나리아 님과의 대결에서 입은 부상은 가벼운 게 아니었지만 지금은 다 회복했다. 그 이후로 클레어 님은 나에게 여러 가지로 신경을 써주는 것 같았다. 이전의 나라면 그 사실에 덩실덩실 춤이라도 췄겠지만 지금은 솔직하게 기뻐할 수 없었다. 클레어 님을 걸고서 마나리아 님과 승부를 했지만 결국 졌다는 사실이 계속해서 내 발목을 붙잡고 있었다.

"자자, 클레어. 손이 쉬고 있잖니."

"네, 네에."

"봐, 저기에 라지 와스프가 있어. 클레어라면 문제없이 퇴치할 수 있겠지?"

"……."

마나리아 님이 마치 클레어 님을 에스코트하는 것처럼 재촉했다. 클레어 님은 여전히 내 쪽을 염려스럽게 바라보았지만, 이윽고 시선을 돌리고선 마물 퇴치에 나섰다. 나는 두 사람과는 조금 떨어져서 가슴 깊이 자리 잡은 응어리를 깨부수려는 것처럼 그저 묵묵히 사냥을 계속했다.

"잠깐만요 당신."

그날의 마물 토벌이 어느 정도 마무리됐을 무렵 클레어 님이 나에게 말을 걸었다.

"왜 그러시나요. 클레어 님."

"당신은 제 메이드잖아요. 메이드가 주인 곁을 떠나서야 어쩌자는 건가요."

나는 오늘 하루 종일 팀 편성을 거의 무시한 채 혼자서 토벌 작업을 하고 있었다. 처음에는 클레어 님, 마나리아 님과 함께였지만 그 두 사람과 함께 있기가 괴로워서 별도 행동을 취하고 있었던 것이다. 클레어 님은 그 점을 꾸짖는 모양이다.

"별로 상관없잖아요. 마나리아 님이 옆에 계시면 클레어 님을 지키기엔 충분할 테고요."

"그런 말을 하고 있는 게 아니에요. 저에게 봉사하는 게 당신이 해야 할 일이라고 말하고 있는 거예요."

클레어 님이 말이 옳다. 옳은 말이지만 지금의 나에겐 그걸 솔직하게 받아 들일만 한 마음의 여유가 전혀 없었다.

"정말 죄송합니다."

"뭘 잘못한 건지 정말로 알고 있는 건가요? 애당초 이제 막 병상에서 일어난 몸으로 단독행동이라니 위험하기 짝이 없어요."

내가 조금만 더 냉정했었더라면, 이때 클레어 님은 나를 걱정하고 있었다는 사실을 알아챌 수 있었을 텐데. 하지만 나는 계속 대화를 나누기가 괴로운 나머지 그냥 대충 사과하고 얘기를 마무리 지으려고 했다. 그리고 클레어 님은 내 성의 없는 사과를 바로 간파하고 있었다. 그 점에 대한 클레어 님의 설교에 나는 조금 짜증이 나기 시작했다.

"딱히 당신을 걱정하는 건 아니지만 제 메이드가 죽기라도 하면 꿈자리가 사나워서——."

"정말 드릴 말씀이 없습니다. 앞으로 주의하겠습니다."

대화를 끝내버린 뒤 자리를 떠나려고 하는 나의 팔을 클레어 님이 붙잡았다.

"언니랑 승부하고 나서부터 당신 어딘가 이상하다고요. 대체 무슨 일이 있었던 건가요."

"……딱히 아무 일도."

"거짓말하지 마세요. 지금까지 시끄러울 정도로 저에게 치근덕댔으면서 요 며칠간 완전히 조용해졌잖아요."

클레어 님은 마나리아 님과 내가 자기를 걸고 승부했다는 사실을 모른다. 그냥 다른 사람들과 마찬가지로 단순히 마법 솜씨를 겨뤘다고만 생각하고 있다.

"그 승부는 클레어 님을 걸고 한 승부였어요."

"네?"

나는 어쩔 수 없이 승부를 하게 된 계기를 설명했다. 나 자신도 놀랄 정도로 아무런 감정도 느껴지지 않는 생기 없는 목소리였다. 그와 반비례 하듯이 점점 클레어 님의 안색이 변했다.

"그렇게 됐기 때문에 저는 이제 더 이상 클레어 님의 곁에 있을 자격이 없습니다."

"그게 무슨 제멋대로인 소리인가요!"

설명이 끝남과 동시에 클레어 님이 폭발했다.

"나를 걸고서 승부? 대체 무슨 생각을 하는 거예요! 저는 물건이 아니라고요?! 그런데 멋대로……."

클레어 님이 그렇게 말하는 것도 당연하다. 멋대로 상품 취급을 당하면 당연히 화나겠지. 프라이드 걸이라고 부르는 여성을 상품화하는 개념이 있지만 나도 그건 몹시 싫어한다.

하지만 이때 나는 완전히 제정신이 아니었다. 그래서 이런 말을 내뱉어 버린 것이다.

"그렇습니까? 사실 기분 좋으신 거 아닌가요? 마나리아 님같이 멋진 분한테 상품으로 따내 져서."

지금 생각하면 완벽한 실언이었다. 클레어 님의 눈이 차갑게 가라앉았다.

"그 말 정정하세요. 메이드가 주인한테 그 무슨 폭언을 내뱉는 건가요. 이래서 평민 메이드는……"

클레어 님도 오는 말이 곱지 않은 이상 당연히 가는 말도 고울 수가 없었겠지. 평소의 나라면 그 사실을 깨달았을 텐데. 하지만 그때, 나는 그 말이 너무나도 신경에 거슬렸다.

"그럼 저, 그만두겠습니다."

"……뭐라고요?"

"클레어 님의 메이드를 그만두겠습니다. 평민인 저에게는 걸맞지 않은 거죠."

그렇게 말하자 클레어 님의 얼굴에서 표정이 사라졌다. 클레어 님이 높낮이 없는 목소리로 말을 이었다.

"……진심으로 말하는 건가요?"

"네."

"제 메이드를 그만두고 싶은 거네요?"

"네."

나는 조금이라도 빨리 이 자리를 벗어나고 싶었다.

"그래요…… 알겠어요."

클레어 님의 목소리가 떨리고 있다는 사실을, 나는 그때야 겨우 깨달았다.

"클레어 님?"

"급료는 오늘 분까지 일한 것으로 계산해서 나중에 지불할 테니 나중에 받으러 오시길."

클레어 님의 말투는 지극히 사무적이었다.

"이래저래 불만은 있었지만 지금까지 저를 잘 보필해 오셨습니다. 프랑소와 가문의 영애로서 감사를 드리겠습니다."

클레어 님은 딱딱하게 웃었다. 무리해서 억지로 짓는 웃음이라는 걸 나조차도 알 수 있었다.

"지금까지 고마웠어요, 테일러 양."

클레어 님은 나를 성으로 부르면서 그 말과 함께 한 방울의 눈물을 떨어트렸다.

"클레어 니——."

"이제 그만 가주시겠어요? 지금까지 여러모로 억지를 부려서 정말 죄송했어요. 테일러 양의 앞날에 행복이 있길 바랄게요."

나는 잘못을 저질렀다. 도저히 돌이킬 수 없는 치명적인 잘못이다. 후회해도 이미 늦었다.

클레어 님은 나를 단념한 것이다.

"……실례했습니다."

내가 할 수 있는 건 그 말만 남기고서 자리를 떠나는 것뿐이었다. 엉망진창인 기분인 채로, 이제 나는 그저 내 방으로 돌아가서 침대 위로 쓰러지고 싶다는 마음뿐이었다.

"당신도 저를 외톨이로 만드는 거군요…… 거짓말쟁이."

클레어 님이 최후에 읊조린 그 말이 내 마음을 깊이깊이 도려냈다.

"내가 사람을 잘못 봤군."

다음 날 아침, 내 방문을 열고 나오자 마나리아 님이 서 있었다. 불쾌하다는 표정을 짓고서 내 쪽을 가만히 응시하고 있었다. 무슨 말을 하고 있는 건지는 대략 짐작이 갔지만 나는 아무 것도 눈치채지 못한 척을 했다.

"무슨 말씀이신가요?"

"시치미 떼지 마. 클레어 말이다."

마나리아 님은 내가 도망치려고 하는 걸 용서치 않았다. 강한 눈빛으로 나를 노려본다.

"어젯밤. 갑자기 내 방으로 와서는 계속 울고 있었어. 이유는 말하지 않았지만 무슨 일이 있었는지는 대충 짐작이 가."

"……."

마나리아 님의 그 말을 듣자 나는 도저히 참을 수 없는 심정이었다. 지금이라도 당장 클레어 님의 곁으로 달려가서 설사 미움 받는다고 하더라도 끌어안아 드리고 싶다.

하지만 그건 더 이상 이루어 질 수 없는 바람이다.

"클레어 님을 앞으로 잘 부탁드립니다. 클레어 님은 꽤나 외로움을 많이 타시는 분이라."

내가 더 이상 곁에 있어 드릴 수 없는 이상 클레어 님은 마나리아 님께 부탁드릴 수밖에 없다. 연적에게 클레어 님을 부탁하는 건 부아가 치밀지만 마나리아 님이라면 클레어 님을 맡기기에 충분히 신뢰할 수 있다. 나는 마나리아 님에게 고개를 숙였다.

그랬더니 마나리아 님은 그대로 내 멱살을 움켜쥐고는 억지로 내 몸을 일으켜 세운 뒤, 벽에 처박듯이 밀쳤다.

"그렇게나 클레어에 대한 걸 잘 알고 있다면 어째서 네가 곁에 있으려고 하지 않는 거냐!"

내 멱살을 잡아 올리는 마나리아 님의 갈색 눈동자는 분노로 타오르고 있었다. 나를 규탄하고 있는 것이다.

"저는 마나리아 님한테 패배했습니다. 메이드도 그만둬 버렸고, 이제 곁에 있을 이유가 없습니다."

내가 우는 소리를 늘어놓자 마나리아 님의 표정은 점점 험악해졌다. 뚜렷한 이목구비가, 단정한 미모가, 한기마저 느껴질 정도로 분노에 물들고 있었다.

"겨우 그런 걸로 포기하는 건가! 너의 마음은 겨우 그 정도였나!"

마나리아 님이 분노로 씨근덕거리면서 하는 말을 듣고 있자니 나도 점점 화가 치밀어 오르기 시작했다.

"당신이 그런 말을 하는 겁니까! 저한테서 클레어 님을 뺏은, 다른 누구도 아닌 바로 당신이!"

내 멱살을 움켜쥐고 있는 마나리아 님의 손을 붙잡고서 떨쳐 내려고 했다. 그러나 마나리아 님의 손은 꿈쩍도 하지 않았다.

"내가 클레어를 뺏어? 아니지. 네가 멋대로 포기한 거야. 너는 그저 도망치고 있을 뿐이다."

마나리아 님의 목소리가 도발적인 기색을 두르고 있었다. 나도 반박한다.

"나라고 한들 포기하고 싶지 않았어! 도망치고 싶다고 생각하고 있지 않아! 당신만 없었으면 나는——."

"그건 아니지."

마나리아 님의 목소리 톤이 한층 낮아졌다. 조용한 목소리로 말을 이었다.

“내가 나타나지 않았더라도 너는 언젠가 클레어를 포기했을 거다.”

“무슨 근거로 그런 소릴——.”

“자신의 마음은 보답받지 않아도 좋아, 클레어 님만 행복하다면 그걸로 좋아. 그런 입에 발린 말만 하고 있으니까.”

“!”

마나리아 님의 말은 내 마음에 날카롭고도 깊숙하게 틀어박혔다. 하지만 그걸 인정할 수 있을 리가 없다.

“그게 뭐가 나쁘죠! 사랑하는 사람의 행복을 바라는 게 뭐가 나쁘다는 말입니까!”

나는 수속성 마법을 발동시켜서 얼음 덩어리를 마나리아 님에게 내동댕이치듯 때려 박았다. 역시 기습적인 일격이었던 탓인지 마나리아 님은 나를 잡은 손을 풀고서 비틀거렸다.

“아무런 보답도 필요 없다고? 그거 훌륭하기도 하지. 성인군자라도 되려는 생각이려나?”

“그러려는 생각은 없습니다!”

“그렇겠지. 너는 상처받는 게 무서운 거야. 클레어한테 사랑받지 못한다는 사실에 절망하고 싶지 않은 거야. 그래서 처음부터 포기하고 있지. 도망칠 길을 계속 마련해두고 있어.”

“아니야!”

부정하면서도 내 마음속 어딘가에서는 ‘아아, 그렇구나’라고 생각하고 있었다.

나는 클레어 님을 좋아한다. 그 마음에는 단 한 점의 거짓도 없다. 하지만 아무런 대가도 바라지 않는다고 했던 건 과연 정말이었을까.

클레어 님이 나를 향해 웃어주셨으면 좋겠다고 생각하지 않는가? 그녀가 나를 끌어안아 주셨으면 좋겠다고 생각하지 않는가? 입을 맞추고 싶다고 생각하지 않는가?

내가 사랑하듯, 클레어 님이 나를 사랑해줬으면 하고 생각하지 않는가?

"아무리 원한다 한들 이뤄질 수 없는 것도 있습니다! 클레어 님은 여성입니다! 동성이라고요. 그리고 그녀에겐 따로 좋아하는 사람이 있어!"

"그래서 포기하는 건가. 승부도 해보지 않고, 껍데기뿐인 관계로 만족하면서? 대가를 바라지 않는 일방통행인 관계가 언제까지 계속될 거라고 생각하는 거지?"

"나는 그걸로 좋아! 클레어 님을 위해서라면 나는 이 마음을 눌러 죽이겠어!"

그렇게 말하면서도 가슴 깊숙한 곳에서 무언가가 부르짖었다. 사실은, 나는――.

"무리라고. 그런 관계는 언젠가 결국 파탄난다. 그걸 어떻게 아냐고? 내가 바로 그랬으니까."

그렇게 말하면서, 마나리아 님은 자학하듯이 입술을 깨물었다.

"내가 후계자 싸움에서 탈락하게 된 건, 내가 동성애자라는 사실이 드러났기 때문이다."

그 말에 나는 마나리아 님의 〈설정〉을 떠올렸다. 마나리아 님은 나와 마찬가지로 동성애자다. 여성만을 사랑하고, 실제로 메이드 한 명을 사랑했다. 그녀는 스스로의 마음을 숨기고 있었지만, 어느 날 스스로의 마음을 주체하지 못하고 메이드와 관계를 가지고 말았다. 그것은 왕족과 메이드라고 하는 신분 차를 이용한 일방적인 관계가 되고 말았다. 메이드는 얼마 지나지 않아 왕궁을 떠났다고 한다.

마나리아 님은 그 일을 계속 후회하고 있다.

마나리아 님은 자포자기 상태에 빠졌다. 그러면서도 같은 잘못을 되풀이하지 않겠다고 이번엔 신분을 숨기고 사창가에 드나들게 되었다. 금전을 지불하는 몸뿐인 관계라면 뒤탈이 없을 거라고 생각했기 때문이다. 하지만 마나리아 님의 정체를 눈치챈 자가 왕궁에 밀고했다. 그리고 마나리아 님은 왕궁에서 쫓겨나게 되었다.

"대가를 요구하지 않는 일방적인 사랑은 반드시 일그러진다. 사람의 마음은 그렇게 강하지도, 깨끗하지도 않은 거야."

조용한 어조였지만 거기에는 분명히 피가 배어 있었다. 자신의 마음의 연약함과 더러움에 마나리아 님도 번민하고 고통스러워했던 거겠지.

지금의 나와 마찬가지로.

"……마나리아 님은 아까부터 무슨 말씀을 하시는 건가요. ……대체 저보고 어쩌라는 건가요."

독기가 빠져버린 나는 더 이상 되돌려줄 말도 찾지 못하고서 그저 망연자실한 상태였다. 그런 나에게 마나리아 님은 대답 대신 이렇게 말했다.

"만약 네가 끝까지 이대로 클레어를 포기하겠다고 한다면 나는 클레어를 노리개로 삼겠다."

지금, 뭐라고 했지……?

"클레어는 나한테 호의를 품고 있으니까 말이지. 파고들 틈은 있어. 물론 그녀가 가진 호의의 종류가 우리 같은 사람들과는 다르다는 것도 잘 알고 있어."

"무슨…… 소리를……."

이 사람은, 대체 무슨 소릴 하는 거지……?

"클레어는 내가 사랑했던 사람과 닮았어. 이렇게 된 거 대용품 삼아서 잔뜩 귀여워 해주지."

그렇게 말하면서 마나리아 님은 조소했다. 아름다운 얼굴이지만 내 눈에는 지금까지 내가 봐온 그 어떤 인간보다도 지독해 보였다.

"진심으로 하는 소리인가요?"

"당연히 진심이지. 내가 추방당한 이유를 잊은 거야? 여자놀음이 지나쳤기 때문이지. 이제 와서 새삼 더 잃을 것도 없어. 마음껏 즐겨주도록 하겠어."

마나리아 님은 큭큭 거리며 웃었다. 하지만 그 눈은 웃고 있지 않았다. 어두운…… 그 끝을 알 수 없는 어두운 눈동자는 내가 아닌 다른 어딘가를 향하고 있었다.

마나리아 님은 진심이다.

"그렇게 두지 않겠습니다!"
"호오? 어떻게? 나한테 패배하고, 메이드도 그만둔 네가 뭘 할 수 있다는 거지?"
마나리아 님은 깔보는 어조로 말했다.
생각해라, 나. 이 사람한테는 절대로 클레어 님을 넘겨줘서는 안 돼. 이런 사람은, 클레어 님한테 어울리지 않아.
내가 더 클레어 님을 행복하게 해줄 수 있어——!!
"곧 아모르의 제사가 있죠?"
"다음 달이었지."
"거기서 사랑의 천칭을 사용하는 의식이 거행된다는 건 알고 있으신가요?"
"응. 들었어. 사랑의 깊이를 잴 수 있다고 했었지."
"그걸로 승부하죠."
"흠? 나쁘지 않겠네."
하지만, 하고 마나리아 님은 말을 이었다.
"이미 한번은 결정된 승부다. 아무런 대가도 없이 받아줄 수는 없겠는데."
"그럼 어떻게 하면 받아주실 거죠?"
"이번 승부에서 내가 이긴다면 너도 내가 갖겠어."
그렇게 나왔나.
"좋습니다."
"어라, 그렇게 쉽게 걸어버려도 되는 거야? 내 것이 되는 이상 클레어는 완전히 포기해 줘야겠는데?"

"상관없습니다. 지지 않을 테니까."

"괜찮은 대답이군. 좋은 눈이다."

마나리아 님은 만족스러운 듯이 웃었다.

"그럼 승부다. 부디 힘껏 발버둥 쳐보는 게 좋아."

그 말을 남기고서 마나리아 님은 발길을 돌렸다.

"……."

그 등을 바라보면서 나는 각오를 다졌다. 이 승부에서 이기기 위해서라면, 나는 무슨 짓이든 하겠어.

"클레어 님. 지켜봐 주세요."

"신경 쓰이시나요, 클레어 님?"

저에게 말을 걸어온 사람은 레이의 룸메이트인 미샤였습니다.

오늘은 아모르의 제사 당일. 식장에는 많은 사람들이 모여들었고, 다들 천칭에 공물을 바치고서는 일희일비하고 있었습니다. 그래도 진지하게 신부를 두고서 싸우는 사람들은 소수파에 가깝고, 가족들끼리 모여서 아빠와 아들이 엄마를 사이에 두고 겨룬다든가, 연인이 친구들과 모여서 반쯤 장난삼아 경쟁한다든가 하는 광경을 더 많이 볼 수 있습니다.

그런 풍경 속에서, 저는 안절부절못하며 불안한 표정으로 천칭 앞을 서성이고 있었습니다.

"……아니요. 딱히."

저는 미샤한테 쌀쌀맞게 대답했지만, 이런 모습을 보여서야 그 대답에 설득력이 있을 리가 없겠지요.

"레이는 요새 계속 밖을 나다니고 있었어요. 클레어 님을 위해 최고의 공물을 바칠 거라면서."

"……."

언니와 레이의 재승부에 대해선, 언니한테서 들었습니다. 저를 걸고서 사랑의 천칭으로 승부를 한다고 합니다. 바보 같은 짓은 그만둬달라고 언니에게 부탁했지만 언니는 그 부탁을 들어주지 않았습니다.

'레이를 믿어주지 않는 거니?'

언니는 그렇게 말씀하셨습니다. 어째서 언니 스스로가 아니라 레이를, 이라고 말한 건지 저로선 알 수 없었습니다.

"클레어 님은 어느 쪽이 이기길 바라시나요?"

미샤가 저에게 그런 질문을 던졌습니다.

"아무래도 상관없어요. 사람을 상품 취급하는 사람들 따위 제 알 바 아니에요."

저는 화가 나 있었습니다. 제 마음은 무시하고서 멋대로 저를 뺏느니 마느니 하다니, 사람을 바보 취급하는 거에도 정도가 있어요.

"분명 칭찬받을 만한 행동은 아니겠네요. 하지만 여자로 태어나 한 번쯤 꿈꿔보는 상황 아닌가요?"

미샤가 드물게도 장난스러운 말투로 말했습니다. 평소엔 거의 표정을 바꾸지 않는 냉정한 그녀가 그런 표정을 짓다니 저는 조금 의외라고 생각했습니다.

"저를 누구라고 생각하고 있는 건가요? 재무장관 도르 프랑소와의 여식, 클레어 프랑소와라고요. 남들에게 받는 호의 정도야 이미 옛날 옛적에 익숙해져 있다고요."

저는 미샤의 말에 딱 잘라 대답했습니다.

그러면서 하지만, 이라는 생각이 듭니다. 이번의 두 사람은 지금까지 저한테 말을 걸며 다가왔던 어중이떠중이들과는 다르지 않을까 하는.

언니는 제 첫사랑 상대입니다. 남자라고 착각하고 있었다는 사실을 제쳐두고서라도 언니는 굉장히 멋진 분이었습니다. 나이를 먹어가면서 훨씬 더 멋진 사람이 되었고, 동성이라는 점을 감안하더라도 언니가 저를 좋아한다는 사실은 솔직히 기쁘다고 생각합니다.

거기에 비해서 레이는 어떨까요. 맨날 이상한 언동으로 저를 놀리기 일쑤. 생각해보면 이자는 첫 만남부터 이상한 말만 일삼았습니다. 동성인 저를 좋아한다고 뻔뻔스럽게 말하는 데다가 성희롱에 가까운 발언을 마구 연발하죠. 건방진 녀석이라고 괴롭혀주면 오히려 기뻐하더라, 라는 상황. 정신을 차려보니 어느새 아버님의 마음에까지 들고, 메이드까지 되고.

"뭔가 재미있는 일이라도 있으셨나요?"

"네?"

"웃고 계셨습니다."

미샤의 지적에 그제야 깨닫게 된 거지만, 저는 미소 짓고 있었던 모양입니다. 저는 분명 거북하고 난처한 생각을 하고 있었습니다. 그자에 관한 생각을 떠올리면서 웃고 있었다니. 그런 자는 없는 쪽이 좋아요. 메이드를 그만둬서 정말 속이 다 시원해요.

"클레어 님."

"뭔가요?"

"이번엔 슬퍼 보이는 표정을 하고 계셨어요."

그런 말도 안 되는, 싶어서 거울을 꺼내 확인하니 확실히 저는 침울해 보이는 얼굴을 하고 있었던 모양입니다. 저는 저 자신에 대해 잘 알 수 없게 되어버렸습니다.

저는 그런 자 따위는 싫습니다.

싫을 게, 분명할 거예요.

"저는 레이가 이겼으면 해요."

미샤가 혼잣말처럼 말했습니다.

"어째서인가요?"

"레이는 분명 별난 아이입니다. 클레어 님한테도 잔뜩 폐를 끼쳤지요."

"정말 그 말 대로예요."

"네. 하지만 그 애의 마음은 올곧고 순수합니다. 정말로…… 마음 깊이 클레어 님을 좋아하고 있어요."

마치 손이 많이 가는 말썽쟁이 여동생에 대해서 말하는 것처럼 미샤는 따뜻한 온기가 느껴지는 목소리로 말했습니다.

"클레어 님도 사실은 레이를 그렇게까지 싫어하지는 않으시죠?"

"아니요. 완전 싫어요."

"……솔직하지 못하시네요."

쿡쿡, 웃는 미샤.

"미샤, 당신 무례한 거 아닌가요?"

"죄송합니다. 하지만 최근의 클레어 님은 차마 보고 있을 수가 없어서."

"……당신이 보기에는 제가 어때 보였나요?"

문득, 물어보고 싶어졌다.

"쓸쓸해 보이셨어요."

미샤가 말을 이었다.

"마나리아 님처럼 더할 나위 없는 멋진 분과 함께 계시면서도 어딘지 모르게 마음이 다른 곳에 가 있었고. 마치 레네가 떠나간 직후의 모습 같았어요."

"그런 적……."

없다. 라고 말할 수는 없었습니다. 레이가 언니랑 멋대로 승부를 하고서 패배한 후, 제 곁에는 항상 언니가 함께였습니다. 레이와는 도저히 비교할 수 없을 정도로 멋진 에스코트를 해주시는 언니를 기쁘게 생각하면서도 저는 어디선가 레이의 그 이상한 언동을 그립게 생각하고 있는 자기 자신을 느끼고 있었습니다.

"클레어 님을 가장 웃는 얼굴로 만들어 줄 수 있는 사람은 현재로선 역시 레이라고 생각합니다."

"그런 평민이……?"

"신분이 아닌 레이라고 하는 한 사람의 인간 덕분이겠죠. 그 아이는 이상한 애지만 신기하게도 주변 사람들을 행복하게 만드는 애라고 생각합니다."

본인한테는 입이 찢어져도 말할 수 없지만요. 미샤가 웃으면서 말했습니다.

"그러니까 클레어 님. 만약 레이가 이긴다면 한 번 더 그 아이를 메이드로 삼아 주시지 않겠습니까? 가능하면 클레어 님 쪽에서."

"그건…… 불가능해요."

저는 귀족, 그것도 이 나라의 거의 정점에 가까운 위치에 있는 귀족입니다. 그런 제가 평민에게 고개를 숙이고서 메이드가 되어 달라고는 절대로 말할 수 없어요.

"그렇습니까……. 그러고 보면 귀족이라는 건 귀찮은 거였죠."

"미샤도 그랬던 거네요."

미샤의 가문은 몰락하기 전엔 꽤나 격이 높은 백작가였습니다.

"그렇다면 기적이라도 일어나기를 기대해 보도록 할까요."

"기적?"

"네. 모든 일이 잘 풀리게 되는, 그런 동화 같은 기적을."

"그런 일이——."

일어날 리가 없어요. 라고 말하려고 했던 그때——.

"여, 클레어."

언니가 다가왔습니다. 그 손에 신비한 빛을 발하고 있는 꽃을 들고서.

"언니……"

"레이는 아직 안 온 모양이네."

그렇게 말하고서, 언니는 손에 든 꽃을 내밀었습니다.

"그 꽃은…… 설마……?"

"응. 플로스의 꽃이야."

그 꽃은 아모르의 전설에 나오는 빛의 꽃이었습니다. 사랑의 천칭에 바치는 최고의 공물입니다.

"아무래도 또다시 나의 승리인 것 같네."

전설의 꽃을 바라보는 언니는, 그러면서도 어쩐지 쓸쓸해 보여서.

"조금 빠르긴 하지만 승리 선언을 해보도록 할까."

그 말과 함께 언니는 저를 똑바로 응시하면서,

"신의 천칭은 나의 진심을 보여주었다. 나는 지금 이곳에서 맹세한다, 그대를 끝까지 지킬 것을."

그것은 아모르의 시의 한 구절이었습니다. 천칭에 선택된 키가 작은 남자가 무녀를 향해서 사랑을 고백하는 시의 대사입니다. 일찍이 라낙 백작가에서 제 눈물을 그치게 해줬던, 동화 속 히어로와도 같았던 그 대사. 그 옛날, 시가 노래하던 무녀도 이런 마음이었던 걸까요.

언니는 제 뺨을 손으로 감싸고서 얼굴을 살짝 들어 올렸습니다. 저는, 아아 입맞춤 당하는 거구나, 하고 멍하니 생각했습니다. 언니와 하는 거라면 그다지 나쁘지 않겠네요, 같은 생각을 했어요.

하지만——.

"잠—깐 기다려!"

저는 분명 그 목소리를 계속해서 기다리고 있었다고 생각합니다.

"잠—깐 기다려!"

내가 식장에 도착했을 때, 마나리아 님은 지금이라도 당장 클레어 님한테 키스를 하기 직전이었다. 황급히 스톱을 외치긴 했지만 정말 간발의 차였다.

모두의 시선이 나에게 집중됐다. 그리고 나를 본 사람들은 다들 깜짝 놀란 표정을 지었다. 그야 그렇겠지. 지금 내 꼴은 전신이 너덜너덜한 상태였으니까.

"늦었잖아, 레이."

"아니 생각보다 좀 수고가 많이 들었거든."

아주 조마조마했다고 말하고 싶어 하는 미샤에게 가볍게 사과한 후, 클레어 님과 마나리아 님 사이를 가르면서 끼어들었다. 마나리아 님이 불만스러운 얼굴로 말했다.

"도망친 건 아니었던 모양이네. 그것만큼은 인정해 주겠어."

"어디의 누가 도망친다는 겁니까. 절대로 지지 않을 거라고 말했잖아요?"

나는 위협적인 태도로 메—롱 하고 혀를 내밀어준 다음 클레어 님의 손을 잡아끌어서 두 사람을 떨어트려 놓았다. 클레어 님은 복잡해 보이는 표정으로 나를 바라보고 있었다.

"당신……."

"클레어 님, 안심해주세요. 클레어 님을 이런 녀석한텐 절대 넘겨주지 않을 테니까요."

콧김을 빵빵하게 내뿜으면서 클레어 님에게 선언했다.

"그런 소리 해봤자 이미 승부는 났다고. 네가 어떤 공물을 가져왔는지는 모르겠지만 내 공물은 플로스의 꽃이다. 이 이상의 공물은 없을 텐데?"

그렇게 말하면서 마나리아 님은 빛을 발하고 있는 꽃을 내밀었다.

"설령 네가 플로스의 꽃을 가져왔다고 해도 그렇다면 먼저 가져온 사람의 승리다. 내가 승자라는 점은 달라지지 않――."

"제 공물은 이겁니다."

마나리아 님의 말을 끊으며, 나는 가방에서 〈그것〉을 꺼냈다.

"뭔가요 그건…… 나뭇가지?"

클레어 님의 말 그대로, 내 공물은 나무의 가지였다. 얼핏 보면 아무런 특징도 없는 단순한 가지다.

"겨우 그런 것밖에 손에 넣지 못한 거니?"

"아니요. 저는 계속해서 이걸 찾고 있었습니다."

마나리아 님을 포함한 모두가 어리둥절하고 있었지만, 나는 자신만만하게 말했다.

"천칭에 달아보면 알게 될 거예요."

자아, 하고 나는 마나리아 님을 재촉했다. 클레어 님이 걱정스러운 기색으로 나를 보고 있었지만, 나는 괜찮다고 말하는 것처럼 힘차게 고개를 끄덕였다.

"좋다마다. 그럼 어디 천칭에 달아보도록 할까."

그렇게 말하고서 마나리아 님은 천칭 앞으로 나아갔다. 사랑의 천칭은 고풍스러운 느낌의 목제품이었지만 정교하게 만들어져 있었다. 화려한 아름다움이 아닌 우아함이라는 수식어가 어울릴 거 같은 장식이 세공되어있는 천칭은, 그야말로 신이 하사했다고 전해지는 신기에 어울리는 관록을 지니고 있었다.

"그럼 먼저 나부터다. 내 진실한 마음을 신의 심판 아래에."

살짝 연극풍의 몸짓으로 아모르의 시 한 구절을 읊으면서 마나리아 님은 플로스의 꽃을 공손하게 천칭에 올렸다. 꽃은 천칭 위에 오르자 한층 더 강렬한 빛을 발했다. 과연 전설 속에서 나올만한 공물이었다. 천칭이 크게 기울었다.

"다음은 저군요. 달아보겠습니다."

나는 딱히 아모르의 전설에 있는 대사를 읊거나 하지 않고, 나뭇가지를 천칭에 올렸다. 천칭은 미동조차 할 기색이 없었다.

"역시나 나의 승——."

마나리아 님이 그렇게 말하려고 한 순간, 주변의 땅이 울리는 소리가 퍼졌다.

"지진?!"

주변이 소란스러워졌지만, 지면은 흔들리고 있지 않았다. 흔들리고 있는 것은 사랑의 천칭이었다.

"뭐지?"

누군가가 의문이 가득 담긴 목소리로 외쳤다. 나뭇가지에서 잎이 돋아나고 있었다. 그뿐만이 아니다. 점점 뿌리가 생겨나고, 가지가 눈에 보일 정도의 속도로 성장하더니 눈 깜짝할 사이에 커다란 나무가 되자 천칭이 내 쪽으로 크게 기울었다.

"플로스의 꽃이 졌다고……? 그 나뭇가지는…… 대체……?"

아연실색해 중얼거리는 마나리아 님을 향해 내가 말했다.

"연리의 나뭇가지라고 합니다."

백거이의 장한가에 나오는 연리지와는 조금 다른 물건이다. 연리의 나뭇가지는 이곳, 식장이 위치한 숲에서도 아주 깊숙한 곳에서 서식하고 있는 연리의 나무라는 이름의 강력한 몬스터를 쓰러트리면 아주 드물게 드롭하는 레어 아이템이다. 연리의 나무는 마법에 내성을 가진 굉장히 강력한 몬스터지만 사실은 약점이 있다. 슬라임의 용해액에 부식된다는 점이다. 나는 그동안 내 종마인 레레어의 도움을 받아서 연리의 나무를 끊임없이 사냥하고 있었다. 나뭇가지가 드롭된 것은 정말로 바로 방금 전의 일이었긴 하지만.

"플로스의 꽃이 가장 무거운 공물이 아니었던 건가……?"

"지금까지 알려진 공물 중에서는 분명 플로스의 꽃이 제일입니다. 하지만 그것보다도 더 무거운 공물이 있었던 겁니다."

다들 이미 눈치챘을 거라고 생각하지만, 이것은 게임 지식 덕택이다. 〈Revolution〉에서도 이 사랑의 천칭 에피소드가 있다. 기본적으로는 플로스의 꽃을 입수할 수 있다면 그걸로 OK지만,

연리의 나뭇가지를 바치면 특수 스틸 컷을 볼 수 있다. 즉, 연리의 나뭇가지는 숨겨진 아이템이라는 뜻이다.

"클레어 님."

"어?"

나는 아직도 깜짝 놀라서 멍하니 있는 클레어 님을 불렀다. 자세를 바로잡고, 그 눈동자를 똑바로 응시하면서 말한다.

"저로선 이야기 속에 나오는 것 같은 사랑은 불가능합니다. 이미 알고 계신 대로, 농담처럼 장난치듯이 말하지 않으면 정말 중요한 사실조차 말하지 못하곤 하지요."

하지만, 하고 나는 말을 이었다.

"설사 신이 하사한 천칭에 인정받지 못한다고 해도, 그렇다고 해도 당신을 사랑하겠습니다. 다른 누군가에게 패배한다 해도, 그렇다고 해도 언제나 당신만을 계속 사랑하겠습니다. 그러니까——."

나는 클레어 님의 앞에 무릎을 꿇고서, 그 손은 잡고는——

"메이드가 아니라, 저를 당신의 파트너로 삼아 주시지 않겠습니까?"

이야기 속의 한 구절이 아니라 나 자신의 말로서. 나는 처음으로 클레어 님에게 사랑받기를 원했다.

원래는 이 연리의 나뭇가지에 대한 지식을 써먹을 생각이 없었다. 전생했다고 하는 나만의 특이한 사정을 통해서 알고 있는 지식을 연애에 써먹는 건 어쩐지 비겁한 짓인 것 같은 느낌이 들었기 때문이다. 그게 설령 원망스럽기 그지없는 마나리아 님이 상대라고 해도 말이다.

하지만 나는 깨달았다. 그런 겉치레만 가득 찬 소리를 하고 있어서는, 사랑에서 이길 수 없어.

전생에서 사랑은 전쟁이다, 라고 노래하는 곡이 있었는데 딱 그 말대로다. 사랑은 문답 무용인 것이다. 정말로 클레어 님을 손에 넣고 싶다면 겉치레 따위를 하나하나 따지고 있어선 안 된다. 그래서 나는 나 자신에게 부여하고 있었던 금기를 일부러 깼다. 나는 무슨 일이 있어도 마나리아 님에게 이기고 싶었다.

"……당신이란 사람은……."

클레어 님의 눈에 눈물이 맺혔다. 그게 어떠한 종류의 눈물인지는 알 수 없었다. 하지만――.

클레어 님은 미소 짓고 계셨다.

"앗핫하! 이야~ 이거 졌네, 졌어!"

이제 막 좋은 분위기가 되려는 참에 마나리아 님의 호쾌한 웃음소리가 울려 퍼졌다.

"마나리아 님. 지금 한창 좋은 장면이니까, 분위기 좀 파악해 주세요."

"싫어. 난 역시 네가 좋아. 아주 최고야."

마나리아 님은 그렇게 말하면서 나를 껴안았다.

"자, 잠깐. 마나리아 님."

"이야~ 좋구나, 좋구나 하고 생각하고는 있었지만 설마 이 정도일 줄은 말이지. 응응. 너야말로 내 반려로서 어울려."

지금 뭔가 엄청난 소리를 했다고 이 인간.

"어, 언니. 그게 대체 무슨 말인가요……?"

"이야~ 미안해 클레어. 내 목적은 처음부터 레이였어. 레이의 반응이 너무 재밌어서 나도 모르게 그만 클레어를 건드리며 괴롭혀 버렸지 뭐야."

데헷——, 하고 마나리아 님은 혀를 내밀며 웃었다.

그러고 보니, 나는 이제 와서야 설정 자료집에 실린 내용을 생각해냈다. 게임 속에서 마나리아 님이 주인공을 남몰래 좋아하고 있다는 사실을 말이다. 이 세계의 마나리아 님은 나로선 너무나도 인상이 나빴기 때문에 완전히 깜빡 잊고 있었다.

"잠깐만요 마나리아 님. 이거 놔주세요."

"싫어. 이대로 스스 왕국에 들고 가버릴래."

"거절하겠어요!"

"응응. 그렇게 튕기는 점이 또, 한층 더 귀엽네. 그런 네가 좋다고."

그렇게 말하면서 마나리아 님은 그대로 입술을 가까이하는 폭거를 저지르기 시작했다.

"잠, 그만——."

"안 돼———!!!"

그 커다란 외침에 그 누구보다도 깜짝 놀란 사람은, 다름 아닌 바로 나였다.

"레이는 내 거라고! 내 거를 빼앗지 말아줘!"

그 귀에 익은 사랑스러운 쨍쨍 울리는 목소리는 혼잡한 사람들 속을 가르며 식장 전체에 크게 울려 퍼졌다. 목소리의 주인은, 놀랍게도 클레어 님이었다. 일동, 아연.

"크, 클레어 님……?"

내가 쭈뼛쭈뼛 말을 건네자, 클레어 님은 그제야 자기 입에서 튀어나온 말의 의미를 이해한 모양이었다.

"그, 그게 아니에요! 지금 건 그런 의미가 아니고——!!"

"클레어 니임—!!!"

나는 나도 모르게 클레어 님을 꼭 끌어안았다.

"잠깐만요, 이거 놓으세요!"

"싫어요! 사랑합니다, 클레어 님!"

나는 기뻐서, 너무 기뻐서, 클레어 님을 끌어안은 채 놓지 않았다.

"저는 싫다고요! 놓—으—세—요!"

"저를 클레어 님 거라고 말씀하셨잖아요!"

"시끄러워요! 당장 잊으세요!"

우리는 소란스럽게 서로 하고 싶은 말들을 주고받았다. 이러는 것도 오랜만이다.

"마나리아 님. 실례지만, 승부는 났다고 생각합니다만?"

"으응~ 그런 모양이네~"

미샤와 마나리아 님이 우리들이 서로 장난치는 모습을 바라보며 그런 대화를 나눴다.

"동성 간의 사랑은 가시밭길. 레이와 클레어는 행복한 사랑을 하길 바라고 있는 참이지만——."

"이지만?"

미샤가 뒷말을 재촉했다.

"하지만 뭐, 됐어. 저 두 사람이라면 후회가 남을 사랑 같은 건 하지 않을 것 같네."

그렇게 말하고서, 마나리아 님은 어쩐지 개운해진 것처럼 크게 웃었다.

"놓—으—세—요!"

"싫—다—고—요!"

클레어 님과 나는, 마나리아 님과 미샤의 대화 같은 건 전혀 귀에 들어오지 않은 채로, 오랜만에 마음껏 장난을 쳤다.

하지만 내 마음속은 지금까지 그 어떤 때보다도 가득 차 있었다는 건 말할 필요도 없다.

"네에?! 언니, 스스 왕국으로 돌아가시는 건가요?!"

"응."

클레어 님의 놀람은 곧 우리들 모두의 놀람이었다. 아모르의 제사가 끝나고 그다음 날이 된 후, 학교에 온 모두에게 전해진 소식은 마나리아 님의 귀국이었다.

"제 1왕자가 급사해서 말이지. 왕위계승권이 올라갔어. 나는 또 집안 다툼의 진흙탕 속으로 되돌아가는 거지."

이거 참 곤란하네, 라면서 전혀 곤란해 보이지 않는 모습으로 마나리아 님이 웃었다. 그러자 로드 님이 불만스러운 듯이 콧방 귀를 꿔었다.
"이기고 튈 생각인가?"
"응, 그렇게 되겠네요. 뭐, 다시 붙어볼 기회는 얼마든지 있겠죠. 그렇지 않나요, 미래의 바우어 국왕."
"흥. 목을 씻고 기다려라."
로드 님이 그렇게 말하면서 씨익 웃었다.
"아~ 돌아가고 싶지 않아. 레이, 둘이서 어딘가로 도망갈래?"
"혼자 가주세요."
은근히 유혹하려 드는 마나리아 님한테 차갑게 대답하자, 마나리아 님은 따흐흑 하고 우는 시늉을 했다. 아니, 그래봤자 안 귀여우니까요.
"레이한테도 차였고, 어쩔 수 없으니 왕위라도 따올게. 그러고 나면 또 다시 참견하러 놀러 올 테니까."
"안 오셔도 돼요."
"잠깐 레이, 당신 너무 불경하잖아요."
내가 마음에서 우러러 나온 말을 하자 클레어 님이 나무랐다. 좋아합니다.
그건 그렇고 왕위라도 따온다니, 참 간단히도 말한다. 저 말도 마나리아 님이 하면 어울리지만 말이지.
"하지만 이전에 있던 성적 지향성 폭로에 대한 건 어떻게 됐나요?"
"그런 건 그냥 사소한 요소일 뿐이야. 애초에 국민한테는 알려지지 않았으니까 말이야. 그래봤자 집안 다툼에서 불리하게 작용하는 정도라고 생각해."

뭐, 아무래도 좋긴 하지만, 하고 마나리아 님이 말했다.

"요 1개월 동안 정말로 즐거웠어. 왕궁으로 돌아가야 한다는 게 정말로 아쉬워."

"저도 같은 마음이에요, 언니."

"……빨랑 돌아가."

"레이!"

클레어 님한테 있는 힘껏 발을 밟혔다. 아픕니다. 좋아합니다.

"정말이지…… 레이는 좀 더 왕족에게 표하는 경의를 갖도록 하세요."

"제 마음속은 이미 클레어 님을 향한 사랑으로 가득 차 있어서요."

"저, 정말이지—!"

얼굴을 빨갛게 물들인 채, 고개를 휙 하고 돌리는 클레어 님. 네, 귀여워요.

"아~아~ 이제 완전히 사이좋아져 버려서는. 난 쓸데없는 짓을 해버린 걸까나."

그렇게 투덜거리는 마나리아 님은 살짝 불만스러워 보였다.

하지만, 하고 나는 생각했다. 처음부터 이게 마나리아 님의 노림수는 아니었을까. 스스로가 악역을 자처해서 클레어 님과 내 사이를 한 걸음 더 내딛게 해주려는—— 그것이야말로 마나리아 님의 진짜 의도 아니었을까 하는 생각이 들었다.

하지만 뭐, 싫은 건 싫은 거지만.

진짜 의도가 어쨌든 간에, 감사하는 마음이 있든 간에 나는 마나리아 님이 싫다. 지독하게 쓴맛을 보게 된 상대이기도 하고, 여전히 클레어 님이 사모하는 상대고. 무엇보다도, 다음에 또 싸우게 되면 더는 승산이 없다.

"그런데 로드 님. 한 가지 나쁜 소식이 있습니다."

그렇게 말하면서, 마나리아 님의 표정이 딱딱하게 굳었다.

"뭐지?"

"스스의 제1왕자의 사인은 독살이라는 모양입니다만 그때 사용된 독이 이전에 여기 바우어 왕국에서 세인 왕자에게 사용되었던 독과 일치했습니다."

"뭐라고?"

그 사실이 나타내는 것은 즉——.

"나 제국인가."

"네."

왕국과 오랫동안 적대 관계에 있는 인접국, 나 제국이 암약하고 있는 모양이다.

"제1왕자는 이전부터 제국을 적대하는 정책을 표방하고 있었습니다. 그게 마음에 들지 않았던 거겠죠."

제가 왕위에 오른다고 해도 그 정책은 바뀌지 않을 거라고 생각하지만요. 마나리아 님이 덧붙였다.

"세인 왕자 암살 미수와 스스 왕자의 독살……. 나 제국의 움직임이 활발해 지고 있습니다. 부디 주의하시길."

"알겠다. 너도 모국에서 조심하길."

"충고, 가슴에 새기겠습니다."

로드 님한테 대답하고서 마나리아 님은 내 쪽으로 돌아섰다.

"레이도 조심하고 있어야 해. 너는 칸타렐라를 해독할 수 있는 모양이지만 너 자신이 독에 당하기라도 하면 해독 마법을 쓸 수 없을지도 모르니까."

"괜찮습니다. 칸타렐라의 해독 마법은 지금 학교에서 한창 공식화 되고 있는 중이니까요."

세인 님이 표적이 되자, 나는 곧장 해독 마법을 누구나 쓸 수 있도록 만들기 위해서 학교의 연구 기관에 마법 구성식을 제출했다. 이게 완성된다면 칸타렐라로 목숨을 잃는 사람은 비약적으로 줄어들 것이다.

"그런가. 역시나 넌 아주 좋은걸. 클레어, 역시 나한테——."

"안 드릴 거라고요."

"너희들, 최근 닮아가기 시작했네."

마나리아 님이 쓴웃음을 지었다.

"마나리아 님, 슬슬 가실 시간입니다."

아무래도 마나리아 님을 맞이하러 온 마차가 도착한 모양이다.

"아, 그럼 마차까지 배웅을——."

"클레어는 여기에 남아있어. 레이를 잠깐 빌리고 싶어."

"언니도 참. 아직도 그런 식으로——."

"하하, 아냐아냐. 마지막에 잠깐 우리 둘이서만 살짝 비밀이야기가 하고 싶어서 말이야. 그 정도는 괜찮겠지?"

"……어쩔 수 없네요."

레이, 다녀오도록 하세요. 하고 등을 밀어주셨다. 어쩔 수 없이 마차까지 가는 길에 동행했다.

"레이, 너한테 물어보고 싶은 게 있어."

"뭔가요?"

잠시 동안 묵묵히 걷고 있자니, 마나리아 님이 입을 열었다.

"너는, 대체 누구니?"

그렇게 물어오는 마나리아 님의 눈은 예리한 빛을 발하고 있었다.

"미지의 독을 해독하고 미지의 공물을 알고 있어. 그 지식은 어디에서 얻었어?"

"……대답해 드릴 수 없습니다."

어중간하게 얼버무리는 건 마나리아 님에게 통하지 않는다. 그래서 나는 솔직하게 대답했다.

"너는 나 제국의 첩자인가?"

"아닙니다."

"정말로?"

"클레어 님께 맹세코."

내가 그렇게 말하자 마나리아 님은 풋 하고 웃었다.

"아하하, 그거라면 믿을게. 네가 클레어를 배신할 일은 절대로 없을 것 같으니까 말이야."

아하하, 하고 마나리아 님은 한바탕 크게 웃었다.

"질문은 그거뿐인가요?"

"아니, 한 가지 더 있어."

마나리아 님은 계속해서 물었다.

"너는 지금도 클레어를 향한 마음이 보답받지 못해도 좋다고 생각하고 있니?"

대답을 피하는 건 허용하지 않겠다는 눈이었다.

"아니요. 지금은 클레어 님이 제 마음에 응해주셨으면 좋겠다고 생각하고 있습니다."

마나리아 님의 눈을 똑바로 응시하면서, 나는 그렇게 대답했다.

"가시밭길이야."

"알고 있습니다."

"클레어는 스트레이트다."

"그것도 알고 있습니다."

"포기하지 않고 그 마음을 이어나갈 수 있겠어?"

"반드시."

일말의 틈도 없이 쏘아지는 질문들에, 한 점의 망설임도 없이 대답했다.

"응. 그걸로 됐어. 지금의 너라면 클레어를 맡길 수 있을 것 같아."

그 표정은 딸을 시집보내는 아버지처럼 보였다. 마나리아 님이 나를 좋아하는 건 맞지만, 그녀는 클레어 또한 마음 깊이 소중하게 여기고 있는 것이다.

"여기까지만 배웅해 주면 돼. 듣고 싶은 건 전부 들었으니까 말이야."

그렇게 말하고서 마나리아 님은 오른손을 내밀었다.

"즐거웠다고. 클레어를 부디 잘 부탁해."

"말할 필요도 없죠."

나는 그 손을 마주 잡고서 대답했다.

"그럼, 또 봐."

마지막으로 그 말을 남기고서 바람과도 같았던 그 사람은 떠나갔다.

"클레어 님~."

"뭔가요."

"저번에 했던 말씀, 한 번만 더 들려주세요~"

마나리아 님을 배웅한 후, 클레어 님과 나는 클레어 님의 방으로 돌아왔다. 책상 앞에 앉아서 책을 펼쳐 들고 있는 클레어 님을 뒤에서 껴안으면서 나는 열심히 졸랐다. 저번에 했던 말이란, 아모르의 제사 때 클레어 님이 외쳤던 그 대사를 말하는 것이다.

"뭘 말하는 건가요?"

"에이 또 그렇게 시치미 떼신다."

참 귀엽다니깐, 하고 놀리자 클레어 님은 얼굴이 빨개져서는,

"그렇게 우쭐하지 말란 말이에요! 레이 같은 건 딱히——."

"딱히?"

"딱히…… 아무렇지도 않게 생각해요."

그렇게 말하고서 클레어 님은 삐진 듯이 휙 하고 고개를 돌렸다.

"이름."

"……."

"불러주시는 거네요."

"……몰라요."

클레어 님이 나를 좋아하게 됐다고는, 아직 그렇게는 생각하지 않는다. 하지만 그래도——.

"클레어 님."

"뭔가요."

"사랑하고 있습니다."

"……흥."

클레어 님과 나는, 소중한 한 걸음을 내디뎠다고 생각한다.

내 최애는

악역영애.

제 5 장

바캉스

"너희들, 바캉스는 어떻게 할 거냐?"

이제 여름방학이 코앞으로 다가온 어느 날, 학교기사단 회의실에서 로드 님이 그렇게 물었다.

"그게, 우리 저번 학원제 때 바캉스 무료 이용권을 얻었잖아? 그거 사용할 사람이 몇 명이나 있는지 궁금해져서 말이야."

벌써 꽤나 예전 일이기 때문에 까먹은 사람이 있을지도 모르겠지만, 학교기사단은 학원제 때 했던 〈카발리에〉를 통해 인기투표 1위를 따냈다. 로드 님이 말하는 건 그 인기투표 1위로 얻은 상품 얘기다.

"저는…… 본가로 돌아갈 예정이라서 그 이용권을 사용할 예정은 없습니다."

미샤가 담담하게 말했다.

"저도 영지에 있는 피서지를 이용할 예정이라서 이용권은 쓰지 않을 거예요."

클레어 님도 쓰지 않을 모양이다.

"레이, 너는…… 물어볼 것도 없나."

"네에. 클레어 님과 함께합니다."

로드 님의 말처럼 물어볼 필요도 없는 일이다. 클레어 님이 가는 곳이 곧 내가 가야 할 곳이다. 〈Revolution〉 게임 안에선 바캉스 이용권을 써서 특별 이벤트에 참가한 다음 특별 스틸 컷을 보는 게 정석이었지만, 나로서는 클레어 님이랑 떨어져서 그런 짓을 하러 갈 의미가 없다. 바캉스 기간에 클레어 님과 함께 보내는 시간을 만끽하기 위해서 여러모로 미리 손을 써 놨다.

"그렇다는 것은 이 이용권을 쓴다고 해도 우리 3명뿐인가."

"재미없네."

"……."

로드 님이 영 내키지 않는다는 어투로 말하자 유 님은 어깨를 으쓱했고, 세인 님은 아무래도 좋다는 표정을 지었다.

"사내놈 셋이서 바캉스를 가라고 해도 말이지……."

"아무한테나 권유하면 되는 거 아닌가요? 왕족의 권유를 거절하는 귀족은 없을 거 같은데요?"

"그거야 그렇긴 하지만. 우리가 먼저 말을 걸게 되면 그건 또 정치적으로 귀찮은 일이 생겨 버리니까……."

그건 그렇겠지. 왕족이 먼저 직접 말을 건넨다는 사실은 그것만으로도 가치가 있다. 왕위계승 싸움까지는 안 간다고 쳐도 권력 투쟁이나 파벌 다툼 같은 건 귀족의 숙명과도 같은 것이다. 누구를 권유했고, 누구는 권유 안 했고, 같은 이런저런 귀찮은 후폭풍이 함께할 게 틀림없다.

뭐, 나랑은 관계없는 일이지만.

"뭐 됐어. 그나저나 너희들. 바캉스 기간 중에 해야 하는 학생으로서의 의무는 잊지 않았겠지?"

로드 님이 확인하듯이 물었다.

"의무…… 인가요?"

나는 이거다 싶은 게 떠오르지 않았다.

"잠깐만요 레이. 당신 잊어버린 거예요? 제 메이드이면서도 이 무슨 한심한……."

개탄스럽다는 태도로 고개를 절레절레 젓는 클레어 님.

"언데드 헌트의 의무를 말하는 거야, 레이."

미샤가 설명해 준 덕분에, 그제야 나도 무슨 말인지 생각해 냈다.

이전에도 살짝 말한 적 있지만, 학교에는 여름의 연례행사로서 언데드 헌트——정식명칭으론 〈언데드 샌딩〉——라는 게 있다.

이 세계에서는 여름이 되면 언데드 계열 몬스터가 나타난다. 학생들에게는 언데드를 일정 숫자 이상 퇴치해서 사회에 공헌할 의무가 있다.

게임의 통상적인 흐름대로라면 수도 교외에 언데드 군단이 나타났다는 소식이 들리고, 그걸 퇴치하러 가게 되지만 지금 현재로서 그러한 소식은 전혀 들려오지 않는다. 그뿐만 아니라 앞으로도 그런 소식은 없다. 내가 그렇게 만들 것이다. 그 부분에 대해선 또 다음 기회에.

"뭐야 클레어. 불만스러워 보이는 표정인데?"

"저는, 언데드 헌트라고 부르는 게 마음에 들지 않아요. 죽은 자에 대한 존중이 부족한걸요."

이상한 부분에서 고지식한 클레어 님이다. 과학에 길들여진 지구인이었던 나로선 가지기 힘든 가치관이지만 나는 클레어 님에 대한 평가를 한 단계 더 상향했다.

"그런 말을 해도 말이지, 언데드 샌딩은 뭔가 어감이 나쁘잖아? 요즘엔 교회 사람들 정도만 쓰는 말이기도 하고."

"그건 그렇지만요……. 레이, 어떻게든 해보세요."

"에에에……. 이 무슨 억지……."

그렇다곤 해도, 모처럼 클레어 님이 나에게 기대하는 것이다. 기대에 부응하고 싶다.

"오봉이라고 바꿔 부르면 어떨까요?"

"그건 어디서 나온 발상인가요?"

"제 고향에 전해져 내려오는 제례 의식에서 따왔어요."

"많은 사람에게 의미가 전달되지 않아요. 기각이에요."

역시 오봉을 슬쩍 베껴 오는 걸론 의미 전달이 안 되나. 그렇다면――.

"심플하게 샌딩, 이라고 줄여 부르는 건 어떨까요?"

"어머. 꽤 나쁘지 않네요?"

"어설프게 새로운 표현을 사용해 봤자 그게 뭐냐는 반응으로 끝날 테지만 원래의 말을 변형시키는 거라면 어쩐지 모르게 의미가 전해지는 거네."

클레어 님과 로드 님도 이견은 없어 보인다. 그렇게 돼서, 우리들끼리는 언데드 헌트대신 샌딩이라고 바꿔 부르기로 했다.

"뭐, 그건 일단 제쳐두고서. 학교기사단 단원이 그렇게 쉽게 당하지는 않을 거라고 생각하지만 그래도 방심하면 목숨을 잃을 수도 있어. 샌딩을 할 때는 부디 주의를 놓지 말도록."

"말씀하실 필요도 없어요. 언데드 따위한테 당할 제가 아니니까요."

클레어 님은 흐흥, 하고 자신만만하게 웃었다. 하지만――.

"하지만 클레어 님. 귀신을 무서워하지 않으셨던가요?"

"귀신이 아니에요! 언데드라고요!"

잡아먹을 기세로 대답하는 클레어 님. 저 허둥지둥하는 모양새를 보아하니, 여러 가지 의미로 이미 틀렸구나 싶었다. 네, 그런 점도 엄청나게 귀엽습니다.

"레이, 클레어를 잘 부탁한다."

"맡겨만 주세요."

"잠깐만요 로드 님! 무슨 의미인가요?! 저는 정말로 언데드 따위—!"

"그럼 우리 괴담이라도 한 개씩 말해볼까?"

클레어 님의 말을 장난스런 어조로 끊은 것은 유 님이었다.

"옛날에 교회에서 파문당한 젊은 사제가 말이지——."

"그러고 보니! 당신의 본가는 어디인가요, 미샤?"

유 님의 말을 막으려는 듯이 클레어 님이 억지로 화제를 돌렸다.

유 님은 쿡쿡 거리면서 웃고 있었다. 너구리 자식. 클레어 님으로 놀아도 되는 건 나뿐이란 말이다.

"유클레드입니다. 수도의 남쪽에 위치한 항구마을이에요. 레이도 같은 곳입니다."

"어라, 그거 우연이네요. 프랑소와 가문의 별장도 유클레드인데요?"

사실 이건 우연도 뭣도 아니다. 미샤는 주인공과 소꿉친구니까 미샤의 집이 있는 마을은 곧 주인공의 집이 있는 마을이다. 주인공이 바캉스 때 집에 귀성하는 선택지를 골랐을 때도 클레어 님의 괴롭힘이 계속 이어지도록 프랑소와 가문의 별장도 같은 마을에 있도록 설정된 것이다. 즉, 게임의 사정상 이렇게 되었다는 뜻이다.

"그렇다면 프랑소와 가의 마차로 함께 가세요. 한사람 정도 더 늘어난다고 해서 딱히 달라질 건 없으니까요."

"아뇨, 그건 너무 죄송하니까."

"뭐라고요? 제 마차에 타지 못하겠다는 건가요?"

알 수 없는 트집을 잡는 클레어 님. 이게 친절한 건지 심술궂은 건지. 뭐, 솔직하게 같이 가고 싶다고 말을 못 해서 저러는 것뿐이지만.

"왠지 저쪽이 더 재밌어 보이는데. 우리들도 유클레드로 가볼까?"

"안된다고, 로드 형. 유클레드는 너무 멀어."

"……우리들에게는 처리해야 하는 공무도 있어."

왕자님들은 수도에서 그렇게 먼 곳까지는 갈 수 없는 것이다.

"체엣, 재미없어—!"

어린애 같은 표정으로 로드 님이 툴툴댔다. 나로선 왕자님들한테 방해받지 않고서 클레어 님을 만끽할 수 있는 찬스라서 그야말로 바라 마지않던 상황이다.

"뭐 어쩔 수 없지. 다들 바캉스를 즐기는 김에 언데드도 퇴치하는 거다. 거듭 말하게 되지만 부디 다들 너무 긴장을 놓지는 않도록."

회의를 마무리하는 로드 님의 말과 함께, 그날의 회의는 막을 내리고 삼삼오오 흩어졌다.

"클레어 님."

"뭔가요, 레이."

클레어 님한테서 짐을 받아 들며 나는 만면에 미소를 지었다.

"바캉스, 엄청 기대되네요!"

"……어째서일까요…… 왠지 불안한 예감밖에 들지 않는데요."

오한이라도 느낀 것처럼 부르르 떠는 클레어 님을 곁눈질하면서, 내 마음은 이미 벌써부터 기대감에 들떠있었다.

바캉스 시기를 앞두고, 어딘지 모르게 들뜬 분위기로 가득 찬 시내를 걸었다. 태양 빛도 슬슬 매섭게 느껴지는 게, 드디어 여름이 왔구나 싶었다.

"어디로 가는 건가요?"

그렇게 물어보는 사람은, 내가 사랑해 마지않는 클레어 님이다. 클레어 님은 내가 들고 있는 양산 밑에서 햇빛을 피하며 걷고 있기 때문에, 나는 클레어 님의 그 도자기와도 같은 피부가 타는 걸 허용치 않고 있었다.

"바캉스 전에 미리 처리해 놔야 할 일이 조금 있어서요."

"일?"

"정말로 별거 아닌 사소한 일입니다. 뭐라고 해야 하나…… 위험을 미연에 방지해 두는 거라고 해야 하나."

"무슨 말인지 잘 모르겠네요."

요령부득이라고 말하는 것처럼 클레어 님이 고개를 갸웃거렸다. 엄청나게 귀엽습니다. 네.

"그건 그렇고 무슨 바람이 부신 건가요? 제 볼일에 함께 하시다니."

오늘의 외출은 완전히 내 사적인 용무였다. 클레어 님이 자기도 따라가겠다는 말을 꺼낸 건 예상외였다.

"……딱히요. 별다른 의미는 없어요. 그냥 왠지 바깥바람을 쐬고 싶었을 뿐이에요."

그렇게 말하면서 클레어 님은 삐진 듯이 휙, 하고 고개를 돌렸다. 어라? 왠지 기분이 나빠 보이시네?

"하지만 클레어 님, 평소에는 더운 건 싫다고 하시면서 햇빛이 닿는 장소도 싫어하셨잖아요."

양산 아래에 있어도 더운 건 더운 거다. 하물며 방자하기론 남들의 몇 배는 될법한 클레어 님이 대체 뭐가 좋아서 이런 햇빛 쨍쨍한 날에 밖으로 나오려고 하신 걸까.

"됐 · 으 · 니 · 까! 당신은 어서 빨리 볼일을 끝내도록 하세요!"

"허어……."

잘은 모르겠지만, 그냥 오늘따라 왠지 그러고 싶은 기분이셨던 걸까. 클레어 님은 고양이처럼 변덕스럽기 때문에 가끔 그런 날도 있는 걸지도 모르겠다. 나로선 클레어 님과 함께 있을 수 있는 시간이 늘어나는 건 대환영이라서 더 이상 깊이 생각하지 말고 지금 이 순간을 즐기기로 마음먹었다.

"그래서, 어디로 가는 건가요?"

"이제 곧 도착합니다. ……여기에요."

그 말과 함께 내 발걸음이 멈춘 곳은, 한 채의 건물 앞이었다.

"투르 상회……? 뭔가 사러 온 건가요?"

간판에 쓰인 상호를 읽고서, 클레어 님이 물었다.

"아뇨, 뭘 사러 온 건 아닙니다. 여기 주인이랑 조금 이야기할 게 있어서요."

"흐응……? 뭐 됐어요. 들어갈 거면 빨리 들어가자고요. 여기는 더워서 못 견디겠어요."

"그러니까 학교에서 기다리고 계셨으면——."

"빨 · 리 · 요!"

"넵."

재빨리 가게 안으로 들어가려고 하는 클레어 님을 쫓아서 나도 가게로 들어갔다.

"어서 오십시……오?! 이, 이거이거, 클레어 님 아니십니까. 이런 장소까지 친히 어쩐 일로……?!"

클레어 님의 모습을 보자마자, 인상 좋은 노년의 점주가 당황하는 모습을 보였다. 그의 이름은 한스 씨. 이 투르 상회를 혼자 힘으로 지금 위치까지 끌어올린 유능한 상인이다.

한스 씨가 허둥지둥하는 것도 무리는 아니다. 투르 상회는 결코 작은 상회는 아니지만, 그렇다고 큰 상회도 아니다. 중소 귀족이라면 모를까, 클레어 님 정도 되는 대귀족을 맞이해본 적은 거의 없었을 것이다.

"용무가 있는 건 제가 아니에요. 자, 레이. 빨리 볼일을 마치도록 하세요."

아마 상담용으로 짐작되는 가게 구석에 비치되어 있던 소파에 몸을 걸치면서 클레어 님은 별반 흥미 없어 보이는 말투로 그렇게 말했다. 무료한 태도로, 가게 내부를 둘러보고 있다.

"안녕하세요. 한스 씨."

"여, 레이 짱. 깜짝 놀랐다고. 클레어 님과 함께라니 처음 있는 일이잖아?"

"네에. 오늘은 어쩐지 그럴 기분이셨던 모양이라."

한스 씨와 인사를 나눴다. 변함없이 인심 좋은 할아버지 같은 분위기를 지닌 사람이다.

하지만――.

"그래서 레이 짱. 오늘은 또 어떤 돈이 될 이야기를 들고 와준 거니?"

그 말과 동시에, 한스 씨의 표정에서 방금까지 있던 온화한 분위기가 사라지고 상인의 날카로운 표정으로 바뀌었다.

한스 씨와 나는 이전부터 교류가 있었다. 사실 그는 게임 속에서는 아이템을 판매하는 상인 캐릭터인데, 전생 후로는 블루메 관련으로 이런저런 도움을 주고받는 사이다. 블루메의 신작 요리에 필요한 식재료를 조달 요청하고, 그 답례로 블루메 쪽에 요리를 팔 때 한몫 껴들게 해주었다. 그래서 그 사람 생각으론 내가 가게에 온다는 건, 돈 되는 이야기라는 공식이 머릿속에 생성된 것 같다.

"죄송하지만 오늘은 오히려 돈이 될 이야기를 망치려고 왔습니다."

"뭐?"

한스 씨는 깜짝 놀란 표정이었다. 계속 말을 이었다.

"짐작입니다만, 한스 씨에게 어떠한 마도구에 대한 소문이 흘러들어 왔을 거라고 생각한단 말이죠."

"응? 무슨 소릴 하는 거지?"

한스 씨는 고개를 갸웃거리는 시늉을 했다. 일단 시치미부터 떼고 보는 점은 역시나 상인답다고 해야 하려나.

"시치미 떼도 소용없어요. 그 마도구의 효과는 이렇겠죠. 죽은 자를 소생시킨다…… 아닌가요?"

"……뭐, 레이 짱을 속일 수 있을 거라고는 생각하지 않았다고."

마도구의 효과까지 단정하자, 한스 씨는 항복하듯이 양손을 들어 올렸다. 내가 게임지식을 활용한 돈벌이 이야기를 들려준 게 한두 번이 아닌 덕분인지, 한스 씨는 내가 예언자나 뭐 그쯤 되는 존재라고 생각하는 모양이다.

"분명 그런 얘기를 들었지. 절대 값싼 물건이 아니니까 그걸 매입하러 나설지 말지는 조금 고민하던 차였지만."

"그 마도구. 포기해 주세요."

"……이유를 물어도 될까?"

한쪽 눈썹을 치켜 올리면서 한스 씨가 물었다. 그야 그렇겠지. 상인이 아무런 이유도 없는데 돈 될 거리를 포기할 리가 없다.

"그 마도구는 가짜입니다."

"……그걸 어떻게 알지?"

"제가 그 사실을 어떻게 알고 있는지는 말할 수 없습니다. 하지만 이 마도구를 사게 된다면 한스 씨는 큰 손해를 입습니다."

"……흐음."

단정적인 말투, 그러나 근거를 밝히지 않는 내 말에 한스 씨는 고민하는 것처럼 보였다. 그 마도구는 사실 죽은 자를 언데드로 바꾸는 마도구다. 게임에선 한스 씨를 통해 이 마도구를 매입한 하급귀족이 그걸 모른 채 마도구를 사용해버린다. 결과적으로 그 하급귀족의 딸이 잠들어있던 묘지는 언데드의 소굴이 돼서 귀족은 크게 격노하고, 한스 씨는 그 귀족을 통해 가지고 있던 모든 거래처를 잃게 되는 것이다. 게임 안에선 언데드 헌트의 일환이지만 당연히 그런 비극은 일어나지 않는 쪽이 더 좋다. 그래서 오늘 이 가게에 방문한 목적은 미리 플래그를 꺾어버리기 위해서다.

"이게 다른 사람이 꺼낸 이야기였다면 당장 내쫓았겠지만, 레이 짱의 말은 지금까지 한 번도 빗나간 적이 없으니까 말이지……. 하지만……."

"물론 맨입으로 포기하라고는 안 합니다. 따로 돈이 될 정보가 있습니다."

"……역시 그렇게 나오셔야지."

한스 씨가 빙긋 웃었다.

"가까운 시일 내에 무기나 방어구의 수요가 대폭 늘어날 겁니다. 그것도 비밀스러운 루트로."

"! 심상치 않은 얘기군. 전쟁이라도 시작되는 건가?"

한스 씨가 깊게 가라앉은 눈빛으로 바라보았다.

"전쟁은 아닙니다만 그에 준하는 겁니다."

"……근거는 이번에도 가르쳐 줄 수 없는 거겠지?"

"네, 믿고 안 믿고는 한스 씨 나름입니다."

그렇게 말하긴 했지만 나는 한스 씨가 내 말에 따를 거라고 짐작하고 있다. 한스 씨는 잠시 동안 생각하는 낌새였지만, 이윽고 커다랗게 한숨을 내쉬고는——.

"알겠어. 마도구 쪽은 포기하지. 하지만 적어도 이것만큼은 가르쳐줬으면 좋겠어."

"뭔가요?"

"그 비밀스러운 루트의 수요에 무기를 공급해도 되는 건가?"

한스 씨는 날카로운 눈빛으로 나를 쏘아보았다. 시험받고 있다.

"상인으로선 당연히 편승해야겠지요. 인간으로선…… 한스 씨의 정치적 신념에 따라서입니다."

"……흠."

눈 한번 깜빡이지 않고 한스 씨의 그 눈을 마주 보며 대답하자 한스 씨는 일단 납득한 말투로 말했다.

"괜찮겠지. 아무래도 뒤숭숭한 냄새가 나지만 그런 기회에 도박을 거는 게 상인이니까 말이야."

한스 씨의 표정이 풀렸다. 아무래도 한스 씨의 테스트에서 일단 합격점을 따낸 모양이다.

"그건 그렇고…… 레이 짱, 너는 대체 어떤 녀석이야? 언제나 매번, 마치 미래라도 볼 수 있는 것처럼 말하는군."

"이전에도 말씀드렸던 대로 그 부분에 대해선 노코멘트입니다."

"뭐 그렇겠지. 하지만 조심하는 게 좋아 레이 짱. 만약 내가 돈을 벌기 위해 수단 방법을 가리지 않는 인간이라면 망설이지 않고 너를 납치해서 감금할거야."

한스 씨가 아무렇지도 않게 무서운 소리를 한다.

"제가 듀얼 캐스터라는 건 이미 알고 계실 거라고 생각합니다만."

"물론이지. 나 혼자서 어떻게 하겠다는 생각은 안 해. 하지만 따로 청부업자를 고용하거나, 마법 봉인 마도구를 사용한다든가 하는 식으로 수단 자체는 얼마든지 있어."

그건 분명 그럴지도 모른다.

"뭐, 겁주는 건 이 정도로 해둘까. 하지만 잊지 마. 너에게는 그 정도의 가치가 있어. 그건 동시에 여러 위험을 끌어들이기 쉽다는 뜻이기도 해."

"……가슴에 새겨두도록 하지요."

"그렇게 해둬."

그렇게 말하며, 한스 씨는 나한테 웃어 보였다.

"용무는 다 끝난 건가요?"

한스 씨와 내 대화가 일단락된 걸 본 건지, 클레어 님이 물었다.

"네, 일단은요. 한스 씨 그럼 이만 실례할게요."
"아아, 또 오도록 해."
"클레어 님. 돌아가죠."
"평안하시길."
클레어 님의 뒤를 따라 나는 가게 밖으로 나왔다.
"아직 통금시간까지는 꽤나 시간이 있네요. 저 배가 고파졌다고요."
"기숙사로 돌아가면 제가 뭐라도 만들어드릴게요."
양산을 씌워드리면서 클레어 님의 말에 대답했다.
"……둔감하긴."
"네?"
"아무것도 아니에요. 네네, 그래요. 돌아가자고요. 돌아가면 될 거 아니에요!"
부루퉁하게 삐진 것처럼 말하면서 클레어 님은 그대로 성큼성큼 걸어 가버렸다.
"클레어 님. 피부가 햇볕에 타버려요."
"그런 건 아무래도 좋잖아요!"
"좋지 않아요. 클레어 님의 도자기와도 같은 피부에 기미라도 생긴다면 어떻게 하나요."
황급히 뒤쫓으면서 양산을 씌워드리자, 클레어 님은 이번엔 갑작스레 걸음을 세웠다.
"……만약 그렇게 되면 저를 싫어하게 될 건가요?"
"그럴 리가요."

맥락도 뭣도 없이 갑자기 던져진 질문이었지만, 내 대답엔 망설임이 없었다.

아니, 그도 그럴 게, 그럴 리가 없으니까.

“그래요…… 흐응…….”

클레어 님은 어쩐지 복잡한 표정이었다. 오늘의 클레어 님은 대체 무슨 일일까.

“클레어 님, 오늘은 어쩐지 이상한 거 같은데요?”

“누구 때문이라고 생각하는 거예요!”

“에에…….”

되레 역정을 낸다. 아니 진짜로 의미를 모르겠다.

“빨리 돌아가자고요! 돌아가면 크렘 브륄레를 만들도록 하세요!”

“허어……”

표정으로 미루어 짐작건대, 일단 기분이 좀 풀린 모양이다. 여전히 이유는 알 수 없었지만 뭐, 클레어 님이니까.

“……모처럼 같이 외출했는데 말이지.”

“지금 뭔가 말씀하셨나요?”

“레이는 바보라고 말했어요!”

메—롱 하고 혀를 쏙 내미는 클레어 님. 도무지 영문은 모르겠지만 클레어 님은 변함없이 귀엽다.

다그닥 다그닥, 시야가 조금씩 위아래로 흔들린다. 이 세계로 온 지도 벌써 반년 가까이 지났기 때문에 슬슬 익숙해지긴 했지만, 처음 전생했을 무렵에는 현대의 자동차가 얼마나 쾌적한 탈 것이었는지를 절실히 깨달을 수밖에 없었다.

그런고로, 현재 나는 마차에 타고 있는 중이다. 호화스러운 삼두마차 안에서 위아래로 흔들리며 클레어 님, 미샤, 도르 님과 함께 프랑소와 가문의 별장으로 향하는 여행길에 올랐다. 앉아있는 순서는 마차 앞쪽 자리에 클레어 님과 나, 맞은편에 도르 님과 미샤, 라는 배치다. 이 자리배치에 관해서 한바탕 말썽이 있기는 했지만, 최종적으론 클레어 님의 고집에 도르 님이 굴복하고 말았다.

"거기서 나는 이렇게 말했단다. 당신의 말은 헛소리나 다름없다. 귀족 없이 왕국의 정치는 성립하지 않는다. 라고."

과장된 손짓, 발짓과 함께 열심히 얘기하는 사람은 클레어 님의 아버지이자 왕국의 재무장관인 도르 님이다. 마차에 탄 채로 이동한 지 한나절 정도 지났는데 도르 님의 입은 도무지 쉴 틈이 없었다.

"아버님. 그 얘기는 이미 들었어요. 벌써 몇 번째라고 생각하시는 건가요."

"응? 그랬던가? 그럼 다른 이야기를 하지. 이건 클레어가 막 태어났을 무렵의 이야기인데 말이지——."

도르 님으로 말하자면 왕족을 제외하고선 거의 정점에 있는 대귀족이다. 그가 수다를 떨고 싶어 하는 이상 그 입을 막을 수 있는 사람은 거의 없는 거나 마찬가지다. 여기서 유일하게 클레어 님이라면 가능하겠지만, 클레어 님도 뿌리부터 귀족이니만큼 아버지가 말하는데 단호히 나서서 입을 막을 수는 없다. 기껏해야, 방금 전처럼 이야기가 일단락됐을 때를 노려서 쓴소리를 한마디 하는 정도다.

도르 님의 이야기 주제는 거의 다 자기의 공적을 자랑하는 내용들이다. 재무장관이라는 지위는, 한마디로 이 나라의 금고지기다. 다른 부서가 재무성 보다 떨어지는 위치에 있다는 말은 아니지만, 역시 돈의 흐름을 쥐락펴락하는 직위라는 건 막강한 권력을 가지고 있는 법이다. 그런 점은 지구나 이세계나 다르지 않다. 정치가들이나 관료들이 만드는 법안이나 정책도 도르 님의 협력 없이는 성립될 수 없다. 결과적으로 도르 님은 온갖 법안이나 정책의 성립에 영향을 끼치게 되었고, 그걸 자신의 공적이라고 간주하곤 했다.

"클레어. 아직 젊고…… 거기다 여자인 너로서는 모르겠지만, 정치라는 건 말이지 이상만으론 움직이지 않는 거란다."

"하아……."

도르 님의 창끝이 자신을 향하자, 클레어 님은 살짝 지긋지긋하다는 태도로 애매하게 대답했다. 클레어 님의 눈이 도움을 요청하는 것처럼 내 쪽을 향했다.

"도르 님. 클레어 님의 어린 시절은 어땠나요?"

"그거야 뭐 당연히 천사 그 자체였지! 이 세상에 클레어보다 사랑스러운 존재 따위는 없었어!"

떡밥을 슬쩍 던져보자 도르 님은 바로 덥석 물었다. 그야말로 청산유수처럼 클레어 님의 어린 시절에 대해서 아주 상세하게, 그리고 엄청 기쁘게 떠들기 시작했다.

슬며시 옆구리를 찔렀다. 미샤였다.

"너, 도르 님을 상대로 직접 대화를 할 수 있다니 대단하네……."

"어째서? 미래의 시아버지인데?"

"너, 도르 님을 상대로 그런 농담을 할 수 있다니 대단하네……."

질렸다는 듯이 한숨을 쉬는 미샤는 피로의 기색이 역력했다. 나와는 다르게 한때 귀족이었던 미샤로서는 역시 도르 님이라는 존재가 엄청난 압박감으로 다가왔던 모양이다. 옆에 앉아 있는 것 자체만으로도 불편하기 짝이 없는데, 하물며 대화를 나눈다니 더더욱 논외라는 거겠지.

"뭐, 이 내가 평민에게 대화를 허락하는 것도 클레어가 봐주는 상대니까 그런 거다. 그러지 않고서야 애초에 마차에 동석하는 일조차 말도 안 되지."

"각하와 클레어 님의 하해와 같은 마음씨에 감사드립니다."

"음."

내가 감사의 인사를 올리자 도르 님이 만족스럽다는 듯이 고개를 끄덕였다.

"그런데 클레어. 이 평민과는 꽤나 격의 없이 친밀하게 지내는 모양이구나. 처음에는 그렇게나 싫어했으면서 무슨 바람이

분 거냐?"

"……딱히 지금도 친밀하거나 하지 않아요."

"그런가? 클레어, 너는 귀족치고는 마음씨가 너무 상냥해. 자신의 상냥함을 베풀 상대를 신중하게 골라야 한다."

도르 님이 어린애를 타이르는 어조로 그렇게 말했다. 클레어 님은 지긋지긋한 기색이었지만 그래도 일단 고개를 끄덕이고 있었다.

"그러지 않으면 또 똑같은 실수를 반복하게 될 테니까 말이지…… 그 배신자 오르소 같이 말이야."

도르 님이 그 말을 입에 담기 전까지는 말이다.

"아버님!"

"오랜 기간 보살펴줬는데 말이야. 그야말로 창부나 다름없는 여자였어. 제국과 내통해서 왕국에 화살을 겨누다니 사형을 시켜도 시원찮지."

정말이지 폐하도 무르시군, 하고 도르 님이 악담을 내뱉었다. 클레어 님은 지금 당장이라도 폭발할 것처럼 보였지만, 필사적으로 참고 있었다.

이래선 큰일이다. 나는 어떻게든 다시 한번 화제를 돌려보려고 했다. 그러나——.

"거기다가 그 여자, 친오빠와 관계를 가졌다고 했던가. 그런 자가 클레어의 옆에 있었다는 사실만으로도 클레어를 더럽히는 것 같은——."

"적당히 하세요!"

클레어 님이 거친 목소리로 도르 님의 말을 잘랐다. 나는 한발 늦고 말았다.

"클레어……. 너의 상냥한 성격은 알고 있지만, 그런 자를 변호하는 건——."

"입 다무세요, 아버님. 그 이상 레네를 나쁘게 말하는 건 아무리 아버님이라도 용서할 수 없으니까요."

또 다시 레네의 험담을 하려고 하는 도르 님을 향해, 클레어 님은 야차와도 같은 표정으로 위협했다. 도르 님은 그 기세에 눌린 것처럼 입을 다물었다.

"분명히 레네가 한 행동은 용서받을 수 있는 일이 아니었어요. 그 부분에 대해선 아버님이 말씀하신 대로예요. 하지만 그녀에게는 그녀 나름의 고뇌와 아픔이 있었다고요……."

클레어 님의 어조에는 피가 스며들어 있는 것 같았다.

"레네는 벌을 받고 있어요. 더는 그 이상 말하지 말아 주세요. 저는 지금도 그녀를 소중하게 생각하고 있으니까요."

배신당했음에도 여전히 클레어 님은 자신의 메이드를 불쌍히 여기고 있었다. 클레어 님은 좀처럼 타인에게 마음을 열지 않는 사람이지만 한번 자신의 편이라고 인정한 사람에게는 한없이 무르다. 나는 클레어 님의 그런 점도 매우 좋아한다.

하지만——.

"클레어, 그건 귀족의 사고방식이 아니다. 고치도록."

도르 님은 차갑게 내뱉었다.

"귀족이란 사람을 지배하는 자다. 배려심이란 사람을 지배하기 위한 방편일 뿐이지 개인적인 감상에 젖으라고 있는 게 아니다."

"저는 감상에 젖어있는 게 아니라—!"

"그렇다면 자신을 배신한 메이드를 배려해서 얻을 수 있는 이득은 무엇이냐? 지금 네가 입에 담고 있는 말을 다른 귀족들이 듣는다면 어떻게 될까?"

"그, 그건—!"

클레어 님은 말문이 막혔다. 깨달았기 때문이다. 클레어 님과 도르 님은 서로 전혀 다른 행동 원리에 기반을 둔 채, 얘기하고 있다는 것을.

클레어 님은 어디까지나 감정적인 부분을 이야기하고 있다. 그건 인간이 인간답게 살아가기 위해서 필수 불가결한 것. 합리성만으로는 절대 채워질 수 없는 사람의 마음에 대한 부분이다. 그에 비해서 도르 님은 철저히 논리적이다. 그건 대체로 인간다움과는 동떨어져 있는 손해득실의 세계다. 그리고 그런 사고방식이야말로 귀족이라고 말하고 있는 것이다.

"클레어. 넌 나를 실망하게 만들지 않기를 바란다."

"……."

"대답은 어떻게 된 거냐."

"……."

"클레어."

"……네."

클레어 님의 목소리는 가늘고 꺼질 것 같이 연약했다. 나는 클레어 님에게 말을 건네려고 했으나—— 그만뒀다.

클레어 님이 지금 상처를 입었다는 건 알고 있다. 하지만 내가 어떠한 말을 건네든 간에, 클레어 님의 상처는 그 말로 치유될 정도로 가볍지 않다. 왜냐하면 클레어 님이 입은 상처는 도르 님의 말 때문이 아니라 그 말로 인해 깨닫게 된 자기 자신── 클레어 님은 어떤 상황에서도 귀족일 수밖에 없다는 사실 자체가 원인이기 때문이다.

클레어 님은 현명하다. 그럴 마음만 먹는다면 도르 님의 말을 반론하는 일 정도는 얼마든지 가능하겠지. 하지만 그래봤자 뭐가 달라진단 말인가? 어디까지나 귀족으로서, 귀족으로밖에 살아온 적 없는 스스로가 귀족의 논리를 부정할 자격이 있는 것인가. 그런 고뇌가 직접 말하지 않더라도 눈에 잡힐 듯이 보였다. 그래서 나는 말을 건네지 않는다.

어디까지나 지금은, 말이다.

나는 언젠가 클레어 님을── 클레어 님의 존재를 있는 그대로 전부 긍정해 보이겠다. 그저 임시방편에 불과한 상냥한 말이나 위선 따위가 아닌, 진정한 긍정을 실현해 보이겠다. 그러기 위해서는 지금은 침묵하기로 했다. 도르 님이나 미샤가 함께 있는 지금은 그래야 할 필요가 있으니까.

하지만, 적어도.

"……!"

클레어 님이 슬쩍 내 쪽으로 눈길을 줬다. 나는 도르 님한테는 보이지 않게 클레어 님의 손을 잡고 있었다. 가볍게 손을 잡아 드리자, 클레어 님은 그 이상의 강한 힘으로 마주 잡아 왔다.

손에서 클레어 님의 온기를 느낀다. 클레어 님에게도 부디 나의 온기가 닿기를.

말로는 할 수 없다. 하지만 지금 우리에게는 아무 말이 없어도 전해지는 것이 분명히 있다고 믿고 싶었다.

우리들이 프랑소와 가문의 별장에 도착한 건 저녁 무렵이었다.

"굉장한 저택……."

"정말이야."

"수도에 있는 본가와 비교하면 꽤나 작은 편인데요?"

저녁노을이 비추고 있는 별장은 개인이 소유한 집이라고는 생각할 수 없을 정도의 규모를 가진 호화로운 건물이었다. 미샤와 내가 감탄 섞인 한숨을 내쉬었지만, 클레어 님은 딱히 별다른 감개가 없는 모양이다.

"나는 먼저 가서 쉬도록 하지. 메이드장, 뒷일은 부탁하네."

"알겠습니다."

오랜 여행의 피로 탓일까. 지시를 내리고선 도르 님은 지체 없이 자기 방에 틀어박혔다.

"클레어 님도 방에서 편히 쉬시지요. 짐은 레이한테 운반시키겠습니다."

"그 정도는 저 스스로 들고 갈 수 있어요."

"즉, 클레어 님은 저랑 조금이라도 더 함께 있고 싶으시다는 뜻인 거군요?"

이때다 싶어서 클레어 님을 놀렸다. 그랬는데――.

"……."

"어, 어라……?"

즉석에서 부정당할 거라고 생각하고 있었는데 매도의 말 한마디조차 날아오지 않았다. 그렇다고 해서 부끄러워하는 모습도 아니었다. 클레어 님은 엄청나게 복잡해 보이는 표정을 짓고 있었다.

어쩌지. 자랑은 아니지만 난 이러한 미묘한 분위기엔 엄청 약한데. 아니, 진짜로 자랑은 아니지만 말이야.

"그럼 클레어 님, 레이, 저도 여기서 이만 실례하겠습니다."

그 미묘한 분위기를 읽은 건지, 아닌 건지. 미샤는 그렇게 말하고선 자기 집으로 향했다. 애초에 마차에는 같이 동석했을 뿐이고 그녀가 묵을 곳은 자기 집이니 당연한 일이다.

"레이, 꾸물거리지 말고 짐을 옮겨주세요."

"아, 넵."

메이드장의 지시에 메이드로서의 일을 시작했다. 그 모습을, 클레어 님은 멍한 태도로 바라보고 있었다.

별장에서 일하는 메이드들도 도와준 덕분에 짐 정리는 그다지 오래 걸리지 않았다. 물론 오래는 아니라고 해도 20분 정도는 걸렸음이 틀림없다. 하지만 그러는 동안 클레어 님은 아무런 불평도 없이 계속 기다려주셨다.

"기다리게 했습니다, 클레어 님. 방으로 가죠."

"……네에"

클레어 님의 짐을 들고 재촉하자, 클레어 님은 순순히 내 말에 따라주셨다.

대체 뭘까. 클레어 님, 조금 기운이 없으신데?

별장에 있는 클레어 님 방은 차분한 인테리어로 꾸며진 귀족다운 방이었다. 쓸데없는 물건은 거의 없어서 조금 인간미가 결여되어 있는 방이라는 느낌도 들었다. 나는 짐을 정리하면서 클레어 님의 상태를 관찰했다.

"클레어 님."

"뭔가요."

"이 양복은 어디에 정리해 놓을까요."

"드레스 룸에 적당히 걸어놓도록 하세요."

역시 기운이 없다.

"클레어 님."

"뭔가요."

"이 속옷은 어디에 정리해 놓을까요."

"그쪽에 있는 서랍장에 적당히…… 가 아니고, 잠깐만요 레이, 지금 뭐 하는 건가요."

속옷을 늘어놓고 하나씩 모양을 확인하고 있는 나를 보자, 역시나 클레어 님도 이 모습은 그냥 넘어가지 않았다.

"네? 클레어 님은 어떤 속옷이 취향이신지 확인해 보려고 생각했는데요?"

“뭐 하고 있는 거예요?!”

“아뇨, 메이드 된 자로서 클레어 님에 대한 건 뭐든지 파악해 놓고 있어야 한다고 생각했습니다만?”

“당신 대체…… 아니, 그렇군요…… 그런 거군요……?”

격분하려고 했던 클레어 님은, 갑자기 말을 하려다 말고선 쓴웃음을 지었다.

“제가 기운이 없으니 격려해 주려고 일부러 그런 식으로 장난을 치고 있는 거죠?”

“네? 순수하기 그지없는 욕망입니다만?”

“그럴 땐 설사 아니라고 해도, 일단은 그렇다고 해야 하는 거 아니에요?!”

진짜 정말이지, 하고 클레어 님이 지친 듯이 침대에 털썩 걸터앉았다.

“저, 조금 풀이 죽어 있었어요. 스스로가 귀족이라는 게 무엇보다도 자랑이었는데 이제 와서 그게 조금 괴롭게 느껴지다니…….”

“…….”

클레어 님이 나한테 푸념을 늘어놓다니, 처음 있는 일 아닐까. 이건 중증일지도 모른다.

“아버님이 말씀하시는 것도 이해는 한다고요. 레네에 대한 걸 객관적으로, 이해득실로 따져보면 단호히 잘라내는 게 당연해요. 하지만 저로선 도저히 그럴 수 없어요.”

마치 자기 스스로한테 들려주는 것처럼 읊조리는 클레어 님의 말을, 나는 조용히 듣고 있었다.

"이 말이 아버님 귀에 들어간다면 또 몹시 꾸중을 듣겠지만, 저는 레네를 언니처럼 생각하고 있었어요. 그래서 그런 일이 있었어도 그녀를 헐뜯는 건 참을 수 없어요."

그렇게 말하고서 클레어 님은 무거운 한숨을 쉬었다.

"바캉스 동안에 이 저택에서 아버님과 계속 함께 지내야 한다고 생각하니 우울하네요……"

거기서 문득 뭔가 깨달은 것처럼 말을 끊고선 클레어 님이 쓰게 웃더니——.

"뭐, 레이와는 상관없는 얘기였네요. 미안해요, 잊어주세——."

"클레어 님."

나는 클레어 님의 말을 가로막듯이 말을 꺼냈다.

"우리 집에 놀러 오시지 않을래요?"

"? 레이네 집에?"

"네."

이 마을에는 우리 집도 있다. 바캉스 기간 동안 한 번쯤은 얼굴을 비치러 가야지 하는 생각은 있었지만, 클레어 님의 기분전환도 겸해서 같이 가는 것도 재미있을지도 모른다.

"물론 저희 집안은 평민이라서 클레어 님을 크게 환대해 드리는 건 힘들지도 모르지만——."

"가겠어요."

"에?"

"가겠어요. 어떤 가정환경에서 자라야 당신 같은 이상한 인간이 완성되는 건지 흥미가 있으니까요."

너무하기 그지없다.

"집도 그냥 평범한 민가인데요?"

"상관없어요."

"식사도 초라하고요."

"가끔씩은 검소한 식사도 좋은 거예요."

"놀 거리도……."

"레이가 함께 있잖아요."

여러 걱정되는 요소들을 나열해 봤지만, 전부 문제없음 판정을 받았다. 정말 괜찮은 걸까나.

"그럼 외출 허가를 받아오겠습니다. 언제 가도록 할까요?"

"내일이라도 바로."

"알겠습니다."

클레어 님한테 이렇게 효과 직방일 줄은 상상도 못 했다. 대체 뭐가 심금을 울린 걸까.

"아, 클레어 님. 수영복은 가지고 계신가요?"

"물론 가지고 있어요. 그런데 왜요?"

"우리 집은 바다에서 엄청 가깝기 때문에 해수욕을 하는 것도 괜찮지 않을까 해서요."

그런 제안을 했지만, 클레어 님은 떨떠름한 표정이었다.

"……저, 바다는 좀 그래요."

"아……."

그랬다. 클레어 님, 사실은 맥주병인 것이다.

"수영을 가르쳐 드릴까요?"

"누, 누가 수영할 줄 모른다고 한 적 있나요!"

"그럼 수영할 줄 아세요?"

"……큭."

토라져서 획, 하고 고개를 돌리는 클레어 님. 네, 귀여워.

"그럼 손놀림 발놀림 허리놀림을 가르쳐 드릴 테니까 말이죠."

"뭔가 불온한 단어가 섞여 있는데요?!"

"순 억지라니깐."

"저예요?! 제가 잘못한 거예요?!"

시끄럽게 만담을 주고받는 우리.

응응. 이제야 원래 페이스가 돌아왔다.

"그럼 클레어 님. 테일러 가에 초대하겠습니다."

"기대되네요."

"아, 클레어 님."

"뭔가요?"

어리둥절한 표정으로 되묻는 클레어 님. 맞아 맞아, 이것만큼은 클레어 님한테 미리 주의를 드리지 않으면.

"우리 어머니를 조심해 주세요."

"……네?"

"뭐라고 해야 하나, 좀 그래서요."

"……좀 그렇다?"

"어떤 의미로는 저보다도 한층 더 질이 나쁘다고 생각하시면 됩니다."

"……레이보다도 한층 더……?"

아, 클레어 님의 얼굴이 굳어졌다.

“역시 관두는 게 좋으려나…….”

“괜찮습니다.”

“그, 그렇겠죠. 아무리 그래도 프랑소와 가문의 여식인 저에게——.”

“클레어 님같은 분은 어머니의 취향 저격이라고 생각하니까요.”

“대체 뭐가 괜찮다는 거예요?!”

이러쿵저러쿵해서, 클레어 님이 우리 집에 방문하기로 정해졌다.

“여어, 레이. 오랜만인걸.”

“맥로이 씨. 건강해 보이시네요.”

“오 레이잖아. 돌아온 거냐.”

“제인 씨도 오랜만입니다.”

다음 날, 고향마을을 걷고 있자니 가는 길마다 여러 사람이 말을 걸어왔다. 깜빡하고 있었지만 나는 여성향 게임의 주인공이었다. 즉, 이 마을에서 인기인이라는 뜻이다.

“건강하게 잘 지냈니? 요즘 도시가 소란스럽다기에 다들 걱정했었어.”

마을에서 철물점을 운영하는 맥로이 씨가 인심 좋은 얼굴로 말했다.

"괜찮습니다. 사람들이 말하는 것만큼 그렇게 무서운 일은 아니었어요."

"그랬니? 최근 들어선 이 마을도 뒤숭숭해서 말이지. 요 며칠 전에도 언데드 헌팅을 하러 온 귀족님의 배가 행방불명이 돼서——."

거기까지 말하고 나서야 맥로이 씨는 내 옆에 같이 있는 사람을 눈치챘다.

"그쪽 아가씨는 누구니?"

"아, 이분은——."

"레이의 학교 친구예요. 클레어라고 합니다."

맥로이 씨의 물음에 클레어 님은 어째선지 자신의 신분을 감추려고 했다. 어떻게 된 거지?

"이거 참 예의 바른 아가씨군. 이런 아가씨가 친구라면 레이 짱은 수도에서도 마음 든든하겠어?"

"네에. 굉장히 잘 대해주세요."

"클레어 짱, 레이 짱은 학교에선 어때? 이 마을에선 제일 뛰어난 아이였는데……."

"학교에서도 우수해요. 모두 레이를 인정하고 있어요."

"오호! 그렇구나!"

클레어 님의 말에 마을 사람들은 기분이 좋아진 모양이다. 그들에게 있어서 나는 고향을 대표하는 사람이나 마찬가지니까. 하지만 나는 가식적인 웃음을 지으면서 이런 생각을 하고 있었다.

우리 둘만의 시간을 방해하지 마, 라고.

그런 나의 속마음 따위는 아랑곳없이 마을 사람들은 계속해서 모여들었다. 내가 난처해하고 있었던 그때——.

"……레이?"

레이 테일러의 기억이 그 목소리를 인식한다. 앗—차……. 가장 만나고 싶지 않았던 사람과 마주치고 말았다.

"루이 씨……."

"레이가 맞구나. 돌아온 건가."

인파를 헤치며 이쪽으로 다가오는 한 명의 남성. 그의 이름은 루이 씨라고 한다.

"루이 씨. 잘 지내신 모양이네요."

"뭐야, 그런 딱딱한 인사라니. 나랑 레이 사이에 왜 그래?"

그렇게 말하며 껄껄 웃는 루이 씨를 보면서, 클레어 님은 어리둥절한 표정을 지었다.

"이분은?"

"루이 씨라고 합니다. 뭐라고 해야 하나 그게, 그는……."

"레이의 오빠와도 같은 사람입니다. 클레어 님."

내 애매모호한 말끝을 이어서 자신을 소개하는 루이 씨. 어라? 루이 씨, 설마하니 클레어 님의 정체를 눈치채고 있나?

"나는 모험가라고? 모를 리가 없잖아."

판타지 세계에서는 흔히 나오는 존재이니만큼 굳이 설명할 필요는 없을지도 모르지만, 모험가라는 건 길드에서 의뢰를 수주하고 보수를 받는 사람들의 총칭이다. 이 마을에서만 머무르지 않고, 세계 각지를 전전하는 모험가라면 재무장관의 외동딸에 대해서 알고 있어도 이상하지 않다.

"레이. 마을에서는 느긋하게 있을 수 있는 거지?"

"뭐, 바캉스 동안에는."

"그렇구나. 나중에 우리 집에도 한 번 들려줘. 우리 어머니도 분명 만나고 싶어 할 테니까."

"알겠습니다. 우리 지금 좀 바빠서요. 그럼 이만 실례할게요."

그 말만 남기고 나는 클레어 님을 끌고서 그 자리를 벗어났다.

"잠깐만요, 예의에 어긋나는 거 아니에요?"

"괜찮아요. 루이 씨는 좀 귀찮아서 말이죠."

"……?"

클레어 님의 얼굴에 물음표가 떠올라있다는 건 알고 있지만, 나는 더더욱 굳게 입을 다물었다. 그랬는데,

"루이 씨는 레이한테 반해있거든요."

"잠까아아아안!!!"

그런 쓸데없는 말을 지껄인 사람은――.

"어머, 미샤잖아요."

"어제는 잘 들어가셨나요, 클레어 님. 이런 곳에서 뭘 하고 계시나요?"

교복을 벗고 평상복 차림인 미샤였다.

"레이네 집에 초대받았거든요."

"초대…… 라니, 레이네 집이 클레어 님을 초대할 수 있을 정도의 집이였던가."

"아니 뭐, 여러 가지 사정이 있어서 말이야."

클레어 님과 도르 님의 사이가 껄끄러워서…… 라고 클레어 님 앞에서는 말 못 하지.

"그런 건 아무래도 좋아요! 그것보다도 아까 그 남자가 레이한테 연심을 품고 있다는 건 대체 무슨 소리죠!"

에에에……. 그 화제를 계속 파고드시는 겁니까, 클레어 님.

"그냥 간단한 이야기예요. 방금 보신 것처럼 레이는 이 마을에서 유명인이거든요. 당연히…… 남자들한테도 제법 인기가 있죠."

"……헤에~ 흐~응~"

아, 클레어 님의 눈이 날카로워졌다.

"루이 씨도 그런 남자 중 한 명이에요. 레이도 마을을 떠나기 전엔 그다지 싫진 않은 눈치——."

"그런 적은 정말 털끝만큼도 없었으니까요! 저한테는 클레어 님뿐이니까요!"

더더욱 쓸데없는 소리를 보태려는 미샤의 입을 황급히 막았다. 클레어 님의 시선이 겨울날처럼 싸늘하다.

사실은 미샤가 말한 말도 어느 정도는 맞는 말이다. 루이 씨는 주인공에게 있어서 가장 사이가 가까운 남성이었다. 소위 말하는 '옛 남자'인 것이다.

아니, 딱히 주인공이 루이 씨를 좋아했었다던가, 그런 건 아니지만 말이야. 여성향 게임의 주인공이라는 건 일단 말로는 평범한 소녀라고 주장하고 있지만 어째선지 실제론 남자들이 엄청

꼬여 들거나 굉장한 인기인이다. 루이 씨는 주인공이 인기 있는 여자라는 설정을 부각하기 위한 존재. 즉, 주인공을 띄워주기 위한 인물이다.

바캉스 이벤트에서 무료티켓을 사용하지 않고 고향으로 돌아가는 걸 선택하면 그 시점에서 가장 호감도가 높은 왕자님과 루이 씨의 삼각관계 이벤트가 시작된다. 현실에선 왕자님들 중에 같이 온 사람이 없으므로 그런 이벤트도 당연히 일어나지 않겠지, 하고 우습게 여기고 있었는데──.

"설마하니 클레어 님이 질투러이실 줄이야."

"질투러가 아니라고요! 아니, 그게 무슨 의미인지는 모르겠지만 아무튼!"

모른다면서도 대충 의미는 알아들은 건지, 바로 부정하는 클레어 님. 클레어 님도 점점 나에 대한 이해가 깊어지는 것 같아서 기쁘다.

"클레어 님."

"……뭔가요."

"루이 씨랑은 아무 관계도 아니에요."

"……글쎄요, 과연 어떨까요."

"믿어주시지 않는 건가요?"

"……흥흥."

나는 어떻게 해서든 클레어 님의 기분을 풀어드리려고 노력했지만, 클레어 님은 완고했다.

"저기……."

"왜 그러나요, 미샤?"
"사랑싸움은 둘이서만 있을 때 해주시면 안 될까요?"
"사랑싸움이 아니라고요!"
키—잇, 하고 클레어 님이 화를 냈다.
"그렇습니까. 그렇다면 괜찮지만요. 저도 이만 실례할게요. 레이, 뒷일을 부탁해."
"잠깐, 미샤!"
폭탄만 던져둔 채로 미샤는 사라져 버렸다. 정말이지, 뭐 하러 온 거람.
"자자, 그만 가자고요, 클레어 님."
"흥."
"질투러 클레어 님도 최고로 귀엽습니다."
"……그런 말로 은근슬쩍 얼버무리는 건가요?"
흠. 하고 나는 잠시 고민한 뒤,
"에잇."
"우꺄악?!"
길 한복판에서 꼭 껴안아 드렸다.
"뭐, 뭐뭐뭐……!"
"음~ 부드러워."
"뭐 하는 거예요!"
있는 힘껏 한 대 맞았다. 아프다. 하지만 놓지 않았다.
"당신은 이런 공공장소에서—!"
"클레어 님이 용서해주실 때까지 안 놓을 거예요."

클레어 님을 끌어안은 팔에 한층 더 힘을 주었다.
"알겠어요! 알겠으니까 놓으시라고요!"
"에이~"
"뭘 아쉬워하는 건가요?! 용서를 빌고 있었던 거 아니에요?!"
"그건 그렇지만, 그건 또 그거고 클레어 님을 끌어안는 감촉이 너무너무 멋져서 그만."
"됐 · 으 · 니 · 까 · 놓 · 으 · 세 · 요!"
클레어 님이 힘으로 내 품을 빠져나가 버렸다. 아쉽다.
"헥—헥—. 최근 들어선 폭주하는 일이 좀 줄어들었다고 방심하고 있었더니……."
"저의 이 넘쳐흐르는 사랑은 그 누구도 멈출 수 없다고요?"
"입 다무세요! 정말이지…… 아버님이나 어머님한테 인사드리기 전에 벌써 지쳐버리고 말았어요."
"엣? 시아버지와 시어머님?"
"지금 분명히 이상한 생각했죠?!"
이런 식으로 즐거운 만담을 주고받는 것도 어쩐지 오랜만이라는 느낌이 든다. 역시 우리는 이래야지.
"자아, 그럼 클레어 님."
"……이번엔 또 뭔가요."
"여기가 우리 집이에요."
깜짝 놀라는 클레어 님.
"그럼 들어가 볼까요."
"……마음의 준비가 이래저래 헛수고가 됐어요……."

"클레어 님, 각오는 되셨나요?"

"……너무 호들갑인 거 아니에요?"

클레어 님과 나는 우리 집 문 앞에 서 있었다. 문에는 테일러라고 쓰여 있다. 그 이름 그대로, 우리 집은 양복점이다

나는 클레어 님에게 최종 확인을 해두고 싶었지만 클레어 님은 질렸다는 표정이다.

"그럼 괜찮은 거죠?"

"빨리빨리 하세요."

클레어 님의 재촉에 나는 문을 열었다.

"다녀왔습니다~."

"실례하겠어요."

인사와 함께 안으로 들어가자, 곧바로 대답이 돌아왔다.

"네에—…… 어머?"

가게 안쪽에서 나온 사람은 10대로밖에 보이지 않는 젊은 여성이었다.

"어머어머어머어머, 레이 짱! 어서 오렴."

여성은 곧바로 뛰어오더니 나와 열렬한 포옹을 나눴다. 나랑 같은 유전자라고는 생각할 수 없는 풍만한 가슴이 내 얼굴을 압박한다.

"수, 숨 막혀요."

"어머, 미안해."

"……레이의 언니분이신가요?"

우리들의 포옹을 보고서 클레어 님이 품은 감상이었던 모양이다.

"어머어머어머어머, 언니라니 참. 말을 예쁘게 하는 아가씨네."

여성은 뺨에 손을 댄 채 부끄러워하면서 몸을 배배 꼬고 있다.

"……어머니세요."

"레이의 엄마입니다. 귀여운 아가씨."

"……언니로밖에 안 보여요."

그렇다. 이 여성이야말로 전생의 기억이 돌아오고 나서는 처음으로 만나는 나의 어머니── 멜 테일러다. 엄청난 동안이라서 어딜 어떻게 봐도 나만한 딸이 있다고는 보이지 않는다. 자매라고 오해받는 일도 일상다반사다.

"어머어머어머어머, 정말로 칭찬이 능숙하구나. 그런데 레이, 이 아가씨는 누구시니?"

칭찬에 한껏 들떠있던 어머니가 이제야 깨달은 듯 물었다.

"클레어 프랑소와 님. 재무장관 도르 프랑소와 님의 외동딸이야. 지금 내 근무처."

"클레어입니다. 부디 잘 부탁드려요."

클레어 님은 어째선지 여기까지 오는 동안에 신분을 숨기고 싶어 했었지만, 아무래도 역시 우리 부모님한테까지 숨길 필요는 없겠지. 나는 클레어 님을 부모님께 소개해드렸고, 클레어 님도 의외로 평민에게 하는 인사치고는 정중하게 자기소개를 했다.

그걸 본 어머니는 한순간 깜짝 놀란 뒤에,

"딸이 신세를 지고 있습니다. 부디 앞으로도 잘 부탁드릴게요."

부드럽게 미소를 지으면서 말했다.

"……잠깐만요 레이. 이분의 어디가 좀 그렇다는 건가요. 정말 멋진 어머니시잖아요."

클레어 님이 작은 목소리로 나를 타박했다. 잔뜩 겁을 줬던 탓인지, 꽤나 경계하고 있었던 모양이다.

"아뇨, 분명히 어머니는 얼핏 보기엔 무해해 보여도……."

"도?"

"클레어 님, 상의는 어디로 갔나요?"

"어?"

그제야 클레어 님은 자기 윗도리가 없어졌다는 걸 깨달았다.

"아, 미안합니다. 저도 참 또 이렇게……."

그리고 그 윗도리는 어머니의 손에 들려있었다.

"자, 잠깐?! 어떻게 된 건가요?!"

"어머니는 자기 마음에 든 상대를 무의식중에 벗겨버리는 나쁜 버릇이 있어서요."

"정말로 좀 그러네요?!"

클레어 님은 어머니가 들고 있는 상의를 낚아챈 다음, 신변의 위기를 느낀 건지 한 발짝 떨어졌다.

"죄, 죄송합니다! 너무나도 이상적인 바디라인을 갖고 계시니까 치수를 재보고 싶다고 생각했더니 저도 모르게……."

"자기도 모르게 옷을 벗겨버린다는 건 대체 뭔가요?!"

"어머니도 스스로 자각을 못 하세요. 정신 차리고 보니 벗기고 있었더라는 모양이라."

"무의식적으로 할 수 있는 일이 아니잖아요?!"

클레어 님의 말은 구구절절 다 맞는 말이지만 사실은 사실이니까 어쩔 수 없다.

"……무슨 소란이지?"

뒤이어 모습을 나타낸 사람은 신장 180cm정도는 될 것 같은 거한의 남성이었다.

"어머 당신. 레이 짱이 집에 돌아왔어. 엄청 사랑스러운 아가씨를 데리고서."

어머니의 설명을 들은 아버지의 예리한 눈빛이 내 쪽으로 날아왔다.

"다녀왔어요, 아빠."

"시, 실례하고 있습니다."

나는 이미 익숙하기 때문에 태연했지만 클레어 님은 약간 겁먹은 것 같았다. 딸로서 이렇게 말하는 것도 뭣하지만 아빠는 얼굴이 무섭다. 하지만――.

"……처음 뵙겠습니다, 클레어 님. 이 마을에서 양복점을 운영하는 반 테일러라고 합니다. 딸이 항상 신세를 지고 있습니다."

그렇게 말하면서 아빠는 인사했다.

"저에 대해서 알고 계시나요?"

"……이 나라에서 왕족 다음으로 유명한 영애에 대해 모를 리가 없지요."

"그런가요? 부디 편하게 대해주시길."

"……황송합니다."

아빠의 태도에 클레어 님은 살짝 경계심을 누그러뜨린 모양이다.

"아빠, 클레어 님을 며칠 동안 우리 집에서 묵게 해드리고 싶은데 괜찮아?"

"어머어머어머어머. 대환영이에요. 그렇죠, 여보?"

"……우리 집 같은 누추한 곳에 머물게 하는 건 실례가 되지는 않을까?"

어머니는 잔뜩 신이 난 모양이지만, 아버지는 난색을 표했다.

"실례라니 당치도 않아요. 제가 묵게 되는 거니까 오히려 제 쪽에서 죄송스럽네요."

"어머어머어머어머, 이 얼마나 겸허하신 귀족님이신지. 괜찮으니까 부디 제집처럼 여겨주세요."

클레어 님은 내가 깜짝 놀랄 정도로 기특한 말을 했다. 어머니는 그 모습에 한층 더 클레어 님에 대한 호감도가 올라간 모양이었다.

"……그렇지만 방이 없는데?"

"레이랑 같은 방이라도 상관없어요."

"……잘 만한 곳이……."

"간이침대를 안방에서 옮겨오면 괜찮잖아요. 클레어 님한테는 레이 침대를 쓰시도록 하고. 레이는 간이침대라도 괜찮지?"

한층 더 난색을 표하는 아빠였지만 클레어 님과 엄마는 물러서지 않았다.
"정 뭣하면 한 침대에서 같이 잘까요?"
"어머어머어머어머? 두 사람은 그렇고 그런 관계야?"
"응."
"아니라고요! ……아니, 지금 경우엔 같은 침대라도 상관은 없지만요."
아니 정말 클레어 님이 어찌된 일이지. 마치 남의 집 고양이를 보는 것 같이 낯설다.
"……간이침대를 옮겨 놓도록 하지."
"부탁할게요, 여보. 그럼 오늘은 그만 가게 문을 닫도록 할까. 우후후, 저녁밥은 기대하고 있어줘."
그런 말을 하면서 부모님은 클레어 님 환영 준비를 하러 가게 안쪽으로 들어갔다. 고 생각하고 있었더니.
"여보. 레이가 모처럼 자기 연인을 데려왔는데 그 태도는 좀 그렇잖아요?"
"당신 말이야……. 프랑소와 가문의 아가씨를 상대로 뭘 흥분하는 거야……."
안쪽에서 뭔가 얘기가 들려오고 있지만 나는 시침 뚝 떼고 있었다. 클레어 님한테도 대화가 들렸던 건지 복잡한 표정을 짓고 있다.
"방으로 가볼까요. 이쪽이에요."
"그래요."
미묘한 분위기를 환기하려는 듯이 나는 클레어 님을 내 방으로 안내해 드렸다. 클레어 님의 갈아입을 옷과 여러 짐들이 들어있는 가방을 양팔에 안고서 2층으로 올라갔다.

내 방은 기숙사 방보다 한층 더 좁았다. 6평 정도의 방에 책상과 침대. 그리고 서랍장이 하나 있는 소박한 방이었다. 물론 좁다고는 해도, 자기 방을 가지고 있다는 것만으로도 평민으로선 꽤나 형편이 좋은 축에 속했다. 형제자매가 있었다면 이조차도 불가능했겠지만.

가방을 바닥에 내려두고서 겨우 한숨 돌린다.

"여기가 레이의 방이군요."

"아무것도 없는 방이죠?"

"……그렇네요. 하지만 신기하게도 마음이 편안해지는 방이에요."

그렇게 말하고 나서 클레어 님은 침대에 걸터앉으며 방안을 둘러보았다. 나도 책상 의자를 끌어내 앉았다.

"재미있는 부모님이시네요."

"그런 말 자주 들어요."

"특히 어머님은 과연 당신 어머님이구나 하고 생각했어요."

"그런 말 자주 들어요."

클레어 님의 말에 맞장구를 쳤다. 아빠는 항상 무뚝뚝하지만 비교적 상식인인 것에 비해, 엄마는 상식인이라고 부르기에 좀 그렇다. 그러면서도 다른 사람한테 미움을 사는 일이 거의 없다는 게 어머니의 신기한 점이다.

"그나저나 저희 집에 묵는 건 정말로 괜찮으세요? 근처에 여관도 있는데요?"

"상관없어요. 저로서는 평민이 사용하는 싸구려 여관이나 여기나 큰 차이가 없으니까요."

"그렇습니까."

그렇다면 괜찮지만.

"아…… 하지만……."

"?"

"생각해보니 레이네 가족분들에게 부담을 끼치게 되네요."

"어, 아무런 부담도 없다고 하면 거짓말이겠지만요."

평민의 생활은 쉽지 않다. 손님을 집에 묵게 하는 것도 그렇게 쉽게는 할 수 없는 데다가, 더욱이 이번 손님은 클레어 님이라는 귀족 아가씨다. 최대한 환대하려고 한다면 그 부담은 상당히 클 게 틀림없겠지.

"뭐, 하지만 우리 엄마니까 어떻게든 잘하실 거예요."

"그, 그런가요?"

"엄마는 그 나쁜 버릇만 빼면 꽤나 능력 있는 사람이니까요."

귀여운 여자아이를 보면 사족을 못 쓰는 건 엄마도 마찬가지다. 클레어 님 같은 가련한 아가씨를 환대할 수만 있다면 어머니는 어떻게든 비용을 마련하겠지.

"뭐, 클레어 님은 괜히 어렵게 생각하실 필요 없이 편이 지내주세요. 저는 짐을 풀도록 할게요."

애당초 클레어 님의 기분전환이 될 수 있다면 좋겠다는 생각으로 저택에서 데리고 나온 것이다. 이것저것 신경 쓰게 해서야 여기까지 온 의미가 없다.

"그럼 그렇게 할게요."

그렇게 말하고 나서 클레어 님은 피곤했던 건지 침대에 눕더니, 금방 새근새근 잠든 숨소리를 내기 시작했다.

"……조금은 신뢰받고 있다…… 고 생각해도 되려나?"

내 침대 위에서 무방비하게 자는 얼굴을 보여주고 있는 클레어 님의 모습에, 나는 살짝 우쭐해진 마음과 함께 짐 정리를 시작했다.

"자, 그럼 클레어 님의 방문을 환영하며…… 건배!"

"건배!"

"……건배."

"환영해줘서 고마워요."

과실 음료가 담긴 컵으로 건배하면서 저녁 식사를 시작했다. 갓 구운 빵에, 향초와 함께 구운 닭고기, 고기완자와 야채 스프, 강물에 담가 차게 식혀둔 과일 등, 결코 넓다고는 볼 수 없는 식탁인데도 엄마가 솜씨를 한껏 발휘한 요리들이 줄줄이 차려져 있었다. 클레어 님이 만족할 만한 수준이라곤 생각하지 않지만 평민이 맛볼 수 있는 음식치고는 꽤나 호화스럽다.

"클레어 님, 부디 사양 말고 많이 드세요."

"네, 네에……."

귀여운 손님을 맞이해서 희색이 만면한 어머니가, 클레어 님에게 요리를 권했다.

"……여보, 너무 무리해서 권하지 마. 클레어 님, 입에 맞지 않는 음식은 억지로 드시지 않아도 괜찮습니다."

웃는 얼굴로 압박하고 있는 엄마를 말리면서 아빠가 클레어 님한테 말했다.

"아뇨, 잘 먹겠어요."

그렇게 말하고서 클레어 님은 향초 닭구이에 포크를 뻗었다. 평범한 평민 가정에서는 절대로 볼 수 없는 몹시 세련된 손놀림으로 식기를 다루면서 닭고기를 입에 넣었다.

"……맛있네요."

그렇게 말하면서 클레어 님은 미소를 지었다. 완벽한 미소였지만 나는 저게 진심이 담기지 않은 가짜 웃음임을 눈치챘다. 역시 귀족인 클레어 님으로선 평민 가정의 요리는 좀 허들이 높았겠지. 그런 사정은 전혀 모른 채 엄마는 계속해서 다음 요리를 권했다.

"이 스프도 부디 꼭 드셔보세요. 오늘은 사치를 부려서 콘소메로 했으니까요."

"고맙습니다."

다시 한번 완벽한 미소와 함께 스프를 입에 가져가는 클레어 님. 그리고 다시 한번 맛있다는 감상을 말했다. 귀족 아가씨한테서 맛있다는 평을 들은 어머니는 굉장히 기뻐 보이셨다.

하지만——.

"어머어머어머어머……? 그런데 그다지 많이 드시지 않으시네요?"

클레어 님은 입으로는 맛있다고 말하고 있으면서도, 그 칭찬에 비해선 먹는 양이 적었다. 역시 평민의 식사가 입에 맞지 않는 거겠지. 일단 말이라도 맛있다고 했던 건 클레어 님으로서는 최선을 다했던 거라고 생각한다.

"역시 입에 맞지 않으셨던 건지……?"

"아니야 엄마. 클레어 님은 원래 소식하시는 편이야. 클레어 님, 슬슬 과일도 드셔보시면 어때요? 갓 따온 신선한 과일이라 맛있어요."

나는 클레어 님에게 과일을 권했다.

과일이라면 평소에 클레어 님이 드시는 과일과 비교해도 맛에 차이가 없다.

"그렇게 하겠어요. 고마워요, 레이."

상냥하게 방긋 웃는 클레어 님이지만 실제론 그다지 여유로운 상황이 아닐게 틀림없다. 그러면서도 어떻게든 저녁을 마치고서 우리들은 식후의 티타임을 가지며 학교생활에 관해서 대화를 나눴다.

"그래서 그때 클레어 님의 겁먹은 얼굴이 어땠냐면—!"

"거, 겁먹지 않았어요!"

"어머어머어머어머. 클레어 님은 귀신을 무서워하시는군요."

내가 학교축제에서 클레어 님과 함께 귀신의 집에 들어갔을 때의 일을 이야기하자 클레어 님은 내 말을 부정하고, 엄마는 흐뭇한 표정으로 바라보면서 웃었다. 아빠는 묵묵히 이야기에 귀를 기울이고 있었다.

"그렇다면 바다에는 가까이 다가가지 않는 편이 좋을지도 모르겠네요."

"? 어째서인가요?"

해수욕은 (내가) 기대하고 있었던 참인데.

"……최근 들어 해안가에서 언데드가 목격되었다는군."

"그래서 어부들도 곤란해하고 있어."

부모님의 얘기로는 이렇다. 일주일 전쯤부터 해안가에서 언데드가 출몰하기 시작했다고 한다. 숫자는 많지 않지만 그래도 일단은 마물인지라 일반인들에겐 위협이다. 지금 현재는 마을의 자경단이 머릿수로 밀어붙여서 토벌하고 있지만 점점 대처하기 힘들어지기 시작했다는 모양이다.

"그거라면 저희가 퇴치해 드리겠어요."

얘기를 들은 클레어 님은 자신만만한 태도로 그렇게 말했다.

"어머어머어머어머. 하지만 위험하기도 하고 클레어 님은 귀신을 무서워하시지 않나요?"

"언데드는 마물이에요. 귀신이 아니니까요."

정말로 괜찮은 걸까, 하고 생각하면서도 나는 클레어 님을 말리지 않았다. 재미있는 일이 될 것 같은 예감이 들기도 했고.

"이 제가 온 이상 마음 놓고 방심하셔도 되는 거예요!"

"어머어머어머어머. 들었죠, 여보? 정말 마음 든든하네요."

한껏 의기양양해진 클레어 님과, 기뻐 보이는 엄마. 아무래도 좋지만 방심은 하면 안 되는 거 아닌가.

“내일 당장 해안가로 가보도록 하겠어요. 괜찮죠, 레이?”

“저는 상관없습니다. 수영복도 입고 가도록 하죠. 겸사겸사 클레어 님의 수영 연습도—”

“쉿! 쉿!”

내가 꺼낸 말을 클레어 님이 황급히 막았다.

“어머어머어머어머? 클레어 님, 수영이 서투르신가요?”

“그, 그렇지 않은데요? 수영을 할 줄은 알지만 좀 더 능숙하게 할 수 있게 되고 싶다, 같은 그런 느낌인 거예요.”

“그것참 굉장하네요. 레이는 이 마을에서 자라왔으니까 꼭 도움이 될 거예요. 레이, 잘 가르쳐 드리렴?”

“네.”

뭘까. 클레어 님은 어쩐지 우리 엄마한테 좋은 모습만 보여주려고 노력하는 것처럼 보이는데. 기분 탓이려나.

“……벌써 이런 시간인가. 클레어 님. 슬슬 주무시는 게 좋겠군요.”

“어머어머어머어머, 즐거운 시간은 항상 빠르게 지나가는 법이네.”

시계를 본 아빠가 그만 자리를 파하자고 말을 꺼냈다.

“그러네요. 일단 목욕을 한 후 잠자리에 들도록 하겠어요.”

“……음.”

“이거 죄송해요, 클레어 님. 우리 집에는 욕실이 없거든요.”

클레어 님에게 있어서는 자연스러운 습관이었지만, 평민은 매일매일 목욕을 하지 않는다. 기껏해야 적신 수건으로 몸을 닦는 정도고, 목욕은 몇 주에 한 번 정도 대중목욕탕에 가는 게 일반적이다.

"아……. 그, 그렇군요. 알겠어요."

"비누를 가져왔으니 방으로 돌아가서 씻도록 하죠."

"그래요…… 부탁할게요, 레이."

그렇게 미묘한 분위기가 된 채 환영회는 막을 내렸다.

"……전, 지금까지 굉장히 풍족하게 살아왔던 거네요."

방으로 돌아와서 클레어 님의 몸을 씻겨드리고 있자니 클레어 님이 갑자기 혼잣말처럼 그렇게 말했다.

"역시 요리는 입에 맞지 않으셨나요."

"……레이의 어머님께는 죄송할 따름이지만……. 이렇게나 차이가 날 거라고는 생각하지 못했었어요."

평민의 식사는 전체적으로 맛이 싱겁다. 조미료가 팍팍 들어가는 귀족의 식사에 입맛이 길들어 있는 클레어 님에겐 꽤나 버거웠겠지.

"음식뿐만이 아니에요. 목욕조차 하지 못한다니……"

학교에도 욕실이 있기 때문에 의식하지 못하고 있었던 거 같지만 매일매일 목욕을 할 수 있는 건 일부 특권계층뿐이다. 클레어 님은 지금까지 자기가 당연하다고 생각하며 누려왔던 것들이 다 하나같이 '사치'에 속한다는 걸 알게 되서 쇼크를 받은 모양이다.

"뭐, 귀족과 평민은 다르니까요."

클레어 님의 몸은 참 예쁘구나, 라는 생각을 하면서 나는 다시금 클레어 님의 몸을 깨끗이 씻겨드리는 작업을 재개했다.

"……그러네요. 그건 저도 알고 있었어요. 하지만 그걸 제대로 이해하고 있지는 못했어요."

이렇게 실제로 평민의 생활을 체험해보고, 클레어 님은 단순한 지식으로만 알고 있던 사실이 이해의 과정을 거치게 되었다고 말했다.

"평민 운동, 이라는 게 이전에 있었잖아요?"

"네."

"그때 저는 그들의 주장을 바보 같은 소리라고 밖에 생각하지 않았어요. 하지만――."

"하지만?"

"이렇게나 생활 수준이 차이가 난다면 귀족을 나쁘게 생각하는 사람이 있다는 것도 이상한 일은 아니겠네요."

그렇게 말하고서 클레어 님은 고개를 푹 숙이고 말았다.

큰일이다. 이래서야 클레어 님이 아무런 기분전환도 되지 않잖아. 오히려 악화되고 있어. 어떻게든 하지 않으면.

나는 적신 타월을 바닥에 내려놓고 클레어 님에게 파자마를 입혀드리면서 얘기했다.

"클레어 님은 힘을 가진 귀족이죠?"

"그렇죠."

"그렇다면 클레어 님이 세계를 바꿔나가면 되는 거 아닐까요?"

"세계를…… 바꿔……?"

클레어 님은 내 말이 바로 와닿지는 않은 모양이다.

"평민의 생활이 지금보다 조금이라도 나아질 수 있도록, 그런 세계가 되도록 바꿔나간다…… 클레어 님이라면 그걸 할 수 있을 거예요."

"그건…… 하지만……."

클레어 님의 눈에 이해했다는 기색이 감돌기 시작했지만, 동시에 클레어 님은 그게 그렇게 간단한 일이 아니라는 사실을 금방 깨달은 모양이다.

"물론 간단한 일은 아닌데다가 반드시 클레어 님이 해야만 하는 일도 아니에요. 하지만 그게 클레어 님이 하고자 하는 일이라면——."

"……내가 하고자 하는 일……?"

"네. 클레어 님이 그걸 원하신다고 한다면 저는 전력으로 클레어 님을 돕겠습니다."

파자마의 단추를 채워드리면서 그렇게 말하자, 클레어 님은 뭐라고 말할 수 없는 표정을 지었다. 기쁜 것 같기도 하고 어딘지 간지러워하는 것 같기도 한 그런 표정이었다.

"평민 주제에 건방진 소리를 하네요."

"클레어 님의 메이드니까요."

"흥……."

심술궂은 말을 한다는 건 조금쯤은 기운을 차리셨다는 걸까.

"자아, 그럼 슬슬 잘까요. 내일은 바다라고요."

"……그러네요."

그렇게 말하고서 방의 불을 껐지만, 클레어 님은 침대에 들어가지 않고 머뭇거렸다.

"왜 그러세요?"

"이 침대, 꽤 크네요."

하고 클레어 님이 말했지만 내 침대는 절대 크지 않다. 오히려 기숙사에 있는 2층 침대 쪽이 더 넓다고 봐야 할 정도다.

"그런가요?"

"그런 거예요! 그러니까……."

"그러니까?"

"그러니까…… 정말이지!"

왠지는 몰라도 짜증을 내는 클레어 님이었다. 영문을 모르겠다.

"당신도 침대에서 자도록 하세요."

"좁을 텐데요?"

"됐으니까!"

내 팔을 잡아끌고서 침대에 억지로 집어넣고는 클레어 님도 침대에 들어오셨다.

"그럼 잘 자도록 하세요!"

"……안녕히 주무세요, 클레어 님."

이건…… 클레어 님은 부끄러워하고 계시는 걸까. 나는 이때 너무 예상 밖의 상황이라 당황하고 있었다.

'뭐, 깊이 생각해 봤자 별수 없나.'

나는 그냥 마음을 편히 먹기로 하고, 일단은 내일을 대비해 자기로 했다. 내일은 클레어 님의 수영복 차림을 볼 수 있겠구나, 같은 생각을 하면서.

"자, 그럼 클레어 님. 일단 먼저 물속에 얼굴을 넣는 것부터 해보죠."

"절대로 손 놓으면 안 돼요?! 반드시 꼭이에요?!"

비장한 표정으로 말하고 있지만 말하는 내용은 어린애나 다름없다. 나는 네에네에, 하고 고개를 끄덕이며 클레어 님을 재촉했다.

클레어 님과 나는 우리 집 가까이에 있는 해변에 와 있었다. 일본에서는 이제 거의 볼 수 없게 된 새하얀 백사장과 에메랄드 그린의 바다가 펼쳐져 있었다. 어서 빨리 해수욕과 평소에 할 수 없는 이런저런 일들을 즐기고 싶은 참이지만, 일단은 클레어 님이 헤엄을 칠 수 있도록 도와드리지 않고선 불가능한 일이다.

그런고로 클레어 님 전용 수영 교실을 열고 있다. 클레어 님의 맥주병 기질이 어느 정도 수준인지 확인해 본 결과, 놀랍게도 물에 얼굴을 넣는 것조차 할 수 없었다. 물을 겁내는 클레어 님을 보고서 한동안 그 귀여움에 흐뭇해한 뒤, 나는 클레어 님한테 일단 먼저 얼굴을 넣어보라고 주문했다. 클레어 님은 마치 줄 없는 번지점프라도 하기 직전처럼, 결사의 각오를 다진 표정으로 물에 얼굴을 넣었지만――.

"푸핫!"

겨우 3초도 채 못 버티고 얼굴을 들었다.

"어떤가요?! 지금 분명히 얼굴을 넣었다고요!"

"그러네요. 최소 10초 정도는 버텨보도록 할까요."

"무슨?! 그런 고난이도 기술을 벌써 요구하는 건가요?!"

"아니, 전혀 고난이도가 아닌데요."

이 상태로는 오늘 내로 헤엄칠 수 있게 되는 건 무리겠네, 하고 생각했다. 그나저나 수심은 얕지만 바다에 들어가 있는 이상 클레어 님도 나도 현재 수영복 차림이다. 클레어 님은 빨간 비키니 타입 수영복에, 허리에는 하얀색 파레오를 두르고 있다. 몸매 발군의 클레어 님이 수영복을 입고 있으니 정말로 패션 잡지의 모델처럼 보인다.

중세 유럽풍 세계관인 게 분명한 이 세계에 현대적인 수영복이 존재하는 건 역시나 게임 개발자가 현대 일본인이니까 그런 거겠지. 여기서 촌스러운 중세 수영복 따위를 입히거나 하면 플레이어들한테 욕을 바가지로 먹을 게 틀림없다.

다만 이 게임은 원래 여성향 게임이라서 여성 캐릭터의 수영복보다도 남성 캐릭터의 수영복에 더 기합이 들어가 있다. 지금은 남성 캐릭터가 한 명도 없으니 소용없는 이야기이긴 하지만.

"다음은 10초를 목표로 해보죠."

"크…… 좋아요. 미스 퍼펙트라고 불리는 저한테 불가능 따위는 없어요."

그렇게 말하면서 클레어 님은 다시 한번 비장한 각오에 물든 표정으로 물에 얼굴을 넣었다. 비장한 건 좋지만, 그냥 물에 얼굴을 넣을 뿐인데요?

"푸하앗! 몇 초 지났죠?!"

"5초입니다."

"크……. 이 무슨 엄청난 난이도……. 이런 기예에 가까운 고난이도 동작을 할 수 있는 사람이 세상에 몇 명이나 있을지……."

"아니 저기, 대부분의 사람이 가능하니까 말이죠?!"

클레어 님이 이렇게까지 물과 상성이 나쁠 줄이야. 화속성 적성인거랑 관계가 있으려나. 없나.

"조금 휴식을 취했으면 하네요."

"뭘 했다고요?! 겨우 물에 얼굴을 두 번 넣었을 뿐이잖아요?!"

"그걸로 충분하잖아요. 5초나 얼굴을 넣을 수 있다면 머지않아 수영도 할 수 있게 될 게 분명해요."

"안되거든요?!"

나의 항의에도 무색하게 수영 연습은 일단 휴식시간을 가졌다.

"레이 짱~ 클레어 님~ 도시락을 가져왔어요~"

목소리가 들려오는 쪽으로 고개를 돌리자, 엄마가 한 손에는 바구니를 들고서, 우리에게 손을 흔들고 있었다. 수영복 차림으로.

엄마는 검은색 원피스 타입의 수영복을 입고 있었다. 옆에는 흰색 라인이 두 줄 들어가 있다.

즉, 학교 수영복이다.

서른(삐—)살의 학교 수영복이라니 괜찮은 걸까. 세이프인지 아웃인지 말해보라고 하면 보통은 아웃이겠지만 이미 서술했던 대로 엄마는 엄청나게 동안이다. 평범한 고등학생으로밖에 볼 수 없는 외모 때문에 세이프라고 주장하는 사람도 있을지도 모른다.

"마침 좋은 타이밍이네요. 지금 잠깐 쉬려고 생각하던 참이었어요."

클레어 님은 건네받은 수건으로 몸을 닦으면서 말했다.

"그러셨나요. 몇 미터 정도 수영할 수 있게 되셨나요? 클레어 님 정도면 벌써 100미터 정도는 금방 하셨겠죠?"

한 점의 악의 없는 미소와 함께 엄마가 물었다. 엄마한테 악의는 없다. 절대 악의는 없는 것이다.

"그, 그렇죠……. 그 정도 헤엄쳤어요."

뻥 치지 마.

"후후, 역시 대단하시네요. 아, 이건 도시락이에요. 샌드위치를 만들어 봤어요."

엄마가 바구니에 덮어둔 천을 걷어내자 거기에는 물통과 샌드위치가 있었다.

"……고마워요, 잘 먹을게요."

그렇게 감사 인사를 건넸지만 클레어 님의 표정은 굳어있었다. 역시 입에 맞지 않을 가능성을 걱정하고 있는 거겠지.

"괜찮아요, 클레어 님."

"?"

나는 클레어 님한테 작은 목소리로 귓속말을 했다.

"오늘 샌드위치는 마요네즈랑 겨자 같은 재료를 쓰도록 엄마한테 귀띔해 놓았으니까요."

"! 아주 잘했어요!"

마요네즈의 장점은, 만드는 법은 꽤나 어렵지만 만들기 위한 재료 자체는 평민이라도 손쉽게 손에 넣을 수 있다는 점이다. 맛은 단조로워질지도 모르지만, 샌드위치 형태로 만든다면 마요네즈만 있어도 어느 정도의 맛이 보장된다.

"한입 드셔보세요."

그렇게 말하면서 엄마는 샌드위치 하나를 클레어 님에게 건넸다.

클레어 님은 살짝 주저주저하는 태도로 한입 베어 물었다.

"! 아주 맛있어요!"

"어머어머어머어머, 다행이에요."

마요네즈 작전은 성공이었는지, 클레어 님도 맛있게 먹을 수 있는 맛으로 완성된 모양이다.

"이 마요네즈라고 하는 조미료, 정말로 맛있네요. 레이 짱, 이건 수도에서 유행하는 거니?"

"응. 블루메라는 이름의 가게에서 처음 만든 조미료야. 귀족님들 사이에서도 호평이라는 거 같아."

"그렇구나. 그런 고급요리에 사용되는 조미료를 알고 있다니 클레어 님이 레이 짱도 여러 좋은 데에 같이 데려가 주시는 모양이네."

"응."

"……? 제가 그랬던가요?"

물론, 내가 마요네즈를 처음으로 이 세계에 전수했다는 말은 하지 않았다.

"그건 그렇고, 클레어 님은 정말로 아름다우시네요. 그 수영복도 도시에서 유행하고 있는 수영복이려나."

"오트쿠튀르에서 만들었어요. 이 허리에 감은 천은 파레오라고 하는 건데, 이게 올해 유행품이죠."

"하아……. 멋져."

"엄마, 진정해. 만약 지금 나쁜 버릇이 튀어나오기라도 한다면 클레어 님이 엄청난 참사를 당하게 될 테니까."

"!"

클레어 님이 당황하면서, 자기 몸을 감싸며 뒤로 물러났다.

"알고 있다니까안……. 정말이지 심술궂네, 레이 짱은. 그건 그렇고 레이 짱의 수영복은…… 하아……."

"잠깐, 한숨 쉬지 말아 줄래?"

말하고 싶지 않아서 일부러 입을 다물고 있었지만, 내 수영복도 엄마랑 똑같은 학교 수영복이다. 이 세계에서는 아무래도 평민의 수영복이라고 한다면 학교 수영복이라는 모양이다.

"수영복도 그렇지만, 어머님은 저렇게나 가슴이 풍만하신데 레이는……."

"말하지 말아 주세요. 제발 부탁이니까요."

여성향 게임의 주인공으로서의 숙명인 걸까, 내 스타일은 지극히 평범하다. 아니, 결코 나쁘지는 않다. 오히려 균형 잡힌 몸매라고도 할 수 있다. 하지만 흔히들 말하는 '뛰어난 몸매'라는 거엔 두 가지 종류가 있다. 여성이 생각하는 밸런스가 잡힌 패션모델 체형과, 남성이 생각하는 이상적인 그라비아 모델 체형이다. 나는 여성향 게임의 주인공이니까 남성보다는 여성의 시각에서 뛰어난 스타일을 하고 있는 것이다. 결과적으로 나는 슬렌더한 몸매를 하고 있지만 글래머러스한 스타일인 클레어 님이나, 풍만한 체형인 엄마와 함께 있으면 역시 아무래도 초라한 몸매로 보이고 만다. 나 개인적으론 이 슬렌더한 몸매가 싫지 않지만.

"저는 성장기라서 앞으로 커질 거라고요."

"뭐, 힘내도록 하세요."

"불쌍하다는 눈으로 바라보지 말아주실래요?!"

그런 식으로 만담을 주고받고 있었던 그때——.

"어라?"

갑자기 태양이 구름에 가리고, 냉기와도 같은 기운이 올라왔다. 정신을 차려보니, 주변이 안개에 뒤덮여있었다. 이건…… 마력으로 생성된 안개……?

"?! 레이, 저것 좀 봐요!"

클레어 님의 날카로운 목소리가 울려 퍼졌다. 그 손가락 끝이 가리키는 곳을 보자, 안개 너머 바다 쪽에서 너덜너덜한 몰골의 범선이 이쪽으로 다가오고 있는 것이 보였다.

"저건…… 유령…… 선……?"

어머니의 아연실색한 목소리는 우리들의 인식을 그대로 대변하고 있었다.

해안에 출현한 유령선 탓에 마을은 큰 소동이 일어났다. 영주는 비상사태를 선언한 다음 군에 토벌을 부탁하려고 했지만——.

"곤란하게 됐네요……. 설마하니 마을 밖으로 나갈 수 없을 줄이야."

클레어 님의 말대로였다. 구원요청을 보내려고 해도 마을 밖으로 나갈 수가 없었기 때문이다. 아마 마을을 둘러싸고 있는 이 안개 때문이라고 생각한다.

"마력을 담고 있네요, 이 안개."

냉정하게 상황을 분석하고 있는 미샤였다. 우리들은 지금 영주의 저택에 모여 있었다. 유령선을 처리하기 위해서 마을 내에 싸울 수 있는 힘이 있는 사람들을 어떻게든 최대한 긁어모은 결과다. 자경단원이나 모험가, 나름 힘 좀 쓴다는 민간인까지 전부 저택 정원에 모여서 이렇게 해야 한다는 둥, 저렇게 해야 한다는 둥, 떠들고 있었다.

"사람들을 결집할 누군가가 없으면 수습이 안 되겠는데."

"하지만 누가 리더를 할 지로 다투지 않을까?"

사람들을 모을 리더가 필요하다는 미샤의 말은 틀림없이 옳지만 이럴 때 리더십을 발휘할 수 있는 인재는 드물다.

“클레어 님은?”

“저같이 나이가 너무 어린 사람보다도 훨씬 적임자가 있어요. ……애초에 이런 상황에서 가만히 있을 리가 없는걸요. 봐요.”

그렇게 말하면서 클레어 님이 손짓하는 방향을 바라보자, 저택에서 한 사람의 귀족이 나오는 게 보였다.

“제군들 잘 모여 주었네. 먼저 감사를 표하도록 하지.”

여차하면 거만하게 들릴 수도 있을 그 목소리는 절묘한 카리스마를 품고 있었다.

“나는 바우어 왕국의 재무장관 도르 프랑소와다. 이번 이상사태에 있어서 영주에게 전권을 위탁받아 내가 지휘를 맡게 되었다. 이의 있는 자는 없겠지?”

유령선이라는 위협의 출현에 동요하고 있던 사람들에게 있어서, 도르 님의 거만하긴 해도 침착한 언변은 믿음직스럽게 들렸던 모양이다.

“유령선이라는 괴이쩍은 마물이 나왔다고 해서 불안해할 필요는 없다. 그래봤자 그저 언데드일뿐── 즉, 몬스터다. 토벌해 버리면 그만이지.”

도르 님은 별것도 아닌 문제라고 일축했다.

“하, 하지만 이런 식으로 안개를 내뿜어서 마을 전체를 가둘 수 있을 정도의 괴물인데 정말로 쓰러트릴 수 있는 겁니까……?”

모여든 사람들 중 한 명이 불안을 나타냈다. 싸울 수 있는 힘을 가진 사람조차 이런 상황이다. 평범한 마을 사람들의 불안감은 훨씬 더 심각하겠지.

"제군의 불안은 당연하다. 하지만 걱정할 필요 없다. 우리에겐 든든한 전력이 있으니까. 클레어, 레이, 미샤, 앞으로 나와 주게."

갑자기 우리들의 이름이 호명됐다. 사전에 논의된 일이 아니었기 때문에 우리들은 곤혹스러움을 감출 수 없었지만 일단 그 말에 따라 앞으로 나섰다.

"그녀들은 왕립학교의 우수한 학생들이다. 마법 실력으론 한 손에 꼽을 수 있을 정도로 말이지."

도르 님의 말을 들은 사람들이 술렁였다. 그야 그렇겠지. 우리들은 얼핏 보기엔 그냥 젊디젊은 여자애들로밖에 안 보일 테니까.

"차례로 소개하도록 하겠다. 먼저 미샤 유르. 풍속성의 높음 적성을 가지고 있다. 학교에서 치러진 모의전에서 바로 그 로드 왕자를 궁지에 몰아넣었을 정도의 실력자다."

갑작스러운 소개에도 불구하고 역시나 미샤였다. 새침한 표정으로 사람들을 향해 침착하게 인사했다. 그야말로 믿음직스럽기 그지없다.

"다음은 레이 테일러. 그녀는 토속성과 수속성의 2속성 보유자(듀얼 캐스터). 거기다 양 속성 모두 초월 적성이다. 학교 굴지의 마법에 대한 스페셜리스트지."

뭔가 굉장히 띄워주는구나, 하고 생각하면서도 나는 분위기를 잘 읽는 여자니만큼 붙임성 있게 인사했다.

"마지막으로 내 딸, 클레어 프랑소와. 클레어의 실력은……

말로 설명하기보다 직접 보는 쪽이 더 좋겠지. 클레어, 전력의 10%정도면 충분하다."

"알겠어요."

뭘 하려는 걸까 하고, 모두가 주목하고 있을 때, 클레어 님은 천천히 양손을 들어 올렸다. 클레어 님의 머리 위로 프랑소와 가문의 문장 4개가 떠오르기 시작했다. 이건——

"빛이여!"

클레어 님의 외침과 함께 문장에서 4줄기의 열선이 발사됐고, 정원 구석에 있던 커다란 정원석에 직격했다.

"저, 저것 봐! 바위가 산산조각으로!"

"괴, 굉장하군……. 저런 위력이라면 유령선 따위는 순식간에 나무 파편으로 만들 수 있는 거 아닐까."

"저게 전력의 10%라니……. 믿음직스러워!"

이전에도 본 적 있었던 클레어 님의 주특기, 매직 레이다. 공격 범위는 그다지 넓다고 할 수 없지만 위력으로만 따지면 전 세계에서도 손꼽히는 높은 랭크의 마법이다. 처음 보는 사람에게는 강렬한 인상을 남겼겠지.

그건 그렇고, 전력의 10%라는 건 꽤나 허세를 부린 말이다. 클레어 님은 매직 레이를 전력으로 전개한 게 틀림없었다. 모여 있는 사람들을 안심시키려는 도르 님과 클레어 님의 속셈이겠지. 별다른 사전 논의가 없었는데도 완벽한 호흡이다.

"이걸로 잘 알았겠지. 몬스터 따위는 결코 무서워 할 필요 없다. 우리들의 힘으로 이 마을의 평화를 되찾는 거다!"

도르 님의 연설에 호응하듯 모두가 힘찬 목소리로 외쳤다. 사람들의 외침에 겁먹은 기색이라고는 털끝만큼도 없었다. 역시나 온갖 괴물들이 판을 치는 정치계에서도 정점을 차지하고 있는 인물이구나 싶다. 도르 님에게 있어서 이 정도 수준의 군중 선동 따위는 식은 죽 먹기였겠지.

"자, 그럼 구체적인 작전에 대해서는 모험가 길드의 모험가에게 맡기겠다. 모두들 그를 따라주게."

그렇게 말하고서 도르 님은 다시 저택 안으로 들어갔다.

"역시 도르 님은 대단하네."

"멋으로 정치가를 하는 게 아니라는 느낌."

"아버님으로서는 그저 또 하나 공적을 올릴 찬스라고 생각하고 계실 거예요."

나와 미샤가 감탄하며 말했지만, 클레어 님은 솔직하게 받아들이지 않았다. 그럼에도 그 얼굴은 기뻐 보였다. 조금 삐꺽 대는 부분도 있긴 했지만 어쨌든 간에 클레어 님은 도르 님을 존경하고 있는 거겠지.

"그건 그렇고…… 클레어 님, 괜찮으신 건가요?"

"뭐가 말인가요, 레이."

클레어 님은 무슨 말인지 어리둥절한 표정이지만, 나로선 걱정스러운 점이 있었다.

"이 상황대로라면 클레어 님한테 엄청난 기대가 걸려있을 텐데, 클레어 님은 귀신을 무서워하시잖아요?"

"……앗."

아니나 다를까, 클레어 님은 그 점을 깜빡 잊고 있었던 모양이다.

"따, 따따딱히 무서워하지 않으니까요! 애초에 언데드는 귀신이 아니라고요!"

"아니, 그런 허세는 일단 됐으니까요. 정작 실전에서 클레어 님이 우왕좌왕하는 모습을 모두가 본다면 사기에 영향이 가잖아요."

"그렇겠네."

끝까지 강한 척하려고 하는 클레어 님에게 딴죽을 넣자, 미샤도 응응, 하고 고개를 끄덕였다.

"……어떻게 해야 할까요."

"다른 사람들과는 별도로 행동하겠다, 라고 할까요."

"그럴 거면 길드 쪽 사람한테 미리 말해 두는 게 좋겠네. 작전이 정해지고 나서 말하면 늦으니까."

그렇게 된 고로, 우리들은 모험가 길드의 책임자와 이야기를 해보기로 했다.

"……그건 또 뭐랄까, 참 의외의 약점이네."

어찌된 일인지 길드 책임자는 루이 씨였다. 루이 씨는 우리들의 이야기를 듣고선 쓴웃음을 지었다.

"어떻게든 되겠어요?"

"솔직히 세 사람은 다른 사람들이랑 전투능력의 격차가 너무 심해. 그러니 세 사람이 별도 행동을 취하는 건 오히려 환영이야. 즉석으로 팀을 짜본들 제대로 연계를 취할 수 없을 테니까."

루이 씨는 클레어 님을 상대로도 격의 없는 말투를 쓰고 있다. 모험가라는 직업은 국가나 신분에 얽매이지 않는 자유로운 입장이기 때문이다. 클레어 님도 그걸 알고 있기 때문에 딱히 말투로 트집을 잡지 않는다.

"경험에 비추어 보건대 그 유령선 가장 안쪽에는 보스가 있을 거야. 피라미들을 처리하는 건 우리들에게 맡기고 세 사람은 보스를 맡는 건 어떨까?"

"그렇게 할 수밖에 없겠네요."

"아, 하지만——."

"?"

루이 씨는 미안한 듯이 말을 이었다.

"제일 처음에 과시용으로 힘 좀 써줄 수 있을까? 방금 전에 보여준 마법을 초전에 한발 때려 넣어 준다면 사기도 오를 거라고 생각하거든."

"제일 처음…… 제일 처음만인 거죠."

"응. 할 수 있겠어?"

루이 씨는 만약 무리라면 다른 방법을 생각해보겠다고 말했다.

"……아뇨, 괜찮아요. 하겠어요."

"그래. 그럼 부탁할게. 뒷일은 우리한테 맡겨두라고."

그렇게 말하고서 루이 씨는 다시금 작전을 전달하러 돌아갔다.

"뭐, 우리들도 있으니까 괜찮을 거예요. 분명."

"지원하겠습니다."

"……잘 부탁해요."

더더욱 표정이 어두워지는 클레어 님. 그런 클레어 님도 귀엽습니다.

"……괜찮으세요, 클레어 님?"

"그그그, 그야 당연히 괜찮죠!"

"아뇨 명백하게 괜찮아 보이지 않는데요……."

염려하는 나, 강한 척하는 클레어 님, 걱정하는 미샤라는 다채로운 구성.

토벌대는 우리를 선봉으로 삼아서 작은 배를 타고 유령선으로 접근하는 중이었다. 토벌대의 인원은 총 30명. 여러 척의 작은 배에 몇 명씩 나눠서 탄 채로 경계를 늦추지 않으며 다가가고 있었다. 아직까지 현재로선 몬스터와 조우하지 않았지만 슬슬 위험한 거리다.

그렇게 생각한 순간.

"온다!"

가장 선두에서 다가가던 배에 탄 모험가들이 외쳤다. 안개 속을 주의 깊게 바라보자 전방에서 마치 새처럼 생긴 몬스터들이 날아오는 것이 보였다. 그 수는 약 10마리.

"클레어 님, 한 방 날려줘!"

"아, 알겠어요!"

루이 씨의 목소리에 클레어 님이 답했다. 먼 거리라서 몬스터들의 모습이 아직 명확하게 보이지 않는다. 그 덕분에 클레어 님도 아직 그렇게까지는 겁에 질리지 않은 것 같았다.

"빛이여!"

클레어 님이 매직 레이의 주문을 외쳤다. 열선이 괴조들에게 직격하면서 적들을 태워버렸다.

"칫, 몇 마리는 살아남았나."

"맡겨주세요."

루이 씨가 혀를 차자 미샤가 즉각 대응에 나섰다. 그 직후, 날카로운 소리가 울려 퍼지더니 남은 괴조들이 전부 격추되었다. 미샤의 세이렌이었다.

"저 정도 숫자의 몬스터를 단숨에……."

"좋아…… 이건 할 수 있겠어!"

초전부터 압승을 거둔 덕분에 토벌대의 사기는 하늘을 찌를 것 같았다. 루이 씨가 우리들을 향해 엄지손가락을 치켜세우며, 수고했다는 뜻을 전했다. 그 후에도 유령선에 도착할 때까지 산발적인 전투가 있었지만, 누구 한 명 다치는 일은 없었다.

"자 그럼, 여기서부터가 진짜배기군."

토벌대 전원이 유령선 위로 올라온 것을 확인하고서 루이 씨는 모두에게 긴장의 끈을 놓지 않을 것을 당부했다.

"작전대로, A반부터 E반까지는 진로를 열어줘. 선장실로는 나와 이 애들이 가겠어."

루이 씨의 지휘에 따라 기세등등하게 각자 맡은 바에 착수하는 토벌대. 그는 경험이 풍부한 모험가다. 지시도 적절하고 효율적이다.

"! 스켈레톤이다! 수가 많아!"

갑판의 문을 열자 안에서 10마리쯤 되는 해골 모습의 언데드가 나타났다.

모두들 임전 태세를 갖춘다.

"물러서지 마라! 수는 우리들이 더 많다! 둘러싸서 박살 내버려!"

루이 씨의 지휘 아래, 난전이 시작됐다.

"모두들 고생하고 있네요."

배에 올라타고 나서 2시간 정도가 지났다. 우리 세 사람을 비장의 패로 아껴두기 위해서 토벌대는 우리를 지키면서 전진했다. 언데드들은 한 마리씩 따로 보면 그다지 강하지 않지만 아무래도 머릿수가 너무 많았다. 토벌대는 점점 체력이 떨어지자 부상을 입는 사람도 늘어났다.

"이제 곧 선장실이다! 보스를 쓰러트리면 끝이니까 모두들 힘내라!"

루이 씨의 격려에 호응하는 목소리도 점점 작아지고 있었다. 이제는 정말 위태위태하다.

"대장! 선장실입니다!"

앞에서 나아가던 모험가의 말에 토벌대의 표정이 밝아졌다. 드디어 끝이구나, 하는 안도가 담긴 표정이다.

"좋아. 나와 이 애들까지 4명이서 들어가겠어. 모두들 방 밖에서 대기하면서 몬스터들이 안으로 들어오지 못하도록 막아줘."

"알겠습니다."

토벌대는 경계태세에 돌입하고, 루이 씨가 앞장선 상태로 나와 클레어 님, 미샤가 순서대로 선장실에 진입했다.

"……어라?"

방안은 텅 비어있었다. 후크 선장처럼 생긴 보스가 있을 거라고 상상하고 있었던 나는 아무것도 없는 실내에 당황하고 말았다.

"방을 착각한 건가요……?"

"아니, 여기가 맞아."

의문이 담긴 클레어 님의 말에 루이 씨는 단언했다.

"결계를 치겠어."

루이 씨는 그렇게 말하고서 매직 스크롤을 사용해 뭔가 마법을 발동시켰다.

"하지만 아무것도 없는데요?"

미샤도 실내를 둘러봤지만 역시나 아무것도 없다.

"그야 그렇겠지. 보스는…… 지금부터 불러낼 거라서 말이야."

그 목소리에 나는 재빠르게 클레어 님을 보호하듯이 앞으로 나섰다. 미샤도 마법 지팡이를 겨누면서 전투태세에 들어갔다.

"당신……."

"모두 참 순진하기도 하지. 모험가 길드의 자격증을 가지고 있다는 사실만으로 이렇게 까지나 신뢰해 주니까."

루이 씨는 쓴웃음을 지으면서 방 안쪽으로 걸어갔다.

"루이 씨, 당신은 적인가요?"

"적? 그렇지, 적이겠네."

루이 씨—— 아니, 루이는 그렇게 말하면서 오른손을 내밀었다. 그의 약지에는, 우리 중에 나만이 알아볼 수 있는 반지가 끼워져 있었다.

"언데드화 마도구—!"

"알고 있는 건가…… 뭐, 그런 거야."

그가 끼고 있는 것은, 내가 수도에서 한스 씨에게 포기하라고 했던 마도구였다. 그렇다는 말은 루이가 이 유령선 소동의 원흉……?

"하지만 이곳에 시체 같은 건 없다고."

미샤가 지적한 대로다. 마도구가 있다고 한들, 그 효과를 발휘할 대상이 없어서야 아무런 의미도 없다.

"지금부터 만드는 거야. 이걸 사용해서."

루이는 품속에서 향수병처럼 생긴 물건을 꺼냈다. 안에는 투명한 액체가 가득 담겨 있었다.

"이건 신형 칸타렐라다."

"?! 당신 나 제국의 자객인건가요?!"

"미안하지만 그렇게 되겠네."

루이는 진심으로 미안하다는 듯이 말했다.
"기세등등하군요. 그렇게 순순히 까발려도 되는 겁니까?"
"뭐, 그럴지도 몰라. 이건 내가 가진 죄책감 때문이라고 생각해도 상관없어."
내 눈엔 루이가 이렇게 된 걸 정말로 후회하고 있는 것처럼 보였다. 하지만——.
"이 유령선은 당신이?"
"아아. 바우어 왕국의 귀족 양반의 배를 이용해서 말이야."
이미 희생자까지 나왔다. 그가 한 짓이 용서될 리 없다.
"독을 가지고 있다는 걸 알고 있다면 이쪽도 대처할 수 있어요."
"해독방법도 알고 있다…… 고 했던가?"
내 말에 루이는 작게 웃었다.
"이 칸타렐라는 신형이라고 말했었지? 이 녀석에게 당하면 마법을 일절 받아들이지 못하는 상태가 돼. 그러니 너의 해독 마법으로도 해독할 수 없지."
"그렇다면 처음부터 독에 당하지 않으면 되는 거예요."
클레어 님이 당당한 태도로 맞받아쳤다. 하지만 루이의 웃음은 멈추지 않았다.
"너희들에게 독을 사용하겠다고는 말하지 않았는데?"
"?! 무슨 짓을?!"
클레어 님의 놀라는 것도 당연하다. 루이는 칸타렐라의 뚜껑을 열고선 그대로 단숨에 들이켰다.

"크억…… 윽! 으윽…… 으……!"

"자해……? 아니, 그런 거였군——!"

바닥에 쓰러진 채, 뒹굴고 있는 루이. 미샤는 그걸 보고서 처음에는 혼란스러워했지만, 이내 뭔가 깨달은 모양이었다.

"이 사람, 스스로 언데드가 될 생각이야!"

"?! 무슨…!"

이해할 수 없었다. 그건 그야말로 자살행위다. 한번 언데드가 되면 영원히 이 세상의 지옥을 헤매거나 흙으로 되돌아갈 수밖에 없다. 루이는 우리를 죽일 생각인 것 같지만 그렇다고 자기 목숨을 끊어서야 아무런 의미도 없지 않은가.

"해독을!"

"……안 돼! 이미 칸타렐라의 효과가 발동하고 있어!"

우리가 당황하고 있을 때, 그 일이 일어났다.

"……괴물……"

피부가 뜯겨나가 떨어지고, 피부 아래 적흑색 근육이 노출되면서 부풀어 오른다. 루이의 몸이 점점 팽창하더니, 이윽고 오크와도 같은 거구로 변했다.

"도망치도록 하죠!"

클레어 님의 외침에 우리들은 정신을 차렸다. 그렇다. 상대의 의도에 어울려줄 필요는 없다. 모두를 데리고 탈출해버리면——.

"소용없다."

루이는 더는 인간이라고 할 수 없는 목소리로 말했다. 문은…… 열리지 않는다.

"방금 전의 매직 스크롤 때문이네요."

매직 스크롤을 사용한 건 우리들을 가둬놓기 위해서였나.

"자아…… 얌전히. 그. 목숨을. 내놓으라고."

"사양하겠어요!"

클레어 님이 화염의 창을 발사했다. 화염의 창은 루이에게 직격했다. 그러나――.

"마법은. 통하지. 않는다."

루이는 아무런 데미지도 없었다.

"과연…… 해독 마법뿐만 아니라, 모든 마법을 무효화 하는 거네."

미샤가 빈틈없이 경계태세를 유지하면서, 상황을 냉정하게 분석했다. 그러고 보니 그런 말을 했었지.

"당장 선장실까지 오는 동안에 우리들한테 아무 짓도 하지 않은 건, 마법이 아닌 물리 공격이 가능한 다른 사람들을 배제하기 위해서?"

"제법. 머리가. 잘. 돌아가는구나."

처음부터 이런 상황을 만들어내는 게 목적이었다는 건가. 우리는 분명 마법 실력은 뛰어나지만 물리적 공격 수단이 빈약하다. 마법이 통하지 않는다면 우리로서는 속수무책이다.

"어떻게 해야 하죠……."

클레어 님의 목소리에는 낭패감이 가득했다. 우리는 궁지에 몰렸다.

싸움은 난항을 거듭했다. 마법이 주요 공격수단인 우리들 세 명에게는 마법이 통하지 않는 상대라는 건 지극히 불리한 일이다. 우리들은 선장실 안을 도망 다니면서 어떻게든 현 상황을 타개할 방법을 모색했다.

하지만——.

"크……!"

"마법이 통하지 않아서야 손쓸 도리가 없어요!"

미샤와 클레어 님의 창백한 안색이 대변하는 것처럼 상황은 결코 좋지 않았다.

"바깥에 있는 사람들은 대체 뭐 하고 있는 거예요?!"

"방 밖에는 마물이 잔뜩 있는 모양이에요. 거기다가 아마도 이 결계는 바깥쪽에서의 출입도 막고 있습니다."

초조하게 말하는 클레어 님에 비해서 미샤는 어디까지나 냉정했다.

"포기해라. 저항하지. 않는다면. 고통. 없이. 죽여주겠다."

루이는 바스타드 소드를 크게 휘두르면서 우리들을 죽이려고 다가왔다. 루이는 우수한 모험가라고 들었는데 그게 과장된 소문이 아니라는 걸 쉽게 알 수 있었다. 3대 1인데도 우리를 압도할 정도의 실력자라고 말하면 이해하기 쉬울까.

"저한테 생각이 있어요."

나는 지척까지 다가온 루이의 칼끝을 아슬아슬하게 피하면서 클레어 님과 미샤에게 말했다.

"클레어 님은 저랭크 마법을 최대한 쏟아부어서 상대의 움직임을 저지해 주세요. 마법이 듣지 않아도 충격은 통합니다."

"알겠어요."

나를 신뢰해 주시는 거겠지. 클레어 님은 지금까지 사용하고 있던 화염창을 화염탄으로 전환해서 탄막을 형성했다.

"미샤에겐 적을 찾아주길 부탁할게."

"적을 찾으라니, 여기에 복병이라도 더 있다는 거야?"

언제나 무표정인 미샤로선 드물게도 표정이 어두워졌다.

"그게 아니야. 색적 범위는 이 방을 제외한 함선 전체. 찾아줬으면 하는 건 오히려 몬스터가 적은 장소."

"거기에 대체 무슨 의미가──."

"지금은 설명할 수 없어. 나를 믿어줘."

루이한테 들리기라도 하면 계획은 실패하고 만다.

"알겠어."

"나랑 클레어 님이 시간을 벌 테니까."

나도 물과 흙으로 된 마법탄을 만들어서 발사했다.

"쓸데없는. 발버둥을……."

"그런 소리를 듣고 순순히 포기할 사람이 있겠나요?!"

클레어 님은 화려한 몸놀림으로 루이의 검을 날렵하게 피하면서 스쳐 지나가듯 다리를 걸었다. 부풀어 오른 루이의 거대한 몸이 쓰러졌다. 루이는 아직 언데드로 변한 자신의 몸을 완벽하게 다룰 수 없는 것 같았다. 그럼에도 우리 3명을 여유롭게 상대하고 있으니 대단하다.

"클레어 님, 그런 위험한 짓은 하지 말아주세요!"

분명 클레어 님은 우리 3명 중에서 가장 체술이 뛰어나긴 하지만 그렇다고 루이에 비할 바는 아니다.

"하지만 가만있어선 상황이 악화할 뿐이라고요?"

"괜찮습니다. 분명 어떻게든 될 테니까요."

"믿어도 되는 거겠죠?"

"물론!"

클레어 님이 내 말에 고개를 끄덕임과 동시에, 우리들은 2종류의 마법탄을 루이에게 소나기처럼 퍼부었다.

"어디. 마음껏. 해봐라. 마력이. 다. 떨어지는. 순간이. 너희들의. 최후다."

루이는 승리를 확신하고 있는 것 같았다. 하지만 나는 여기서 죽을 순 없다. 아니, 최악의 경우 설령 내가 죽는다고 하더라도 클레어 님만큼은 어떻게 해서든 살아남을 수 있도록 해야 한다.

"색적이 끝났어. 가장 적이 적은 곳은 선미 끝에서 3번째 방이야."

"고마워, 미샤."

역시나 미샤다. 일처리가 빠르다.

"미샤, 클레어 님과 함께 상대의 움직임을 막아줘. 나는 잠깐 시도할 게 있으니 시간을 벌어줘."

"알겠어."

자 그럼 여기서 부터가 진짜다.

"——몸은 클레어 님으로 되어있다."

나는 엄숙하게 마법의 영창을 시작했다.

——피도 클레어 님.

——마음은 유리로 되어있는 클레어 님.

——클레어 님, 클레어 님.

"아까부터 대체 뭐예요?!"

"클레어 님 집중해주세요!"

아니 지금 장난치는 게 아닌데요, 진짜로.

"무슨. 짓을. 할. 생각이냐?"

미샤와 클레어 님 때문에 발이 묶인 채로 루이는 미심쩍은 듯 말했다. 나는 거기에 대답해줄 생각이 없었다. 내가 외우는 주문이 좀 그렇긴 하지만, 내가 해야 할 일에 집중했다.

멀리서부터 커다란 소리가 들려오더니 그와 동시에 선체가 크게 흔들리기 시작했다.

"대체 뭐죠……?"

"클레어 님, 손을 멈춰서는 안돼요!"

클레어 님이 한순간 동요하면서 틈을 보였을 때, 루이가 돌진해오며 클레어 님을 향해 머리 위로 치켜든 검을 내려쳤다. 나도 모르게 주문 영창을 멈추고 나도 마법탄을 쏴서 원호에 나서려고 했다.

안 돼, 늦었어—!

"클레어 님—!"

하지만 그 검은 뭔가에 튕기듯이 밀려 나왔다.

"뭣이?!"

클레어 님은 재빨리 빈틈을 수습하고서 다시금 화염탄을 쏘며 거리를 벌렸다. 무슨 일이 일어난 건지도 모르겠고, 심장이 멈춰버리는 거 아닐까 싶을 정도로 깜짝 놀랐지만 나는 다시금 작업을 개시했다.

소리와 흔들림은 점점 더 커지고 있었다. 그러더니——.

"?!"

굉음과 함께 문의 경첩이 부서지면서, 방 안으로 대량의 바닷물이 쏟아져 들어왔다. ——수없이 많은 검과 함께.

"미샤, 클레어 님! 마법으로 그 검을 루이한테 박아 넣어!"

대답은 없었지만 두 사람의 행동은 즉각적이었다. 바로 마법탄을 다른 마법으로 전환해서 클레어 님은 화염폭발, 미샤는 바람의 흐름을 조종해 방 안에 흘러들어온 검들을 루이에게 날려 보냈다. 거기에 나도 거들었다.

"언리미티드 클레어 워크스!"

루이는 황급히 몸을 피하려고 했지만, 무수히 많이 날아오는 검을 회피할 수는 없었다. 검이 온몸을 수놓는 것처럼 틀어박히고, 결국 바닥에 쓰러졌다.

"……패배한…… 건가……."

루이의 몸이 원래의 크기로 되돌아오고 있었다. 물론 망가진 신체는 그대로라서 얼핏 보기에도 엉망진창이다. 목소리도 원래 루이의 목소리로 돌아왔다. 그 목소리에 비탄의 기색은 보이지 않았고, 그저 순수하게 의문스러워하고 있었다.

"대체…… 뭘 어떻게 한 거지?"

"대답해 줄 의리는 없네요."

나는 어서 배 밖으로 탈출하고 싶었다. 하지만――.

"저도 의문인데요? 대체 뭐가 어떻게 된 건가요?"

"나도 가르쳐줬으면 좋겠는데 말이지."

클레어 님과 미샤까지 그렇게 말한다면야 어쩔 수 없다.

"이 방은 결계로 막혀 있었지만 그건 사람의 힘으로 만들어진 게 아니라 매직 스크롤로 만들어진 결계였어요. 그렇다면 그 효과는 그렇게까지 길게 지속되지 않을 거라고 생각했죠."

그렇기 때문에 루이의 움직임을 막기 위해서인 척하면서 우리 셋은 마법을 연타했고, 빗나간 탄들이 결계의 내구도를 계속 감쇠시키고 있었다.

"미샤한테 색적을 부탁했던 건 이 검이 있는 곳을 찾아내기 위해서였어요."

"이건, 은으로 된 무기?"

"네."

은은 언데드에게 높은 효과를 발휘한다. 거꾸로 말하면 언데드는 은제품에는 다가가지 않기 때문에 일부러 적의 숫자가 적은 곳을 찾았던 것이다.

"어떻게 이런 물건이 선내에 있을지도 모른다고 추측했던 건가요?"

"마을에서 들은 적 있잖아요. 언데드 헌팅을 하러 온 귀족의 배가 행방불명이 됐었다고."

그리고 루이는 귀족의 배를 언데드화해서 이 유령선을 만들었다고 말했다.

"그다음은 수속성 마법으로 바닷물을 이용해 은제 무기를 여기까지 운반해왔다. 라는 거예요."

"과연 그렇군……. 완패다."

그렇게 말하는 루이는 어딘지 모르게 후련한 것처럼 웃었다.

"이런 걸 부탁할 입장은 아닌 걸 알지만, 부탁이 있다."

"거절하겠습니다. 자 가도록 하죠, 미샤, 클레어 님."

내가 뭐가 아쉬워서 클레어 님을 죽이려고 한 녀석의 부탁 같은 걸 들어줘야 하는가. 나는 두 사람을 데리고 이곳을 떠나려고 했다.

"듣는 것 정도라면 해드리겠어요. 말해보도록 하세요."

"클레어 님……."

"자기가 좋아하는 상대를 직접 죽이려고 했을 정도잖아요? 그렇다면 뭔가 사정이 있는 게 틀림없겠죠."

자비를 베풀겠다는 것 같았다. 클레어 님, 악역 영애는 어디로 가셨나요.

"고맙다. 가능하다면 내 어머님을 잘 부탁한다. 편찮으셔."

"당신이 제국에 놀아난 이유는 그거였군요?"

루이의 어머니는 중병에 걸리고 말았다는 모양이다. 그리고 제국 사람이 그 점을 파고 들어왔다고 한다.

"약 정도는 떳떳한 방법으로 사면 되는 거잖아요."

"저축한 돈을 몽땅 쏟아부어서 도시의 유명한 의사에게 진료를 받았어. 그랬더니 이미 악성 종양이 배 안에 있다더군. 그 종양을 없앨 수 있는 마법 약은 별도 요금이었어."

클레어 님의 말문이 막혔다.

"모험가라는 직업으로는 아무리 위험한 의뢰를 계속 받아도 돈을 모으는데 1년 가까이 걸려. 아는 사람들에게 무릎을 꿇고 빌면서 최대한 융통해봤지만 필요한 금액의 절반에도 미치지 못했어."

루이의 피를 토하는 것 같은 말에, 클레어 님은 뭐라 할 말을 찾을 수 없어 보였다.

"이제 됐잖아요? 들어야 할 말은 다 들었으니 탈출하도록 하죠. 이 배는 곧 가라앉을 거예요."

"하지만……."

"클레어 님. 지금은 레이가 말한 대로입니다. 탈출해야 할 때가 아닐까요."

"……알겠어요."

미샤의 냉정한 목소리에 클레어 님도 결국 고개를 끄덕였다.

"당신 어머님의 일은 이 클레어가 프랑소와 가문의 이름에 걸고 어떻게든 해드리겠어요. 그러니 안심하고 잠드세요."

"……고마워. 아아……. 그 녀석들, 결국 돈을 떼먹게 돼서, 원망하려나……."

그게 루이의 마지막 말이었다.

"가도록 하죠."

우리들은 방 밖에서 기다리고 있던 동료들과 합류한 뒤 유령선을 탈출했다. 그러는 동안 클레어 님은 계속해서 입을 다문 채였다.

유령선 전투가 끝나고 며칠이 지난 후 클레어 님과 나는 루이의 집을 찾아갔다. 그 이유는 물론 클레어 님이 그러길 바랐기 때문이다.

"어머나 레이 짱. 오랜만이네."

우리들이 방 안으로 들어서자, 루이의 어머님── 오프리아 씨가 부드러운 웃음으로 우리를 맞이해 주었다.

"이렇게 누워있는 채로 맞이해서 미안해. 조금 몸이 좋지 않아서. 대단한 병은 아니지만……."

"아니요, 아주머님. 누워 계세요."

기침하는 오프리아 씨에게 재빨리 다가가서 말을 건넨 사람은 내가 아닌 클레어 님이었다.

"어머, 아가씨는 누구? 레이 짱의 친구이려나?"

"아뇨, 그게 아니──"

"네 맞아요, 아주머니. 클레어라고 해요. 루이 씨와도 친구랍니다?"

나한테는 한 번도 보여준 적 없는 상냥한 웃음을 지으면서 클레어 님은 오프리아 씨에게 말했다. 질투 난다, 질투 나.

"어머 루이와도? 나한테 약을 건네줬을 때를 마지막으로 한동안 얼굴을 보지 못했단다. 그 애는 잘 지내니?"

눈에 띄게 표정이 밝아지는 오프리아 씨의 말에 클레어 님은 한순간 얼어붙었다. 하지만──.

"루이 씨는……. 그만 세상을 떠나고 말았어요."

어쩔 수 없이 전해야 하는 사실을, 분명하게 전했다.

"그런……. 그런, 거짓말이지……?"

오프리아 씨는 처음엔 질 나쁜 농담이라도 들은 것 같은 표정으로 얼굴을 찌푸렸다. 그러나 클레어 님의 진지한 표정을 보고서 그게 엄연한 사실이라는 것을 이윽고 깨달은 모양이었다.

"……그 아이는…… 어쩌다 목숨을 잃고만 거니……?"

오프리아 씨는 지금이라도 꺼져 들어갈 것 같은 목소리로, 하지만 어떻게든 말을 꺼냈다.

"루이 씨는──."

클레어 님은 무언가 말하려고 했지만 이윽고 생각을 바꾼 것처럼 고개를 한번 젓더니,

"루이 씨는 마을을 습격한 유령선을 퇴치하기 위해 동료들을 지키다 그만 변을 당했습니다."

그렇다, 지금 현재 표면적으로는 그렇게 된 걸로 되어있다. 나는 맹렬히 반대했지만 클레어 님이 그런 각본대로 가겠다고 말하면서 완고하게 밀어붙였다.

"루이 씨는 굉장히 용맹했습니다. 그가 없었다면 이 마을은 심각한 피해를 입었겠지요."

그렇게 말하면서 클레어 님은 오프리아 씨의 손을 잡았다.

"루이 씨는 이 마을을 지킨 영웅입니다."

클레어 님의 말에 오프리아 씨는 잠시 말을 잊고서 아연해 있었다. 하지만, 이윽고 정신을 차린 것처럼 말했다.

"그래…… 그렇구나……. 울보였던 그 아이가, 그렇게 훌륭한 일을 해내다니……."

오프리아 씨는 미소를 지었다. 그 미소에는 아들을 자랑스럽게 여기는 마음 또한 담겨 있었겠지. 하지만 그 미소의 대부분은 다른 의미를 담고 있었다. 왜냐하면——.

"하지만…… 설령 그렇다고 해도, 울보인 채로도 좋으니까…… 그 아이가 내 곁으로 돌아와 줬으면 했어."

말을 마치자마자, 오프리아 씨는 아무 말 없이 계속 눈물을 흘렸으니까.

"가난이라는 건…… 정말 무서운 거군요……."

내 방으로 돌아온 후 이제 잘 시간이 됐을 때, 클레어 님은 멍하니 그런 말을 꺼냈다.

"클레어 님?"

"저는, 가난이라는 게 얼마만큼의 의미를 담고 있는 건지 전혀 몰랐던 거예요. 분명."

클레어 님은 생각에 잠긴 표정이었다. 나는 지금은 장난칠 때가 아니구나 하는 생각과 함께 클레어 님의 옆에 앉았다.

"그냥 단순히 가지고 있는 돈의 양이 다르다는 뜻이 아닌 거군요. 돈이 없으면 소중한 사람의 목숨을 지키기 위해서 도리에 벗어난 일조차 하고."

"모두가 다 그런 건 아니겠지만, 분명 유복한 사람보다는 선택지의 폭이 좁아진다고 생각해요."

나는 최선을 다해 상냥한 목소리로 클레어 님의 말에 맞장구를 쳤다.

"루이는 분명 나쁜 짓을 저질렀어요. 하지만 그렇게 할 수 밖에 없었던 거잖아요. 그를 규탄하는 건 얼마든지 간단한 일이지만, 그래선 이 일의 본질을 잘못 보는 거예요."

"본질, 이라고 하심은?"

나는 클레어 님이 무언가를 붙잡기 위해서 발버둥 치는 것처럼 느껴졌다.

"가난은 나쁜 거예요. 그리고 그 가난을 방치하고 있는 건 다른 누구도 아닌 위정자…… 즉, 이 나라의 시스템 그 자체예요."

"그건 조금 과언이 아닐까 싶습니다만……."

클레어 님이 극단적인 생각으로 치닫지 않도록 말을 이었다.

"분명 가난은 나쁜 거고 이 나라에 책임이 없다고는 할 수 없어요. 하지만 정치라는 게 그저 이상만으로는 돌아가지 않는다는 사실은 다른 누구도 아닌 클레어 님이 제일 잘 알고 계시잖아요?"

"확실히 그 말도 맞아요. 하지만——."

"하지만?"

내가 뒷말을 재촉하자 클레어 님은 잠시 동안 생각한 후에 뒷말을 이었다.

"그건 이상에서 현실로 도피하고 있을 뿐인 거 아닐까요? 이상을 추구하면 안 되는 걸까요?"

나는 이 사랑스러운 사람을 평생 지켜나가고 싶다고는 강렬한 마음이 들었다.

"클레어 님이 생각하시는 그대로 행동하시면 된다고 생각합니다. 예전에도 말했지만 저는 클레어 님이 하시려는 일을 응원하겠어요."

그렇게 말하고서 클레어 님의 손을 잡았다.

"레이……."

"저는 클레어 님의 고결한 마음을 존중합니다. 현실에서 도피하지 않는 그 뜻을 지키겠습니다. 부디 저를 이용해주세요."

나는 클레어 님을 위해서라면 무슨 짓이든 할 것이다.

그렇다, 예를 들어,

클레어 님을 배신하는 짓이라고 해도.

나는 그 순간이 오지 않기를 바라고 있지만, 설사 그래야 할 때가 온다고 해도 나는 주저하지 않는다. 내 최우선 순위는 영원히 달라지지 않을 것이다.

그러니까──.

"레이, 고마워요."

그렇게 말하면서 미소 짓는 클레어 님의 얼굴을, 나는 똑바로 응시할 수 없었다.

"그러고 보니 루이랑 싸웠을 때 한번 위험했던 순간이 있었죠?"

마치 화제를 돌리려는 것처럼 나는 전혀 관계없는 화제를 꺼냈다. 내가 조작한 바닷물이 밀려오는 소리에 클레어 님이 잠깐 주의를 빼겼을 때의 일이다.

"네. 그건 제 불찰이었어요."

"하지만 루이의 검은 클레어 님에게 닿지 않았어요. 그건 대체 어떻게 된 일이죠?"

나는 줄곧 의문으로 생각하고 있었다.

"아마도 짐작이긴 하지만, 이게 원인일 거예요."

그렇게 말하면서 클레어 님은 품속을 뒤적이더니 '그것'을 꺼내 들었다.

"아, 그건……."

"네, 학원제 때 당신이 줬던 애뮬릿이에요."

그러고 보니, 그런 적이 있었던가.

"깨져버렸네요."

"아마도 이건, 1회용 방어 아이템 같은 거 아니었을까 생각해요."

지닌 사람의 몸을 딱 한 번만 지켜주는 마도구였던 거 아닐까, 그게 클레어 님의 추측이었다.

"그런 효과가……."

"추측의 범주를 벗어나지 못하긴 하지만 다른 이유는 생각나는 게 없으니까요."

그렇게 말하면서 쓴웃음을 짓고는 클레어 님은 애뮬릿을 다시 소중하게 품속에 넣었다.

"하지만 정말 말도 안 되는 허위광고였네요. 아니 뭐 그게 클레어 님을 지켜주기는 했지만요."

"네? ……아아 네에! 맞네요, 그러네요!"

내 말에 들은 클레어 님의 반응이 한순간 뭔가 이상했다.

"클레어 님?"

"아무것도 아니에요! 자자, 빨리 자도록 하죠! 안녕히 주무세요!"

그렇게 말하고서 재빠르게 1인용 이불 속으로 들어가 버린 클레어 님. 대체 뭐꼬.

"클레어 님, 뭐 숨기는 거 있으세요?"

"숨기는거없거든요신경쓰지않아도돼요평소에는날카로운주제에대체뭐냐고요꼭이럴때만!!"

다다다 하고 따발총처럼 쏘아지는 말들에 나는 압도당해버렸다. 어쩔 수 없이 쭈뼛쭈뼛 옆에 누웠다.

그건 그렇고 이벤트 플래그를 꺾는 건 참 어렵다. 언데드 샌딩 플래그를 꺾기 위해서 한스 씨에게 미리 손을 써 뒀는데 그게 돌고 돌더니 결국 이런 상황에. 역시나 뭔가를 바꾸려고 한다면 아예 근본적인 원인에 손을 뻗어야 하는 것이다. 그저 지식이 있다고 잘난체하는 걸로는 상황이 바뀌어버릴 뿐이고, 상황이 달라지면 게임 지식으로는 대처할 수 없게 되니까 오히려 상황이 악화되어 버린다. 좀 더 조심하도록 하자고 결심했다.

"플래그라고 하니까…… 클레어 님?"

"뭔가요."

"연애 성취, 하셨나요?"

"빨리 자도록 하세요!"

램프의 불을 꺼버리고 말았기 때문에 내가 잘못 봤을지도 모르겠다. 하지만 클레어 님의 얼굴은 조금 붉게 달아올라 있었던 것 같았다.

내 최애는
악역영애.

제 6 장

유의 비밀

"클—레—어—님!"

"아왓…… 잠깐만요, 무겁다고요 레이."

책상에 앉아서 뭔가 책을 읽는 클레어 님을 등 뒤에서 끌어안아 보았다. 엄청 부드러운 데다 좋은 향기가 나네, 응.

이전이었다면 묻지도 따지지도 않고 나를 바로 떨쳐냈겠지만, 지금은 이정도 스킨십정도는 관대하게 봐주신다. 나로서도 훌륭한 진전이라고 생각한다. 절대로 클레어 님이 이제 뭐라고 하기에도 지쳐서 포기한 게 아니다. 암튼 아니라면 아닌 거다.

"뭘 읽고 계시는 건가요? 어디 보자…… 바우어 왕국 정치체계 개론?"

"이 나라의 정치, 사회제도에 관한 책이에요."

"또 어려워 보이는 책을 읽고 계시네요."

여기는 학교 기숙사이자 클레어 님의(그리고 룸메이트의) 방이다. 방에는 고급 목제 가구들이 놓여있었는데 클레어 님의 책상도 그중 하나다. 바캉스 사건 이후로 클레어 님은 계속 이런 어려워 보이는 책들과 씨름하고 있다.

지금 방 안에는 나와 클레어 님, 둘 뿐이고 클레어 님 룸메이트의 모습은 보이지 않았다. 그녀는 아직 수도로 돌아오지 않았다. 즉, 지금은 우리 단둘이 있는 상황이니까 어떠한 음흉한 짓이든 마음껏 할 수 있다는 뜻 입니…… 크흠크흠.

학교가 개학하기 전까지 아직 시일이 좀 남았지만 우리들은 일찍 수도로 돌아온 상태다. 왜냐고 묻는다면 클레어 님이 현재의 사회제도에 대해서 다시 한번 공부하고 싶다고 말했으니까.

클레어 님은 학교에 있는 역사나 정치 담당 교사분들한테 가르침을 청하면서 교사분들이 추천해준 책들을 하나하나 읽고 있다. 여름도 이제 슬슬 끝물이지만 날씨는 아직 덥다. 나는 클레어 님 주변 공기를 수속성 마법으로 식혀드리고 있었다.

"클레어 님, 잠시 쉬는 게 어때요?"

"이제 조금만 더 읽으면 끝이에요. 레이는 나중에 상대해드릴 테니까 조금만 더 기다리세요."

부드럽게 거절당하고 말았다. 바캉스에서 있었던 일이 클레어 님한테 꽤나 큰 충격을 줬던 모양이라, 빈부 격차를 어떻게든 해결할 수 없을까에 대해서 열심히 공부하고 있다. 그건 정말 훌륭한 일이라고 생각하지만 클레어 님이 나한테 쏟는 시간이 줄어들어서 좀 외롭다. 물론 그렇다고 해서 모처럼 클레어 님이 사회문제에 대해 인식하게 됐는데 그걸 방해하는 짓은 하고 싶지 않다. 빈부 격차를 어떻게든 하고 싶다는 그 마음은 '내 목적'과도 부합하는 일이니까. 뭐, 그 부분에 대해선 또 다음 기회에.

"클레어 님 잠깐 자리를 비울게요. 차와 과자를 준비해 올 테니까요."

"……."

클레어 님은 내 쪽은 쳐다보지도 않고서 손짓만으로 대답했다. 이건 나를 차갑게 대하는 게 아니라 이제 이럴 정도로 가깝고 편한 관계가 됐다는 뜻이다. 암튼 그렇다면 그런 거다. 절대로 그냥 적당적당히 응대하는 게 아니다. 나 혼자서 그런 자문자답을 하면서 나는 클레어 님의 방에서 나와 기숙사 조리실로 향했다.

“아, 레이. 벌써 학교로 돌아왔구나.”

“유 님……. 안녕하세요.”

조리실에서 마들렌을 굽고서 이제 방으로 돌아가려고 했을 때 유 님과 만났다.

“오랜만에 방문한 고향은 어땠니?”

“딱히 별다른 느낌은 없었습니다.”

“그래……. 근데 그건?”

유 님이 마들렌을 보았다.

“구운 과자예요. 클레어 님께 드리려고요.”

“맛있어 보이는걸. 한 개만 주면 안 될까?”

“안됩니다.”

“아하하, 그렇겠지. 그건 사랑하는 클레어에게 줄 과자니까 말이지.”

왕족이 평민한테 거절을 당했는데도 유 님은 여전히 명랑했다. 변함없이 도무지 꿍꿍이속을 짐작하기 힘들다.

“클레어 얘기가 나와서 말인데 최근 공부에 굉장히 열심인 모양이네?”

“클레어 님은 이전부터 학업에 열심이신 분이에요.”

“그건 그렇지만 바캉스 이후로는 한층 더 박차를 가하고 있다던데. 무슨 일이라도 있었어?”

“……아뇨, 거기에 대해선 특별히 들은 게 없습니다.”

“흐응……?”

나는 말을 아꼈다. 유클레드에서 있었던 일은 표면적으로는 루이가 전부 다 해결한 것으로 되어있다. 클레어 님이 사건의 진상을 어둠 속에 묻어버렸기 때문에 실수로라도 경솔한 말은 할 수 없다. 내 모습을 보고 유 님은 무슨 생각을 한 건지 한층 더 싱글벙글한 웃음을 지었다.

"메이드도 참 큰일이네. 그건 그렇고 평민의 빈곤에 대해서 공부한다면 교회의 시스템도 참고가 될지도 몰라."

"?!"

갑작스레 이야기가 비약했다. 아니, 내 입장에서 본다면 지금까지 얘기하던 주제에서 크게 비약한 게 아니다. 하지만 저 말은 즉, 유 님은 이미 클레어 님이 뭘 생각하고 있는지를 다 알고 있다는 걸 의미한다.

"그런 표정 짓지 말라고."

나도 모르게 표정이 험악해 졌던 걸까. 유 님이 쓴웃음을 띄우면서 말했다.

"바캉스 중에 무슨 일이 있었는지까지는 몰라. 그저 교사들이 걱정하고 있거든. 클레어가 평민 운동에 흥미를 가지게 된 건 아닌가 하고 말이야."

유 님의 말에 의하면 클레어 님이 요즘 가르쳐달라고 청하는 내용이 평민 운동과 유사성을 가지고 있다는 사실을 교사들이 수상쩍게 생각하고 있다는 것이다. 그러고 보면 태생부터 귀족주의자였던 클레어 님이 사회제도나 평민의 빈곤 등에 흥미를 표한다면 그런 식으로 여겨져도 어쩔 수 없긴 하지.

"나는 그다지 걱정하고 있지 않지만 말이지. 클레어는 뿌리부터 귀족이니까."

하지만, 하고 유 님이 뒷말을 이었다.

"이 나라의 사회제도가 이대로도 괜찮다고 생각하지는 않아. 그녀가 나와 함께 문제의식을 공유한다면 나로서는 좋은 소식이야."

"유 님의 지금 그 말이야말로 문제 발언 아닌가요?"

"아하하, 그럴지도 모르겠네."

내 지적에도 유 님은 여전히 온화한 반응이었다.

"그러니까 이건 그냥 여기서만 하는 이야기야. 딱히 내가 교회파의 인간이라서 하는 말은 아니지만 지금의 클레어는 교회에 대해서 공부해 보는 것도 유익하지 않을까나. 사실 무엇보다——."

——한번 정한 삶의 방식은, 그렇게 간단히 바꿀 수 있는 게 아니겠지만 말이지.

"? 그건 대체 무슨 의미…… 아, 앗!"

"이건 어드바이스의 대금인 걸로. ……응, 맛있어."

유 님은 마들렌을 한 개 집어 먹고서 장난기를 가득 담은 윙크와 함께 떠나갔다.

"……정말이지 마음에 안 드는 사람이야."

"유 님이 그런 말씀을?"

"네."

내가 방에 돌아왔을 때도 클레어 님은 여전히 책에 몰두하고 있었기 때문에 반쯤 억지로 티 타임을 권했다. 거부할 거라고 생각했지만 의외로 순순히 공부를 마무리 지어주셨다. 사랑이구나!

"교회…… 라……."

"저는 나쁘지 않은 생각인 것 같아요."

찻잔을 입에 댄 채로 생각에 잠긴 모습인 클레어 님에게 나는 긍정적인 의견을 표했다.

"귀족한테 받은 기부에 대한 환원이나 소득에 비례한 치료비 같은 것들은 전형적인 부의 재분배입니다. 교회의 시스템에 대해서 공부하는 건 결코 헛수고가 아닐 거라고 생각합니다."

"그렇군요……."

클레어 님은 그 말과 함께, 찻잔을 컵 받침에 내려놓고 마들렌을 하나 집어서 입에 넣었다.

"솔직히 왕국의 정치제도만으로는 빈곤의 해결까지 이어지는 길이 암담하다고밖에 말할 수 없어요. 이 나라의 정치의 근간이 되는 왕정제와 귀족제는 민중에게서 부를 빨아들이는 제도니까요."

나는 끄덕이면서 뒷말을 재촉했다.

"물론 일방적으로 착취하고 있는 건 아니라고요? 민중을 위해서 정치를 행하고, 영지를 안정시키고, 적대국으로부터 백성을 지키고 있는 것도 왕족이나 귀족들이니까요. 하지만—"

"하지만?"

"고인 물은 결국 썩는다, 라는 거지요. 왕국에는 부패의 조짐이 보이고 있어요."

그건 현 국왕 로세이유 전하가 가진 문제의식과 궤를 같이하고 있었다.

"민중은 왕후 귀족을 섬기고 왕후 귀족은 민중을 지킨다——그게 이제 유명무실해지고 있어요. 모든 왕후 귀족들이 전부 뜻을 잃었다고까지는 말하지 않겠지만 백성들을 그저 단순한 '수입원'으로밖에 보지 않는 귀족도 있는 것 같으니까요."

그걸 알게 된 건 학교와 관계없는 선생님이 쓴 책을 통해서 지만요. 클레어 님은 작게 중얼거렸다.

"알게 되면 알수록, 배우면 배울수록, 이 나라의 말기적인 증상이 선명하게 떠오르고 있어요. 저는…… 이런 것조차 몰랐던 거예요."

하아, 클레어 님은 무거운 한숨을 쉬었다.

"중요한 건 그래서 앞으로 어떻게 할 건가, 입니다. 클레어 님."

"레이?"

내 말에 클레어 님이 눈을 커다랗게 떴다.

"지금까지 몰랐던 건 이제 와서 어쩔 수 없습니다. 그건 확실히 귀족으로서 잘못된 일이었을지도 모릅니다만 이제 와서 과거를 바꿀 수는 없습니다."

"……그러네요."

"이제 그걸 알게 된 지금, 앞으로 무엇을 할까를 생각해보죠. 다행히도 클레어 님은 지위도 권력도 있는 가문입니다. 클레어 님이 바뀐다면 다른 귀족들도 바뀔지도 몰라요."

이건 반쯤은 클레어 님을 격려하기 위한 방편이다. 사람도 사회제도도 그렇게 간단히는 바뀌지 않는다. 그리고 게임 지식을 통해서 앞으로의 전개를 알고 있는 나는 클레어 님의 발버둥이 얼마나 고난으로 가득 차 있는지 알고 있다. 그렇다고 해도—

"……흥, 그 정도는 말하지 않아도 알고 있다고요."

클레어 님은 남은 마들렌을 전부 입속에 털어 넣고선 우적우적 하고 씹더니 홍차로 단숨에 목구멍으로 넘겼다. 귀족 영애로서는 그다지 칭찬받을 만한 몸가짐은 아니다.

"메이드 주제에 건방지다고요, 레이."

"죄송합니다. 정말 좋아합니다."

"저, 정말이지……!"

나로서는 이런 딱딱한 얘기를 하는 것보다 클레어 님과 농담 따먹기를 하고 싶다.

"교회로 가도록 하죠. 미리 기별을 넣어두도록 하세요."

"알겠습니다."

하지만 클레어 님이 무언가 하고 싶은 게 있다고 한다면 나는 그 뒤를 따를 뿐. 클레어 님이 자신을 위험에 던지지 않는 한, 내 행동기준은 어디까지나 클레어 님에게 맞춰져 있으니까.

정교하게 조각된 석조 문을 지나 클레어 님과 나는 그곳에 발

을 들였다. 건물 안은 램프와 촛대의 불빛이 오랜 역사가 느껴지는 내벽을 찬란하게 밝히고 있었다. 나는 밝은 빛을 느끼면서도 동시에 어딘지 몸을 죄어오는 신성함도 함께 느끼고 있었다.

(이곳이 정령교회의 바우어 대성당…….)

우리가 방문한 곳은 정령교회의 총본산이다. 교회는 세계 각지에 지부를 두고 있지만 본부는 이곳 바우어 왕국의 수도에 있다. 왕궁에 비하면 손색이 있지만 클레어 님의 본가인 프랑소와 가문의 저택을 훨씬 뛰어넘는 크기다. 애초에 건물의 존재의의부터가 다르니까 크기가 차이가 나는 것도 당연한 일이지만.

"일단 와본 건 좋지만 이야기를 들으려면 어디로 가야 하려나."

"아 그거라면, 접수처에 말하면 관련 직원분이 대응해 주시는 모양인데요?"

기별을 넣었을 때 오늘의 방문 목적도 미리 전달해 놓았기 때문에, 나는 클레어 님에게 그렇게 말했다. 그러나――.

"정식 절차대로는 교회가 들려주고 싶은 이야기만 들을 뿐이에요. 제가 알고 싶은 것은 교회의 있는 그대로의 모습이에요."

그렇게 말하며, 클레어 님은 접수처를 지나쳐서 그대로 안쪽으로 들어가 버리고 말았다. 나는 황급히 그 뒤를 쫓았다.

"그렇게 말씀하셔도, 그러면 어떻게 하실 생각이세요? 교회 안에도 책들이라면 갖춰져 있겠지만 마음대로 열람할 수 있을 거 같지는 않은데요?"

"굳이 서적에만 의지할 필요는 없어요. 이 부근에 있는 사람한테서 이야기를 들어보면 되는 거예요. 잠깐 거기 있는 당신――."

입구를 지나서 예배당이라고 짐작되는 장소에 다다르자, 클레어 님은 거기에서 기도를 바치고 있는 수녀한테 말을 걸었다.

"?! 무, 무슨 일이신가요……?"

수녀는 갑자기 걸려온 목소리에 깜짝 놀란 걸까, 어딘지 모르게 다람쥐나 기니피그를 떠올리게 할 정도로 겁먹은 표정으로 대답했다. 검은 수도복으로 은색 머리카락과 붉은 눈동자를 숨기고 있는, 어딘지 모르게 덧없는 소녀였다.

"잠깐 이 교회에 관해서 물어보고 싶어서요. 시간 괜찮은가요?"

"아……저, 저기…… 지금은 예배시간이라서……."

"그렇다면 끝날 때까지 기다리겠어요."

은연중에 다른데 알아보시면 안 될까요, 라고 말하고 있었지만 클레어 님은 그런 분위기를 읽지 않는다. 그러고 보니 그랬지. 최근 착한 사람처럼 보이는 언행이 많아져서 깜빡하고 있었지만, 이분은 오만불손한 악역 영애였다.

"저, 저기…… 그게……."

"뭔가요"

"히익! 죄, 죄송합니다……."

클레어 님은 눈매가 사나운 데다가, 위압감이라고 해야 하나, 굉장히 고압적인 태도라서 수녀는 이제 완전히 겁을 집어먹어 버렸다. 클레어 님의 강하게 밀어 붙었다는 점도 있지만 이 수녀도 천성이 소심한 거겠지.

"딱히 당신한테 아무런 짓도 하지 않았잖아요."

"……죄, 죄송합니다."

"봐요, 지금도 또. 일단은 기도를 마저 끝내주세요. 저희들은 여기서 기다리도록 하겠어요."

"……네…… 네에……."

수녀는 한순간 슬쩍 나한테 도움을 요청하는 것 같은 시선을 보냈지만 내가 아무 말 없이 고개를 절레절레 흔들자 포기했는지 예배를 계속했다.

"……."

역시 수녀는 수녀라고 해야 할까, 신에게 기도를 바치는 모습은 그럴듯하게 자세가 잡혀 있었다. 방금 전까지 작은 초식동물처럼 떨고 있었던 모습은 찾아볼 수 없고, 일심불란 하게 기도하는 그 모습은 그야말로 한 장의 종교화 같았다. 찬찬히 뜯어보니 그녀는 그냥 단순한 일개 수녀치고는 몸에 걸치고 있는 것들도 고급이고 얼굴 생김새도 예쁘다. 나이는 클레어 님이나 나보다 어려 보이긴 하지만 평범한(이라고 말하니까 이상하지만) 수녀는 아닐지도 모르겠다.

"뭘 그렇게 뚫어지게 보는 거예요."

소녀의 얼굴을 관찰하고 있었더니 클레어 님이 그렇게 말했다.

"아뇨, 딱히 뚫어지게 보는 건…… 핫?! 이건 설마 질투입니까?! 클레어 님 현재 질투 진행형입니까?!"

"무슨 소릴 하는 건가요?! 딱히 현재 질투 진행형이 아니라고요! 아니 그보다 질투 진행형이라는 게 뭐예요?!"

같은 식으로 평소 텐션으로 만담을 나누고 있었더니,

"예배당에선 조용히 해, 이 문어 대가리야."

소녀가 폭언과 함께 주의를 주었다. 클레어 님도 나도 한순간 귀를 의심했다.

"저기……?"

"앗! 그, 그게…… 죄송합니다……! 릴리, 때때로 이상한 말투가 섞여 나올 때가 있어서……."

몹시도 미안해하는 소녀. 아무래도 이름은 릴리라고 하나 보다. 이 아이도 그냥 평범한 초식동물 캐릭터는 아닌 것 같다. 그건 그렇고 자기 이름을 일인칭으로 말하는 애는 귀엽네.

"릴리……? 어디서 들어본 적 있는 것도……, 뭐 됐어요. 그래서 기도는 마치셨나요?"

"네, 네에. 기다리게 했습니다."

릴리는 자세를 정돈하며 바르게 앉았다.

"저는 교회의 제도에 대해서 묻고 싶은 거예요. 처음엔 대략적인 개요로도 괜찮으니까 얘기해 주실 수 있나요?"

"교, 교회의…… 제도, 말인가요? 그거라면 접수처 쪽에 말해서 홍보담당자분께 들으면……."

"제가 알고 싶은 것은 교회가 보여주고 싶은 교회의 모습이 아닌, 현재 안고 있는 문제점도 포함한 생생한 교회의 모습이에요."

"네, 네에……?"

어째서 그런 걸 알고 싶어 하는 걸까, 라고 릴리의 표정에 쓰여 있었다.

"제 쪽에서도 부디 부탁드립니다. 클레어 님은 평민의 빈곤을 어떻게든 해결하고 싶다고 생각하고 계시는 겁니다."

"비, 빈곤을……?"

"네. 그걸 위해서는 교회의 시스템이 단서가 될 수 있지 않을까, 해서."

"……과, 과연 그렇군요. 그건 분명 일리가 있네요. 릴리로도 괜찮다면 힘이 되어드리고 싶다고 생각합니다. 그건 그런데──."

거기서 릴리는 내 얼굴을 뚫어지게 쳐다보면서 고개를 갸웃거렸다.

"리, 릴리는 어디선가 당신을 만난 적이 있나요……?"

"사실은 저도 릴리 씨랑은 어디선가 만난 적이 있는 거 같다는 기분이 드네요."

불행히도 어디서 만났었는지가 생각나지 않지만.

"……굉장히 고전적인 작업멘트 아닌가요."

"?! 아, 아니에요! 릴리는 그럴 생각은 결코……!"

"그렇다고요. 제 눈에는 클레어 님 말곤 보이지 않는데요? 앗, 과거 질투 완료형인가요? 이번에야말로 과거 질투 완료형인 거죠?"

"과거 질투 완료형이 아니라고요?! 그러니까 이제 좀 적당히, 이제는 원형조차 알아볼 수 없는 단어 좀 그만 써줄래요?!"

다시 시끄럽게 만담을 나누며 떠들고 있자,

"그러니까 예배당에선 조용히 하라고 했잖아 이 얼간이들아."

"……."

"……."

"아와와와…… 죄, 죄송합니다……."

고의로 저러는 거 아닐까 싶을 정도로 명료한 매도였지만 본인에게 악의는 없는 모양이다.

"릴리 님, 무슨 일 있으신가요?"

때마침 지나가던 기품 있는 복장을 갖춘 연배가 있어 보이는 남성이 우리들의 모습을 보고선 말을 걸어왔다. 릴리…… 님?

"아, 로나 사제님. 이분들이 교회에 대해서 알고 싶다고 말씀하셔서 얘기를 나눠보려고 하던 중이었어요."

"그런 사사로운 일은 릴리 님이 직접 하실만한 일이 아닙니다."

"하, 하지만 귀족분…… 그것도 재무장관의 영애분이 흥미를 가져주시는 일은 드문 일이니까요."

아무래도 아까 전에 내가 느낀 감상은 틀리지 않았던 모양인지 릴리는 교회 내에서도 나름 지위가 높은 인물인 모양이다.

"저, 정말로 죄송합니다. 릴리의 이름은 릴리 릴리움. 바우어 왕국 재상인 사라스 릴리움의 딸이자 정령교회의 추기경을 맡고 있습니다."

어딜 어떻게 봐도 우리들 보다 두, 세살 정도밖에 차이가 없어 보이는 소심한 소녀는 그렇게 말하면서 어색한 웃음을 지었다.

"그, 그럼 이야기를 시작해 볼게요."
다른 사람을 시키셔야 한다는 사제를 물러가게 하고서, 릴리 님은 이야기를 시작했다. 릴리 님은 먼저 교회설립의 역사에 대해서부터 시작하려고 했지만,
"교회설립의 경위에 대해서는 그냥 넘어가 주셔도 상관없어요. 역사에 대해선 잘 아는걸요."
"그, 그러신가요."
그렇게 말하며 클레어 님은 뒷말을 재촉했다. 민간신앙에서부터 시작된 종교라는 이야기는 이전에도 한 번 설명했었기 때문에 내 쪽에서도 생략하겠다.
"그, 그럼 다음은 교회의 이념에 대해서 설명하도록 할게요."
릴리 님의 이야기에 따르면 이렇다. 교회는 정령신의 이름 아래로 평등을 추구하는 조직이자, 모든 사람들이 정령의 은총을 나눠 받을 수 있도록 하는 것을 종교 목적으로 삼고 있다.
"바, 바우어 왕국에도 왕후 귀족은 존재하긴 하지만, 정령의 앞에는 귀천이 존재하지 않아요."
"하지만 현실적인 문제로서 빈부의 격차가 존재하고 있는 거죠?"
클레어 님의 지적에 릴리 님이 고개를 끄덕였다.
"네, 네에. 그렇기 때문에 교회는 부의 재분배를 실시하고 있어요."
세계 각지에 퍼져있는 신앙의 힘을 바탕으로 귀족으로부터 기부를 받고, 그걸 가난한 사람들에게 베푸는 식으로 부를 나눈

다. 교회의 주력사업이기도 한 치료소에서는 환자의 경제력을 고려해서 치료비를 받고 있다. 릴리 님의 이야기에 의하면 그 외에도 여러 가지 활동들이 있지만 가장 주력이 되는 건 이 두 가지라고 한다.

"그렇다는 말은 결국 교회 또한 왕족이나 귀족이 없으면 성립될 수 없다는 건가요?"

"아, 아뇨, 그런 게 아니에요. 교회는 여러 나라에 영지를 갖고 있는데다가, 사업을 통해서 이윤을 얻고 있기도 하거든요."

오해하기 쉬운 부분 중 하나입니다만, 그녀는 그 말로 운을 떼면서 계속 설명해주었다. 교회는 자선이나 기부에만 의존하고 있는 게 아니라 교회 스스로도 일종의 경제주체로서 존재한다는 모양이다. 영지에서 세금을 징수하거나, 토지를 경작해서 농작물을 거두거나, 낙농업으로 유제품을 제작하는 등, 다방면에 걸쳐서 경제 활동을 하고 있다는 것 같다.

"그, 그렇기 때문에 교회는 각국의 부유층들과 독립해서 존재하고 있다고 할 수 있어요. 의존관계로 있어서는 교회의 이념은 이루어질 수 없으니까요……."

"과연 그렇군요……."

클레어 님은 성실한 자세로 귀를 기울이면서 듣고 있다.

"평민들로부터는 기부를 받지 않는 건가요?"

"무, 물론 평민분들한테서 기부를 받는 일도 있어요. 하지만 그러한 기부는 액수가 적은데다 설령 고액의 기부라고 해도 그건 대부분 부유한 상인 가문에서 오는 거예요."

"교회의 재정에 기여하는 부분은 적다, 라는 말인 걸까요."

"아, 아뇨. 오히려 평민분들에게서 얻는 가장 중요한 부분은 신앙이에요. 신앙이야말로 교회를 교회답게 해주는 가장 중요한 요소니까요."

나는 그 부분이 잘 이해가 가지 않았다.

"신앙이라는 건 그렇게나 중요한 것인가요? 저는 무교인지라 잘 모르겠지만 종교라는 건 까놓고 말해서 자기가 믿고 싶은 걸 믿을 뿐 아닌가요?"

"?!"

일본 태생의 현대인이었던 나의 발언에 릴리 님은 한순간 말문이 막혔다.

"미, 믿고 싶은 걸 믿을 뿐……. 그건…… 어어…… 아무래도 좀…… 으음……."

"레이, 지금 건 아무리 그래도 너무 지나친 폭언이에요. 사과하세요."

이 세계에서는 신앙을 가지는 게 당연한 일인지라 내 쪽이 비정상이었던 모양이다.

"제가 너무 말이 심했던 것 같습니다. 정말 죄송합니다."

"아, 아뇨. 릴리도 너무 깜짝 놀라버려서 미안해요. 하지만 어떤 말씀인지는 알 거 같네요. 교회의 영토 중에서는 신앙을 가지지 않은 분들이 살고 있는 지역도 있으니까 그런 지역에서는 레이 씨와 비슷한 말을 하는 분도 있는 모양이에요."

하지만, 하고 릴리 님은 말을 이었다.

"하, 하지만 종교라고 하는 것은 현실에 존재하는 힘이에요. 본래 힘을 가지고 있지 않았던 것이 현실적으로 힘을 가지게 된 것, 이라고 바꿔 말할 수 있을지도 몰라요. 종교에 익숙하지 않은 분들을 위해서 쉽게 말하자면…… 그, 그렇네요, 역사의 흐름 속에서 조성된 굉장히 잘 만들어진 옛날이야기라고도 말할 수 있으려나요……."

"릴리 추기경. 지금 그 발언을 교황 성하가 듣는다면 졸도하실 텐데요?"

"그, 그러네요. 죄송합니다!"

릴리 님은 거듭 사과하고 있었지만 나는 오히려 그 설명이 더 와닿았다. 종교라고 하는 것은 실제로 그 실체를 빠짐없이 검증해 본다면 알맹이 없는 픽션이겠지. 하지만 긴 역사를 지나는 동안에 그게 실제적인 힘을 가지게 되었다. 그리고 그 힘은 사람들의 신앙을 통해 유지되고 있다.

"무, 물론 릴리처럼 신앙을 통해 살아가는 사람들에게 있어서는, 종교란 몽상이나 거짓말이 아니에요. 종교는 하나의 가치체계라고 말할 수도 있다고 생각해요."

"가치체계, 인가요?"

"어, 그게, 그러니까, 무엇에 가치를 두고, 무엇에 가치를 두지 않을 것인가, 어떤 것들의 가치와 무가치가 상호 간에 어떤 관계에 있는가를 나타낸 것. 이라고 말한다면 설명이 되려나요."

즉 이런 말이겠지. 어떤 종교에서는 돼지를 먹지 않는다. 거기에는 그 종교 나름대로 규율이 바탕으로 있고, 돼지를 먹지 않는다는 일은 다른 규율과 밀접하게 관련되어 있다. 그렇게 매일의 생활 속에서 무엇을 어떻게 해야 하는가, 무엇이 올바르고 무엇이 잘못된 것인가, 의 일람을 나타내고 있다. 일본인에게 있어서 종교라고 하는 것은 '이질적'인 것이라고 받아들여지는 일이 많지만, 본래 종교는 생활에 굉장히 밀접한 것이고 생활의 지침이 되는 길잡이라고 들어본 적이 있다.

"그다지 어렵게 생각할 필요는 없어요. 보다 좋게 살아가기 위한 방법을 나타내 주는 것이 종교인 거예요."

"허어……."

클레어 님은 이제 와서 새삼스럽게 뭘…… 이라는 느낌으로 말하지만, 지구에서는 그 '보다 좋게 살아가는 방법'끼리가 충돌해서 전쟁이나 분쟁을 계속해서 반복해 왔었으니까 실제로는 뿌리가 깊은 문제다. 애초에 이 세계에는 종교전쟁이나 분쟁은 없는 모양이라 클레어 님의 말에 굳이 토를 달지는 않았다.

"슬슬 본제로 들어가 보겠어요. 교회는 지금의 바우어 왕국에 놓인 빈곤 문제를 어떤 식으로 바라보고 있나요? 저로서는 귀족 제도의 유명무실화, 부패의 온상으로 보고 있지만 말이죠."

"리, 릴리도 그다지 어려운 건 잘 모르긴 하지만 대체적으로 클레어 씨의 말씀이 틀리지 않다고 생각해요. 하지만 그것도 그다지 길게는 가지 못할 거라 생각해요."

"라고, 말씀하심은……?"

"유, 유 왕자가 말씀하셨어요. 귀족 제도는 이제 곧 파탄을 맞을 것이다, 라고."

릴리 님의 말에 클레어 님의 안색이 달라졌다.
"귀족 제도가 파탄한다는 건 무슨 말씀인가요?"
"자, 자세한 건 릴리도 잘 몰라요. 하, 하지만 마도구의 발명, 마법의 발전에 의해서 가문보다도 개인의 능력이 모든 것을 말해 주는 시대가 올 거라고 유 왕자는 생각하는 모양이에요. 그렇게 된다면 머릿수에서 압도적인 평민을 귀족이 이길 방법은 없다, 라고."
이전에 학교에서 평민 운동이 들끓었을 때도 유 님 스스로가 그렇게 말했던 사실을 떠올렸다. 그때의 클레어 님은 격렬한 거부반응을 보였지만, 지금의 클레어 님은 평민 쪽의 시점도 알고 있다. 유 님의 가설을 논리적으로 부정하는 것은 불가능하다.
"하지만 귀족이 가만히 앉아서 파탄을 인정할 거라고는 생각할 수 없어요."
"무, 물론 저항은 있겠죠. 하지만 릴리는 역사의 흐름에는 거스를 수 없을 거라고 생각해요."
"그렇다면 귀족 제도는 어떤 방식으로 소멸할 거라고 보는 건가요?"
"시, 실제로 귀족 제도가 소멸해버린 나라가 몇 개인가 있어요. 예를 들어, 란스라는 서쪽의 나라예요."
"그 나라는 어떤 식으로……?"
거기서 릴리 님은 잠깐 말을 끊고는 망설이듯이, 하지만 분명하게 고했다.
"혀, 혁명이라는 게 일어났어요."

"혁명?"
"펴, 평민이 봉기해서 귀족을 무력으로 때려눕혀 버리는 거예요. 말하자면 신세력과 구세력의 내전이네요."
"내전이 일어날 거라고 말씀하시는 건가요……?"
클레어 님의 얼굴에서 핏기가 사라졌다.
"무, 물론 바우어 왕국이 반드시 그렇게 될 거라고는 생각하지 않아요. 하지만 세계의 흐름을 본다면 일부 특권계급이 부를 독점하고 있는 상황은 종언을 맞이해 가고 있는 거 아닐까요."
소심해 보이는 릴리 님이지만 클레어 님의 눈에는 마치 죽음의 신탁을 내리는 예언자처럼 보였을지도 모른다.
"그 혁명이라는 게 일어나면, 그 후에 귀족이었던 사람들은 어떻게 되는 건가요?"
"국가마다 다르지만 대부분은 평민과 같은 신분이 되거나, 처형당한 귀족들도 있어요."
그걸 들은 클레어 님이 비틀거리듯이 몸을 굽혔다.
"클레어 님!"
나는 당황하면서 클레어 님을 부축했다. 너무 큰 쇼크를 받은 모양이다.
"괘, 괜찮아요. 잠깐 현기증이 났을 뿐이에요."
"오늘은 이쯤에서 끝내도록 하지요. 한 번에 배우기엔 결코 가벼운 사안이 아닙니다."
"리, 릴리도 그러는 편이 좋다고 생각해요."
릴리 님도 일단 여기서 한번 끊을 것을 권했다. 자기가 한 말이 상대를 동요시켰다는 것에 대한 죄책감도 엿보였다.

"그러네요. 오늘은 여기까지 해두도록 하겠어요. 릴리 추기경, 다음에 또 이야기를 여쭈어도 괜찮을까요?"

"네. 귀족의 필두이신 클레어 님에게 이야기를 들려드릴 수 있다면 릴리도 될 수 있는 한 시간을 내고 싶다고 생각해요."

"정말 고마워요."

릴리 님께 인사를 드리고 우리들은 대성당을 빠져나왔다. 학교로 돌아가는 마차 안에서는 잠시 동안 무거운 침묵이 이어졌다.

"레이…… 릴리 추기경의 이야기…… 당신은 어떻게 느꼈나요?"

"머리가 아팠어요. 배가 고파졌습니다."

"당신은 또 그런 식으로……. 학교에서의 학력 테스트 결과를 알고 있으니까, 당신이 그저 장난만 치는 바보가 아니라는 것 정도는 알고 있다고요?"

분위기를 바꿔보고 싶어서 평소처럼 익살을 떨어봤지만, 오늘의 클레어 님은 동등한 레벨에서 같이 이야기할 상대를 원하고 있는 것 같았다.

"교회의 제도만 배워보려고 했었는데, 생각지도 못한 곳까지 얘기가 진전되어 버렸네요."

"그러네요. 특히 그 혁명이라는 것…… 그런 야만적인 일이 실제로 일어날 수 있다니……."

혁명이 폭력을 수반하기 쉽다는 말은 사실이지만 야만스러운지 어떤지는 판단이 엇갈리는 부분이겠지. 왕후 귀족의 전횡 쪽이 훨씬 더 야만적이라고 말하는 사람도 있을 것이다.
"저희들 귀족은, 사라지게 될 운명에 놓여있는 걸까요……."
"설사 귀족이라는 신분이 사라지더라도 클레어 님의 몸은 제가 반드시 지켜드릴게요."
"하지만 혁명이 일어난다면 귀족은 처형된다고……."
"그건 어떻게 대처하느냐에 달려있다고 생각합니다. 혁명을 일으키는 쪽 편을 든다면 오히려 감사받을지도 모르죠."
하지만 그건 클레어 님에게 있어서는 도저히 받아들일 수 없는 선택지다.
"저보고 배신자가 되라고 말하는 건가요?!"
"배신자라고 말하면 듣기 안 좋지만 민초들의 아군이라고 볼 수도 있지요."
"저는 귀족이에요!"
"클레어 님은 평민의 빈곤을 어떻게든 하고 싶으셨던 거 아닌가요? 그걸 위해서 귀족이라는 타이틀을 버릴 수는 없는 건가요?"
"!"
클레어 님은 어려운 표정과 함께 생각에 잠겨 들었다.
평민의 빈곤을 어떻게든 하고 싶다── 그것은 클레어 님의 거짓 없는 본심이겠지.
하지만 그걸 실현하기 위해서 스스로가 귀족이라는 신분을 버리지 않으면 안 될 거라고는 생각해 본 적 없을 게 틀림없다.
"클레어 님. 오늘은 한 번에 너무 많은 이야기를 들었습니다. 바로 결론이 나올만한 간단한 문제가 아닙니다. 오늘 밤은 더 이상 골치 아픈 일은 생각하지 마시고, 식사를 한 후 휴식을 취해주세요.”
“……그러……네요…….”
대답은 긍정이었지만 클레어 님은 기숙사로 돌아가는 내내, 생각에 잠겨있었다. 클레어 님의 수용력이 큰 것이 역으로 화가 된 거겠지. 이 상태를 보면 오늘 밤은 잠들 수 있을지 어떨는지.
하지만 오늘의 전개는 나쁘지 않았다. 이걸로 클레어 님에게 혁명이라고 하는 개념을 깨닫게 할 수 있었다. 그리고 민중의 편에 선다는 선택지가 있다는 것도.
혁명은…… 결국 일어난다. 이대로 간다면 확실하게. 나는 게임의 지식을 통해서 그걸 알고 있다.
하지만 게임의 흐름대로 전개되게 놔두지는 않겠다. 클레어 님이 처형당하게 놔둘쏘냐.
‘클레어 님, 제가 반드시 지켜드릴 테니까요.’
마차의 창문에 고개를 기댄 채로 생각에 빠진 클레어 님을 향해 나는 마음속으로 조용히 맹세했다.

그날 이후로, 매일같이 릴리 추기경을 만나기 위해 대성당을 찾아갔다. 클레어 님은 여러모로 쇼크를 받으면서도, 이상적인 사회의 모습에 대해서 계속 모색하고 있는 모양이었다. 나는 현대 민주주의의 개념을 슬쩍슬쩍 제공하면서 클레어 님의 이해를 돕고 있었다.

"조, 조금 휴식할까요. 지금 차를 내올 테니까요."

"고맙게 받겠어요."

"아 저는 잠깐 화장실에 좀."

공부가 일단락된 시점에 잠깐 티타임을 가지게 되었다. 나는 그 전에 잠시 화장실에 가고 싶었기 때문에 자리를 떠났다.

그리고 돌아오는 길.

"릴리 님, 이번엔 재무장관의 영애분이래."

"정말 싫네…… 더러워."

차를 내오라는 명령을 받았을 터인 두 명의 수녀가 아무래도 릴리 님에 대해 뒷담을 하고 있는 소리를 듣고 말았다. 딱히 엿들을 생각은 없었지만 이어지는 뒷말에 나도 모르게 귀를 기울였다.

"역시, 릴리 님이 동성애자라는 소문은 정말인거네요."

"유 님이라는 약혼자가 있으면서도 불결하기 그지없어."

아아, 릴리 님을 어디선가 본 적 있다고 생각했더니 유 님의 약혼자 캐릭터였나. 게임에는 직접 등장하지 않고 설정 자료집에만 나왔기 때문에 잊고 있었다. 그녀한테는 이름조차 제대로 붙어있지 않고 무언가 비밀이 있는 모양이다, 라는 정도만 적혀 있었을 텐데 그 비밀이란 게 성적 지향성이었던 건가.

"변태적인 성벽을 가지고 있어도 재상님 딸이라는 것만으로 추기경이 될 수 있으니까 말이야, 참 부럽네."

"그것뿐만이 아니라는 모양이야. 무려 다음 교황에 오르기를 기대하는 목소리도 있다던가."

"교회의 권위가 더럽혀지겠어."

이전에도 말한 적이 있다고 생각하지만 이 세계에서 동성애는 이단 취급이다. 아니, 지구에서도 그렇기는 했지만, 그래도 현대에서는 성적지향을 존중하도록 하자는 움직임이 시작되고 있었다. 이 세계에서는 그런 경향이나 흐름이 없다. 그러니 그녀들 개인에게만 책임을 물을 수는 없다. 이 세계의 인간이라면 많든 적든 간에 그녀들과 비슷한 사고방식을 가지고 있기 때문이다.

하지만——.

"그건 너무나도 일방적인 거 아닌가요."

나는 참을 수가 없었다.

"저기, 당신은……?"

"클레어 님의 시중을 드시는 분이시죠? 무슨 일이신지?"

수녀들한테서 방금 전까지 내뱉던 독살스러운 말들은 조금도 찾아볼 수 없었다. 자신들은 경건한 정령교도입니다, 라는 듯이 아무것도 모른다는 표정을 짓고 있었다.

"동성애는 그렇게까지 해서는 안 될 일인가요?"

"저기……."

"적어도 자연스러운 일은 아니라고 생각하는데요."

얼버무리는 건 무리라는 걸 깨달은 건지 내가 직설적으로 던진 질문에 한 명은 말을 흐렸고, 한 명은 일반론으로 응대했다. 말을 흐렸던 한 명은, "야, 그만해"라고 하면서 말렸지만 다른 한 사람은 철저 항전의 기세였다. 이 세계에서 수녀는 사회적 지위가 낮지 않다. 적어도 귀족 옆에서 시중을 드는 평민보다는 훨씬 높다. 수녀 중에는 귀족의 여식이었던 사람도 있을 정도다. 일개 메이드한테 주눅들 이유는 없다.

"자연스럽다, 라는 건?"

"그렇지만 동성애 커플한테서는 아이조차 생겨나지 않잖아요. 비생산적이에요."

이건 동성애를 공격할 때에 누차 반복되며 쓰이는 논거다. 다음 세대를 남기지 못한다, 비생산적인 사랑이다, 라는 논리다.

"아이를 낳는 것이 정당한 사랑의 조건이라고 한다면 아이를 낳을 수 없는 이성애 커플도 안 된다고 말씀하시는 거네요?"

"그건……."

"애초에 자연스러운 것이 옳은 것이라고 주장한다면 당신은 병에 걸렸을 때도 의학에는 의지하지 않는 건가요? 의학도 엄밀한 의미로는 자연스러운 상태와는 다릅니다만."

그건 치료소라는 사업을 운영하는 교회를 부정하는 거나 마찬가지인 말이었다. 그런 식으로 반론을 당할 거라고는 생각하지 못했겠지. 나한테 반론을 내놨던 수녀의 얼굴이 빨개지면서 말문이 막혔다.

"궤변을……!"

"어느 부분이 궤변인지 구체적으로 말씀해 주세요. 그렇지 않다면 당신의 주장은 감정론에 지나지 않는다고 판단하겠습니다."

"아무리 그럴듯해 보이는 말을 늘어놓는다고 한들 동성애는 평범한 것도 아닐뿐더러 극히 소수인 이단이에요! 자신들이 평범하지 않다는 것을 인정해야 합니다."

이번에는 숫자 쪽으로 공격 방향을 바꿨나보다.

"동성애자가 이성애자에 비하면 적은 숫자라는 건 인정합니다. 하지만 그래서 뭐가 어떻다는 겁니까? 수가 적으면 해서는 안 된다는 뜻인가요?"

"그게 평범하지 않다는 증거겠죠."

"수가 많다면 분명히 평범한 거긴 하겠죠, 하지만 그렇다면 수적인 의미로서 평범하지 않으면 그게 어떤 점에서 잘못된 건지 여쭤보고 있는 겁니다.

"그건…… 그야……."

"자신의 성적 지향성이 어쩌다 우연히 다수파에 속했다고 해서 그게 소수파를 공격해도 된다는 이유가 되는 건 아닙니다. 그건 그냥 단순한 숫자의 폭력일 뿐이지 정의가 아니에요."

"큿……."

내 주장에는 몇 가지 탁상공론이라고 해야 하나, 이상론도 포함되어있다. 하지만 내가 지구의 소수파 논리로 무장하고 있던 덕분에 구태의연한 사고방식만 가지고 있는 그녀들로서는 논리에서 질 수밖에 없다.

"논리 따위는 아무래도 좋아! 기분 나쁘다고!"

"결국 그런 거겠죠. 생리적인 혐오감인 거예요. 자기들로서는 이해할 수 없어. 이해하고 싶지도 않아. 그러니까 공격한다."

"그게 뭐가 나쁘다는 거야?!"

"아시겠습니까, 그게 바로 차별이라는 겁니다. 교회의 가르침으로는 정령신의 이름 아래 평등을 실현하고 있는 거 아니었습니까? 당신의 가치관은 교리에 반하는 거 아닌가요?"

"!"

내가 거기까지 말하자 수녀는 얼굴이 새파래졌다. 독실한 신앙을 가진 수녀일수록 그 교리로부터 벗어나는 것을 두려워한다. 그녀는 분명 경건한 정령교도겠지.

"저는 당신을 논파하거나 당신을 깎아내리고 싶은 게 아닙니다. 동성애자에 대한 편견에서 벗어나 줬으면 할 뿐입니다."

"……."

"이해하라고는 말하지 않겠습니다. 하지만 적어도 존중해주고, 부정하지 말아 주실 수는 없나요?"

"……당신도 동성애자야……?"

"네."

그녀는 공격적인 기세를 거두고는 한발 물러서려는 자세를 보였다. 이 수녀는 절대로 나쁜 사람은 아니다. 거듭 반복해서 말하지만 그녀의 사고방식은 이 세계 대다수의 사람들과 일치하는 일반적인 사고방식이다. 그녀는 그저 그것을 말로 표현했을 뿐이다.

"지금 당장은…… 무리야. 하지만 당신이 말하고자 하는 건 일단은 이해할 수 있었어. 잘 생각해볼게. 반론할 말이 생각나게 된다면 또 부딪히게 될지도 모르지만 말이야."

"감사합니다. 그걸로 충분해요."

지금까지 조마조마하면서 옆에서 바라보고 있었던 다른 한 명의 수녀와 함께 그녀는 자리를 떠났다. 뜻밖에 시간을 허비하고 말았다. 게다가 어쩐지 나답지 않게 골치 아픈 이야기를 해버렸고. 이건 어서 빨리 클레어 님 성분을 보충하지 않으면 안 돼. 돌아가면 일단 클레어 님한테 성희롱을 하자.

그런 생각을 하면서 원래 왔던 곳으로 돌아가려고 했을 때,

"……."

릴리 님이 서 계셨다. 아무 말도 하지 않고서, 그저 감격한 표정이었다. 그리고 그 눈에서는 보석과도 같은 눈물이 뚝뚝 떨어지고 있었다.

"무, 무슨 일 있으셨나요, 릴리 님?!"

"……워요."

"네?"

"정말로…… 고마워요……."

릴리 님은 마치 잠꼬대처럼 그렇게 말하면서 나를 끌어안았다. 나는 당황하면서 릴리 님을 마주 안아드렸다. 키가 큰 나보다 거의 머리 두 개 정도는 작은 그 몸은 깜짝 놀랄 정도로 가벼웠다. 아니 내가 지금 섭취하고 싶은 건 클레어 님 성분인데 말이야, 하지만 릴리 님도 왠지 모를 좋은 향기가 나네!

"……지금까지 저는, 제 연애감정을 죄라고 생각하고 있었어요……. 그런데 그걸 그런 식으로……."

하염없이 눈물을 흘리는 릴리 님. 아무래도 릴리 님이 동성애

자라는 건 아까 그 수녀들의 억측이 아닌 진짜였던 모양이다.

"리, 릴리의 마음을 긍정해 준 사람은…… 레이 씨가 처음이에요. 자신의 생각을 당당하게 표현하는 레이 씨는 정말로 멋있었어요……."

릴리 님은 눈물 젖은 눈으로 나를 올려다보았다.

아, 이거 위험해, 엄청 귀여워. 아니, 저한테는 클레어 님이라는 분이 있으니 말이죠? 그렇게 내가 여러 가지로 나 자신과 싸우고 있었을 때,

"릴리는 레이 씨에게 사랑에 빠져버린 걸지도 몰라요."

릴리 님이 엄청난 폭탄 발언을 던져주셨다. 그리고 그 순간 또각, 하고 릴리 님의 등 뒤로 뭔가 이상한 소리가 났다.

앗차~.

"……헤에………… 흐으~응?"

거기에는 귀신과도 같은 얼굴을 한 클레어 님이 팔짱을 끼고서 서 계셨다.

"자, 레이 씨. 앙~."

"아뇨 릴리 님. 저 같은 평민을 상대로 추기경이신 릴리 님이 그런……."

릴리 님이 몹시도 친근하게 군다. 방금 전의 사건 이후로 릴리 님이 엄청나게 달라붙기 시작했다. 귀여운 여자아이가 찰싹 달

라붙어 오는 게 기쁘지 않은 건 아니지만, 그래도 때와 장소라는 게 있는 것이다.

"릴리 추기경, 체통을 지키세요."

우아하게 찻잔을 기울이면서 릴리 님을 꾸짖는 사람은 내가 사랑하는 클레어 님. 하지만 클레어 님의 마음속이 겉보기와 달리 평온한 상태가 아니라는 걸 알 수 있었다. 그 증거로 클레어 님이 기울이고 있는 찻잔은 이미 아까 전부터 빈 잔이었다. 한 잔 더 달라는 부탁의 말도 없이 그저 텅 빈 찻잔을 입에 대고 있는 클레어 님은 어딜 어떻게 봐도 평상심을 유지하지 못하는 게 분명하다.

"죄, 죄송해요. 하지만 릴리는 이상형을 찾아낸 거예요. 릴리는 레이 씨와 결혼하겠어요."

"왕국에서는 동성 간 결혼이 불가능해요."

"그, 그럼 애인이라도 괜찮아요."

"……괜찮을 리가 없잖아요."

기분 탓인가, 클레어 님의 관자놀이에 푸른 힘줄이 돋아나 있는 것 같은데. 찻잔을 내려놓을 때도 평소의 우아한 몸가짐과 다르게 짤그락거리는 소리가 나고 있고 말이지.

"클레어 님, 질투 진행형입니까?"

"질투 진행형이 아니에요!"

그럼 어째서 그렇게나 기분이 나빠 보이는 걸까나.

"거기다가 유 님과의 약혼은 어떻게 되는 건가요."

"유, 유 님과의 약혼은 부모님들끼리 정한 거니까요. 당사자인 릴리의 마음은 무시한 약혼이에요."

"원래 약혼이란 건 그런 거잖아요?"

일정 나이가 되면, 당사자 둘만의 합의만 가지고도 결혼할 수 있는 현대 일본과는 다른 것이다. 이 세계에서 결혼이라고 하면, 가문 간의 약속이다. 현대 일본에서도 결혼식장에서 〈○○가문, ○○가문〉이라는 입간판이 세워져 있는 모습을 볼 수 있는 건 그런 문화의 잔재라나. 어쨌든 간에, 내가 있던 일본의 결혼에 대한 가치관과 이 세계의 결혼에 대한 가치관은 큰 차이가 있다.

"리, 릴리는 만약 결혼한다면 제가 연모하는 분과 하고 싶어요. 그런 점에서 레이 씨는 그야말로 완벽해요."

"……그러신가요……. 흐응……."

빠직하는 소리가 나더니 그 소리와 함께 클레어 님이 들고 있던 찻잔이 바닥에 떨어졌다.

"어머, 이 컵 아무래도 상해 있었나 보네요. 찻잔 손잡이가 떨어져 버렸어요. 바꿔주시겠어요?"

"네. 네에. ……그렇지만 이상하네요. 사 온 지 얼마 안 되는 찻잔이었을 텐데요……."

아뇨, 누가 봐도 명백하게 클레어 님이 부순 거잖아요. 쥐고 있던 찻잔 손잡이 일부분이 융해돼있었다. 마법의 폭주라고 밖에 생각할 길이 없다.

이건 위험하다. 여기서는 딱 잘라 릴리 님에게 거절의 의사를 밝혀야 해.

"릴리 님. 저에게는 이미 마음속에 두고 있는 상대가 있어서요."

"네?! 그, 그러신가요?!"

"네. 제 인생 전부를 클레어 님께 바치겠다고 정해놨습니다."

내가 그렇게 말하자, 클레어 님은 턱을 한껏 치켜들면서 득의양양한 표정을 지었다. 네, 귀엽습니다.

"클레어 님, 그런 건가요?"

"저로서는 딱히 그럴 생각은 없긴 한데, 이자가 그렇게 생각하는 건 자유죠."

클레어 님으로선 반쯤은 부끄러움을 감추기 위한 방편이고, 반쯤은 승자의 여유를 보이기 위한 발언이었겠지. 하지만 그건 실수였다.

"그, 그러셨군요! 그렇다면 릴리한테도 아직 찬스는 있다는 거군요!"

"어, 어라? 저기……?"

"아, 아직 레이 씨의 짝사랑인 거라면 릴리는 레이 씨가 저를 돌아봐 주도록 만들겠어요."

"아뇨, 그러니까 저는──."

"괘, 괜찮아요! 여성은 자기가 사랑하는 사람보다도 자기를 사랑해 주는 사람과 함께하는 쪽이 더 행복하다고 들었어요! 설렘보다는 익숙함이에요!"

아니 저기 그건 방금 전에 사랑하는 사람과 함께 하고 싶다던 스스로의 발언과 대놓고 모순되고 있지 않니? 한층 더 기세 좋게 찰싹 달라붙어 오는 릴리 님을 보며 클레어 님도 나도 머리를 감싸 쥐었다. 소심하고 겁 많은 다람쥐 같은 캐릭터라고 생각했더니, 자신의 확고한 생각에 저돌 맹진하는 측면도 있었던 거구나, 이분.

"거기다…… 유 님한테도 릴리가 아닌 다른 좋아하는 사람이 있는 모양이니까요."

그 읊조리는 것 같은 한마디는 어딘지 모르게 쓸쓸한 울림을 내포하고 있었다.

"그건 어떤 분을 말하는 건가요?"

"구, 구체적인건 잘 몰라요. 하지만 '줄곧 좋아해 왔던 사람이 있어'라고 말씀하셨어요."

그건 아마도 미샤를 말하는 거겠지. 게임의 전개와는 다르게, 내가 유 님한테 어떠한 어프로치도 하지 않는 이상, 상대는 미샤 말곤 생각할 수 없다. 두 사람은 소꿉친구 관계이기도 하니까 줄곧 이라는 표현도 앞뒤가 맞는다.

"뭐, 릴리 추기경이 레이와 똑같은 동성애자라고 한다면, 유 님은 처음부터 고려 대상 밖인 거네요."

"네? ……아, 그렇죠, 네! 그러네요!"

응? 지금, 뭔가 대답에 살짝 부자연스러운 틈이 있었던 거 같은데…….

"그, 그것보다도 레이 씨. 어떻게 하면 릴리를 좋아해 주실 건가요?"

"무리입니다. 저는 클레어 님 일편단심이라서."

"조금쯤은 생각해보라고 멍청아."

"……그거 고의 아닌 거 맞죠?"

"으아아…… 죄송합니다. 정말로 고의가 아니에요……."

그런 것 치고는 아주 거침없는 욕설이었지.

"어쨌든 릴리 님, 포기해 주세요."

"시, 싫어요! 이런 마음은 처음이라고요……. 릴리는 드디어 사랑을 할 수 있게 됐다고 생각해요."

꿈을 꾸는 눈으로 나를 바라보는 릴리 님. 그렇게 말씀하셔도 말이죠.

"첫사랑은 이뤄지지 않는 법이에요."

"그, 그렇게 치면 레이 씨의 클레어 님을 향한 사랑도 이뤄지지 않는 거네요……?"

"아뇨, 저는 첫사랑이 아니니까요."

"네?"

"네?"

"네?"

세 사람이 서로 얼굴을 마주 보았다.

"레이, 당신은 저 이외에도 마음을 준 사람이 있었던 건가요?"

"아—……. 저기 그게…… 뭐, 네."

"……헤에…… 그래요…… 흐응……?"

클레어 님의 말투가 미묘하게 힐문하는 것처럼 바뀌었다. 어라? 지금 나 뭔가 해선 안 될 말을 한 걸까나?

"레이 씨의 첫사랑은 어떠셨나요?"

"아뇨, 그다지 얘기해봤자 릴리 님한테 참고가 될 만한 이야기는 아니라서……."

"저로서도 꼭 듣고 싶네요."

"에에에……."

앞에는 릴리 님. 뒤로는 클레어 님.

"아뇨 저기, 정말 별거 아닌 이야기예요. 사이가 좋았던 애가 있어서 그 애를 좋아했고, 결국엔 차였다는 내용뿐이에요."

"조, 좀 더 자세하게 듣고 싶어요!"

"이런저런 토 달지 말고 전부 자백하세요."

에에에……. 이거 그다지 유쾌한 이야기가 아닌데 말이지.

"정말로 별거 아닌 이야기인데 진짜로 괜찮으세요?"

"부디."

"빨리하도록 하세요."

"하아……. 그럼 얘기하겠지만 나중에 불평하지 말아 주세요?"

나는 주저주저하면서 내 첫사랑 이야기를 시작했다.

"이건 중등부에 있었던 시절의 이야기예요."

"그래서 말이지, 딱 보기에도 오타쿠처럼 생긴 자식이 말하는 거야. 저랑 사귀어 주세요…… 라면서. 웃기지 말라고 해야 하나, 웃음도 안 나온다고 해야 하나."

"저, 정말이지……. 안된다고 미사키 짱. 그 사람도 분명 필사적으로 용기를 냈을 테니까."

"아~ 코사키는 착한 아이네~ 그런 기분 나쁜 오타쿠한테도 동정을 베풀 수 있으니 말이야."

"그, 그런 거 아니……야. 레이 짱도 그렇게 생각하지?"

나는 내 이름을 부르는 목소리에 정신을 차렸다. 살짝 갈색을 띠고 있는 숏 컷의 여자아이와 어깨까지 내려오는 흑발에 미디엄 보브 컷을 한 여자아이가 내 쪽을 보고 있었다.

이곳은 유리가오카 학원 중등부 교실이다. 나, 오오하시 레이는 평소에 사이가 좋은 두 친구와 가벼운 수다를 즐기고 있었다.

"레이 짱?"

"으응, 아무것도 아니야. 그렇지~ 뭐, 미사키는 인기가 좋으니까. 남자애들을 보는 눈도 높은 거지."

"그러네."

그렇게 말하면서 코사키는 응응, 하고 고개를 끄덕였다. 미사키는 반에서도 언제나 중심에 있는 아이고, 코사키와 나는 미사키의 덤…… 이라고 말하면 너무 자기 비하가 심한가, 뭐 대충 그 정도 위치다. 스포츠 만능에 공부도 제법 잘하는 미사키는 언제나 쾌활한 성격에 감정이 풍부한 소녀다.

코사키는 굳이 말하자면 소심하고 자칫하면 괴롭힘당하기 쉬운 타입이지만 미사키와는 서로 이름이 비슷한 걸 계기로 친해졌고, 그 이후로 '사키 콤비'라고 불리면서 지금까지 사이좋게 지내고 있다. 미사키가 활짝 핀 장미라고 한다면 코사키는 길가에 피어있는 한 송이의 민들레라고 표현할 수 있다는 느낌이다.

나는 어떠냐면, 눈에 띄는 점이라곤 키가 크다는 점밖에 없는 평범함 그 자체다. 장점으로 꼽을 수 있는 특징도 없는 그냥 단순한 엑스트라에 지나지 않는다.

스스로를 꽃에 비유하는 것은 창피하니까 그냥 넘어가고 싶지만 굳이 비유해도 돼지풀이라든가 대충 그 정도라고 생각한다.

반에서 혼자 소외되는 건 싫었기 때문에 어쩌다 보니 미사키네 그룹에 소속되어 있다. 물론 최근엔 단순히 그 이유만으로 이 그룹에 있는 게 아니게 됐지만.

"그런가~? 그렇지만 말이야~ 그 오타쿠란 녀석들은 머릿속이 2차원 여자에 대한 망상으로 가득하잖아?"

"펴, 편견이라고 미사키 짱."

"아니, 분명 그렇다니까. 나 오빠가 있는데 말이지 역시나 만화책 같은 거 가지고 있더라고. 그래서 좀 빌려 읽어봤다니 이게 또 도저히 못 봐줄 정도라."

그 말을 시작으로 미사키는 남자 오타쿠들이 읽는 만화책이 얼마나 여자에 대한 우상화와 저속한 번뇌로 가득 차 있는지 떠들었다. 나도 그다지 만화책이나 애니메이션은 잘 안 보지만 미사키가 말하는 내용도 꽤나 편견에 가득 차 있구나, 하고 생각했다. 물론 그 생각을 입 밖으로 꺼내는 일은 없다.

남자들의 세계가 어떤지는 잘 모르지만, 여자들의 세계에는 굉장히 자연스러운 '분위기'가 있다. 그 '분위기'를 벗어나는 행동을 하는 자에게는 대체로 비극적인 결말이 기다리고 있다. 구체적으로 말하면 괴롭힘이나 따돌림이다. 나는 그다지 분위기를 잘 파악하는 편은 아니지만, 그래도 여기서 미사키를 거스르는 의견을 표명하는 일에 대한 위험성을 모를 정도로 둔감하지는 않다. 코사키가 방금 전부터 미사키의 말에 한 번씩 반론을 던지는 게 허용되는 것도 어디까지나 미사키가 그녀를 마음에 들어 하기 때문이다.

"오타쿠라고 하니까 말인데 여자들도 있다더라. 뭐라더라? 비엘? 남자들끼리 엮는 걸로 흥분하는 자식들. 기분 나빠."

나는 그 말을 듣고 뜨끔했다. 딱히 내가 부녀자라서 그런 건 아니다. 오히려 반대다. 나는 방금 전부터 코사키 쪽을 흘끔거리는 자신의 눈길을 억지로 되돌렸다.

나는 최근 들어 코사키가 신경 쓰여서 견딜 수가 없다. 그녀의 작은 동물과도 같은 귀여움이 너무나도 마음에 걸린다. 나같이 덩치 큰 여자라도 일단은 여자니까 귀여운 걸 좋아한다. 그래서 처음에는 그런 류의 감정 때문이라고 생각했지만 아무래도 그렇지 않은 것 같다. 머리카락을 쓸어 넘길 때의 몸짓, 립스틱을 바른 윤기 나는 입술, 수줍은 듯 웃는 미소── 그런 코사키의 일상적인 부분들 하나하나에 가슴이 두근거린다.

나 역시 사춘기 여자아이니만큼 지식으로서는 알고 있다. 이건 레즈, 혹은 백합이라고 부르는 감정이다. 나는 스스로가 그런 뒤틀린──그 당시에는 아직 그렇게 여기고 있었다.──연애 감정을 가지고 있다는 사실에 공포를 느꼈다. 남들과 다르다는 사실은 학교라는 사회 안에서는 배척당하기 쉬운 대상이다. 방금 전에도 말했던 '분위기'가 가장 먼저 노리는 사람도 그런 이단에 속하는 사람들이니까.

나는 마음속의 동요를 억누르면서 미사키의 말이 맞다고 맞장구를 쳤다. 만에 하나라도 그녀한테 들키면 큰일 난다.

"저 녀석도 그런 쪽인 거 아니야?"

그렇게 말하면서 미사키가 손가락으로 가리킨 곳에는 또 한 명의 여자아이가 있었다. 안경을 쓰고 천연 파마를 한 여자애였다.

"카타노 말아야, 항상 뭔가 그림을 그리고 있잖아? 약간 그런 기분 나쁜 만화 같은 거."

"기분 나쁘다니 그렇지 않아. 잘 그리는걸?"

"코사키, 그런 자식 변호해 줄 필요 없다니까."

작은 목소리로 타이르는 코사키에 비해서, 미사키의 목소리는 훨씬 컸다. 카타노 양한테도 분명 다 들리고 있을 텐데, 그녀는 딱히 대화에 신경 쓰는 기색 없이 묵묵히 그림을 그리고 있었다.

"레이는 어떻게 생각해? 그런 거 기분 나쁘다고 생각하지 않아?"

미사키가 물었다. 암묵적으로 강제적인 동의를 구하는 기색을 넌지시 비추며.

"음——……. 뭐, 나는 잘 이해가 안 가서."

"그렇겠지~ 이해 불능. 정말 기분 나빠."

나는 중립적인 의견을 표명할 생각이었지만, 미사키는 내 말을 자기 의견에 찬성하는 걸로 받아들인 모양이다. 나는 카타노 양에게 괜한 미움을 사게 되는 거 아닐까, 하고 비겁하기 그지없는 생각을 했다. 카타노 양을 슬쩍 바라보자 그녀와 눈이 마주치고 말았다. 황급히 눈을 돌렸다.

"뭐야 카타노? 뭔가 불만이라도 있어?"

"……딱히."

카타노 양이 이쪽을 바라보고 있다는 걸 눈치챈 미사키가 위협했다. 카타노 양은 작은 목소리로 대답하고는 다시 그림을 그리는 작업을 재개했다.

"뭐야 저 녀석. 거슬리네."

"미사키 짱! 정말이지……. 미안해, 카타노 양."

내뱉듯이 말하는 미사키와 그 사이를 수습하려는 코사키. 나는 엄청 거북한 심정이었지만, 그런 의도로 말한 말이 아니라고 이제 와서 미사키한테 변명할 수도 없었다. 결과적으로 나도 카타노 양을 바보 취급하는 데 가담한 꼴이 되었다. 죄책감이 가슴을 무겁게 짓누른다.

"이러니까 오타쿠라는 인종이 싫은 거라고. 분위기조차 전혀 파악을 못 하고 말이야."

"자자, 카타노 양은 그저 마이페이스인거야, 분명."

그 후로도 미사키는 카타노 양을 포함한 오타쿠 전체를 마구잡이로 깎아내렸다. 나는 그렇게까지 말할 필요는 없잖아, 라고 생각했지만 역시나 반론을 꺼낼 수는 없었다. 그 정도로 학교 여자들의 사회라는 네트워크에서 소외되는 것이 무서웠으니까. 아무것도 하지 않았는데도 배척당하는 경우도 있다. 그러니

안 그래도 무너지기 쉬운 관계성 속에서 살아가기 위해서는 '분위기'를 잘 읽을 수밖에 없다.

하지만 그러는 한편으로 나는 카타노 양의 저런 태도에 동경을 품고 있기도 했던 것이다.

'분위기' 같은 건 신경 쓰지 않고 자기가 좋아하는 것을 당당하게 좋아한다고 말할 수 있는 그런 태도. 카타노 양은 분명, 내가 갖지 못한 강함을 가지고 있다. 고립되는 걸 두려워하지 않는 것처럼 보이는 그 모습에 나는 몹시도 부럽다고 생각했다.

'그녀처럼 될 수 있다면 나도 코사키에게——.'

문득 샘솟아 오른 그 위험한 생각을, 나는 머리를 흔들며 털어냈다.

"무슨 일이야, 레이 짱?"

"으응, 아무것도 아니야."

나를 향해서 살짝 고개를 기울이는 코사키에게 나는 얼버무리듯이 웃으며 대답했다.

이 마음은 그게 아니다. 단순한 우정을 조금 착각하고 있을 뿐이다. 흔히들 말하잖아. 우리들 나이대의 사춘기 여자애들은 동성에게 연애감정에 가까운 감정을 품는 일도 있다고 말이야. 분명 내가 나이를 먹으면 나도 평범하게 남자애를 좋아하게 될 테지.

그러니까 나는 이상하지 않아.

이때의 나는 아직 여러 가지 일들을 두려워할 뿐인 계집애였다. 하지만 사람은 언제까지나 어린애로만 있을 수는 없다. 그로부터 얼마 지나지 않아 나는 그 사실을 절실히 깨닫게 되었다.

"어이, 오오하시."

"네?"

어느 날 방과 후, 내 담임인 남자 선생님이 나를 불러 세웠다. 나는 집에 갈 준비를 하던 손을 멈추고 교탁으로 걸어간다.

"미안하지만 이 프린트를 카타노네 집에 전해주지 않겠어?"

그 말과 함께 나한테 건넨 종이는 삼자대면 안내를 포함한 프린트 묶음이었다.

"그 녀석 지금 인플루엔자 때문에 쉬고 있잖니. 이 프린트는 너무 늦게 전달되면 부모님들이 일정을 맞추기 힘드니까 말이야."

"어째서 제가?"

"아니, 주소를 살펴봤더니 너희 집이 카타노네 집과 가장 가깝더라고. 이게 그 녀석 주소야."

그렇게 대화를 주고받는 와중에도, 나는 클래스메이트들이 기이하다는 시선을 쏟아내며 우리를 보고 있다는 사실을 신경 쓰고 있었다.

"이런 건 사진으로 찍어서 메일로 보내도 되는 거잖아요. 번호를 알고 있는 사람한테 부탁해보세요."

"그게 말이다, 나는 카타노 메일주소 모르거든. 만약 메일주소를 알만한 녀석을 알고 있다면 걔한테 부탁해도 되니까 말이지. 자 그럼 부탁했다."

"아, 잠깐……."

담임 선생님은 자기 할 말만 남기고서 재빨리 떠나버렸다. 나는 불편한 마음과 함께 다시금 집에 갈 준비를 했다.

"불운이네, 레이. 그런 오타쿠녀 집에 가야 한다니 말이야."

"미사키 짱, 그런 말 하면 안 돼."

"아하하……. 어쩔 수 없으니 다녀올게. 그럼 다들 내일 학교에서 보자."

어딘지 모르게 거북한 마음에 사키 콤비와의 대화도 대충 넘기고 나는 학교를 나섰다. 지도를 보니 카타노 양의 집은 깜짝 놀랄 정도로 우리 집과 가까웠다. 아니 가까이 수준이 아니라 대각선 앞집이었다. 우리 집은 아빠가 전근을 거듭하는 바람에 나는 오래된 소꿉친구 같은 것과는 인연이 없다. 이사 온 직후에 잘 부탁드린다는 인사 정도는 건넸을지도 모르지만 우리들 나이대의 여자아이가 이웃집과 가까이 지내는 일은 흔치 않다. 오늘 어쩌다 알게 되지 않았다면 아마 계속 모른 채로 있었을 것이다.

나는 일단 집에 들러서 내 짐들을 놓아두고 프린트 묶음을 손에 든 채 카타노 양의 집을 방문했다. 문 앞에서 몇 번이나 심호흡을 했다. 어째선지 엄청나게 긴장하면서 현관 벨을 눌렀다.

"네~"

"시이코 양과 같은 반 친구인 오오하시라고 합니다. 시이코 양이 결석 중인 동안 배부된 프린트를 전해드리려 방문했습니다."

"어머, 고마워. 부디 안으로 들어와 주렴."

그 목소리와 함께 현관 자물쇠가 열렸다. 나는 현관에서 프린트만 건네주고 돌아갈 생각이었기 때문에 안으로 들어와 달라고 말하는 카타노네 아주머니의 말에 동요했다. 그렇다곤 해도 이대로 계속 서 있을 수만도 없는 노릇이라, 어쩔 수 없이 안으로 들어갔다.

"실례하겠습니다."

"어서 오렴. 와줘서 기쁘구나. 시이코한테 이렇게 사이가 좋은 친구가 있었다니."

"아뇨, 저는——."

뭐라고 말할 생각이지? 딱히 사이가 좋은 건 아닌데요, 라고 말할 생각이야? 나는 아슬아슬하게 하려던 말을 삼키고 일단 용건부터 끝내기로 했다.

"이거 프린트입니다. 이제 곧 삼자 면담이 있기 때문에, 되도록 빨리 언제가 괜찮은지 일정을 살펴봐 주세요, 라고 선생님이."

"고맙구나. 정말 미안하지만 시이코 방으로 가져다주겠니? 지금 마침 요리를 하는 중이라 손을 뗄 수가 없거든."

"아……."

그렇게 말하고서 카타노네 아주머니는 부엌으로 되돌아갔다.

"시이코 양의 방이라고 하셔도……."

"2층 복도 제일 끝이란다——."

당혹스러워 하는 나를 향해 날아드는 친절한 한마디. 더는 도망칠 곳이 없다. 어쩔 수 없으니 빨리 건네주도록 하자. 나는 계단을 올라가서 2층 복도 제일 안쪽 정면에 있는 방 앞에 멈춰섰다. 문 앞 명패에 〈시이코〉라고 적혀있었다. 나는 똑똑똑 하고 3번 노크했다.

“……?”

대답이 없다. 나는 한 번 더 노크했지만 역시나 아무런 반응도 없었다. 자는 걸까? 오늘 벌써 몇 번째로 느끼는 건지 모를 당혹감. 나보고 대체 어쩌라는 거야.

(아니, 잠깐만.)

이건 어쩌면 오히려 찬스 아닌가? 괜히 일어나 있는 것보다 아예 자는 도중에 책상이나 뭐 그 비슷한 곳에 적당히 프린트를 놔둔 다음 시이코 양이 자는 모양이니까 저는 이만 가보겠습니다, 같은 말을 남기고 돌아가면 되는 거잖아.

“……실례하겠습니다.”

나는 최대한 소리를 죽이면서 조용히 문을 연 다음, 작은 목소리로 말하며 카타노 양의 방 안으로 들어갔다.

“우와. 굉장…….”

카타노 양의 방 안은 소위 말하는 오타쿠의 방이었다. 벽에는 애니메이션 포스터가 몇 장씩이나 붙어있고 책장에는 만화책이 한가득. 나로서는 정체조차 알 수 없는 캐릭터 상품도 유리 장식장에 깨끗하게 진열되어 있었다.

“! 이럴 때가 아니지.”

나도 모르게 시선을 뺏긴 채로 잠시 동안 멍하니 관찰하고 말았다. 이런 짓을 하고 있는 동안에 카타노 양이 일어나기라도 하면 귀찮아질 것이다. 슬쩍 보니 카타노 양은 새근새근하며 자는 숨소리를 내고 있었다. 바로 지금이다.

"책상은……. 앗……차."

애니메이션 관련 물품에 점령당한 것 같은 방이지만 책상 주변은 깨끗하게 정리되어 있었다. 나는 책상에 프린트 묶음을 놓아두려다가 컴퓨터 마우스를 건드려 버린 모양인지 대기모드에 있던 컴퓨터 화면이 켜지고 말았다.

"이건…… 만화 원고……?"

커다란 디스플레이 모니터를 꽉 채우고 있는 건 나체의 여자아이 두 명이 서로를 바라보고 있는 그림이었다. 최근엔 컴퓨터로 만화를 그리는 사람도 있다고 하더니 카타노 양도 그런 거겠지. 나는 그런 생각을 하면서 그 일러스트에 시선을 사로잡혔다.

일러스트의 속 여자아이 중 한 명은 소심해 보이는 보브 컷의 소녀, 다른 한 명은 어딘지 모르게 둔감해 보이면서도 순박한 느낌이 드는 키가 큰 여자아이였다. 두 사람은 아무것도 입고 있지 않았지만 나는 신기하게도 그게 기분 나쁘다는 생각이 들지 않았다. 오히려 섬세한 터치로 그려진 그 원고가 정말로 아름답다는 생각이 들었다.

"그거, 코사키 양과 레이 양이 모델이야."

작은 목소리였지만 정적 속에서 확실하게 울린 그 말에 나는 깜짝 놀라면서 돌아보았다. 잠옷을 입은 카타노 양이 상반신을 일으키면서 내 쪽을 보고 있었다.

"아…… 그게 아냐……. 저기…… 나……!"

"괜찮아. 프린트를 전해주러 온 거지? 알고 있으니까."

나는 엄청나게 당황해서 혼란에 빠졌지만 카타노 양의 침착한 태도 덕분에 나도 거기에 전염되듯 점차 침착함을 되찾았다.

"멋대로 봐서 미안해."

"아니야. 나도 허가 없이 모델로 삼아 버렸으니 마찬가지지."

카타노 양은 그렇게 말하면서 살짝 웃었다. 안경을 쓰고 있지 않은 카타노 양은 언제나 교실에서 보여주던 얼굴보다 훨씬 더 표정이 좋아 보였다. 안색도 좋다.

"모델이라니?"

"미사키 양은 나를 부녀자라고 생각하고 있는 모양이지만 사실은 그 반대야. 나 백합 오타쿠거든."

뭔가 미묘하게 엇나가있는 대화였다. 여자아이끼리의 연애를 테마로 만화를 그리고 있다고 카타노 양이 말했다.

"기분 나쁘다고 생각해?"

그 물음에는 의문이 아닌 뭔가를 확신하는 울림이 담겨 있었다.

"……기분 나쁘……다고 생각하지 않아."

나는 본심을 숨기고 어디까지나 카타노 양을 배려해서 대답할 생각이었다. 그런데,

"그렇겠지."

"그렇겠지, 라니…… 무슨 뜻이야?"

나는 되묻고 나서야 묻지 않는 편이 좋았을 거라고 생각했지만 이미 늦었다.

"그야 레이 양은 코사키 양을 좋아하잖아?"

"?!"

그 때의 나는 객관적으로 바라본다면 꽤나 웃기는 표정을 짓고 있었겠지. 하지만 당신의 나는 전혀 웃을 수가 없었다.

"무슨…… 말을 하는 거야?"

"얼버무리지 않아도 괜찮아. 말했잖아? 나 백합 오타쿠라고. 그런 거에 편견도 없고."

나는 담담하게 말하는 카타노 양이 너무나도 무서웠다. 카타노 양이 폭로해버린다면 내 학교생활은 끝이다. 나는 필사적으로 부정하려고 했다.

"달라…… 나는 그런 게 아니야! 그런 이상한 게 아니니까!"

"이상해? 이상하다는 건 어디가?"

흥분하고 있는 나에 비해서 카타노 양은 어디까지나 냉정했다.

"누가 누구를 좋아하게 되던 간에 그건 그 사람의 자유인 거 아냐?"

그렇게 딱 잘라 단언하는 카타노 양을 보면서, 나는 '아아, 얘한테는 당해낼 수 없겠구나'라고 생각했다.

턱하고 말문이 막혀있는 나를 내버려 두고 카타노 양은 침대에서 내려온 다음 책장에서 책을 몇 권 꺼냈다. 그리고 그 책들을 애니메이션 캐릭터가 프린트 되어있는 손가방에 넣었다.

"이거, 괜찮다면 한번 읽어봐."

"……?"

내가 건네받은 책은, 표지에 예쁜 소녀들이 그려져 있는 소설인 것 같았다.

"분명 여러 가지로 도움이 될 거라고 생각해."

어째선지 나는 그걸 도저히 거절할 수가 없었다. 어쩌면 내 마음속 어딘가에서는 누군가가 내 마음을 긍정해줬으면 하고 바랐던 걸지도 모른다. 어쨌든 간에 나는 그 책을 받았다.

"다 읽으면 감상을 들려줘."

그렇게 말하면서 카타노 양은 다시 침대에 누웠다. 1분도 지나지 않아서 다시 잠든 숨소리가 들려왔다. 나는 반쯤 넋이 나가 있었지만 이제 딱히 더 할 일도 없는 이상 돌아갈 수밖에 없다.

"어머 벌써 돌아가는 거니? 괜찮다면 함께 저녁이라도 먹으면 좋을 텐데."

"아니요……. 저희 어머니도 이미 저녁밥을 만들어 놓으셨을 거라서."

"그래? 그럼 다음 기회를 기약할게."

"네. 실례하겠습니다."

나는 카타노 양의 집에서 나왔다. 그날 밤, 나는 카타노 양한테 빌린 책을 읽어보았다. 그리고——.

내 안에서, 세계가 변했다.

카타노 양의 집을 방문한 다음 날부터 나는 인플루엔자 때문에 학교를 쉬게 되었다. 아마도 카타노 양한테서 옮은 거겠지.

나는 열에 해롱거리는 와중에도 카타노 양한테서 빌린 소설에 흠뻑 빠져있었다.

카타노 양이 빌려준 소설은 어떤 가톨릭계 명문 여고를 무대로 한 이야기였다. 〈기도와 마음의 사이에서〉라는 제목이다. 주인공인 소녀는 경건한 크리스천이었지만 어느 날 연상의 여자 선배를 향한 사랑에 빠지고 만다. 지금까지 품어왔던 소박한 신앙과 동성에게 품어버린 연심과의 딜레마 사이에서 이러지도 저러지도 못하게 되면서도 주인공은 조금씩 성장해 나간다. 연상의 선배와의 플라토닉한 관계와, 친구들과의 가슴 따뜻한 에피소드 등등이 세밀한 묘사로 아름답게 그려져 있었다. 나는 완전히 그 소설의 포로가 되어버렸다.

이 이야기 속 등장인물 중, 동성애자인 것을 공언하고 있는 캐릭터가 한명 있다. 세이 선배라고 하는 캐릭터다. 주인공이 고민하고 있을 때 세이 선배는 무조건 그녀의 마음을 긍정해준다. 그것도 그냥 감정적인 동정이나 단순한 공감으로 그러는 게 아니었다. 신학적인 지식이나 젠더적인 관점으로 동성애는 죄가 아니라는 사실을 차근차근 설명해 주는 것이다. 주인공은 처음엔 반발했지만, 이윽고 신앙을 향한 맹목적인 순종에서 자발적인 사랑 쪽으로 마음이 움직이게 된다. 나는 마치 내가 그 소설 속 주인공이 된 것처럼 나 자신의 마음을 긍정 받은 것 같은 기분이 들었다.

그날도 나는 내 방의 침대 속에서 이마에는 쿨 팩을 붙인 채로 카타노 양한테서 빌린 소설을 셀 수 없을 만큼 여러 번 반복해서 읽고 있었다. 이미 열은 다 내렸지만, 잔걱정이 많은 아버지가 반드시 안정을 취하라고 단단히 당부했기 때문에 딱히 소설 말고는 아무것도 할 일이 없었기 때문이다. 갑자기 방문이 벌컥 열렸다.

"레이, 친구가 찾아왔단다."

"잠깐 엄마. 노크 정도는 해줘."

"했는걸. 네가 깨닫지 못했을 뿐이잖니."

아무래도 소설에 너무 열중하고 있었던 모양이다.

"그래서 어떻게 할래? 잠깐 일어나 볼래? 카타노 양이라고 하던데."

"……."

미사키나 코사키일 거라고 생각했었는데, 카타노 양이었나. 나는 고민했다. 카타노 양과 만나는 건 솔직히 말해서 조금 무섭다. 그녀는 정체를 알 수 없는 구석이 있었다. 하지만 나는 무슨 일이 있어도 이 소설에 대한 감사의 인사를 전하고 싶었다.

"잠깐이라면."

"알겠어."

그 말과 함께 엄마는 방을 나갔다. 얼마 지나지 않아 방으로 다가오는 인기척이 나더니 방문을 세 번 노크하는 소리가 들렸다.

"들어오세요."

"실례하겠습니다. 어머, 의외로 건강해 보이네."

그렇게 말하면서 카타노 양은 가방을 카펫 위에 내려놨다.

"귀엽다…… 고는 말할 수 없는 방이네."

"너무 쳐다보지 말아줘. 나 자신도 알고 있으니까."

나는 그다지 소녀틱한 장식들은 좋아하지 않는다. 아니, 좋아하지 않으려 했다. 귀여운 것은 좋아하지만 덩치가 큰 자신에게는 너무나도 어울리지 않는다고 생각해서 지금까지는 멀리해왔다. 하지만 이제부터는 늘어날지도 모르겠다.

"소설, 재미있었어."

"그렇구나. 어떤 부분이?"

"응. 예를 들면——."

우리들은 신나게 작품에 대해 대화를 나눴다. 등장인물 한명 한명을 가지고 어떤 부분이 좋은지를 얘기하거나, 이야기의 배경이 되는 장소에 대해서 논평을 하거나 했다. 소설에 대해서 이렇게 뜨겁게 얘기를 나누는 건 처음 해보는 경험이었지만 깜짝 놀랄 정도로 즐거웠다.

"그 모습을 보니 나아진 건 인플루엔자뿐만이 아닌 거 같네?"

"그러네……. 나 자신의 연애감정과 직접 마주할 수 있게 된 걸지도."

이 소설은 아직 완결되지 않았기 때문에 주인공이 최종적으로 어떤 결론을 낼지는 아직 알 수 없다. 하지만 나는 주인공과 다르게 신앙으로 살아왔던 게 아니기 때문에 더 이상 스스로의 감정을 부정할 생각은 없었다.

"카타노 양 덕분이야. 정말로 감사하고 있어."

"정말로 고맙다고 생각한다면 시이코라고 불러줘. 나만 레이 양이라고 부르는 건 불공평하잖아."

"그러네. 고마워 시이코 양."

"천만의 말씀을요."

어딘지 모르게, 나에게 있어서 시이코 양은 소설 안에서 나오는 세이 선배와도 같은 포지션이었던 거라고 생각한다. 동성에게 품은 사랑에 고민하는 나에게 길을 제시해 준 소중한 존재였다. 이름으로 부르는 일에도 별다른 저항감을 느끼지 않았다. 이때의 나는 이제 더 이상은 자기 자신에게 거짓말을 하지 않겠다는 몹시도 상쾌한 기분이었기 때문이다.

하지만——.

다음 날 학교에 갔을 때 나는 금방 위화감을 깨달았다. 인사를 건네도 대답이 돌아오지 않는다. 평소 같았으면 자연스레 사이에 끼어들 수 있었던 여자애들의 모임에 끼어들 수 없다. 처음에는 오랫동안 결석했기 때문에 감각이 둔해졌을 뿐이라고 여기고 있었지만 이건 명백하게 뭔가 달랐다.

나는, 기피되고 있었다.

"저기~ 코사키. 이런 계절에 인플루엔자에 걸리다니, 초 레어하네."

"으, 으응……."

미사키가 나를 슬쩍슬쩍 보면서 큰 소리로 말했다. 코사키는 내키지 않는 것처럼 보였지만 마찬가지로 이쪽을 보고 있었다.

"그러고 보니 요전에도 같은 식으로 인플루엔자에 걸렸던 사람이 있지 않았나?"

"그, 그러네."

"왠지 말이지……. 수상하네."
마치 습기가 찬 것 같은 끈적거리는 말투로 미사키가 말했다. 그리고 거기에 남자애 한명이 편승했다.
"옮을 만한 짓을 한 거 아냐 이거~?"
교실, 웃음바다. 지금 나는 어떠냐면 필사적으로 유지해 왔던 일상이 이렇게 맥없이 붕괴해버리고 있다는 사실에 대한 낭패감에 떨고 있었다.
"아니야……! 나는 그런 짓 안 해!"
"어라~? 레이, 무슨 일이야 그렇게까지 필사적으로 말이야. 딱히 네가 뭘 어쨌다는 말은 하지 않았잖아."
"시치미 떼지 마. 어째서 그런 소리를 하는 거야?"
"에~ 딱히 별다른 의미는 없는데~."
나는 생쥐를 가지고 노는 고양이 같다고 생각했다.
"시이코 양도 뭐라고 말 좀 해봐! 이대로라면 나, 오해받은 채로——."
"뭐? 시이코 양? 어라? 레이도 참, 저 오타쿠녀와 서로 이름으로 부르는 관계가 된 거야? 쩐다. 이거 리얼이었잖아."
"아, 아니야! 그렇지 않아!"
완전히 수렁에 빠졌다.
"그럼 뭔데? 어째서 갑자기 저 녀석이랑 사이가 좋아진 건데?"
"나는 그저…… 약간 조언을 받아서……"
"조언? 뭐에 대한? 아아, 침대 위에서의 기술이라든가?"
비열한 웃음이 교실 안을 가득 메웠다. 나는 이제 눈물이 나올

것만 같았다.

그때——

"어째서 그렇게나 바보 같은 거야? 원숭이들이야?"

똑 부러진 영리한 목소리가 웃음을 단칼에 잘랐다. 카타노 양이 일어나서 이쪽을 보고 있었다.

"뭐야, 카타노. 불만 있어?"

"있어. 뭐야 이 광대놀음은. 너무 하찮기 그지없어서 구역질이 나와. 나이 먹을 만큼 먹고 뭐 하는 짓이야 너희들. 몸만 커졌을 뿐이지 머릿속은 유치원생이야?"

가차 없는 매도였다. 평소엔 그다지 자기표현을 하지 않는 시이코 양한테서 그런 말이 쏟아져 나올 거라고는 생각지도 못했던 건지 기세등등하던 미사키도 한순간 말문이 막혔다. 그 틈을 놓치지 않고 시이코 양은 한층 더 박차를 가했다.

"애초에 레이 양한테는 좋아하는 사람이 이미 있어. 그건 내가 아니야. 친구였다면 그 정도는 알고 있었겠지."

"……뭘 다 안다는 듯."

"아~ 뭐 아무래도 좋아. 아무래도 좋으니까 유치원 꼬맹이의 장난질에 나까지 엮지 말아주겠어? 나까지 똑같이 수준이 낮아지니까 말이야."

"! 이 자식……!"

미사키와 시이코 양이 일촉즉발의 상태가 됐던 그때.

"이제…… 이제, 그만하자……. 이런 건 싫어……."

눈물 젖은 목소리로 그렇게 말한 사람은 코사키였다.

"미사키 짱……. 나, 반 친구들이 싸우는 건 싫어……. 미사키 짱이 누군가와 싸우는 건…… 더욱 싫어……."

뚝뚝 눈물을 흘리면서, 그러면서도 분명하게 말하는 코사키 덕에 교실 안을 메우고 있던 독기가 빠져나갔다. 뜻밖의 사태에 어안이 벙벙한 것처럼 마시키도, 시이코 양도, 교실 안의 모두가 코사키를 바라봤다.

"칫……. 알겠다고. 자, 그만 울어——."

"미안해…… 모두들……."

혀를 차면서 먼저 창끝을 거둔 미사키가 코사키를 끌어안았다. 기세를 타서 다 같이 조롱하던 남자애들도 삼삼오오 흩어졌다.

"……."

시이코 양은 어느새 다시 자기 자리에 앉아서 책을 읽고 있었다. 훌륭할 정도로 태세전환이 빠르다.

나는 어떠냐면 일단은 사태가 진정됐다는 사실에 남몰래 안도의 한숨을 내쉬었다.

하지만——.

'안식의 날들이여 이제 안녕, 이라고 해야 할까.'

이 자리를 수습했다고 해도 이제 더 이상 미사키 그룹 안에는 있을 수 없겠지. 내일부터는 어떻게 처신할지를 진지하게 생각해 봐야 한다. 어째서 이렇게 된 걸까. 나는 이젠 될 대로 되라는 심정이었다.

이미 예상했던 대로, 다음 날부터 나는 미사키 그룹으로부터 따돌림을 당하게 되었다. 외톨이가 되는 걸 그렇게나 두려워했었는데 실제로 겪어보자 생각보다 별거 아니구나, 하는 생각이 들었다. 오히려 껍데기뿐인 관계를 지속할 필요가 없어져서 속이 시원했다……고 말하기엔 좀 그렇지만, 어쨌든 번거로움이 줄어든 것 같은 느낌이 들었다. 하지만 그렇다곤 해도 체육 수업에서 두 명씩 짝을 지어야 할 때나, 앞으로 있을 수학여행 같은 각종 학교 행사에서는 고생하게 될 것이 틀림없다.

체육 수업 때는 시이코 양과 조를 짜게 되는 일이 많아졌다. 둘 다 교실 내에서 겉도는 사람이라는 공통점 때문에 그런 건 아니라도 어쨌든 그녀와는 함께 다니게 됐다. 귀가부였던 나는 만화연구부 소속이었던 그녀와 부실에 같이 가서 다른 부원들과도 함께 만화 얘기로 꽃을 피우게 되었다.

사키 콤비와는 미묘한 관계가 되었다. 미사키한테선 명백하게 기피당하고 있었지만 코사키와는 같은 도서위원이라는 점도 있어서 간신히 관계를 지속하고 있었다. 그렇다고는 해도 코사키는 미사키를 신경 쓰고 있어서 대놓고 나한테 말을 걸어오는 일은 그다지 없어졌기 때문에 그녀랑 만날 때는 도서위원 일을 할 때뿐이었다. 좋아하는 사람과 함께 있을 수 있는 시간은 줄어들어 버렸지만, 이전보다도 자신의 마음에 솔직해진 나는 한 달에 몇 번 있는 밀회(일방통행이지만)를 즐기고 있었다.

그리고 또 한 가지 달라진 게 있다. 아마도 시이코 양의 영향을 받은 거겠지만, 나도 창작을 해보고 싶어져서 2차 창작 소설을 쓰기 시작했다. 분명 사람마다 느끼는 바는 다르겠지만 나로서는 그림을 그리는 건 굉장히 허들이 높다고 느꼈기 때문에, 시이코 양을 따라서 그림을 그리지는 않았다. 글을 쓰는 건 신기하게도 저항감이 없었고, 서툴면 서툰 솜씨 나름대로도 창작을 즐길 수 있었기 때문에 소설이 더 마음이 편했다.

시이코 양과 만화연구부 아이들은 모두 오타쿠였기 때문에 명작 만화나 게임, 애니메이션을 많이 알고 있었다. 나는 그것들을 읽거나, 보거나, 가지고 놀거나 하면서 마음에 든 캐릭터를 소재 삼아 2차 창작을 했다.

"응, 재미있다고 생각해. 좀 거친 부분이 눈에 띄긴 하지만 왠지 모를 정열이 느껴져."

"그러네. 우리들처럼 헤어 나올 수 없는 데까지 가버린 오타쿠한테는 없는 싱싱한 느낌이 있단 말이야."

"하지만 문장을 쓰는 방법은 조금 더 공부해야 할 거 같네."

"그런가~."

오늘도 평소처럼 만화연구부 부실에서 내가 쓴 작품을 친구들한테 보여주고 있었다. 이게 한번 써보면 즐겁다고. 쉽지는 않지만 말이지.

창작하기에 좋은 환경이라는 점도 있었다. 왜냐하면 만화연구부 아이들은 나의 서투르기 짝이 없는 작품들도 전부 읽어주는데다가, 고맙게도 성의 있는 코멘트를 해주기 때문이다. 이 시절에는 쿨 재팬이라는 표어도 아직 없었고 오타쿠 취미에 대한 이해도 아직 널리 퍼지지 않았다. 그렇기 때문에 오타쿠에 대해서 세간에 퍼진 일반적인 평가는 미사키와 비슷한 치우친 편견이 대부분이라서, 많은 오타쿠들은 자신의 취미에 떳떳하지 못했던 때였다. 그런 시절에 같은 취미를 공유하는 사람이 주변에 넉넉하게 있었던 나는 축복받은 환경에 있었다고 말해야 할 것이다.

"그러고 보니 레이 양. 이노오모 신간 읽었어?"

이노오모라는 이름은 시이코 양이 빌려줬던 소설, 〈기도와 마음의 사이에서〉의 애칭이다. 팬들 사이에서는 그렇게 불리고 있다.

"아직. 나중에 집에 가는 길에 사서 읽으려고."

"그렇구나. 각오해두는 게 좋아. 엄청난 전개가 기다리고 있으니까."

"뭐야 그게. 우와~ 엄청 신경 쓰여!"

나는 기대되기 시작했지만 시이코 양의 표정이 어쩐지 좋지 않다.

"어라, 뭔가 나쁜 전개야?"

"나는 스포일러는 하지 않는 주의니까. 일단 직접 읽어봐."

"우와——……."

멘붕했다. 엄청나게 멘붕했다. 부실에서 말했던 대로 집으로 돌아오는 길에 책을 사서는 집에 도착하자마자 읽기 시작했는데, 시이코 양이 어째서 그렇게 어두운 표정이었는지 바로 이해했다.

"사치코 님, 죽어버리다니……."

사치코 님이라는 건 주인공이 연정을 품고 있었던 선배 캐릭터다. 무로마치 시대까지 거슬러 올라갈 정도의 명문가에서 태어난 귀한 집 아가씨다. 자존심이 강하고 삐뚤어진 부분도 있지만, 왠지 모르게 미워할 수 없는 성격이라 작중에서도 제일가는 인기 캐릭터였다. 저번 권에서 드디어 여주인공이 사치코 님에게 마음을 고백하려고 결심하는 장면에서 끝났기 때문에 최신간에서 대체 어떻게 될지 기대하고 있었는데.

"아니 엄청난 전개라더니, 그야 확실히 그 말은 맞지만—……."

사치코 님은 여주인공한테 밤에 공원으로 나와 달라는 부탁을 받았는데 거기로 향하던 도중에 교통사고를 당해서 죽고 말았던 것이다. 이번 권에서는 슬픔에 빠진 여주인공이 세이 선배한테 끌어안기는 장면에서 끝났다.

"이거, 세이 선배 루트인 걸까나……."

세상을 떠난 사치코 님의 유체를 대면하자 지나친 슬픔에 무너져 내리는 여주인공을 그린 장면은 확실히 극적이긴 했다. 솔직히 말해 울었다. 그 부분은 역시나 글로 먹고사는 잘나가는 프로 작가의 필력이구나 싶었다. 하지만 나는 솔직히 말해 이 전개가 마음에 들지 않았다.

"으—……."

이 뭐라 말할 수 없는 가슴 속의 답답함을 어떻게 해야 좋은 걸까. 예전의 나였다면 이 좌절감을 해소할 방법을 찾지 못한 채로 몸부림치며 괴로워했었겠지만 다행히도 지금은 그걸 해소할 최적의 취미가 있다.

"사치코 님 생존 루트를 써보자."

그렇다. 2차 창작이다. 2차 창작의 좋은 점은 자신의 취향과 바라는 점을 마음껏 담아낼 수 있다는 점이다. 물론, 원작에 대한 이해와 사랑이 바탕이 깔려있음은 말할 필요도 없겠지만.

작품의 중요한 사건을 다른 전개로 바꾸는 〈if〉를 쓰는 것은 2차 창작에서 흔한 일이다. 나는 엄청나게 몰입해서 사치코 님이 살아남았을 경우의 전개를 써 내려갔다.

"나라면 이렇게 쓰겠어."

그날은 밤늦게까지 컴퓨터 앞에 앉아서 키보드와 씨름했다.

"이렇게 나오는 건가——."

"나는 레이 양이 쓴 전개, 제법 그럴싸하다고 생각해."

"나는 원작 쪽이려나. 이러니저러니 해도 감동적이었는걸."

다음 날, 내가 쓴 이노오모 2차 창작을 읽은 아이들의 감상이었다. 이노오모 최신간의 전개는 모두들 굉장히 충격적이었던 모양이라서 내 작품에 대한 논평도 굉장히 뜨겁게 달아올랐다.

"시이코 양은 어땠어?"

다른 모두의 감상도 고맙긴 했지만 나는 다른 누구보다도 시이코 양의 감상이 듣고 싶었다.

"나는…… 둘 다 좋기는 하지만, 굳이 어느 쪽이냐고 말한다면 원작일까나."

"그런가~."

"미안해. 레이 양이 쓴 작품이 싫다는 뜻은 아니지만."

"응, 알고 있어. 읽어줘서 고마워."

읽고 나서 감상을 들려준다. 그것만으로도 굉장히 고마운 일이다.

"시이코 양은 세이 선배 지지였던가."

"응. 그래서 최신간의 전개도 있을 법하다고 생각했어. 레이 양은 순도 100프로 사치코 님 원리주의자였지."

"맞아……. 그래서 이번 전개는 쇼크가 너무 커……."

"불쌍하게도."

힘없이 축 늘어지는 내 어깨를 시이코 양이 토닥토닥 하고 부드럽게 두드렸다.

"이번 전개에 납득은 안가지만. 나, 한 가지 깨달은 게 있어."

"그건 이번 2차 창작에서도 나타난 그거일까?"

"응."

"그렇구나. 그럼 해버리는 거네?"

"응. 코사키한테 고백해 볼까 싶어."

내가 쓴 이노오모 2차 창작에서는 원작보다도 이른 단계에서 주인공이 사치코 님에게 마음을 고백한다. 그 덕분에 사치코 님은 교통사고를 당하지 않을 수 있었다. 단순하기 짝이 없는 개변이지만 나는 아직 그렇게까지 높은 수준의 문장력이 없다. 그 대신에 내 마음속은 한 가지 생각으로 가득 찼다. 그 생각이란 '고백은 후회하기 전에 하자'는 거였다.

내가 사랑하는 사람이 언제까지나 자신의 곁에 함께 있어 줄 거라고는 단언할 수 없다── 이노오모 최신간은 나한테 그 사실을 가르쳐 주었다. 딱히 코사키가 지금 당장 세상을 떠날 거라고 생각하는 건 아니지만, 꼭 죽음이 아니라도 전학을 간다거나, 졸업하거나, 그런 이유로 이별하게 될 수도 있고 코사키가 다른 사람과 사귀게 될 가능성도 있다. 나는 이노오모의 주인공처럼 되지 않도록 코사키한테 고백하기로 마음먹었다.

"오~ 드디어."

"드디어 이 때가 왔네."

"힘내라고."

만화 연구부 친구들도 응원의 한마디를 건넸다. 여기 있는 친구들에게는 내 성적 지향성에 대해 밝혀뒀기 때문이다. 그게 받아들여질 수 있었다는 사실도, 나는 스스로가 축복받은 환경에 있다고 생각하는 이유 중 하나다.

"언제 할 거야?"

"내일이려나. 때마침 도서위원 일이 있거든."

"그렇구나. 파이팅이야, 레이 양."

"응."

시이코는 나를 격려해 주었다. 하지만 그때 그녀의 표정을 잘 봤다면 그녀는 내 선택을 결코 기뻐하지 않았다는 사실을 깨달을 수 있었을 것이다. 내가 그걸 깨닫게 된 것은 조금 더 나중의 일이었다.

"코사키를 좋아해. 나랑 사귀어 주지 않을래?"

"어? ……엣?! ……뭐어?!"

방과 후 도서실. 둘만 남게 될 때를 노려서 나는 코사키에게 고백했다. 고백 멘트로 너무 뻔한 문구밖에 떠오르지 않았던 나는 돌려 말하지 않고 스트레이트하게 고백을 던졌다. 역시나 나는 소설에 대한 재능이 없을지도 몰라, 머리 한구석에서 그런 걸 생각하고 있는 냉정한 나 자신이 있었다.

코사키는 처음엔 무슨 의미인지 이해하지 못했던 것 같지만 점차 머리가 그 말을 받아들이기 시작하면서 동요하고 있었다.

"어? 좋아한다는 건 그…… 친구로서, 가 아니고?"

"응. 연인으로서."

"……레이 짱은 여자를 좋아하는 사람이라는 말 진짜였던 거야?"

"여자만 좋아하는 건지 어떤지는 잘 모르겠어. 하지만 지금은 코사키를 좋아해."

여기서 물러나선 안 된다. 코사키는 밀어붙이는 데에 약한 부분이 있으니까 가능하다면 이 기세를 몰아서 승낙을 받아내고 싶었다. 나는 거듭해서 말했다.

"코사키는 나랑 있는 게 즐겁지 않아?"
"그렇지 않아!"
"나를 싫어해?"
"싫어하지 않아. 하지만……."
"의외로 우리들 파장이 잘 맞을지도 모르잖아?"
"그, 그럴지도 모르지만……."
하지만 코사키는 내가 바라는 대답을 돌려주지 않았기에 나는 초조해졌다. 그래서 코사키의 그다음 말에, 나는 기뻐하고 말았던 것이다.
"잠깐 시간을 줬으면…… 좋겠어. 대답은 지금 바로 해야 하는 거야?"
"그렇지 않아. 지금 당장 거절당하는 것보단 훨씬 낫지. 잘 생각해 줘."
"응. 고마워."
"아니야. 나야말로 갑작스럽게 꺼낸 말인데도 고마워."
둘이서 어쩐지 모르게 마주 보며 웃었다.
"역시 깜짝 놀랐어?"
"그야 당연하지. 그야 레이 짱이 여자한테 고백한다고 한다면 그 상대는 카타노 양 일거라고 생각했거든."
"시이코 양?"
"최근 굉장히 사이좋지 않아?"
"뭐, 나쁘진 않지."
하지만 나는 시이코 양에게 연애감정은 없다.

“……카타노 양, 사실은 미사키 짱이랑 소꿉친구였다는 거 알고 있었어?”

“어? 그랬어?”

“응. 뭔가 이래저래 사정이 복잡한가 봐.”

“어떤 부분이?”

“그건 내 입으로는 좀……. 카타노 양한테 직접 물어보면 가르쳐 줄지도.”

뭐, 그렇게까지 흥미가 있는 건 아니니까 말이지.

“일단은 도서실 문단속을 하자. 이제 문을 잠글 시간이니까.”

“아, 그러네. 레이 짱, 입구에 표찰을 좀 뒤집어 줄래?”

“오케이.”

코사키 옆을 떠나면서 나는 조금 안도하고 있었다. 고백하고 나서도 예전과 다르지 않게 얘기를 나눌 수 있어. 딱히 어색해지지도 않았어. 이거라면 꽤 가망이 있는 건 아닐까 하는 생각마저 했다.

어리석었다. 몇 번이고 돌이켜 생각해 봐도 어리석었다. 나는 첫사랑에 들떠서 주변이 전혀 눈에 들어오지 않았다. 그에 대한 대가는 다음날 당장 내 눈앞에 들이닥쳤다.

“좋은 아침.”

교실을 들어설 때, 나는 항상 그렇게 인사한다. 따돌림을 받고 있는 미사키 그룹한테서야 당연히 아무런 대답도 없지만 몇 명인가 중립적인 위치의 학생들과는 마주 인사하곤 했다.
어제까지는.
"?"
오늘따라 아무런 대답도 돌아오지 않는다. 지금 생각해보면 그 시점에서 이미 눈치채는 게 좋았을 테지만 고백 직후라 들떠 있었던 나는 어리석었다. 고개를 갸우뚱하면서 내 자리로 향했다.
그리고 거기에는 낙서로 점철된 책상이 있었다.
"뭐야……, 이거?"
갈라진 목소리가 흘러나왔다. 착상에는 매직으로 빽빽하게 여러 말들이 적혀있었다. 모든 말에 공통으로 들어가는 단어는 단 한 가지.
——오오하시 레이는 레즈비언.
"!"
당황하면서 코사키의 모습을 찾았다. 비열한 웃음을 짓고 있는 미사키 옆에서, 코사키는 내 눈길을 피하고 있었다. 거기에서 나는 모든 것을 깨달았다. 코사키는 미사키에게 전부 말한 거겠지.
잘 생각해보면 동성한테 고백받는다는 중대한 일을 겪는다면 코사키는 누군가에게 상담하고 싶어질 테지. 그리고 그때 가장 먼저 떠올릴 이름은 당연히 미사키다. 거기다 그 상담을 받은 미사키가 어떤 대응에 나설지는 이미 충분히 예상할 수 있는 일이다. 이 사태는 코사키 탓이 아니다. 아니, 완전히 책임이 없다고는 할 수 없지만 가장 잘못한 건 생각할 것도 없이 바로 나 자신이다.

나는 드디어 현실을 알게 되었다.

현실은 소설처럼 아름답지 않다. 우정은 반드시 유지되는 것이 아니다. 동성애자는 그렇게 간단히 이해받을 수 없다.

그리고 무엇보다도, 사랑은 그렇게 간단히 이루어지지 않는다.

나는 그 순간부터 몇 시간 동안의 기억이 없다.

"레이 양, 괜찮아?"

의식을 되찾은 내가 가장 먼저 기억하고 있는 모습은 걱정스러운 표정을 짓고 있는 시이코 양의 얼굴이었다. 시각은 이미 방과 후. 저녁노을이 쏟아져 들어오고 있는 교실 안에서 나는 책상 앞에 서 있었다. 어느새 낙서는 전부 지워져 있었다. 나중에 듣기로는 시이코 양이 담임에게 항의해서 새 책상으로 교체받았다던가.

"시이코 양……."

"너무해. 이럴 수는 없어."

시이코 양은 나를 위해 화를 내주었다. 내가 당한 여러 가지 처사들이 부당하다고 규탄하고, 생각할 수 있는 온갖 변호의 말을 나에게 쏟아놓아 주었다.

"고마워 시이코 양."

"감사 인사 같은 건……."

그렇게 말하는 시이코 양은 어딘지 젖어있는 눈을 하고 있었다. 그게 무엇을 의미하는 건지, 나는 금방 깨닫게 되었다.

"저기, 레이 양. 우치야마 양이 아니라, 나로는 안 돼?"

우치야마라는 건, 코사키의 성이다. 나는 그런 사실은 바로 떠올릴 수 있었는데도, 시이코 양이 지금 무슨 말을 하고 있는 건지는 잘 이해할 수 없었다.

"나, 레이 양을 좋아해."

이해하지 못하고 있던 내 상태가 표정에 드러나 있었던 걸까, 시이코 양은 보다 더 알기 쉬운 간단한 말로 다시 한번 말했다. 이번엔 이해력이 극단적으로 낮아져 있던 내 머리로도 그 말의 의미를 깨달을 수 있었다.

"나를……?"

"응."

시이코 양은 내 물음에 끄덕이며, 나를 끌어안으려고 했다. 만약 이게 소설이었다면 나는 시이코 양을 좋아하게 됐을지도 모른다. 하지만 나는 이때, 모든 감정이 마치 단단한 얼음처럼 얼어붙어 버려서 아무런 감흥도 느껴지지 않았다. 그뿐만이 아니다, 아아 시이코 양이 처음에 나한테 말을 걸었던 건 미사키 그룹에서 나를 떨어트려 놓기 위한 거였구나, 같은 사실들을 묘하게도 냉정한 머리로 떠올리고 있었다.

나는 시이코 양을 밀쳤다.

"……레이 양."

"미안."

그 말만 남기고서 나는 그 자리에서 도망쳤다. 너무나도 많은 일이 한꺼번에 일어나서 나는 이미 한계였다. 더 이상 아무것도 생각하고 싶지 않아서, 어쨌든 간에 이 자리에서 도망쳤다. 집에 돌아와서는 식사도 거른 채로 방에 틀어박혀서 그저 하염없이 울었다.

이 세상 모든 것이 악의로 가득 차 있다고 생각했다.

나는 그 후로 당분간 학교에 등교하지 않았다. 부모님은 당연히 걱정하셨지만 클래스메이트들이 그랬던 것처럼 부모님도 나를 기피하게 되는 건 아닐까 두려워서 좀처럼 나 자신의 성적 지향성에 대해 설명할 수가 없었다. 거기다가 등교를 거부하는 이유인 집단따돌림(이라고 말할 수 있을지는 모르겠지만)도 부모님께 차마 말할 수가 없었다. 내가 모든 사실에 대해 부모님께 전부 털어놓은 것은 등교를 거부하고 나서부터 거의 한 달 가까이 지났을 때였다.

"그렇구나……."

내 이야기를 듣고서 어머니는 처음에는 깜짝 놀라신 것 같았지만 눈 깜짝할 사이에 회복하시고는 나를 안아주셨다.

"너에 대해서 100퍼센트 전부 이해할 수는 없을지도 몰라. 하지만 우리들은 언제나 네 편이란다."

이때 어머니가 해주신 말을 나는 아마 평생 잊지 못하겠지. 그 말이 없었다면 나는 아마도 다시 일어나지 못했을 것이다.

아버지는 묵묵히 복잡한 표정만을 짓고 계셨지만, 며칠 후에는 동성애 성향을 품고 있는 사람들의 모임에 데려가 주셨다.

나는 아버지가 나에 대해서 현명하게 이해해 주시려고 하고 있다는 사실을 깨닫고 무척이나 기뻤다.

부모님이 지탱해 주신 덕분에 내 등교 거부는 2개월로 끝났다. 같은 동성애자분들한테서 이야기를 듣는 사이에 나는 어딘지 모르게 후련해졌기 때문이다. 동성애에 대한 이런저런 생각들에 괴로워하며 평생 재기할 수 없었던 사람들도 있다는 걸 생각하면 나는 정말로 운이 좋았다.

하지만 그럼에도 첫사랑에 대한 기억은 언제나 내 마음속에서 지워지지 않고 흉터로서 남아있겠지.

나는 전에 살던 세상에 관련된 요소들은 적당히 각색해서 이 이야기들을 클레어 님과 릴리 님께 얘기해 드렸다. 내 얘기를 들은 두 사람의 반응이 어땠냐 하면,

"정말이지 지독하기 그지없는 분들이군요. 듣고 있자니 열이 뻗치기 시작했어요. 불태워버리죠. 레이, 그 자식들이 있는 곳으로 안내하세요."

"저, 저도 함께하겠어요, 클레어 님."

이렇게 과격한 반응이었다.

"자자, 그 시절엔 미사키도 가정에 불화가 있었던 모양이라 어쩔 수 없었던 거예요. 게다가 졸업한 후에는 다시 재회했고, 지금 와서는 다 함께 츠치노코를 찾으러 다닐 정도로 친해졌으니까요.”

“츠치노코?”

“아 실례했습니다. UMA를 말하는 거예요.”

“유, 유엠에?”

“아 죄송합니다. 그냥 잊어주세요.”

아무튼 이건 제쳐두고.

“어쨌든, 그때는 정말로 이런저런 복잡한 사정이 얽히고설켜 있었어요.”

“아무것도 복잡할 거 없잖아요. 그 미사키인가 뭔가 하는 여자가 모든 일의 원흉이에요.”

“그게 또, 사실은 그렇지도 않아서요.”

“무, 무슨 말씀이신가요?”

솟아오르는 울분을 참을 수 없다는 듯이 씩씩거리는 클레어 님을 다독여드리고 있자니 릴리 님이 설명을 요구했다.

“방금 말한 가정 사정에 더불어 미사키는 시이코를 좋아하고 있었던 거예요. 하지만 그 사실을 스스로가 인정할 수 없었죠.”

“그, 그랬던 건가요?”

“네. 저를 따돌렸던 건 시이코를 저한테 뺏겼다고 여겼기 때문이었죠.”

“우, 우와—…… 삼각관계라는 거네요.”

릴리 님은 아침드라마에서나 나올법한 단어를 입에 올렸다. 하지만——.

“아니요. 사각관계입니다.”

"무슨 말이죠?"

"코사키는 미사키를 좋아하고 있었거든요."

"와, 완전 아수라장이 되어버렸어요……."

즉, 이런 식의 짝사랑 구도였다.

레이 → 코사키 → 미사키 → 시이코 → 레이

나는 종이와 펜을 빌려서 이 구도를 이 세계의 언어로 표시했다.

"진흙탕이네요."

"저, 정말이에요."

"뭐, 모두들 그땐 다들 어렸으니까 말이죠……."

"당신, 이제야 10대 중반이잖아요?"

"그랬던 시절도 있었죠."

"현재진행형이잖아요?!"

엇차, 나도 모르게 먼 산을 바라보고 말았다.

"어쨌든 간에, 그 세 사람과는 나중에 다 같이 화해했어요. 가장 웃겼을 때는 코사키의 본성을 알게 됐을 때였네요."

"코, 코사키 씨한테도 뭔가가 있었던 건가요……?"

"네. 작은 동물 같다든가, 천사 같다든가, 그렇게 생각했었던 코사키가 사실은 우리 중에서 가장 성격이 나빴던 거 아니냐는 이야기예요."

"저는 왠지 모르게 알 거 같네요. 코사키는 스스로가 제일 귀엽다고 생각하는 타입인거죠?”

“클레어 님. 완벽한 정답입니다.”

코사키의 말과 행동은 모든 것이 다 계산 하에 이루어졌던 것이다. 작은 동물을 연상시키는 분위기도, 달콤한 미소도, 조심스러워 보이는 성격도, 싸움을 싫어하는 평화주의자 속성도, 그 외 이런저런 모든 것들이. 쉽게 말해서 그녀는 자신이 계산한 모습대로 상대가 자신을 바라봐주는 걸 원하는 사람이었다. 그걸 통해 상대를 자기 손바닥 위에서 가지고 놀며 자기 입맛대로 이야기가 흘러가도록 만든다. 이쪽 세계로 따지면 유 님이나 레네에 가깝다.

“결국 코사키는 미사키랑 사귀게 됐어요. 아, 미사X코사가 아니라 코사X미사예요.”

“당신은 대체 무슨 영문을 알 수 없는 소리를 하는 건가요.”

“영문을 알 수 없다니! 커플링에서 공수가 얼마나 중요한데요!”

“어, 어째서 화내는 건지 모르겠어요…….”

엇차, 이러면 안 되지. 나도 모르게 오타쿠의 피가.

“뭐, 이게 제 첫사랑 이야기예요. 별거 아니었죠?”

“그렇지 않았어요.”

“마, 맞아요. 정말로 참고가 됐어요.”

“그러신가요?”

사실은 이 이야기가 있은 후로 나는 지금 현재의 내 성격에 점점 가까워지게 되었다. 오타쿠 취미는 악화됐고, 좋아하는 상대에게는 저돌적으로 달려들게 되었다. 불건전하고 문란한 생활을 보냈던 대학 시절에 대해선 실수로라도 이 두 사람에겐 들려줄 수 없다.

"참으로 고생이 많았던 거네요."

"그렇지도 않아요. 지금 와서는 웃으면서 이야기할 수 있고요. 어떠셨나요, 릴리 님. 환멸 하셨나요?"

"아, 아니요. 오히려 한층 더 좋아하게 됐어요."

"얼레~?"

뭐, 상관없나.

"어쨌든 첫사랑은 이뤄지지 않는 법이고 동성애자의 연애는 실연이 기본 베이스니까, 맷집을 단련하는 게 중요한 거예요."

"매, 맷집을 단련, 인가요."

"네. 저도 그 덕분에 클레어 님의 틱틱거리는 태도만 가지고도 밥 세 공기를 뚝딱 해치울 수 있을 정도가 됐습니다."

"레이는 너무 뻔뻔스럽다고 생각하는데요?!"

오늘도 클레어 님의 태클은 아주 훌륭하다. 진지한 느낌의 이야기를 하느라 지쳐있었기 때문에, 그 태클이 나에겐 최고의 힐링이다.

"클레어 님의 첫사랑은 마나리아 님이셨던 거죠?"

"아, 아니라고요! 그건 저기……, 언니가 너무나도 멋졌기 때문에 착각했던 거라고나 할까."

"뭐, 지금의 사랑은 저니까 말이죠."

"……레이, 당신 너무 까불면 해고해버릴 거예요?"

"잘못했습니다."

클레어 님의 싸늘한 눈초리에 나는 황급히 놀리는 걸 멈췄다.
"그러고 보니 어쩌다가 이런 이야기를 하게 됐죠?"
"저희들, 평민의 가난을 해결해 보려고 교회에 왔던 거죠……."
"뭐, 뭐어, 가끔씩은 이렇게 탈선하는 것도 나쁘지 않잖아요."
이제야 원래 목적을 떠올린 나와 클레어 님에게 릴리 님이 위로의 말을 건넸다.
"바, 방금 전 레이 씨가 한 얘기와도 통하는 거지만 역시 이상과 현실은 다른 거네요."
"무슨 말씀이세요?"
"교, 교회도 빈부의 격차가 없어졌으면 좋겠다고 생각하고 있고, 그걸 위한 청사진도 몇 개쯤인가 있어요. 하지만 실제로 그것들이 실제로도 잘 될 수 있는가를 묻는다면 의문을 표할 수밖에 없어요."
"? 좀 더 자세히 설명해 주실 수 있나요?"
"저, 정치라는 건 깨끗하게만 이루어지지 않는다는 이야기예요."
릴리 님처럼 작디작은 소녀한테서 그런 냉혹한 현실에 대한 이야기가 나올 거라고는 생각하지 못했기 때문에 나는 눈을 동그랗게 떴다. 클레어 님은 릴리 님이 지금 말한 것과 똑같은 말은 어디선가 들어본 적이 있는 건지, 무언가 고민에 잠긴 표정이었다. 아마 틀림없이 도르 님이 말한 거겠지만.
"합리적이고 올바르다고 하더라도 정치는 현실에서 작동하지 않는다면 의미가 없어요. 그리고 불행히도 대다수의 경우에 있어서 현실이란 건 비합리적이에요."

그렇게 말하는 릴리 님은 마치 나이를 먹을 대로 먹은 노파처럼도 보였다.

"리, 릴리는 이젠 정치란 건 아무리 노력해봤자 어쩔 수 없는 거라고 생각하게 됐어요. 교회는 정치랑은 선을 긋고 있기도 하고요."

"그건 또 가차 없는 말씀이네요."

"하지만 그래서는!"

그냥 포기하라고 말하는 것처럼 들리는 릴리 님의 말에, 클레어 님은 자신도 모르게 목소리를 높인 것 같았다.

"그래서는……. 민중들이 보답받지 못해요. 저는 이상을 잃고 싶지 않아요."

이상을 떠나 현실로 도피하고 싶지 않다. 클레어 님은 그렇게 말하고 있었다.

그렇다면 어떻게 해야 좋은 걸까.

"그렇다면 이상을 계속 좇아갈 수밖에 없네요. 이상을 부르짖는 자는 언제나 자기 자신이 그 이상을 실현해야만 하죠."

"레이……."

"결코 클레어 님 혼자가 아니에요. 저도 미력하나마 옆에서 힘을 보탤 테니까요."

"고마워요."

그렇게, 우리들이 살짝 좋은 분위기가 됐었지만.

"염장 지르는 건 니들끼리 있을 때 하란 말이야, 쓰레기들."

"""……."""

"……저, 정말로 고의로 그러는 게 아니에요. 믿어주세요!"

"아뇨 뭐, 믿습니다만."

아주 반해 버릴 거 같은 멋진 폭언이다.

"그건 그렇고 릴리 추기경에게는 정말 크게 신세를 지고 말았네요. 뭔가 보답이라도 할 수 있게 해주시면 좋겠는데요."

"처, 천만에요! 릴리는 클레어 님이 교회에 대해서 알아주신 것만으로도……."

"가령, 지금 릴리 님이 가장 고민하고 계시는 일은 어떤 건가요?"

나는 은근슬쩍 물어보았다.

"고, 고민하는 일, 말인가요?"

"네. 우리들의 힘이 되어주셨으니까 이번엔 거꾸로 우리가 릴리 님의 힘이 되어드린다면 어떨까 싶어서요."

"후후. 기뻐요."

"거기, 좋은 분위기 내지 마세요."

릴리 님의 폭언을 내뱉는 버릇과는 다르게 클레어 님에게 태클은 기본 옵션이다.

"그, 그러네요……. 저는 지금 어떤 질병에 대한 연구를 하고 있어요. 이성병이라는 병인데요……."

"아아, 성별이 바뀌어버린다고 하는 그거 말이죠."

이성병은 현실에 있는 병이 아니고, 〈Revolution〉에서 나오는 가공의 질병이다. 원래 자신의 성별과는 다른 성별이 되어버리는 질병으로, 게임 도중에는 코믹 이벤트로 등장한다.

학원제때 남녀역전 카페만 봐도 알 수 있듯이 왕자님들은 굉장한 미남이기 때문에 이벤트 특수 스틸 컷들은 꽤나 볼만하다. 참고로 그때 클레어 님은 남자로 변한다. 겁나 잘생긴 미남이었다고!

"분명 교회가 보유하고 있는 달의 눈물이라는 제기의 힘으로 효과를 경감시키거나 소멸시킬 수 있을 거예요."

"다, 달의 눈물을 알고 계시나요?! 교회의 특1급 기밀 사항인데요?!"

"아."

그랬다.

달의 눈물은 만월의 빛을 흡수해서 발동하는 마도구로 여러 가지 마법의 효과를 깨부수는 능력을 가지고 있다. 학교의 마법 연습장에 설치된 마력 경감 결계와의 차이점은 그 효과가 영구적이라는 점이다. 마법에 의해 걸린 여러 가지 상태 이상 효과들을 회복시킬 수 있는 굉장히 강력한 마도구로, 정령교회의 가장 중요한 비밀 중에 하나로 취급되고 있다. 꺼내오기 위해서는 추기경 이상의 신분을 가진 사람 두 명이서 제사용 도구를 보관해 놓은 창고의 잠금을 해제할 필요가 있을 정도다. 내가 그걸 알고 있다는 건 매우 수상한 일이다.

"어, 어디서 달의 눈물에 대한걸?!"

"아~ 저기…… 유 님이 가르쳐주셨어요."

지금 시점에서 내가 알고 있는 교회 관계자는 릴리 님을 제외하면 유 님 밖에 없다.

"그, 그럴 리가 없어요. 유 님이 이성병의 해결책을 알고 있었다면 자기 자신의 신체를 진즉에——. 아!"

릴리 님은 황급하게 자신의 입을 막았다. 에?

"릴리 추기경. 지금 뭐라고?"

"어버버버……."

"유 님, 이성병이셨나요?"

클레어 님과 내가 추궁하자, 릴리 님은 결국 포기한 것처럼 한숨을 내쉬었다.

"레, 레이 씨는 이성병의 해결책을 알고 계신 모양이니까 말씀드리겠지만 부디 꼭 비밀로 해주시길 부탁드려요. 만약 입 밖에 내면 목숨이 위험하다고 생각해주세요."

"알겠어요."

"네."

섬뜩한 서두지만 클레어 님도 나도 동의했다. 단념한 릴리 님은 주저주저하면서 얘기를 시작했다.

"사, 사실은——."

"그래, 그럼 들었겠네. 유 님에 대해서."

"응."

그날 밤. 기숙사로 돌아오자 미샤도 학교로 돌아와 있었다. 우리들보다도 오랫동안 유클레드에 체재하고 있었던 미샤는 하얀 피부가 살짝 빨갛게 변해있었다. 그녀는 햇볕을 쬐더라도 그

을리지 않고 빨갛게만 변하는 체질이라는 모양이다. 백인 중에 이런 경향이 많다고 하던데 미샤는 남들보다 한층 더 하얀 피부이니만큼 증상도 더 심하겠지.

나는 미샤가 부재중일 때 학교에서 있었던 일들을 간추려서 이야기했다. 유 님의 병에 대한 건 릴리 님한테서 절대로 남들한테 말하지 말라고 단단히 입막음을 당했지만, 릴리 님에게서 미샤도 관계자라고 미리 얘기를 들었기 때문에 유 님에 대해서도 이야기했다.

"미샤는 알고 있었던 거네. 유 님에 대해."

"응. 어릴 때는 유 님의 몸에 대해서 숨기기 위해서 이래저래 협력하고 있었어."

"그렇구나."

그렇다. 간단히 말하자면──.

유 님은 여자아이였던 것이다.

유 님은 현 바우어 왕국 국왕인 로세이유 전하와 리세 왕비 사이에서 태어난 유일한 아이다. 유 님 위로 있는 두 명의 왕자와는 이복형제가 되는 것이다. 바우어 왕국은 왕위계승권 순위를 태어난 순서로 정하기 때문에 유 님의 왕위계승권은 세 번째. 그런데도 리세 왕비는 아이를 임신했을 때부터 언젠가는 자기 자식을 이 나라의 왕으로 만들고 싶다고 생각하고 있었다고 한다.

"10개월하고 열흘 후에 태어난 아이는 남녀 쌍둥이였었어."

그렇게 말하는 미샤는 목소리를 낮추고 있었다. 미샤의 빼어난 풍속성 마법으로 방에 방음 결계를 쳐놓은 후, 비밀이야기를 하듯이 아주 작은 목소리로 얘기하는 중이다. 릴리 님도 말했었지만 이건 정말 이 나라가 품고 있는 어두운 부분 중의 하나인 거겠지. 만에 하나라도 다른 사람한테는 절대 알려지면 안 되는 사실이다.

"하지만 익히 알고 있듯이 신생아의 생존율은 낮잖아? 남자애 쪽은 태어난 지 얼마 안 되서 세상을 떠나버렸어."

중세 레벨의 의료수준을 가지고 있는 이 세계에서는 유아 사망률이 깜짝 놀랄 정도로 높다. 치료마법이 있다고는 하지만 그것도 일반적인 질병이나 감염증에는 통용되지 않는 경우도 있다. 산후조리를 위해서 리세 왕비가 왕궁을 떠나 교회로 돌아가 있는 동안에 남자아이는 세상을 뜨고 말았다. 왕위를 물려받을 수 있는 대망의 남자아이를 잃고만 리세 왕비의 절망은 깊었고, 그 절망이 그녀가 죄를 범하도록 이끌었다.

"리세 님은 이성병을 앓는 환자를 유모로 삼아서, 그 모유를 아기에게 먹인 거야."

결과적으로 여자애는 이성병에 걸려서 공주가 되어야 했던 아이가 왕자가 되었다. 그 아이가 유 님인 것이다.

"로세이유 전하는 그걸 알고 있어?"

"물론이지. 리세님은 어떻게든 숨겨보려고 했었던 모양이지만, 이 나라의 정점에 군림하고 있는 분에게 그런 중대한 일을 비밀로 하고 있을 수는 없는 거야."

그렇지만 로세이유 전하가 유 님의 성별에 대한 진실을 알게 됐을 때는 이미 유 님을 제 3왕자로 발표하고 난 후였다는 모양이다. 전하는 어쩔 수 없이 유 님을 왕자로서 대우하고, 이후로 유 님의 성별에 대한 사실을 엄중히 은폐하고 있다.

"하지만 이성병이란 건 보름달이 뜨면 원래의 성별로 몸이 되돌아가 버리잖아? 지금까지 잘도 숨겨왔네?"

"왕궁의 치부니까 그런 거야. 비밀을 알고 있는 자를 엄선하고, 엄선된 사람들이 협력해서 유 님의 성별을 은폐하고 있어."

나도 그중 한 사람이었지만 말이야, 미샤는 한숨처럼 말했다.

"우리 집안은 옛날엔 그럭저럭 지위가 높은 귀족이었기 때문에 왕족과도 친밀하게 지냈어. 그래서 나는 유 님을 도와달라는 말을 듣게 된 거야."

유 님과 미샤는 단순한 소꿉친구라고만은 할 수 없는 거겠지. 일종의 공범 관계였다는 뜻이다.

"하지만 그런 관계도 우리 집안이 몰락하고 나선 끝나버리고 말았어. 우리 집안이 완전히 제거되지 않고 평민으로서 살아가고 있는 건 왕궁이 입막음 비용으로 집안의 부채를 경감시켜 줬기 때문이야."

귀족이라는 신분은 잃어버리게 되었지만 말이야, 미샤는 표정하나 변하지 않은 채 말했다.

"교회는 비밀리에 이성병에 대한 연구를 하도록 전하로부터 명령을 받았어. 물론 유 님을 여성으로 되돌리기 위해서가 아니라 진짜 남성으로 만들기 위해서."

한마디로 리세 왕비가 한 짓을 진실로 만들려고 하고 있다는 거겠지. 하지만 그런 게 가능한 걸까. 이 세계에는 마법이 있으니까 현실 세계에는 있을 수 없는 일들이 일어나곤 하지만.

"그건 알 수 없어. 하지만 유 님은 사실 그걸 싫어하고 있어."

내 의문에 미샤는 그렇게 대답했다.

"유 님은 평소에 지내는 신체는 남성의 몸이긴 하지만 처음부터 여성으로서 태어난 분. 성장해가면서 점차 마음의 성별과 신체의 성별의 괴리감에 고민하기 시작했어."

미샤의 표정이 고뇌로 찌푸려졌다. 그녀가 표정을 드러내는 건 드문 일이다. 유 님은 말하자면 성별 위화감 상태에 있는 거겠지. 일본에서는 성동일성장애라고도 부른다. 마음의 성별과 신체의 성별이 일치하지 않아서 사회생활에 곤란이 생기는 상태다. 성동일성장애에 있는 사람들은 일상생활 속 여러 가지 측면에서 성별의 불일치로 기인한 고통을 느끼게 된다.

"내가 입고 있는 드레스를 부러워한다든가, 머리를 길러보고 싶다고 말씀하거나. 모두한테는 비밀로 화장을 해본 적도 있어."

회상하듯이 말하고 있는 미샤의 말투는 씁쓸했다.

'저기 미샤, 나는 어때 이상하지 않아?'

'몹시도 귀엽다고 생각합니다.'

남녀역전 카페의 의상을 입어볼 때, 나는 유 님이 즐거워하고 있는 게 틀림없다고 생각했지만, 그 뉘앙스는 전혀 달랐던 것이다. 유 님은 자신의 잘생긴 외모 때문에 여장을 해도 잘 어울린다는 이유로 싱글벙글 웃고 있었던 게 아니었다. 평소엔 이룰 수 없었던 갈망을 채울 수 있어서 정말 진심으로 기뻐하고 있었던 거다. 나는 유 님을 겉과 속이 다른 너구리 같다고 생각하고 있었지만 그야 너구리가 될 수밖에 없겠지. 이런 이중생활을 해야 했었다면.

"그래서, 레이는 유 님의 병을 고칠 수 있는 거야?"

"고칠 수 있다기보다는 원래 성별로 되돌릴 수는 있어."

"어떻게?"

"이성병은 질병이라고 여겨지고 있지만 사실은 마법으로 인한 일종의 저주거든. 그래서 교회가 소장하고 있는 저주를 푸는 마도구를 써서 치유하는 건 가능해."

"……네가 어떻게 그런 걸 알고 있는지에 대해선 묻지 않도록 할게."

미샤가 눈치가 빠른 사람이라서 안심했다. 애초에 그녀로서는 자기가 사랑하는 사람의 문제를 해결해주는 상대의 기분을 거스르지 않으려는 목적도 있었겠지만.

"하지만 왕궁과 교회가 모색하고 있는 건 유 님을 남성인 채로 고정시킬 방법인거지?"

"그러네. 최소한 왕궁은 그렇지."

"어라? 교회는 다른 거야?"

"교회에는 여성을 더 중용하는 문화가 있으니까."

그러고 보니 그랬다. 이전에도 살짝 말했었지만 정령교회에서는 여성을 신비한 것으로 받아들이고 중요시하는 풍조가 있다. 지구의 가톨릭교회와는 다르게 여성이라도 고위 계층에 취임할 수 있는 것도 그 때문이다. 실제 사례로서, 전 추기경인 리세 왕비나 릴리 추기경도 있으니까.

"미샤는 어느 쪽이야?"

"내 의향 같은 건 아무래도 좋잖아."

"좋지 않아. 미샤는 유 님을 좋아하잖아?"

"……누가 그런 소릴 해."

미샤는 은연중에 부정하고 있었지만 나는 끝까지 물고 늘어졌다.

"누구도 그런 소리는 하지 않았지만 나는 알고 있어. 친구니까 말이야."

"나는 너와 친구일 텐데도, 너에 대해서 전혀 모르겠어."

"그래서, 어느 쪽인데?"

"……."

내가 추궁의 손길을 늦출 기세가 없다는 사실을 깨달은 건지, 미샤는 작게 한숨을 내쉬었다.

"나 자신은 평범하게 남자를 좋아하니까 유 님이 남성이었으면 좋겠다고 생각할 때는 있어."

"흠흠."

"하지만 내 의향보다도 유 님이 우선이야. 유 님이 괴로워하지 않고 편안하게 생활할 수 있다면야 나는 유 님이 어느 쪽 성별이라도 상관없는 거야.”

“오—……. 유 님이 유 님으로서 있을 수 있다면, 이라는 거네?”

“희극조로 바꿔 말하는 건 좋아하지 않지만 뭐 그런 거겠네.”

미샤는 마치 별거 아니라는 것처럼 자신의 심정을 이야기했다. 그녀는 자기 자신을 헤테로 섹슈얼이라고 생각하고 있는 모양이지만 내가 생각하기엔 바이 섹슈얼 소질도 있다고 생각한다. 창작물에서 곧잘 나오곤 하는 ‘성별 따위 관계없어’라는 문구는 실제로는 현실적이지 않기 때문이다. 소설로서 읽을 때는 많은 사람들이 그 말에 흥분하지만, 만약에 실제로 자신이 성별 따위 관계없다는 말을 실천할 수 있는가를 묻는다면 이야기가 달라진다. 물론 어떤 사람을 좋아하게 되는지는 사람마다 정도의 차이가 있고, 내가 지금까지 말한 것만큼 깔끔하게 분류 할 수 있는 것도 아니지만.

“그럼 나는 유 님이 여성으로 돌아갈 수 있도록 협력할게.”

“내가 어떻게 생각하고 있는지는 별개로 쳐도, 왕궁은 유 님이 여성으로 돌아가는 걸 허락하지 않을 텐데? 특히 리세 님이.”

“어째서?”

“리세 님의 비원은 자기 자식을 왕위에 올리는 거니까 그렇지. 갓 태어난 자기 아이를 이성병에 걸리게 만들 정도니까 그 집념은 이만저만한 게 아니겠지.”

그것도 그런가. 게임 속에서도 유 님 루트에서 리세 왕비는 자기 아들 (사실은 딸이었지만)이 평민과 결혼한다니 당치도 않다는 입장이었다. 왕이 되기 위해서는 그에 어울리는 여성이 필요하다는 주장을 내세워서 마지막까지 완고하게 주인공을 인정하지 않는다. 결국에는 혁명이 일어나고 그 혼란스러운 상황에 힘입어 유 님은 주인공을 데리고 사랑의 도피를 한다.

"그럼 미샤도 사랑의 도피를 시켜줄까."

"무슨 소릴 하는 거야?"

"미샤. 유 님이랑 맺어질 수 있다면 사랑의 도피를 할 각오는 있어?"

"없는데."

예상치 못한 미샤의 즉답에 나는 휘청거렸다.

"어, 없는 거야?"

"생각해 봐. 유 님도 나도 왕후 귀족으로서 자라왔잖아? 사랑의 도피를 해봤자 제대로 된 생활은 불가능해."

"미샤는 평민으로서 살아갈 수 있었잖아."

"방금 전에도 말했잖아. 왕궁이 뒷배로 있었다고."

"과연 그거뿐이려나?"

미샤는 언제나 똑 부러진 성격이기도 하니까 평민으로서 생활한다 해도 훌륭하게 잘 해낼 거라고 생각하는데.

결국, 그날의 이야기는 거기에서 마무리되었다. 나는 침대에 누워서 미샤와 나눴던 대화를 돌이켜 보았다.

유 님한테 그런 드라마틱한 설정이 있을 줄이야. 〈Revolution〉 마니아인 나조차도 몰랐던 사실이다. 유 님이 본래 여성이었다는 사실은 팬 디스크에도, 설정 자료집에도 적혀있지 않았다. 아마도 여성향 게임에는 어울리지 않는 설정이라는 점 때문에 공식화되지 않았던 거겠지. 예전에 학교 시험 때, 나는 게임 개발자보다도 이 세계에 대해 자세히 알고 있다고 자신한다고 말했었지만 그건 명백한 착각이었다. 어떤 게임이든 플레이어한테는 공개되지 않은 채로 사장되어 버린 설정이나 숨겨진 설정이 얼마든지 있을 것이다.

그건 그렇다 치고, 어떻게든 유 님의 성별을 원래대로 되돌려서 미샤랑 둘이 짝지어 줄 방법은 없을까. 궁리를 거듭한 결과 나온 결론은――.

"충격 요법밖에 없을지도 모르겠네."

"하나, 둘, 셋, 넷! 좋아요 거기서 상반신을 앞으로 숙이고――."

엄숙한 곡조의 음악이 흐르고 있는 와중에, 나는 필사적으로 몸을 움직이고 있었다. 하지만 그다지 운동신경이 좋다고는 할 수 없는 나로서는 사제장의 지시를 따라가기 벅찼다.

"레이 씨, 너무 늦습니다. 자 모두들 일단 여기서 그만. 다시 한번 제일 처음부터 하겠습니다."

사제장의 말에 나를 포함해 모두가 자기 위치로 돌아간 후 다시 한번 곡에 맞춰서 춤을 췄다.

내가 지금 뭘 하고 있냐면, 수확제에서 교회의 수녀들이 추는 봉납무의 연습이다. 수녀도 아닌 내가 어째서 춤을 추게 됐냐고 묻는다면 이야기는 며칠 전으로 거슬러 올라간다.
"보, 봉납무에 흥미 없으신가요?"
오늘도 평소처럼 릴리 님께 교회에 대한 지식을 배우기 위해 찾아온 클레어 님, 그리고 클레어 님과 함께 온 나. 릴리 님의 강의가 일단락됐을 때, 릴리 님이 나에게 봉납무에 대해서 말을 꺼냈다.
"봉납무, 라고요?"
"수확제에서 추는 그거 말이죠?"
나는 처음에 그게 뭐였는지 떠오르지 않아서 어리둥절하고 있었지만 클레어 님의 말을 듣고서야 기억을 떠올렸다.
"네, 네에. 교회가 수확제때 거행하는 제사에서 정령신에게 바치는 춤이에요."
"어째서 그걸 우리에게 물어보시는 건가요?"
내 기억이 확실하다면 춤을 봉납하는 사람은 교회의 수녀들이었을 터이다.
"그, 그게……. 사실은 춤을 출 사람 중에 결원이 발생해서……. 대신할 사람을 찾는 중이에요."
"교회 내에서 대신할 사람이 없는 건가요?"
"보, 봉납무를 추는 건 아무나 할 수 있는 게 아니에요. 나름대로 마법 실력을 갖춰야 해서……."
현재 바우어 대성당에는 우수한 마법사들이 다들 출장 나가고 없다는 모양이다. 교회는 우수한 수속성 마법사들을 많이 보유하고 있을 테지만, 아무래도 나 제국과의 분쟁 때문에 치료사로서 동원되어 나갔다고 한다.

"그, 그 탓에 교회에겐 중요한 제사인 수확제에서 춤을 출 사람이 부족하다는 사태가 되어 버렸어요. 혹시 괜찮다면 도와주실 수 없을까요?"

"릴리 님에겐 많은 신세를 지고 있기도 하니 도와드리는 건 그다지 어려운 일이 아니지만, 그 춤을 추는 사람은 수녀가 아니라도 상관없는 건가요?"

"워, 원래대로 라면 수녀분이 해주시는 게 제일 좋긴 하지만 올해는 이대로라면 봉납무 자체가 위태위태한 긴급 상황이라서 일반인분들한테까지 폭넓게 모집하고 있어요."

그 정도로 핀치에 몰렸다는 뜻인가.

"리, 릴리로서도 정말 좋아하는 레이 씨와 함께 춤을 출 수 있다면 바라 마지않는 일이에요."

뺨을 붉히면서 몸을 배배 꼬는 릴리 님. 뭔가 종교적인 이유였던 게 갑자기 세속적 욕망으로 바뀐 거 같은데.

"어떠신가요. 도와주실 수 있나요?"

"으음——……."

어쩔까.

클레어 님이 엄청나게 신세를 지고 있으니만큼 도와드리는 걸로 은혜를 갚고 싶다고 생각한다. 하지만 봉납무를 추기 위해선 당연히 열심히 연습할 필요가 있을 테고, 그런 만큼 클레어 님과 함께 보낼 시간도 줄어들어 버린다. 내가 고민하고 있자니,

"괜찮지 않나요. 도와드리도록 하세요."

"클레어 님……."

클레어 님이 협력에 나설 것을 촉구했다. 무슨 바람이 부신 걸까.

"하지만 연습에 들이는 시간만큼 클레어 님과 함께 보낼 시간이 줄어드는 게 싫어요."

"그렇다면 저도 참가하면 괜찮은 거죠?"

"크, 클레어 님도 참가해주시는 건가요?!"

클레어 님의 말은 릴리 님에게 있어서 꽤나 의외였던 모양이다.

"안되나요?"

"처, 천만의 말씀이세요! 대단히 영광이죠! 하와와…… 교황님께 보고 드려야……."

릴리 님의 설명에 의하면 고위 귀족이자 높은 마력을 가진 클레어 님이 참가한다는 건 교회에 있어서 굉장히 의미가 크다고 한다. 하지만——

"될 수 있으면 정치적인 흥정에는 이용하지 말아 주시겠어요?"

"그, 그건…… 주의하겠습니다."

클레어 님의 일침에 릴리 님은 쭈그러들고 말았다.

"그, 그나저나…………. 클레어 님은 세간의 소문과는 꽤나 차이가 있는 분이셨네요."

이야기가 일단락됐을 때, 릴리 님은 차를 한 모금 마시면서 그런 말을 꺼냈다.

"어떤 소문인가요?"

"아……. 저기, 그게……."

"뭐, 됐어요. 어차피 듣기 좋은 말은 아니었겠죠. 실제로도 틀린 소문은 아니라고 생각해요."

자조적인 말을 뱉으면서 클레어 님은 찻잔을 기울였다.

"그, 그렇지 않아요! 클레어 님은 그런 소문보다도 훨씬 멋진 분이세요! 제멋대로이거나 오만하지도 않으시고…… 앗."

"그런 느낌인 거군요. 제 소문은."

실수로 입 밖으로 내고만 릴리 님을 보며 클레어 님은 쓴웃음을 머금었다. 아무래도 좋지만 릴리 님은 엄청난 덜렁이다. 릴리 님은 우리들한테 유 님의 비밀을 발설하면 안 된다고 엄격하게 주의를 줬지만 가장 못 미더운 사람은 틀림없이 릴리 님이다. 이런데도 용케 추기경 같은 높은 지위를 맡고 있구나, 라는 굉장히 실례인 생각까지 든다.

"릴리 추기경이야말로 소문과는 엄청 다르시네요?"

"아, 아하하……. 그런 말 자주 들어요……."

클레어 님이 악역 영애다운 얄미운 웃음을 지으며 말하자, 릴리 님도 겸연쩍게 웃었다.

"릴리 님은 세간에서 어떤 평가인가요?"

"성녀."

"……네?"

"그러니까, 성녀라고 불리고 있다고요."

나는 한순간 입을 벌리고 멍하니 있다가 릴리 님을 한번 보고,

다시 클레어 님 쪽으로 고개를 돌렸다.

"에이, 뻥."

"잠깐 레이, 아무리 그래도 그 반응은 너무 실례잖아요?"

"아, 릴리 님 죄송합니다. 저도 모르게 본심이."

"위, 위로가 되지 않아요……."

하염없이 울고 있는 릴리 님. 그래도 성녀는 좀.

"리, 릴리도 제 분수에 맞지 않는 평판이라는 건 알고 있어요. 릴리는 성녀라고 불릴만한 그릇이 아닌걸요."

"그 소문의 출처는?"

"사라스 재상이에요."

아아, 그 사람인가. 그러고 보면 릴리 님의 머리색과 눈동자는 사라스 님과 똑같은 은발에 붉은 눈동자다.

"저, 그분한테는 그다지 좋은 인상이 없네요."

"어째서인가요? 우수한 분인데요?"

"레네 때 있었던 일 때문에."

"아아……. 그건 어쩔 수 없는 거예요. 국가의 정치를 맡은 사람으로서는 그렇게 말하는 게 당연한 거죠."

레이의 마음은 저도 이해하지만 말이죠. 하고 클레어 님은 나를 위로해 주셨다. 어떻게 된 걸까 클레어 님. 왠지 엄청 상냥하다. 저로서는 클레어 님이 성녀로 보입니다. 뭐, 내가 사라스 님을 싫어하는 이유는 레네의 일만 가지고 그러는 게 아니지만. 애초에 사라스라는 이름은 어쩐지 외우기 힘들지 않아?

"거기다 자녀분 앞에서 아버지의 험담을 말하다니 어이가 없네요.”

“아, 릴리 님 죄송합니다. 저도 모르게 본심이.”

“그, 그러니까 그 말은 위로가 되지 않는다고요…….”

다시 한번 하염없이 눈물을 흘리는 릴리 님. 그래도 사라스 님은 좀. 개그는 반복이 기본이다.

“어, 어쨌든 봉납무에 대해선 승낙해 주시는 거죠?”

“클레어 님이 참가하시는 이상 제가 거절할 이유는 없습니다.”

“저도 지금까지 받은 신세에 대한 보답이 가능하다면 기쁘게 참가하도록 하겠어요.”

“저, 정말로 감사합니다!”

릴리 님은 벌떡 일어나서는 고개를 숙였다. 그 기세에 머리의 베일이 뒤집혔다.

“과찬이세요, 릴리 추기경. 겨우 이 정도의 일로.”

“아, 아니요. 수확제는 교회에게 있어서 그 정도로 중요한 제사예요. 봉납무가 치러질 수 없거나 한다면 교회 설립 이래 최악의 추태가 될 거예요.”

일반 사람들에게야 아무래도 좋은 일이지만 교회에게 있어서는 커다란 사건이라고 한다. 그런 부분은 신앙을 기반으로 살아가는 사람들밖에 이해할 수 없는 거겠지. 나에겐 이노오모에서 읽은 정도의 지식밖에 없기 때문에 솔직히 이해가 가지 않는다.

“정말로 감사드립니다. 두 분에게 정령신의 가호가 있기를.”

고개를 들고서 살짝 웃는 릴리 님은 평소의 덜렁대는 연약한 소녀가 아니었다. 나는 아주 조금이지만 그녀가 성녀라고 불리는 것도 아주 틀린 말은 아닐지도 모른다고 생각했다.

뭐, 이러한 사정으로 나도 봉납무 연습에 참여하고 있지만 이게 생각 이상으로 힘들었다.

"양손을 천천히 위로……. 거기서 방울을 한번 흔들고. 천천히 무릎을 굽히면서…… 반쯤 굽힌 자세로 멈추세요. 자 여기서 한 번 더 방울을 흔들고."

봉납무는 스즈센이라고 부르는 방울이 달린 부채를 들고서 춤을 춘다. 본 무대에서는 얇고 나풀거리는 비단옷을 의상으로 입기 때문에 꽤나 장관이라는 모양이다. 하지만 기본적으로 느리고 부드러운 동작이 많고 자세를 유지하는 게 버겁다. 빠른 움직임도 힘들겠지만, 그렇다고 느리게 움직이는 것도 결코 쉬운 일은 아니라는 사실을 나는 이 나이가 되서야 (이번 생에선 아직 16세지만) 처음으로 깨닫게 되었다.

"레이 씨는 좀 더 체력을 기르도록 하세요. 지금 상태로는 마지막까지 출 수 없을 테니까요."

"네."

"클레어 님은 아주 훌륭하십니다. 처음으로 추시는 거라고는 생각할 수 없을 정도의 완성도예요."

"사교댄스로 단련되어 있는걸요. 이 정도는 당연한 거예요."

릴리 님의 제안을 받아들인 것을 벌써부터 후회하기 시작한 나에 비해서, 클레어 님은 여유 만만했다. 역시나 클레어 님.

"그럼 10분 쉬겠습니다. 각자 수분 섭취를 잊지 마세요."

사제장이 그렇게 말하자 사람들 절반 이상이 바닥에 주저앉았다.

"겨우 이정도로 우는 소리를 하다니 다들 운동 부족이네요."

"아뇨, 그냥 클레어 님이 대단한 거라고 생각합니다."

클레어 님은 어렸을 때부터 사교댄스에다가 호신술 수련까지 받아왔기 때문에 어지간한 평민 남성보다도 훨씬 신체 능력이 뛰어나다. 당연하게도 일반적인 서민으로 살아온 나와는 비교 자체가 우스울 정도로 차이가 난다. 내가 지금까지 레레어의 엄마 슬라임이나 키마이라, 그리고 루이랑 싸워서 승리를 거둘 수 있었던 이유는 클레어 님의 원호와, 무엇보다도 마법이 있었기 때문이다. 루이랑 싸웠을 때도 깨달았던 사실이지만 나는 마법이 없으면 전투력이 없는 거나 마찬가지다. 거꾸로 말하면 평범한 신체 능력을 가지고도 흉악한 마물과 싸워서 이길 수 있을 정도의 마법 재능을 타고났다고도 말할 수 있겠지만.

"내일부터 특훈이에요. 사제장 말대로 지금 체력으로는 도저히 견뎌낼 수 없을 거라고요."

"클레어 님이 함께 해주신다면야."

이 기회에 신체를 단련하는 것도 나쁘지 않을지도 모르겠다는 생각을 하고 있자니,

"레, 레이 씨는 수속성 마법을 쓰신다고 들었는데요……?"

나를 향해 머뭇머뭇 말하는 릴리 님.

"네. 근데 그게 왜요?"

"그, 그게. 그렇다면 춤추는 도중에 체력적으로 힘들다 싶으면 회복마법으로 체력을 회복하면 되지 않을까 싶어서요."

아, 그런 방법이 있었나.

"맹점이었네요. 다음부터는 그렇게 할게요."

"아니요. 그런 부정행위는 용서할 수 없어요. 역시 특훈이에요."

"에——."

물론 클레어 님과 함께 할 수 있다면야 아무리 힘든 일도 더할 나위 없는 포상이지만, 나는 기본적으로 귀찮은 건 질색이다. 클레어 님을 위한 일이라면 또 모르지만.

"시, 실제로 정규 무용수인 수녀들은 모두들 그 방법을 사용하고 있는데요……."

"만약 그렇다고 해도 레이의 이런 맥 빠진 모습은 그냥 넘어갈 수 없어요."

"딱히 맥 빠진 건 아니라고요."

"입 다무세요."

톡 쏘듯이 말하는 클레어 님. 네, 포상입니다.

"무엇보다도 이래서야……."

"이래서야……?"

"아, 아무것도 아니에요!"

뭔가 말하려고 했던 클레어 님은 얼렁뚱땅 얼버무리고 말았다. 뭐였을까?

"자, 휴식 끝입니다. 후반부 연습을 시작하겠습니다. 정렬!"

사제장의 외침에 우리들은 다시 군무 대열로 돌아갔다. 바로 그러려던 때,

"……그렇지만 이래서야 레이랑 마음 편히 춤을 출 수 없잖아요."

클레어 님이 쓸쓸한 듯이 작은 목소리로 말했다. 후반부 연습에서 나는 의욕이 하늘을 뚫고 맥시멈 브레이크 했다는 사실은 두말할 필요도 없으리라.

"자, 팔이 내려갔잖아요. 이렇게 하는 거예요, 이렇게."

다음 날 아침. 교정 한구석에서 클레어 님과 나는 봉납무를 위한 특훈을 하고 있었다. 잔디밭 위에 돗자리 같은 걸 깔고서 앉아있는 클레어 님과, 그 옆에서 열심히 반복해서 연습하고 있는 나. 클레어 님이 나한테 찰싹 붙어서 손놀림, 발놀림, 허리놀림을 가르쳐 주신다니, 하고 달콤한 기대를 품고 있었는데 실제론 그러고 있을 상황이 아니었다.

"클레어 님. 이게 뭔가요?"

"뭐냐니…… 무용수 양성 깁스인데요."

곳곳에 묵직한 추를 달아놓은 옷을 입혀놓고서는, 당연한 걸 묻는다는 듯이 말하지 말아줬으면 좋겠다. 이게 평범한 옷일 리가 없잖아.

"저기……. 이건 어디서?"

"어젯밤에 제가 밤새도록 만들었어요."

뽐내듯이 득의양양하게 말하는 클레어 님. 그렇습니까. 클레어 님의 수제품입니까. 처음으로 선물 받는 수제품은 기왕이면 좀 더 멋진 물건으로 받고 싶었습니다. 훌쩍.

"자, 처음부터 다시 한번."

"잠깐 쉬게 해주세요."

"정말 한심하네요……."

그렇게 말한들 이 어쩌고 깁스를 몸에 달고 있자니 체력 소모가 보통이 아니다. 나는 그 자리에 그대로 주저앉았다.

"치료마법으로 회복하면 안 되는 거 알죠?"

"알고 있어요. 체력이 늘어나지 않으니까 그런 거죠."

"맞아요."

신체를 단련하려고 할 때는, 단련 후 마법으로 회복하면 안 된다는 사실은 마법학의 기초다. 마법은 손실된 체력을 과부족 없이 회복시키기 때문에, 아마도 스포츠 이론에서 말하는 초과회복이 일어나지 않기 때문이라고 생각하지만 나도 자세한 건 모른다. 어쨌든 마법을 사용하면 신체 단련이 이뤄지지 않는다는 건 경험적인 사실로 알려져 있다.

"정말이지, 깁스가 더러워지잖아요. 이리로 와보세요."

그렇게 말하면서 클레어 님은 이리 오라는 듯이 손으로 자신의 무릎을 토닥토닥 두드렸다.

에, 거짓말.

"클레어 님 괜찮나요?"

"뭐가 말이에요?"

"아니 그거, 무릎베개죠?"

"그런데요?"

클레어 님은 뭐가 문제냐는 얼굴이었다. 얼레~?

"자요."

"앗……"

가까이 다가갔더니 클레어 님이 팔을 잡아당겨서 나는 그대로 클레어 님의 허벅지를 베고 누웠다. 어라? 이거, 꿈?

"뭔가요, 그 표정은."

"아뇨, 저기……. 당황스러워서요."

내가 동경하는 클레어 님이. 그 악역 영애인 클레어 님이. 주인공인 나한테 무릎베개?

아니, 있을 수 없는 일이잖아.

"옛날에 제가 사교댄스 연습 때 지쳐서 힘든 소리를 하게 될 때면 어머니가 이렇게 무릎베개를 해주시곤 하셨어요."

클레어 님이 그리운 듯이 말했다. 나는 자신의 더럽혀진 마음을 반성하면서 시선만으로 뒷말을 재촉했다.

"저라고 해서 처음부터 신체 능력이 좋았던 건 아니에요. 처음엔 너무너무 하기 싫어서 어쩔 줄 몰랐던걸요."

"지는 걸 싫어하는 클레어 님이?"

"지는 걸 싫어하게 된 계기라고 말할 수 있을지도 몰라요. 제가 뭔가를 할 수 있게 되면 어머니가 칭찬해 주셨기 때문에 여러 가지 것들에 적극적으로 도전해보게 됐던 거예요."

뜻밖의 상황에서 클레어 님의 지기 싫어하는 기질의 원점을 알게 되었다. 클레어 님에 관한 거라면 철저하게 훑어보았고, 클레어 님의 어머님에 대해서도 알고는 있었지만, 그렇게 깊은 부분까지는 역시나 몰랐다.

“제가 처음으로 때려치우고 싶어졌던 게 사교댄스예요. 하지만 댄스 선생님을 통해 제가 그만두려고 한다는 걸 전해 듣게 된 어머님은 저를 꾸짖는 게 아니라, 이렇게 무릎베개를 해주시면서 왜 해야 하는지를 부드럽게 설명해주셨어요.”

겨우 두, 세 살밖에 안 된 어린애를 상대로 말이에요. 하고 클레어 님은 우스운 듯이, 하지만 기쁜 듯이 웃었다.

“제 어머님은 언제나 그런 식이셨어요. 저를 야단치는 일은 거의 없고 귀족으로 태어난 자의 몸가짐을 부드럽게 설명해주셨어요. 저는 그런 어머니에게 부끄럽지 않은 훌륭한 귀족이 되고 싶어서 지금까지 열심히 노력해 왔던 거예요.”

하지만, 클레어 님이 말을 이었다.

“하지만 그 귀족이라는 신분이 외적인 요인에 의해서 종언을 맞이하게 될지도 모른다니, 역시나 생각지도 못했네요.”

클레어 님은 릴리 님에게 들었던 혁명에 대해서 말하고 있는 거겠지.

“클레어 님은 귀족으로서 계시는 걸 그만둘 수는 없으신가요?”

“무리라고 생각해요. 무엇보다 평민의 가난을 어떻게든 해결하고 싶다고 생각한 동기부터가 그런 생활을 해서는 안 된다고 하는 감각이었던 걸요. 그건 즉, 나로서는 그런 생활을 견뎌낼

수 없을 거라고 느꼈다는 뜻이잖아요?"

"……그러신가요."

아직 클레어 님한테 귀족으로 있는 걸 포기하게 만드는 건 무리인 것 같았다. 하지만 언젠가는 포기하도록 만들어야 한다. 나 자신을 위해서도. 그리고 그 사람을 위해서도.

"괜한 이야기를 하고 말았네요. 자, 일어나세요. 연습을 계속하겠어요."

"조금만 더……. 클레어 님의 허벅지가 너무 부드러운걸요."

"일어나세요."

강제적으로 무릎베개가 끝나버리고 말았다. 영문을 모르겠어.

"클레어 님."

"뭔가요."

"평민의 생활도 익숙해지면 나쁘지 않아요."

"……그러려나요."

클레어 님은 쓴웃음을 지었다. 그렇게 생각하지 않는다고 말하는 표정이었다.

"제가 반드시 그렇게 생각하시도록 만들겠어요."

"……그래요. 잘은 모르겠지만 기대하고 있겠어요."

이 이야기는 거기까지. 그 후로 클레어 님은 다시금 열띤 지도를 이어갔다. 나는 몸을 움직이는 데에 몰두하면서도 어떻게 해야 클레어 님의 완고한 마음을 움직일 수 있을지에 대해서 생각했다.

"나는 어쩌고 싶은가, 인거니?"

슬슬 신학기까지 얼마 남지 않은 어느 날 아침. 클레어 님과 나는 유 님을 만나기 위해서 왕궁을 방문했다. 본래대로라면 왕자님을 만나기 위해서는 지정된 절차를 밟아서 알현을 신청해야 하고, 신청이 받아들여지기까지도 많은 시간이 걸린다. 오히려 학교에 있을 때가 예외적인 경우다. 하지만 이번엔 릴리 님을 경유해서 '유 님의 병을 낫게 할 좋은 치료법이 있다'라고 특수한 이유를 달아서 신청했기 때문에 면회가 금방 이루어졌다. 표면적으로는 알현을 신청한 건 클레어 님이고, 나는 유 님의 문제를 해결할 수 있을지도 모르는 '의사'라고 이름을 댄 알현이었다. 유 님과 미샤의 문제를 해결하기 위해 나서기 전에 나는 먼저 유 님의 의지를 확인하고 싶었다. 미샤한테서 어느 정도 이야기를 들을 수는 있었지만 이야기라는 건, 전해 듣는 것만으로는 종종 왜곡되어 전달되기 마련이다. 유 님 스스로는 어떤 생각을 갖고 있는지를 직접 듣고 싶었다.

"선택의 여지는 없습니다. 유 님."

유 님한테서 기탄없는 이야기를 듣고 싶었기 때문에 다른 사람들은 물러가도록 하고 싶었지만 왕궁의 치부와도 연결된 이야기니 만큼 유 님과 우리 둘만 남는 건 불가능했다. 감시역인지 사라스 재상이 동석하고 있었다. 이 사람도 한가한 사람은 아닐 테니까 그냥 자기 볼일이나 보러 갈 것이지. 나로선 여전히 사라스 재상은 인상이 최악이다.

사라스 님은 우리들 쪽으로 몸을 돌리더니 계속 말했다. 어라, 사라스가 아니라 소라스였던가?

“저로서도 이런 말씀 드리기 괴롭습니다만 유 님은 왕자님으로서 계셔주시지 않으면 곤란합니다. 이미 사태는 개인의 의지가 어떤지를 논할 수 없을 정도로 커졌습니다.”

“사라스 님의 생각은 잘 알겠어요. 물론 그건 저도, 여기 있는 레이도 잘 알고 있습니다.”

우리들의 질문 같은 건 세상 물정도 모르고 하는 소리나 마찬가지라고 빙 돌려 말하고 있는 사라스 님에게, 클레어 님이 부드럽게 대응했다.

“하지만 일단 그런 사정은 그렇다 쳐도 유 님의 거짓 없는 본심이 어떤지를 몰라서는 혹여나 나중에 남성화가 이루어진 후, 유 님의 정신적인 케어를 도와드릴 수가 없어요.”

무리하게 밀어붙이려고 한다면 사전에 그 나름대로의 준비가 필요하다. 클레어 님은 사라스 님에게 그렇게 설파했다. 언제나 생각하는 거지만 이런 공적인 자리에서의 클레어 님은 깜짝 놀랄 정도로 이지적이다. 평소 같은 오만불손하고 제멋대로인 아가씨의 모습은 조금도 찾아볼 수 없다. 완벽한 귀족영애로서의 클레어 님의 모습이 바로 이곳에 있다.

“즉 당신들은 유 님의 성별을 어느 쪽으로 고정할지는 일단 둘째치고서, 정신적인 케어를 위해서 먼저 유 님의 본심을 듣고 싶다, 라는 거군요?”

"말씀하신 대로입니다."

흐음……, 사라스 님은 생각에 잠긴 듯이 손으로 턱을 쓸었다. 그러고 있으니 사라스 님의 외모가 굉장히 돋보인다. 릴리 님과 닮은 은발에 붉은 눈과 잘 정돈된 이목구비 덕분에 사라스 님은 왕궁 안팎으로 많은 여성 팬이 있다. 게임 플레이어들을 대상으로 실시한 인기투표에서도 꽤나 높은 순위를 기록했었던 걸로 기억한다. 남성들이 일반적으로 미녀에게 약하듯이 마찬가지로 여성들도 일반적으로 미남에게 약하다. 클레어 님 지상주의인 나에겐 털끝만큼도 영향이 없지만.

"클레어 님의 말도 일리가 있다고 생각합니다. 유 님."

"그렇다면 사양하지 않고 말해도 괜찮은 거지?"

감시역인 사라스가 한발 물러서자, 유 님은 자기 마음을 솔직하게 밝히기로 한 모양이었다.

"나로서는…… 역시, 돌아갈 수 있다면 여성으로 돌아가고 싶네."

"유 님……."

"그런 표정 짓지 말게 사라스. 별수 없으니 계속 남성으로 있기는 할 거야. 하지만 말이지, 내 마음에 관해선 어쩔 수 없는 거라고."

불안한 표정을 짓는 사라스 님에게 유 님은 면목 없다는 듯이 말했다.

"지금 현재도 그나마 한 달에 한 번 보름달이 뜨는 날엔 진짜 내 몸으로 돌아오고 있으니까 가까스로 몸과 마음의 밸런스를 유지할 수 있는 거야. 그런데 남성의 신체로 완전히 고정된다고 하면 역시나 태연하게 있을 수는 없겠지."

유 님은 어디까지나 부드러운 왕자님의 표정을 무너뜨리지 않고 있었지만 나는 유 님의 지금 말에는 숨길 수 없는 본심이 가득 담겨 있다고 생각했다.

전생 때, 내가 동성애자였던 점도 있어서 다양한 타입의 성소수자 사람들과도 교류가 있었다. 그중에서는 성별 위화감으로 괴로워하는 사람도 있었고, 그 사람들은 이성의 옷을 입거나 호르몬제를 복용하는 방법으로 정신적 안정을 찾았다.

물론 그런 방법들이 근본적인 해결책은 될 수 없다. 21세기 현대의 의학기술로도 특정 성별로 태어난 신체를 완벽하게 다른 성별로 전환할 수는 없었다. 하지만 그저 임시방편에 지나지 않는 요법이라고는 해도 성별 위화감으로 괴로워하는 사람들에게는 위에서 말한 방법들이 필수 불가결한 것들이었다. 근본적인 치료가 되지 않는다고 해서 저 방법들에 아무런 의미가 없다고 취급하는 건 잘못됐다고 생각한다.

"클레어, 레이. 뭔가 해결방법이 있습니까?"

사라스 님이 우리들에게 물었다.

"레이에게 발언을 허가해 주실 수 있나요."

"상관없습니다. 저는 명분보다는 실리를 중시하니까요."

"감사드립니다. 자, 레이."

"네. 방법은 두 가지가 있습니다."

"경청하지요."

방법이 있다는 말을 듣자, 사라스 님은 몸을 앞으로 내밀었다.

"첫 번째는 지금 현 상태를 지속하는 것입니다."

"……그래서는 아무런 해결책도 되지 않는 거 아닙니까?"

"유 님이 남성으로서 있어 줬으면 하는 왕궁과 여성으로 있고 싶어 하는 유 님의 소망을 양립하기 위해서는 지금 현 상태가 최선이라고 생각합니다."

"……다른 방법은?"

사라스 님은 살짝 낙담한 모습으로 뒷말을 재촉했다.

"또 한 가지 방법은…… 유 님을 여성으로 되돌리는 것입니다."

"……당신은 제 이야기를 듣기는 했습니까? 이미 그 선택지는 없는 거라고——."

"표면적으로는 유님을 폐적시킵니다."

"……지금 무슨 소리를 하는 겁니까, 당신은."

나는 말을 멈추지 않았다.

"유 님을 왕위를 계승할 왕자로서 대우해야 하니까 이야기가 복잡해지는 것입니다. 유 님을 그 속박에서 해방해드린다면 딱히 유 님의 신체가 남성이든 여성이든 상관없을 테지요."

"왕궁의 치부를 만천하에 드러내라는 뜻입니까?"

"그런 얘기가 아닙니다. 폐적한 후에 유 님은 병에 걸렸다고 공표하고 수도원으로 옮깁니다. 시중을 들어줄 사람 몇 명을 붙이고 유 님은 거기서 평생을 보내시면 됩니다. 행동 범위에는 다소 제한이 붙긴 하겠지만 신체에 관련된 문제는 전부 해결할 수 있겠지요."

"지금 자신이 무슨 소리를 하고 있는지 이해하고 있는 겁니까?"

사라스 님의 예리한 목소리가 날카롭게 날아들었다. 넘지 말아야 할 부분까지 발을 디디고 만 걸까.

"그건…… 나는 평생 수도원에서 유폐 생활을 보내라고 말하는 건가?"

"기본적으로는 그렇습니다만, 유폐는 아닙니다. 처음엔 어쩔 수 없이 그렇게 되겠지만 머리를 기르고 화장을 한다면 지위가 있는 수녀로서 밖으로 나설 수 있을 겁니다. 다행히도 유 님의 얼굴은 여성스러우니까요."

나로서도 평생 유폐 생활을 보내는 게 해결방법이라고 말할 생각 따위는 없다. 다소 불편한 점들은 참아주실 수밖에 없겠지만.

"레이라고 했나, 신체를 남성으로 고정할 방법은?"

"저로선 그 방법은 모릅니다."

"……문제를 해결할 방법이 있다고 했기 때문에 유 님과의 알현을 특별히 허가했는데, 이래서는 아무런 의미도 없는 거 아닙니까."

정말이지, 하고 어깨를 늘어뜨리는 사라스 님. 아니, 의미가 없다니 그렇지 않다.

"사라스 님. 유 님이 원래 성별로서 살아갈 수 있게 되는 걸 해결법이라고 부르는 건 안 되는 겁니까?"

"안됩니다. 왕궁의 의향은 어디까지나 유 님이 남성으로서 계셔주시는 거니까요."

"왕위계승자는 그 밖에 두 명이나 있는데도?"
"아시겠습니까, 레이 테일러? 당신은 폐적이라는 단어를 간단히 내뱉지만 본래 폐적이라는 건 무거운 중죄를 범한 왕족에게 내려지는 처벌이라고요. 그런 걸 유 님한테 시킬 수는 없습니다."
"지금 현 상태를 계속하는 쪽이 유 님에게 있어서는 더 큰 처벌이라고 생각합니다."
나는 물고 늘어졌다.
"……조금 말이 지나치시군요. 클레어라면 또 모를까 평민인 당신이 왕궁의 어두운 부분에 대해서 입을 놀릴 필요는 없습니다."
"유 님에겐 아무런 죄도 없는데 평생 리세 님의 뒤치다꺼리를 하도록 만들 생각인가요."
"알현은 이걸로 끝입니다. 물러가도록 하세요."
"사라스 님!"
"……레이, 그 마음은 고마워. 하지만 이 세상에는 어쩔 수 없는 일도 있는 거야."
그렇게 말하면서 덧없는 미소를 짓는 유 님은 지금 당장이라도 사라져 버릴 것 같았다. 남성으로서 살아가는 삶을 강요받아 온 지난날의 세월이, 유 님한테서 여성으로서 살아간다고 하는 선택지를 막아서고 있었다.
"레이, 여기까지예요. 유 님, 그리고 사라스 님. 오늘은 고마웠습니다."

"이 일에 대해서 다음은 없다고 생각해주십시오."

"……알겠습니다."

나는 아직도 하고 싶은 말이 한가득 있었지만 클레어 님한테 반쯤 끌려 나오듯이 알현장을 빠져나왔다. 밖으로 나오자 비가 내리기 시작했다. 왕궁을 빠져나오고 나서 우리는 마중 올 마차를 기다렸다.

"……레이…… 당신 말이죠……."

"클레어 님은 그걸로 괜찮다고 생각하시는 건가요?!"

클레어 님이 기가 막힌다는 목소리로 나한테 말을 걸었기 때문에 나는 다소 거칠게 대답했다. 빗줄기가 점차 강해져 갔다.

"괜찮다고는 생각하지 않아요. 하지만 유 님도 말씀하셨듯이 세상에는 도저히 어쩔 수 없는 일도 있는 거예요."

"클레어 님이 그런 소리를 하는 건가요. 이상을 떠나 현실로 도피하고 싶지 않다고 말씀하셨던 건 그저 허울뿐이었던 건가요."

"……당신은 언제부터 잘난 듯이 그런 소리를 지껄일 수 있게 된 거죠."

"잘났다든가, 못났다든가, 그런 건 관계없어요. 하지만 유 님 한 사람조차도 구해낼 수 없어서야 평민 전체를 구하겠다는 건 그야말로 잠꼬대나 마찬가지입니다."

"레이!"

클레어 님의 호된 질책이 어린 말투에 나는 그제야 정신을 차렸다. 이런, 말이 너무 심했다.

"……정말 죄송합니다."

"뭘 흥분하는 건가요. 레이 당신답지 않다고요?"

"미사키도 마찬가지였어요. 그녀…… 아니, 그는 다른 성별로 살아갈 것을 강요받았습니다."

전생의 이야기다. 미사키는 여성으로서 태어났지만 남성이 되고 싶어 했던 아이였다.

"결국 지금의 유 님과 마찬가지로 주변 사람들에게 이해받지 못하고, 계속 무리한 결과…… 자살했습니다."

"!"

나는 눈을 내리깔고 있었기 때문에 보이지는 않았지만 클레어 님이 숨을 삼키는 소리는 들을 수 있었다.

"그녀는 스스로의 바람이 이루어지지 않았기 때문에 자살한 게 아니었습니다. 자신의 바람이 주변에 폐를 끼치게 되는 걸 견딜 수 없었기 때문에 자살한 거예요."

"……그건…… 괴로운 이야기네요."

나와 함께 츠치노코를 찾아다닐 정도의 사이가 되고 나서 미사키는 곧잘 한탄하곤 했다. 어째서 정신적인 성별과 일치하게 태어나지 못했던 걸까. 다른 사람들이 당연한 듯이 누리고 있는 것들을 참아야만 하는 건 어째서일까. 내가 남자였다면 코사키랑도 하나가 될 수 있었을 텐데, 라고. 나는 최선을 다해서 그녀의 힘이 되어주려고 했지만 결국 그녀의 상처를 치유하기에는 역부족이었다.

"미사키의 경우에는 해결방법이 없었습니다. 그녀는 이성병에 걸렸던 게 아니었으니까요. 하지만 유 님한테는 확실한 해결방법이 있어요. 그런데도——."

"그만하면 됐어요. 이리 오세요."

그렇게 말하면서 클레어 님은 나를 끌어안아 주셨다. 나는 도저히 참을 수가 없어서 클레어 님의 품에 매달렸다.

"지금도 계속 떠올려요. 장례식 때 미사키의 관에 매달려서 울고 있던 코사키의 모습을."

"그래요."

"그런데도 세상 사람들은…… 미사키의 부모조차도 그녀를 탓했어요. 미사키가 유약했던 게 잘못이다. 미사키의 고민이 잘못된 거라면서."

"그래요."

"두 번 다시는, 그런 일을 반복되게 만들 수는 없어요. 잃고 나서는 늦는 거예요. 정말로."

"그러네요."

나는 울지는 않았다. 하지만 클레어 님은 마치 갓난아기를 달래주듯이 상냥하게 언제까지나, 언제까지나 나를 끌어안아 주셨다.

비는 어느새 폭우로 변해서 우리들의 목소리조차 지워버릴 정도로 쏟아졌다. 마차가 올 때까지 클레어 님은 계속 나를 품에 안아주셨다.

그날, 비가 멈추는 일은 없었다.

봉납무의 연습은 계속되었다. 슬슬 학기가 시작하기 때문에 여름방학이 끝나기 전에 미리 어느 정도 수준까지 연습해두고 싶다.

“상당히 좋아지셨네요, 레이 씨.”

“클레어 님의 사랑의 채찍질 덕분입니다.”

“그런 식으로 표현하지 말아 주시겠어요?!”

“이 정도면 체력적인 부분은 문제없겠지요. 하지만…….”

사제장은 거기서 잠깐 말을 멈추더니,

“레이 씨한테는 치명적으로 센스가 부족하네요.”

그렇다. 나…… 라고 해야 하나, 주인공한테는 춤에 재능이 없다. 이건 사교 회장에서 왕자님들과 춤을 추게 될 때 발각되는 사실이지만 완전히 까먹고 있었다. 이벤트 발생 시점에서 가장 호감도가 높은 왕자와 춤을 추게 되는데 주인공은 몇 번씩이나 왕자의 발을 밟는다. 학교에서 분명히 사교댄스 수업을 받았는데도 말이다. 뭐, 여성향 게임이니까 발을 밟혀도 ‘하하하 이녀석 하하하’로 대충 넘어가긴 하지만.

참고로 해당 스틸 컷에선 구석에서 손수건을 물어뜯고 있는 클레어 님을 볼 수 있다. 귀여워.

“그, 그래도 처음이랑 비교하면 엄청 좋아졌다고 생각해요.”

“하지만 이제 시간이 얼마 안 남았네요.”

릴리 님이 옆에서 거들어주셨지만 클레어 님의 말씀대로다.

수확제는 학기 시작 바로 직후, 이제 그다지 시간이 없다.
"뭐, 어떻게든 될 거예요."
"그걸 자기 입으로 말한다는 점이 참 레이다워요……."
클레어 님은 질렸다는 기색이다. 뭐, 하지만 괜찮다. 이미 대책은 마련해 놨다.
"그건 그렇고, 봉납무를 출 인원은 모였나요?"
"네, 네에. 일단 필요한 사람 수는 모였어요. 이제 모두의 숙련도를 올리기만 하면 돼요."
"그렇군요. 그렇다면 일단은 안심이네요."
"현재 제일 걱정되는 건, 레이 씨의 숙련도가 따라오지 못할지도 모른다는 겁니다만."
"노력하겠습니다."
사제장의 잔소리는 슬쩍 넘어가자. 그건 아마도 문제없을 테니까.
"실전에서 춤을 출 일이 없을지도 모른다고 해서 대충하는 건 용납하지 않을 테니까요?"
클레어 님이 작은 목소리로 나에게 말했다.
"확실히 연습할게요."
"정말인가요? 그런 것 치고는 전혀 실력이 느는 거 같지 않은데도?"
"그건 재능의 한계라는 거예요."
이 몸뚱이는 정말로 춤이랑은 안 맞는다. 마법이나 공부에는 완벽한 적성을 보이는데 말이다.

"유 님한테서 답장이 왔어요."

"!"

"계획에 따르겠다는 모양이에요. 잘됐네요."

"그런가요."

유 님의 문제를 해결하기 위해서 나는 모종의 흉계를 꾸미고 있다. 그 흉계의 밑 준비를 위해 클레어 님을 통해서 유 님에게 편지를 보냈다. 유 님의 답장이 거절이었다면 모든 게 헛수고였겠지만 유 님의 대답이 승낙이라고 하니 더할 나위 없다. 나는 전력을 다할 뿐이다.

이렇게 되면 그다음은——

"개를 설득하는 것, 이려나."

"저기~ 미샤."

"왜 그래?"

밤의 기숙사 방. 책상 앞에 앉아서 뭔가를 끼적이고 있는 미샤를 향해서 나는 침대에 비스듬히 누운 채 별거 아닌 것처럼 용건을 꺼냈다.

"가출할 생각 없어?"

"……뭐?"

아마 자기도 모르게 튀어 나왔을 반문과 함께 내 쪽을 돌아보는 미샤. 뭐, 그야 그렇겠지.

"갑자기 무슨 소릴 하는 거야?"

"없어?"
"있을 리가 없잖아."
"그렇구나——."
내 말에 "정말이지 대체 뭐냐고" 같은 말을 중얼대며 다시 책상으로 향하는 미샤.
"하지만 만약 가출할 경우, 유 님과 함께할 수 있다고 한다면 어때?"
"……무슨 말이야."
"신경 쓰여?"
미샤는 계속해서 무언가를 끄적이고 있었지만 결국 집중이 끊겨버렸는지, 얼마 지나지 않아 움직이던 손을 멈추고 내 쪽을 돌아보았다.
"레이, 너 뭘 생각하고 있는 거야?"
"친구의 행복."
"얼버무리지 말고."
"얼버무리는 게 아닌데 말이지."
으랏차, 하고 반동을 이용해 몸을 일으켰다.
"유 님의 신체 말인데, 어떻게든 할 수 있을지도 몰라."
"어떻게."
"방법에 대해선 이전에 얘기했던 대로인데?"
"그게 아니라, 왕궁을 어떻게 설득할 생각이야?"
"설득은 하지 않아."
"뭐?"

미샤의 머리 위로 물음표가 잔뜩 떠다니고 있는걸 알 수 있었다.

"그래서야 뭘 어떻게 할 수 있다는 거야."

"충격 요법."

"……또 변변치 못한 무언가를 꾸미고 있는 거네."

"내 평판이 너무하잖아."

나는 100퍼센트 선의로 하는 건데. 왕궁을 향해선 100퍼센트 악의로 가득일지도 모르지만.

"사실은 말이지——."

나는 내가 꾸미는 흉계의 개요에 대해 설명했다.

"너…… 무슨 그런 터무니없는 짓을 생각하는 거야."

"하지만 이 방법밖에 없다고 생각하거든."

"네가 관여하고 있다는 게 들통나면 처형감이라고."

"그건 어떻게든 잘할 거야."

"……."

미샤는 머리가 아파지는 것처럼 관자놀이에 손을 대더니 복잡한 표정으로 변했다.

"너는 어째서 그렇게까지 하는 거야?"

"말했잖아. 친구를 위해서라고."

"그건 반 이상은 거짓말이지?"

"그렇지 않다니깐."

"거짓말이야. 넌 나를 친구라고 생각하고 있지 않아."

단언하는 말투에 나는 살짝 화가 났다.

"어째서 그런 말을 하는 거야?"
"너는 내가 알고 있는 레이 테일러가 아니니까."
정곡을 찌르는 말에 나는 살짝 동요했다.
"무, 무슨 말을 하는 거야 미샤."
"학교에 입학했던 날이겠네 아마도. 네가 레이가 아니게 된 건."
"!"
큰일 났다. 이 흐름은 좋지 않다.
"그전까지 너는 별난 구석은 있었지만 그래도 평범한 평민 아가씨의 범주 내였어. 하지만 그날을 기점으로 너는 명백하게 다른 사람이야."
차가운 눈빛을 쏘아내는 붉은 눈동자가 나를 꿰뚫었다.
"처음에는 바뀐 환경 탓에 노이로제라도 걸린 건가, 그렇게 생각했어. 하지만 아무래도 그건 아닌 것 같은데다 원래대로 돌아올 낌새도 전혀 없어. 분명 너는 다른 사람이 되고 말았어."
"미샤, 지금 자기가 무슨 말을 하는지 알고 있어?"
"나로서도 말도 안 되는 소리를 하고 있다는 자각은 있어. 하지만 그렇게밖에 생각할 수 없는걸."
미샤는 자기가 한 말에 망설이면서도 마지막까지 자신의 추론을 분명하게 말했다.
"저기, 너는 누구야? 내 친구였던 레이 테일러는 어디로 간 거야?"
나는 이제 더 이상 회피하는 건 불가능하다고 생각했다. 미샤는 그다지 타인에게 관심이 없는 사람이라고 생각했었는데, 설마하니 이렇게나 나에 대해 깊게 생각해주고 있었다니 생각도 못한 일이었다.

어떻게 하지. 뭐라고 말해야 그녀를 설득할 수 있지?

"나는…… 레이 테일러야."

"……그게 너의 대답이야? 그렇다면 미안하지만 네가 말한 계획에는 따르지 않을 거야. 유 님을 위험에 빠트리는 행동도 막도록 하겠어."

안 된다. 역시 얼버무리는 건 불가능하다.

"알았어. 항복. 하지만 말한들 도무지 믿어줄 거라고 생각할 수가 없는걸."

"그건 내가 판단할 일이야."

"……그러네. 그럼 말할게. 황당무계하게 들릴지도 모르겠지만 나는 진실을 이야기할게."

"그렇게 해줘."

나는 단념하고, 나 자신에 대해서 전부 이야기하기로 했다. 나에게는 다른 세계의 사람이었던 기억이 있다는 것. 이 세계는 아마도 내가 기억하는 세계에서 만든 게임 속 무대인 것. 내가 그 게임의 주인공으로 전생하게 된 것. 클레어 님을 구하기 위해서 이 세계에서 분투를 거듭하고 있다는 것. 남김없이 깡그리 이야기했다.

미샤는 도중에 몇 번인가 눈을 부릅뜨며 깜짝 놀란 심정을 드러내긴 했지만 마지막까지 말을 끊는 일 없이 내 이야기에 전부 귀를 기울여주었다.

"이 세계가 게임? 이라는 것의 무대……."
"믿어줄 수 있겠어?"
"……솔직히 너무 상상도 못 할 얘기라서 힘들긴 해. 네가 있었던 세계는 이 세계보다도 훨씬 더 문명이 진보한 거네?"
그 후로 미샤는 이야기 중간에 의문을 느꼈던 부분들에 대해 나한테 질문했다. 중세 레벨의 과학 지식밖에 없는 그녀로서는 여성향 게임 같은 개념들을 이해하기가 힘들었던 모양이지만 그래도 시간을 들여서 하나하나 설명했다.
"……그럼 너는 레이 테일러지만 레이 테일러가 아니라는 거네."
"그렇게 되려나. 나는 분명히 레이 테일러로서의 기억도 가지고 있지만 원래의 나와 섞여버렸으니까. 그래서 미샤에겐 다른 사람으로 보이는 거라고 생각해."
"……."
그러고 나서 미샤는 잠시 동안 생각에 잠긴 것처럼 말이 없었다. 분명 내 이야기의 진위여부를 곱씹고 있는 거겠지. 그녀가 다시 입을 연 것은 어느 정도 시간이 지난 후였다.
"이 세계에는 머지않아 혁명이 일어나는 거네?"
"응."
"혁명이 일어나게 되면 왕실은 소멸하게 되고."
"맞아."
"……그래. 그렇다면 내 대답은 정해져 있어."
미샤는 자세를 고쳐 앉아 나를 똑바로 마주 보았다.

"너에게 협력하겠어. 네가 말하는 걸 믿어."

나는 너무나도 안도한 나머지 힘이 쭉 빠져서 침대에 풀썩 쓰러졌다.

"자, 잠깐, 레이."

"다행이다아……."

"그렇게나 긴장하고 있었어?"

"그야 당연하지. 내 말을 믿어주지 않았다면 나 완전히 머리가 이상한 애인걸."

"그것도 그러네."

미샤는 하지만, 하고 말을 이었다.

"네가 한 말을 들으니 지금까지 있었던 여러 사건들이랑 앞뒤가 맞아떨어지니까."

"예를 들어?"

"테스트 때의 성적이라든가. 너 그다지 공부를 잘하는 애가 아니었는걸."

"우와~ 믿음을 준 요소가 불명예스러워~."

그럼 미샤는 그 시점부터 내가 수상하다고 의심했던 건가.

"그 외에도 있어. 나 제국의 독을 해독했던 일."

"칸타렐라 말이네. 응, 그건 정말로 내가 전생자라서 다행이라고 생각했어."

그렇지 않았다면 그 시점에서 세인 님은 이 세상 사람이 아니었을 것이다.

"하지만 뭐, 믿어줘서 다행이야. 미샤는 의외로 생각이 유연하네.”

“의외라는 건 또 뭐야. 게다가 네가 하는 이야기는 의외로 이 세계 사람들한테 있어선 그렇게까지 못 믿을 만한 얘기는 아니라고 생각하는데?”

“무슨 말이야?”

“네가 있던 세계는 과학…… 이라고 했던가. 그게 있으니까 전생이라는 사례가 비과학적인 발상이 되는 거잖아. 하지만 이 세계에는 비과학적인 일의 대표 격이나 마찬가지인 마법이 실존하잖아?”

“……아아.”

그런 뜻인가. 쉽게 말하면 불가사의한 일에 대한 상식이 다르다는 말이다. 만약 원래 세계에서 저는 전생자예요, 라고 말하면 망상이 심한 소녀 취급이지만 이 세계에서는 다르다. 마법이라는 초상현상이 일상이기 때문에 전생이라는 말을 들어도 이치에만 맞으면 있을 수 있는 일이라고 여겨지겠지.

“실제로 이 세계에는 정령의 미아라는 전승도 있으니까.”

“아~ 그랬었지.”

정령의 미아라는 건 이 세계에 오랜 옛날부터 있었던 전설이다. 이 세계에는 때때로 어디서 왔는지 알 수 없는 사람이 나타날 때가 있다. 그리고 그 사람은 특별한 힘을 지니고 있다.

“너도 그랬었잖아?”

“응.”

주인공이 남들보다 훨씬 뛰어난 마법 능력을 가지고 있는 이유는 그것 때문이다. 테일러 집안의 부모님은 사실 피가 이어져 있지 않은 양부모님이다. 그럼에도 두 사람은 나를 정말로 친딸처럼 귀여워해 주셨지만.

"뭐, 이걸로 여러모로 납득이 됐어. 얘기해줘서 고마워 레이."

"나도 조금 속이 후련해졌어. 긴장하긴 했지만 말이야."

"그랬어? 그래서야 부모님한테 얘기했을 땐 훨씬 큰일이었겠네?"

"헤?"

"헤…… 라니. 너 설마 부모님한테 아직 얘기 안 한 거야?"

"안 했는데?"

미샤는 머리를 감싸 쥐었다. 어라? 나 뭔가 이상한 말이라도 한 걸까.

"너, 이런 일은 가장 먼저 부모님한테 설명해야 하는 거잖아."

"그, 그래?"

"그렇다고. 고향에 갔을 때 무슨 말 안 들었어?"

"으음—…… 딱히."

"……그러고 보면 레이네 부모님도 웬만한 일들에는 크게 신경 쓰지 않는 분들이셨지."

조만간 확실하게 설명해 두라고. 미샤는 나한테 못을 박았다.

"거의 철야에 가깝게 되어버렸네. 내일도 봉납무 연습이 있지? 괜찮아?"

"응. 오늘은 수면 마법을 걸고 잘게."

"아침에는 깨워줄 테니까 그렇게 하도록 해. 잘 자."

"응, 잘 자."

램프의 불을 끄고서 침대에 누웠다. 스스로에게 수속성 수면 마법을 쓰자 금방 수마가 찾아왔다.

예정과는 다르게 나에 대한 비밀들을 털어놔 버렸지만, 이걸로 미샤의 승낙도 얻어냈다. 이제 다음은 실행의 때를 기다릴 뿐이다. 과연 잘 풀릴 것인가.

아니——.

'반드시, 잘 풀리도록 만들겠어.'

잠에 빠지면서도 나는 굳게 다짐했다.

수확제가 시작됐다. 수도의 밤은 사람으로 북적이고 다양한 노점들이 잔뜩 거리를 메웠다. 가을에 수확된 재료들로 만든 먹거리와 여러 장신구들이 날개 돋친 듯이 팔리는 이날은, 이 도시가 한해 중에서 가장 활기를 띠는 날이다.

그런 수확제의 밤에 나는 현재 봉납무 준비를 위해 마련된 대성당 내의 방 안에 있었다. 봉납무를 위한 의상으로 갈아입은 다음 나갈 순서를 기다렸다.

"레이, '준비'는 괜찮나요?"

"네. 문제없어요."

"리, 릴리는 긴장되기 시작했어요……."

아무것도 모르는 사람이 들었다면 평범하게 봉납무에 대해서 대화하고 있는 것처럼 들리겠지만, 이 대화엔 우리들끼리만 통하는 의미가 담겨 있었다. 물론 유 님의 문제를 해결하기 위한 흉계를 말하는 것이다.

“클레어 님, 릴리 님. 해주셔야 하는 일들은 잘 알고 계시죠?”

“물론이죠.”

“네, 네에.”

이 작전에는 모두의 협력이 필수 불가결하다. 지금 이 자리에는 없는 로드 님이나 세인 님의 협력도. 릴리 님의 덜렁이 기질 때문에 일말의 불안은 있었지만 여기선 일단 믿을 수밖에 없다.

“릴리 님, 그 물건을.”

“네, 네에. 여기 있어요.”

내 요청에 릴리 님은 팔찌처럼 생긴 물건 두 개를 내밀었다.

“그럼 다음은 사전에 얘기 드렸던 대로.”

나는 두 사람을 두고 봉납무의 책임자인 사제장에게 다가가서 말을 걸었다.

“정말 죄송합니다, 사제장. 잠깐 꽃을 따러 다녀오고 싶습니다만.”

“슬슬 춤이 시작될 거예요. 잠깐 참을 수는 없나요?”

“네.”

“어쩔 수 없군요. 서둘러서 다녀오세요.”

“감사합니다.”

나는 감사의 말을 남기고서 서둘러 그 자리를 떠났다.

봉납무는 대성당 바로 바깥에 있는 제례장에서 실시된다. 중앙에는 대리석으로 만들어진 넓은 무대가 있고 무대 주변을 관객석이 둘러싸고 있었다. 관객석은 이미 만원사례를 이루고 있고, 서서 구경하는 사람들을 포함하면 수천 명 가까이 모였을 것이다.

솔직히 제일 뒤쪽에 있는 사람들은 아예 무대가 보이지도 않을 거라고 생각하는데도 지금도 계속해서 인파가 몰려들고 있었다. 이 봉납무는 복을 불러오는 길한 행사로 여겨지기 때문에 사람들은 이 행사에 동석하는 것만으로도 이득이라고 생각하기 때문이다. 사람들은 목을 빼고 봉납무가 시작하기만을 기다리고 있었다.

무대에 근접해 있는 귀빈석에는 왕족분들의 모습이 있었다. 로세이유 전하, 리세 왕비, 로드 님, 세인 님, 유 님, 거기도 사라스 님까지 귀빈석에 있었다.

사람들이 웅성거리던 제례장에 대—앵 하고 묵직한 종소리가 울려 퍼졌다. 대성당의 대종이다. 드디어 봉납무가 시작된다. 웅성거리던 사람들의 목소리가 마치 파도에 쓸려나가듯 조용히 가라앉고 있었다.

오늘 밤은 만월. 무대 위는 만월의 달빛과 횃대의 불빛이 함께 어우러져서 신비감을 느끼게 하는 분위기로 가득 차 있었다.

안이 비칠 듯이 얇은 비단옷을 몸에 걸친 무용수가 사뭇이 입장했다. 머리에는 은세공을 한 관을 쓰고, 손에는 스즈센을 들고 있었다. 무용수 중에는 클레어 님, 릴리 님, 그리고 '나'도 있었다. 무용수들은 무대 위에 오르자 원을 그리듯 둥글게 줄지어 서더니 무릎을 굽혔다.

정적을 깨고 피리 소리가 높게 울려 퍼진다. 이어서 큰 북의 묵직한 저음이 울린다. 현악기가 화음을 연주하고 작은 북이 리듬을 새긴다.

거기에 차랑, 차랑, 하고 방울 소리가 더해졌다. 무용수들이 반주 사이사이의 틈을 수놓듯이 오른손에 든 스즈센을 흔들었다. 무용수들은 부드러우면서도 느긋한 동작으로 움직이기 시작했다. 무용수들의 의상에는 여기저기에 나풀거리는 천이 달려 있었다. 춤을 출 때 지장을 주지 않도록 노력해서 고안한 의상이다. 춤 동작에 맞춰서 소매나 옷자락이 공중에 아름다운 곡선을 그렸다.

처음에는 조용했었던 반주가 점차 커지면서 격렬해졌다. 그러나 무용수들의 움직임은 변함없이 우아했다. 반주와 춤의 간격이 관객들에게 불가사의한 감동을 불러일으켰다. 반주를 통해 무용수들에게 좀 더 춤을 추라고 말을 거는 듯, 그리고 무용수들이 거기에 저항하는 듯.

"저 무용수 굉장한데."

입을 열기가 꺼려지는 분위기 속에서 자기도 모르게 입 밖으로 흘린 감탄의 목소리가 있었다. 그 말을 들은 다른 사람들도 그 감탄의 말이 누구를 가리키는지 쉽게 알 수 있었다. 무용수 중에서 유달리 키가 큰 무용수가 있었다. 움직임 자체는 다른 무용수들에 비해서 크게 다를 게 없었지만 그 무용수에겐 다른 사람들과 분명하게 다른 차이가 느껴졌다.

"뭘까. 마치 울고 있는 듯한, 기뻐하고 있는 듯한……"

"아아, 자신의 감정을 있는 힘껏 발산하고 있는 느낌이야."

완만한 동작들은 마치 사슬에 속박당해 있는 것처럼 보였다. 하지만 팔을 휘두르는 동작 하나, 앞으로 내딛는 걸음 한 발짝이 관객들의 심금을 울리고 있었다. 그 무용수는 금지된 감정을 처음으로 허락받은 것 같았다고, 누군가는 훗날 그렇게 기술했다.

"저건 레이 테일러겠지. 그 있잖아, 평민인데도 왕립학교에 입학 허가를 받았다던."

"아아, 그 애인가. 하지만 저 애는 수녀가 아니잖아? 어째서 봉납무에?"

관객들은 잠시 동안 의문을 품었다. 하지만——.

"그런 건 아무래도 좋아. 저건 엄청나다고."

그 말 그대로, 사소한 걸 신경 쓰는 사람은 거의 없었다. 그 정도로 그 무용수의 춤은 압도적이었다.

언제까지나 계속 보고 싶다. 관객들이 그런 바람을 품을 정도였지만 이윽고 연주는 마지막이 다가왔다. 무용수들은 중앙에 모여서 발버둥치는 것처럼, 혹은 환희하는 것처럼 춤췄다.

그리고——.

차랑.

마지막으로 크게 스즈센을 휘두른 후, 양손을 크게 펼치면서 무대 위에 무릎을 꿇었다. 한순간의 정적 후에 관객석에서 커다란 환호성이 터져 나왔다.

――그리고 그 환호성보다도 한 박자 빠르게.

"들어주게 백성들이여!"

의연한 목소리로 외친 사람은 방금 전에 다른 사람보다 압도적인 춤을 보여줬던 무용수―― 즉, '나'였다. 하지만 정작 그 목소리는 내 목소리가 아니었다. 가장 먼저 깨달은 사람은 리세 왕비였다.

"무슨……, 유?!"

'나'는 손목에 두르고 있던 팔찌를 이빨로 끊었다. 나였던 모습이 순식간에 유 님의 모습으로 바뀐다.

아니, 정확히는 조금 다르다. 키는 크지만 유 님의 신체는 곡선적인 실루엣을 그리고 있었다. 몹시 얇은 비단옷으로 둘러 있는 가슴 부분도 안쪽에서 봉긋이 솟아올라 있는 게 확연하게 보였다. 한마디로 말해서 여성의 신체였던 것이다.

"어떻게 된 일이죠?! 그럼 여기 있는 유는?!"

"정말 죄송합니다, 리세 님. 접니다."

나도 손목의 팔찌를 벗고서 정체를 드러냈다.

"레이 테일러?! 도대체 무슨?!"

왕비는 비명처럼 외쳤다.

"유 님의 명령이었습니다. 저도 이유는 잘 모릅니다. 그저 왕자님 대신에 이곳에 있으라고."

실제로 계획을 제안한 사람은 나지만 이 거짓말은 내 안전을 보장하기 위해서 필요한 일이었다. 이 팔찌는 릴리 님이 마련해

준 모습을 바꿀 수 있는 마도구다. 교회 물품이 아닌 릴리 님 개인 소장품이라는 모양이다.

"어떻게 된 거지? 저건 유 님이잖아?"

"아니, 하지만, 여자인데."

"유 님은 여성이었던 거야……?"

관객들도 이제야 사태를 이해한 건지 여기저기서 소란이 일었다. 하지만 갑작스럽게 소란이 잦아들었다. 이 자리에 있는 사람들은 갑자기 목소리가 나오지 않는다는 사실을 깨달았다.

(미샤, 잘 해주고 있구나.)

모습은 보이지 않지만 이건 미샤의 솜씨다. 이렇게 넓은 범위의 소리를 조종할 수 있는 사람은 그녀밖에 없다.

"지금까지 모두를 속였던 건 미안하게 생각한다. 하지만 이것이 왕자인 나―― 아니, 공주인 나의 진짜 모습이다."

침묵 속에서 유 님의 목소리만이 크게 울렸다. 이것도 미샤가 한 일이다.

"지금까지 성별을 숨겨왔지만 사실 나는 여자다. 지금부터는 자신을 숨기지 않고 여자로서 살아가고 싶다."

유 님은 의연한 태도로 선언했다. 리세 님이 입을 뻐끔거리면서 뭔가 말하고 있었지만 그게 언어로 완성되지는 못했다. 사라스 님도 부하들한테 뭔가 지시하려고 하고 있었지만 목소리를 봉인 당한 이상 어찌할 도리가 없다.

"백성들이여, 부디 용서해주길 바란다. 그 대신 나는 왕위계승권을 포기하겠다."

그 말과 동시에 왕비가 쓰러졌다. 너무나도 큰 충격에 기절한 모양이다. 그와 동시에 모든 사람의 목소리가 돌아왔다. 주변은 대소동에 휩싸였다.

"잘도 해줬구나, 레이 테일러."

나를 부른 사람은 로세이유 전하였다. 이유는 몰라도 그 목소리에는 나를 나무라는 기색이 없었고 어디까지나 태연한 목소리였다.

"무슨 말씀이신지?"

"……아니, 그렇군. 너는 아무것도 모르는 모양이군. 아무것도."

그렇게 말하면서 로세이유 전하는 쓴웃음을 지었다.

"결국 이렇게 돼서 다행일지도 모르겠군."

전하는 그 말만 남기고서 왕좌에서 일어섰다.

"사라스. 사태를 수습하도록."

"넷."

사라스 님은 부하들에게 재빠르게 지시를 날렸다.

나는 구속되었다.

"생각했던 것 이상으로 안색이 좋아 보이네요."

"클레어 님이 직접 와주신 덕분이에요."

유 님이 자신의 성별을 만천하에 드러낸 사건으로부터 1주일이 지났다. 나는 오랜만에 클레어 님의 얼굴을 볼 수 있어서 마음이 따뜻해지는 걸 느꼈다. 한술 더 떠서 마음껏 끌어안고 부비부비하고 싶다.

"감옥 생활은 어땠나요?"

"걱정해 주신 덕분에 그렇게까지 심한 꼴을 당하지는 않았습니다."

사건 이후 나는 그 사건의 공범자라는 이유로 체포되어서 취조를 받았다. 감옥에 갇혀서 행동의 자유는 빼앗겼지만, 취조 자체는 그다지 가혹하지 않았다. 이건 유 님을 포함한 관련자 전원이 사전에 말을 맞춰 뒀던 게 컸다.

직접 확인한 건 아니지만, 유 님은 모든 일은 자신이 지시한 거라고 주장했을 테고, 클레어 님, 릴리 님도 비슷하게 증언하고 있다. 로드 님이나 세인 님도 마찬가지다. 무엇보다도 로세이유 전하가 우리를 편들어주고 있는 모양이라 왕궁 내의 사람 대부분이 아군이니 가혹한 취조가 이뤄질 리가 없다.

"뭐, 식사에 독이 들어있기는 했지만요."

"뭐라고요?!"

아마도 그건 리세 왕비 쪽에서 행한 보복이라고 짐작하고 있다. 공공연히 공격할 수는 없겠지만 왕비쯤 되면 이 정도 암약은 손쉬운 일이겠지. 뭐, 만약을 위해 모든 음식물들을 검사한 후에 해독마법까지 걸었으니까 별문제는 없었지만.

"잘도 무사했었군요……."

"미사키 덕분입니다."

"미사키……? 그게 무슨 말이에요?"
"꿈을 꿨어요."
감옥에 갇히게 된 그 날 밤. 미사키가 머리맡에 서 있었다.
〈참 여전히 구제할 길이 없을 정도로 사람이 좋네. 너는.〉
그리운 독설을 날리며.
〈하지만 잘했어. 조금 후련해졌어. 나랑 같은 고민을 품은 아이를 구해줘서 고마워.〉
머리맡의 미사키는 어색하게 웃었다
〈얼빠진 얼굴하고 있지 말라고. 식사에는 주의를 기울이도록 해.〉
그 말만 남기고서 내가 뭐라고 대답할 틈도 없이 미사키는 사라지고 말았다.
"그런 일이 다 있네요."
"뭐, 제 마음의 열망이 만들어낸 환상일지도 모르지만 말이죠."
환상일지도 모르지만 나는 미사키가 만나러 와줬다는 사실이 기뻤다.
"그렇다고는 해도…… 그래서 제가 말했잖아요. 위험하다고."
"정말이네요~."
이번 흉계를 꾸밀 때 가장 크게 반대한 사람은 클레어 님이었다. 미사키 얘기를 앞세워서 설득하기는 했지만 마지막까지 납득해주지 않았다.
"여기에 있으면 바깥 상황을 전혀 알 수 없어요. 그 후에 어떻게 됐나요?"

"대체로 당신이 생각했던 대로예요."

클레어 님이 설명해 주셨다.

일단 유 님은, 그녀——이제는 여성이니까——는 수도원으로 보내졌다. 왕궁은 유 님이 이성병을 '앓게 됐다'고 발표해서 사태를 타개하려고 했다. 이성병으로 달라진 신체의 이변이 원인이 돼서 정신적인 충격이 있었다는 게 왕궁이 내세운 변명이었다.

유 님은 병의 치료라는 명목으로 지금은 수도원에 있다. 반쯤은 유폐지만 이전에 유 님에게 설명했던 대로 행동의 자유가 완전히 없어진 건 아니다.

"유 님한테서 전언을 받아왔어요. '고맙다. 이 일에 대한 보답은 언젠가 반드시'라는 모양이에요."

"그렇습니까. 유 님의 신체에 대해선 어떻게 되었나요?"

"역시나 작은 소동이 일어났지요. 사정을 알고 있는 사람들은 만월의 밤에 의한 일시적인 현상일 뿐이었다고 생각하고 있었던 모양이니까."

봉납무 때, 유 님의 신체가 여성화됐던 건 그날이 만월이었기 때문에 그런 게 아니었다. 달의 눈물을 사용해서 이성병을 완치시켰기 때문이다. 달의 눈물을 가지고 나오는 데는 추기경 이상의 신분을 가진 사람이 두 명 필요하다고 이미 설명했었는데, 릴리 님과 유 님, 두 분의 협력을 통해서 그 부분은 아무런 문제도 없었다. 릴리 님도 취조를 받았다는 모양이지만 왕자님의 부탁을 거절할 수 없었다고 해명했다고 한다.

"릴리 님도 높은 신분을 가진 분이니만큼 왕실에서도 그렇게 간단히 처벌할 수는 없는 모양이에요."

"미샤는 어떻게 됐나요?"

"부모님을 설득 중이에요."

미샤는 학교를 그만두고 유 님이 있는 수도원으로 함께 가고 싶은 모양이지만 역시나 집에서는 만류하고 있다고 한다. 뭐, 유르 가문에는 미샤말고도 우수한 후계자가 있기 때문에, 우리 딸이 원하는 대로 해주자고 미샤의 어머니가 편을 들어주고 있다고 한다. 수도원의 유 님한테서 '내 곁에 있어줘'라는 말을 들은 것도 큰 이유다.

"부모님도 지금까지 미샤에게 이것저것 고생을 시켰던 모양이라, 그다지 강하게 나가지는 못하는 것 같아요."

"그런가요."

그렇다면 미샤의 비원이 이뤄지는 건 시간문제일지도 모른다.

"클레어 님은 어떠셨나요?"

"저는 딱히 아무것도. 그래봤자 메이드가 체포당해서 심기가 불편한 정도예요."

"그것뿐인가요? 제가 없어서 외롭다든가, 그립다든가."

"도대체 그 근거 없는 자신감은 뭔가요, 당신."

하지만 부정하지는 않으셨다. 우히히.

"도르 님은 뭔가 말씀하신 게 있나요?"

"아무 말도요."

클레어 님은 고개를 갸웃거리고 있었다.

"저는 분명히 레이를 해고하라는 말을 들을 거라고 생각하고 있었는데 그런 말도 없었고……. 당신, 대체 아버님의 어떤 약점을 쥐고 있는 건가요?"

"그런 거 아니라니깐요. 그저 도르 님의 도량이 넓어서 그런 거예요."

물론 이유는 그게 아니지만 클레어 님에게 진상을 얘기할 수도 없는 노릇이다. 클레어 님의 추궁을 웃음으로 얼버무리고 있자니 간수가 다가왔다.

"클레어 님. 정말 죄송하지만 취조 시간입니다."

"이 이상 뭘 더 취조하겠다는 거죠? 이자는 유 님한테 명령을 받았을 뿐이라는 건 알게 됐잖아요."

"그것이…… 로세이유 전하께서 직접 취조를 하시겠다고 하셔서……."

"전하가?"

어떻게 된 걸까. 로세이유 전하는 우리 편 아니었나.

"어쨌든 오늘은 그만 돌아가 주십시오."

"어쩔 수 없군요. 또 올게요."

그렇게 말하고서 클레어 님은 감옥 밖으로 나갔다.

"레이 테일러를 데려왔습니다."

"수고했다."

나는 뒷짐 진 손을 포승줄에 결박당한 채로 알현실로 끌려왔다. 죄인이 알현실에 있다니 아마도 전대미문의 일이겠지. 나는 뭔가 나쁜 예감이 들기 시작했다.

"고개를 들라."

평복하고 있는 자세에서 고개를 들자 왕좌에는 로세이유 전하와 병사, 두 사람뿐이었다. 리세 왕비도 사라스 재상도 보이지 않았다.

"사람들을 물러가게 했다."

내 의문을 꿰뚫어 본 건지 전하가 설명해주셨다. 하지만 그렇다면 어째서 사람을 물러가게 할 필요가 있었는지에 대한 의문이 생겨난다.

"이번 일에 대한 진상을 듣고 싶다."

아아, 그렇구나. 전하는 사건의 개요를 대강 다 짐작하고 있는 거겠지. 그래서 리세 왕비가 없는 것이다. 하지만 사라스 님이 없는 건 어째서?

"유 왕자의 신체에 대해서는 나도 마음이 아팠다. 제멋대로 한 짓이 유가 고뇌의 길을 걷게 했다."

리세 님, 이라고는 말하지 않았다. 그런 부분은 역시나 정치의 세계에 몸을 두고 있는 전하답다. 민감한 부분은 애매하게 넘기고 있었다.

"저는 아무것도 모릅니다."

"……흐음."

나 또한 여기서 진상을 낱낱이 떠벌릴 수는 없었다. 만에 하나, 이게 함정일 가능성도 있다. 나 혼자만의 문제라면 또 모르겠지만, 이미 이 일에는 왕자님들이나 릴리 님, 거기에 누구보다도 사랑하는 클레어 님까지도 연관되어 있다.

"……자네는 똑똑하군. 마음에 들었다."

전하는 머리카락을 만지면서 뭔가 만족스러운 표정이었다. 내 안에서 나쁜 예감이 더욱 커졌다.

"오늘부로 그대를 석방하도록 하겠다."

"감사드립니다."

나는 기우였나, 하고 가슴을 쓸어내렸다.

그러나——.

"또한, 오늘부로 그대를 왕립학교에서 제적시킨다."

"뭐?!"

잠깐 기다려, 그게 대체 무슨?!

"실례입니다만 전하!"

"더불어 오늘을 기해서 레이 테일러는 내 직속의 특무관으로 임명한다."

"?!"

영문을 알 수 없었다. 전하는 무슨 생각을 하고 있는 거야.

"나에게는 쓸 만한 장기 말이 부족하다. 힘이 되어주겠나?"

나는 빙긋 웃는 전하의 얼굴을 그저 멍하니 바라볼 수밖에 없었다.

내 최애는

악역영애.

제 7 장

왕궁

"특무관……? 영문을 모르겠습니다. 대체 전하께서는 저에게 뭘 하라고 말씀하시는 겁니까?"

나는 방심하지 않고 로세이유 전하의 눈을 응시하면서 질문했다. 전하는 잠시 나를 시험하려는 듯이 바라보았지만, 이윽고 입을 열었다.

"그대는 이 나라의 정치를 어떻게 보는가?"

전하는 갑작스럽게 이야기의 흐름을 바꿨다.

"일개 평민 따위는 엄두도 낼 수 없는 세상의 이야기라고 여기고 있습니다."

"겸손은 필요 없다. 학교에서 그대가 어떤 성적을 거뒀는지는 이미 알고 있다. 국정운영에 대한 깊은 이해를 가지고 있다는 사실도 알고 있지."

아니 저기~ 그건 단순히 게임 지식을 통째로 암기했을 뿐인데── 라고 말할 수는 없다.

"전하의 능력주의 정책이 효과를 발휘해, 왕후 귀족들뿐만 아니라 평민 중에서도 우수한 인재들이 등용되고 있지 않나 싶습니다."

"한편, 평민운동 같은 과격한 운동들도 일어나고 있지만 말이다."

전하는 깊은 한숨을 쉬었다.

"이 나라의 정치는 부패의 조짐이 있다. 유력귀족들이 고급관직을 독점하고 세습하고 있지. 나는 그러한 현실에 새로운 바람을 불어넣고 싶었다. 능력주의 정책도 그걸 위한 것이다."

"어느 정도는 성공을 거두고 계시는 거 아닙니까?"

"확실히 유능한 평민을 등용하는 일은 조금씩 시행되고 있다. 하지만 귀족이 위고 평민은 아래라는 구도는 전혀 바뀌지 않아."

그 원인은 알고 있지, 전하는 말을 이었다.

"유력귀족을 정점에 둔 피라미드 구조가 있기 때문이다. 왕족조차도 이 구조에는 쉽사리 손을 댈 수 없다. 그런 상황이니 평민은 말할 것도 없지."

부패를 바로잡기 위해서는 이 구조를 깨부술 수밖에 없다, 전하는 그렇게 말했다.

"거기서 바로 그대다."

"거듭 말씀드리게 됩니다만 저 같은 자에게 뭘 하라는 말씀이십니까."

"유력귀족들의 부정을 폭로하는 걸 도와줬으면 한다."

"사양하겠습니다."

나는 즉답했다.

"어째서인가."

"아니 지금 상황에서도 제 식사에 독이 듬뿍 담겨 나오는데 남한테 원한을 살만한 일은 하고 싶지 않다고요."

"거짓말하지 마라."

"거짓말이 아닙니다."

"아주 쌩쌩하지 않나."

"해독했으니까요."

"그럼 문제없겠군."

으으. 상대하기 어렵다. 의외로 전하는 꽤나 달변이네. 하긴 그것도 그런가. 그야 이 나라의 제일가는 정치가인걸.

"자, 들어봐라. 모든 귀족이 부정을 저지르고 있다고는 생각하지 않지만 적어도 두 사람, 부정을 저지르고 있을 가능성이 몹시 농후한 자가 있다."

"허어……"

"재상인 사라스 릴리움, 그리고 재무장관인 도르 프랑소와. 이 두 사람이다."

"――!"

나는 로세이유 전하의 능력을 새로이 인식해야 할 필요를 느꼈다. 전하는 이 시점에서 이미 사라스 님과 도르 님의 부정을 눈치채고 있었던 건가.

〈Revolution〉안에서 전하는 그다지 존재감이 크지 않다. 능력주의 정책을 주창하고 있지만, 그 정책 말고는 평범한 왕이라는 인상이었다. 오히려 평민운동이 대두되는 원인을 불러일으켜서 공략루트에 따라선 자기 손으로 왕정제를 없애버린 우둔한 왕이라는 인상조차 있었다.

물론 자신의 몸을 살피지 않고 백성들의 행복을 바랐다고 볼 수 있을지도 모른다. 하지만 유력귀족 상대로는 속수무책으로 휘둘리기만 한 왕이라는 인상은 지울 수가 없었다.

"재상과 재무장관을 역임하고 있는 거물 귀족을 상대로 그저 평민에 불과한 제가 뭘 할 수 있겠습니까."

나는 에둘러서 전하의 부탁을 거절했다. 이 전개는 게임에도 없었다. 공략 루트에 따라선 도르 님과 사라스 님의 부정을 추궁하는 일도 있지만, 그것도 공략대상인 왕자님들을 메인으로 추궁하는 것이다. 도저히 나 혼자서 어떻게 해볼 수 있는 문제라고는 생각할 수 없었다.

"그대는 사라스의 여식, 그리고 도르의 여식과도 친밀하지."

"!"

그 말은 즉, 릴리 님과 클레어 님을 이용하라고 말하는 건가.

"역시 거절하겠습니다."

"흠, 그런가. 그렇다면 그대는 물론이고 릴리나 클레어에게도 이번 유 왕자의 사건에 대해 대역죄를 묻게 되겠군."

"유 님에 대한 사건은 유 님이 지시하신 일입니다."

"현재로선 그런 걸로 되어있지. 하지만 자네들이 유를 달콤한 말로 꾀어낸 걸로 만들 수도 있다."

한마디로 이건 협박이다. 그것도 이 나라의 정점에 서 있는 사람이 하는.

"그런 짓을 한다면 도르 님도 사라스 님도 가만있지는 않을 텐데요?"

클레어 님은 도르 님의, 릴리 님은 사라스 님의 딸이니까.

"그렇게 되겠지. 하지만 지금이라면 아슬아슬하게 왕가의 권위로 두 세력을 억누를 수 있다."

전하의 말은 허세라고 생각한다. 만약에 그런 강제적인 수단을 쓸 수 있었다면, 처음부터 나한테 두 사람의 부정조사를 하라고 부탁할 필요도 없었을 것이다. 하지만 이번 일은 왕실에 있어서 전대미문의 스캔들이다. 만에 하나라도 전하가 진지하게 나온다면 클레어 님의 신변에 위험이 닥친다.

나는 필사적으로 머리를 굴렸다. 지금 이런 일에 발목을 잡힐 수는 없다. 클레어 님을 구하기 위해서라면 감옥에 가더라도 기쁘게 받아들이겠지만 이 타이밍에는 그렇게 되선 안 된다. 클레어 님이 궁지에 몰리기까지 이제 남은 시간이 얼마 없기 때문이다. 나는 클레어 님의 궁지를 해결하기 전엔 클레어 님의 곁을 떠나선 안 되는 것이다.

"알겠습니다. 특무관의 소임을 받아들이겠습니다."

"좋다."

전하는 만족스럽다는 듯 끄덕였다. 내가 전하의 의뢰를 받아들인 데에는 몇 가지 이유가 있지만, 그중에 하나는 이 의뢰가 유용할지도 모른다고 생각했다는 점이다. 언젠가는 닥쳐올 클레어 님의 위기에 대비해서 나는 여러 대항책을 세워두고 있지만 어쩌면 이것도 이용할 수 있을지도 모른다고 생각했다. 그 자세한 내용에 대해선 또 다음 기회에.

"제 부탁도 두 가지를 들어주셨으면 합니다."

"말해보라."

"먼저, 클레어 님과 릴리 님에게도 똑같은 분부를 내려주실 수 있겠습니까? 두 사람의 협력 없이는 전하의 의뢰를 완수할 수 없습니다."

이건 반드시 필요한 요구였다.

"흠. 그건 상관없다. 오히려 두 사람을 말려들게 하는 일은 자네가 먼저 반대할 거라고 생각했다만.”
“아무리 그래도 저 혼자 힘으로 어떻게 해보기엔 너무 큰 문제니까요.”
사실은 두 사람을 말려들게 하고 싶지 않지만 어쩔 수 없다.
“좋다. 다른 하나는?”
“설사 도르 님과 사라스 님이 부정을 저지르고 있다는 증거를 찾아내더라도 클레어 님과 릴리 님에게는 죄를 묻지 말아 주셨으면 합니다.”
“흠…….”
“가문의 몰락은 상관없지만 클레어 님이나 릴리 님에게 연좌제를 적용한다면 이 이야기는 없던 걸로 해두겠습니다.”
“…….”
전하는 바로 대답하지는 않았다. 수염을 쓸어내리면서 깊게 생각에 잠겨있었다.
“좋다. 두 사람에게는 죄를 묻지 않겠다.”
“감사드립니다.”
일단 이 부탁들만 들어줘도 전하의 의뢰는 나에게 메리트가 있다.
“본격적으로 조사에 들어가기 전에 여쭈어보겠습니다만, 특무관이라는 건 어느 정도의 권한을 가지고 있습니까?”
“그대의 필요에 따라서 부여하겠다만 만능이라는 뜻은 아니다. 뭐가 필요한가?”
“최소한 재무의 감찰 권한과 경찰 권한은 받고 싶습니다.”

전자는 돈의 흐름을 쫓기 위해서고, 후자는 부정을 찾아냈을 때 상대를 체포하기 위해서다.

"흠. 좋다."

"그리고 한 가지 더. 오히려 이쪽이 더 중요합니다만 사법 거래에 대한 권한을 인정해 주셨으면 합니다."

"사법 거래라는 게 뭐지."

아 그런가. 이 세계에는 없는 건가.

"죄를 범한 자가 스스로 죄를 시인하거나, 공범자를 고발하거나, 수사에 협력하거나 했을 때에는 처벌을 덜어 주거나 죄목을 줄여주는 것입니다."

"……그러면 어떻게 되지?"

"여러 가지가 있습니다만 이번 일에 있어서 가장 큰 메리트는 보다 중요한 범죄 수사 진전에 도움이 될 정보를 얻을 수 있다는 점입니다."

나는 전하에게 어떤 방법으로 도르 님이나 사라스 님을 추궁하려고 하는지를 설명했다.

"……흐음. 그렇다면 이것도 도움이 되겠군."

"?"

전하는 병사 한 사람을 부른 후, 트럼프 카드와도 비슷한 물건을 한 장 받아들더니 그걸 나에게 내밀었다.

"이것은?"

"녹음 마도구다. 목소리를 이 안에 기록할 수 있다. 복제를 만드는 건 불가능하기 때문에 중요한 거래나 수사에 사용된다."

귀중한 물건이므로 취급에는 주의하도록, 전하가 말했다.
“그 밖에도 있는가.”
“현재로선 없습니다.”
내가 그리 답하자 전하는 의외라는 표정이었다.
“보수에 대해선 묻지 않는가?”
“저에게 주시는 보수는 클레어 님과 릴리 님에게 죄를 묻지 않는 걸로 충분하므로.”
“……그대는 욕심이 없구나.”
“그러려나요.”
클레어 님의 신변이 보장된다면야 그 이상의 보수는 없다.
“학교에서 키마이라 사건이 일어났을 때도 그랬었지 않나?”
“그때도 레네의 생명을 구해주셨습니다. 저는 충분한 보수를 받고 있습니다.”
“……사람들이 자네만 같았어도 이 나라도 좀 더 좋은 나라가 됐었을 텐데 말이다.”
아뇨 그건 좀 칭찬이 과하신데요. 아니 그보다 내 입으로 말하기도 뭐하지만 나는 꽤나 별난 사람이라는 자각이 있다. 왕국에 나 같은 사람들밖에 없다면 멸망을 피치 못할 것이다.
“그럼 부탁하지. 수사의 실마리에 대해서는 로드에게 물어보는 게 좋을 것이다.”
전하의 말에 의하면 지금까지 수사를 맡아온 사람은 로드 님이라고 한다. 나는 로드 님을 자유롭게 면회할 수 있는 권한도 받아낸 후 석방되었다.

"클레어 님을 어떻게 설득해야 하나…… 머리가 아프구나."

"웃기는 소리 하지 마세요!"

내가 석방되자마자 제일 먼저 한 일은 클레어 님에게 무슨 일이 있었는지 설명하는 일이었다. 나는 학생 신분을 잃고 특무관이 되긴 했어도 아직 클레어 님의 양해를 구하지 못했기 때문에 일단은 클레어 님 방으로 향했다. 참고로 나는 지금까지 해왔던 대로 학교 기숙사에서 숙식을 해결해도 된다고 한다.

로세이유 전하에게 받은 의뢰를 설명했을 때, 클레어 님이 보인 반응은 상상했던 그대로였다.

"아버님이 부정?! 그런 바보 같은 이야기가 있을 리 없잖아요!!"

클레어 님은 도르 님에게 부정 의혹이 있다는 말을 듣고서 몹시도 분개했다. 뭐, 클레어 님의 성격을 생각해보면 당연히 이렇게 되겠지.

"자자, 진정하세요, 아직 혐의가 있을 뿐이니까요."

사실 전하의 말로는 '가능성이 농후하다'고 했지만, 그 말을 그대로 클레어 님에게 전했다가는 여차하면 당장 왕궁으로 쳐들어갈 게 분명하다. 나는 클레어 님을 최대한 달랠 수 있도록 어휘 선택에 주의를 기울였지만 클레어 님의 분노는 가라앉지 않았다.

"그런 의심을 한다는 것 자체만으로도 지금 전하가 제정신인지 의심스러워요! 프랑소와 가문은 대대로 왕국의 금고를 책임

지고 맡아왔어요. 그런데 부정이라니!"

클레어 님에게 있어서 부모님은 절대적이다. 아버지인 도르 님, 그리고 어머니인 밀리아 님은 클레어 님이 생각하는 이상적인 귀족 그 자체다.

"하, 하지만 클레어 님. 이건 오히려 찬스일지도 몰라요."

클레어 님의 서슬 퍼런 분노에 겁을 집어먹으면서도, 릴리 님이 말했다. 전하께 받은 의뢰를 위해선 릴리 님의 협력도 필요하다. 원래 같으면 내가 릴리 님을 만나러 가야 했겠지만, 때마침 우연히도 릴리 님은 클레어 님 방에 놀러 온 참이었다.

"찬스라니, 그게 무슨 말인가요 릴리 추기경?"

"리, 릴리도 아버님이 그런 부정을 저지르고 있다고 믿고 싶지 않아요. 그러니까 저희들이 아버님들의 결백을 증명하면 되는 거 아닐까, 그렇게 생각해요."

릴리 님의 주장은 몹시 건전했다. 뭐, 현실적으로는 '죄가 없다'를 증명하는 건 굉장히 어려운 일이지만. 그렇기 때문에 실제 재판에서도 죄를 묻는 측에 입증책임이 있는 것이다.

"아, 아버님들한테 걸려있는 건 어떠한 부정에 대한 혐의인가요?"

"그게…… 저도 아직 자세한 이야기는 듣지 못했습니다. 전하는 로드 님에게 물어보라고 말씀하셨습니다."

"그럼 지금 당장 물어보러 가죠."

콧김을 빵빵하게 내뿜으며 클레어 님이 말했다. 그냥 내버려두면 혼자서라도 로드 님을 만나러 갈 기세다.

"그래도 오늘은 너무 늦었습니다. 내일이 되면 클레어 님과 릴리 님 앞으로도 임명장이 내려올 테니까 그때까지 기다린 다음 방문하도록 하죠."

"……정말 답답하네요."

클레어 님이 불만스러운 듯이 말을 이었다.

"도대체 어째서 릴리 추기경까지 말려들게 한 건가요, 당신은."

"네? 아뇨, 그야 사라스 님에 대해서도 조사한다면야 릴리 님한테도 협력을——."

"사태의 중대함을 이해하지 못하고 있네요. 이 나라의 유력자가 가진 비밀을 캔다는 건 당연히 그에 상응하는 위험을 동반하고 있는 거라고요?"

그것도 그렇다. 나는 게임 지식을 통해서 이미 알고 있지만, 사라스 님도 도르 님도 둘 다 유죄가 맞으니까.

"리, 릴리도 수속성 마법을 쓸 수 있어요. 분명 도움이 될 거예요."

"너무 위험해요. 거기다 레이의 호위로는 제가 있으니까요."

아니, 신분으로 따져보면 내가 클레어 님을 호위하는 입장이라고 해야 하지 않나.

"그, 그렇지만 릴리는 걱정이라고요!"

"쓸데없는 걱정이에요."

"두, 둘만 있게 놔둔다면 클레어 님이 레이 씨한테 대체 무슨 짓을 할지!"

"걱정이란 게 그쪽이에요?!"

릴리 님의 걱정은 상상 초월이었다.

"에? 저한테 무슨 짓 해주시는 건가요, 클레어 님?"

"안 한다고요!"

"어째서죠!!"

"어째서고 저째서고 간에 안 해요!"

"레, 레이 씨한테 손대지 않는다고요?! 제정신인가요?!"

"아아, 정말이지 성가시네요, 두 사람 다!!"

뭔가 정말 오랜만에 클레어 님의 태클을 받아보는 느낌이다. 그래 역시 이거지. 늘 짜릿해.

"어쩔 수 없으니 릴리 추기경이 동행하는 것도 인정하겠지만, 아무쪼록 조심하세요."

"무, 물론이에요."

"레이도 마찬가지니까요?"

"네에."

그런 대화를 주고받고서 그날은 그렇게 끝났다.

다음 날 방과 후, 우리들은 곧장 왕궁에 있는 로드 님을 만나러 갔다.

"오, 왔구나."

로드 님의 방은 역시나 왕족의 방이라는 인상이었다. 멋지고 세련된 고급가구들이 놓인 넓은 방이었다. 실내는 밝은색들 위주로 꾸며져 있었다. 어쩐지 화속성이라는 느낌이 드는 방이다.

클레어 님 집도 굉장하지만 그럼에도 이 방에 비할 바는 아니다. 교회에서 청빈한 삶을 사는 릴리 님은 이 화려함이 굉장히 불편해 보였다. 나? 우리 집이랑은 비교하는 일 자체가 어처구니없는 짓이니까 오히려 뻔뻔하게 있을 수 있다.

"나는 에둘러 말하는 건 좋아하지 않으니 바로 본론으로 들어가지. 사라스와 도르는 부정을 저질러서 재산을 모으고 있다."

바로 본론을 꺼낸 로드 님은 부정이 혐의가 아니라 사실이라고 단정 지었다. 로드 님은 평소에도 언제나 자신만만하지만, 이번에도 역시나 자신이 넘쳤다.

"실례지만 로드 님. 그렇게 말씀하신다는 건 뭔가 결정적인 증거가 있다는 뜻이겠죠?"

금방이라도 폭발할 거라고 생각했었던 클레어 님은 하룻밤 동안 머리를 식힌 덕분인지 냉정한 태도로 부정에 대한 근거를 물었다.

"아니, 없다."

"어, 없는 건가요?"

릴리 님이 김빠진다는 듯이 말했다. 그것도 그렇겠지. 근거도 없이 용의자로 몬다는 건 생트집이나 다름없다.

"뭐, 기다려봐. 지금 없는 건 결정적인 증거뿐이다. 정황증거라면 얼마든지 있지."

로드 님은 그렇게 말하면서 지금까지 자신이 수사한 내용을 적은 조서를 보여주었다.

"사라스도 도르도 제법 똑똑해. 그렇게 간단하게 자신들의 꼬리를 잡히게 놔두지 않아. 말로 하거나 서면으로 남겨두지 않고, 부하들이나 주변 사람들이 그들이 원하는 대로 알아서 움직여 주고 있어."

로드 님이 내민 자료들에는 사라스 님과 도르 님 주변에서 적지 않은 돈이 사라지고 있음을 보여주고 있었다. 자료 안에는 구체적인 죄목과 이름이 적혀있는 귀족도 있었다.

"여기에 이름이 적혀있는 자들부터 체포하면 되는 거 아닌가요?"

부친의 무죄에 대한 믿음이 배어 나오는 말투로 클레어 님이 물었다.

"실제로 손을 더럽히고 있는 건 이자들이지만, 이런 녀석들을 아무리 많이 잡아들인들 의미가 없다. 도마뱀 꼬리 자르기로 끝날 뿐이야."

실제로 몇 명인가 잡아넣어 봤지만 말이지, 로드 님이 말했다.

"그래서, 어떻게 할 거지?"

로드 님이 도전적인 빛이 가득 담긴 눈으로 나에게 물었다.

"전하께도 말씀드렸지만, 일단은 로드 님이 말한 곁가지부터 시작하겠습니다."

"호오?"

"그 자료들 복사본을 받을 수 있습니까?"

"그렇게 말할 거라고 생각해서 미리 준비해놨지. 가져가라."

로드 님이 탁상 위의 종을 울리자 시종이 종이 뭉치를 가지고 왔다. 나는 그걸 받았다.

"그럼 로드 님 저희들은 여기서 이만."

"아아, 잠깐 기다려라, 레이 테일러."

로드 님은 방을 나서려고 하는 나를, 어째선지 풀네임으로 불러 세웠다. 나는 나쁜 예감이 들었다.

"무슨 일이신가요?"

"아니, 별건 아니긴 하다만 일단 지금 기회에 한 번 물어봐 두려고 생각해서 말이지."

로드 님이 드물게도 말을 길게 늘였다. 나쁜 예감이 증폭됐다.

"저, 왠지 엄청나게 듣고 싶지 않습니다만."

"그런 말 하지 말고."

"이제 그만 가도 될까요?"

"내 용건이 끝나고 나면 말이지."

아무래도 도망치는 건 무리인 모양이다.

"레이 테일러. 너 혹시 내 아내가 될 생각은 있나?"

그 물음은 너무나도 갑작스러웠다. 난 처음에는 무슨 말인지 이해하지 못했다. 옆에서 봤다면 분명 엄청 얼빠진 표정을 짓고 있었을 테지.

얼어붙어 있던 우리 중에서 가장 먼저 회복한 사람은 클레어 님이었다.

"제정신인가요, 로드 님?!"

그 말은 거의 비명과도 같았다.

"펴, 평민을 왕족으로 맞이하겠다고 말씀하시는 건가요?!"

"그렇다만?"

이어진 릴리 님의 말에도 로드 님은 태연하게 대답했다. 즉, 나는 지금 로드 님한테 프러포즈를 받았다는 뜻인가. 이 상황이 만약에 평범한 평민 소녀였다면 너무나도 기쁜 나머지 졸도할 상황이겠지. 또는 너무 현실감이 없어서 지금 나를 놀리는 거라고 여기거나.

하지만 지금 내 심정은 양쪽 어디에도 해당하지 않았다. 생각하고 있는 건 단지 하나뿐.

――어디에서 플래그가 섰던 걸까?

로드 님과는 이렇다 할 접점이 없었을 텐데 말이다. 학교에서 제일 처음으로 치렀던 시험에서 약간의 눈도장을 찍었다는 건 알고 있지만, 그 후에는 체스에서 일부러 져서 호감도를 낮추는 짓도 했다. 무엇보다도 나는 거의 항상 클레어 님과 함께 있었기 때문에 로드 님의 호감도를 올릴만한 이벤트는 거의 일어나지 않았을 터. 어디서 선택지를 잘못 골랐는지조차 알 수 없었다.

"일단 여쭤보겠습니다만, 지금 저를 놀리려는 건가요?"

"아니, 진심이다."

"허어……. 대체 저의 어디가 마음에 드신 건가요?"

"성격과…… 그리고 능력이겠네. 예전부터 너는 대단한 녀석이라고 생각하고 있었어."

로드 님이 즐거운 듯이 말했다. 아니 진짜로 짐작이 가는 요소가 하나도 없다.
“저, 뭔가 했었던가요?”
“학교 습격을 미연에 방지했지, 세인의 독을 치료했지, 램버트가의 단절을 구해냈지, 마나리아한테 한 방 먹였지, 유클레드의 유령선 소동을 해결했지.”
뭔가 굉장히 과대평가 되고 있었다. ……아니 그보다 유클레드 사건까지 들켰나.
“아뇨, 그건 거의 다 클레어 님의 솜씨입니다만…….”
“그런가 클레어?”
로드 님의 질문을 받은 클레어 님의 대답은——.
“아뇨. 레이가 최선을 다한 결과예요.”
그렇게 대답했다. 에에에…….
“결정적이었던 건 이번 유의 사건이었지. 왕궁이 오랫동안 끌어안고 있었던 난제를 너는 훌륭하게도 해결해냈다.”
“그것도 저 혼자만의 솜씨는 아닙니다만……”
“겸손은 필요 없어. 그 중심에 있었던 게 너라는 사실은 이미 알고 있으니.”
아니 겸손 같은 게 아니란 말이죠.
“이 몸의 반려가 되려면 흔해빠진 규중 아가씨가 아니라 너와 같은 여장부가 어울린다.”
뭐가 됐든 간에 로드 님은 나를 굉장히 높게 평가해주시는 모양이다.

"그래서, 어떠냐?"
"어떠냐고 하셔도, 그냥 평범하게 거절하겠습니다만."
"잠깐만요, 레이?!"
내가 무슨 당연한 걸 묻느냐는 듯이 대답하자 클레어 님이 몹시 당황하면서 소리쳤다.
"당신, 지금 자기가 무슨 소리를 하고 있는 건지 알고는 있는 건가요?!"
"무슨 소리긴요, 프러포즈에 대해 거절을——."
"왕비가 될 수 있을지도 모르는 건데요?!"
"에이, 딱히 되고 싶지도 않은걸요."
내 입장에서 보기엔 어째서 클레어 님이 저런 표정을 짓고 있는 건지 알 수 없었다. 클레어 님은 마치 도저히 믿을 수 없는 무언가를 목격한 표정을 짓고 있었다.
"바란다고 해서 얻을 수 있는 게 아닌 영예라고요?!"
"제 입장에서 보면 영예가 아닙니다."
"어째서!"
"그야, 제가 좋아하는 사람은 클레어 님인걸요."
어라? 아직도 내 마음이 전해지지 않았나? 아무래도 그건 역시 쇼크인데, 내가 그런 생각을 하고 있자니,
"흐핫핫하! 그렇겠지! 너라면 그렇게 말하겠지!"
로드 님이 책상을 탕탕 두드리면서 아주 배를 잡고 웃었다.
"클레어. 레이에게 있어서는 너와 함께 하는 게 왕족과 결혼하는 것보다도 훨씬 더 가치 있는 일인 것 같은데?"

"부디 무례를 용서하시길. 이자도 너무 갑작스러운 말에 혼란스러워 하고 있는 겁니다. 진정하고 나면 분명 로드 님의 마음을 받아들이겠다고 생각할 거예요."

"아뇨, 저는 지금 어디까지나 냉정하게——."

"부탁이니까 당신은 잠깐 입 좀 다물고 있어 줘요."

내 말을 가로막는 클레어 님의 목소리는 비장한 기색을 띠고 있었다.

"로드 님. 부디 이 혼담에 대해선 지금 당장 결론을 내지 말아 주시길 부탁드립니다."

"물론이다. 레이가 어떻게 생각하든 내 마음은 바뀌지 않을 테니까 말이지."

"감사합니다. 그럼 이 이야기는 다음에 다시."

"아아."

"자 가자고요. 레이, 릴리 추기경."

그 말과 함께 클레어 님은 나와 릴리 님을 데리고서 방을 나왔다.

"자, 잠깐만요 클레어 님."

"……."

나는 클레어 님에게 항의하려고 했지만 정말 엄청난 눈으로 노려보는 바람에 나도 모르게 하려던 말을 삼키고 말았다. 클레어 님이 다시 입을 열었을 때는 돌아가는 마차에 타고 난 후였다. 릴리 님과는 왕궁을 벗어났을 때 헤어졌다.

"레이……. 까부는 것도 정도껏 하도록 하세요."

클레어 님은 나를 향해 눈 하나 깜빡이지 않고 뚫어져라 응시하면서 지금까지 들어본 적 없는 질책 어린 말투로 말했다.

"까불다니 대체 뭐가요?"

"당연하잖아요! 로드 님의 구혼을 거부한 거 말이에요!"

클레어 님은 어째선지 굉장히 화를 내고 있는 모양이다.

"아니, 그야 좋아하지도 않는 사람이랑 결혼할 수는 없잖아요."

"결혼은 당신 혼자만의 문제가 아니잖아요?! 당신이 왕실에 시집을 간다면 레이네 부모님도 얼마나 기뻐하실지……."

클레어 님의 생각지도 못했던 지적에 나는 의표를 찔리고 말았다. 현대 일본인인 나로서는 결혼이란 건 어디까지나 개인적인 일에 속하지만, 이 세계의 상식은 다르다는 사실을 잊고 있었다. 이전에도 설명했었지만, 이 세계에서 결혼이라는 건 가문과 가문 사이의 약속이다. 연애결혼보다도 정략결혼 쪽이 당연하게 여겨지는 세계인 것이다.

"하지만, 아마도 짐작이지만 부모님도 제 선택을 지지해 주실 거라고 생각하는데요?"

이 세계의 우리 부모님은 언제나 내 선택을 존중해주시는 분들이었다. 설령 내가 평생 결혼하지 않겠다고 말해도, 그건 그것대로 괜찮다고 인정해 주실 거라고 생각한다.

"그건 그렇겠죠. 당신의 부모님은 훌륭한 분들이니까요. 하지만 당신은 거기에 기대서 어리광만 부려도 되는 건가요? 아버님과 어머님을 기쁘게 해드리고 싶다고 생각하지 않나요?"

"그건……"

나는 이제야 클레어 님이 가진 가치관의 차이를 깨달았다. 클레어 님에게 있어서 결혼이라는 건 자신을 길러준 가문에 대한 공헌인 것이다. 보다 좋은 가문에 시집가는 일은 이미 자신의 의무나 마찬가지고, 그렇기 때문에 로드 님의 구혼을 단칼에 거절한 나를 불성실하다고 여기는 거겠지.

이건…… 어떻게 해야 하는 걸까.

"하지만 클레어 님. 저는 클레어 님 말고는 누구와도 결혼하고 싶지 않아요."

"레이, 잘 들으세요."

클레어 님의 진지한 목소리에 나도 모르게 등줄기가 꼿꼿하게 펴졌다.

"당신이 나를 사랑하고 있다는 건 잘 알았어요. 그건 솔직히 기쁘게 생각해요. 하지만 결혼은 이야기가 달라요."

"다르지 않아요."

"아뇨. 연애는 어느 정도 자유롭게 해도 괜찮겠죠. 하지만 결혼은 개인의 의사로 하는 게 아니에요."

"클레어 님……."

"로드 님의 구혼을 받아들이도록 하세요. 결혼한다고 해서 저와의 인연이 끊어지는 것도 아니에요. 오히려 왕족과 상급귀족의 관계가 되면 지금보다도 친하게 지낼 수도——."

"클레어 님!"

나는 어쩌면 처음으로, 클레어 님의 말을 큰 소리로 끊었다. 클레어 님은 깜짝 놀란 것처럼 입을 다물었다.

“저에게 있어서 결혼은 연애와 동등할 정도로…… 아니, 연애 이상으로 개인적인 일입니다.”

“레이…….”

“뭐하고 말씀하신들 저는 클레어 님이 아닌 다른 사람과는 결혼할 생각이 없습니다.”

서로 바라보는 가치관의 차이가 있다. 클레어 님은 이해할 수 없을지도 모른다. 하지만 이 부분만큼은 결단코 양보할 생각이 없었다.

“레이, 잘 생각해보세요. 같은 여자끼리 결혼하는 건 불가능하잖아요?”

“그렇다면 저는 평생 결혼하지 않겠어요. 그저 그뿐입니다.”

“제가 다른 누군가와 결혼한다고 해도?”

“……네.”

클레어 님이 내가 아닌 다른 누군가의 아내가 되는 건 당연히 싫다. 예전이라면 나 자신의 마음을 눌러 죽이며 축복해 줄 수 있었을지도 모르지만 마나리아 님 덕분에 내 진짜 마음을 자각하게 된 지금은 그럴 수 있으리란 자신이 없다. 하지만 그렇다고 해서 클레어 님이 아닌 다른 사람과 결혼할 생각은 없다. 더욱이 집안을 위해서 로드 님과 결혼한다는 건 말도 안 된다.

“……당신에 대해서 최근 들어서는 조금은 이해할 수 있게 될 것 같았어요.”

“감사합니다.”

“하지만——.”

클레어 님은 이렇게 말을 이었다.

“당신에 대해서, 다시 알 수 없게 되어버렸어요.”

그 한마디는, 내 마음을 깊게 깊게 도려냈다.

이제 계절은 가을로 접어들려고 하고 있었다. 바람을 타고서 금목서 향기가 날아온다. 일본에서는 익숙하게 맡을 수 있는 가을의 향기인데, 이 〈Revolution〉의 세계에도 금목서가 있는 모양이라 다행이었다. 이런 부분도 역시 일본 게임 회사가 만든 게임이라고 느끼게 되는 부분이다.

현대에서는 화장실 방향제 냄새라고 조롱하는 사람들도 있지만, 이 세계에는 애초에 방향제 자체가 존재하지 않는다. 그 덕에 당당하게 금목서 향기를 좋아한다고 말해도 반대의견에 마주칠 일이 없다. 길을 따라 걸으면서 향기로운 내음을 가슴 깊이 들이마신다.

하지만 내 기분은 조금도 나아지지 않았다.

로드 님한테서 귀족들의 부정에 관한 설명을 듣고 난 다음 날부터 우리들은 재빠르게 조사에 착수했다. 사실 조사라고 생각하고 있는 건 나 혼자뿐이고 클레어 님이나 릴리 님은 부친의 결백을 증명하기 위한 활동이라고 생각하고 있는 모양이지만. 일단 우리들은 도르 님과 사라스 님 양쪽에 발을 걸치고 있는 귀족들부터 조사하기로 했다. 로드 님의 조사에 의하면 그 귀족은 군의 비품조달을 담당하면서 회계장부를 조작하고 있다. 이름은 웨지 톰슨 님이라고 한다. 그렇게 돼서 우리들은 지금 한창 웨지 님의 저택으로 향하는 중이다.

향하는 중이긴 한데…….

"……."

"……."

"저, 저기요……?"

릴리 님이 몹시 어색한 표정을 지으며 우리들의 기색을 살피듯이 말을 꺼냈다. 뭐 그 심정은 이해한다. 학교에서 다 같이 모인 이후로 클레어 님도, 나도, 인사 한마디 빼고는 한마디도 하지 않고 있었다. 그러니 어색할 만도 하지.

"오, 오늘 날씨가 참 좋네요!"

"구름이 꼈는데요?"

"그, 그러네요……."

"……."

좋기는커녕 당장이라도 비가 내릴 것 같은 날씨다.

"두, 두 분은 오늘 아침 식사는 뭘 드셨나요? 릴리는 호밀 빵에 콘 포타주였어요."

"오늘 아침은 늦잠을 자는 바람에 식사는 걸렀습니다."

"그, 그러신가요……."

"……."

릴리 님은 분명 어떻게든 이 분위기를 바꿔보려고 하는 거겠지만, 하는 족족 실패하고 말았다. 릴리 님은 아무런 잘못도 없다. 나쁜 건 클레어 님과 나다.

“저기…… 클레어 님?”

“……뭔가요.”

“아뇨…… 아무것도 아닙니다.”

나도 이 분위기를 어떻게든 해보려고 클레어 님한테 말을 걸어 보았지만 클레어 님의 반응은 쌀쌀맞았다. 이건 무리다 싶어서 나는 입을 다물기로 했다.

그 후로도 계속 침묵하고 있는 클레어 님과 나 사이에서 릴리 님이 어떻게든 나쁜 분위기를 쫓아내 보려고 노력해 주셨다. 하지만 결국 분위기는 칙칙하게 가라앉은 채였다.

그러는 사이에 톰슨 저택에 도착하기 직전이었다. 가능하면 저택에 도착하기 전에 이 분위기를 어떻게든 하고 싶은데.

“후꺄!”

그런 생각을 하고 있었는데 갑자기 귀여운 비명소리와 함께 눈앞에서 클레어 님의 모습이 사라졌다. 시선을 밑으로 내리자 뭔가에 발이 걸려 넘어진 건지, 큰 대자로 엎어져 있는 클레어 님이 보였다.

“키—잇! 이젠 레이뿐만 아니라 신발 끈까지 나한테 반항하는 건가요?!”

잘 보니 클레어 님의 펌프스 끈이 끊어져 있었다.

“레이 씨, 신발 끈이랑 똑같은 취급을 받고 계시는데 지금의 심정을 들려주시죠.”

“빨갛게 물들인 다음 새끼손가락에 묶어 드리고 싶습니다.”

물론 당연히 묶는 건 윈손이다. 그런 식으로 농담을 주고받는 와중에도 나는 딴생각에 잠겨있었다.

요즘 최근 들어서는 정서적으로 안정된 클레어 님이지만, 본래 그녀는 사소한 일에도 화를 내곤 하는 히스테릭한 성격이었다. 일반적으로 보면 추태라고 말할 수밖에 없는 그런 성격을 가진 클레어 님의 모습을 보고서 나는, 아아 정말로 사랑스럽다, 라고 생각했었다. 이번 로드 님의 프러포즈 때문에 삐꺽대고 있지만 처음부터 클레어 님과 나의 가치관이 다르다는 것쯤은 알고 있었다. 그야말로 나와 정반대의 가치관을 가지고 있기 때문에 더욱 사랑스럽다고 생각했던 거니까.

현재의 클레어 님은 좀 지나치게 이해심이 넓다. 지금도 잘 보면 내가 가진 결혼관에 이의를 제기하면서도 자신의 결혼관을 나한테 억지로 밀어붙이지는 않는다. 클레어 님은 가능한 범주 내에서 최대한 나를 존중해주려고 하고 있다. 그렇다면 나는 어떻게 하지?

이런 식의 어색하고 불편한 분위기 같은 건 우리들한테 어울리지 않는다. 나는 기분을 바꾸기로 했다.

“덜렁이 클레어 님도 완전 좋네요.”

“! 더, 덜렁이라니 뭔가요! 덜렁이라뇨!”

내가 의도적으로 장난치기 시작했다는 사실을 깨달은 건지, 지금까지 침묵을 유지하고 있었던 클레어 님도 거기에 반응해 주셨다.

“잠깐만 가만히 계셔주세요.”

나는 가방 속에서 가죽끈을 꺼낸 후, 그걸 가늘게 잘라서 임시 구두끈으로 만들었다.

"……손재주가 좋네요."

"클레어 님 덕분에 단련된 솜씨니까요."

끊어진 구두끈을 빼내고 임시 구두끈을 넣어서 응급처치를 했다.

"……어차피 저는 덜렁이인걸요."

"절대 그렇지 않습니다! 클레어 님 속옷을 볼 수 있어서 눈이 호강했어요!!"

"당신은 갑자기 무슨 소릴 하는 건가요?!"

"어, 뭐냐니…… 욕망입니다만……?"

"그러니까 그런 어리둥절한 표정 짓지 말란 말이에요!"

화내는 클레어 님도 엄청나게 좋아합니다.

"치, 치사해요—! 릴리도 백합백합하고 싶어요!"

"배, 백합백합이 뭔가요?"

"레, 레이 씨가 가르쳐 주셨어요. 여자끼리 알콩달콩하는 걸 백합이라고 부르는 모양이에요."

"당신은 릴리 추기경한테 뭘 가르치는 건가요?!"

"데헷."

나는 작게 혀를 내밀면서 허리를 일으킨 다음, 아직 넘어진 채로 있던 클레어 님에게 손을 내밀었다.

"클레어 님, 우리 화해해요."

"……우리들, 딱히 싸운 적도 없었는데요."

"그러네요. 하지만 조금 가치관의 차이라고 할까, 의견이 맞지 않는 부분이 있어서 서로 어색했던 것도 사실입니다."

"……그 말 대로네요."

클레어 님은 내 손을 맞잡아 주셨다.

나는 그 맞잡은 손에 힘을 담아서 조금 세게 일으켰다.

"꺅?!"

"엇차."

쏘옥, 하고 클레어 님의 가녀리면서도 아름다운 신체가 내 가슴으로 안겨들었다.

"음~ 이 끌어안는 느낌. 평생 놓아주고 싶지 않아."

"놓—으—세—요!"

"리, 릴리도, 릴리도요—!"

와자지껄.

"클레어 님. 제 결혼에 대해서는 일단 잠깐 미뤄두도록 하죠."

"네?! 레이 씨 결혼하시는 건가요?! 상대는 어떤 분인가요?! 서, 설마 릴리의 마음이 드디어 전해져서—?!"

"릴리 님은 잠깐 조용히 계셔주세요."

"……시무룩."

죄송하기 그지없지만 이야기가 진전되지 않으니까.

"결혼을 하든 말든, 지금 당장 결론을 낼 이야기가 아닙니다. 저도 좀 더 생각해 볼 시간이 있었으면 하고, 이게 원인으로 클레어 님과의 관계가 나빠지는 건 싫습니다."

"……레이와의 관계가 나빠지고 싶지 않다, 그 점은 저도 동의하는 바예요."

"그러니까 일단 보류라는 걸로."

"……어쩔 수 없네요."

그렇게 말하는 클레어 님은 뭔가 개운해진 것처럼 미소 지었다.

"자, 그럼 어서 일을 처리해 볼까요."

"네! 온순한 클레어 님도 좋긴 하지만 역시 클레어 님은 으쌰으쌰가 아니면!"

"으쌰으쌰라는 건 뭔가요?!"

"지금 같은 모습의 클레어 님입니다!"

"뭔 소린지 모르겠다고요!!"

만담을 주고받으면서 평소처럼 장난을 쳤다. 다행이다. 텐션을 회복했다.

"……켁…… 뭘 지들끼리 좋은 분위기 만들고 난리야."

"……."

"……."

"어버버버…… 죄, 죄송해요! 고의로 그런 게 아니에요!"

"이제 익숙해지긴 했지만……."

"이젠 깔끔하게 느껴질 정도의 태세전환이네요."

고의로 그러는 게 아니라는 건 이미 알고 있지만, 그래도 깜짝 놀란다.

"자 그럼 가보도록 할까요. 클레어 프랑소와 님이 행하는 악덕귀족 숙청의 시작입니다."

"뭔가 어감이 뒤숭숭한데요?!"

"리, 릴리만 두고 가지 말아주세요—!"

"이거 참, 클레어 님에 릴리 님까지. 오늘은 이렇게 방문해주셔서 감사합니다."

톰슨 남작가의 당주, 웨지 톰슨님은 생글생글 미소 지으면서 우리들 3명을 맞이했다. 웨지 님은 도르 님보다 조금 젊고, 살짝 살이 찐 남성이었다.

톰슨 남작가의 저택은 크기로 보면 프랑소와 가문의 저택에 비교할 정도는 아니지만, 그래도 하급귀족이라고는 도저히 생각할 수 없을 정도의 규모였다. 안내에 따라 들어선 저택 내부도 내가 보기엔 좀 저속하다 싶을 정도로 눈부시게 화려한 미술품들이 잔뜩 장식되어 있었다. 웨지 님은 응접실로 이어지는 복도를 걸으면서 저건 누구의 그림이라는 둥, 몇백만 골드가 들었다는 둥…… 그렇게 정말 알기 쉬운 귀족의 모습을 보여주고 있었다. 클레어 님과 릴리 님은 질색하고 있었다.

"그래서…… 오늘은 어떤 용무로 찾아오셨는지?"

다들 응접실에 앉자, 웨지 님이 아첨하듯 손바닥을 비비면서 클레어 님에게 물었다. 릴리 님 쪽으로도 때때로 시선을 보내고 있었지만 내 쪽으로는 쳐다보지도 않는다. 두 사람을 따라온 메이드라고 생각하고 있는 거겠지. 실제로 나는 클레어 님의 메이드가 맞지만.

“저는 실은 어제부로 국왕 전하께 특무관 직책을 하사받았습니다.”

“이미 들어서 알고 있습니다. 여성의 몸으로 임관하게 되시다니 굉장한 출세입니다.”

하급이라고는 해도 귀족은 귀족. 웨지 님은 특무관에 대해서는 이미 알고 있었던 모양이다. 역시나 정보가 빠르다.

“그래서, 오늘은 톰슨 가문을 조사하고자 이렇게 방문 드리게 되었습니다.”

“이런이런……. 그건 아무래도 평화로운 용건이라고는 할 수 없겠군요.”

웨지 님은 표정을 노골적으로 찌푸렸다.

“우리 가문이 특무관 님에게 조사를 받을 만한 부정을 저지르기라도 했다는 뜻인지?”

“그런 혐의가 걸려있으니까 조사하려는 건데요?”

“이 무슨…… 총명하신 클레어 님이 하시는 말씀이라고는 생각하기 힘들군요.”

어처구니없다고 말하려는 듯이 하늘을 우러르며 과장된 몸짓을 보였다.

“저로서도 사적인 감정으로 그런 혐의를 걸고 있는 게 아닙니다. 톰슨 남작, 거리낄 게 없다고 주장하신다면야 떳떳하게 조사에 협력해 주세요.”

“어쩔 수가 없군요. 좋습니다. 마음껏 조사해주시죠.”

웨지 님은 쓴웃음을 짓고 있었지만, 그 표정에는 ‘털어봤자 아무것도 안 나온다'라고 말하려는 여유가 엿보였다.
"그러면 최근 10년간의 재무상황을 알 수 있는 자료를 꺼내주겠어요?"
"알겠습니다. 서고에서 꺼내오도록 할 테니 잠시만 기다려주시죠."
웨지 님은 그 말과 함께 초인종을 울려서 시종을 부른 후, 일을 지시했다. 초로의 시종은 한순간 힐끗하고 우리 쪽으로 시선을 던졌지만 아무 말도 하지 않고 고개를 숙인 후 방을 나갔다.
"잠시 기다리시는 동안 과자라도 어떠십니까?"
"고, 고맙습니——."
"괜찮아요. 저희들은 놀러 온 게 아니니까요."
과자라는 말에 화색이 도는 릴리 님을 막고서 클레어 님이 딱 잘라 거절했다. 벌써 몇 번이고 말하게 되는 거 같지만 추기경이 이래도 되는 거냐.
"후후, 그런 말씀 마시고. 최근 블루메와 경쟁하고 있는 가게가 생겨서 말이죠. 플라텔이라는 가게입니다만 괜찮은 과자를 만듭니다. 본점은 아파라치아에 있는 모양이지만 이번에 수도에도 지점이 생겼지요."
"블루메를 이길 수 있을 거 같지는 않네요."
"진짜인지 아닌지는 부디 직접 클레어 님의 미각으로 확인해주십시오. 블루메에 이길지언정 결코 뒤지지 않지요. 게다가 거기 있는 메이드로서는 절대로 만들 수 없는 맛입니다."
웨지님이 그렇게 말하자, 메이드들이 기다렸다는 듯이 트레이에 티 포트와 코코뜨를 싣고 방에 들어왔다.

"이게 플라텔의 최고 인기 메뉴인 크렘 브륄레입니다. 아직 이 왕국 내에서는 드셔본 분이 거의 없을 거라고 생각합니다."

웨지 님은 자신만만하게 말했지만――.

"크렘 브륄레라면 이전에 이미 먹어본 적이 있어요. 이 메이드가 만들 수 있는걸요."

순식간에 흥미를 잃어버린 클레어 님이 나를 눈짓하면서 말했다.

"뭐라고요?! ……그, 그렇지만 플라텔의 과자는 초짜가 만드는 것과는 차원이 다릅니다. 부디 드셔봐 주셨으면 합니다."

웨지 님에게 있어서 플라텔의 크렘 브륄레는 사교를 위한 재료였겠지. 설마하니 상대편 메이드가 만들 수 있을 거라고는 상상도 못 했던 게 틀림없다. 눈에 보일 정도로 낭패감을 드러내고 말았지만 귀족 특유의 뻔뻔스러움으로 회복하고선, 다시 한 번 드셔보시라고 재촉했다. 별로 상관은 없지만 아까부터 나를 은근슬쩍 디스하고 있네. 그럴수록 클레어 님의 기분이 계속 급강하하고 있다는 사실을, 분명 웨지 님만 눈치채지 못하고 있었다.

"뭐, 그렇게까지 말한다면야 먹어보겠어요."

클레어 님은 스푼을 들고서 한순간 내 쪽으로 시선을 보냈다. 나는 고개를 끄덕였다. 우리들이 조사차 나가는 곳에서 나오는 식사에는 내가 전부 사전에 해독마법을 걸어 둘 수 있도록 사전에 의논을 마쳤다. 내가 해독마법을 걸었다는 사인을 보내자,

그제야 클레어 님은 크렘 브륄레를 입에 넣었다.
"뭐…… 나쁘지는 않네요."
"저, 정말로 맛있어요!"
클레어 님은 시큰둥한 평가였지만 릴리 님한테는 꽤나 호평인 모양이다. 릴리 님의 얼굴에서는 놀라움과 솔직한 칭찬의 기색이 엿보였다. 성공적으로 먹혀들었다고 생각한 건지 이때다 싶어서 웨지 님이 떠들기 시작했다.
"그렇죠, 맛있죠! 저도 이걸 처음 발견했을 때는 깜짝 놀랐습니다. 제 아내도 이전에는 블루메의 팬이었습니다만, 지금은 완전히 플라텔에 푹 빠져서 말이죠. 블루메의 과자는 매우 높은 가격이지만 플라텔은 가격도 꽤나 양심적이라――."
"하지만, 역시 이 메이드가 만들어준 거에는 미치지 못하네요."
"?!"
하지만 그다지 흥미 없다는 듯이 툭 던진 클레어 님의 말에 기분 좋게 지껄이고 있던 웨지 님의 안색이 바뀌었다.
"그, 그럴 리가……!"
"레, 레이 씨는 이것보다도 맛있는 걸 만드실 수 있는 건가요……?"
"물론이죠. 레이, 잠깐 맛을 좀 봐보세요."
그렇게 말하면서 클레어 님이 스푼으로 크렘 브륄레를 한 스푼 떠서 내 입을 향해 내밀었다.
"간접키스인데도 괜찮은 건가요?"
"뭐, 뭔가요 그 파렴치한 단어는?! ……됐으니까 맛이나 보세요."

"네."

사양하지 않고 받기로 했다. 스푼을 입속에서 집요할 정도로 혓바닥으로 쭉쭉 핥았다. 아니 이건 맛보기를 위해서니까요? 암튼 그렇다면 그런 줄 아세요.

"으음……. 이건 생크림이 좀 흠이네요. 우유의 비율이 좀 컸던 것 같습니다."

"뭣—?!"

"그리고 표면의 캐러멜 처리가 미숙하네요. 아마도 레시피는 완벽했겠지만 만드는 사람의 기술이 그걸 따라가지 못하지 않았나 싶습니다."

"네, 네놈! 뭘 다 안다는 듯이 입을!"

"톰슨 남작, 제 메이드의 무례는 사과드리겠지만 저도 동감이에요."

"아, 아닙니다! 클레어 님을 비난할 생각은 결단코—!"

클레어 님의 냉정한 목소리에 웨지 님이 당황하면서 비위를 맞추듯 간사한 목소리를 냈지만, 조바심을 가득 담은 눈으로 나를 노려봤다. 이야~ 거 무섭네~

하지만 나는 내심 기뻤다. 이 크렘 브륄레 레시피를 알고 있으니까. 플라텔…… 인가, 좋은 이름이네.

그런 걸 곰곰이 생각하고 있자니 문을 노크하는 소리와 함께 방금 전에 왔었던 초로의 시종이 들어왔다. 손에는 서류 묶음을 들고 있었다.

"그러면 살펴보도록 하겠어요."

과자는 치우도록 하고, 서류 묶음을 받아들었다. 나는 장부의 액수부터 먼저 대강 훑어보면서 전체적인 상황을 파악하기로 했다.

"클레어 님 곤란합니다. 아무리 클레어 님이 특무관으로 임명되셨다고 해도 일개 메이드한테까지 우리 가문의 재무자료를 뒤적이게 하는 건."

내가 장부를 펼치자 웨지 님이 재빠르게 클레임을 걸었다.

하지만——.

"이자도 특무관이에요. 특무관은 3명이라고 듣지 못하셨는지?"

"?! 이, 이자가?!"

웨지 님의 눈동자가 격렬하게 흔들렸다.

"뭔가 딱히 문제라도?"

"아, 아니요. 실례했습니다."

"어쨌든 간에 그렇게 됐으니까 쓸데없는 걱정은 필요 없습니다. 레이, 시작하도록 하세요."

"네."

클레어 님의 믿음직스러움을 다시금 느끼면서 나는 장부에 손을 뻗었다.

이 〈Revolution〉의 세계는, 중세적 요소들이 다수 있는 세계

다. 하지만 21세기 일본에서 만들어진 게임 세계라서 그런지, 묘한 부분에서 일본 느낌이 나는 요소가 있다는 것은 지금까지 여러 번 지적한 적 있다고 생각한다. 톰슨 남작가의 장부를 살펴보면서 나는 또 한 가지 요소를 찾아냈다.

그것은 복식부기와 그걸 통해 만들어진 재무제표다. 상세한 설명은 생략하겠지만 이건 현대 일본에서도 사용되는 회계기록 서식이다. 만약 이 세계의 장부 서류가 중세 유럽과 똑같은 형식으로 기록돼있었다면 아마 나로선 도무지 손쓸 수단이 없었을 것이다. 하지만 복식부기랑 재무제표가 있다면 어떻게든 할 수 있다.

"자 어떠신가? 뭐 이상한 점이라도 찾아내셨을까?"

웨지 님은 여유만만하게 미소까지 지으면서 우리에게 물었다. 우리들은 잠시 손을 멈추고 웨지 님을 쳐다봤다.

"네에, 여러 가지 것들을 알 수 있었습니다."

웨지 님의 질문에는 클레어 님이 아닌 내가 대신 대답했다.

"호오? 뭐를 알았을까?"

특무관이라는 걸 알고 있으면서도 평민을 상대로 경어를 써줄 생각은 요만큼도 없는 모양이다. 나도 오히려 그편이 상대하기 쉬우니까 다행이다.

"예를 들어, 최근 몇 년간 톰슨 가의 재정 상황은 그다지 좋지 않은 모양이군요."

"그 말대로다. 영지가 흉작이라서 말이지. 덕분에 가계부도 쪼들리고 있다."

정말 머리가 아프다며 웨지 님이 고개를 절레절레 흔들었다.

"그, 그런 것 치고는 가구들도 다 호화스러운 것들이고 고가의 과자를 살 여유도 있으시네요……?"

"릴리 님. 교회 분들은 이해 못 할지도 모르겠습니다만, 가구나 과자는 귀족의 품격과 직결되는 부분입니다. 설사 재정이 어렵다고 해도 그런 부분의 질을 떨어트리는 짓은 가문의 품격을 떨어트리는 일입니다."

"그, 그러신가요."

그럴싸해 보이는 이유를 대는 웨지 님과, 그 말 한방에 물러나는 릴리 님. 몇 번이고 되풀이하게 되지만…… 추기경이 이래도 되는 거냐.

자, 그럼 여기서 부터가 진짜다.

"이제 만족하셨습니까? 저도 한가한 사람이 아니라서 말이죠. 조사가 다 끝나셨으면 그만 돌아가 주셨으면 합니다만."

에둘러서 썩 나가라고 말하고 있다.

"클레어 님."

"……진짜로 하는 건가요……?"

"넵. 반드시요."

"……하아, 알겠어요."

크게 한숨을 한번 푹 쉬고 나서는 클레어 님도 각오를 다진 모양이었다.

"물렀거라—! 썩 물러가지 못하겠느냐—! 이 문장이 눈에 들어오지 않는 것이냐!"

내가 벌떡 일어서면서 프랑소와 가문의 문장이 들어간 약통을 내밀며, 웨지 님한테 큰소리로 외쳤다.

"뭐, 뭐하는 건가……?"

"이분을 누구라고 생각하느냐! 재무장관의 여식인 클레어 프랑소와 님이시다!"

"아니, 그건 알고 있는데……."

"에에잇! 고개가 높지 않으냐! 숙여라! 머리를 숙이지 못하겠느냐—!"

웨지 님은 혼란의 극치에 빠졌는지 릴리 님한테 도움을 요청하는 시선을 보냈다.

"저기…… 릴리 님은 이게 대체 뭔지 아시겠습니까?"

"저, 저기…… 아무래도 미토 코몬 님 놀이(일본의 시대극. 주인공인 미토 코몬이 나쁜 관리나 악당을 혼내준다.)라고 하는 모양이에요. 릴리도 뭔지 잘은 모르겠지만……."

유감. 당황하고 있는 건 릴리 님도 마찬가지였다.

"클레어 님. 장난도 적당히 해주셨으면 합니다."

"뭐, 사실 저도 그렇게 생각하지만, 레이가 꼭 좀 이걸 해달라고 시끄럽게 군단 말이에요……"

어라, 클레어 님까지 당황하고 있었다. 이거 참 이상하네.

"뭐 됐어요. 웨지 님. 분식회계를 저지르셨죠?"

"분식회계?"

"장부를 조작해서 재무상황을 일부러 나쁘게 보고하셨죠? 그렇게 묻는 겁니다."

"?!"

실제로는 분식회계에도 여러 가지 종류가 있고, 장부를 조작하는 행위 그 자체를 말하는 거지만 여기선 자세한 설명은 생략한다.

"무슨 근거로!"

"여기에 로드 님이 조사한 톰슨 남작령에서 징수한 세수입을 정리한 자료가 있습니다. 이것과 이 집에 있던 장부를 비교해보면 숫자에 크게 모순이 있습니다."

계집애라고 깔보고 있었던 웨지 님의 잘못이다. 웨지 님의 그 여유로운 태도는 우리들이 장부를 제대로 볼 줄 모를 거라고 얕보고 있었기 때문이겠지.

내가 블랙 기업에서 시달리던 직원이었다는 사실은 이미 설명했었지만, 좀 더 자세히 말하면 종합상사의 재무부 감사과에 있었다. 장부를 살펴보는 건 내 특기 분야다. 귀신도 울고 갈 사기꾼들이 넘쳐나는 그 세계에 비하면 이 정도 분식회계는 귀여운 축에 속한다고 느껴질 정도다.

전자계산기가 있으면 좋겠다고 생각했는데 거기서 릴리 님이 큰 도움을 주셨다. 릴리 님은 무려 초고속 암산이 가능한 분이였던 것이다. 암기력도 발군이라서 나는 릴리 님 계산기를 한 손에 들고 차례로 장부를 해독했다. 클레어 님? 천사는 이런 속세의 일 따위 안 하셔도 됩니다.

분식의 목적은 여러 가지가 있지만, 매출――여기서는 세금수입이지만――을 일부러 낮게 보고하는 행위는 대체로 그 의도가 뻔히 보인다.

"톰슨 남작가는 탈세를 저지르고 있군요."

"! 아, 아니야……!"

자기들이 부과한 세금을 일부러 낮게 적어서 그 차액을 빼돌리는 것이다. 사익을 챙기기 위한 전형적인 부정행위다.

"요 10년간의 탈세액은 대충 이 정도쯤 될까요. 그렇다면 추징 과세금액은 아마 이쯤 되겠네요. 어머, 큰일이어라. 집안 기둥이 뿌리 뽑히겠어요."

구체적인 금액을 적어서 보여주자 웨지 님의 얼굴색이 흙빛으로 변했다.

"이 세수입 자료라고 하는 건 정말로 신뢰할 수 있는 겁니까?!"

"로드 님을 모셔와 볼까요?"

"으윽……."

어떻게든 저항해 보려고 했던 웨지 님은 로드 님의 이름을 꺼내자 바로 얌전해졌다.

"자 그럼 톰슨 남작. 변명하실 내용이 있나요?"

"……없습니다. 제 죄를…… 인정합니다……."

푸욱 고개를 숙이는 웨지 님. 나는 전하한테서 받은 녹음용 마도구로 웨지 님의 자백을 기록했다.

"저를…… 어떻게 하실 생각입니까……?"

"당연히 왕궁에 보고해서 죄를 묻겠어요. 각오하도록 하세요."

클레어 님은 굳은 목소리로 사형선고를 내렸지만,

"그렇게 말하고 싶은 참이지만 분명 은사를 내릴 가능성이 있었죠, 레이?"

그 말에 웨지 님의 수그렸던 고개가 빠르게 올라왔다.

"은사가 아니라 사법 거래입니다. 클레어 님."

"아 그래요, 그거. 어찌 됐든 조건에 따라서는 죄를 감형해 준다는 모양이죠?"

"뭐든지 하겠습니다! 뭐든 말씀만 해주십시오!"

체면도 내팽개친 채, 웨지 님은 클레어 님의 발에 매달렸다.

"레이, 듣고 싶은 것들이 있는 모양이네요?"

"네. 장부를 보자면 사용 용도가 불분명한 돈이 있습니다. 아마도 다른 상급귀족의 비자금이라고 생각됩니다."

"그 비자금이 어디로 흘러 들어갔는지를 알고 싶은 거죠?"

"네."

클레어 님은 고개를 끄덕이며 매달려 있는 웨지님을 떨쳐내고, 내려다보는 자세로 힐문했다.

"누구에게 헌금했죠?"

"그, 그것이……."

"당신 대에서 톰슨 남작가의 명맥을 끊을 생각이신지?"

"……엘 백작가문입니다."

단념한 건지, 웨지 님은 결국 그 이름을 실토했다. 아무래도 좋지만 무릎을 꿇은 성인 남성을 내려다보며 힐문하고 있는 클레어 님은 저래도 되나 싶을 정도로 잘 어울렸다. 내 머릿속에 여왕님이라는 단어가 고개를 내밀고 있었다.

자 그래서.

우리들의 조사 기본방침은 이렇다. 로드 님이 조사한 증거에 이름이 올라가 있는 말단귀족들을 취조한 다음, 사법 거래로 정보를 캐내고, 그 정보를 토대로 아직 증거가 없는 귀족도 고구마 넝쿨 캐듯이 체포한다는 방법이다. 엘 백작은 톰슨 남작가보다도 상위 귀족이다. 이걸로 도르 님과 사라스 님에 한걸음 가까워졌다는 뜻이다. 물론 이 방법을 생각해 낸 건 나 혼자만의 힘이 아니다. 이런 방법을 생각해 낸 그 사람은 정말로 무서운 사람이라고 생각한다.

“수사에 협력해 주셔서 감사드리죠. 톰슨 가의 처분결과는 나중에 왕궁으로부터 기별이 올 거예요. 죄상의 감면에 대해서는 제가 아무쪼록 잘 말해두도록 하겠어요.”

“클레어 님의 관대한 처사에 감사드립니다.”

여기에 도착했을 무렵의 잰 체하는 태도는 이미 찾아볼 수 없었다. 웨지 님은 바닥에 무릎을 꿇은 채로 클레어 님 앞에 바짝 엎드려 있었다.

“이걸로 한 건 해결!”

“……저기요, 레이. 슬슬 아까 전에 한 연기는 뭐였는지 설명해줄래요?”

“어라?”

미토 코몬이 뭔지 모르는 클레어 님으로선 그런 의문이 들 수밖에 없나.

“저택 안에는 사용인들이 잔뜩 있었잖아요?”

“그렇죠.”

"소문이라는 건 막으려야 막을 수 없는 법이죠. 큰 목소리로 클레어 님의 이름을 대면서 그 정도로 소동을 일으키면 이 사람이 확실히 부정을 저질렀구나, 하고 주변 사람들에게 인상을 심어줄 수 있지 않겠어요?"

"과연 그렇군요. 의미가 있었던 거네요."

아뇨 뭐, 클레어 님으로 놀고 싶었을 뿐이라 지금 막 지어낸 얘기지만 말이죠.

그 후로도 당분간 수사는 순조롭게 진행됐다. 사법 거래로 고구마 덩굴 캐기 작전이 성공을 거둔 덕분에 지금까지 검거한 부정부패 귀족은 10명을 넘어섰다.

우리들이 하는 일은 빠르게 소문으로 퍼져나가서, 뒤가 켕기는 귀족들은 장부를 고쳐 쓰거나 자료를 은닉하는 식으로 은폐 공작을 펼쳤다. 하지만 장부라는 건 그렇게 바로 수정할 수 있는 물건이 아니다. 꺼림칙한 부분이 있다면 아무리 숨기려고 노력해도 결국 이상한 부분이 나오게 되는 것이다.

무엇보다 우리에게는 로드 님이 지휘하는 그룹이 몇 년 동안 조사해 놓은 자료가 있다. 거기에다 나에게는 분식을 간파하는 노하우도 있으니 귀족들의 은폐 공작은 쓸데없는 저항으로 끝나는 일이 많았다. 악덕 귀족을 가차 없이 차례로 때려눕히고 있는 클레어 님과 릴리 님은, 현재 평민들한테 엄청난 인기를 얻고 있는 화제의 인물이다.

그렇게 별일 없이 비교적 순조롭게 진전되고 있었는데, 이 시점까지 왔을 때 문제가 생겼다.

"도, 도르 님이나 아버님과 연결된 증거는 조금도 나오지 않네요……."

왕궁에 마련된 특무관 전용실에서 자료를 정리하면서 릴리 님이 중얼거렸다. 바로 그렇다. 하급 귀족부터 시작해서 일부의 상급귀족까지는 수사의 손길이 닿지만 도르 님이나 사라스 님에게 이어지는 증거는 먼지 하나 나오지 않고 있었다. 어지간한 선까지는 다가갔다고 자부하지만 거기서 딱 한걸음이 모자라다. 도르 님과 사라스 님은 몹시 용의주도한 거겠지.

"그렇다고 해서, 아버님과 사라스 님은 완전히 무죄…… 라고 할 수는 없겠네요."

클레어 님의 목소리에도 힘이 없다. 결정적인 증거는 없긴 하지만 정황증거는 이미 충분할 정도로 넘쳤다. 도르 님과 사라스 님이 부정을 저지르고 있을 가능성은 높다. 실제로, 체포된 중급 이상의 귀족들은 두 사람한테서 뇌물을 요구받은 일이 있다고 입을 모아 증언하고 있다. 하지만 도르 님과 사라스 님이 실제로 그런 일을 지시했다는 기록은 단 하나도 남아 있지 않았다. 두 사람의 아성은 견고하다.

우리들이 암울한 기분에 빠져있을 때 갑자기 문이 열렸다.

"여어, 제법 열심히 하고 있는 모양이잖나."

"로드 님……"

방에 들어온 사람은 로드 님이었다. 으겍.

"안녕하신가요."

"그래. 클레어는 그다지 심기가 편해 보이지는 않는데?"

"수사가 암초에 걸린 상황이라서요."

"뭐, 그럴 거라고 생각했어. 다른 귀족들은 어쨌든 도르와 사라스는 말이지……."

우리들이 인수인계를 받기 전까지 수사를 선두에서 지휘하던 로드 님이니, 우리들이 현재 직면하고 있는 난제도 이해할 수 있겠지.

"이렇게 된 거 직접 담판을 지어보는 건 어때?"

"아무런 증거도 없는데도 말이에요?"

"결정적인 증거가 없긴 하지만 정황증거는 있잖아. 그것만으로는 부족하더라도 친딸이 직접 증거를 들이밀면 뭐라도 실마리가 나올지도 모른다고?"

과연 그럴까. 하지만 별달리 뾰족한 수가 없다는 것도 사실이다.

"뭐, 할지 안 할지에 대해선 너희들한테 일임하지. 나는 나대로 할 일이 있으니."

"로, 로드 님은 지금 어떤 일을 하고 계시나요?"

릴리 님이 물었다.

"수도가 지금 두 가지 소문으로 떠들썩한 건 알고 있으려나?"

"아아, 그 쓸데없는 소문 말이네요."

클레어 님은 금방 뭘 말하는지 깨달은 모양이지만, 나로서는 무슨 말인지 알 수 없었다.

"클레어 님, 소문이라는 건 뭔가요?"

"레이도 참, 예리할 때랑 멍 때리고 있을 때의 격차가 너무 심한 거 아닌가요?"

왠지 디스 당했다. 저희 업계에서는 포상입니다.

"하, 하나는 정령의 분노에 관한 소문. 또 하나는 세인 님의 출생에 관한 소문이에요."

릴리 님의 말을 이어 클레어 님이 계속 설명해주셨다.

"최근 산의 정령이 심상치 않다. 귀족들의 부패에 정령들이 벌을 내리려고 하고 있다, 그런 소문이 퍼져있는 모양이에요. 그래봤자, 요 며칠간 낱낱이 밝혀진 부패 귀족들의 추문에 화가 치민 민중들이 만들어낸 소문이겠지만요."

아, 그런가. 지금 이렇게 됐는데도 겨우 그 정도밖에 안 퍼진 건가. 나는 창피하다는 생각이 들었지만 그걸 표정에 드러내지는 않았다.

"그리고 다른 하나는 세인 님이 로세이유 전하의 친아들이 아니다, 라는 소문이네요. 정말이지…… 평민은 망상도 거창하군요."

클레어 님은 화를 내는 모양이다. 지금은 어떤지 모르겠지만 클레어 님은 세인 님을 연모하고 있었다. 좋아하는 사람에 관한 나쁜 소문을 들으면, 그야 화가 날만도 하지.

"뭐, 그 두 가지 소문에 대한 일이다. 부패 귀족 적발은 너희들이 맡고 있으니 나는 그쪽을 조사하고 있지."

"왕족이신 로드 님이 그런 헛소문 따위에 어울려줄 필요는 없잖아요."

"아니, 그렇지도 않아."

반쯤은 불평이나 마찬가지인 클레어 님의 말에 로드 님은 매우 진지한 목소리로 대답했다.

"세인에 관한 소문은 둘째 쳐도 산의 정령의 분노가 내렸다는 사례는 과거에 실제로 있었어. 상당히 옛날이지만."

"그, 그런가요?"

"정령교회의 표현을 빌리자면 금기의 불, 이라고 하지."

"아, 그건……. 삿살 화산…… 말인가요?"

"그래."

이전에 학교의 목욕탕에 대해 소개하면서 설명했었지만, 학교의 목욕탕은 온천이다. 그렇다는 말은 수도가 화산지대에 있다는 뜻이다. 수도에서 가장 가까이 있는 화산이 삿살 화산이다.

"기록에 의하면 수백 년 전에 삿살 화산이 분화했었어. 그 당시 수도에는 악정이 만연해 있었다고 해."

그 때의 분화는 수도에 괴멸적인 타격을 주었다는 기록이 있다고 한다.

"설마 싶긴 하지만 민중의 불안도 있고 하니까 그냥 무시할 수는 없어."

"세인 님 쪽 소문은 어떤가요?"

유 님에 이어서 또 집안 소동은 아니겠지요, 하고 클레어 님이 물었다.

"거기에 관해서는 내 입으론 아무것도 말할 수 없어. 물어보고 싶다면 세인한테 직접 묻도록 해."

로드 님은 그렇게 말을 얼버무렸다.

"그러고 보니 레이. 내 프러포즈에 응해줄 마음은 들었나?"

"아니요. 요만큼도요."

"레이!"

"앗핫하! 괜찮아, 괜찮아. 싫다, 싫다 하는 것도 좋아함의 표현이라는 말도 있으니."

이봐, 당신 대체 몇 살이야, 라고 묻고 싶어졌다.

"우리들 지금 엄청 바쁜 데다, 로드 님도 공사다망하신 모양이니까 장난치지 말고 일하도록 하죠."

"예이예이. 뭐, 소문에 관해서 너희들도 뭔가 듣게 되는 게 있으면 가르쳐달라고. 그럼 이만."

그렇게 말하고서 로드 님은 방을 나가려고 했다.

"아, 잠깐 기다려주세요, 로드 님."

"오? 뭐냐?"

"삿살 화산의 산기슭에 작은 마을이 있었죠."

"아아, 있다만."

역시나 로드 님. 왕국의 지리에는 밝다.

"그 마을은 피난시키는 게 좋아요."

"어째서?"

"만약 분화하게 되면, 뿜어져 나온 마그마가 직격합니다."

내 말에 로드 님이 턱을 만지작거렸다.

"그야 나도 피난시키고 싶다고는 생각하지만 분화가 일어날**지도** 모른다, 라는 말만으로는 사람들이 움직이지 않는데?"

"……그렇겠죠."

역시 무리인가.

"뭐, 일단 마음에 담아둘게. 그럼 이만."

로드 님은 살랑살랑 손을 흔들며 방을 나섰다.

"레이, 당신 말이죠……."

"스톱입니다 클레어 님. 결혼에 관해서는 일단 미뤄두기로 정해놨잖아요."

"……그랬었죠."

클레어 님은 아직 뭔가 하고 싶은 말이 남은 모양이었지만, 일단은 더 이상 아무 말도 하지 않아 주셨다. 사랑이네!

"……."

"왜 그러시나요, 릴리 님?"

나는 릴리 님이 굳은 표정을 하고 있다는 사실을 깨닫고 말을 걸었다.

"아, 아뇨…… 아무것도 아니에요."

"아무것도 아닌 게 아니잖아요. 얼굴이 창백하다고요?"

확실히 릴리 님의 안색이 나쁘다.

"그, 금기의 불이…… 신경 쓰여서."

삿살 화산의 분화에 대한 것이다.

"화, 화산은…… 정말로 분화하는 걸까요……?"

"신경써봤자 소용없어요. 정령의 분노 같은 건 사람의 인지를 넘어서는 일이니까요."

"그, 그건…… 확실히 그럴지도 모르지만."

릴리 님은 하지만, 하고 말을 이었다.

"기록에 있는 분화에서는 엄청난 피해가 나왔다는 모양이에요. 저희들은 아무런 대비도 하지 않고 있어도 괜찮은 걸까요……?"

"릴리 추기경. 왕실과 귀족은 아무런 대비도 하지 않고 있는 게 아니에요."

여전히 걱정스러워 보이는 릴리 님을 향해 클레어 님이 냉정하게 지적했다.

"수도에는 농작물의 흉작에 대비한 식량도 비축되어 있는데다, 유사시에 대비해서 군대라는 조직이 있어요. 만약에 분화가 일어난다고 해도 아무런 손쓸 방도도 없는 게 아니에요."

클레어 님의 지적은 타당하다. 타당하지만 나는 그것만으로는 부족하다는 사실을 알고 있었다.

그리고——.

분화가 일어나기까지 이제 시간이 얼마 남지 않은 것이다.

"어머? 세인 님이네요."

오늘은 일단 이만 해산하기로 한 뒤. 특무관실을 나와서 집으로 돌아가려고 하던 중에 세인 님을 발견했다. 장소는 왕궁 입구에 들어서자마자 바로 있는 현관. 세인 님은 거기에 걸려있는 역대 왕족의 초상화 앞에 혼자 서있었다.

“……클레어에 릴리, 거기다 레이인가.”

“안녕하신가요, 세인 님. 여기서 뭘 하고 계신가요?”

클레어 님이 우리 셋을 대표해서 말을 걸었다. 세인 님은 우울해 보이는 표정으로 이쪽을 슬쩍 보고서는, 금방 다시 초상화로 시선을 되돌렸다.

“……어머님의 초상화를 보고 있었다.”

세인 님의 시선이 향하는 곳을 보자, 거기에는 전 왕비인 루루 님의 초상화가 걸려있었다. 우리들도 함께 초상화를 올려다봤다.

“루루 님인가요…… 아름다우신 분이셨어요. 초상화만으로는 표현해 낼 수 없는, 내면에서 우러러 나오는 그런 아름다움을 가진 분이셨죠.”

클레어 님의 말은 단순한 빈말이 아니다. 실제로 루루 님은 아름다운 분이었다. 은빛 머리카락은 아름답게 빛을 뿌리고, 붉은 눈동자는 왠지 모를 불가사의함 마저 품고 있었다. 경국지색이라고 표현하는 건 실례일지도 모르겠지만, 나는 그런 인상을 받았다.

무엇보다 루루 님이 왕비가 되고 나서부터 바우어 왕국이 안정되었기 때문에, 실제로는 경국이 아닌 구국의 미인이었다. 지금의 리세 왕비가 교회의 힘을 강화하는 결과를 낳게 된 것과 다르게, 본디 아파라치아의 왕녀였던 루루 님은 바우어 왕국에 아파라치아와의 공존공영을 가져왔다. 나 제국과의 분쟁에서 수세에 몰리던 당시의 왕국은 아파라치아와의 관계를 강화하는 것으로 세력을 키워서 함께 손잡고 제국에 대항하는 데 성공했다.

"……어머님은 외견만 아름다운 분이 아니셨다. 상냥한 분이셨어……."

그렇게 말하면서 애수 어린 눈동자로 그림을 바라보는 세인 님. 대사만 따로 보면 마마보이같이 느껴지지만, 세인 님이 말하니 전혀 그런 느낌이 들지 않았다. 얼굴이 면죄부라고 말하려는 게 아니라 아주 자연스럽게 행동했기 때문일 것이다.

"세인 님은 루루 님을 몹시 그리워하시는 거네요."

클레어 님도 루루 님과는 면식이 있다. 클레어 님은 도르 님의 딸로서 어릴 때부터 왕궁을 드나들었기 때문이다.

"……사실, 지금까지 기억하는 추억은 거의 없긴 하지만……."

세인 님은 살짝 자조하듯이 웃었다. 루루 님은 세인 님을 출산하고 난 후, 산후조리가 악화 되서 계속 병상에 누운 채로 있었다고 한다. 세인 님이 네거티브한 성격이 된 근본적인 원인은 바로 거기에 있다.

"……어머니는…… 나를 원망하지 않으셨을까……."

"그런 일은……! 자식을 원망하는 어머니가 어디 있다는 거예요."

"……하지만 어머니는 나를 낳은 탓에 일찍 돌아가셨다. 말년에는 거의 침대에서만 누워계신 채로, 좋아하시는 사교 모임에도 참석하지 못하고 돌아가시고 말았어."

게임의 설정 자료집에 의하면 루루 님은 클레어 님과 비슷한 취미를 가진 분이셨다는 모양이다. 좋은 의미로든 나쁜 의미로든 왕후 귀족다운 분이라 사교 모임을 좋아하고, 권모술수로 소용돌이치는 왕궁이기 때문에 한층 더 빛이 나는 그런 여성이었다고 한다.

그런 사람이 자신 때문에 침대에서 일어나지를 못했다는 말을 들으면, 확실히 세인 님 같이 생각하게 되는 것도 어쩔 수 없는 일일지도 모른다.

"세인 님은 남성분이시니 잘 모르실지도 모릅니다. 하지만 여성에게 있어서 자기 자식이라고 하는 건 분명 특별한 의미를 가지고 있다고요."

클레어 님은 그렇게 말하면서 세인 님을 위로했다. 클레어 님이 하는 말은 일반론에 지나지 않는다. 실제로는 자기 자식을 사랑하지 못하고 괴로워하는 모친이 얼마든지 있다는 사실을 나는 잘 알고 있었다. 하지만 지금 이 상황에서 그런 말을 꺼내서 지적하는 건 아무런 의미도 없다.

"……."

그건 그렇고 세인 님에게는 클레어 님의 진지한 위로가 마음에 닿았을지 어떨지. 그는 언제나처럼 무표정인 채로 그저 묵묵히 루루 님의 그림을 바라보았다. 잠시 침묵이 흐른다.

"세, 세인 님. 릴리도 클레어 님의 말이 옳다고 생각합니다."

구원의 손길을 내민 건 릴리 님이었다. 혹은 그저 이 침묵을 견딜 수 없었을 뿐일지도 모르겠지만.

"아, 아버님이 말씀하신 적 있어요. 왕자님에 대한 루루 님의 애정은 남다를 정도였다고."

"……사라스가?"

고개를 끄덕하는 릴리 님.

"루루 님은 특히나 세인 님을 계속 마음에 걸려 하셨던 모양이에요. 자신이 건강하게 낳아주지 못했다, 라고."

세인 님의 출산은 난산이었다. 루루 님의 산후조리가 좋지 못했던 것처럼, 세인 님 또한 미숙아로 태어났던 것이다. 그 때문에 세인 님은 어릴 때 몸이 약해서 자주 앓았다고 한다.

"오해가 있었던 모양이네요."

나도 클레어 님의 말에 동감이었지만 당사자 중 한 명은 이미 고인이다. 진상은 알 수 없다.

"……."

세인 님은 아무 말도 없었다. 그는 원래부터 말수가 많은 편이 아니지만 오늘은 한층 더 말수가 적다. 혹시?

"혹시 세인 님은 왕도 내에 퍼져있는 소문이 마음에 걸리시는 건가요?"

"레이!"

"네? ……아."

클레어 님의 말을 듣고서야 깨달았다. 로드 님은 직접 물어보라고 말하긴 했지만, 내용이 내용이니 만큼 본인에게 물어볼 만한 일이 아니었다. 분명 클레어 님과 릴리 님은 세인 님의 기분이 가라앉아 있는 이유를 이미 진즉에 눈치채고 있었겠지. 나랑은 다르게 분위기를 잘 읽으니까.

"……너희들도 들은 건가."

"세인 님. 평민들의 무책임한 소문 따위는 신경 쓰실 필요 없어요."

"마, 맞아요!"

클레어 님과 릴리 님이 내 실언을 수습하기 위해 나서주셨다.

하지만——.

"……하지만 나로서도 짐작 가는 일이 없는 건 아니야."

세인 님의 표정은 펴질 줄을 몰랐다.

"……전하도…… 나에게는 데면데면하셨던 적이 많아. 그건 명백하게 로드나 유와는 다른 태도였어."

즉, 세인 님은 전하가 진실을 알고 있는 게 아닌가, 하고 생각하는 모양이다.

"……처음에는 내가 왕자로서 부족한 탓이라고 생각하고 있었다. 하지만 그걸 차치하고서라도 전하가 나를 대하는 태도는 이해가 가지 않는 부분이 많았어. 혹시나 소문이 사실이라면 모든 게 설명되는 느낌이 들어."

담담한 기색이긴 했지만 그 말에는 오랜 세월 동안 쌓여왔던 고뇌가 배어 나오고 있었다.

"세인 님……."

클레어 님은 다독이는 목소리로 말을 걸었다. 원래 세인 님을 마음에 두고 있었던 클레어 님이다. 이렇게 풀이 죽어있는 세인 님을 보면, 그야 뭐 모성본능이 일어나는 것도 당연하겠지.

"……안 되겠군. 아무래도 컨디션이 별로야. 이런 약한 소리를 내뱉다니 나답지 않아."

"저라도 괜찮다면 언제든지 얘기를 들어드리겠어요."

"……그 마음은 고맙지만 이래 봐도 이 나라의 왕자니까. 왕이 될 자가 이런 추태를 보일 수는 없지."

"왕을 옆에서 지탱하는 게 신하의 역할이에요."

"……그렇군. 내가 왕이 된다면 클레어는 분명 믿음직스럽겠지."

세인 님은 그제야 드디어 그 다운 웃음을 지었다. 그는 웃는 일이 좀처럼 없다. 그런 만큼 그 미소는 꽤나 매력적이었다.

"뭘 홀딱 빠져계시는 건가요, 클레어 님. 클레어 님에겐 저라는 사람이 있으시면서."

거기서 분위기 따위는 상관없이 곧바로 태클을 넣는 사람이 바로 나다.

"?! 호, 홀딱 빠지다니 그런…… 아니 그보다 당신이 저에게 어떤 사람이라는 건데요!"

"네? 영혼의 반쪽이잖아요?"

"처음 듣는 소리인데요?!"

"이 자식도 저 자식도 연애질이나 일삼고 말이야……."

"릴리 추기경도 좀 조용히 해주실래요?!"

"죄, 죄송합니다!"

방금 전까지 있었던 숙연한 분위기는 이미 저 멀리. 우리들은 만담을 주고받느라 떠들썩했다.

"……하하, 너희들을 보고 있으면 쓸데없는 일에 신경 쓰는 게 바보같이 느껴져. 걱정을 끼쳐버리고 말았구나. 나는 괜찮아."

"저는 별로 걱정하지 않았지만 말이죠."

"레이! ……무슨 일이 있다면 언제든지 말씀해 주세요."

"리, 릴리도 미력하나마 힘이 되어 드릴게요!"

"……고맙다."

그렇게 말하고서 세인 님은 초상화 앞을 떠났다. 발걸음에도 힘이 들어가 있어서 아무래도 정말로 괜찮은 것 같았다.

그건 그렇고――.

"정말 네거티브하네요~"

"정말이지 당신은……. 세인 님이 관대하신 분이 아니었다면 목이 날아갔을 거라고요?"

"뭐, 저도 장난을 걸 상대는 잘 구분하고 있으니까요. 릴리 님과는 다르게."

"에, 에에에?!"

나는 최대한 명랑하게 행동했다. 세인 님도 걱정이긴 하지만 나에게 있어서 1순위는 어디까지나 클레어 님이다. 클레어 님이 분위기에 휩쓸려서 기분이 가라앉는 일이 없도록, 장난을 쳐서라도 분위기를 가볍게 만든다.

광대라는 말을 들어도 좋다. 이게 내가 선택한 길이니까.

우리들은 방주인의 성격을 대변하는 것 같은 장식 하나 없는 문을 노크했다.

"네. 들어오시죠."

"실례하겠습니다."

클레어 님을 비롯해 릴리 님과 나까지, 우리 셋이 향한 곳은 바우어 왕궁 안에 있는 사라스 릴리움 재상의 집무실이다. 사라스 님의 집무실에서 가장 먼저 눈길을 끈 것은 수없이 많이 쌓여 있는 유리 세공품들이었다. 유리 세공품은 작은 문진부터, 수수께끼의 오브제처럼 보이는 커다란 물건들도 있었다.

"이건…… 유리 세공품 인가요?"

"아니요, 얼음 세공입니다. 수속성 마법을 응용해서 녹지 않는 얼음으로 만들었습니다."

그러고 보니 사라스 님의 마법 적성은 수속성 중간 적성이었다. 분명, 공격 마법에는 재능이 없지만 암시계열 마법이 특기였다고 기억하고 있다.

"취미입니다. 변변찮은 솜씨입니다만 때때로 구매하시는 분들도 있습니다. 뭐, 그분들은 대체로 작품의 완성도보다 제가 만들었다는 사실에 더 흥미가 있는 모양입니다만."

업무용 책상에 앉아 뭔가를 끼적이면서, 사라스 님은 장난스러운 말투로 말하며 웃었다. 사라스 님은 변변찮은 솜씨라고 했지만 내가 보기에는 제법 센스가 좋은 물건들도 섞여있었다. 뭐, 사라스 님이라는 인물은 엄청 싫지만.

"쓸데없는 말은 필요 없겠죠. 당신들이 이곳에 왔다는 말은 저한테 부정의 혐의라도 있나요?"

대충 마무리를 지었는지, 사라스 님이 끼적이던 손을 멈추고 침착한 태도로 물었다. 뒤가 켕기는 일 같은 건 하나도 없다는 당당한 태도로 얼굴에 미소를 짓고 있다. 태연자약이라는 말이 잘 어울린다.

우리들이 여기에 찾아온 이유는 사라스 님이 말했듯이 부정을 추궁하기 위해서였다. 로드 님의 제안을 따르는 건 조금 마음에 들지 않지만 그 외에는 별달리 뾰쪽한 수단이 없었기 때문에 직접 담판을 지어보기로 했다.

하지만 그다지 기대는 할 수 없다.

왜냐하면 여기에 오기 전에 이미 도르 님의 저택에서 실패를 맛보았기 때문이다. 아무런 성과도 없이 도르 님의 집무실을 뒤로했을 때, 등 뒤로 들려왔던 말이 다시 떠오른다.

'클레어, 너는 좀 더 현명한 아이라고 생각하고 있었는데 말이지.'

나는 그 말이 말 그대로의 의미가 아니라는 사실을 알고 있었지만 클레어 님은 복잡한 심정이었겠지. 자기도 부친의 무죄를 믿고 싶은데 의심할 수밖에 없는 상황, 그런 상황에서 부친한테 그런 말을 들은 것이다. 뭐, 내심 유죄가 확정되지 않아서 조금 안심하고 있을지도 모르지만.

그런 일이 있었기 때문에, 클레어 님은 오늘 기운이 없다. 오늘 우리의 주 전력은 릴리 님이다.

"아, 아버님! 적당히 좀 하세요!"

릴리 님이 참을 수 없다는 듯이 큰 목소리로 소리쳤다.

"릴리, 큰 소리 내지 말아 주시죠. 대체 뭘 적당히 하라고 말하고 있는 겁니까."

그에 비해 사라스 님은 여유만만이었다. 느긋한 태도로 의자에서 일어나더니 우리들 앞에 섰다.

"아, 아버님과 친밀한 관계에 있었던 귀족분들에게서 증언이 있었어요! 아버님께 뇌물요구를 받았다고!"

"그렇습니까. 그래서 증거는?"

"아, 아직도 그런 소리를 하시는 건가요?! 그 정도로 많은 사람이 증언하고 있다고요! 발뺌할 수 있을 리가——."

"증거는, 없다는 거죠?"

"우, 우으……."

조용하면서도 엄청난 박력이 느껴지는 사라스 님의 목소리에 릴리 님은 압도당했는지 입을 다물고 말았다. 이래선 승산이 없다.

"방을 조사해 봐도 될까요?"

"상관없습니다만 국정에 관련된 자료는 안 됩니다."

내 요청에 사라스 님이 조건을 달았다.

"우리들한테는 수사 권한이 내려와 있습니다."

"재무감사만, 이겠죠? 국정수사권은 귀족원에서 부여하는 권리입니다. 당신들 개인이 열람할 권한은 없습니다."

우리의 약점을 찔러온다. 역시나 빈틈이 없다.

"보여주실 수 있는 범위만으로도 상관없습니다. 그럼 장부를 꺼내주십시오."

"그러죠."

우리들은 그 후로 시간을 들여서 장부를 조사했다. 하지만 아무리 살펴봐도 모순점 하나 나오지 않는다. 기분 나쁠 정도로 건전한 장부였다.

"거기 있는 금고도 조사 해봐도 될까요?"

업무용 책상 옆에는 튼튼해 보이는 금고가 있었다.

"그건 안 됩니다. 국정과 외교에 관련된 중요한 기밀이 보관되어 있습니다."

"그걸 믿으라고요?"

"어떻게든 조사해보고 싶으시다면 수사권을 받아서 다시 오시죠."

힘으로 제압해서 열어보려고 해도 금고 번호는 사라스 님 밖에 모른다. 지금 상황에서 사라스 님의 죄를 물을 요소는 아무것도 없는데다, **현시점**에서는 부정의 증거가 있는 장소도 모른다. 손 쓸 도리가 없다.

"아버님……. 릴리는 슬퍼요."

이제는 그냥 빈손으로 돌아갈 수밖에 없게 됐을 때, 릴리 님이 작은 목소리로 말했다.

"분명히 물적 증거는 없을지도 몰라요. 하지만 지금까지 수사해왔던 저희들은 알고 있어요. 아버님은 부정을 저지르고 있어요."

"그건 트집이나 마찬가지입니다."

"아무리 덮어보려고 한들 신은 모든 걸 보고 계십니다. 그 죄는 언젠가 심판을 받겠죠. 릴리는 그렇게 되기 전에 아버님이 스스로 죄를 자백해 주시기를 기도하겠습니다."

"릴리……."

"실례하겠습니다."

그 말을 남기고서 방을 나가려는 릴리 님. 우리들도 그 뒤를 따라 함께 나가려고 했는데,

"기다리세요."

사라스 님이 불러 세웠다.

"릴리, 한 가지 기억해 두는 게 좋을 겁니다."

"……?"

릴리 님이 어리둥절한 표정을 지었다.

"기도만으로는 아무것도 해결되지 않습니다. 뭔가를 이루고 싶다면 그 손을 더럽히는 일을 두려워해선 안 되죠."

"그건, 아버님 자신을 말하는 건가요?"

"글쎄요. 하지만……."

거기서 사라스 님은 잠시 말을 멈추더니,

"릴리…… 당신은 불쌍한 아이군요."

내가 그 말의 의미를 깨닫게 된 건 좀 더 훗날의 일이었다.

"결국 로드 님이 말한 대로 되고 말았네요."

클레어 님이 우울한 얼굴로 말했다. 도마뱀 꼬리 자르기—— 딱 그 말 대로였다.

"손쓸 방도가 없어요…… 여기까지 와서 증거가 없다니."

"리, 릴리도 동감이에요."

클레어 님도 릴리 님도 올곧은 마음을 가진 사람이다. 그런 사람이 자기 친아버지가 죄를 저지르고 있을지도 모른다는 상황에 처했다. 이런데 어찌 마음이 아프지 않겠는가.

"아직 단서가 없지는 않아요."

내가 그렇게 말하자, 두 사람은 얼굴을 마주 보았다.

"단서라니, 짐작 가는 귀족이라도 있나요?"

"아니요, 귀족이 아닙니다."

아마도 귀족을 통한 접근으로는 두 사람을 몰아붙일 수 없다. 사실은 나는 처음부터 그럴 걸 알고 있었다. 그리고 어떻게 해야 좋을지도.

"레지스탕스와 접촉해 보려고 합니다."

"레지스탕스?"

"……?"

클레어 님도 릴리 님도 고개를 갸웃거렸다. 그야 그렇겠지.

"레지스탕스라는 건…… 이 나라의 혁명세력입니다."

"?!"

두 사람의 안색이 변했다. 무리도 아니다. 클레어 님도 릴리 님도 특권계층에 속한 사람이다. 두 사람 입장에서 보면 혁명세력이라는 건 적일뿐이다.

"바보 같은 소리를! 그런 자들과 엮이는 일 따위 사양하겠어요!"

"리, 릴리도 그렇게 생각해요!"

당연히 두 사람은 반대의 목소리를 높였다.

하지만——.

“그럼 두 분은 여기 계셔주세요. 저 혼자 만나러 다녀오겠습니다.”

나는 양보할 생각이 없었다. 이건 늦든 빠르든 반드시 필요한 절차니까.

“다시 생각해보세요! 레이는 이미 저에게 속해있는 사람이잖아요?! 그런 당신을 혁명세력이 만나줄 거라고 생각하는 건가요?!”

“만나줄 거라고 생각합니다.”

“?!”

클레어 님의 얼굴은 자세한 설명을 요구하고 있었지만, 나는 그걸 묵살했다.

“어쨌든 간에 앞으로의 일은 저한테 맡겨주세요.”

“안돼요! 허가할 수 없어요!”

“클레어 님…….”

“너무 위험해요! 만약에 무슨 일이라도 생기면 어떻게 할 거예요?!”

“괜찮다니까요.”

라고 말해봤자 설득력이 있을 리가 없네. 어떻게 해야 할까.

“그럼 이렇게 하도록 하죠. 우리들은 레지스탕스 사람들한테 혁명 같은 그런 뒤숭숭한 짓은 그만둬 달라고 교섭하러 가는 겁니다. 부정에 관한 교섭은 그 김에 겸사겸사하는 건 어때요?”

“얘기가 통하는 상대인가요?”

"적어도 돌아오지 못하게 될 일은 없을 거라고 생각합니다. 애초에 레지스탕스라고 해봤자 아직 규모 자체가 작은 조직이라서, 현시점에서는 혁명을 일으키는 일 따위 불가능에 가까우니까요."

"……."

"거기다 저희들은 귀족세력이지만 부패한 귀족들을 잡아들이는 쪽이잖아요? 전혀 얘기조차 들어주지 않거나 그런 일은 없을 겁니다."

나는 클레어 님이 알아주실 수 있도록 말을 쏟아냈지만, 클레어 님은 아직 납득하지 못한 기색이었다.

그러나――.

"그, 그분들이 아버님들의 부정에 대한 증거를 가지고 있는 거죠?"

내 제안에 따르려는 기색을 보인 건 릴리 님이었다.

"릴리 추기경. 아직 아버님들이 유죄라고 확정된 건――."

"거기에 대해선 제가 보증하겠습니다. 그 사람들은 분명히 단서를 가지고 있습니다."

증거 자체를 가진 건 아니지만.

"어떻게 당신이 그걸 단언할 수 있는 거죠?"

"정말 죄송합니다, 클레어 님. 거기에 관해서는 설명할 수 없습니다."

아무리 그래도 게임 지식이라고 말할 수는 없다.

"레이!"

"클레어 님, 레이 씨를 믿어보도록 하죠."

"릴리 추기경…… 당신……."

"아버님도 말씀하셨어요. 뭔가를 이루려면 손을 더럽히는 일을 두려워해선 안 된다, 라고."

릴리가 불쌍하다고 했던 말의 의미는 잘 모르겠지만요, 릴리 님은 힘없이 웃으며 말했다.

"릴리는 아버님이 죗값을 치르셨으면 해요. 아버님이 자수하지 않는다면 딸인 릴리가 증거를 들이밀겠어요."

그야, 하고 릴리 님이 말을 이었다.

"그야, 죄는 반드시 심판받아야 하는 거니까요."

그 장소는 수도 외곽의 슬럼가 안쪽에 있었다. 얼핏 보면 폐허로 보일 정도로 낡은 건물 입구 앞에는 건장한 남성 두 명이 서 있었다. 클레어 님과 릴리 님과 나, 우리 셋은 그 모습을 조금 떨어진 장소에서 관찰하고 있었다.

"역시 그냥 그만두지 않을래요?"

"여기까지 와서 무슨 말씀 하시는 건가요."

"마, 맞아요. 모처럼 이렇게 변장까지 했는데."

릴리 님 말대로 지금 우리들은 평소의 학교 교복 차림이 아니다. 교복 차림으로 슬럼가를 어슬렁거리고 있으면 제발 습격해 달라고 말하는 거나 마찬가지다. 물론 만약에 습격당한다고 해도 어지간해서는 당할 리가 없는 우리들이지만, 괜한 소동을 일으켜서 레지스탕스들의 경계를 사고 싶지 않았다.

그런 이유로 우리들은 평민 복장…… 그것도 꽤나 허름한 옷차림을 하고 왔다. 여자들끼리만 있다는 사실을 알 수 없도록 눈 밑까지 깊숙이 후드를 눌러썼다.

"자, 그럼 어디 가볼까요."

"잠깐만요, 레이! ……정말이지."

"가, 가보죠, 클레어 님."

우리들은 마음을 단단히 먹고 건물로 다가갔다.

"실례합니다."

내가 말을 걸자 문지기들은 의아한 표정이었다. 가까이서 보자 한 명은 키가 크고 허리에 칼을 차고 있었고, 다른 한 명은 땅딸막한 체형에 손도끼처럼 생긴 무기를 손에 들고 있었다.

"뭐냐. 여기는 꼬맹이들이 올 만한 곳이 아니야."

"여기 두목한테 용건이 있어서 찾아왔습니다. 안쪽에 전해주시죠."

"그러니까 여긴 꼬맹이들이 올 만한 곳이 아니라고 했잖아. 썩 돌아가."

키가 큰 쪽이 위협하듯이 말했다. 흠. 역시나 정공법으론 무리인가.

그렇다면.

"라스타 남매는 잘 있나요?"

"?! 네 녀석…… 어떻게 그 이름을."

내 한마디에 문지기들의 안색이 변했다.

"아라 님을 만나게 해주시겠습니까?"

"……."

"이봐, 이 녀석들 어떻게 두목의 이름을……."

"닥쳐. 너는 이 녀석들이 도망가지 못하게 감시하고 있어. 두목한테 물어보고 오지."

그렇게 말하고서 키가 큰 문지기가 건물 안쪽으로 들어갔다.

"잠깐만요 레이, 어떻게 된 건가요. 당신 여기 사람들과 면식이 있는 건가요?"

"아니요. 없습니다."

"그럼 어떻게 그렇게 이름들이 술술 나올 수 있는 거예요."

"클레어 님. 여자한테는 비밀이 있는 법입니다."

"당신 말이죠, 지금은 장난칠 상황이——."

"네놈들, 시끄럽다고."

클레어 님과 소곤소곤 대화하고 있자니 문지기가 돌아왔다.

"두목님이 만나겠다고 하신다. 들어와."

키가 큰 문지기가 문을 열고서 턱짓으로 재촉했다.

"감사합니다."

우리들이 안에 들어가자마자 뒤에서 문이 잠겼다.

"?! 잠깐만요!"

"클레어 님, 괜찮습니다."

"하지만!"

"저를 믿어주세요."

"……알겠어요."

클레어 님은 불만스러워 보였지만, 일단은 내 말에 따라주시는 모양이다. 그렇다고는 해도 언제 폭발해도 이상하지 않다는 느낌도 있었다. 이건 여러 가지 의미로 주의를 기울여야겠다.

건물 안은 허름한 외관만 봐서는 상상도 할 수 없을 정도로 잘 꾸며져 있었고 청결함마저 느껴질 정도였다. 가구나 집기는 최소한으로만 있었지만 평민 수준은 되는 걸로 보였다. 우리들은 문지기 뒤를 따라 복도를 지나 가장 안쪽에 있는 방에 도달했다.

"두목, 데려왔습니다."

"수고했다."

두목, 이라고 불린 사람은 키가 큰 여성이었다. 옅은 금발을 뒤로 대충 묶고 있었고, 얼굴에는…… 아니, 아마도 전신에 화상으로 인한 흉터가 있었다.

"자 그럼 물어보고 싶은 것들은 산더미 같지만 일단은 그 후드부터 벗어주실까."

화상을 가진 여성—— 아라 라스타는 입가에 옅은 웃음을 지으면서 그렇게 말했다. 그러나 웃고 있는 건 입뿐. 차가운 눈으로 우리를 응시하고 있었다. 드센 성격의 클레어 님조차 내 옆에서 기가 눌려서 걱정스러운 표정을 짓고 있는 걸 알 수 있었다. 우리들이 얌전히 얼굴을 드러내자, 아라의 표정이 살짝 꿈틀했다.

"……여기가 어떤 장소인지 이해하고 있는 건가?"

"평민운동의 최선두. 레지스탕스 본부라고 알고 있습니다."

"호오……. 누구한테 들었지?"

아라는 재밌는 거라도 찾아낸 것 같은 눈으로 계속 질문했다.

"아무한테도. 당신 동료 중에 배신자가 있다거나 그런 건 아니니까 안심해 주십시오."

"그런 소리를 믿으라고?"

"믿을 수밖에 없습니다── 아라 마누엘 씨."

그 이름을 입에 올린 순간, 나는 목덜미에 작은 통증을 느꼈다.

"레이?!"

"레이 씨?!"

두 사람이 재빠르게 마법 지팡이를 꺼내려는 걸 손으로 제지했다. 어느새 칼끝이 내 목덜미를 겨누고 있었다. 눈으로도 쫓아갈 수 없을 정도로 빠른 솜씨였다. 칼을 뽑는 동작이 전혀 보이지 않았다.

"네 녀석…… 어떻게 그 성씨를 알고 있는 거냐."

방금 전과는 다르게 두목의 얼굴에서 동요의 기색을 읽을 수 있었다. 아라 라스타 라는 이름은 가명이다. 그녀의 진짜 패밀리 네임은 마누엘이라고 한다. 물론 내가 그걸 알고 있는 이유는 게임 지식 덕분이다.

"자세한 내막은 밝힐 수 없습니다. 하지만 저는 당신에 대해 거의 모든 것을 알고 있습니다. 지금 뭘 하고 있는지, 그리고 앞으로 뭘 하려고 하는지도."

“거기까지 알고 있는 자를 얌전히 살려 보낼 거라고 생각하는 건가? 자살희망자라도 되는 건가?”

“아니요. 우리들은 당신들과 거래를 하고 싶어서 이곳을 찾아온 겁니다.”

“……거래라고?”

“일단은 칼부터 치워주시지 않겠습니까. 말하기에 너무 불편하네요.”

내가 그렇게 말하자 아라는 잠시 경계하듯 나를 노려보았지만, 이윽고 후우, 하고 크게 한숨을 한번 내쉬고서 칼을 내렸다.

“……일단 말은 들어보도록 하지. 네 녀석들을 살려 보낼지 말지는 그 후에 판단하겠다.”

“감사드립니다.”

일단 아라를 교섭 테이블에 앉히는 데는 성공했다. 하지만 여기서부터가 진짜다.

“당신들은 지금 활동자금에 허덕이고 있을 터. 그러니 당신들한테 백만 골드를 제공하겠습니다.”

“……호오? 그런 거금을 어디서 구한거지?”

“출처는 아무래도 상관없겠죠. 이쪽의 자금제공에 대한 대가로서, 사라스 재상과 루루 왕비가 몰래 간통하고 있었다는 증거가 어디에 숨겨져 있는지를 알려주셨으면 합니다.”

“……네 녀석은 정말로 뭐 하는 녀석이지……? 어디까지 알고 있는 거냐.”

“거의 전부. 라고 말씀드렸습니다.”

아라는 여전히 경계의 기색을 늦추지 않는다. 무리도 아니다. 이쪽에선 아라가 손에 든 패를 전부 알고 있는 거니까.

"아, 아버님이 전 왕비님과 간통?! 대체 무슨 말씀을 하시는 건가요, 레이 씨?!"

너무나도 크게 동요한 탓인지 릴리 님이 무심코 입을 열었다.

"호오, 이쪽 아가씨는 릴리 추기경인가. 그렇다는 너는 레이 테일러겠군?"

아라가 씨익, 하고 웃는다. 한 방 먹였다는 표정이다.

하지만——.

"쓸데없는 연기는 그만둬 주시죠. 후드를 벗었을 때부터 당신은 이미 우리들이 누군지 알고 있었을 텐데요."

아라의 저 말은 블러프다. 그 패는 우리 쪽에서 일부러 드러내 놓고 있었다. 처음부터 정체를 숨길 생각 따위 없었다. 아라는 칫, 하고 혀를 찼다.

"그리고 릴리 님. 사라스 님은 왕비님과 불륜을 저지르고 있었습니다. 불륜의 결과로 태어난 게 세인 님입니다."

"무, 무무무슨?!"

즉, 세인 님의 소문은 진짜였던 것이다. 세인 님은 현 국왕 로세이유 전하의 친아들이 아니다. 사라스님과 루루 전 왕비님의 아이가 세인 님이고, 세인 님과 릴리 님은 이복남매에 해당된다는 뜻이다. 은발에 붉은 눈동자는 사라스 님, 세인 님, 릴리 님이 공통적으로 가진 특징이다.

"거기까지 깊게 파고들었는데도 증거를 갖고 있지 않은 건가?"

"네. 아라 씨는 그 증거가 있는 곳을 알고 계시죠?"
"어째서 그렇게 생각하지."
"지금 장안의 화제인 세인 님의 소문은 아라 씨가 퍼트린 소문이니까요."
"……정말로 모두 다 알고 있는 모양이군."
아라는 쓰게 웃으면서 단념했다는 듯이 양손을 위로 올렸다.
"그렇다는 말은 내가 어떤 사람인지도 당연히 알고 있겠군?"
"네."
"말해봐라."
정답 맞추기라도 하는 것처럼 아라가 말했다.
"사라스 님의 측근이었던 마누엘 백작가의 장녀, 아라 마누엘 씨입니다."
내가 그 말을 입에 담자, 아라는 빈정거리는 웃음을 지었다.

"……거기까지 알고 있을 줄은 몰랐는데."
하핫, 하고 아라는 메마른 웃음소리를 냈다.
"무슨 사정인지 전혀 모르겠어요. 설명하도록 하세요, 레이."
"리, 릴리한테도 꼭 좀 가르쳐주셨으면 해요."
그러고 보니 아직 두 사람한테 아무런 설명도 하지 않았다.
"아라 씨가 설명하시겠습니까?"
"아니, 어디 정답 맞추기를 해보도록 할까. 네가 말해라."

아라는 정답 맞추기라고 말했지만, 나한테는 그녀가 자기 입으로 말하는 걸 꺼리는 것처럼 보였다.

"그럼 제가 하죠. 일단 지금 말했던 대로 아라 씨는 사라스 님의 부하였던 마누엘 백작가의 영애, 아라 마누엘 씨입니다."

"마누엘 가문이라고 하면 10년 전에 몰락한 백작가였죠?"

역시나 클레어 님은 그쪽 부분에는 빠삭한 모양이다.

"크, 클레어 님. 잘 아시네요?"

"가문의 이름과 작위, 그리고 각 가문의 세력 구도는 귀족으로서 기본교양인데요?"

"그, 그런 건가요."

클레어 님도 릴리 님도 둘 다 상류계급에 속한 사람이지만, 이러한 부분이 순수 귀족과, 종교인의 차이점일지도 모른다. 물론 단순히 릴리 님이 세상물정에 둔감한 걸지도 모르지만.

"마누엘 백작은 훌륭한 인품으로 이름 높은 귀족이었어요. 작위는 백작이라도, 그 올곧은 성품으로 인해 많은 사람한테 호감을 사던 분이셨다고 아버님이 말씀해 주셨죠."

"그, 그런 분이 어째서 몰락한 거죠?"

"이번 일과 비슷하네요. 회계부정을 저질렀다고 해요."

"그게 회계부정일 리가 있겠나!"

아라가 날카롭게 외쳤다. 자기도 모르게 외친 것인지, 말을 꺼낸 사실을 후회하는 것처럼 보였다. 클레어 님은 아라의 외침에 한순간 깜짝 놀란 것 같았지만 계속 이어서 말했다.

"마누엘 백작의 부정이 세간에 드러났을 때는 엄청난 스캔들이었던 모양이에요. 그런 인격자가 어째서, 라면서."

"실제로는 사라스 님의 함정에 빠졌던 거예요. 마누엘 백작은 사라스 님의 회계부정을 대신 뒤집어쓰고, 도마뱀 꼬리 자르기의 희생양이 됐습니다."

"그, 그런 점도 이번 일과 비슷하네요."

릴리 님은 하지만, 하고 말을 이었다.

"하, 하지만 그런 전 귀족이었던 아가씨가 어째서 이런…… 그, 레지스탕스? 라고 하는 걸 하고 계시는 거죠?"

"어떤 마음으로 그러셨을지는 저로서도 그저 상상해볼 뿐입니다만, 아마도 사라스 님── 더 나아가서 귀족 사회를 향한 원한이겠죠."

틀립니까? 하고 내가 묻자,

"그 말대로다."

아라는 낮은 목소리로 대답했다.

"아버지는 상냥하고 올곧은 사람이었다. 많은 귀족이 아버지를 의지하고 있었지. 하지만…… 아버지의 명예는 더럽혀졌다."

아라는 마치 피를 토하는 것처럼 말했다.

"사라스의 함정에 빠져서 아버지 주변에 있던 귀족들은 일제히 아버지에게 등을 돌렸다. 이딴 세계는 존재하는 것 자체를 용서할 수 없어."

"그게 아라 씨의 출발점인가요."

내가 묻자, 아라는 깊게 고개를 끄덕였다.

"복수는 아무것도 낳지 못한다고요?"

"다 안다는 듯이 입을 놀리지 마라, 계집. 복수하려는 자에게 생산성 따위는 아무런 의미도 없어. 내가 추구하는 것은 귀족 놈들의 피뿐이다."

그렇게 말하고 아라는 뼛속까지 얼어붙을 것 같은 어두운 웃음을 지었다. 아라는 혁명의 기치를 내걸고 있지만 그 토대를 이루고 있는 건 정의나 이념이 아닌 복수심인 것이다.

"물론 당신 입장에서 보면 제가 말 따위 세상 물정 모르는 이상론으로 들리겠지요. 하지만 저는 이상을 버리고 싶지 않아요."

클레어 님과 아라, 둘 중에 누가 옳은가의 문제가 아니다. 둘 다 옳다. 그리고 둘 다 틀렸다. 이 세상을 악인가 정의인가의 이분법만으로는 나눌 수 없다는 사실쯤은 어른이라면── 똑똑하다면 어린애라도 알고 있다.

물론 그렇다곤 해도 복수심만으로는 다른 레지스탕스들이 아라를 따를 리가 없으니, 혁명의 이론 무장은 남동생이 담당하고 있다.

"아바인 씨는?"

"동생에 대해서도 알고 있는 건가. 그녀석이라면 오늘도 자금 마련이다. 어찌 됐든 돈이 모자라."

아라의 동생인 아바인은 레지스탕스의 참모 겸 금고 담당이다. 아라가 핵심이고 아바인이 두뇌. 이 두 사람을 중심으로 혁명이 일어난다.

"이야기를 다시 되돌리죠. 그래서 아라 씨는 아버님에게 들은 정보로, 사라스 님이 몰래 간통했다는 증거를 숨긴 장소에 대해 짐작 가는 곳이 있다고 생각합니다. 어떻습니까?"

나는 이 질문을 하기 위해서 여기에 온 것이다. 게임 속에서도 사라스의 부정의 증거를 찾는 시나리오가 있지만, 증거가 보관된 장소는 랜덤으로 정해진다. 그 랜덤 플래그를 확정 짓는 게 바로 이 레지스탕스와 접촉하는 이벤트다.

"돈이 먼저다. 돈을 갖고 오지 않으면 이야기가 되지 않지."

"돈은 보장하겠습니다. 입금은 'XX'로 부터, 매번 하던 수단으로."

"?! 네가 XX인 건가?!"

XX는 언제나 아바인에게 고액의 기부를 하고 있는 수수께끼의 후원자다. 그 정체는 내── 가 아니다. 아바인의 이름이 나온 시점에서 딱 떠오른 사람도 있지 않으려나.

"제가 아닙니다. 하지만 그 동료라고 생각해주시면 감사하겠습니다."

"……XX의 동료라면 얘기가 다르지. 말해 주겠다."

아라는 후우, 하고 한번 한숨을 쉬고 나서 다시 입을 열었다.

"아마도 사라스의 집무실에 있는 금고겠지. 하지만 그 금고는 사라스 말고는 아무도 열 수 없다."

굉장한 헛걸음이었군, 하고 아라는 웃었다.

"금고입니까. 얘기해주셔서 고맙습니다."

"자, 잠깐만 기다리세요! 그럼, 이런 말인가요? 이 자는 증거가 있는 장소는 알고 있지만 금고를 여는 방법은 모른다, 라는 뜻?"

"워, 원점으로 돌아와 버렸네요……?"

클레어 님과 릴리 님이 항의했다.

"아니요. 이걸로 충분합니다."

"잠깐만요 레이! 정말로 괜찮은 거예요?!"

"괜찮습니다, 클레어 님. 증거가 있는 장소만 알 수 있다면 그걸로 어떻게든 할 수 있으니까요."

"……믿을 테니까요."

"네에, 저만 든든하게 믿고 계세요."

이제 더 이상 이곳에는 볼일이 없다. 클레어 님은 금방이라도 폭발할 거 같은 데다, 릴리 님도 겁을 먹고 있으니 슬슬 작별을 고하도록 하자.

그렇게 생각했을 때,

"레이 테일러. 너 레지스탕스에 들어올 생각은 없나?"

아라가 갑자기 그렇게 물었다.

"무슨 바보 같은 소리를! 물어볼 가치조차 없어요! 대답은 NO예요!"

"나는 레이 테일러한테 묻고 있어."

"제 말이 곧 레이의 말이에요!"

"자아자아, 클레어 님. 그런 부끄러운 말은 좀 더 분위기 좋을 때 해주시길 부탁드리겠습니다."

"지금 장난치고 있을 때가 아니잖아요!"

한층 더 뭐라고 쏘아붙이려는 클레어 님을 달래고 나서, 나는 아라를 똑바로 마주 봤다.

"제 대답은 NO입니다."

"이유는? 아아, 귀족님한테 빌붙은 너에겐 사치를 누리는 생활이 마음에 든 건가?"

"아뇨. 그런 게 아닙니다."

"그렇다면——."

이어지는 아라의 말을 손으로 제지하고서 나는 뒷말을 이었다.

"제 모든 것은 클레어 님의 것이니까요. 클레어 님이 혁명을 지지한다고 하면 또 얘기가 다르겠지만."

"……레이."

클레어 님이 안심한 듯이 미소 지었다. 쓰다듬고 싶다.

"그런가……. 후회할 텐데?"

"안 합니다."

그럼 이만, 하고 작별을 고한 후 우리들은 레지스탕스 아지트를 떠났다.

"……결국, 여전히 손 쓸 도리가 없는 상태잖아요."

"어, 어떻게 할까요……."

클레어 님과 릴리 님은 의기소침한 표정이다.

"그렇지 않습니다. 증거가 있는 장소가 확정되어 있다면 그 후는 얼마든지 해볼 방법이 있어요."

"어떻게 하려는 거예요?"

그것은——.

"국왕 대권입니다."

"……또 당신들입니까?"

우리들이 집무실로 밀어닥쳤을 때, 사라스 님은 부하로 보이는 병사와 뭔가를 의논하고 있던 참이었다. 유리 같은 오브제들이 가득 놓인 실내에는 사라스 님 말고도 갑옷 차림을 한 사람들 네 명이 선 채로 우리를 바라보고 있었다. 갑옷에 새겨진 문장으로 유추하건대, 왕국 병사가 아닌 사라스 님의 사병으로 보인다.

"저는 지금 집무 중입니다. 용건이 있다면 면회 예약을 잡은 후에 와주십시오."

사라스 님은 우리를 쫓아내듯이 손을 내저었다.

"'요전에 여쭤봤던 일'에 대해서 할 말이 있습니다. 다른 분들은 물러가도록 하는 게 사라스 님을 위한 일이라고 생각합니다만."

나는 지지 않고 힘을 담은 강한 어조로 말했다. 클레어 님과 릴리 님은 걱정스러운 듯이 지켜보고 있었다.

"그 일에 대해선 이미 이야기가 끝났을 텐데요?"

"마누엘 백작의 장녀분에게서 새로운 증언을 받았는지라."

마누엘이라는 이름이 나온 순간 사라스 님의 표정이 변했다.

"다시 한번 말씀드리죠. 사람을 물리시길."

내가 거듭 말하자 사라스 님은 한번 크게 한숨을 내쉬고는, 겉으로는 '이런, 이런.'이라고 말하고 싶어 하는 표정을 지으며 병사들에게 퇴실할 것을 명령했다. 하지만 나는 놓치지 않았다.

사라스 님의 눈이 예리한 안광을 내뿜고 있었다.

"……그래서? 이번엔 무슨 말을 꺼내려는 겁니까? 아직도 제가 부정을 저지르고 있다고?"

사라스 님은 집무실 탁자 위에 팔꿈치를 올린 채 양손을 깍지 꼈다. 소위 말하는 겐도 포즈다.

"사라스 님에게는 루루 전 왕비님과 몰래 간통했다는 의혹이 있습니다."

"정말 바보 같은 소리군."

사라스 님은—— 이제 경칭은 그만두자. 사라스는 나를 비웃었다.

"당신은 루루 전 왕비의 마음을 이용했습니다. 그리고 몰래 간통한 사실을 방패 삼아 전 왕비를 협박했죠."

"어떻게 협박했다는 거죠?"

"이겁니다."

나는 전하께 받은 녹음 마도구를 주머니에서 꺼내서 사라스에게 보여줬다.

"당신은 밀회 중에 나눈 정담을 이것과 똑같은 마도구에 기록했습니다. 그걸 왕비에게 들이밀었죠."

"제가 그런 어리석은 짓을 저질렀다는 건가요? 애초에 그런 짓을 한다면 저도 파멸하는 거 아닙니까."

사라스는 아직 여유로운 표정을 무너뜨리지 않았다.

"당시의 당신은 아직 젊은 중급귀족이었습니다. 받게 될 타격은 왕비 쪽이 비교할 수 없을 정도로 컸겠죠. 무엇보다도 루루 님은 당신을 사랑하고 있었습니다."

사라스는 전 왕비의 전폭적인 지원을 받아서 현재 지위로 올라섰던 것이다. 그 자신의 정치적 유능함에 대해선 의심할 여지가 없지만, 정치의 세계라는 건 재능만으로 중급귀족이 재상까지 올라갈 수 있을 정도로 간단하지 않다.

"……정말 상상력이 참 대단도 하시군요. 하지만 이전과 똑같은 말을 여쭤보도록 할까요. 증거는 있습니까?"

여기서부터가 드디어 본격적으로 사라스를 몰아붙일 중요한 순간이다.

"있습니다."

"호오. 어디에?"

"그 금고 안에."

사라스의 오른쪽 눈썹이 치켜 올라갔다.

"사라스 님은 전 왕비를 협박해서 지금의 지위까지 올라갔죠. 하지만 왕비의 사후, 그 협박 재료는 오히려 당신의 목을 조르는 물건이 되어버리고 말았습니다. 그래서 그 금고 안에 엄중히 보관하고 있는 겁니다."

"당신이 하는 말은 이상합니다. 만약에라도 제가 그러한 불의를 저질렀다고 한다면 루루 님이 돌아가신 후 바로 그 증거를 은폐했었겠죠."

사라스의 지적은 지극히 타당하다.

하지만──.

"증거를 은폐할 수 없었던 이유가 있습니다. 녹음 마도구는 희귀한 물건입니다. 보통은 국가의 관리 아래에서만 사용할 수 있습니다. 당신이 사용한 마도구는 어떤 장소에서 밀수입해 온 물건이었죠."

"밀수품이라면 더더욱 증거를 은폐했겠죠."

"아니요. 당신은 그 기록용 마도구에 개인적으로 중요한 정치적 흥정재료들도 기록해두고 있었습니다. 그래서 왕비님과 그런 일이 있었는데도 증거 은폐를 할 수 없었던 거죠."

전하도 말했었지만, 이 마도구는 복제하는 게 불가능하다. 그렇기 때문에 마도구를 여러 개 준비해서 기록 일부를 옮기는 수단도 불가능했다.

"……생트집입니다."

"과연 그럴까요. 그렇다면 그 금고 안을 조사하게 해주십시오."

"몇 번이나 똑같은 말을 되풀이하게 만들지 말아 주시죠. 이 금고는 국정과 외교에 관련된 중요한 기밀이 들어있습니다. 조사하고 싶다면 귀족원의 허가를 받아오십시오."

그게 가능하다면 말이지, 라고 에둘러 말하고 있었다.

"그건 아마도 무리겠죠. 당신은 귀족원 의원들 거의 전원의 약점을 잡고 있습니다. 허가가 나올 리 없죠."

"제가 약점을 잡고 있어서 그런 게 아니라 당신의 주장이 지리멸렬하기 때문입니다."

사라스가 승자의 여유를 내보이듯 웃었다.

그러나――.

"그렇기 때문에 국왕 대권을 발동하도록 하겠습니다."

나의 그 한마디에 안색이 변했다.

"구, 국왕 대권…… 이라고요?"

"알고 계시겠죠? 오로지 국왕만이 가지고 있는, 귀족원보다 우선시 되는 특권입니다. 저희들은 전하께 그걸 행사하도록 부탁드릴 생각입니다."

"……."

사라스는 침묵에 잠겼다. 나는 아랑곳하지 않고 말을 이었다.

"국왕 대권을 행사한다면 그 금고 안을 조사하는 것도 손쉬운 일입니다. 그렇게 된다면 당신의 지위와 권력도 여기까지죠."

내가 그렇게 말하자 사라스는 얼굴을 험악하게 일그러뜨렸다.

"그런 생트집을 위해서 국왕 대권을 행사하는 게 허용될 거라고 생각하는 겁니까? 국왕 대권은 강력한 권리지만 동시에 전하도 그렇게 간단히 남발할 수는 없습니다. 승산 없이는 전하도 고개를 저을 수밖에 없을 텐데요?"

"승산이라면 있습니다."

"어디 한번 들어보도록 할까요."

이제 완전히 여유를 잃어버린 사라스가 도전적으로 말했다.

"제가 그 존재를 알고 있기 때문입니다."

내 말에 사라스는 웃음을 터트렸다.

"앗핫하! 그거참 크게 나오시는군요. 당신은 당신의 확신만으로 왕을 설득할 수 있을 거라고 생각하고 있는 겁니까?"

사라스는 안색을 회복하고서 웃어 재꼈다.

여기다.

"'루루 님, 이런 일이 용서될 리가 없습니다', '그러네, 사라스. 하지만 나는 지옥에 떨어지더라도 당신에 대한 마음을 잊을 수 있을 리 없어'."

내가 읊조린 내용에 클레어 님과 릴리 님이 어리둥절한 표정을 지었다. 그 와중에 사라스만이 당황한 얼굴이었다.

"'죄 많은 분……. 하지만 당신과 함께라면 저는 지옥에 떨어지더라도 상관없습니다', '아아, 사라스. 사랑스러운 당신' …… 더 계속해볼까요?"

"……네 녀석."

사라스가 낮게 신음했다. 그곳엔 이미 지적이고 우아한 미남의 모습 따윈 찾아볼 수 없었다. 궁지에 몰린 죄인의 모습만이 그곳에 남아있었다.

"그렇습니다. 지금 건 당신이 기록 마도구에 기록한 내용의 첫 부분입니다. 원하신다면 마지막까지 읊어 드리겠습니다만?"

"네놈…… 대체 어떻게……."

"이유 같은 건 아무래도 좋겠지요. 이 정도로 구체적인 내용을 말씀드린다면 전하로서도 무거운 허리를 일으킬 수밖에 없습니다."

클레어 님과 릴리 님은 여전히 어리둥절한 표정이다. 내가 저걸 언제 알아낸 걸까, 생각하고 있는 거겠지. 당연히 게임 지식이다.

"자 그래서 사라스 님. 어떻게 하시겠습니까? 자수하시는 걸 추천해 드립니다만."

"……."

사라스는 무서운 얼굴로 침묵하고 있었다. 이 궁지를 어떻게든 탈출할 수 없을지를 그 우수한 두뇌를 풀가동 시켜서 찾고 있겠지. 하지만 나는 이미 그다음 수법도 간파하고 있었다. 사라스는 얼굴을 일그러뜨리며 내 예상대로 이렇게 말했다.

"내 죄가 공개된다면 프랑소와 가문도 그냥 끝나진 않을 거다."

"네?"

예상치도 못하게 자기 가문의 이름이 튀어나오자, 클레어 님은 허를 찔린 모양이었다.

"내가 가지고 있는 기록용 마도구에는 도르의 부정에 대한 증거도 기록되어있다. 프랑소와 가문이 어떻게 되도 좋다는 건가?"

"마, 말도 안 되는 소리예요! 아버님이 그런——."

"참 행복한 딸이야. 아버지가 얼마나 더러운 인간인지도 모른 채, 지금까지 꽃밭에서 나비라도 쫓아다니며 자랐으니까 말이야."

"아버님을 향한 모욕은 용서할 수 없어요!"

클레어 님은 당장이라도 사라스를 공격할 기세였다.

"클레어 님. 진정해주세요."

"제가 지금 진정할 수가 있겠어요?! 그게 아니면 레이마저 사라스가 하는 말을 무턱대고 받아들이겠다는 건가요?!"

"무턱대고 받아들이지 않습니다. 하지만 사라스 님의 말은 사실이에요."

"?! 뭐, 뭐라구요……?"

클레어 님은 도저히 믿을 수 없는 말을 들었다는 표정이다. 또는 지금 내가 무슨 말을 하는지 이해할 수 없다는 표정이거나.

이전에 도르 님이랑 직접 담판을 지으러 갔을 때는 아직 무죄일지도 모른다는 희망이 있었다. 하지만 여기와서 사라스한테는 부정의 증거가 있다는 말을 들었고, 자기자랑 같지만 다른 누구도 아닌 나한테까지 그게 사실이라는 말을 듣고 말았다. 그 충격은 결코 작지 않겠지.

"일단 확인해 봐도 될까요? 당신이 가지고 있다는 도르 님의 부정에 대한 증거가 확실한 것인지 아닌지."

"그거 좋지."

사라스는 탁자에서 일어나서는 옆에 있는 금고로 다가갔다. 우리들이 보지 못하도록 손을 몸으로 가리고서 다이얼을 해제했다. 그가 꺼내든 물건은 내가 가지고 있는 것보다도 제법 낡은 기록용 마도구였다.

사라스가 마도구에 마력을 주입했다.

——이번 달은 이 정도 액수밖에 거둬들이지 못한 건가?

——정말로 죄송합니다, 도르 님. 아무래도 최근 들어 감찰관의 눈길이 제법 엄격해졌기 때문에.

——흥, 잘도 말하는군. 네 녀석이 사복을 채우고 있다는 사실은 이미 알고 있는데?

——도르 님도 마찬가지로 꽤나 많은 귀족들로 부터 뇌물을 받고 계시지 않습니까.

——듣기 안 좋은 소리 하지 마. 나는 뜻있는 자들한테서 헌금을 받고 있을 뿐이다.

——그렇습니까. 그럼 저도 이제는 이쯤에서 끝내고 싶다고 생각합니다만.

——상관없다. 그 대신에 네가 상급귀족으로 승격하는 건 없었던 일이 될 뿐이지.

——그건 곤란합니다. 이건 절대 뇌물로 드리는 건 아닙니다만.

——그렇다면 받아두도록 하지.

"이제 됐어요!"

비명과도 같은 외침이 울려 퍼졌다. 클레어 님이다.

"……나는, 믿을 수 없었어. 아니, 믿고 싶지 않았어……."

"클레어 님……."

"정황증거가 아버님의 유죄를 나타내고 있다는 건 알고 있었어요. 그렇다곤 해도…… 그렇다곤 해도!"

비탄에 잠긴 클레어 님을 나는 끌어안으며 지탱해드렸다. 가슴이 꽉 막힌다.

"자 그럼 거래를 하지 않겠나."

하지만 사라스는 조금도 기다릴 생각이 없는 것 같았다. 다그치듯이 교섭을 요구했다.

"도르의 부정에 대한 증거가 밝혀지길 원치 않는다면 내가 가지고 있는 증거에 대해서도 발설하지 말도록."

"저와 릴리 님은 프랑소와 가문과 아무런 연관도 없습니다만."

"시치미 떼지 않는 게 좋아. 네가 클레어에 푹 빠져있다는 건 이미 알고 있다. 너는 클레어를 못 본 체할 수 없어."

"……."

사실이라서 반론할 수가 없다.

"두, 두 분은 불가능해도 릴리는 아버님을 고발할 수 있어요!"

"못 한단다. 너로서는."

"하, 할 수 있어요!"

"못 해…… 못 한단다."

사라스의 말을 이해할 수 없었지만, 뭔가 근거가 있는 모양이었다.

"자 그럼 대답을 들려주도록."

사라스가 대답을 요구했다. 내가 입을 열려고 하던 그때——.

"대답은 NO예요."

대답은 내 가슴 부근에서 들려왔다.

"클레어 님……"

"아버님이 부정을 저지르고 있다고 한다면 저는 그걸 그냥 방관할 수는 없어요. 오히려 제가 나서서 아버지의 죄를 고발하지 않으면."

클레어 님의 눈동자는 아직도 물기를 머금고 있었지만, 그 눈빛에는 한 점의 그늘도 없었다. 클레어 님은 이런 사람인 것이다.

"바보 같은…… 스스로 몰락을 받아들이겠다는 거냐?"

"귀족이란 자신을 스스로 엄격히 다스려야 하는 법. 타락에 빠진 귀족 따위, 그야말로 평민운동에서 외치는 기생충이나 다름없어요."

의연한 태도로 선언하는 클레어 님의 말에 사라스는 낭패에 빠진 것 같았다. 같은 귀족이라고 하더라도 두 사람의 삶의 방식은 하늘과 땅 차이이다. 클레어 님의 의연한 삶의 자세는 사라스로서는 이해할 수 없는 것이겠지.

"사라스 릴리움. 당신도 귀족이라면 그만 단념하세요."

"……거절한다."

사라스는 고개를 좌우로 흔들며 클레어 님의 최후통첩을 거절했다.

"여기까지 오는데 내가 얼마나 고생했다고 생각하는 거냐……. 여기까지 왔는데 몰락 따위, 할 수 있을 것 같나."

그렇게 말하는 사라스의 눈에는 위험한 기색이 감돌고 있었다. 클레어 님과 릴리 님이 재빠르게 태세를 갖췄다.

"상관없겠죠. 입 다물어 드리죠."

"레이?!"

그렇게 팽팽하게 긴장된 분위기를 가르면서 내가 앞으로 나섰다.

"당신, 무슨 소릴 하는 건가요?!"

"클레어 님, 죄송합니다."

나는 클레어 님의 이마 손가락을 가져다 댄 다음, 마법을 발동시켰다. 클레어 님이 힘없이 쓰러진다.

"레, 레이 씨?!"

"괜찮습니다. 잠들었을 뿐이에요."

평민운동 때랑 똑같은 수법이다. 나는 클레어 님에게 강한 수면 마법을 건 것이다.

"흠. 너는 이야기가 통하는 모양이군."

"당신과 똑같은 취급을 받고 싶지는 않습니다만, 클레어 님이 최우선이니까요."

"그런 거군."

내 대답에 만족한 것처럼 사라스가 큭큭, 웃었다.

"그럼 상호 간에 침묵을 지킬 것. 이라는 걸로 괜찮겠지요?"

"네."

"클레어를 설득할 수 있겠습니까?"

"그건 저에게 맡겨두시죠."

"흠."

사라스는 아직 의심스러워하는 모양이지만, 일단은 더 이상 아무 말도 하지 않았다.

"레이 씨, 제가 사람을 잘못 봤군요!"

나를 책망하는 그 목소리는, 물론 릴리 님의 목소리였다.

"다른 사람은 몰라도 레이 씨 만큼은…… 레이 씨만큼은 그런 말 하지 말아 주셨으면 했는데!"

그녀의 눈에 눈물을 가득 담고서 나를 노려보고 있었다. 당연하겠지. 내 행동은 결코 칭찬받을만한 짓이 아니다. 성녀라고 불리는 데다 신앙심이 두텁고 윤리관도 드높은 그녀로서는 절대로 받아들일 수 없는 행동이었을 것이다.

나는 내심 초조해하고 있었다. 그러고 보니 그녀를 고려해 놓지 않았다.

"아아, 안심해 주세요. 릴리로선 아무것도 할 수 없을 테니까."

"……? 방금 전에도 그렇게 말씀하셨지만 대체 무슨 근거로?"

"그건 당신이 클레어를 설득 가능하다고 한 것과 똑같은 거라고 생각해 주시면 됩니다."

잘은 모르겠지만 그런 말을 들으면 나로선 더 이상 추궁할 수 없다.

"……!"

내가 뭐라고 말을 걸 틈도 없이 릴리 님은 방에서 뛰쳐나가 버렸다.

"그녀는 정말로 괜찮은 겁니까?"

"그건 제가 전적으로 보증하지요. 맹세하건대 그녀로선 아무것도 할 수 없어. 아니, 하도록 놔두지 않아."

뭐, 릴리 님이 뭔가 발설한다면 사라스 자신의 신변도 위험해지는 거니까, 그의 말이 맞겠지. 지금은 믿을 수밖에 없다. 이딴 자식을 믿는다니, 구역질이 날 거 같지만.

"그럼 거래 성립이군요."

사라스가 나를 향해 손을 내밀었다.

"한패가 될 생각은 없어서요."

"그렇습니까. ……크큭."

교활한 웃음을 짓는 사라스를 보니 혐오감이 솟구친다.

"아아 그렇지. 한 가지 충고를."

"뭡니까?"

나는 떠나기 전에 갑자기 생각난 것처럼 사라스에게 말했다.

"오늘 밤. 금고에서 기록용 마도구가 사라질 겁니다."

"……이상한 말을 하는군."

"그러네요. 믿든 안 믿든 사라스 님한테 일임하도록 하죠."

"그렇습니까."

"용건은 여기까지입니다. 실례하겠습니다."

쓰러져 있는 클레어 님을 안아 올린 후, 방을 나섰다.

'클레어 님을 설득? 그게 가능할 리가 없잖아.'

"대체 무슨 생각인가요, 레이!!"

학교 기숙사 방에서 눈을 뜬 클레어 님은, 나를 똑바로 쏘아보면서 입을 열자마자 바로 외쳤다.

"일단 진정해주세요, 클레어 님."

"지금 제가 진정하게 생겼어요?! 당신쯤 되는 사람이 부정을 눈감아주다니!"

클레어 님이 나를 격렬하게 규탄했다.

"그러고도 이 클레어 프랑소와의 파트너인가요!!"

평소라면 넉살 좋게 장난이라도 쳤겠지만, 지금 그런 짓을 하면 신뢰를 잃게 될 것이 틀림없었다. 확실하게 해명해야 한다.

"클레어 님. 저는 절대 부정을 눈감아 준 게 아닙니다. 사라스에 대해서도 도르 님에 대해서도 확실하게 부정을 추궁할 겁니다."

"네……?"

지금까지의 격렬함이 거짓말이었던 것처럼 클레어 님의 기세도 한풀 꺾였다.

"하, 하지만 레이? 당신은 사라스의 감언이설에……."

"그저 넘어가는 척했을 뿐입니다. 제가 노리는 건 따로 있습니다."

"노리는 것……?"

클레어 님의 얼굴에 물음표가 떠 있었다.

"네. 그것보다도 릴리 님을 찾는 걸 도와주세요."

"릴리 추기경을? 그녀에게 무슨 일이 있나요?"

"사전에 설명해 두지 못했던 제 실수입니다만, 클레어 님과 마찬가지로 제가 사라스의 감언이설에 넘어갔다고 착각하고선 뛰쳐나가 버리고 말았어요."

"정말로 당신의 실수로군요."

저한테도 미리 설명해줬으면 했어요, 클레어 님이 중얼거렸다.

"어쨌든, 일단 그녀를 찾아야 해요."

"잘 알겠어요. 그럼 분담해서 찾도록 하죠."

"아뇨, 그것도 안 됩니다. 제 짐작이지만, 아마 위험할 거라서."

"위험?"

"……죄송합니다, 클레어 님. 설명하고 있을 여유는 없는 것 같아요."

나는 클레어 님의 팔을 잡아끌고서 침대에서 일으켜 세운 다음, 창문으로부터 그녀를 보호하듯이 자세를 갖췄다.

"준비해주세요. 클레어 님."

"에? 에?"

찰칵, 하고 아주 작은 소리가 울리면서 창문의 잠금장치가 풀렸다.

"?!"

클레어 님도 이제 사태를 파악한 건지 마법 지팡이를 꺼내 들고 자세를 잡았다. 조용히 창문이 열리고 6명 정도 되는 남자들이 창문을 통해 미끄러지듯이 들어왔다.

"뭐하는 자들인가요?!"

"사라스의 자객입니다."

사라스의 방에 있었던 병사들의 동료인걸까, 문장이 그려진 갑옷 같은 건 입고 있지 않았다. 검고 낡은 천으로 몸을 두르고 얼굴에는 하얀 가면을 쓰고 있었다.

사라스는 거래를 하자고 제안했지만, 그 녀석은 처음부터 그럴 생각이 조금도 없었다. 그 자리를 모면하기 위해 거짓말을 지껄인 뒤 제거해 버리겠다는 게 사라스의 진짜 속셈이었다. 감언이설에 넘어간 척을 했던 건 사라스도 마찬가지였던 것이다.

"3인조가 두 팀이라니 상대도 철저하게 준비했군요."

"3, 3인조?"

"무슨 수를 써서든 우리들의 숨통을 끊을 작정이라는 뜻입니다."

"뭐, 그런 것 같네요."

클레어 님은 끄덕이면서 남자들을 향해 지팡이를 겨누며 이렇게 말했다.

"자아 덤벼보세요! 이 클레어 프랑소와, 숨지도 도망치지도 않――."

"꺄아아아! 살인이야―!"

날카로운 기세로 위세 등등하게 외치려는 클레어 님의 말을 자르고서 내가 큰 목소리로 비명을 질렀다. 클레어 님은 띠요오옹한 표정이다.

이 장면은 게임에선 공략대상과 함께 자객을 격퇴하는 장면이지만, 나는 언제나 이런 생각이 들었다.

어째서 도움을 요청하지 않는 거야? 라고.

여기는 학교 기숙사다. 그렇다는 말은 당연히 건물 내에 사람들이 잔뜩 있다는 뜻이다. 2대6은 제법 까다롭지만 이렇게 소리를 지르면――.

"무슨 일인가요!"

"지금 비명은?!"

"무사하신가요, 클레어 님!"

그래 바로 이렇게. 사람들이 계속해서 모여드는 것이다. 게임이었다면 공략대상이 활약할 기회를 빼앗는 짓거리겠지만 괜히 무리해서 애쓸 필요는 없다. 클레어 님한테 만약에라도 무슨 일이 생길 바에야 나는 무리하지 않고 도움을 청한다. 뭐, 이건 평민운동 때 있었던 일에 대한 반성이기도 하지만.

"……."

남자들은 한순간 당황하긴 했지만 도망치지 않고 저항했다. 아마도 그들은 사라스한테 약점을 잡힌 거겠지. 그건 금전 문제일 수도 있고 가족의 목숨일 수도 있다. 내가 그걸 알 길은 없지만 꽤나 치명적인 약점이었을 것이다. 남자들은 마지막까지 항복하지 않고 계속 싸웠고, 붙잡힐 것 같으니 스스로 목숨을 끊었다.

"끔찍한 짓을……."

클레어 님의 한마디는, 물론 사라스를 향한 비난이었다.

"이야~ 그런 식으로 체면 같은 건 아랑곳하지 않는 점이 참 좋네."

이 자리에 어울리지 않는 명랑한 목소리가 들렸다. 그와 동시에 방문이 멋대로 닫혔다. 밖에서 쾅쾅하고 문을 두드리는 소리가 났지만 아무래도 열리지 않는 모양이다. 거기다, 방 안에 남아 있던 사람들도 차례대로 쓰러졌다.

"거기군요!"

마지막으로 쓰러진 사람이 서 있었던 방향을 향해 클레어 님이 강한 위력을 담은 화염창을 발사했다. 화염창은 방구석 쪽으로 날아갔지만, 스르륵 하고 신기루처럼 사라졌다.

"여어여어, 두 사람. 또 만났네."

분위기에 아랑곳하지 않는 명랑한 목소리, 그리고 얼굴에 뒤집어쓴 검은 가면은 본 기억이 있었다.

"평민운동 때……"

"맞아맞아. 그때는 방심했었지. 뭐, 이번에는 리벤지라는 걸로."

이 전개는 예상하지 못했다. 어째서 이 남자는 이런 타이밍에……?

"레이, 생각하는 건 나중에 하세요. 어쨌든 쓰러트리는 거예요."

"알겠습니다."

확실히 클레어 님의 말이 맞다.

"오오, 무서라. 하지만 그렇게 쉽게 될 거라고는 생각하지 말라고."

낄낄 웃으면서 검은 가면의 남자는 나이프를 겨눴다.

"조심해 주세요, 클레어 님. 아마도 칸타렐라가 발려있을 겁니다."

"알겠어요."

세인 님이 습격당했을 때를 떠올리면서 나는 클레어 님에게 주의를 당부했다. 클레어 님은 방심하지 않고 눈을 떼지 않은 채 대답했다.

"으—음……. 어떻게 할까나~"

"덤비지 않겠다면 이쪽에서 가겠어요!"

클레어 님이 지팡이를 휘두르자 검은 가면 쪽으로 화염창이 쇄도했다.

하지만——.

"하하, 소용없어."

화염 창은 방금 전처럼 남자한테 직격하기 직전에 전부 사라져버렸다. 대체 이건 어떤 마법인건가.

"애초에 공격할 때 소리를 질러서야 어쩌겠다는 거야. 공격할 거라——."

하고 말을 끝내기도 전에 남자의 모습이 사라졌다.

"큭!"

"——면 말이지, 이런 식으로. 응?"

눈 깜짝할 사이에 거리를 좁혀들어 온 검은 가면이 클레어 님을 베려고 했다. 클레어 님은 어떻게든 몸을 비틀어서 거리를 벌린다. 무예에도 우수한 클레어 님조차도 아슬아슬했다. 나였다면 반응할 수 없었을 게 틀림없다.

"얼어붙어라."

나는 예전에 마나리아 님을 상대로 썼었던 수속성 마법 〈쥬데카〉를 발동해서 움직임을 봉쇄했다. 이대로 〈어스 파이크〉에 이어서 〈코퀴토스〉를 완성한다면——.

"그러니까 소용없다니깐."

한순간 얼어붙은 것처럼 보였던 남자는 순식간에 동결상태에서 회복했다. 설마하니 이 남자, 마나리아 님과 똑같은 스펠 브레이커 사용자?

"음~ 그치만 이거 귀찮네~ 두 사람을 동시에 상대해서야 승산이 희박할 거 같은데."

"자기가 먼저 덤벼온 주제에 무슨 소릴."
"그치만 명령이었으니까 말이야. 나로서도 본의가 아니라고."
긴장감이라곤 털끝만큼도 없지만 클레어 님이 바로 덤벼들지 않는걸 보면 빈틈이 보이지 않는 모양이다.
"그렇지~ 그렇게 하자. 그만해야징."
갑자기 그렇게 말하더니 검은 가면은 문 쪽으로 달려갔다. 그리고 달려가던 그 기세 그대로 들이박아서 문을 부셨다. 문이 갑자기 열려서 깜짝 놀란 건지 복도에 웅성거리며 모여 있던 인파가 양옆으로 갈라졌다. 그 틈을 이용해서 남자는 방에서 탈출했다.
"기다리세요!"
"아뇨, 클레어 님. 지금은 릴리 님의 안전을 확인하는 게 우선입니다!"
뒤를 쫓으려고 하는 클레어 님을 불러 세웠다. 자객이 사라스의 부하라면, 그 검은 손길은 릴리 님한테도 미칠 것이다.
나는 그렇게 생각하고 있었지만,
"레이 씨! 클레어 님!"
장본인이 먼저 나타났다. 릴리 님이다.
"다, 다행이다…… 무사하셨군요."
"릴리 님…… 어떻게 이곳에?"
나는 안도하면서도 의문을 품었다.
"여, 역시 레이 씨가 아무런 이유도 없이 그런 말씀을 하실 거라고는 생각할 수 없어서……. 이유를 여쭈어보려고 찾아와봤습니다만, 그랬더니 두 분이 남자들한테 습격당했다고.”
릴리 님은 그대로 울음을 터뜨리고 말았다.
“안심해 주세요, 릴리 님. 클레어 님도 저도 무사합니다. 걱정을 끼쳐서 드릴 말씀이 없습니다.”
“저, 정말 걱정했다고요…….”
릴리 님이 울음을 멈추질 않아서 어쩔 수 없이 머리를 쓰다듬어 드렸다.
“레이. 일단은 기숙사 사감에게 사정 설명을. 그 후에는 릴리 추기경한테도 설명이 필요하겠네요.”
“그러네요.”
그날 기숙사는 큰 소동이었다. 우리들은 사태 수습에 쫓겨 다녔고, 겨우 자유롭게 움직일 수 있게 된 건 다음 날 점심쯤이 되고 나서였다.
하지만 우리들의 반격은 여기서부터다.

자객들에게 습격당하고 다음 날, 우리들은 왕궁을 방문했다. 클레어 님과 릴리 님의 이름을 대고서 전하께 알현을 요청하자 금방 허가가 떨어졌다. 원래는 있을 수 없는 일이지만, 워낙 일이 중대한 것이다.
“왔는가.”
“…….”

알현실에 들어서자 전하와 사라스가 이미 와 있었다. 왕비의 모습은 없다. 소문에 의하면 유 님이 왕위계승권을 포기한 후로 병상에 누워있다고 한다. 그 외에는 근위병 몇 명이 서 있었다.

"늦었군요. 전하를 기다리게 하다니 대체 뭐하는 겁니까."

사라스가 얄미울 정도로 유들유들한 태도로 말했다.

"정말 드릴말씀이 없네요. 조금 들릴 곳이 있었거든요."

사라스의 그런 심술에도 클레어 님은 산뜻한 표정이었다.

"그래서, 용건이란 무엇인가."

전하가 물었다. 물론 용건은 알현을 신청했을 때 이미 전달해 놨으니 이건 계획적인 연기다.

"전하. 오늘은 사라스 재상의 죄를 고발하고자 찾아왔습니다."

클레어 님이 당당하게 말했다. 사라스의 표정은 변하지 않았다.

"사라스의 죄라는 건 무엇인가."

"전하. 이자들은 있지도 않은 생트집을 잡고 있는 겁니다."

"새, 생트집 같은 게 아닙니다."

사라스는 끝까지 시치미를 잡아떼려는 모양이었다. 국왕 대권이 발동되지 않았다는 걸 알고 있기 때문이겠지. 릴리 님이 슬픈 목소리로 사라스의 말을 부정했다.

"당신들은 또 제가 몰래 간통했다는 둥, 그렇게 주장할 생각입니까?"

"아니요. 그런 말은 하지 않아요."

클레어 님의 말에 사라스가 의아한 표정을 지었다. 클레어 님이 말을 이었다.

"사라스님의 죄목…… 그것은 외적을 불러들인 것입니다."

"……뭐라고요……?"

사라스는 붉게 달아오른 얼굴로 눈에서 예리한 안광을 쏘아냈다. 클레어 님은 아랑곳하지 않고 계속했다.

"사라스 님은 적국인 나 제국과 내통하고 있습니다."

"바보 같은 소리 하지 말아 주십시오. 그런 일이 있을 리가 없잖습니까."

이런이런, 이라고 말하려는 것처럼 고개를 좌우로 흔드는 사라스. 전하는 묵묵히 듣고 있었다.

"전하. 이 나라에서 일어나고 있는 일부 과격한 평민운동은 결코 전하의 능력주의 정책만이 원인은 아닙니다. 사라스 님이 나 제국과 꾸미고서 뒤에서 선동하고 있는 겁니다."

"정말 바보 같은 소리군요. 전하, 이런 하찮은 헛소리에 귀 기울이지 마시기를."

사라스는 알현은 여기까지라면서 갑자기 이야기를 끝내려고 했다.

"증거가 있습니다. 그렇지요, 레이?"

"네."

나는 가방에서 그것을 꺼냈다

"마, 말도 안 돼……!"

내가 손에 들고 있는 물건을 본 사라스가 절규했다. 조금 낡은 기록용 마도구다. 나는 마도구에 마력을 주입했다.

——왕국에 혁명을 일으킨다면 제국은 저에게 신정권의 최고 지위를 보장해 주시는 거군요?

——아아, 보증하지.

——구체적인 수단은 어떻게?

——너희 멍청한 왕의 정책을 이용해라. 평민운동을 과격화시키는 거다.

——아아 과연 그렇군요. 그거라면 손쉽죠. 민중은 어리석으니까 말입니다.

"이제 됐다."

전하의 제지에 나는 마도구 재생을 멈췄다. 사라스는 얼굴에서 핏기가 사라진 채 그저 서 있을 뿐이었다.

"사라스. 뭔가 변명할 말은 있는가."

"전하, 이건 아닙니다! 이건…… 책략입니다!!"

"누구의 어떤 책략이라고 말하는 건가."

"그것이……. 그것이……"

체크 메이트다.

"네놈들…… 어떻게 그걸……!"

사라스의 원한에 가득 찬 물음에는 클레어 님이 대답했다.

"물론 사라스 님의 집무실에 있는 금고에서 꺼내왔죠."

"바보 같은! 금고 다이얼 번호는 나밖에 모를 텐데!"

"그건 이자가 훌륭히 해낸 덕분이죠. 그렇죠, 레이?"

"넵. 저보다는 이 아이가 잘 해줬습니다."

나는 가방 입구를 열고 거꾸로 뒤집어서 흔들었다. 통통거리는 부정형의 투명한 생물체가 가방 안에서 튀어나왔다.

"마, 마물?!"

사라스의 외침에 근위병들이 한순간 험악한 기색을 띠었지만, 전하가 제지했다.

"종마기 때문에 위험하지 않습니다. 보세요, 핵이 금색이죠?"

"흠. 그런 모양이군."

전하는 참 담력이 세구나.

나는 레레어를 안아 들고서, 사라스에게 내밀었다.

"이 아이, 무언가랑 닮았다고 생각하지 않습니까?"

"무슨 말을 하는 거지?"

"당신 방에 있는 얼음 오브제입니다."

"……앗."

트릭을 공개하자면 이런 것이다. 사라스와 거짓 거래를 했을 때, 나는 레레어를 방 안에 슬쩍 풀어 놓은 것이다. 그다음 레레어의 의태능력인 운디네를 써서 방 안의 오브제 사이에 숨어들게 했다.

사라스의 방에서 나갈 때 말했던 기록용 마도구가 사라질 거라는 그 한마디는, 사라스에게 금고 속의 마도구를 한 번 더 확인시키기 위해서, 나아가서 일단 한번 다이얼을 조작하도록 만들기 위해서였다. 그 후엔 그걸 지켜보고 있던 레레어를 회수한 다음 똑같이 따라 하게 하면 끝.

마물이라고 깔보지 말지어다. 우리 아이는 똑똑합니다.

"네 녀석…… 속였구나……!"

"네."

"다, 단념해 주세요, 아버님!"

근위병이 사라스를 포위했다. 사라스는 수속성 중간 적성이지만 전투 쪽으로는 그다지 뛰어나지 못할 터. 이 자리에는 근위병 외에도 클레어 님과 나도 있다. 사라스가 빠져나갈 틈은 없다.

"이제 쌓아온 죄를 처벌받을 때예요. 사라스 님."

"……크큭."

"?"

"크흡…… 크—하하핫!"

사라스가 크게 홍소했다. 미치기라도 한 건가.

"이야…… 이거 당했군. 정말 대단하군, 클레어 프랑소와에 레이 테일러."

"릴리 추기경도 있어요."

"아니, 그 녀석은 그다지 큰 도움이 되지 않았을 거다. 다시 잘 떠올려 보는 게 좋아. 그 녀석이 한 번이라도 나에게 해가 되는 행동을 한 적이 있는지 어떤지를."

패배자의 넋두리라고 생각했지만 일단 한번 되돌아봤다. 그러자 릴리 님은 사라스를 추궁한 적은 있지만, 다른 귀족을 상대로는 모를까 사라스를 상대로는 실질적으로 아무것도 하지 않았다는 사실을 깨달았다.

"그래서 그게 어쨌다는 건가요."

"아니, 참 우스운 일이라고 생각해서 말이지."

"……?"

"동료라고 믿었던 자한테 배신당하는 건 어떤 기분일까, 하고."

"?!"

나도 모르게 릴리 님을 바라보았다. 릴리 님은 어떠냐면, 아버지가 대체 무슨 소리를 하는 건지 모르겠다는 표정으로 불안에 떨고 있었다. 역시나 사라스의 씨알도 안 먹힐 헛소리였던 걸까.

"릴리, 아빠를 구해주렴."

"바, 바보 같은 소리 하지 말아 주세요! 아버님은 확실하게 죗값을 치르셔야 해요!"

"그런가. 그렇다면 너도 값을 치러야 하겠구나. 자신의 죗값을."

"바, 방금 전부터 무슨 말씀을 하시는 건가요! 릴리는 아버님이 무슨 소리를 하는 건지 모르겠어요!"

사라스는 지금 이 상황에서 릴리 님이 우리를 배신하길 기대하고 있는 걸까. 아니, 뭔가 이상하다.

"릴리…… 불쌍한 아이…… 키리에 엘레이손(주여 자비를 베푸소서)."

최후의 그 말이 무언가의 키워드였던 거겠지. 그 말을 듣자 갑자기 릴리 님이 쓰러졌다.

"릴리 추기경?!"

클레어 님이 황급히 릴리 님에게 다가갔다. 나는 맹렬하게 나쁜 예감이 들었다.

"거기서 떨어져!"

경어도 잊고 외쳤다. 내가 클레어 님을 릴리 님한테서 끌어당김과 동시에 은빛 선이 허공을 가르고 클레어 님의 금빛 머리카락 몇 가닥이 허공에 흩뿌려졌다.

다음 순간——.

"정말이지…… 대체 뭐랍니까~."

이 자리에 어울리지 않는 명랑한 목소리가 울려 퍼졌다.

"당신은……"

"여어, 레이 씨에 클레어 님. 반나절만이네요."

완전히 변해버린 목소리와 표정. 특히 그 목소리는, 검은 가면의 남자와 완전히 똑같았다.

"사라스! 릴리 추기경에게 무슨 짓을 한 거예요!"

클레어 님은 완전히 돌변해버린 릴리 님을 향한 경계심을 늦추지 않으면서, 사라스에게 쏘아붙였다.

"거기 있는 평민은 2속성보유자(듀얼캐스터)였지."

"제 질문에 대답하세요!"

"대답하고 있고말고요. 학창시절 내 전문은 암시라서 말이지. 테마는 '듀얼 캐스터의 인공적 실현'이었지요."

사라스는 비열한 웃음을 지으며 말했다.

"근위병. 사라스와 릴리를 붙잡아라."

전하의 명령과 함께 근위병들이 사라스와 릴리 님을 포위했다.

하지만——.

"이런 조무래기들로 나를 막을 수 있겠냐고."

어딘가에 숨겨두고 있었던 작은 나이프를 섬광같이 휘두르자 근위병들이 한꺼번에 뒤로 밀쳐졌다. 이렇게 말하면 근위병들이 정말 약하고 보잘것없어 보이지만 근위병에 배속된 사람들은 왕국에서 엄선한 정예들이다. 1대1이면 모를까 이 정도 머릿수를 상대로 싸움을 벌였다간, 나는 물론이고 클레어 님조차 승산이 희박하다.

근위병들이 약한 게 아니다. 릴리 님이 상식 밖인 것이다.

"릴리 추기경, 그만두세요!"

"소용없습니다. 저건 릴리지만 릴리가 아니야."

사라스가 큭큭 웃었다.

"듀얼 캐스터를 인공적으로 만들어내는…… 그 실험은 절반만 성공했습니다."

"그게 대체 무슨 말이죠?"

내가 묻자, 사라스는 머리가 나쁜 학생한테 설명하는 말투로 말을 이었다.

"저는 암시를 통해서 사람 안에 또 하나의 인격을 만들어 내는 데 성공했습니다. 그리고 태어난 새로운 인격은 새롭게 마법 적성을 획득할 수 있었던 겁니다."

즉, 이런 말이다. 릴리 님은 수속성 적성을 가지고 있었다. 거기에 사라스가 암시를 걸어서 새로운 인격을 만들어 낸 후, 그 인격이 다른 속성을 지니게 하는데 성공했다.

그렇다는 건──.

"그 가면의 남자의 정체가 릴리 님이었다고?"

"그 말대로. 나에게 부정을 추궁하면서도 한편으로는 그 수사 정보를 나한테 누설하고 있었다는 거지요."

최후의 최후에서 덜미를 잡혔지만요, 사라스가 쓴웃음을 지었다.

그랬던 건가. 처음에 사라스의 방에서 장부를 조사했을 때, 단 하나도 결점을 찾을 수 없는 완벽한 장부였던 이유는 릴리 님을 통해서 사라스한테 정보가 누설됐기 때문이었나.

"하지만 모습이 완전히 다르다고요! 그건 변장만으로는 어떻게 할 수 있는 게……."

"분명 마도구입니다. 생각해보세요, 유 님 때 있었던 일을. 그 팔찌는 릴리 님한테 빌린 물건이었잖아요."

내가 유 님과 서로 모습을 바꿨었을 때 사용했던 마도구다. 그 때는 어째서 이런 편리한 물건을 릴리 님이 가지고 있는 걸까 싶었는데, 사실 본래는 여기에 사용하고 있었다는 거겠지.

"자신이 이런 상태에 있다는 사실을 릴리 님은 스스로 알고 있습니까?"

"모르고 있습니다. 알고 있었다면 그 아이는 스스로 목숨을 끊고 말았을 테니까요."

이 무슨 잔혹한 짓거리일까. 근본부터 상냥한 릴리 님을 자신의 장기 말로 쓰기 위해 암살자로 키우다니.

"자아, 릴리. 이 녀석들을 전부 없애도록 하세요."

"아주 간단히도 말하네. 여기에는 레이랑 클레어도 있단 말이지?"

"너라면 어떻게든 할 수 있겠죠."

"못하는 건 아니지만, 네놈의 안전은 보증 못 하는데?"

"흐음……."

근위병들을 한 명씩 쓰러트리면서 사라스와 대화하고 있는 릴리 님은 그야말로 완전히 다른 사람 같았다. 저 말투를 어디선가 들은 적이 있는 것 같았는데, 가끔씩 릴리 님이 자기도 모르게 내뱉곤 하던 폭언과 비슷한 말투였다. 설마하니 그것도 암시와 인공 듀얼캐스터가 원인이 돼서 발생한 폐해 아닐까.

"그렇다면 릴리. 여기선 일단 탈출하는 걸 우선하도록 하지요."

"놓치지 않겠어요!"

클레어 님에게 시선을 돌리자, 주변에 프랑소와 가문의 문장이 떠올라있었다. 매직 레이를 발사할 태세다.

"사라스, 릴리 추기경. 이 마법은 손대중이 불가능해요. 목숨이 아깝다면 투항하세요."

클레어 님은 두 사람을 한꺼번에 시야에 넣을 수 있는 위치로 이동하면서 경고했다.

"자, 그렇다는 모양인데요?"

"너도 조금은 일 좀 하란 말이…… 지!"

릴리 님은 자기를 포위한 근위병들을 마지막 한명까지 쓰러트린 다음, 사라스를 포위하고 있는 근위병들을 베어나갔다.

"그만두세요, 릴리 추기경! 또 다시 전투 행동을 일으키면 쏘겠어요!"

"해보시지."

"!"

클레어 님의 최후통첩에도 불구하고 릴리 님은 나이프를 멈추지 않았다. 클레어 님은 한순간 망설이기는 했지만.

"……큭, 미리 사과하겠어요!"

어쩔 수 없이 릴리 님을 향해 매직 레이를 발사했다.

하지만――.

"뭐라고요?!"

매직 레이의 빛은 릴리 님을 태우거나 관통하는 일 없이, 그 코앞에서 마치 환각이었던 것처럼 사라져버렸다. 화염창 수준의 마법이라면 또 모를까 매직 레이조차 무효화 할 줄은, 역시 릴리 님은 스펠 브레이커를……?

"이 릴리는 내 최고걸작이라서 말이죠. 마나리아 왕녀에게는 미치지 못하지만, 이기진 못할지언정 결코 뒤지지 않는 마법을 쓸 수 있습니다."

사라스가 유열이 가득한 웃음과 함께 말했다.

"스펠 브레이커는 아닌 겁니까?"

"그 정도로 상식을 벗어난 마법은 아닙니다. 이 릴리의 적성은 풍속성 높음 적성. 특기로 삼는 마법은 시간 조작입니다."

시간 조작인가!

가면의 남자와 처음으로 조우한 평민운동 때, 녀석은 내가 분명히 파괴했던 방울 마도구를 원상복구 시켰다. 그건 말하자면, 방울의 시간을 되감았던 거였나.

“최고걸작이라고 말씀하셨죠? 즉, 릴리 님만 있는 게 아닌 거네요?”

“당연합니다. 자기 아이를 초기 실험용으로 쓰는 부모가 어디에 있겠습니까. 릴리에게 시술을 한 건 연구가 완성된 후라고요. 뭐 무엇보다——.”

거기서 사라스는 한번 말을 끊고는,

“연구를 완성하기 위해서 꽤나 시간이 걸렸습니다. 폐인이 되어버린 고아는 열이나 스물 정도로는 셀 수도 없겠죠.”

산뜻한 표정으로 역겨운 소리를 태연하게 입에 담았다.

“이 인간도 아닌!”

클레어 님은 사라스를 매섭게 노려보면서 사라스를 향해 매직 레이를 발사했다.

“엇차.”

근위병을 전부 쓰러트리고 난 릴리 님이 아슬아슬하게 매직 레이를 무효화했다. 아마도 매직 레이의 시간을 역행시켜서 마력을 되돌려 무산시키는 거겠지.

“레이, 사라스를 노리세요! 최대한 많은 숫자로!”

“네!”

나는 얼음 화살을 20개쯤 생성해서 사라스를 포위하듯 발사했다.

“칫…… 역시나 영 싸우기 힘들구먼.”

얼음 화살은 무효화 당했지만, 릴리 님은 사라스의 곁에서 움직일 수 없다. 발을 묶는 건 가능했다. 클레어 님과 나는 사라스와 릴리 님과 대치하면서 연이어 마법을 쏘고, 릴리 님은 그걸 무효화했다. 상황은 고착상태에 빠졌다—— 는 것처럼 보이지만 사실 그렇지도 않다.

"포기하도록 하세요, 릴리 추기경."

"어째서?"

"이대로라면 당신 쪽이 먼저 마력이 고갈될 거예요."

그렇다. 저쪽은 릴리 님 한명. 반면에 이쪽은 클레이 님과 나, 우리 둘이 상대다. 게다가 사용하고 있는 마법도 우리는 기본적인 마법화살이다. 시간조작에 소비되는 마력량이 어느 정도인지는 모르겠지만, 절대 마법 화살보다도 적을 리는 없겠지.

"릴리 님, 이제 그만해주세요."

"나로서도 그다지 좋아서 하는 건 아니지만 말이지."

"그러면!"

"그치만."

거기서 릴리 님은 말을 끊고선,

"이런 녀석이라도, 내 아버지인거야."

릴리 님은 품속에서 포션 병을 꺼내 들더니 단숨에 들이켰다.

"설마 칸타렐라?!"

이크, 루이랑 싸웠을 때의 재현인가 생각했더니 그렇지는 않았다.

"틀—려, 이건 초월급 마력 회복 포션이다."

"그런 귀한 물건을 잔뜩 들고 있을 리는 없겠죠."

"그렇겠지만, 내 경우에는 어떻게든 된단 말이지. 그게."

릴리 님이 포션 병에 시선을 돌리더니 그걸 강하게 노려봤다.

"?! 완전 사기잖아요?!"

빈병이었던 포션이, 보고 있는 사이에 점차 차오르기 시작했다. 아마도 시간을 되감은 거겠지.

"뭐, 이런 식의 사용법도 가능하다는 거야."

"큭……."

이건 좋지 않았다. 초월급 마력 회복 포션은 마력을 거의 전부 회복한다. 이대로라면 점차 소모되는 건 오히려 우리들 쪽이다.

"쯧, 하지만 이대로라면 장기전은 각오해야겠는데에."

"……."

클레어 님과 함께 릴리 님을 향한 경계를 늦추지 않았다.

바로 그때——.

지면이 격렬하게 흔들렸다.

갑작스러운 진동에 누구나가 동요하고 있었을 때, 아마도 나 혼자만 전혀 다른 생각을 떠올리고 있었다.

'말도 안 돼…… 너무 빨라!'

나는 이 진동의 정체를 알고 있었다. 로드 님이나 릴리 님이 걱정하고 있었던 삿살 화산의 분화로 일어난 지진이다. 나는 그

다음에 무슨 일이 일어날지 예상했기 때문에 클레어 님을 밀어 넘어뜨린 후, 그대로 그녀를 내 몸으로 감싸듯이 덮은 채 지면에 엎드렸다.

쨍그랑, 하는 소리와 함께 알현실 창문 유리가 깨졌다. 실내로 엄청난 숫자의 돌무더기가 쏟아져 들어왔다. 분화로 인한 낙석들이다.

"대체⋯⋯ 무슨 일이⋯⋯."

내 몸 아래쪽에서 클레어 님이 동요하며 외쳤다. 나는 어떠냐면, 토속성 마법으로 작은 방벽을 세운 다음 그저 진동이 가라앉기만을 기다리고 있었다. 낙석이 몇 분 정도 이어졌다.

"아마도 이제 괜찮을 거예요."

분화 시기에 차이가 발생한 게 마음에 걸렸지만 이 지진에 여진은 없을 터였다. 나는 클레어 님을 덮고 있었던 몸을 일으킨 후에 상황을 파악하기 위해 노력했다. 눈부시게 아름다웠던 알현실은 얼핏 보기에도 처참한 모습이었다. 실내에 있던 집기들은 전부 부서졌고, 붉은 카펫 위에는 크고 작은 돌덩이들이 굴러다니고 있었다.

"전하!"

근위병 중 한 명이 이변을 깨달았다. 로세이유 전하가 왕좌에서 쓰러져서 지면에 엎드려 있었다.

——머리에서 피를 흘리며.

"레이, 치료를!"

클레어 님이 굳이 말할 필요도 없이 나는 전하에게 달려가 치료마법을 걸었다.

하지만——.

"……틀렸습니다. 이미 돌아가셨습니다."

"이게 무슨 일인가요……."

전하가 돌아가시게 된 전개는 게임대로다.

그렇게 되면——.

"그렇죠, 사라스와 릴리 추기경은?!"

이미 알현실 안에 두 사람의 모습은 보이지 않았다. 게임에서는 릴리 님은 존재자체가 없었지만, 사라스는 이 혼잡한 틈을 타서 도망쳤었다. 이 또한 게임대로다.

'이렇게 되지 않기 위해서 서둘렀던 건데…….'

삿살 화산의 분화가 일어나기까지는 분명 아직 며칠 정도 여유가 있었다. 릴리 님과의 전투 없이 내 마력이 만전의 상태였다면, 이 알현실 전부를 방어 마법으로 감쌀 수 있었을 것이다. 내가 아무리 발버둥 쳐도 로세이유 전하는 이렇게 될 운명이었던 걸까. 아무리 그렇다고 해도 어째서 이렇게 빠르게 분화가……?

"레이…… 레이! 정신 차리세요!"

문득 정신을 차리자, 나는 클레어 님을 올려다보고 있었다. 나는 어느새 무릎을 꿇고 있었던 모양이다.

"사라스와 릴리 추기경은 일단 잊어버리세요. 지금 당장 해야만 하는 일들이 산더미처럼 쌓여 있어요."

"……클레어 님."

"이제부터 왕국은 위기에 직면하게 되겠죠. 과거의 역사를 통해서 봤을 때, 삿살 화산의 분화 후에는 대기근이 일어났다고 들었어요."

그렇다. 분화 자체로 인한 피해보다도, 그 후폭풍이 더 문제다. 화산재가 수도 주변을 뒤덮어버리고, 농작물이 전부 못쓰게 되어버린다. 거기다 지금 수도는 한창 수확기에 있다. 나는 게임 지식을 통해서 앞으로 닥쳐올 후폭풍을 알고 있었지만, 클레어 님을 역사를 통해서 그걸 알고 있었다.

"왕국은 어떻게든 이 위기를 넘어서야 해요. 그것도 로세이유 전하 없이."

그렇다. 현왕이었던 로세이유 님은 이제 없다. 우리들은 새로운 왕을 선출해야 하는 것이다.

"근위병, 귀족원 의장에게 연락을. 긴급회의를 소집합니다. 그리고나서 로드 님과 세인 님의 안부를 당장 서둘러 확인하도록."

클레어 님은 차례차례 적절한 지시를 내렸다. 나는 그 모습을 그저 멍하니 바라보고 있었다. 그러자 내 뺨에서 아픔이 느껴졌다.

"정신 똑바로 차리세요! 저를 옆에서 지탱해 주겠다는 그 말은 거짓말이었던 건가요?!"

클레어 님은 그렇게 말하면서 나를 바라보았다. 나를 때린 손이 빨갛게 달아올라 있었다. 가녀린 손이다. 이런 가녀린 사람이 지금 필사적으로 왕국의 위기에 맞서려고 하고 있었다.

누가 그녀를 지탱하냐고? 그야 당연한 거 아냐.

"정말 드릴 말씀이 없습니다. 이제 괜찮습니다."

"아주 좋아요."

클레어 님은 그 말과 함께 잠깐이지만 나를 끌어안아 주셨다. 내 몸이 덜덜 떨리고 있다는 걸 그제야 깨닫고서, 나도 단단히 마주 안았다.

"극복하겠어요. 이 위기를."

"네!"

우리들은 바로 행동을 개시했다. 클레어 님의 적절한 지시도 있었던 덕분에 초기 대응이 늦지 않았다. 하지만, 이윽고 한 가지 보고가 도착했다.

그것은 로드 님이 행방불명이라는 소식이었다.

최종장

혁명

삿살 화산의 분화로 인한 피해는 막대했다. 수도의 귀족 거주 구역이 화산과 가까웠다는 점도 있어서 귀족의 피해는 평민보다 훨씬 심했고, 귀족원 의원들 사이에도 많은 희생자가 나왔다. 의회는 기능 정지 직전까지 몰렸지만, 의장이 살아있었다는 점과 도르 님이 수완을 발휘한 덕분에 간신히 기능이 유지될 수 있었다.

결원은 그 혈족들로 메꿔서 기능을 회복한 의회가 가장 먼저 논의한 일은, 서거한 로세이유 전하의 후계자를 누구로 정할 것인가에 대한 논의였다. 사람들은 당연히 왕위계승권 1위인 로드 님이 다음 왕이 될 거라고 생각했지만, 가장 중요한 장본인인 로드 님이 분화 직전부터 행방불명된 상태였다. 시종의 이야기로는 로드 님은 화산 산기슭에 있는 마을로 자기가 직접 주민들을 설득해서 피난시키기 위해 찾아갔다고 한다. 나랑 그 마을에 대해서 얘기 했을 땐 마치 포기하려는 말투였는데 확실히 자신의 본분을 다하고 있었던 것이다.

'하지만 타이밍이 최악이었어.'

아마도 로드 님은 분화에 휩쓸렸겠지. 정확한 안위는 불명이지만 분화가 일어나고 5일이 지난 지금까지도 아무런 연락이 없다는 사실로 볼 때, 무사히 넘어갔을 거라고 생각하긴 힘들다.

의회는 절규했지만 사태는 긴급을 요하고 있었기 때문에 세인 님을 즉위시키자는 흐름이 되었다. 왕국이라는 정치형태에서 왕좌를 비운 채로 이 위기를 극복하는 건 불가능에 가깝다는 사실은 명백했기 때문이다.

그렇긴 한데——.

"정말로…… 아버님은 대체 무슨 생각을 하시는 거죠……."

클레어 님의 초조함이 가득한 목소리가 방을 울렸다. 클레어 님과 나는 현재 왕립학교 기숙사의 클레어 님 방에 있었다. 클레어 님은 의자에 앉아 미간에 주름을 잡으며 신문을 읽고 있었다. 왕국은 인쇄술이 발달한 덕분에 노동계층까지는 아직 미치지 못했지만, 귀족층은 신문을 구독하고 있었다.

클레어 님은 도르 님의 부정을 추궁하고 싶어 했지만, 상황이 상황이니만큼 일단 그 마음은 접어주시도록 부탁드렸다. 좋은 의미로든 나쁜 의미로든 도르 님은 유능한 정치가다. 지금 도르 님을 잃어선 안 된다고 설득했지만…….

"뭐라고 적혀있습니까?"

말을 걸기가 좀 주저되긴 했지만 이대로라면 클레어 님이 폭발할 게 분명하다. 그 분노를 나에게 쏟아내도 괜찮으니 가스를 빼줄 필요가 있다고 생각해서, 클레어 님에게 물었다.

"세인 님의 즉위는 허사가 된 모양이에요."

클레어 님이 내뱉듯이 말하면서, 신문 뭉치를 팍하고 내던지며 나한테 넘겼다. 나는 신문으로 눈을 돌렸다. 거기에는 클레어 님의 말대로 세인 님의 즉위에 대한 이야기는 없던 일이 되어있었다. 그 대신에 도르 님을 필두로 한 로드 님 파벌의 귀족들이 정권을 운영한다는 내용의 기사가 게재되어 있었다.

"왕국의 주권자는 어디까지나 왕이에요. 귀족원이 해야 할 일은 일각이라도 빨리 다음 왕을 선출하는 건데."

클레어 님이 이를 악물었다. 신문의 논조도 거의 클레어 님과 마찬가지였다. 그중에는 귀족에 의한 쿠데타라고 쓰여 있는 신문마저 있었다. 물론, 모든 귀족이 지금 흐름에 납득한 건 아니다. 하지만 귀족원 의원 중에 화산의 피해로 사망한 의원 대다수가 세인 님과 유 님 파벌이었던 게 뼈아팠다. 유 님의 실각으로 유 님 파벌 귀족 대다수는 로드 님 파벌로 전향했고 세인 님 파벌은 원래부터 가장 세력이 작았다는 점도 크게 작용했다. 그리고 무엇보다도 가장 중요한 로드 님이 현재 행방불명인 것이다. 가장 큰 세력이 제어를 잃은 상태라고 말할 수 있다.

"지금은 왕국이 한마음으로 뭉쳐서 국난에 맞서야 하는 때. 민중은 불안에 떨고 있어요."

분화로 인한 화산재나 화산탄의 영향으로 수도 주변의 농작물은 죄다 못쓰게 되었다. 물품 부족을 예견한 사재기도 일어나고 있고, 수도 인근은 연이어 물가가 치솟고 있었다. 도르 님을 필두로 한 임시정부——자칭이지만——도 배급을 실시하고는 있지만, 그것도 언제까지 지속될지.

물론 나는 게임 지식을 통해서 이런 흐름이 될 걸 알고 있었다. 분화 시기가 대폭 빨라지는 건 예상하지 못했지만, 혼란한 정치 상황과 물가상승 등은 언젠가 일어나게 될 거라고 알고 있었다. 당연히 아무런 대비도 하지 않은 건 아니다. 블루메로 모아놓은 재산을 투르 상회 ——바캉스 전에 잠깐 들렀던 한스 씨의 상회다—— 를 통해서 음식물로 바꿔 비축해왔다. 이 세계에서는 아직 관상용 식물이었던 감자를 식용으로 재배해 보거나,

메마른 토지에서 키운 메밀을 가져와서 재배해 보기도 했다. 왕국에서는 아직 식습관이 없는 해조류를 샐러드로 만들어서 블루메를 통해 선보이기도 했다. 화산 분화가 일어날 거라는 사실을 정령의 분노라는 소문으로 만들어서 퍼트렸다. 하지만 할 수 있는 일은 그 정도뿐이었다.

화산 분화는 엄청난 대재해고, 본래는 국가 레벨로 총력을 기울여서 맞서야 하는 것이다. 21세기의 화산 대국인 일본이 국력을 기울여 대책을 세워도 아직 따라잡지 못한 대재해를 상대로, 기껏해야 일어날 걸 사전에 알고 있었을 뿐인 여자애가 할 수 있는 일은 뻔하다. 물론 아직 해야 할 일들이 남아있지만.

"레이, 기별을 넣도록 하세요. 세인 님을 만나보겠어요."

"……그건 어렵지 않을까요."

"어째서인가요!"

내 대답에 클레어 님은 짜증이 솟구친 건지 거친 목소리였다. 이건 엄청 열 받은 모양인데——.

"클레어 님은 세인 님을 억누르려고 하는 도르 님의 따님입니다. 세인 님 파벌이 보기에는 원수의 딸이나 마찬가지니까요."

"……윽."

본래 클레어 님이라면 내가 지적할 필요도 없이 진즉 그 사실을 깨달았었을 것이다. 역시나 지금 클레어 님은 컨디션이 나쁘다.

"클레어 님. 너무 근심하지 않으셔도 됩니다. 분화가 일어나고 지금까지 클레어 님은 지나치게 열심이에요."

의회의 혼란과 물가의 상승은 이미 일어나고 말았지만, 그래도 국가가 통제력을 잃지 않고 있는 건, 전적으로 분화 직후에 클레어 님의 초동대처가 매우 적절했던 덕분이다. 화산의 분화, 사라스 재상의 실종, 로세이유 전하의 서거, 귀족원 의원의 결원, 농작물 가격의 폭등 등, 이 정도로 많은 요인들이 겹쳐지면 언제 나라가 무너졌어도 이상할 게 없었다. 그런 상황을 막아낸 사람은 다른 누구도 아닌 클레어 님이다. 물론 도르 님이라는 배경을 등에 업었던 덕분이지만 클레어 님의 판단력이 뛰어났다는 사실은 의심할 여지가 없다.

"저는 그저 해야 할 일을 했을 뿐이에요. 그런데 아버님은 자신이 해야 할 일을 하지 않고 있어요."

귀족이라면 응당 이래야 한다는 확고한 이상을 가진 클레어 님이 보기에, 지금 도르 님의 행동은 이해할 수 없는 모양이다. 신문기사에서는 도르 님이 이 기회에 왕권을 찬탈하려는 거 아닐까, 라는 억측까지 나오고 있었다. 분명 이상적인 귀족이었던 아버지가 그런 소문이 나올만한 행동을 하다니, 클레어 님이 지금 태연할 리가 없었다.

"클레어 님은 할 수 있는 한 최선을 다하고 있습니다. 지금은 조금 쉬셔야 할 때예요. 요 며칠간 거의 잠도 못 주무시고 계시잖습니까."

클레어 님의 꽃과 같은 용모에도 그늘이 보였다. 피부도 거칠어지고 눈 밑에는 어렴풋이 다크서클마저 생겼다. 무리도 아니다. 그렇게 좋아하는 목욕을 즐길 여유도 없을 정도로 잠도 휴식도 반납하고 그저 일만 했으니까. 유능하기 때문에 수용력이 높은 만큼, 오히려 더욱 무리하게 되니까 악순환이다.

"저는 아직 괜찮아요. 괜찮긴 하지만――."

그렇게 말하며 클레어 님은 나에게 가까이 다가오더니 나에게 몸을 기댔다.

"……하지만 아주 조금, 지쳤어요. 잠깐만 이렇게 있게 해줄래요?"

"크, 클레어 님?!"

"레이가 있어 줘서 다행이에요. 저 혼자였다면 이미 한참 전에 무너지고 말았을 거예요."

클레어 님의 갑작스러운 행동에 나는 깜짝 놀라고 말았다

"클레어 님, 괜찮으세요? 아니 괜찮지 않겠죠. 저한테 어리광을 부리는 클레어 님이라니 괜찮을 리가――."

"부끄럼기가 온 거예요. 이렇게 쓰는 단어 맞죠?"

"아니 저기, 틀린 건 아닙니다만……"

어떻게 된 거야 갑자기.

"저라도 가끔은 누군가한테 어리광부리고 싶어질 때가 있는 거예요. 이전에는 레네가 곧잘 이렇게 해주곤 했어요."

"……아아, 그렇습니까."

연인의 섬씽이 아닌 거네. 살짝 유감이긴 했지만 이건 이것대로 의외의 수확이니까 불만은 없다.

"귀족이라는 신분은 저에게 있어서 자랑거리 중 하나지만, 가끔씩…… 정말로 가끔이지만 이런 의무감으로부터 자유로워지

고 싶다고 상상할 때가 있어요."
"그거 좋은 생각이네요. 귀족 같은 건 그냥 그만둬버리자고요."
"그럴 수는 없어요. 제가 지금까지 사치를 누려올 수 있었던 건 이러한 유사시에 앞장서서 일할 의무가 딸려있었기 때문인걸요."
"정말 참 올곧네요, 클레어 님은."
뭐, 이런 클레어 님이니까 좋아하는 거지만 말이야.
"그럼 그냥 장난삼아서 하는 말이라도 괜찮으니 가르쳐주세요. 귀족이 아니게 된다고 하면, 뭔가 하고 싶은 일이 있으신가요?"
"……그러네요……."
클레어 님은 30초 정도 곰곰이 생각한 후에 대답했다.
"요리라든가 바느질 같은 걸 배워보고 싶네요."
"의외의 대답이네요. 그런 평민스러운 일을?"
"당신에게는 꽤나 신세를 졌는걸요. 귀족이 아니게 된다고 한다면 그 정도밖에 신세를 갚을 방법이 없어요."
나는 또다시 깜짝 놀라서 눈이 휘둥그레졌다.
"뭔가요 그 표정은. 앗, 저 벌써 며칠이나 목욕을 하지 못했네요. 냄새나나요?"
"아뇨 전혀요. 오히려 좋은 향기가 납니다."
그저 단순히 클레어 님의 너무 의외인 한마디에 깜짝 놀랐을 뿐이다.
"참 거짓말도 잘해요. 마침 좋은 기회니까 목욕하러 가죠."
"네."

우리들은 목욕탕으로 향했지만, 분화의 영향으로 물 온도가 안정될 때까지 기숙사 온천은 사용금지가 되어있었다.

"아—! 정말이지!"

"워워, 진정하세요. 클레어 님 워워."

나는 펄펄 화를 내는 클레어 님을 달래고서 방에서 기다리도록 한 후, 뜨거운 물을 담은 통을 방으로 옮겨와서 적신 수건으로 몸을 닦아드렸다. 나는 하얀 도자기 같은 피부에 광을 내면서 생각했다.

'여기서부터가 승부야. 클레어 님을 잘 유도하지 않으면.'

나쁜 소식들이 계속 이어졌다.

"아버님은 제정신이 아닌 게 분명해요!"

오늘 조간신문을 읽은 클레어 님의 입에서 제일 먼저 튀어나온 말이었다.

"뭐라고 쓰여 있는데요?"

"증세를 시행한다고 쓰여 있어요."

있을 수 없는 일이라는 표정으로 클레어 님이 신문을 건넸다. 신문을 받아 들고 눈으로 훑어보니, 거기엔 임시정부가 화산 분화 대책으로 세금을 올린다고 쓰여 있었다. 신문에는 증세의 이유가 분화로 입은 피해를 복구하기 위해서 대폭적인 임시예산이 필요해졌기 때문이라고 적혀있었다.

"사람들은 안 그래도 현재 솟구치는 물가 때문에 괴로워하고 있어요. 그런 상황에서 증세라니……."

정치에는 초보인 나조차도 알 수 있는 어리석은 수다. 어릴 적부터 제왕학을 공부한 클레어 님이 보기엔 도르 님과 임시정부의 결정이 그야말로 어리석음의 극치로 보일 게 틀림없다.

"이대로 넘어갈 리가 없어요."

"그 말씀은?"

"머지않아 시민들의 항의 데모가 일어날 거예요."

클레어 님의 예상은 틀리지 않았다. 게임 흐름대로 간다면 당장 다음 주쯤에 데모가 일어날 게 분명하다.

"그 데모로 아버님과 임시정부가 정신을 차렸으면 좋겠지만……."

"정신을 차리지 못한다면?"

"……폭동이 일어날지도 모르겠어요. 옛날 기록들을 보면 과거의 분화 땐 실제로 그런 일이 일어났었다고 적혀있는걸요."

나로선 이미 알고 있는 사실이지만, 실제로는 폭동 정도로 끝나지 않는다. 이어진 압정에 지쳐버린 민중은, 이윽고 혁명을 일으키는 쪽으로 움직임을 바꾸게 된다. 그렇게 되면 클레어 님을 비롯한 귀족들을 기다리는 말로는 비참할 뿐이다.

"릴리 님이 말했던 혁명이라는 단어를 기억하고 계시는가요?"

"……네."

"저는 앞으로 혁명이 일어날 거라고 생각합니다."

"!"

클레어 님이 하얗게 질려서 말을 잃었지만,

"그런 일이 일어나도 결코 이상하지 않겠네요. 귀족이 이런 어리석은 짓을 계속한다면."

그렇게 말하면서 자조하듯이 웃었다.

"클레어 님은 어떻게 하실 생각인가요?"

"어떻게, 라니…… 일개 귀족으로서 할 수 있는 일은 이미 전부 했어요. 이 이상 할 수 있는 일은——."

"클레어 님."

나는 클레어 님에게 통장을 내밀었다.

"이건?"

"상업 길드에 위탁해놓은 제 자산 목록입니다."

"당신은 언제 또 이런 걸…… 에? 이렇게나?"

통장에는 귀족의 필두인 클레어 님조차 깜짝 놀랄 정도의 금액이 적혀있었다.

"어떻게 된 건가요, 이 액수. 제 메이드로 받는 급료만으로는 이렇게나 모을 수 없잖아요?"

"그 밖에도 아르바이트를 몇 개 겸업하고 있었던 덕분에."

"당신, 거의 하루 종일 제 옆에 있었는데요?"

"네에, 시간에 구속받지 않는 아르바이트라서."

"……."

클레어 님은 납득이 가지 않는 모양이었지만 일단은 계속 이야기를 이어갔다.

"이 돈을 사용해서 뭔가 해보죠."

"뭔가라니…… 뭘 하는 건가요?"
"식량 배급입니다."
내 제안에 클레어 님이 어리둥절한 표정을 지었다.
"그거라면 임시정부도 하고 있는 거잖아요. 돈만 임시정부에 맡기는 편이 더 효율적으로 식량 배급을 이룰 수 있을 거예요."
"지금의 임시정부인가 하는 자들을 클레어 님은 신용하실 수 있나요?"
"……그건……."
클레어 님은 얼굴을 찌푸렸다.
"거기다 클레어 님. 이건 클레어 님이 하신다는 점에 의미가 있습니다."
"제가?"
"네. 귀족들 전부가 부패한 건 아니라고 민중들에게 나타내기 위해서."
"……."
그 말에 클레어 님은 생각에 잠겼다.
지금 말한 건, 반쯤 거짓말이다. 클레어 님에게 식량 배급을 시키는 이유는 이윽고 닥쳐올 혁명의 때에 클레어 님을 타도 당하는 쪽에 세우지 않기 위한 보험이다. 도르 님과 임시정부는 완전히 악정을 펼치고 있다. 이대로라면 클레어 님은 도르 님과 한패로 묶여서 파멸의 길로 직행이다. 클레어 님은 도르 님과는 다른 생각을 가지고 있다고 민중들에게 명확히 나타내 둘 필요가 있다.

애초에 로세이유 전하로부터 부정 귀족을 추궁하는 의뢰를 받아들인 이유도 악덕 귀족을 응징하는 정의의 클레어 님이라는 도식을 만들어 놓기 위해서였다. 고구마 줄기를 적발한 결과 클레어 님한테는 양식을 갖춘 선량한 귀족이라는 평가가 붙게 되었다. 원래는 방약무인한 악역 영애라는 평가였다는 점을 생각해보면 이건 굉장히 커다란 변화라고 말할 수 있다. 하지만 도르 님이 이대로 계속해서 악정을 펼친다면 그런 평가도 금방 수그러들고 말겠지.

이쯤에서 클레어 님 vs 도르 님이라는 구도를 그려둘 필요가 있다.

"식량 배급 같은 건 옛날엔 위선이라고 밖에는 보이지 않았는데 말이죠."

클레어 님은 그렇게 말하면서 이번에도 자조적으로 웃었다.

"위선이든 뭐든 좋잖아요. 사람들을 위한 일이 된다면."

"……당신은 그래도 괜찮은 건가요? 이만한 금액을 모으려고 했었다면 상당히 큰일이었겠죠? 저한테 어울려주지 않아도 괜찮잖아요?"

클레어 님이 마치 확인하는 것처럼 물었지만, 이제 와서 너무 새삼스럽다.

"저에게 있어서 클레어 님에게 도움이 되는 일보다 더 좋은 사용처는 존재하지 않으니까요."

"……이제 슬슬 그게 정말 진심으로 하는 말이라는 걸 알게 됐다는 점이 무서워요."

클레어 님이 쓴웃음을 지었다.

"제 개인 자산도 쓰도록 하죠. 레이의 돈과 합치면 상당한 규모의 식량 배급을 할 수 있을 거예요."

"그거 좋네요. 그리고 유 님한테도 협력을 부탁할 수 있지 않을까요."

"유 님한테? 하지만 그분은 지금 이성병에 걸려서 충격을 받았다는 명목으로 연금된 상태잖아요?"

"임시정부의 허가를 받을 필요는 없다고 생각합니다. 유 님은 아직도 교회세력의 톱이자 원래는 왕위계승권자입니다. 국왕이 없다면 아무도 유 님의 행동을 막을 수 없을 거라고 생각합니다."

국가 존속의 위기에 우수한 인재를 놀려둘 여유는 없다.

"과연, 일리가 있네요. 교회라면 식량 배급 같은 구호 활동에 대한 요령도 알고 있을 테고 우리들이 개인적으로 움직이는 것보다도 조직적인 활동이 가능하겠네요."

"네."

물론 여기에도 내 나름의 계산이 있었다.

클레어 님 vs 도르 님의 구도 말고도, 교회 vs 귀족이라는 구도를 그려두고 싶었기 때문이다.

"좋아요. 그런 방향으로 움직여 보죠."

"정해졌다면 바로 시작하도록 하죠. 일단은 유 님에게 협조 요청부터네요."

"제가 편지를 쓸 테니 유 님한테 전해줘요."

"네, 클레어 님."

클레어 님의 얼굴에는 활력이 돌아온 것처럼 보였다. 원래 사람은 현재 상태에 문제가 있다는 사실을 알면서도 할 수 있는 일이 아무것도 없을 때가 가장 힘든 법이다. 문제 해결을 위해서 무언가 행동하고 있다고 여길 수 있다면 거기에선 희망이 싹틀 수 있는 법이다.

자신이 해야 할 일을 새롭게 찾아낸 클레어 님은 정력적으로 움직였다. 유 님과의 연계는 예상 이상으로 깔끔하게 실현됐고, 움직이기 시작한 다음 날 바로 식량 배급을 시작했다. 그날 석간신문에는 교회의 이름과 함께 클레어 님의 이름이 떠올랐다. 분별 있는 귀족이자, 임시정부와는 사고방식이 다른 사람이라고 소개되어 있었다.

식량 배급도 다른 사람한테 맡겨두지 않고 클레어 님이 직접 얼굴을 내밀었다. 친히 두 팔을 걷어붙이고 스프를 나눠주는 그 모습에서는 악역 영애의 그림자를 조금도 찾아볼 수 없었다. 배급 줄에 서있던 평민들로부터 아낌없는 감사의 목소리가 전해져 왔다.

물론 모든 평민이 클레어 님을 지지한다고 말할 수는 없고 그렇게 간단하지도 않다. 클레어 님의 행동을 도르 님과 임시정부의 이미지 회복을 위한 술책이라고 보는 사람도 있었다. 하지만 그것도 한때였다. 임시정부는 클레어 님의 식량 배급에 대해, 귀족 개인이 멋대로 행동하는 건 칭찬받을 만한 일이 아니라는 견해를 발표했다고 어떤 메이저 신문사가 전했다. 은근히 클레어 님의 행동을 비난하고 있었다. 클레어 님과 임시정부의 연결고리를 의심하는 사람들은 점차 줄어들었다.

흐름은 조금씩 바뀌고 있었다. 이럴 때 가장 먼저 움직이는 사람은 이윤에 민감한 상인들이다. 일부 상인들은 아직도 사재기로 폭리를 취하는 짓을 계속하고 있었지만, 점차 클레어 님의 식량 배급에 협력하는 상인들이 나오기 시작했다. 거기에는 투르 상회나 블루메, 그리고 플라텔 등도 있어서 이런 협력적인 움직임에 참가하는 상회나 가게는 민중들로부터 압도적인 지지를 받았다.

"아직까지 규모가 작기는 하지만 찬동해주는 사람들이 늘어나고 있는 모양이에요."

일주일 정도 지났을 무렵, 클레어 님은 기숙사 방에서 신문을 읽고 있었다. 클레어 님은 신문에도 광고를 내서 우리들의 활동에 동참해줄 사람들을 널리 모집했다. 찬동하는 개인이나 단체는 이제 오십에 육박하고 있었다.

흐름은 바뀌고 있었다.

하지만――.

"클레어 님! 저걸 보세요!"

"……?"

오늘도 식량 배급을 하러 가려고 방에서 준비하고 있었던 어느 날. 내 말에 클레어 님이 창문 아래쪽으로 시선을 내렸다. 그러자 그곳에는 잔뜩 무리 지은 평민들이 있었다.

"……이게 대체 어찌 된 일이죠."

우리들의 눈에 들어온 모습은 평민들의 데모행진 광경이었다.

"귀족 놈들은 악정을 그만둬라—!"

"증세 반대—!"

"왕실을 복구해라—!"

학교 기숙사는 수도의 메인 스트리트에 맞닿아 있기 때문에 데모를 자세히 관찰할 수 있었다. 사람들은 플랜카드를 들고서 귀족원 의회가 있는 의사당 방향으로 행진하고 있었다. 현시점에선 무기가 될 만한 물건을 손에 든 사람은 보이지 않는다. 아직 항의 데모 단계고 폭동으로 번지지는 않은 모양이었다.

"제가 멈추러 가겠어요!"

"안됩니다. 아무런 의미도 없는 데다 타이밍이 너무 최악입니다."

나는 방에서 당장 뛰쳐나가려고 하는 클레어 님을 황급히 멈춰 세웠다.

"어째서인가요?! 저는 민중들에게 좋은 평가를 받고 있잖아요?! 그런 제가 나서서 외치면 다른 귀족들이 말하는 것보다도 우리들의 의도가 잘 전해질 수 있을 거예요!"

"분명 클레어 님이 지금 밖으로 나간다면 이번에 한해선 데모가 진정될지도 모릅니다."

"그렇다면!"

"그 대신, 클레어 님은 역시나 귀족들과 한편이었다는 인상을 민중들에게 주게 됩니다. 지금까지 고생해서 쌓아 올려 온 신뢰는 땅에 떨어지겠죠."

내 말에 클레어 님은 분한 듯 얼굴을 찌푸린 후, 쾅 하고 책상을 두드렸다. 예의 있게 자라온 클레어 님이 물건에 화풀이를 하다니 어지간해선 없는 일이다.

"귀족들과 한편이었다는 인상을 준다, 라고요?! 저는 누가 뭐래도 귀족이라고요?!"

"클레어 님은 그저 단순히 귀족이라는 신분으로 있고 싶으신 건가요? 아니면 사람들을 구원하고 싶으신 건가요."

"……크……!"

몹시 격분하는 클레어 님에 비해서 나는 어디까지나 냉정하게 대답했다. 클레어 님은 총명한 사람이다. 한순간 머리로 피가 쏠렸던 모양이지만 금방 회복했다.

"……네, 그러네요. 당신이 옳아요, 레이. 저는 단순히 귀족 신분만을 원하는 게 아니에요. 사람들의 바람직한 모범이자, 민중을 구원하고 싶어요."

"네. 그러기 위해서는 지금은 움직일 때가 아닙니다. 상황을 살피도록 하죠. 혹시나 이번 일을 계기로 임시정부가 생각을 고쳐먹을지도 모르고요."

"그러길 바라네요."

클레어 님은 창밖의 군중을 불안한 시선으로 바라보았다.

"하지만…… 어째서 갑자기? 신문이라면 빠짐없이 읽고 있었지만, 데모를 부르짖는 기사는 없었는데."
"짐작입니다만, 좋지 않은 사태가 일어나고 있어요."
클레어 님의 의문에 내가 대답했다.
"그 말은?"
"민중을 선동하는 자가 있습니다."
"! ……레지스탕스!"
"겉으로는 그렇겠지만 사태는 더욱 심각합니다. 사라스…… 더 정확히 말하면 그 배후에 있는 나 제국이 흑막입니다."
요 며칠간 클레어 님을 필두로 한 유지들의 활동 덕분에, 결과적으로 평민들의 불만은 일정 수준으로 억제되고 있었다. 클레어 님은 이대로 불만이 해소되는 방향으로 나아갈 거라── 고마냥 낙관하고 있지는 않았겠지만, 그렇다곤 해도 데모가 일어날 만한 일은 당분간 없을 거라고 생각했을 것이다.
실제로 이 데모는 이상하다. 자연스럽게 일어난 소수 인원의 데모라면 또 모를까, 지금 창밖에서 일어나는 데모는 척 보기에도 천 명은 넘을 게 분명했다. 이 정도 규모의 데모가 아무런 사전 협의나 준비도 없이 일어났을 거라고 생각하긴 힘들다.
"제국이 뒤에서 끈을 대고 있다고 말하는 건가요?"
"네."
"……."
내 대답에 클레어 님의 시선이 예리해졌다.
"지금까지는 적당히 넘어가 줬지만 이제는 그렇게 안 되겠어요. 레이, 당신은 어디서 그 정보를 알아낸 건가요?"

"아뇨, 어디서 얼핏 들은 거라서."

"얼버무리는 건 그만두세요. 그런 중대한 정보가 여기저기 굴러다니고 있었을 리가 없잖아요."

클레어 님은 처음엔 나를 엄한 말투로 추궁했지만, 이윽고 부드러운 어조로,

"레이, 저는 당신을 신뢰하고 있어요. 이제 슬슬 설명해주지 않겠어요? 당신은 어째서 항상 알 수 있을 리가 없는 것들을 알고 있는 건가요?"

"……."

클레어 님은 진지했다. 계속해서 얼버무리려고 하면 클레어 님의 신뢰를 잃을 게 틀림없다. 나는 단념하기로 했다.

"믿어주실지 어떨지 자신이 없습니다만……."

"일단 얘기해보세요."

"그러면 일단. 저는 이 세계의 사람이 아닙니다."

"……무슨 말인가요?"

클레어 님은 어리둥절한 표정이었다.

"저는 다른 세계에서 왔습니다. 다른 지구의 일본이라는 나라입니다."

"일본……."

"네. 저는 거기서 한번, 짐작입니다만 죽었습니다. 그리고 정신을 차렸을 땐 이쪽 세계에 있었어요."

"……."

클레어 님은 침묵으로 뒷말을 재촉하고 있었기 때문에 계속했다.

“저는 이 세계에서 일어날 일들을 어느 정도 예지할 수 있습니다. 이전 세계에서 이미 알고 있었어요.”

“레이가 있었던 이전 세계와 이 세계는 뭔가 관계가 있나요?”

“네. 이전 세계에는 이 세계에서 일어날 일들이 상세하게 적혀있는 예언서 비슷한 물건이 있었습니다.”

나는 게임의 세계라는 부분을 의도적으로 숨겼다. 미샤 때는 무심코 말해버렸지만, 자신이 이야기 속 등장인물일 수도 있다는 생각은, 크든 작든 충격을 안겨줄지도 모른다고 생각했기 때문이다. 끝까지 나는 이 세계를 실존하는 세계로서 클레어 님에게 설명했고, 〈Revolution〉은 예언서라고 이야기했다.

“그럼 당신은 이제부터 일어날 일들에 대해서도 어느 정도 예측할 수 있다는 뜻?”

“네.”

“……어떻게 되나요?”

클레어 님은 머뭇머뭇하는 느낌으로 질문했다. 내 대답을 두려워하고 있다는 건, 내 말을 어느 정도 믿어주고 있다는 뜻이다.

“말씀드릴 수 없어요.”

“어째서인가요.”

“미래의 일을 알고 있다는 말은 즉, 미래에 간섭한다는 뜻입니다. 자세히는 설명할 수 없지만, 클레어 님이 미래를 알아버리면 제가 알고 있는 미래와는 달라져 버려요.”

“…….”

"저는 앞으로 일어날 나쁜 미래를 바꾸기 위해서 여러 가지로 손을 써왔습니다. 지금 이때, 미래를 알고 있다는 어드밴티지를 잃을 수는 없기 때문이에요."

클레어 님이 미래를 알아버리면 어쩌니저쩌니했던 말은 반쯤 엉터리로 지껄인 소리다. 단순히 나는 클레어 님에게 앞으로 이 앞에서 기다리고 있는 혁명이라는 결말을 전하고 싶지 않았을 뿐이다. 혁명을 피할 수 없다는 사실을 알게 되면 클레어 님이 어떤 행동에 나설지 예상이 가지 않았기 때문이다.

미래는 바뀐다. 단, 클레어 님이 살아남을 수 있는 방향으로.

"제가 숨겨왔던 내막은 여기까지입니다."

"……과연 그렇군요."

클레어 님은 가볍게 끄덕였다.

"이걸로 납득이 가신 건가요?"

"납득할 수밖에 없어요. 지금까지 실제로 당신이 알 수 있을 리가 없는 사실들을 알고 있었던 장면을 몇 번씩이나 이 눈으로 직접 가까이서 목격한걸요."

"그렇습니까. 사랑입니까."

"사람 말을 들으세요."

클레어 님이 내 이마에 딱밤을 놨다. 조금 아프다. 저희 업계에서는 포상입니다.

"거기다 레이는 정령의 미아였군요."

"네."

이건 이전에 내 신상을 미샤에게 자백했을 때도 지적받은 부분이다. 이 세계에는 어디서 왔는지 알 수 없는 어린아이가 갑자기 나타날 때가 있다. 그 아이는 정령의 미아라고 불리며 대부분이 신기한 힘을 가지고 있다고 한다.

"정령의 미아는 모두들 레이의 세계에서 온 사람들일까요?"

"거기까진 잘 모르겠습니다. 하지만 제가 있던 세계에는 마법 같은 편리한 힘이 없었어요."

"그런가요? 그런 것 치고는 레이의 마력은 엄청나게 높네요."

"자세한 사정은 잘 모르겠습니다. 그야말로 신만이 아시는 일이라고 봐야 하지 않을까요."

내 신상에 관한 이야기는 거기서 일단락됐다.

"당신 이야기는 일단 잘 알겠어요. 하지만 어쨌든 이 움직임에 제국이 관련되어 있다고 한다면 뭔가 손을 써둬야죠."

"예를 들어 어떻게 하려고 생각하고 계시나요?"

"아버님께 진언을 올리겠어요. 데모 뒤에 제국이 암약하고 있다면── 아……."

"네에, 그러면 데모는 반역자의 집단이라고 여겨져서 탄압당할 게 분명해요."

우리들은 의외라고 할 정도로 손쓸 방도가 없었다. 제국은 정말로 교활하게 움직이고 있었다. 이러니까 정치라든가 집안 소동 같은 게 싫은 것이다. 클레어 님의 생사가 걸려있지 않았더라면, 나는 절대로 혁명과 연관되는 일 없이 다른 나라로 도망갔겠지.

"뭔가 할 수 있는 일은 없을까요……? 레이라면 묘안이 있는 거 아닌가요?"

"지금 현재로선 없습니다. 조금 더 흐름이 변하지 않으면."

"하지만 이대로 꾸물거리고 있으면 혁명이——."

"괜찮아요, 클레어 님."

나는 클레어 님을 안심시키려는 것처럼 차분한 목소리로 말했다.

"클레어 님은 제가 지켜드리겠어요. 무슨 일이 있어도. 반드시."

그 말은 절대 거짓이 아니었다. 하지만 모든 사실을 말한 것도 아니었다.

평민들의 데모는 이어지고 있었다. 의사당 앞 메인 스트리트를 가득 메운 군중들은 날마다 숫자가 늘어나고 있었다. 임시정부를 비난하고 왕실의 부활을 요구하는 목소리가 점차 커져갔다. 하지만 도르 님을 비롯한 임시정부는 태도를 바꾸지 않았다.

"자자, 줄을 서세요! 모든 분들에게 빠짐없이 나눠드릴 만큼 있으니까요!"

"천천히 줄을 따라 앞으로 가주세요!"

우리들은 어떠냐면, 확대되는 데모에 불안감을 느끼면서도 식량 배급을 계속하고 있었다. 증세 탓인지 하루 끼니를 해결하는 것조차 곤란해하는 사람들이 늘어났기 때문에, 이 식량 배급에 의지하는 사람들이 많았다. 지금은 아직 어떻게든 잘 되고 있지만, 배급을 받으려는 사람들이 계속 늘어난다면 식량 재고가 바닥나는 일도 그리 머지않은 이야기였다.

그런 걱정을 하고 있었는데――.

“오늘은 어제보다도 조금 사람이 줄어들었죠?”

“네에.”

클레어 님은 오늘 준비해 놓은 식량이 남았다는 걸 깨달았다. 가끔은 이런 날도 있는 거겠죠, 라면서 그날은 그냥 넘어갔지만,

“오늘도 또 줄어들었어요.”

“…….”

다음날도 그다음 날도, 클레어 님의 식량 배급을 받기 위해 줄을 선 사람들의 숫자가 조금씩 줄어들었다.

“대체 어떻게 된 건가요……?”

클레어 님의 의문에 대한 대답은 얼마 지나지 않아 얻을 수 있었다.

――레지스탕스가 혁명정부를 수립. 풍부한 배급이 시작된다.

신문에 그런 기사가 실렸기 때문이다. 신문은 임시정부와 혁명정부 사이에서 알력다툼이 일어나기 시작했다는 소식도 같이 전하고 있었다.

“……이게 어찌 된 일이죠.”

클레어 님은 기사를 읽고서 당황하고 있었다.

‘……드디어 여기까지 온 건가.’

나로선 이런 흐름도 내 예상범위 안이었다. 〈Revolution〉에서는 혁명이 일어나는 상황 속에서 공략 대상인 왕자님과 비련

의 사랑에 빠지는 루트가 많았다. 하지만 그중에선 어떤 왕자님과도 이어지지 않은 채, 주인공 스스로가 혁명의 상징이 된다는 혁명 루트도 있었다. 지금 현재 흐름은 그 혁명 루트에 클레어 님이 함께 말려든 형태에 가깝다. 원작과 크게 다른 점은 클레어 님이 민중의 지지를 얻고 있다는 점과 민중이 왕실의 부활을 요구하고 있다는 점. 이렇게 두 가지다.

'이대로 방향을 잘 조종해 나가면, 분명…….'

나와 그 사람의 비원을 이루는 것도 그렇게 먼 이야기가 아니다.

"레이, 듣고 있나요?"

"예엣?!"

나는 갑자기 귀를 잡아 당겨져서, 그제야 정신을 차렸다. 내가 돌아보자 클레어 님의 창백해진 얼굴이 보였다.

"결국엔 마침내 혁명정부라고 하는 자들이 나왔잖아요? 이대로라면 이 나라는……."

"괜찮습니다, 클레어 님. 제 상정 안에 있었던 흐름입니다."

"……정말인가요?"

"네. 클레어 님은 부디 이대로 식량 배급을 계속해주세요."

"……알겠어요."

그렇게 돼서, 언제나처럼 오늘도 식량 배급을 하러 나왔지만——.

"……사람이 거의 오지 않네요."

"그러게요~."

클레어 님의 숨길 수 없는 위기감과는 대조적으로, 나는 느긋하게 대답했다.

"그러게요~ 가 아니잖아요! 지금 사람들이 전부 다 혁명정부를 지지하는 쪽으로 돌아섰다는 뜻 아닌가요?!"

"그럴지도 모릅니다. 하지만 그걸로 괜찮아요."

"어디가 괜찮다는 거예요!"

그렇게 클레어 님과 활기찬 만담을 주고받고 있었을 때,

"실례. 여기가 클레어 프랑소와 님의 식량 배급소 맞나?"

남자들 몇 명이 무리 지어 찾아왔다. 평민치고는 제법 좋은 복장을 입고 있었다. 하지만 귀족은 아닌 것 같았다.

"그렇긴 한데, 당신들은?"

"우리들은 혁명정부 소속이다."

"!"

대표로 보이는 남자가 혁명정부의 이름을 대자 클레어 님의 표정이 험악해졌다.

"……무슨 용건이죠?"

"클레어 프랑소와 님. 민중들을 위한 당신의 활동들에는 깊은 감명을 받았습니다. 하지만 이제부터 민중들을 위한 배급은 혁명정부가 담당하게 됩니다. 그러니 부디 협력해 주실 수는 없을까 해서."

"협력, 이라고요?"

클레어 님은 수상하게 여겼다.

"당신, 자신이 혁명정부 소속이라고 말했죠?"

"네."

"저는 당신을 본 기억이 있어요. 당신은 사라스의 부하였던 사람 맞죠?"

"네에."

남자는 부정하지 않았다. 나는 눈치채지 못했지만 클레어 님의 말로는, 그는 사라스의 집무실에서 봤었던 사병 중 한 명이었다고 한다.

"이쪽 사내는 톰슨 전 남작가의 위병이었고, 저쪽 사내는 엘 백작가의 위병이었습니다."

"그런 당신들이 어째서 혁명정부에?"

"여러분들의 '활약' 덕분에 저들은 직장을 잃었습니다."

"재취업 자리는 전부 다 알아봐 드렸는데요?"

"네에, 그건 감사하고 있습니다. 하지만 좀 더 좋은 조건으로 고용해주시는 분이 계셨기 때문이죠. 그게 사라스 전 재상입니다."

"! 사라스는 어디에 있나요!"

클레어 님이 다그쳐 물었지만, 남자는 고개를 좌우로 저었다.

"말씀드릴 수 없습니다. 그분은 이 나라의 앞날에 필요한 분입니다."

"사라스는 제국과 내통하고 있는데요?!"

"나 제국은 진정으로 이 나라가 백성들이 주인인 나라가 될 수 있도록 협력해 주고 있는 겁니다."

"틀려요! 제국은 이 나라를 집어삼키기 위해―― 읍."

"협력, 이라는 건 구체적으로 뭘 하면 되는 거죠?"

클레어 님의 입을 막고서, 내가 교섭을 시작했다.

"당신들이 비축해두고 있는 식량을 제공해 줬으면 합니다. 우리들도 나름 상당히 비축해두고는 있지만 많아서 나쁠 것 없으니까 말입니다."

내 물음에 남자는 그렇게 대답했다.

"좋습니다. 그 대신에 이쪽에서도 조건이 있습니다."

"들어보도록 하죠."

남자는 점잖게 대꾸했다.

"혁명정부가 이제부터 하려는 일에 클레어 님을 말려들게 하지 말아 주십시오."

"……그건 어렵겠군요. 도르 님은 사악하기 그지없는 임시정부의 주요 멤버입니다. 그 도르 님한테 아무런 짓도 하지 말라는 건 불가능하죠."

남자는 고개를 좌우로 저었다. 하지만 나는 포기하지 않았다.

"도르 님한테 아무런 짓도 하지 말라고 말씀드리는 게 아닙니다. 클레어 님을 말려들게 하지 말아 달라고 말하고 있는 겁니다."

"……흐음?"

"지금까지 클레어 님이 해온 활동은 당신도 잘 알고 있으시겠죠? 클레어 님은 백성들을 사랑하고 계십니다. 도르 님들 같은 다른 귀족들과는 다릅니다."

"……그 말은 즉, 클레어 님만 따로 눈감아 달라, 그런 뜻인 겁니까?"

"그런 겁니다."

남자는 생각에 잠기는 기색을 보였다. 입이 막힌 클레어 님이 읍읍——, 하고 항의의 뜻을 외쳤지만, 그저 잠시 얌전히 있어 주시길 바랄 뿐이다.

"그쪽이 제공할 수 있는 비축량은?"

"대충 이정도입니다."

나는 대략적인 양을 보여줬다.

남자의 눈에서 한순간 놀람의 빛이 스쳤지만, 금방 표정을 수습했다.

"이 정도 가지고는……."

"그럼 이 이야기는 없었던 걸로 하죠."

"……."

내 기억이 정확하다면, 혁명정부는 아직 이 단계에선 식량을 충분히 비축하지 못했을 게 틀림없었다. 평민에게 지지를 얻기 위해서 풍부한 식량 배급을 시작할 거라고 신문에 광고를 해놨지만, 예상 이상으로 많은 사람들이 밀려들자 제국으로부터 물자지원이 오기 전까지는 어떻게든 버텨야 할 상황일게 분명했다. 나는 그 부분을 파고들었다.

"……상관없겠죠. 클레어 님에겐 일절 손을 대지 않겠다고 약속드리죠."

"감사합니다. 만약에 약속을 어겼을 경우, 그 즉시 XX로부터의 지원이 끊길 거라고 알아두십시오."

"XX라는 건?"

"아라 라스타나, 혹은 아바인 라스타한테 물어보면 알 겁니다."

"……잘 알겠습니다. 그럼 식재료의 이송에 대해선 또 다음에."
병사들과는 일단 그걸로 끝이었다.
"푸하. 레이! 당신 뭘 멋대로—!"
"거짓말도 하나의 방편, 이라는 겁니다, 클레어 님."
나는 격분하는 클레어 님을 달래듯 그렇게 말했다.
"방편?"
"혁명정부라는 녀석들이 뭘 생각하고 있고, 뭘 하려는 건가. 그걸 탐색하기 위해서는 우리가 먼저 다가갈 수밖에 없습니다."
나는 말을 이었다.
"식재료 제공은, 저쪽의 신뢰를 얻어서 클레어 님이 혁명정부에 접근하기 위해서입니다."
"저는 혁명정부와 한패가 될 생각은 없는데요?"
"당연합니다. 우리가 해야 할 일은 임시정부와 혁명정부 사이를 요령껏 오고 가면서 양쪽의 타협점을 찾는 겁니다. 이건 극히 정치적인 일이니, 현재로선 클레어 님만이 할 수 있는 일입니다."
"저만이……?"
"네. 매우 어려운 일입니다. 가능한가요?"
내가 묻자, 클레어 님은,
"흥. 저를 누구라고 생각하고 있는 건가요. 재무장관 도르 프랑소와의 여식, 클레어 프랑소와 라고요. 그 정도쯤은 식은 죽 먹기예요."
하고 자신만만하게 웃었다.

"감사합니다."

"당신 생각도 모르고 그렇게 질책하듯 말하고 말았네요. 사과할게요, 레이."

"당치도 않습니다."

정말로 당치도 않은 것이다. 무엇보다——.

거짓말도 방편이라는 건, 오히려 클레어 님한테 설명한 내용 쪽이었으니까.

"오래간만입니다, 클레어. 이렇게 다시 만나서 기쁘군요."

얼굴에 옅은 미소를 지으면서 그렇게 말한 사람은 바우어 왕국 전 재상 사라스 릴리움이었다. 이곳은 혁명정부의 진막. 클레어 님과 나는 혁명정부와 임시정부 사이의 이해갈등조정을 위해서 찾아왔다. 물론 클레어 님이 임시정부의 대표자인건 아니지만, 일단 도르 님의 딸이다.

거기다 현재 클레어 님은 최고의 화제로 떠오른 인물이다. 임시정부와 혁명정부, 양쪽 다 클레어 님을 무시할 수는 없었다.

"과거의 일은 그냥 흘려보내도록 하죠. 피차 좋은 결과를 얻을 수 있는 대화가 됐으면 좋겠군요."

"……."

사라스는 클레어 님에게 악수를 청했다. 클레어 님은 딱딱한 표정으로 그 악수에 응했다. 사라스의 뒤로는 그의 사병들을 중심으로 한 혁명정부 병사들이 줄지어 있었고, 그중에는 릴리 님의 모습도 보였다. 섣부른 짓은 불가능하다.

아라와 아바인은 없는 모양이었다. 아마도 정치적인 실무는 사라스가 도맡아서 하는 거겠지.

"혁명정부의 요구는 뭔가요?"

클레어 님은 단도직입적으로 본론을 꺼냈다.

"꽤나 빠르게도 이야기를 진행하는 군요? 이런 교섭을 할 때는 차근차근 토대부터 시작하는 거 아닙니까?

"이미 서로의 사정은 손바닥 보듯 알고 있잖아요? 이야기는 빠를수록 좋아요."

벌써부터 불꽃을 튀기는 두 사람. 이 교섭은 사라스 쪽이 압도적으로 유리하다. 아무리 재무장관의 딸로서 정치를 경험해 본 적이 있는 클레어 님이라고 해도, 상대는 한 나라의 재상으로서 정치의 최전선에 서 있었던 사라스다. 그러니 평범하게 정치가처럼 사라스와 교섭을 한다면 일방적으로 찍소리도 못하게 될 염려가 있었다. 클레어 님의 안쪽으로 꽉 찬 직구를 던지는 화법은 주도권을 상대에게 넘겨주지 않기 위해서다.

"뭐, 상관없겠죠. 저희 쪽 요구는 간단합니다. 귀족제의 폐지, 그리고 평민이 국가의 주권을 갖는 것입니다."

"!"

그 말은 다름 아닌, 이 나라의 형태를 뿌리부터 뒤집어엎겠다는 뜻이었다.

"민중들의 요구는 왕정제로 복귀하는 거 아니었나요?"

"처음에는 그랬습니다. 하지만 민중들은 깨닫게 된 겁니다. 자신들이 참정권을 가질 수 있는 찬스라는 걸요."

그건 평민운동이 이상으로 삼고 있는 목표점이기도 했다. 나는 로세이유 전하가 시작했던 평민중시 정책이 발단이 되어 일어난 평민운동이, 이제 와서는 왕실한테서 주권을 빼앗는 운동으로 결실을 맺었다는 사실에 아이러니를 느꼈다.

"그런 요구가 통할 거라고 생각하나요?"

"통하지 않는다면 통할 때까지 할 뿐입니다. 무슨 수단을 써서든 말이죠."

사라스는 은근히 무장봉기도 불사하겠다고 말하고 있었다.

"임시정부에는 군대가 있는데요?"

"머릿수는 저희가 더 많습니다. 대의도 이쪽에 있습니다."

"당신은 민중들에게 대의를 위해 죽으라고 말할 생각인가요?"

"그런 말은 하지도 않을 거고, 민중을 살해하는 건 어디까지나 군대입니다."

사실 혁명군 안에는 나 제국 병사가 섞여 있다. 그리고 클레어님이 기강을 바로 세우고 부정을 단속하는 과정에서 붙잡힌 귀족들의 사병들도 일부가 혁명군에 합류한 모양이었다. 거기다 머릿수로는 평민이 압도적으로 많다. 그 안엔 어느 정도 마법을 쓸 줄 아는 자도 있겠지. 그러니 혁명군의 힘은 결코 얕볼 수 없다.

더욱이 임시정부군 내에는 평민에게 칼끝을 향하는 걸 기피하는 심정이 있다. 그들로선 민중들은 지금까지 자신들이 지켜야 할 대상이었기 때문이다. 지켜야 할 대상을 공격한다는 건, 정부군으로선 자신들의 존재의의를 흔들리게 만드는 일이나 마찬가지다. 사라스도 이런 사실을 모를 리가 없다.

“사라스. 당신이 노리는 건 따로 있는 거 아닌가요?”

“라는 말은?”

“민중을 위한 혁명은 어디까지나 방편. 당신은 권력의 정점에 서고 싶을 뿐이잖아요?”

클레어 님의 규탄에도 사라스는 시치미를 뚝 떼는 표정이었다.

“설령 그렇다고 해도 이 혁명이 민중들을 위한 일이라는 사실은 달라지지 않습니다. 혁명의 결과로 제가 새로운 정권의 정점에 서게 된다고 해도 그건 결과론이죠.”

저 말은 당연히 궤변이지만 지금 당장은 그 논리를 깨부수기 어렵다.

“도르 님에게 전해주십시오. 사욕을 버리고 민중을 위한 정치의 장을 새롭게 열어달라고 말이죠.”

“정말 멍청한 소리군. 죄인 주제에 기세등등해서는.”

장소를 바꿔서, 이곳은 의사당이다. 클레어 님은 혁명정부의 요구를 들고서 임시정부의 수뇌들과 면담하고 있었다. 그리고 혁명정부의 요구를 들은 도르 님은 멍청한 소리라고 일축했다.

“전하의 온정을 멋대로 곡해한 평민들이 우쭐해 하고 있군요.”

“정말 그렇습니다. 여기서 일단 한번 평민들에게 주제 파악을 시켜줘야 합니다."

임시정부의 수뇌부는 입을 모아 혁명정부를 매도했다. 그곳에는 민중을 생각하는 귀족들의 모습은 찾아볼 수 없었고, 민중을 내려다보는 지배자로서의 모습밖에 없었다.

"하지만 아버님. 혁명정부는 민중의 지지를 얻고 있습니다. 임시정부를 일방적으로 공격한다면 우리 귀족은 대의를 잃어버리게 됩니다."

"무슨 소리를 하는 거냐. 우리 귀족이야말로 대의. 민중의 지지 따위는 대의가 될 수 없단다."

클레어 님의 간곡한 진언에도 도르 님은 전혀 들은 척도 하지 않았다.

"아버님! 애초에 이 임시정부의 존재부터가 이상한 거예요. 왕국의 주권은 왕실의 것. 어째서 왕실을 무시하고서 정치를 행하고 있는 거죠?"

"물론 우리도 언제까지나 이러고 있을 생각은 아니란다, 클레어."

도르 님은 머리 나쁜 아이를 타이르는 것 같은 말투로 말했다.

"하지만 세인 님은 아직 젊어. 이 난국을 헤쳐나가기 위해서는 우리 귀족들이 두 팔 걷고 나설 수밖에 없다."

"그렇다면 세인 님을 일단 즉위시킨 다음, 귀족원 의원 중에서 재상을 맡을 사람을 뽑으면 되는 거잖아요!"

"클레어, 그러고 있을 여유는 없단다. 삿살 화산의 분화에다 평민들의 반역…… 현재는 사태에 긴급하게 대처할 필요가 있어."

"아버님……."

클레어 님도 이제 확실히 알게 된 거겠지. 도르 님이 하는 말들은 전부 겉만 번지르르한 말뿐이다. 그들은 정권을 손에서 놓을 생각 따윈 없는 것이다.

"그럼 임시정부는 어떤 식으로 대응할 생각인가요?"

"데모를 즉시 중지할 것과, 혁명정부라고 하는 녀석들의 즉각적 해산을 요구한다."

"그런…… 이쪽도 조금쯤은 양보하지 않고서야 결국 충돌하게 될 거라고요?!"

"그때는 또 그때다. 민중들을 다치게 만드는 건, 나로서도 원하는 바가 아니지만 질서 회복을 위해서는 어쩔 수 없지."

도르 님의 말에 함께 앉아 있던 귀족들이 동의하듯 저마다 고개를 주억거렸다. 클레어 님은 필사적으로 설득을 이어갔다.

"원인을 따져보면 임시정부가 발표한 증세 정책이 사건의 발단이에요. 하다못해 증세만이라도 철회할 수는 없는 건가요?"

"그럴 수는 없겠구나. 분화로 인한 피해는 막대하다. 부흥에는 돈이 들지."

"그렇다면 귀족들이 솔선수범해서 재산을 내놓으면 되는 거 아닌가요?"

"이미 솔선수범하고 있잖나. 증세 대상에는 귀족도 포함되어 있어."

하지만 귀족에게 부여된 세율은 평민과 다를 바 없다. 그러면 증세의 영향을 더 크게 받는 건 평민들의 가계부다.

"아버님…… 민중이 있기 때문에 귀족도 있는 거잖아요?"

"그건 아니지. 귀족이 있으니 민중도 있는 거다."

그렇게 단언하는 도르 님의 말을 듣자, 클레어 님의 얼굴에 실망감이 번진다. 도무지 얘기가 통하지를 않는다.

"혁명정부라는 녀석들한테 전해라. 그 주제를 알라고 말이지."

"레이가 어려운 양 사이를 오가는 건 어려운 일이 될 거라고 말하기는 했지만, 이건 단순히 어렵다고 말할 수준이 아니에요……."

기숙사 클레어 님 방. 클레어 님은 푸념을 하면서 침대 위에 엎어졌다.

"쌍방의 골이 너무 깊어요. 여기서 타협점이라는 게 정말 있기는 한 건가요……?"

고집 센 클레어 님이 이렇게 우는 소리를 하는 건 드문 일이다. 그만큼이나 난감한 교섭이라는 뜻이다.

"없을지도 모릅니다만, 그 경우엔――."

"알고 있어요. 군사적 충돌이 발생하는 거죠. 그것만큼은 어떻게든 피해야만…… 레이, 잠깐만 이리로."

클레어 님이 이리 다가오라고 손짓했다. 뭘까?

"정말이지~~~! 다 큰 어른 주제에 제멋대로인 소리만 하지 말란 말이에요~~~!!"

클레어 님은 내가 가까이 다가가자 나를 확 끌어안더니, 그대로 힘껏 안았다. 완전히 껴안는 베개 취급이다.

"크, 클레어 님. 기쁘기는 한데 괴로워요."

"키———잇!"

그대로 3분 정도 장난감처럼 다뤄졌다. 더럽혀졌어…… 훌쩍…… 에헤헤.

"아직까지 교섭은 이제 막 시작됐을 뿐입니다. 어디 끈기 있게 한번 가보죠."

"그러네요. 레이, 목이 말라졌어요. 차를 한잔 끓여주세요."

"알겠습니다."

나는 클레어 님의 말에 조리실로 향했다.

"뭐, 클레어 님에겐 정말 죄송하지만…… 아무리 끈기 있게 노력해도 무리겠지만 말이지."

그렇게 중얼거리면서.

클레어 님은 정말 굉장히 노력했다.

임시정부와 혁명정부 사이를 계속 오고 가면서 양쪽의 절충안을 찾는 데 매진했다. 자신의 입장을 양보하지 않는 양쪽 진영의 말에 인내심을 가지고 귀를 기울이며, 타협점을 모색했다. 날이 갈수록 초췌해져 가는 클레어 님을 보고 있기 힘들었지만 그것도 그리 길지 않을 거라는 사실을 알고 있었기 때문에 나는 꾹 참았다.

그리고 마침내 그날이 찾아왔다.

왕국력, 2015년 11월 10일. 데모는 결국 무장봉기로 변한 것이다. 임시정부군의 태반이 혁명정부군에 붙었고, 무력 충돌이 일어났다. 싸움의 추세는 혁명군 쪽이 유리하다고 각 신문사가 전했다.

"……결국은 때를 맞추지 못했어요."

학교 창문 너머로 군중과 정부군의 충돌을 목격한 클레어 님은 그저 힘없이 서 있었다. 나는 그 손을 꼭 잡아 드리면서 위로하듯이 말을 건넸다.

"클레어 님은 최선을 다했습니다. 이렇게 되고 만 것은 더 이상 어쩔 수 없는 일입니다."

"하지만 제가 좀 더 노력했었다면……."

"클레어 님은 충분히 노력하셨어요."

"……."

내 위로의 말은 클레어 님의 마음에 와닿지 못한 게 분명했다. 책임감이 강하고, 이제는 귀족과 평민 양측의 마음을 알게 된 클레어 님에게, 이건 견딜 수 없는 결말이겠지. 그런 마음속을 헤아리고도 남음이 있다.

"이렇게 된 이상, 이제 제가 할 수 있는 일은 없어요. 구시대를 짊어졌던 귀족으로서 깨끗하게 최후를 맞이하겠어요."

클레어 님은 얼굴빛을 되돌리고선 결연하게 말했다.

하지만——.

"아니요, 클레어 님. 클레어 님은 구시대를 규탄하는 편에 서 주셔야 합니다."

"……네?"

내 말에 클레어 님이 이상하다는 표정을 지었다. 나는 그 얼굴을 돌아보며 자세를 고쳐 잡았다. 이제 드디어 모든 것을 숨김없이 털어놓을 때가 온 것이다.

"레이, 당신은 무슨 말을 하는 건가요?"

"클레어 님은 새로운 시대 쪽에 서서, 구시대의 종결을 마지막까지 지켜보는 겁니다."

"무, 무슨 바보 같은 소리를……. 저는 프랑소와 가문의 여식. 구시대의 상징이잖아요?"

클레어 님은 딱딱하게 굳은 웃음을 짓고 있었다. 내가 뭔가 질 나쁜 농담이라도 말하고 있다고 생각하는 것 같았다.

"클레어 님. 구시대의 상징은 클레어 님이 아닙니다. 도르 님입니다."

"똑같은 거잖아요?"

"아니요, 다릅니다. 클레어 님은 도르 님을 포함한 구지배층 —— 즉, 귀족들을 단죄하는 입장에 서 주셨으면 합니다."

"무……, 무슨 소릴 하는 거예요!"

클레어 님은 성난 기색이다. 무리도 아니다. 내가 말하고 있는 말은 이런 뜻이다. 한마디로—— 귀족들을 배신하라는 말이다.

"구시대를 짊어진 자들을 배신하고 저 혼자서 뻔뻔스럽게 살아남으라고 말하는 건가요?! 결단코 사양하겠어요, 그런 건!"

이 반응도 내 예상범주 안이다. 클레어 님의 성격으로 봤을 때, 이런 제안을 그냥 받아들일 리가 없다.

하지만──.

“이건 도르 님의 의향이기도 합니다.”

“……네? 자, 잠깐만 기다리세요. ……네? 아버님의?”

나를 꾸짖던 목소리가 단숨에 꺼져들었다. 클레어 님의 동요가 손에 잡힐 듯 보였다.

“그렇지만……, 아버님은……. 대, 대체 무슨 말인가요, 레이!”

“이 혁명의 흐름을 만든 사람은 다른 누구도 아닌 도르 님인 거예요.”

내가 그렇게 말하자 클레어 님의 의문은 한층 더 깊어진 모양이었다.

“당신이 무슨 말을 하는 건지 전혀 모르겠어요!”

“차근차근 순서대로 말하겠습니다. 긴 이야기가 될 테니까 앉아주세요.”

나는 클레어 님을 재촉해서 의자에 앉혔다. 클레어 님은 어서 자세한 사정을 듣고 싶은 것 같았지만 일단은 내 말에 따라주셨다.

“클레어 님도 아시다시피, 왕국의 정치에는 부패의 조짐이 있었습니다. 대부분의 귀족들은 사리사욕만을 추구하고, 하루 종일 권력 투쟁에만 전념하고 있었습니다.”

“……네에. 하지만 그게 이거랑 무슨 관계가──.”

“그런 상황에서, 이 나라의 앞날을 진지하게 걱정하는 소수의 귀족이 있었습니다── 그게 도르 님입니다.”

“아버님이? 하지만 아버님은 왕실을 업신여기고 이 나라의 정권을 자기 손에 쥐려고…….”

클레어 님이 그렇게 오해하는 것도 무리가 아니다. 도르 님의 위장 공작은 철저했다.

“도르 님은 자신을 희생양으로 삼아 악덕 귀족의 중심이 된 겁니다. 모든 것은 오늘 이날, 평민들의 손으로 종지부를 찍기 위해서.”

“……이게 대체 어찌 된 일이죠.”

클레어 님이 할 말을 잃고 있었다. 평민을 깔보고, 귀족이 아니면 사람도 아니라고 말하는 듯했던 도르 님의 태도도 전부 다 위장이었다. 클레어 님조차도 도르 님의 위장을 간파하지 못했다.

나는 말을 이었다.

“옛날에는 도르 님 역시, 이런 귀족들의 상황에 의문을 품고 있지 않으셨습니다. 그랬던 도르 님의 생각이 달라진 건 클레어 님의 어머님이신 밀리아 님이 돌아가셨을 때입니다.”

“어머님이 돌아가셨을 때……?”

밀리아 님은 클레어 님이 4살 생일을 맞이한 생일날에 세상을 떠났다. 도르 님과 함께 마차 사고를 당했기 때문이다. 도르 님은 목숨을 건졌지만 밀리아 님은 결국 세상을 뜨고 말았다.

“밀리아 님의 사고는 다른 유력귀족에 의해 꾸며진 일이였습니다. 모살 당한 겁니다.”

“그런……!”

“도르 님은 그날부터 달라졌습니다. 이대로는 괜찮을 리가 없다고 생각하게 된 겁니다.”

도르 님은 하루종일 권력 투쟁에 골몰하는 귀족에서 탈피한 것이다.

“도르 님은 악덕 귀족을 연기하면서, 한편으로는 혁명세력을 지원하는 일까지 했습니다. 기억하고 계십니까? 제가 클레어 님의 메이드가 됐던 날의 일을.”

“……네. 분명 그때 당신이 무언가를 말하자 그 순간부터 아버님의 태도가 달라졌었죠.”

“그때 저는 이렇게 말했습니다. ‘아바인 마누엘, 3월3일 50만 골드’ 그건 도르 님이 레지스탕스에게 몰래 보내고 있었던 금전 지원 내역이었습니다.”

레지스탕스의 금고지기이자 아라의 남동생인 아바인에게 보낸 융자는, 분명 도르 님 말고는 아무도 모르는 일. 도르 님 입장에서 내 발언은 상상도 못한 일이었겠지. 나는 도르 님이 품고 있는 비밀을 방패 삼아 클레어 님의 메이드가 되는 걸 승낙받았다.

“사람들을 물러가게 한 뒤, 저는 도르 님한테 이렇게 말했습니다. 도르 님의 뜻은 훌륭합니다만 클레어 님을 같이 말려들게 하실 겁니까, 라고.”

“어째서 그런…….”

“도르 님은 이 나라의 미래를 위해서 자기 자신은 물론이고 클레어 님까지 희생시킬 생각이었습니다. 클레어 님을 마음 깊이 사랑하고 있지만 미래를 위해서 어쩔 수 없다. 그렇게 포기하고 있었던 겁니다."

거기서 내가 도르님에게 꾀를 일러 주었다.

"저는 도르 님에게 다른 선택지를 제시했습니다. 귀족들이 타도 당해도 클레어 님이 살아남을 수 있는 길을. 도르 님은 딸이 살아남을 수 있는 길이 있다면, 하고서 제 제안을 채택해 주셨습니다."

내가 도르 님한테 제시한 선택지는 클레어 님이 구시대의 귀족과 결별하고, 귀족을 단죄하는 측으로 돌아선다는 시나리오였다. 나는 클레어 님에게 그 시나리오를 설명했다.

"제가 지금까지 펼쳐온 여러 가지 활동은 모두 그걸 위해서입니다. 클레어 님의 명성을 드높이고, 귀족들과는 거리를 두고서, 새로운 시대에서 살아가실 수 있도록."

"그러면…… 그렇다면, 당신은! 처음부터 이렇게 될 걸 알고서!"

클레어 님의 얼굴이 비통함으로 일그러졌다. 나는 미어지듯 아파져 오는 마음을 느꼈지만 계속 말했다.

"네. 혁명이 일어나는 것도. 그 결과 도르 님을 비롯한 귀족들이 파멸하는 것도, 그런 일들이 어떻게 해서든 피할 수 없는 일이라는 사실도 알고 있었습니다."

"그런…… 저는…… 당신을 믿고서……!"

"정말 죄송합니다, 클레어 님. 어떤 처분이든 달게 받겠습니다."

내가 그 말을 입에 담은 순간, 클레어 님은 분노한 얼굴과 함께 나를 향해 크게 팔을 들어 올렸다. 나는 눈을 감고서, 그 벌을 달게 받아들이려고 했다.

그러나 아무리 지나도 내 뺨에 아픔이 찾아오지 않았다. 눈을 뜨자, 클레어 님은 내가 눈을 감기 전과 똑같은 자세로 멈춘 채 조용히 눈물을 흘리고 있었다.

"아버님도 당신도…… 너무 제멋대로예요……."

클레어 님은 똑똑한 사람이다. 도르 님과 내 행동은 용서할 수 없다. 하지만 그렇게 행동한 이유가 모두 자신을 위한 일이었다는 사실을 깨달았다. 그렇기 때문에 불합리함을 느끼면서도 우리들을 책망하지 않는다. 아니, 책망하고 싶어도 책망할 수 없는 것이다.

"클레어 님은 이제부터 혁명정부에 합류해 주셔야 합니다. 아라와는 이미 얘기가 되어있습니다."

"……."

"이제 머지않아 왕실이 혁명 정부에게 칙령을 내릴 겁니다. 그렇게 되면 역적이 되는 건 귀족들. 클레어 님은 그들을 단죄해 주셔야 합니다."

"……."

"클레어 님?"

내가 말을 건네자, 클레어 님은 대답하지 않고 조용히 일어나서는 창문 쪽으로 걸어갔다. 창 밖에는 여전히 전투가 계속되고 있었다.

"저기, 레이. 제가 평민이 된다면 어떤 생활을 하게 될 거라고 생각하나요?"

그리고는 갑자기 나한테 그렇게 물었다. 나는 살짝 당황했지만 일단은 한번 생각해봤다.

"그러네요……. 처음엔 당황할만한 일들이 많을 거라고 생각해요. 바캉스 때 저희 집에서 묵었을 때처럼."

"그렇겠죠."

클레어 님은 나에게 등을 향한 채로 고개를 끄덕이는 게 보였다. 나는 말을 이었다.

"하지만 금방 익숙해지실 거예요. 제가 항상 옆에 붙어서 돌봐드릴 거고요."

"그래요……. 당신도 함께 생활하는 거네요."

"물론이지요. 클레어 님을 위해서라면 있는 힘껏 일도 할 겁니다."

"그렇군요. 그런 것도 필요해지게 되겠네요."

거기서 클레어 님은 잠시 침묵에 잠겼다. 나는 불안해져서 어떻게든 계속 대화를 이어갔다.

"개도 길러보죠."

"고양이가 좋아요."

내 별거 아닌 제안에 클레어 님이 대답했다.

"정원 같은 것도 원하시나요?"

"화단도 있으면 좋겠네요."

"아이는 몇 명이나 낳을까요?"

"못 만들잖아요."

"그럼, 양자라든가."

"귀여운 여자아이가 두 명 있었으면 좋겠어요."

그런 대화를 주고받는 동안, 나는 느낌이 좋았다. 클레어 님도 "그러네요"라고 말하며, 한번 말을 끊고 나서,

"당신은 분명, 저를 불행하게 만들지 않는 거네요."

그렇게 말해 주셨다. 그 말투는, 마치 꿈을 꾸고 있는 것 같아서.

……꿈?

"——어요."

"네?"

나는 이어져 나온 클레어 님의 뒷말을 제대로 듣지 못했다.

"클레어 님?"

"거절하겠어요, 라고 말했어요."

그 말과 함께 나를 돌아보는 클레어 님의 표정은 후련했고, 뭔가 씌었던 게 떨어져 나간 것 같은 개운한 얼굴이었다. 뺨은 아직 눈물로 젖어있었지만, 눈동자에는 다시금 강한 빛이 감돌고 있었다.

"무슨 말씀을 하시는 건가요, 클레어 님. 더 이상 다른 선택지는 없어요."

"아니요, 있어요. 귀족의 일원으로서 구시대와 함께 사라지겠다는 선택지가."

방금 전과는 다르게, 이번에는 내 쪽이 당황할 차례였다. 클레어 님이 무슨 말을 하는 건지 모르겠다.

"그런……. 무의미해요! 그도 그럴 게, 그런 짓을 해봤자 아무도 기뻐하지 않아!"

"네에, 그렇겠죠."

"도르 님도…… 그리고 저도 클레어 님이 살아남아 주셨으면 해서 계속——."

"네에, 그 마음 씀씀이에는 감사하고 있어요."

클레어 님의 얼굴은 미소마저 띠고 있었다. 나는 점차 등줄기가 얼어붙는 느낌을 멈출 수가 없었다.

"기다려…… 기다려주세요. 도르 님과 제가 입 다물고 일을 진행했다는 사실에 화를 내고 계신 건가요? 그 점에 대해선 사과드릴게요. 하지만 만약 솔직히 말씀드렸다면 클레어 님은——."

"그런 일은 받아들일 수 없다고 거부했었겠죠."

위험해. 위험해. 위험해.

나는 뭔가 말도 안 되는 엄청난 실수를 범하고 있었던 모양이다. 이런 전개는 예상하지 못했다.

"아버님도 레이도 진심으로 저를 생각해주셨던 거네요. 그건 알고 있어요. 화내고 있다니, 그렇지 않아요."

"그렇다면, 어째서!"

"그야——."

클레어 님은 거기서 한번 말을 끊고서 나를 변함없이 똑바로 응시하며 말했다.

"저는, 귀족인걸요."

나는 할 말을 잃었다.

"귀족이란 유사시에 자신의 책무를 다하기 위해서 사치를 누릴 수 있었던 존재예요. 지금까지 제가 수도 없이 제멋대로 굴

수 있었던 건 그야말로 오늘, 바로 이 때 책무를 다하기 위해."

"그러니까, 그런 건 이제 괜찮다고요!"

"아니요. 제 최후의 책무—— 그건, 구시대의 귀족으로서 평민들의 선택을 받아들이는 일이에요."

나는 얕보고 있었다. 아니 분명 알고는 있었겠지만, 전혀 이해하지 못하고 있었다. 클레어 님이 어떠한 사람인가. 클레어 님에게 있어서 귀족이란 어떠한 것인가를.

"클레어 님…… 다시 생각해보자고요…… 우리 함께 새로운 시대를 살아가요……."

"미안해요, 레이. 이것만큼은 아무리 당신의 부탁이라도 들어드릴 수 없어요."

"제발요…… 저랑 약속하셨잖아요…… 마지막까지 포기하지 않겠다고요."

학력시험과 기사단 입단시험 때 이야기다. 클레어 님은 신에게 걸고 맹세해 주셨다. 그런데도.

"그러고 보니 그런 일도 있었죠. 어쩐지 그립네요."

그만둬줘. 그런 과거형으로 말하지 말아줘.

"싫어…… 싫어요……. 클레어 님…… 가면 싫어……!"

"미안해요, 레이."

필사적으로 떼를 쓰며 조르는 나에게, 클레어 님이 조용히 다가오더니——.

입술을 떨어트렸다.

"약속을 어긴 사과의 뜻으로, 첫 키스 정도는 드리겠어요."

아아……, 나는 깨닫고 말았다. 클레어 님은 가버리고 마는 것이다.

"안녕히 레이. 부디 건강하기를."

그대로 클레어 님은 방을 나갔다. 나는 뒤를 쫓고 싶었지만 그럴 수가 없었다. 클레어 님을 멈춰 세울 말이, 단 한마디도 머릿속에 떠오르지 않았기 때문에.

"클레어…… 님……."

오직 이 결말을 피하기 위해서 그렇게나 분주하게 애써왔다. 언제나 항상, 클레어 님의 목숨을 구한다, 그것만을 위해서. 하지만 모든 게 헛수고였다.

이전에 도르 님에게 모든 계획을 털어놓았을 때, 도르 님이 말했던 말이 떠올랐다.

'너의 계획은 굉장히 잘 완성돼 있어. 하지만…… 과연 내 딸이 받아들일까?'

말로 완성되지 못한 마음이 뺨을 타고 흘렀다.

첫 키스는, 맛이고 뭐고 아무것도 알 수 없었다.

내가 의기소침해져 있었던 건, 클레어 님이 내 곁을 떠나갔던 그 날 뿐이었다. 클레어 님이 자신의 의지로 떠나버렸다는 사실은 충격이었지만, 난 겨우 그것 가지고 절망할 정도로 포기가 빠른 성격이 아니었다. 나는 클레어 님을 되찾을 수 있도록 행동을 개시했다.

"……그런가, 클레어는 스스로 파멸의 길을 선택했나."

그 말을 입에 담은 사람은 세인 님이었다.

내가 제일 먼저 찾아간 곳은 왕궁이었다. 혁명정부는 정권의 정당성을 나타내기 위해서 먼저 왕실을 부활시켰다. 세인 님은 로세이유 선왕의 후계자로서 혁명정부의 승인을 받았고, 반대로 왕실은 혁명 정부에게 칙령을 내렸다. 이런 움직임에는 세인 님 자신의 생각보다도 왕궁 전체의 의지가 더 강하게 작용했을 거라고 보고 있다.

원래부터 귀족들의 전횡을 쓰리게 생각하고 있던 왕실이긴 해도, 일단 자신들의 정치 기반인 귀족들을 타도하려는 목적을 가진 혁명정부에 정당성을 부여한다는 건, 본래대로라면 있을 수 없는 일이다. 왕실이 이렇게 서두르고 있는 데에는 왕국과 제국의 국경선 부근으로 제국군이 진군하고 있다는 정보를 얻었기 때문이다. 혁명이라는 일종의 내분 상태에서 제국군의 공격을 받는다면, 안 그래도 길항하고 있었던 제국과의 밸런스가 무너져버릴 게 틀림없다. 왕실이 혁명 정부에게 칙령을 내린 건, 내분을 빠르게 수습해서 제국군이 파고들 틈을 주지 않겠다는 노림수가 있었다고 생각한다.

뭐 그런 이유로 세인 님은 지금 혁명정부라는 좀 불안한 토대 위라고는 해도, 차기 국왕으로서 정식 즉위만을 기다리고 있는 몸이다.

"클레어 님은 여타 다른 악덕 귀족과는 다릅니다. 여기서 처형당할 사람이 아닙니다."

나는 세인 님에게 면회를 청해서 클레어 님의 구명을 탄원했다. 원래대로라면 일개 평민에게 알현이 허가될 리가 없지만, 세인 님이 특별히 조치를 취해주신 덕분에 이렇게 직접 이야기를 나눌 수 있었다.

"……네 말은 옳아. 하지만 어렵다고 말할 수밖에 없어."

세인 님은 고뇌에 찬 표정으로 내 탄원에 그렇게 대답했다.

"……클레어 개인이 어떻든, 그녀가 귀족정치의 상징인 도르 프랑소와의 딸이라는 점은 달라지지 않아. 설령 내가 허락해도 혁명정부가 허락하지 않겠지."

"그런……."

"……지금이 평상시였다면 왕의 한마디가 절대적인 권위를 가졌겠지만, 현재 왕실은 간신히 체제를 유지할 정도의 힘밖에 없어. 현재 이 나라를 실질적으로 지배하고 있는 건 혁명정부야."

아마도 왕의 통치권도 잃어버리게 되겠지, 세인 님이 덧붙였다.

"하지만 이 혁명세력의 뒤에는 나 제국이 있습니다. 세인 님은 그 사실을 알고 계십니까?"

"……그 인식은 조금 틀려."

세인 님은 내 말을 부드럽게 부정했다.

"……확실히 혁명세력은 나 제국의 영향 아래에 있어. 하지만 그건 사라스 일파뿐이다. 혁명의 상징인 아라와 아바인은 오히려 제국의 색채를 강하게 거부하고 있지."

"하지만!"

"……자, 들어봐. 현재 혁명정부가 민중들에게 식량 배급을 실시하고 있다는 사실은 알고 있나?"

"네."

"그게 가능한 이유는 혁명정부 내의 제국 세력이 물자를 공급해 주고 있기 때문이다. 무리하게 제국세력을 제거해서 민중들을 굶주리게 만들어 버리면 그건 본말전도겠지."

민중들의 삶은 그 무엇보다도 바꿀 수 없다는 건가. 세인 님에게는 이 나라가 누구의 것이 되는가, 라는 사실보다도 민중들이 굶주리지 않을 수 있다는 게 더 중요한 거겠지.

"……아라 쪽도 사라스를 그냥 멋대로 굴도록 방치하고 있는 건 아니야. 잠시 이용하고 있을 뿐이다."

적절한 때가 오면 혁명세력에서 제국 일파를 배제해 버리겠지, 세인 님이 말했다.

"……무엇보다도, 현재 나로선 할 수 있는 일이 거의 없어. 나는 차기 국왕이 되기는 했지만 쓸모없는 꼭두각시다. 클레어에 대해선 어떻게든 뭐라도 해주고 싶지만……."

"……그렇습니까."

세인 님도 시대와 싸우고 있는 거겠지. 그 얼굴에는 자기 자신의 무력함을 한탄하고 발버둥 치면서도, 시대의 과도기에 있는 왕족으로서의 표정이 있었다. 싸우고 있는 건 나뿐만이 아니다.

"……힘이 되어주지 못해서 미안하다."

"아니요, 무리한 부탁을 드렸습니다. 실례하겠습니다."

더 이상 물고 늘어지지 못한 채로, 나는 왕궁을 떠났다. 기대볼 곳을 하나 잃었다.

"하지만 아직 멀었어."

내가 그다음으로 찾아간 곳은 정령교회 수도원이었다.

"여어, 레이. 여기까지 잘 와줬어."

"오랜만이야, 레이."

내가 찾아간 수도원은 유 님과 미샤가 있는 머무르고 있는 곳이었다. 왕실에 의해 유 님은 여전히 이곳에 감금되어 있었다. 이성병이 원인으로 정신적 충격을 받아 요양하고 있다는 게 표면적인 이유지만, 실제로는 현 왕실 최대세력인 세인 님 일파의 강요로 이곳에 머무르고 있다. 아마 세인 님은 그걸 바라지 않았겠지만, 그렇게 단순히 굴러가지 않는다는 게 정치의 귀찮은 점이다.

오랜만에 만난 유 님은 자신의 불우함은 조금도 개의치 않는 것처럼 안색도 좋고 건강해 보였다. 미샤는 어떠냐면 사실 원래 수녀였던 거 아닐까 싶을 정도로 수도복이 잘 어울려서, 유 님 옆에 서 있는 게 굉장히 자연스러워 보였다.

"네가 이곳에 온 이유는 대충 예상이 가. 클레어 때문이겠지?"

"네."

유 님의 물음에 고개를 끄덕였다.

"나도 어떻게 뭐라도 해주고 싶지만 세인 오빠와 마찬가지로,

나로서도 그다지 할 수 있는 일이 없어."

유 님은 그렇게 말하고서 미안하다는 듯 눈살을 찌푸렸다.

"왕실이 세력을 잃어서 교회의 힘이 상대적으로 늘어났다고 말할 수 있어. 지금은 전시 상황이고 교회에 몸을 의탁하는 평민도 많아. 교회의 목소리는 설령 혁명세력이라도 무시할 수 없겠지."

"그렇다면—!"

"하지만."

유 님은 내 말을 가로막았다.

"하지만 현재 교회의 실권을 쥐고 있는 건 릴리 추기경——더 정확히 말하면 그 배후에 있는 사라스와 나 제국이야."

나로서도 할 수 있는 게 거의 없어. 유 님은 자신도 결코 본의가 아니라는 듯 말했다.

"사라스와 제국은 결코 만만치 않아. 이런 상황이 될 수 있도록 계속해서 노리고 있었겠지. 혁명세력뿐만이 아니라 교회에도 그 손길이 뻗어있어."

"세인 님은 낙관적으로 보고 계시는 모양이지만, 이대로라면 혁명정부가 제국의 손에 넘어가 버릴지도 몰라."

유 님도 미샤도 현재 상황에 위기감을 품고 있는 모양이다.

"유 님이 직접 세인 님한테 진언할 수는 없는 건가요?"

"이미 몇 번이고 했어. 하지만 아무래도 내 목소리는 세인 오빠한테까지 닿지 않는 모양이라서 말이지. 오빠의 현재 상황 인식이 조금 무른 것도 주변 사람들이 정확한 정보를 전달해주지 않기 때문이야."

그렇지 않고서야 그 총명한 오빠가 가만히 입 다물고 있을 리가 없어, 유 님이 말했다.

"내 쪽에서도 클레어의 구명을 계속해서 외쳐보긴 하겠지만, 솔직히 말해서 효과는 미비할 거라고 생각해 줘. 도르와 클레어는 귀족정치의 상징적 존재야. 혁명세력 입장에서 보면 가장 먼저 창끝을 향하고 싶어 할 대상인 데다, 제국으로서도 귀족세력을 쳐부술 때 프랑소와 가문을 필두로 할 테니까."

"미안해 레이."

두 사람의 말에 나는 암담한 심정이었다. 그렇다고 하더라도 두 사람은 일단 행동을 도와주고 있다. 지금은 그걸로 만족할 수밖에 없다.

"그렇습니까. 알겠습니다. 잘 부탁드립니다."

나는 수도원을 뒤로했다.

그 후로도 의지해볼 만한 곳을 찾아가, 클레어 님을 어떻게든 구해낼 수 없을지 의논해봤지만 전부 헛수고로 끝났다. 사라스와 제국세력은 이 나라에 깊게 뿌리를 내리고 있었고, 어디를 찾아가서 호소한들 대답은 "어렵다"는 한마디뿐이었다. 나 혼자서는 이 얼마나 무력한가. 처음에는 굳게 다짐하고 있었던 "클레어 님을 구해내겠다"라는 강한 의지도 점차 마모되고 있었다.

포기하고 싶지는 않다. 하지만 현실이 그렇게 놔두지 않는다.

나는 피를 토하는 심정으로 수도 안을 이리저리 뛰어다녔다.

"……귀족과 평민의 절충안을 찾기 위해서 뛰어다니던 때의 클레어 님도 이런 마음이었을까."

날이 갈수록 야위어가는 클레어 님을 바라보면서도, 나는 어쩐지 남 일처럼 생각하고 있었던 것 같다. 어차피 마지막엔 잘 해결할 거니까, 라면서. 클레어 님의 안전은 도르 님과 내가 확보하고 있으니까, 그런 식으로.

"클레어 님……."

만나지 못하게 된 지 겨우 며칠밖에 지나지 않았는데도, 벌써 몇 개월쯤 만나지 못하는 날이 이어지고 있는 것처럼 느껴졌다. 지금까지 당연한 듯이 곁에 있었던 사람이 없다. 그걸 생각하면 가슴이 찢겨나가는 것만 같았다.

"……만나고 싶어요, 클레어 님."

그렇게 실의의 나날을 보내던 중 어느 날, 나는 드디어 클레어 님이 현재 어디에 있는지에 대해서 정보를 입수했다.

나는 최후의 수단에 나서기로 했다.

구 귀족원 의회 제2청사—— 그곳이 클레어 님의 신병을 붙잡고 있는 장소였다. 역사가 느껴지는 오래된 건물로, 왕국의 국보로 지정되어있는 건축물이기도 하다. 정면에는 고딕 양식의 장식이 새겨진 커다란 문이 있었고, 그 앞에는 4명의 위병이 서 있었다.

"……! 거기 너, 멈춰라."

위병 중 한 명이 아무렇지도 않다는 듯 문을 향해 가까이 다가서고 있는 나를 깨닫고서 말을 걸었다. 나는 그 제지를 무시한 채, 계속 문으로 걸어갔다.

"레이 테일러지? 이 건물에 접근하는 건 허락할 수 없다. 돌아가라."

위병들은 문 앞에서 진형을 갖추고서 나를 위협했다. 몸에 걸친 갑옷은 상당히 오래된 골동품처럼 보여도 아마 저건 마도구겠지. 차고 있는 검도 아마 마도구가 틀림없다. 마도구로 완전무장한 위병…… 좀 위험하겠네, 하고 생각했다.

"저는 그저 클레어 님을 만나 뵙고 싶을 뿐입니다. 지나가게 해줄 수 없겠습니까?"

"안 된다. 너만큼은 절대로 통과시키지 말라는 상부의 명령이 있었다."

"……그렇습니까."

그렇다면 어쩔 수 없다.

"그럼, 힘으로라도 지나가겠습니다."

나는 토속성 마법으로 위병 4명의 발밑에 거대한 구멍을 만들었다. 중장비를 걸친 위병들의 모습이 지면에서 사라진다.

"그렇게 간단히는 지나갈 수 없다!"

하지만 위병들은 바로 구멍에서 뛰쳐나왔다. 뛰쳐나왔을 뿐만 아니라 그 상태 그대로 공중에 떠 있었다. 풍속성 마법 사용자인가. 풀 플레이트 마도구쯤 되면 그 무게도 상당하겠지. 기동력을 유지하기 위해서, 갑옷으로 무장하는 위병으론 풍속성 마법을 쓸 줄 아는 사람이 선택되는 경우가 많다고 들었다. 내가 아는 사람 중에선 세인 님의 전투 스타일과 가장 가깝다.

"쓸데없는 저항은 그만둬라!"

"……쓸데없는 저항? 아니요, 이건 일방적인 유린입니다."

나는 마법 지팡이를 향하면서 수속성 마법을 발동했다.

"쥬데카."

4명의 위병이 순식간에 얼어붙었다.

"어스 파이크."

이어서 지면에서 흙으로 된 창이 솟아오른다. 이전에 마나리아 님과 싸웠을 때 사용했던 연속 마법 코퀴토스다. 상식을 벗어난 마나리아 님이니까 그렇게 간단히 대처할 수 있었던 거지, 이걸 초견에 대응 가능한 사람은 거의 없다.

게임 주인공으로서 지니는 강점을 최대한 사용한 공격에 4명의 위병이 땅에 쓰러졌다. 마도구인 방어구가 없었더라면 그야말로 목숨이 위험할 위력의 마법이다. 물론 손대중은 했기 때문에 죽이지는 않았지만, 당분간 손가락 하나 까딱할 수 없을게 분명하다.

"뭐냐?! 무슨 일이냐?!"

"적습! 적습—!"

밖에서 일어난 소동을 알아챈 건지 건물에서 계속해서 위병들이 쏟아져 나왔다. 위병들 전원이 마도구로 추정되는 풀 플레이트를 몸에 걸치고 있었다.

귀찮구나.

"어스 팡."

지면으로부터 여러 개의 거대한 덫들이 나타나서는 위병들을 그대로 집어 삼켜버렸다. 그 자리에서 움직임을 봉쇄당한 위병들.

"크으윽……!"

"거기서 얌전히 있어 주시죠."

나는 그대로 위병들을 지나쳐서 청사 안으로 들어가려고 했다.

하지만――.

"어이어이, 똑바로 좀 하라고 정말~"

들어본 적 있는 명랑한 목소리와 함께 어스팡이 다시 흙덩어리로 되돌아간다.

"올 거라고 생각했다고."

"릴리 님……."

마치 산책이라도 나온 듯 가벼운 발걸음으로 건물 안에서 나온 사람은 릴리 님이었다.

"클레어를 붙잡았는데 네가 오지 않을 리가 없지~, 우리 쪽도 그걸 생각해서 나를 여기에 배치해둔 거야."

"클레어 님을 돌려주세요."

"너 이상한 소릴 하는구나? 클레어는 자기 발로 여기에 찾아왔는데? 손대지 않겠다는 약속까지 해놨더니 말이야. 이제 와서 돌려달라는 건 좀 아니지 않아~?"

릴리 님은 낄낄거리며 웃었다. 사랑스러웠던 본래의 릴리 님과는 달리, 그 얼굴은 그저 얄미울 뿐이었다.

"긴말은 필요 없습니다. 비켜주시지 않겠다면 억지로라도 지나갈 뿐."

"어디 해보라고. 자아 위병들, 돈 받은 만큼은 일 해줘야겠어."

릴리 님의 그 말과 동시에 위병들이 이쪽으로 쇄도한다. 숫자는 12명.

"쥬데카!"

위병들이 동결되고 움직임이 멈췄다. 나는 즉시 어스 파이크로 추가타를 가하려고 했지만——.

"물러."

코퀴토스가 완성되기 전에 릴리 님에 의해서 순식간에 동결이 해제되었다. 움직임을 되찾은 위병들이 재빠르게 어스파이크를 피했다. 위병들은 숙련도는 낮지 않았다. 근위병 정도까지는 아니라곤 해도, 이 정도 머릿수쯤 되면 대부분의 상대를 압도할 수 있을 정도의 기량은 갖췄다.

거기다 지금은 릴리 님의 지원이 있다. 릴리 님은 공격 마법을 쓰는 건 아니었지만, 이쪽의 마법을 즉각적으로 해제해 버렸다. 마치 마나리아 님과 싸우는 것 같았다.

"거기다!"

"……크……읏!"

나를 향해 내려치는 검을 지팡이로 막았다. 예전에도 말했지만 나의 백병전 기량은 높다고 할 수 없다. 내가 승부를 한다면 무조건 마법이다.

"쥬데카!"

동결 마법으로 다시 한번 위병들의 움직임을 막는다. 나는 그 틈을 타 거리를 벌렸지만 동결은 릴리 님에 의해 즉각 해제되고 말았다. 이대로라면 상황이 악화될 뿐이다.

"레레어!"

나는 가방에서 레레어를 꺼낸 다음, 레레어를 향해 마법을 외쳤다.

"쥬데카!"

내 마법을 맞고서 레레어는 동결── 되지 않았다. 대신에 몸크기가 5배 가까이 불어났다. 워터 슬라임은 수속성 마법을 흡수하는 특성이 있기 때문이다.

"뭐, 뭐냐?!"

"마물이다!"

"워터 슬라임인가!"

위병들이 한순간 동요했다. 거기에─.

"쿠오오───!"

레레어의 헤이크 크라이가 작렬했다. 위병들이 몸을 움직일 수 없게 되는 모습이 확연히 보였다.

"레레어, 릴리 님을 삼켜!"

내 지시에 릴리 님을 향해 덮쳐드는 레레어. 하지만──.

"그러니까 무르다니깐."

릴리 님은 여유만만하게 레레어의 몸을 피했다. 애초에 워터 슬라임은 움직임이 굼뜨다. 사라스의 최고 걸작으로 만들어진 릴리 님의 움직임에 따라붙을 수 있을 리가 없었다.

하지만 찬스는 이때뿐이다. 위병들이 레레어의 헤이트 크라이에서 회복된다면, 이제 나한테 더 이상 승산이 없다. 여기서는 무슨 수를 써서든 릴리 님을 쓰러트릴 수밖에 없다.

"앱솔루트 제로!"

마나리아 님과 싸웠을 때는 아직 사용할 수 없었던 수속성 초월 적성 최대의 공격마법이다. 대상을 순식간에 동결시키고 그대로 산산조각 내버리는 흉악한 마법이다. 나는 그걸 릴리 님의 마법지팡이를 향해 발사했다. 마법 지팡이만 없다면 아무리 릴리 님이라고 한들 마법을 쓸 수 없다.

하지만——.

"무르다고 했잖아."

내 앱솔루트 제로는 허공을 갈랐다. 릴리 님은 무서울 정도의 속도로 거리를 좁혀 들어와서는 마법 지팡이를 든 내 팔을 붙잡은 채 나를 지면에 넘어트렸다.

"그렇게 몇 번이고 마법을 쓰게 놔둘 순 없지."

지면에 엎어져서 움직일 수 없게 된 내 몸 위에서 릴리 님이 비웃었다. 움직임이 멈춘 릴리 님을 향해 레레어가 덤벼들려고 했지만,

"너는 얌전히 있어라."

나를 붙잡은 채로도 릴리 님이 요령껏 지팡이를 휘두르자, 레레어의 몸이 원래의 조그마한 사이즈로 되돌아갔다.

"자, 이대로 죽여 버려도 되겠지만."

"크……!"

절체절명의 위기였다. 나에겐 릴리 님을 뿌리칠 수 있는 기술 따위 없다. 그런 건 아마 클레어 님조차도 무리다.

'이런 일로…… 이런 일로 끝나버리는 거야……?'

나는 무력감에 시달리면서 입술을 깨물었다.

"윽…… 너……!"

갑자기 속박이 풀렸다. 릴리 님은 머리를 감싸 쥐고서 괴로워하는 것 같았다. 이유는 잘 모르겠지만 나는 재빠르게 마법 지팡이를 주워든 다음 릴리 님을 향해 얼음탄을 발사했다. 나는 레레어를 회수하고서 그대로 건물 안으로 달려 들어가려고 했다.

그러려고 했을 때——.

"?!"

한줄기 섬광이 스쳤다. 그건 내가 가려는 길을 가로막는 것처럼 나와 건물 사이의 지면을 태우며 기다랗게 선을 그었다.

이건——.

"클레어…… 님……?"

위를 올려다보니, 건물 2층의 창문이 깨져있고, 그곳엔 의연한 얼굴로 서있는 클레어 님의 모습이 있었다. 그 얼굴은 엄격했고 나를 꾸짖는 것처럼 보였다. 지면에 선을 그었던 건 클레어 님의 매직 레이다.

이건…… 이건――.

'거절, 이다.'

내가 아무리 구하려고 애써도, 클레어 님 스스로가 그걸 원하지 않는다. 내 발버둥은 전부 쓸데없는 참견에 지나지 않는 것이다.

"――!"

내가 충격에 머릿속이 새하얘지자, 두 번째 매직 레이가 발사됐다. 그건 마치 나를 멀리 쫓아내려고 하는 것처럼 느껴졌다.

"클레어 님…… 그렇게나…… 그렇게나 제가……?"

내 물음에 답하는 일 없이, 클레어 님은 창문에서 모습을 감췄다 클레어 님의 명확한 거절에 나는 힘없이 무릎을 꿇었다.

나는 그 후로 당분간 기억이 없다.

클레어 님에게 거절당한 충격으로 나는 산송장처럼 변했다. 어떻게 이날까지 목숨을 이어왔는지는 모르겠지만 내가 정신을 차렸을 때, 나는 처음 보는 방 안에 있었다.

"아무래도 제정신으로 돌아온 모양이네."

엄한 표정으로 그 말을 입에 담은 사람은 마나리아 님이었다.

"마나리아 님……? 어째서 이곳에?"

"바우어에서 혁명이 일어났다고 들어서 당장 뛰어왔지. 클레어는 어쨌지?"

"……클레어 님은――."

나는 머뭇거리면서 일이 어떻게 된 건지 설명했다.

클레어 님을 귀족세력과 분리하려고 했던 일.

그게 마침내 성공했던 일.

하지만 클레어 님은 그걸 받아들이지 않았던 일.

내 설득에도 불구하고 클레어 님 스스로가 귀족으로서 파멸의 길을 선택한 일.

"그런가. 그래서 그런 얼빠진 면상을 하고 있었던 거네."

"……드릴 말씀이 없습니다."

마나리아 님의 도발에도 아무런 느낌조차 들지 않았다. 이제 모든 것이 아무래도 좋았다. 내 무반응에 김이 빠져버린 얼굴로 마나리아 님이 말을 이었다.

"포기하는 거야? 클레어한테는 포기하지 말라고 말했으면서 그런 스스로는 일찌감치 절망해버리는 거야?"

"그렇지만…… 이제는 어쩔 수가 없잖아요."

클레어 님 스스로가 살아남을 생각이 없는 것이다. 그게 삶의 의지라거나, 자존심이라거나, 그런 이유라면 또 모른다. 클레어 님의 그 선택은, 클레어 님 자신의 삶의 방식이다. 다른 사람이 어떻게 해볼 수 있을 거라곤 생각할 수 없었다.

"이런이런…… 이렇게 될 거였다면 너한테 클레어를 맡기는 게 아니었어. 나라면 훨씬 더 잘 해냈을 텐데."

"아마도 그랬겠죠, 분명히."

이것도 뻔한 도발. 나로선 이제 아무래도 좋다. 그런 나를 보고서 마나리아 님은 한숨을 크게 푹 내쉬었다.

"……이전에도 물어봤었지만 다시 한번 더 물어볼까. 너의 마음은 겨우 그 정도였니?"

이번에는 도발적인 어조가 아니었다. 오히려 나의 노고를 위로하려는 음색마저 느껴졌다. 나는 조금 당황했지만, 그것도 조금일 뿐.

"아무리 강한 마음이라도 닿지 않는 마음이란 것도 있는 거예요, 분명."

나는 심통이 난 것 같은 말투로 말했다.

"그런가, 그렇다면 클레어에 대해선 잊을 수 있다는 거네? 그렇다면——."

마나리아 님이 나를 품에 끌어안음과 동시에 천천히 얼굴을 가까이했다. 보이시하지만, 흠잡을 데 없는 미인의 얼굴이 천천히 나에게 다가온다. 지금 나 입맞춤 당하려고 하고 있구나, 그 사실을 나는 그저 멍하니 인식하고 있었다.

'……그러고 보니 클레어 님이랑도 했었던가.'

아무런 느낌도 느낄 수 없었던, 악몽과도 같은 키스였다. 그런—— 그런 키스가——.

'클레어 님과의 마지막 추억……?'

그렇게 생각한 순간, 정신을 차려보자 나는 마나리아 님을 밀쳐내고 있었다.

"……그렇게 나오셔야지."

마나리아 님은 체셔 고양이와도 같은 웃음을 지었다.

"죄송합니다, 마나리아 님."

"됐어. 나는 의외로 손해 보는 타입이니까."

익살스러운 말투는 분명 나를 배려하는 마음인 거겠지.

"이게 만약 다른 사람 일이었다면 일찌감치 포기하라는 둥, 그렇게 말했을 지도 몰라. 하지만 나는 말이야, 클레어와 너라면 터놓고 대화해보면 서로를 이해할 수 있을 거라고 믿고 있어."

"어째서 그렇게……."

"이 나를 패배시킨 너희들이니까."

마나리아 님은 장난기를 듬뿍 담은 말투로 말하면서 미소 지었다.

"내가 인정하는 너희들이 뛰어넘을 수 없는 벽 같은 건 없어. 그건 지금의 이 난국이라고 한들 변치 않는 사실이야."

"하지만 실제로 클레어 님은 저를……."

"너는 클레어에게 마음을 전했었니? 그 마음속에 담긴 모든 걸 토해냈었니?"

"아마 전했었을…… 거예요."

"정말로? 너는 클레어를 위한 생각으로 이런 일을 했었다고 클레어에게 말했던 모양이지만, 너 자신의 말로 그녀를 요구했었니?"

어땠을까. 그때 일은 너무 몰두했던 탓에 잘 기억나지 않았다.

"너도 잘 아는 것처럼 이제 클레어는 논리로는 멈추지 않아. 그녀를 멈춰 세울 수 있다고 한다면 그건 다른 누구도 아닌 너의 제멋대로인 어리광밖에 없어."

"제…… 어리광?"
잘 모르겠다. 그런 걸로 클레어 님의 마음을 움직일 수 있는 걸까.
"레이, 너는 굉장한 사람이야. 나조차도 이렇게나 용의주도하게 클레어를 구해내기 위한 수단들을 생각해 내고 실행할 수 있을 거라고는 생각하지 않아. 하지만 말이지——."
잘 들어, 마나리아 님이 말했다.
"너는 한 번쯤은 클레어에게 감정을 부딪쳐 봐야 해."
완전히 포기하는 건 그걸 해본 다음에 해도 늦지 않아, 마나리아 님이 말했다.
"시종일관 까불대는 것처럼 보이긴 해도 너는 이성적인 사람이야. 클레어가 감정적으로 변하기 쉽다는 점도 있어서 지금까지 냉정히 행동하려고 노력해 왔겠지. 하지만 말이야, 한 번쯤은 체면 차리지 말고 겉치레 따위는 다 던져버린 있는 그대로의 감정을 드러내 보는 건 어떠니?"
"감정을…… 드러낸다……."
그런 걸로 클레어 님이 돌아와 주시는 걸까. 잘 모르겠다. 하지만 만에 하나라도 가능성이 아직 남아있다고 한다면.
"자, 너는 어떻게 할래? 클레어를 구해내러 가겠다면 나도 협력할 건데?"
"저는……."
"너는?"
마비되어 있던 마음이 다시 움직이기 시작한다.

"저는…… 클레어 님을 구하고 싶어요."

가능성이 아직 남아있다고 한다면 나는 거기에 걸어보고 싶다. 내 대답에 마나리아 님이 만족스러운 웃음을 지었다.

"그 대답을 기다리고 있었어. 그래야 나의 레이지."

마나리아 님이 내 머리를 쓰다듬었다.

"마나리아 님의, 가 아니에요. 제 모든 것은 클레어 님의 것입니다."

"후후, 그런 심술궂은 말을 할 수 있을 정도라면 이제 괜찮은 모양이네."

마지막으로 꼭 안아주신 다음에 마나리아 님은 말했다.

"자 그럼 당장 시작하자. 공주님을 되찾기 위한 계획을 말이지."

체셔 고양이와도 같은 웃음과 함께 그렇게 말하는 마나리아 님을 보면서, 나는 역시 이 사람한테는 당해낼 수 없겠다고 생각했다.

클레어 님과 도르 님은 함께 공개재판에 회부되었다고 신문에 보도되었다. 재판이라는 건 이름뿐이고 실상은 공개처형이다. 클레어 님의 신병에는 삼엄한 경비가 이루어지고 있어서, 구해낼 찬스는 재판 당일뿐이었다.

공개재판은 의사당 앞 광장을 나무 울타리로 둘러싼 간이 재판소에서 이루어지는 모양이었다. 나는 광장을 에워싸고 있는 군중들의 최전열에 서 있었다.

"저기 나온다!"

군중 중에 누군가가 그렇게 소리쳤다. 시선을 돌리자 울타리 너머로 포승줄에 결박당한 귀족 두 사람이 연행되어 들어오고 있었다.

"……클레어 님."

그 귀족은 클레어 님과 도르 님이었다. 두 사람은 예복을 입고 있었다. 누더기를 입고 있지 않은 이유는 두 사람이 귀족이라는 점을 군중들에게 확실하게 보여주기 위해서일 거라고 생각했다. 클레어 님도 도르님도 의연한 자세로 있었다. 나에겐 그 태도가 군중들의 반감을 부추기고 있는 것처럼 여겨졌다.

"국왕 전하 납시오!"

그 말과 함께 광장에 나타난 사람은 요전에 정식으로 즉위한 세인 님이었다. 왕실은 일단은 권위를 회복했다. 하지만 바우어 왕국의 통치권을 잃어버린 상태다. 왕은 군림하되 통치하지 않는다, 라는 어디서 많이 본 지구의 모 나라의 정치형태와 비슷한 느낌이다.

세인 님은 무뚝뚝한 표정이었다. 그는 그게 기본 표정이다 보니 표정만으로는 아무것도 읽어낼 수 없었다.

"지금부터 인민재판을 시작한다!"

큰소리로 선언한 사람은 사라스였다. 울타리 안쪽에는 그 외에도 아라와 아바인의 모습도 눈에 띄었다. 사라스는 군중들을 한번 둘러보고서는 이어서 말했다.

"이곳에 있는 도르 프랑소와, 그리고 클레어 프랑소와는 귀족이라는 신분을 내세워서 인민을 착취해왔다!"

자기는 아니라는 듯이 잘도 지껄이는군, 하고 생각했다.

"그 뿐만 아니라 왕실을 업신여기고 국가를 자신의 사리사욕으로 움직였다! 그건 결코 용서받을 수 없는 범죄행위다!"

군중들은 사라스의 선동에 간단히 넘어갔다. 도르 님은 어쨌든 간에, 바로 요전까지만 해도 구국의 영웅이라고까지 떠받들어 왔던 클레어 님마저 처단하려고 하는 군중들의 태세변환에 나는 분노를 감출 수 없었다.

재판이 이어진다. 사라스는 도르 님과 클레어 님에게 걸려있는 혐의들을 읽어 내린 후, 그 모든 죄목이 유죄라고 단정 지었다. 그런 다음, 뭔가 반론은 있는가, 하고 도르 님에게 물었다.

"아무것도 없다. 이미 왕국에 바친 몸. 왕국이 멸망한다고 한다면 내 이 한 몸도 왕국과 함께 사라지는 것이 당연한 일이겠지."

도르 님은 그 말만 남기고서 눈을 감았다.

"죄인은 죄를 인정했다! 그러므로 지금부터 처형을 시작한다!"

사라스의 신호에 병사들이 들어왔다. 그 손에는 칼이 들려있었다. 도르 님과 클레어 님이 무릎 꿇려지고 군중들을 향해서 머리를 내밀었다. 그 옆에 선 병사가 칼을 들어 올렸다.

그때——.

"그 재판, 이의 있소!"

거부할 수 없는 흐름에도 불구하고 단연코 그 흐름에 저항하는 목소리가 재판소에 울려 퍼졌다.

"뭐야 저 녀석은?"

"난 알아. 왕립학교 학생이다. 분명 레이 테일러라는 이름이었던가."

"이제 와서 무슨 소릴 하려는 거지……?"

군중들의 수군거림을 한 몸에 받으면서 나는── 볼품없이 끙끙대며 울타리를 넘어갔다. 꼴사납지만 지금 체면 같은 걸 따지고 있을 상황이 아니다.

"위병들, 당장 쫓아내도록."

"잠시 기다려주십시오."

무시하고 강제로 처형을 이어나가려고 하는 사라스를 한 명의 남성이 가로막았다.

"이자는 혁명정부의 유력한 출자자입니다. 함부로 손대는 건 용서할 수 없습니다."

"하지만 말이죠, 램버트……."

그렇다.

그 남성은 램버트 오르소 님이었다. 평민운동 때 국외추방을 당했던 레네의 오빠다.

"지금이야말로 새로운 시대로 나아가는 전환기. 뒷마무리는 깔끔하게 하는 쪽이 좋지 않겠습니까?"

램버트는 그렇게 말한 다음 내 쪽으로 몸을 돌렸다.

"기회는 만들었다. 다음은 너에게 달렸다."

"감사합니다."

램버트에게 고마움을 표하고 나서 나는 군중들을 향해 외쳤다.

"이 재판에는 이의가 있습니다. 인민을 부당하게 착취하고 국난을 초래한 진짜 범인은 따로 있습니다!"

나는 한층 더 목소리를 높였다.

"무슨 바보 같은 소리를. 프랑소와 공작가 말고 누가 그런 죄를 저질렀다고 주장하는 거죠?"

"그걸 지금부터 밝히겠습니다. ……레네!"

"네."

레네가 모습을 드러내자 군중 사이에서 함성이 터져 나왔다. 클레어 님도 깜짝 놀라서 눈을 크게 뜨고 있다.

"저건 플라텔 상회의 젊은 여주인 아닌가."

"그렇다는 건 저쪽은 그 남편인 램버트 님인가."

레네와 램버트는 추방당한 후에 아파라치아에서 상회를 세웠다. 그게 플라텔 상회다.

플라텔은 크렘 브륄레라는 폭발적 히트상품을 탄생시켰고, 그 후로도 독창적인 메뉴를 차례차례 발표해 업계에서 일약 스타로 떠올랐다. 플라텔은 이 나라의 옛말로 남매를 뜻하는 단어다. 그게 지금은 동료라든가 그런 의미를 가진 단어가 되었지만. 그들에게 그 단어가 의미하는 바는 말할 필요도 없다,

내가 레네와 램버트 님과 재회한 건 겨우 며칠 전의 일이다. 두 사람은 혁명정부의 대규모 출자자가 되어있었고, 그래서 이

공개재판에도 출석했던 것이다.

“도르 프랑소와 님은 국가의 적이 아닙니다. 오히려 그는 진정한 애국자입니다.”

그 말과 함께 레네는 도르 님이 지금까지 행해왔던 정치적 활동과 혁명정부에 보낸 지원 내용들을 낭랑한 목소리로 읊었다. 말하는 내용 중에는 클레어 님이 했었던 부패 귀족의 단속이나 레지스탕스에 자금을 제공했던 일 같은 세세한 사항들도 포함되어 있었다. 나는 레네에게 도르 님이 지금까지 해왔던 활동들을 전부 말해줬다.

“예를 들자면 클레어 님과 레이 테일러, 그리고 릴리 추기경이 실시한 부정 귀족 단속에 대해서입니다만, 그 활동 뒤에는 도르 님의 지원과 지시가 있었습니다.”

우리들이 적발한 귀족 중에서는 어느 정도 무력을 보유한 가문들도 포함되어 있었다. 다시 말해, 혁명이 일어날 때 걸림돌이 될 만한 가문들을 미리 뭉개 놓은 것이다. 우리의 활동은 그저 단순히 기강을 바로 세우기 위한 목적만 있던 게 아니었다. 혁명이 일어났을 때 최대한 평민들이 흘릴 피가 적어질 수 있도록 도르 님은 여러모로 손을 써 놓았다. 도르 님은 마치 체스의 명인처럼 몇 수 앞을 읽고서 행동해 왔었다.

“자금 제공에 이르러선 XX라는 이름으로, 레지스탕스 결성 초기부터 지원을 시작했습니다.”

레네는 그 외에도 여러 가지 많은 일들에 대해서 빠짐없이 설명했다.

"도르 님이야말로 이 나라가 나아갈 길을 진심으로 걱정했던 애국자입니다."

"무슨 바보 같은 소리를! 그렇다고 해도 그들이 임시정부를 세워 왕권을 업신여겼다는 건 변하지 않는 사실 아닙니까!"

"네가 그런 소리를 하는 거야? 사라스?"

깨끗한 테너의 미성이――아니 이제 알토라고 해야 할까――당황스러워하는 사라스의 말을 가로막았다.

"유 님이다!"

"충격에 요양 중이었던 거 아니었나!"

"하지만 정말로 아름다우셔."

수도복으로 몸을 감싼 유 님이 수도사들을 데리고서 재판장에 나타났다. 폭신폭신한 금발이 예전보다 조금 자라서, 여성스러움이 한층 더 증가했다. 그녀는 원래 여성스러운 우아한 인상을 겸비하고 있었지만 지금은 이제 완벽하게 여성으로 보인다.

"유 님, 어째서 당신이 이곳에……."

"그건 내 쪽에서 할 말이다 사라스. 진짜 죄인이여."

유 님의 폭탄 발언에 군중들이 술렁였다.

"죄인? 사라스 님이?"

"역시 유 님은 지금 제정신이 아니신 건가."

"하지만 도무지 그렇게 보이지는 않는데――."

군중들은 완전히 곤혹스러워하고 있었다. 하지만 그런 상황에서도 유 님의 목소리만이 신기하게도 빈틈을 수놓듯 울려 퍼졌다. 물론 나의 친우인 미샤의 솜씨다.

"이자, 사라스 릴리움이야말로 이 나라의 진정한 적이다. 그는 나 제국과 내통해서 이 나라를 자신의 손에 넣으려고 하고 있다!"

유 님의 규탄이 사라스에게 날카롭게 박혀 들었다. 군중들 사이로 술렁임이 퍼져나갔다. 하지만 상대는 산전수전 다 겪은 정치가인 사라스다. 금방 침착함을 되찾고선 이렇게 말했다.

"무슨 말씀을 하시는 겁니까, 유 님. 역시 당신은 지금 제정신이 아니신 모양입니다. 부디 마음을 가라앉히고 수도원으로 돌아가시지요."

"이미 조사는 다 마쳐놨거든. ……레이."

"네."

유 님의 목소리에 내가 대답하며, 품속에서 카드 모양의 물건을 꺼냈다.

"여기에는 사라스가 제국과 나눈 밀약들이 전부 기록되어있습니다! 여러분! 사라스에게 속아서는 안 됩니다!"

나는 음량을 최대로 높여서 마도구를 재생했다. 그리고 그 소리는 미샤의 풍속성 마법으로 증폭 돼서 주변 일대 전체에 울려 퍼졌다.

"어떻게 된 거야?!"

"혁명정부는 우리 편이었던 거 아니었어?!"

"영문을 모르겠군!"

군중들은 벌집을 쑤셔놓은 것처럼 대소동이 일어났다. 사라스가 필사적으로 변명하고자 입을 열었지만, 떠들썩한 소음들에

섞여 민중들에게는 전혀 닿지 않았다.

"……이렇게 된 이상 어쩔 수 없군요."

사라스는 품속에서 피리 비슷한 물건을 꺼내 들고선 힘껏 불었다. 커다란 소란에도 불구하고 날카로운 소리가 울려 퍼지더니 그 소리에 호응하듯 나타난 사람들이 있었다.

"! 사라스의 사병단!"

옛 왕국군보다는 머릿수가 적지만, 몰락 귀족들한테서 긁어모아서 무시할 수 없는 규모의 병력이었다. 사병단은 완전무장을 한데다가, 간이 재판소를 포위하듯이 배치되어 있었다.

"제압하세요."

사라스가 명령을 내렸다── 그리고 그 직후.

"그렇게 멋대로 굴도록 내버려 두지는 않는다고!"

무시무시한 목소리와 함께 사라스의 병사들이 폭발에 가로막혔다.

"로드 님이다!"

"무사하셨던 건가!"

군대를 이끌고 달려온 사람은 행방불명 됐었던 로드 님이었다. 잘 보면 로드 님은 한쪽 팔을 잃었지만, 그 얼굴은 생기로 넘치고 있었다.

"조금 늦어버렸구나. 하지만 히어로는 원래 마지막에 등장하는 법이잖아?"

그렇게 말하면서 로드 님은 남성미가 물씬 풍기는 웃음을 지었다. 그는 삿살 화산의 산기슭에 있던 마을로 가서 피난하라고 외치던 도중에 분화와 맞닥뜨렸고, 마을 사람들을 지키다가 중상을 입었다. 불행히도 마을에는 치료마법을 쓸 수 있는 사람이 없었기 때문에 시간을 들여 상처를 치료할 수밖에 없었던 것이다. 한때는 목숨조차 위태로웠지만, 한쪽 팔을 잃어도 그가 가진 눈부신 광채는 전혀 빛바래지 않았다.

"어이 사라스. 쓸데없는 저항은 그만둬라. 너의 사병들은 이미 대부분이 나에게 항복했다. 그야말로 관록의 차이란 이런 거지."

"으윽……. 제대로 죽지도 못한 주제에 방해를 하려는 겁니까……."

로드 님을 증오스럽다는 듯이 노려보는 사라스.

"아직입니다! 아직 저는 끝나지 않았습니다! 릴리!"

"아—……, 결국 이렇게 됐네."

재판소의 그늘로부터 불쑥 모습을 드러낸 사람은 릴리 님이었다. 가죽으로 만든 것 같은 검은 경장갑을 몸에 걸치고, 그 위에 검은 망토를 걸쳐 입고 있었다. 말투를 보니 여전히 인격은 바뀐 채였다.

"도르와 클레어, 그리고 왕자들을 죽여라! 저 녀석들만 없으면 뒷일은 어떻게든 돼!"

"아주 쉽게도 말하네~ 뭐 하기야 할 거지만~"

진절머리가 난다는 태도를 보이면서도 릴리 님은 나이프를 꺼내 쥐었다. 엷은 먹색의 칼날 끝에는 독액이 흘러내리고 있었다. 사라스의 사병군과 로드 님이 이끌고 온 군대의 충돌로 주변은 혼돈에 빠져있었다. 이런 혼란한 상황 안이라면, 릴리 님의 기량을 생각해 봤을 때 어쩌면 주요 인물을 암살하는 게 가능할지도 모른다.

하지만 우리들도 아무런 대책도 없이 이 자리에 임하고 있는 게 아니다.

"여자애한테 이런 짓을 시키다니……. 부끄러운 줄 알라고 사라스. 마법해제!(스펠 브레이크)"

릴리 님의 앞을 가로막은 사람은 물론 마나리아 님이었다. 인격이 바뀐 릴리 님이 제아무리 강적이라고 한들, 인격 교체 자체를 캔슬시켜버리면 아무런 문제도 없다.

하지만——.

"……술식이 이렇게나 난해하다니……!"

마나리아 님의 힘을 가지고도 릴리 님의 주문을 해제하는 건 간단하지 않은 모양이었다.

"크아아!"

하지만 아무런 효과도 없는 건 아닌지, 릴리 님의 움직임이 멈추고 고통스러운 표정을 짓고 있었다.

"그만둬, '너'는 나오지 마! 이 몸은 내 것이다!"

그 말은 마치 검은 가면의 릴리 님이, 본체의 릴리 님에게 저항하는 것처럼 들렸다. 나는 본체의 릴리 님에게 호소했다.

"릴리 님, 제발 돌아와 주세요!"

"레이……씨…… "그만둬어어어!""

릴리 님은 나이프를 마구잡이로 휘두르면서 내 코앞으로 덮쳐왔다. 나는 몸의 위험을 느꼈지만 릴리 님을 믿고 그 몸을 끌어안았다. 그러자 릴리 님은 크게 한번 경련한 다음 실이 끊어진 인형처럼 무너져 내렸다. 황급히 그 몸을 안아서 일으키자, 릴리 님이 천천히 눈을 뜨면서,

"릴리, 힘냈어요……."

그 말만을 남기고서 다시 풀썩 쓰러지며 정신을 잃었다. 나는 릴리 님의 몸을 조심스럽게 바닥에 뉘인 다음에 머리를 한번 쓰다듬어 드린 후 일어났다.

"릴리 님도 당신을 포기했습니다. 이걸로 끝입니다, 사라스!"

"으으…… 네놈…… 네노옴……!"

사라스는 분한 듯 입술을 깨물었지만, 이걸로 체크 메이트다. 그에게 더 이상 남은 패는 없다.

"레이 테일러—! 내 눈을 보도록!"

"?!"

함정이라는 사실을 금방 깨달았지만, 깨달았을 땐 이미 늦었다. 한순간 마주친 시선을 통해 세계가 흐늘거리면서 모습이 달라지기 시작했다. 이건…… 사라스의 암시!

"후하하, 너를 제 2의 릴리로——."

"가만히 놔둘리가 없잖아."

그 말과 동시에 내 시야가 정상으로 돌아왔다. 그 목소리의 주인은 마나리아 님이었다.

"이 내가 이미 한번 본 마법을 해제하는데 두 번이나 실패할리가 없잖아. 얕보지 말라고."

그렇게 말하고서 마나리아 님은 마법 지팡이의 뾰족한 끝을

사라스를 향해 들이밀었다.

"이제는 정말로 끝이야, 사라스 릴리움."

"~~~!"

사라스는 피눈물을 흘리면서 울분을 토했지만 그게 최후의 저항이었다.

"……뭐야? 어떻게 된 거야?"

"결국 누가 잘못했던 거야?"

"우리들은 누구를 처형해야 하는 거지?"

군중들의 동요가 점차 확산됐다. 처음에는 작았던 웅성거림이 시간이 갈수록 점차 커지더니 이윽고 천둥소리처럼 시끌시끌하게 변했다.

"다들 조용———!!!"

그때, 군중들의 웅성임을 뛰어넘는 커다란 목소리가 울려 퍼졌다. 주변이 한순간 조용해졌다.

"과연 그렇군. 사라스는 분명히 악당이었던 모양이야. 하지만 말이지?"

그 목소리의 주인은 아라 마누엘.

"그렇다고 해서 혁명 그 자체를 없었던 일로 할 수는 없는 거라고."

혁명세력의 상징이 된 여걸이다.

"우리들은 단지 이 자식한테 놀아났다는 이유만으로 혁명이라는 엄청난 일을 일으켰던 게 아니야. 절실한 이유가 있었기 때문이다."

구석구석까지 울려 퍼지는 아라의 목소리가 혁명의 정당성을 주장했다. 군중들은 그 말이 맞다고 호응하고 있었다.

"귀족들은 우리들을 전혀 돌보지 않았다. 실제로 굶어 죽는 사람이 나올 지경이었다. 어떤 사정이 있었던 간에 거기 있는 두 사람은 귀족의 대표자잖아? 책임이라는 게 있는 거 아닐까?"

뒤가 구린 사라스와는 다르게 아라는 떳떳하다. 그녀의 주장에 맞서기 위해서는 우리들도 대의명분이 필요하다.

하지만――.

"구세력은 찌그러져 있어―!"

"귀족을 죽여라―!"

"혁명 만세!"

아라의 말에 호응하는 군중들은 이미 완전히 기세를 높이고 있었다. 나는 있는 힘껏 최선을 다해 목소리를 높였지만, 그들은 이미 이쪽의 말을 들을 생각조차 없는 것 같았다.

"시민 여러분, 제 말을 들어 주세――."

무리다. 말하고 싶은 말들은 잔뜩 있다. 하지만 이래서야 내 말이 전혀 닿지 않는다. 어떻게 해야 할지 초조해하고 있었을 때――.

포로롱…….

떠들썩한 소란 속에서도 조용히 울려 퍼지는 소리가 있었다.

세인 님이 하프를 연주하고 있었다. 그 소리는, 처음에는 군중들의 노성에 지워져서 거의 들리지 않았지만, 세인 님과 가까이 있던 사람들을 시작으로 점차 모든 사람들의 귀에 들려오고 있었다. 파도가 쓸려나가듯, 또는 마치 스며들며 번지듯, 사람들의 매도가 하프의 음색으로 변해갔다.

처음에는 흥분해 있던 군중들로부터 시끄럽다는 둥 매도와 욕설이 날아들고 심지어 돌을 던지는 사람도 있었다. 하지만 그럼에도 결코 세인 님은 하프 연주를 멈추지 않았다. 이마에서 피를 흘리는 채로 하프를 연주하는 그 모습에 압도당한 걸까, 이윽고 주변 일대에는 세인 님이 연주하는 하프의 소리만이 울리고 있었다. 세인 님은 하프 연주를 마치고 나서 조용히 말했다.

"백성들이여. 한 번만이라도 좋다. 그녀의 이야기를 들어주지 않겠나?"

저음으로 울리는 바리톤의 미성은 이미 왕의 품격을 갖추고 있었다.

군중—— 그리고 아라까지도 다들 입을 다물고 경청하기 시작했다.

"레이 테일러, 말해보도록 해라."

"네. 배려에 감사드립니다. 세인 전하."

나는 세인 님에게 감사의 예를 올린 뒤에, 다시 한번 군중들을 향해 호소했다.

"친애하는 시민 여러분들. 당신들이 원하는 것, 그건 뭡니까?"

내가 부드럽게 질문을 던졌다. 할 말을 신중하게 고르고, 목소리와 표정에도 섬세하게 주의를 기울였다.

"당신들은 귀족을 죽이고 싶었던 겁니까? 아니잖아요? 가장 바라고 있었던 건 스스로의 삶의 평온…… 그렇지 않습니까?"

군중들은 곤혹스러워하는 것처럼 보였다. 하지만 반감의 기색이 뚜렷했다.

나는 말을 이었다.

"우리 민중의 평온을 위해서 지금까지 그 누구보다도 힘써왔던 도르 님과 클레어 님을, 당신들은 죽이자고 주장하는 건가요?"

나는 거기서 처음으로 조금 강한 어조로 말했다. 예상했던 대로, 반론의 목소리가 터져 나왔다.

"우리 민중은――!"

"민중이라는 단어 뒤에 숨지 말아 주세요! ……당신, 이름은?"

이름을 묻자 소리를 지른 남성이 입을 다물었다.

"지금 돌을 던진 거기 당신은? 그 옆의 당신은?"

"읏……"

"저는 당신들의 생각을 듣고 싶습니다. 한 명 한 명이 이름을 가지고 살아가고 있는 당신. 당신은 도르 님과 클레어 님을 여기서 죽이고 싶다고 진심으로 그렇게 생각합니까?"

이번에는 반론의 목소리가 없었다. 한 명, 한 명에게 이름을 물었던 이유는 군중 심리에서 빠져나오도록 만들기 위해서.

"분명히 귀족 중에는 평민을 돌보지 않았던 자들도 있었지요. 하지만 이 두 사람은 결코 그렇지 않습니다."

사람들이 점차 내 말에 귀를 기울여주는 걸 알 수 있었다.

"여기서 두 사람을 처형한다고 한들 당신들은 자기 자식들에게 그걸 자랑할 수 있습니까? 우리들의 혁명은 올바른 일이었다고 가슴을 펴고 말할 수 있나요?"

이런 화술을 가르쳐 준 사람은 다른 누구도 아닌――.

"클레어 님도 클레어 님입니다."

"……네?"

갑자기 이야기가 자신에게 돌아오자, 클레어 님은 새총 맞은 비둘기 같은 표정을 지었다.

"이 이후, 평화를 되찾고 나서 모두가 미소 지으며 살 수 있게 되었을 때, 클레어 님마저 죽어버리고 만다면 자신을 희생해왔던 도르 님의 명예는 누가 되찾아 주는 거죠?"

"그, 그건……."

나는 클레어 님이 태세를 재정비하기 전에 계속해서 다그쳤다.

"있지도 않은 죄를 뒤집어쓰고 죽는 게 귀족인가요! 개죽음당하는 게 명예인가요?!"

"기다려요, 레이. 제 이야기를――."

"그런 한때뿐인 명예를 위해 죽는 것보다도 한순간만이라도 좋으니까 저를 위해 살아주세요!!"

"……하지만, 저는."

여전히 미적지근한 태도를 보이는 클레어 님을 향해서 나는――.

"한 번쯤은 내 어리광을 들어달라고요, 이 바보오오오―!!"

사랑하는 클레어 님을 향한 내 속마음을 그대로 때려 박았다.

"바, 바보라니…… 당신……"
"바보오오오! 클레어 님은 바보야아아아!! 으아아아아앙!!"
"레, 레이……."
말하고 싶은 걸 전부 말했더니 내 안에서 무언가 결정적인 것이 끊어져 버렸다. 나는 더 이상 마음을 말로 표현하는 것조차 하지 못한 채로 그저 눈물만을 흘렸다. 떼를 쓰는 어린아이처럼. 클레어 님이 안절부절못하고 있었지만 내 알 바 아니다.
"너희들 말이지…… 사랑싸움을 할 거라면 딴 데서 해달라고, 딴 데서."
아라가 벌레 씹은 얼굴로 말했다.
"어이, 누가 얘 좀 데려가 줘."
"싫어요! 저는 클레어 님한테서 이제 평생 떨어지지 않을래요! 클레어 님이 죽겠다고 한다면 저도 죽을래요!"
"자, 잠깐만요, 레이—!"
"아—, 아—! 알겠어. 알겠으니까 조용히 좀 해, 울지 좀 마. 어차피 처형은 취소일 테니까."
"……네?"
"저길 보라고."
곤혹스러운 듯 말하는 클레어 님에게, 아라는 군중들을 손가락으로 가리켰다.
"확실히…… 이제 귀족 때문에 고민할 일은 없는 거니까."
"나는 클레어 님이 구해주셨어."
"나도. 내가 섬기고 있었던 귀족이 나쁜 자식이라서 말이지.

살길이 막막해졌던 때에 클레어 님이 재취업 자리를 알선해 주셔서——."

흐름이, 점차 달라지고 있었다. 아라는 클레어 님을 묶고 있던 포승줄을 잘라버린 다음, 어딘지 먼 곳을 바라보면서 말을 이었다.

"민중이 자신의 머리로 생각하기 시작했어. 이제부터는 나 한 사람이 이끌어나가는 시대도 아닌 모양이니 말이야."

"아라……."

"나는 목적을 달성했다. 귀족이라는 썩어빠진 제도가 없어진다면 그다음의 일은 아무래도 좋아. 목숨까지는 뺏지 않을게. 어차피 귀족 따위, 가만히 내버려 둬도 알아서 뒈져버릴 놈들이 태반일 테니까 말이야."

평민들에게 머리를 숙이면서 돈을 구걸하는 옛 귀족이라는 구경거리를 볼 수 있을지도 모르니까 말이지, 아라는 호쾌하게 웃으며 말했다.

"자, 어서 가봐. 새로운 시대의 개막에 칙칙한 표정은 어울리지 않는다고."

"……정말 고마워요."

감사 인사와 함께 클레어 님은 나를 데리고 재판소를 빠져나왔다.

"……정말이지 진짜, 당신이란 사람은……."

나는 의사당 근처에 있는 공원의 잔디밭 위에 무릎을 꿇고 있었다. 얼레~?

“많은 사람한테 폐를 끼치고…… 반성하고 있나요?”

“저, 저기~ ……클레어 님? 아니 보통 이런 흐름이라면 클레어 님이 아주 기특하다는 표정을 지으며 저한테 감사나 사과의 말을 전해야 하는 장면이 아닐까 싶은데요…….”

“뭘 횡설수설하는 거예요!”

“네, 아무것도 아닙니다!”

“애당초 레이는 매번, 매번 그렇게 목숨 아까운 줄 모르고――.”

클레어 님의 노도와도 같은 설교가 시작됐다. 정말로 어째서 이렇게 된 거지.

“……뭐, 너무 그렇게 혼내지 말라고 클레어.”

“세인 님! ……아니 세인 전하.”

서슬이 시퍼렇게 화내는 클레어 님을 말려준 사람은 세인 전하였다.

“재판은 이제 괜찮은 건가요?”

“……그런 일이 있었으니까 말이지. 중지됐어. 처음부터 그 재판은 너희들을 본보기로 삼기 위한 목적으로 사라스가 말을 꺼냈던 거니까.”

혁명정부 입장에서는 이미 다 끝난 안건이라고 세인 전하가 말했다.

“그러고 보니 세인 전하. 전하에게 감사의 말씀을 드리는 걸 잊었습니다.”

"……뭘 말하는 거지?"

"하프 말입니다. 정말 굉장했어요."

"정말이에요. 모두들 그 소리에 흠뻑 빠져들고 말았는걸요."

"……그런 건 아무것도 아니야. 그냥 심심풀이지."

하프는 변함없이 콤플렉스의 근원인건지, 그게 화제로 나오자 세인 님은 복잡한 표정을 지었다.

"그 하프는 어떤 분에게 배우신 건가요?"

"……어머니다. 아직 살아계셨을 때, 병상에서."

"그랬었던 거군요. 아──."

나는 문득 떠오른 사실을 입 밖으로 꺼냈다.

"세인 전하는 지금도 여전히 어머님께 사랑받고 계신 거군요."

내가 별 뜻 없이 그렇게 말하자, 세인 님은 깜짝 놀란 듯 눈을 커다랗게 떴다. 나는 뭔가 이상한 소리라도 말한 건가 싶어서 의아해하고 있었는데, 세인 님의 눈에서 한 방울 눈물이 흘러내렸다.

"저, 전하?!"

"세, 세인 전하. 괜찮으신 건가요?!"

"……아무것도 아니야. 아무것도 아니지만──."

어머니는 언제나 내 옆에 계셔주셨구나, 세인 전하는 혼잣말처럼 중얼거렸다. 그의 안에 오랜 시간 응어리져 있었던 답답함이 지금 풀렸던 걸지도 모르겠다는 생각이 들었다.

"레이, 클레어 열심히 노력했구나. 역시나 바로 내가 인정한 두 사람이야."

"클레어 님. 오랜만이에요!"

"마나리아 언니! 거기다 레네까지!"

오랜만의 재회에 클레어 님은 기쁜 듯이 웃었다. 레네는 감정이 북받친 나머지 클레어 님한테 안겨서 울고 있었다.

무리도 아니다. 무리도 아니긴 하지만——.

"질투하는 건가, 레이? 뭣하면 언제든지 내 신부로서 내 곁에——."

"안 갑니다."

"그렇겠지~"

그러면서 껄껄 웃는 건 로드 님이다. 한쪽 팔을 잃은 후인데도 밝고 긍정적인 성격에는 변함이 없다. 그는 계속해서 꺾이지 않고, 흐트러지지 않고 올곧게 걸어 나가겠지.

"레이 씨…… 클레어 님……."

"릴리 님."

릴리 님은 양옆으로 병사들의 부축을 받으며 다가왔다.

"죄송하다는 한마디를 하고 싶어서."

"무슨 그런. 릴리 님은 전혀 잘못한 게 없습니다."

"그 말 대로예요. 모든 건 사라스가 뒤에서 조종했던 거잖아요."

클레어 님도 나도 입을 모아 말했지만, 릴리 님은 고개를 좌우로 저었다.

"그렇다고 해도 릴리가 했던 일은 용서받을 수 있는 일이 아니에요. 릴리는 민중 여러분들의 판결을 기다릴 거예요."

그 결의는 무슨 일이 있어도 흔들릴 것 같지 않았다.

"그렇군요. 그렇다면 죄를 확실히 속죄하는 거예요."

"클레어 님, 그런 말투는——."

"그리고 속죄가 끝나면 반드시 돌아오도록 하세요. 우리들은 언제까지나 당신을 기다리고 있을 테니까."

"——!"

클레어 님은 그렇게 말하며 릴리 님에게 미소 지었다. 릴리 님의 눈에서 눈물이 흘러내렸다.

"정말 고맙습니다, 클레어 님. 언젠가 다시 레이 씨를 사이에 두고 싸울 수 있게 해주세요."

그 말을 남기고서 릴리 님은 병사들에게 연행됐다.

"그건 그렇고 굉장한 멤버들이 모여 있구나."

로드 님이 모여든 사람들의 면면을 둘러보면서 중얼거렸다. 그 말을 듣고 보니 확실히 범상치 않은 멤버들이다. 레네에 램버트 님, 세 왕자님에 미샤, 마나리아 님까지 달려와 주셨다.

"정말로 그러네요. 클레어 님도 레이도 인복을 타고났어요."

"그게 아니야 미샤."

감개무량한 듯이 말한 미샤를 부드럽게 타이른 사람은 유 님이었다.

"여기에 모인 사람들은 모두들 레이와 클레어한테 구원받은 사람들뿐이야. 클레어와 레이가 지금까지 해온 일들이 지금, 이러한 형태로 나타난 거야."

그렇지 그렇지, 하고 고개를 끄덕이는 램버트님.

그런가…….

클레어 님과 함께 이것저것 여러 가지 일들에 손을 내밀었는데, 어떤 것도 헛된 일이 아니었다는 거구나.

"자자, 레이. 클레어와 다시 만나게 된다면 하고 싶은 말이 있었던 거 아니었어?"

마나리아 님이 마치 놀리듯이 말하면서, 클레어 님의 등을 살짝 밀었다. 클레어 님은 살짝 비틀거리면서 내 앞으로 다가왔다.

"아~ 저기~ 클레어 님?"

"뭐, 뭔가요."

"아뇨……. 역시 아무것도 아니에요……."

"애매모호한 태도네요……. 하고 싶은 말이 있으면 확실히 말하세요."

말하지 않아서 후회하게 될 날이 또다시 찾아오지 않을 거라고는 장담할 수 없어요, 클레어 님의 그 말에 나는 각오를 다졌다.

"클레어 님!"

"그러니까. 뭔가요."

나는 양손으로 클레어 님의 어깨를 감싸 안으면서 말했다.

"저와 결혼해주세요!"

클레어 님은 한순간 깜짝 놀란 표정을 지었지만 이윽고 얼굴이 새빨갛게 물들더니,

"이, 이이이, 이렇게 많은 사람이 다 보는 앞에서 무슨 소릴 하는 거예요! 그런 건 둘만 있을 때 엄숙한 분위기에서 말이죠……?!"

하고 어쩔 줄 몰라 했다.

“아 그런가요? 그럼 다시 하게 해주세요.”

“그, 그래요? 특별히 용서해 드리겠어요.”

“아뇨, 그쪽이 아니고.”

“에?”

당혹해하는 표정을 무시하고서 나는 클레어 님의 입술을 뺏었다.

딱딱하게 굳는 클레어 님.

쥐 죽은 듯이 조용해지는 관객들.

“첫 키스가 그렇게 시시한 건 싫으니까요.”

나는 기습 대성공, 이라는 듯 웃었다.

클레어 님은 귀까지 새빨갛게 달아올랐다.

“저…… 저저저, 정말이지! 당신은 정말로정말로정말로! 정말로 레이니까 말이죠, 정말로 레이는 머리가 레이니까 말이죠!!”

“제 이름이 뭔가 이상한 형용사로 쓰이고 있는데요?!”

정신을 차린 클레어 님이 나를 토닥토닥 때렸다. 이야~ 이것도 다 살아있는 덕분에 즐길 수 있는 거네——.

그런 사실을 내가 절절하게 느끼고 있자니,

“……행복하게 만들어주지 않으면 용서하지 않을 거니까요?”

““““……뭐?””””

나와 관객들이 한목소리가 되었다.

“그, 그러니까, 저를 행복하게 만들어주지 않으면 용서하지 않을 거니까요?!”

“…….”

“뭐, 뭐에요. 뭐라고 말 좀 해보…….”

한 박자 후에 관객들에게서 터져 나오는 성대한 축복의 환호성. 흐뭇한 미소를 짓고 있는 모두의 얼굴을 쳐다보는 게 부끄러워서, 나는 클레어 님의 손을 잡고서 달려나갔다.

“어디로 가는 거예요?!”

“어디로든요! 이제 어디로든 갈 수 있으니까요…… 둘이서 함께 라면!”

파멸 엔딩은 저 멀리 걷어차 버렸다. 이제부터는 우리가 자유롭게 이야기를 만들어나간다.

클레어 님과 나. 둘이서.

내 최애는

악역영애.

에필로그

"레이 엄마~!!"

"큰일, 큰일, 큰일이에요~!"

테라스에서 지금까지 적었던 일기를 다시 읽어보고 있을 때, 딸들의 목소리가 들려왔다. 주위는 슬슬 저녁노을이 지려고 하고 있었다.

"메이, 알레어, 무슨 일이니?"

"클레어 엄마가 말이지~."

"부엌에서 또 실패해버렸어요~."

어이쿠, 또 인가. 아뇨 뭐, 향상심이 있어서 굉장히 좋은 일이라고 생각합니다.

"알겠어. 알려줘서 고마워."

"어떻게 해~?"

"클레어 엄마를 혼내지 말아줬으면 하는 거예요~."

이제 막 다섯 살이 된 딸들을 걱정시키는 엄마라는 건 좀 그렇지 않나, 하고 생각하면서도 나는 걱정스러운 표정의 알레어를 안아 들었다. 나는 동그란 검은 눈을 바라보면서 말했다.

"괜찮아, 혼내지 않아."

"와~! 다행인거에요~"

"알레어만 안아주고 치사해~! 메이도, 메이도~!"

"그래, 그래."

나는 메이한테도 높이높이를 해주면서 아이들을 데리고 집 안으로 들어갔다.

"클레어 님?"

"……레이."

주방으로 들어가자 클레어 님이 초라하게 무기력한 얼굴로 마룻바닥을 닦고 있었다. 화로 위에는 냄비와 계란 물, 그 바로 옆에는 우유에 생크림, 그리고 설탕과 양주가 놓여있었다.

"크렘 브륄레를 만들어 보려고 했어요. 그랬더니 냄비가 폭발해서."

"변함없이 불가사의한 이유로 실패하고 계시네요. 손을 보여주세요."

내 말에 클레어 님은 순순히 손을 내밀어서 보여주었다. 예전에는 노동을 모르던 귀족의 손이었지만 지금은 조금 거칠어져 있었다. 대부분의 가사노동은 여전히 내 일이지만, 클레어 님도 이제는 가사를 도와주시기 때문이다. 그런데도 입욕 후의 케어는 빼놓지 않기 때문에 나보다는 훨씬 아름다운 손이다.

"화상은 입지 않으셨네요. 다행입니다."

"다행이 아니에요. 아직 요리 하나도 변변하게 만들 수 없잖아요?"

무슨 일이든 간에 빈틈없이 해내곤 하는 클레어 님에게 있어서, 요리가 자기 생각대로 잘 풀리지 않는다는 게 마음에 들지 않는 모양이다. 이런 식으로 몇 번이고 계속 도전하고 있지만 아직까지 성공한 적이 없다.

"클레어 님한테도 한가지쯤 잘하지 못하는 일이 있어서 다행이에요. 이제 요리까지 완벽하게 해내는 날이 오면 제가 설 자리가 없으니까요."

"요리뿐만이 아닌걸요. 재봉에서도 고전하고 있다고요. 자수가 그렇게나 어려울 거라고는 생각도 못 했어요."

"아하하……."

클레어 님은 그렇게 말하고 있지만, 재봉에 관해서는 목표로 하는 레벨부터가 완전 말도 안 된다. 거실에는 클레어 님이 직접 수놓은 자수가 장식되어 있는데, 가끔씩 놀러 오는 도르 님이나 로드 님이 입을 모아 어디 공방 작품이냐고 물어볼 정도의 수준이다. 부디 클레어 님은 영원토록 요리가 서툰 채로 계셔주시길 원한다.

"저기, 저기~ 레이 엄마?"

"왜 그러니, 메이?"

"레이 엄마는 왜 클레어 엄마를 클레어 님이라고 불러?"

그러고 보니 확실히 그런가. 옛날 버릇이 남아있어서 왠지 모르게 경칭을 붙여 부르는 게 그대로 이어지고 있었다.

"그거 봐요. 역시 부자연스럽잖아요. 이제 대등한 파트너가 됐으니까 경칭 없이 이름으로 불러도 상관없는데요?"

클레어 님은 그렇게 말하지만 이것만큼은 습관이라는 게 있는 거다. 어쩐지 경칭 없이 이름으로 부르는 건 그 뭐냐…… 부끄러워.

"와~ 레이 엄마 얼굴이 완전 빨개졌어, 알레어."

"진짜예요. 사과처럼 변했네요, 메이."

"두 사람 다, 놀리지 말아줘."

내 말에 메이와 알레어는 한층 더 신나서 놀려댔다. 착한 아이들이긴 하지만 장난을 좋아하는 건 대체 누굴 닮은 걸까.

혁명 후, 클레어 님과 나는 수도 외곽에 집을 마련해서 새로운 생활을 시작했다. 내 프러포즈를 받아주시기는 했지만, 법률상 이 나라에서 동성결혼은 아직 인정받지 못한다. 지금은 아라를 비롯한 신 정권의 주도로 새로운 헌법이 만들어지고 있는 참이다. 클레어 님과 나는 외부 자문이라는 명목으로 편집회의에 불려갈 때도 있지만, 국민주권과 평화주의 등에 비해 동성혼에 관해선 그다지 동의를 얻지 못하고 있었다. 수수께끼다.

왕정제에서 국민주권으로 이행되는데 다소 혼란은 있었지만, 걱정했었던 나 제국의 침략은 미연에 막아낼 수 있었다. 사라스가 체포되고 그 일파를 붙잡은 것과, 마나리아 님이 스스 왕국에서 원군을 끌고 왔던 점이 컸다.

물론 모든 일이 다 순조롭게만 풀린 건 아니었다.

삿살 화산의 분화가 남긴 상처는 여전히 커서, 농작물의 수확량이 회복되기까지는 아직도 시간이 걸릴 거라고 전망하고 있다. 그래도 이전부터 우호를 나누고 있던 아파라치아와 스스 왕국 등으로부터 식량 지원을 받은 덕에 이번 겨울은 어떻게든 넘길 수 있을 것 같다.

클레어 님과 나는 학교에 남기로 했다. 학생으로서가 아니라 선생님으로서. 귀족이라는 신분이 사라져도 클레어 님 정도의 마법사는 그렇게 쉽게 찾아볼 수 없다. 앞으로의 시대에선 능력이 모든 것을 대변한다. 우수한 마법사를 육성하기 위해서라도, 클레어 님 같은 인재는 학교가 넙죽 엎드려서라도 꼭 모시고 싶었다는 모양이다.

"왜 그래 레이 엄마~?"

"저희 얼굴에 뭐라도 묻어 있나요~?"

"아니, 아무것도 아니야."

메이랑 알레어는 재해 고아다. 원래는 수도원이 거두고 있던 아이들이었지만 수도원은 지금 어느 곳이나 재해 고아로 가득 차서 거둬줄 사람을 찾고 있었다. 클레어 님도 나도 교회를 통해 수도원에 기부를 하고 있었는데, 그러던 중 아이들과 인연이 닿아서 입양하게 됐다.

두 사람 다 밝은 아이들이라서 금방 우리를 잘 따르게 되었다. 아이를 만들 수 없는 우리들에게 있어서 두 사람은 친딸과도 같이 사랑스럽다. 아이들을 입양하게 된 경위에 대해서는 또 언젠가 이야기할 날이 올지도 모르겠다.

우리와 관련된 사람들에 대해서도 조금씩 이야기해 보겠다.

로드 님은 왕실을 나가서 신 정부군의 최고 사령관이 됐다. 본인이 천재형 인간이다 보니, 그에게 가르침을 받거나 지시를 받는 군인들이 고생하고 있다는 모양이다. 무엇보다 그 카리스마와 실력은 확실히 보증된 거나 마찬가지라, 군은 근시일 내로 새로운 대규모 마법술식을 공개한다고 한다. 로드 님이 말하길 '이제 마나리아한테도 지지 않을 것'이라고 한다.

세인 전하는 국왕으로서 바우어 왕국의 상징적인 존재가 되었다. 언제나 무뚝뚝한 얼굴이지만 백성들로부터 신기하게도 사랑받고 있고, 지금은 한창 신부감을 고르고 있다던가. 아무래도 세인 님 본인은 이미 마음에 두고 있는 사람이 있는 모양이지만 그건 이루어질 수 없는 사랑인 모양인지, 결혼 얘기를 꺼내면 갑자기 기분이 나빠진다고 한다. 예술과 문화를 사랑하는 왕으로서 하프 솜씨를 한층 더 갈고닦아, 그의 하프 연주를 들을 수 있는 콘서트티켓은 국내외를 막론하고 주문이 쇄도할 정도의 플래티넘티켓이 됐다.

유 님은 연금에서 풀려나 왕국의 부흥을 위해 힘쓰고 있다. 그 옆에는 미샤의 헌신이 함께하고 있다는 사실은 두말하면 잔소리다. 두 사람은 사이좋게 교회에서 백합꽃을 피워내고 있다고 한다. 새로운 교회에 입교하는 사람 중, 몇 퍼센트는 불순한 목적으로 오는 모양이라서 상층부가 머리를 싸매고 있다고 한다.

레네는 플라텔의 젊은 여주인으로서 수완을 발휘하고 있다. 실무에 능숙한 램버트 님과의 2인3각으로 타도 블루메를 목표로 하는 모양이다. 내가 건네준 레시피는 이미 전부 마스터했고 지금은 새로운 오리지널 레시피를 고안 중이다. 수박이라는 과일을 새롭게 발견했다고 자신만만하게 자랑하러 온 그녀에게 소금을 뿌리면 한층 더 달고 맛있어진다고 가르쳐줬더니 손수건을 물어뜯으면서 씩씩거렸다.

마나리아 님은 스스의 여왕이 됐다. 그렇긴 한데 남성과 결혼할 생각이 없다고 선언하고 있어서 스스 왕국은 벌써부터 다음 후계자 문제를 고민하는 모양이다. 뭐, 마나리아 님이 하는 일이니까 누군가 유능한 사람을 찾아내서 데려오겠지. 한편, 스스 왕국의 중진들이 마나리아 님에게 짝지어 주려고 하는 상대로 세인 님의 이름이 거론되고 있다는 점도 살짝 언급해 두겠다.

릴리 님은 그 특수한 사정이 참작돼서 죄를 묻지는 않았지만 그녀는 바우어 왕국에서 모습을 감췄다. 그 누구보다도 릴리 님 스스로가 자신의 죄를 용서할 수 없었던 거겠지. 그녀가 언제 자신을 용서하게 될지는 잘 모르겠다. 하지만 반드시 돌아올 거라고 믿고 있다. 분명 애인 자리는 아직 비어있나요, 같은 그런 소리를 하면서 돌아올 것이다.

도르 님은 귀족의 지위를 잃고 평민이 됐지만, 그 정치적 수완을 높이 사서 신정부의 비공식적 정치고문이 됐다. 혁명의 체면상 도르 님이 정치고문이라는 사실을 공공연히 드러낼 수는 없는 신정부지만 도르 님을 굉장히 의지하고 있다는 모양이다. 악역의 가면을 뒤집어쓰는 걸 그만둔 도르 님은 우리들에게 있어서는 좋은 아버지이자 시아버지다. 메이와 알레어에게 푹 빠져서 아이들에게는 그냥 사람 좋은 할아버지다.

사라스는 처형시키는 방안도 검토됐지만, 그는 신 정부에게 있어서 유용한 외교적 지식을 다수 보유한 모양이라 사법 거래를 통해 무기 징역을 받게 되었다. 지금은 모 영화에 나오는 정신과 의사인 범죄자처럼 지하 감옥에서 감금된 지식인으로서 신정부에게 어드바이스를 해주고 있다고 한다. 애초에 그 삐뚤어진 성격도 모 영화의 렉터 박사랑 똑같은지, 사라스의 눈에 든 여성 관리가 찾아가서 그가 가진 지식을 끌어내고 있다는 모양이다. 당연히 엄벌에 처해질 거라고 생각하고 있었던 나로서는 그의 처우에 관해선 복잡한 심경이다.

"저기~ 레이 엄마."

"왜 그러니, 메이?"

"테드가 이상한 소리를 해."

"응? 무슨 말을 들었는데?"

메이가 말하는 테드는 근처에 사는 남자애다. 이 주변 아이들의 중심적인 존재로, 소위 말하는 골목대장이다.

"엄마가 두 명 있는 건 이상하다는 거야. 보통은 아빠가 없으면 안 된다면서."

"아—……, 그게—……."

나는 대답할 말이 궁해졌다. 어린애한테 성적소수자에 대한 지식을 가르치는 건 제대로 된 일일까. 내가 망설이고 있자니 클레어 님이 메이와 시선을 마주하며 말했다.

"후후, 이상할 건 아무것도 없어요. 안심하도록 하세요, 메이."

"그런거야~?"

"하지만 테드가 말한 것처럼 우리 집 말고는 어디든 다 아빠가 있는걸요?"

알레어가 계속 물었다. 알레어는 메이에 비해서 정신적인 성숙이 빠르다. 여러 가지 것들에 의문을 가질 나이다.

"아버지가 있는지 어머니가 있는지는 중요한 게 아닌걸요? 좋아하는 사람과 함께 할 수 있는가 아닌가, 그게 가장 중요한 거예요. 알레어는 저나 레이보다도 다른 남성이 있었으면 좋겠어요?"

"아니요! 클레어 엄마랑 레이 엄마가 좋아요~!"

"메이도! 메이도!"

그렇게 말하면서 메이와 알레어는 클레어 님에게 뛰어들며 안아달라고 졸라댔다.

"후후, 어리광쟁이네요."

행복한 듯이 미소짓는 클레어 님을 보면서 나도 다시금 행복을 곱씹었다.

"자자, 이제 조금만 있으면 레이가 저녁밥을 만들어 줄 거예요. 그때까지 잠깐 밖에서 놀다 오세요."

"네에~!"

"다녀오겠어요~!"

메이랑 알레어는 바람같이 재빠르게 밖으로 달려나갔다.

"정말이지, 애들은 참 기운이 넘치네요."

"무슨 애늙은이 같은 소리를 하는 건가요. 저희들도 사실은 아직 아이들이 있을 만한 나이가 아니잖아요?"

"클레어 님은 두 사람을 맡는 거에 반대셨나요?"

"바보 같은 소리 하지 마세요. 이제 아이들이 없는 생활 같은 건 상상도 할 수 없어요."

클레어 님도 나도, 메이와 알레어를 마음 깊이 사랑하고 있다.

4명이서 함께하는 생활은 이제 지극히 당연한 사실이다.

"클레어 님. 귀족이 아니게 됐다는 걸 후회하고 계시나요?"

나는 문득, 그렇게 물어보았다. 이전 클레어 님은 자신이 평민의 생활을 견뎌낼 수 없을 것 같다고 말했다.

"후회를 하고, 말고 간에 선택의 여지가 없었어요. 시대의 흐름이라는 건 그런 거겠죠."

클레어 님은 어른스러운 말을 입에 담으면서, 어딘지 먼 곳을 바라보는 눈을 하고 있었다. 이전에는 귀족의 의무에 한 몸을 바치려고 했었던 그녀가 지금은 이렇게 내 곁에 있어주고 있다. 귀족으로서의 삶의 방식보다도 나와 함께 살아가는 걸 선택해 줬다고 자랑스럽게 여겨도 괜찮은 걸까.

"좋은 의미로든 나쁜 의미로든, 사람이란 적응하는 생물인 거네요."

뭐든지 익숙해지고 볼 일이에요, 클레어 님이 말했다.

"그러네요. 저도 언젠가는 익숙해지면 좋겠습니다만…… 그치 클레어?"

"네에, 정말로…… 에?"

지금 혹시 잘못 들은 건가, 하고 생각한 건지 클레어 님이 내 쪽으로 시선을 보냈다.

"지금, 뭐라고?"

"아무것도 아니에요."

"다시 한번 더! 한 번 더 말해보세요! 이번에야말로 제 귀에 확실히 새겨두도록 하겠어요!"

"됐다니까요! 언젠가 익숙해지면 그때 다시 말할게요!"

"그때까지 못 기다려요!"

"으앙~ 클레어 님, 이제 완전히 나한테 바가지를 긁고 있어! 저희 업계에서는 포상입니다!"

"이상한 소리 하지 마세요! 메이랑 알레어가 듣고 배우면 어쩌려고 그래요!"

시끄럽게 만담을 주고받는 나와 클레어 님.

"저기, 클레어 님?"

"뭔가요."

"행복하네요."

"……그러네요."

내가 꼭 끌어안자 클레어 님도 나를 부드럽게 마주 안았다.

"사랑해요, 클레어 님."

내 속삭임에 클레어 님은 한순간 깜짝 놀란 표정을 지었다. 나는 흥, 당연하지요. 같은 대답이 돌아올 거라고 예상하고 있었는데,

"네, 저도 그래요. 사랑스러운 레이."

그렇게 말하면서 클레어 님은 크렘 브륄레보다도 달콤하게 웃었다. 나는 이 사람한테는 평생 가도 못 이기겠네, 하고 진심으로 생각했다.

지금까지도 앞으로도.

시대는 흐르고 사람의 마음도 시대에 따라 모습을 바꾼다.

미래의 일은 누구도 알 수 없다.

하지만——.

클레어 님을 향한 사랑은 분명 영원히 변치 않는다.

앞으로도 계속—— 내 최애는 악역 영애다.

——내 최애는 악역 영애. 2——

끝

내 최애는

악역영애.

부록

저주와 주문

내가 눈을 뜨자, 모르는 천장이 보였다.

아직 머릿속이 잠에 취한 탓에, 한순간 내가 지금 무슨 상황에 놓인 건지 파악이 안 돼서 당황했지만 점차 의식이 뚜렷해졌다. 상반신을 일으켜서 주위를 둘러보니 새것 티가 나는 가구들과 깨끗하게 반짝이는 벽지가 보였다.

여기는 우리들의 새로운 보금자리다. 건물 자체는 옛날부터 있었던 건물이지만, 이곳으로 이사하면서 내부를 리모델링——이라는 단어가 적절한 건지는 잘 모르겠지만——했다.

바로 옆에서 무언가 움직이는 기척을 느꼈다.

시선을 돌려보자 그곳에는 평온한 얼굴로 잠들어있는 금발 머리의 천사가 한 사람. 나의 사랑하는 클레어 님은 내가 상반신을 일으키는 바람에 추운 걸까, 꿈틀꿈틀 이불 속으로 기어들어 갔다.

내 아침은 일찍 시작된다. 왜냐하면 클레어 님이 아침에 약하기 때문이다. 아침 식사의 준비는 내 일이다. 나는 클레어 님을 깨우지 않도록 조심하면서 침대에서 빠져나왔다.

간단하게 옷을 갈아입고 나서, 현관으로 향한 다음 문을 열자 초겨울의 쌀쌀한 공기가 피부를 감쌌다. 한 겹 정도 더 옷을 걸쳐 입을 걸 그랬나, 하고 살짝 후회했지만 스스로의 젊음을 믿고 다시금 기합을 넣으며 밖으로 나갔다. 우물에서 물을 길어서 얼굴을 씻자 아직까지 남아있던 졸음기가 깨끗하게 씻겨나가는 기분이었다.

물 긷기를 마치고 나서 아침 식사 준비를 시작했다. 오늘의 메뉴는 호밀 빵, 얼갈이 채소와 베이컨 스프, 그리고 스크램블드 에그다. 좀 더 메뉴의 베리에이션을 늘려야겠는데, 하는 생각을 하면서 척척 조리를 마쳤다.

상차림까지 마치고 나자, 시간은 아침 6시. 나는 침실로 되돌아가서 소리가 나지 않도록 조용히 문을 열었다. 클레어 님은 아직 자는 모양이다. 황금빛 실에 감싸인 작은 얼굴은, 평소의 드센 성격을 떠올려봤을 땐 상상도 못 할 정도로 티 없이 평온했다.

사랑하는 사람의 잠든 얼굴을 만끽하고 있었더니 어쩐지 클레어 님의 얼굴이 홍조를 띠기 시작했다. 표정도 왠지 굳어져 있는 느낌이고, 갑자기 땀을 흘리기 시작한 것처럼 보였다. 악몽이라도 꾸고 있는 걸까 생각했지만, 이윽고 내 생각은 다른 가능성에 도달했다.

"……클레어 님, 혹시 깨어 계시는가요?"

"?!"

말을 걸어보자 명백하게 동요하는 기색이었다. 그럼에도 클레어 님은 계속 자는 척할 생각인 것 같았다.

무슨 꿍꿍이일까.

"클레어 님, 일어나 주세요. 아침 식사가 식어버려요."

"……."

대답으로 침묵이 돌아온다.

이건 대체 어떻게 된 걸까.

"일어나지 않는다면…… 키스할 건데요?"

"……!"

역시 이렇게까지 말하면 일어나겠지, 그런 생각으로 던진 말이었는데도 마찬가지로 무반응.

이건 설마하니…….

"클레어 님, 혹시 키스해주기를 바라는 건가요?"

"……."

클레어 님은 침묵을 이어갔지만, 방금 전보다 고개가 살짝 위로 올라갔다.

부추기고 있네…….

"그러면…… 그만 일어나 주실래요? 잠자는 공주님."

나는 살짝 클레어 님에게 입술을 떨어트렸다.

——이마에.

"잠깐, 레이! 이 흐름이라면 보통은 입술이잖아요?!"

"좋은 아침입니다, 클레어 님."

몹시 흥분하면서 이불을 확 밀어젖히는 클레어 님을 향해, 나는 쓴웃음을 지으면서 인사했다. 클레어 님은 상당히 불만인 건지, 안 그래도 치켜 올라간 눈꼬리를 한층 더 험악하게 치켜뜨고선 나를 노려보고 있었다.

"네, 좋은 아침이에요…… 가 아니고!"

"자고 있는 틈을 노리는 건 취미가 아니라서요."

변명과 함께 나는 클레어 님의 가녀린 어깨를 끌어안으며 입을 맞췄다. 예상치 못한 일격을 당한 탓인지, 클레어 님은 눈을 감을 틈조차 없었던 모양이다.

지근거리에서 눈과 눈이 마주쳤다. 나는 장난기가 돋아서 그대로 눈을 감지 않고 클레어 님을 가만히 응시했다. 클레어 님은 처음엔 놀람과 분노에 눈을 희번덕거리고 있었지만 이윽고 내 강렬한 시선에 꺾인 것처럼 눈을 감았다.

"……."

그대로 잠시 동안 클레어 님의 입술을 만끽했다. 클레어 님과 깊은 관계로 발전하고서 아직 얼마 지나지 않았다. 이런 경험 쪽으론 클레어 님은 여전히 초보 딱지를 단 채다.

"자, 이제 잠이 깨셨죠? 그럼 거실로 가볼까요?"

"……."

입술을 떼고 나서도 클레어 님은 멍하니 넋이 나가 있었다. 초보자를 괴롭혀주고 싶다는 가학심이 고개를 쳐들고 있었지만 나는 이성을 총동원해서 필사적으로 억눌렀다. 아직 아침이니까 말이지.

"클레어 님, 어서요!"

"햐앗?!"

바깥 공기로 차가워진 손바닥으로 클레어 님의 뺨을 감쌌다. 클레어 님은 이제야 제정신으로 돌아온 것 같다.

"레이, 당신 말이죠……. 평범하게 키스할 수는 없나요……?"

"지금 건 평범하지 않았나요?"

"지, 지금 건 명백하게 밤의 키스였잖아요……!"

"싫으셨나요?"

내가 묻자, 클레어 님은 귀까지 빨갛게 달아올랐다.

"레이는 바보!"

그 말과 함께 베개에 얼굴을 묻었다.

"네에, 네에. 제가 잘못했습니다. 거실에서 기다리고 있을 테니까 옷을 갈아입고 거실로 나와 주세요."

이대로 있으면 클레어 님이 또 토라질 것 같아서 일단 퇴각하기로 했다. 놀리는 게 재미있기는 하지만 너무 지나치면 후환이 무서우니까. 물론 놀리는 걸 그만둘 생각은 없어.

"~~~!"

닫힌 문 너머에서 뭔가 들려오고 있었지만 나는 신경 쓰지 않고 거실로 돌아왔다.

"정말로 귀엽다니깐."

저런 귀여운 행동을 보면서 내가 얼마나 참고 있는지, 클레어 님은 분명 모를 것이다.

"슬슬 일자리를 찾아봐야겠습니다."

식사 후에 커피를 마시면서, 내가 그런 식으로 화제를 꺼냈다.

"그러네요. 상업 길드에 맡겨놓은 저금도 슬슬 불안하니까요."

클레어 님은 귀족 시절의 재산을 거의 전부 몰수당했다. 그럼에도 저금이라고 부를 수 있을 정도의 돈이 있는 건, 시민——평민이라는 호칭은 사라졌다——들의 자발적인 기부의 목소리가 끊이지 않은 덕분이었다. 클레어 님은 혁명 때 여차하면 처형당할 뻔했지만, 클레어 님의 활동 덕에 목숨을 건졌다는 시민들도 많았다. 도르 님이 혁명의 그림자에서 공헌했다는 사실도 금방 소문이 퍼져서 지금 클레어 님은 혁명을 이끈 사람 중 한 명으로 주목받고 있었다.

나도 이전엔 꽤나 많은 금액을 저축하고 있었지만, 혁명 때 식량 배급을 위해 상당액을 써버렸다. 우리 두 사람분의 저금에서 새로운 생활을 위한 비용을 꺼내 쓰고 나자, 남은 액수는 슬슬 위험한 수준까지 줄어들어 있었다.

우리들의 생활이 빠듯하다는 사실은 우리 둘만의 비밀이다. 아니, 일부러 소문내고 다닐만한 일도 아니니까 당연한 거 아니냐고 생각할지도 모르지만, 레네가 이 사실을 알게 됐다가는 문답 무용으로 돈을 제공해 줄 게 분명하단 말이지.

"좋은 일자리가 있었으면 좋겠지만 요즘 같은 세상이라 말이죠——."

"배부른 소리까지는 안 해요. 평범한 생활을 보낼 수 있을 정도면 돼요."

"평범…… 인가요……."

나도 모르게 쓴웃음이 나왔다.

클레어 님이 보는 평범함은 일반 시민의 평범함과는 상당히 차이가 난다. 분명 귀족으로서 생활하던 시절에 비하면 검소해졌지만, 그럼에도 현재 생활 수준은 일반 시민과 비교한다면 조금 사치스러운 편이다. 애초에 우리 정도 나이에 자기 집을 가지고 있다는 사실부터가 평범하지 않다.

"그런 표정 짓지 않아도 저도 알고 있어요. 좀 더 절약해야 한다는 거죠?"
"뭐, 그러네요."
"레이는 저를 생각해서 식사도 호화스럽게 차려주고 있지만, 좀 더 간소하게 해도 저는 상관없는데요?"
"으음~ 그 마음은 분명 고맙긴 합니다만……."
지금 생활을 조금 사치스럽다고 생각하는 반면, 나는 클레어 님을 금전적 문제로 고생시키고 싶지 않다는 마음을 품고 있다. 이런 마음은 어쩐지 봉건적인 남성의 사고방식 같다는 느낌도 든다. 하지만 사랑하는 사람이 쾌적한 생활을 보냈으면 좋겠다고 생각하는 게 잘못일까.
"어찌 됐든 일단 일자리를 찾아야겠네요. 클레어 님, 뭔가 해보고 싶은 일은 있으신가요?"
"그러네요……."
클레어 님은 조금 생각한 뒤,
"저, 교사라는 일을 해보고 싶어요."
"교사인가요."
이거 또 견실한 직업을.
"자랑하는 건 아니지만 저는 교양에 자신이 있어요. 예의범절 또한 누구에게도 지지 않아요."
"그렇죠."
"아마 앞으로 교육의 주축이 될 마법에도 일가견이 있으니 나쁘지 않은 선택이라고 생각해요."
"분명히."

얘기를 듣고 보니, 이 이상 없을 정도로 클레어 님과 딱 맞는 직업 아닐까, 싶은 생각이 들었다. 안경 같은 걸 써주셨으면 좋겠다.

"사실은 트레드 선생님한테서 권유 편지를 받았어요."

"트레드 선생님한테서?"

"네에. 학교에 남아서 후진 양성에 힘써주지 않겠냐고."

"흐음, 흐음."

마침 연출도 있는 건가. 이건 부정할만한 요소가 없다.

"괜찮다고 생각합니다."

"그렇죠!"

"클레어 님은 꼭 그 제안을 받아들여 주세요."

"저는……? 레이는 어떻게 하려고요?"

"저는…… 그러네요……."

나는 잠시 생각한 후에,

"모험가라도 해볼까요."

"모험가라고요?!"

내 대답에 클레어 님의 예쁜 눈썹이 위로 치켜 올라갔다.

"그런 야쿠자 같은 직업은 당연히 안 되죠!"

"야쿠자라니……."

바로 즉석에서 기각당했다. 거기다 몹시도 심한 말까지 덧붙여서.

"모험가도 훌륭한 직업인데요?"

"그건 알고야 있지만 레이처럼 능력 있는 사람이 할 만한 일은 아니에요!"

"그런가요? 저는 그래봤자 마법 말고는 딱히 내세울 만한 장점이 없다고 생각하는데."

팔방미인인 클레어 님과는 다르다.

"무슨 소리를 하는 건가요. 학교의 교양시험과 마법시험에서 졌던 일을 저는 아직 잊지 않았는데요?"

"아——."

그런 일도 있었지. 벌써 상당히 예전 일처럼 느껴지지만 아직 1년도 지나지 않았네.

"그 시험은 전에 말씀드렸던 예언서를 토대로 한 반칙이었어요."

"하지만 당신에게 교양과 마법의 소양이 있다는 사실은 부정할 수 없는 사실이잖아요."

하지만 말이지.

"……무엇보다, 저는 당신의 파트너잖아요. 곁에 있어 주지 않으면 곤란해요."

"부끄럼 타는 클레어 님 때문에 괴롭다."

"그렇게 얼렁뚱땅 농담으로 넘기지 말라고요?!"

"실례, 클레어 님이 너무나도 귀여워서."

"정말이지……."

클레어 님은 커피를 한 모금 마신 뒤, 말을 이었다.

"어쨌든, 트레드 선생님에겐 당신에게도 한번 권유해보라는 부탁을 받았어요."

"저도 교사인가요?"

"뭔가 마음에 들지 않는 점이라도 있나요?"

"아니요, 그렇다기보다는 뭐라고 해야 할까……."

"직구로 말해보세요."

"솔직히 말해서, 제 캐릭터랑 안 어울리지 않아요?"

"정말로 돌직구로 말하네요?!"

오늘도 클레어 님의 태클은 맑고 곱게 울렸다.

응응. 좋은 일이다.

"지금 배부른 소리를 할 때가 아니잖아요? 기대볼 곳이 있다는 것만으로도 행복한 일이니까 불만은 접어두세요."

"그 말도 맞네요. 구체적으로는 어떻게 해야 하나요? 뭔가 채용시험 같은 거라도 있는 건가요?"

나는 마음에 걸리는 점들을 물어봤다.

"이미 능력적으로는 문제가 없다는 판단이라, 우리들이 그럴 마음만 있다면 바로 채용하겠다는 모양인데요? 처음에는 연수 같은 게 있다고는 했지만."

"그렇다면 제안을 거절할 이유가 없네요."

내가 누구를 가르칠 만한 입장이 될 거라고는 상상도 해본 적 없는 데다 솔직히 당혹스러움 밖에 느껴지지 않지만, 클레어 님 말대로 배부른 소리를 하고 있을 때도 아니다.

"그럼 교사직을 수락하는 방향으로 가볼까요."

"후후, 다행이에요."

그 안심이라는 듯 웃는 미소가 또 치사하다.

키스하고 싶어지네.

"커피를 한잔 더 끓여오겠어요."

"아, 제가——."

"이 정도쯤은 제가 하게 해주세요. 다른 집안일은 아예 못하는걸요."

"그럼 부탁드리겠습니다."

내 말에, 클레어 님은 두 사람분의 컵을 들고서 부엌으로 향했다.

그 직후——.

"뭔가요, 이건?!"

동요하는 외침에, 나는 곧장 일어났다. 부엌으로 서둘러 달려가자 거기에는 선 채로 굳어있는 클레어 님의 모습이 있었다.

"무슨 일이세요?!"

"레이, 저기 봐요……."

떨리는 손가락이 가리키는 방향을 보자——.

"이건……?"

그곳에는 기묘한 현상이 있었다. 싱크대, 냄비, 프라이팬 같은 금속제 가구나 도구들이 전부 녹슬어 있었다. 나는 프라이팬을 집어 들고서 자세히 관찰했다. 자연스럽게 생긴 녹이 아니고 뭔가 인위적인 현상이 느껴지는 녹이었다. 그리고 군데군데에 갉아 먹은 것 같은 흔적이 있었다.

"이건…… 그게 나온 모양이네요."

"그거?"

"러스트 몬스터입니다."
"러스트 몬스터?"
어쩐지 게임 속 최종보스 같은 이름이지만 '최후의'라는 의미를 가진 last가 아니라 '녹슨'이라는 의미를 가진 rust다. 이 몬스터는 금속제품을 녹슬게 만든 다음 그걸 먹는 습성이 있다. 모험가들이라면 다들 진저리를 내며 싫어하는 몬스터다.
"그런 몬스터가……?"
"네에, 아마도요. 사람들에게 직접 위해를 끼치지는 않으니까 안심해주세요."
"하지만 그렇다고 내버려 둘 수는 없겠죠?"
"레레어한테 구제하게 시키겠습니다.
우리 레레어는 강아지나 고양이보다도 훨씬 똑똑한 아이이다.
"당신은 또 레레어한테 이상한 걸 먹이다니……. 그 아이가 이상한 속성을 더 많이 가지게 되면 어쩌려고요."
"마음 든든해서 좋잖아요."
변신 능력인 운디네를 보면 짐작이 가겠지만, 워터 슬라임에게는 뭔가를 모방하는 습성이 있다. 그리고 그 습성의 일환으로 자신이 먹은 것의 속성을 획득하는 능력도 있다. 레레어는 정말로 똑똑한 아이라서 뭔가를 기억하는 요령이 좋고, 벌써 여러 몬스터의 속성을 얻어 뒀다.
그저 귀엽기만 한 게 아니다.
"레레어가 프라이팬을 먹게 되거나 하면 어쩌나요."
"교육은 확실히 해놓고 있으니까 괜찮다니까요."

"정말이려나……."

의심스러운 눈초리로 나를 바라보는 클레어 님. 그런 가늘게 뜬 눈도 귀엽기 그지없네요.

"어쨌든 일단 여기를 정리하도록 하죠. 나중에 녹슬어버린 도구들도 다시 사러 가야겠네요."

"그러네요. 그럼 일단——."

바로 그때 문을 노크하는 소리가 들려왔다. 손님이 온 모양이다.

"네, 누구세요?"

손님을 맞이하러 내가 나가자, 거기에는——.

"오, 오랜만이에요. 레이 씨."

은발에 붉은 눈동자를 가진 소녀—— 전 추기경 릴리 릴리움 님이 있었다.

"여행을?"

"네, 네에."

나는 릴리 님 앞에 커피를 놓으면서 되물었다. 클레어 님도 깜짝 놀란 모습이다.

"저, 정상참작의 여지가 있다는 이유로 죄를 묻지 않고 넘어갔습니다만, 역시 릴리가 한 일들은 용서받을 수 있을 만한 일이 아니에요."

"그건……."

클레어 님은 뭐라고 말하려고 했지만 할 말을 찾을 수 없었다. 그렇지 않다, 라고는 차마 말할 수 없었다. 릴리 님이 그 손으로 많은 사람의 목숨을 앗아갔다는 사실은 변하지 않으니까. 설령 다른 사람이 용서해도 신앙으로서 살아가는 릴리 님 자신 스스로 죄를 용서할 수 없겠지.

"리, 릴리는 속죄를 위한 여행을 떠나기로 했어요. 레이 씨는 자기만족이라고 말씀하실지도 모르지만……."

정령교의 일화 중에 죄인이 헌신의 여행 끝에서 신에게 죄를 용서받았다는 일화가 있다고 한다. 릴리 님은 릴리 님 나름대로 자신의 죄와 마주하려고 있는 거겠지.

"그건 이해했습니다만……. 언제 떠나시나요?"

"지, 지금 당장이라도……, 라고 말하고 싶지만 한 가지 마음에 걸리는 일이 남아있어서 오늘은 그걸 상담하고자 이렇게 찾아뵀어요."

"마음에 걸리는 일, 인가요?"

네, 릴리 님은 고개를 끄덕이며 말을 이었다.

"교, 교회에는 지금, 재해로 생활이 곤궁해진 많은 사람이 몸을 의탁하고 있어요."

"저도 들어본 적이 있네요. 갈 곳을 잃은 아이들이나 집을 잃은 사람들이 교회에 의지하고 있는 거죠?"

"네, 네에. 재해 직후랑 비교하면 조금 안정이 됐지만, 그럼에도 여전히 많은 숫자에요."

"그럼 부탁할 일은 교회를 도와달라는 일인가요?"

"부, 부탁할 내용은 다른 일이에요. 어떤 쌍둥이에 대한 일입니다만……."

릴리 님은 드문드문 설명을 시작했다. 설명에 의하면 분화가 일어난 후로 얼마 지나지 않아 기묘한 소문이 들려왔다고 한다. 듣기로는, 가까이 다가가면 마법석으로 만들어버리는 저주받은 아이들이 있다는 소문이었다. 교회는 처음엔 단순한 헛소문으로 치부했지만 그러던 중 실제로 옷이나 몸의 일부가 마법석으로 변한 사람들이 나타나기 시작했다.

교회가 조사를 해보자 그 쌍둥이는 수도의 슬럼가 한구석에서 살고 있다는 이야기를 들을 수 있었다. 현장으로 향했더니 아직 4, 5살 정도밖에 안 된 쌍둥이 소녀가 발견되었다.

"그, 그 아이들의 피에는 특별한 힘이 있었어요."

아이들의 피에 닿으면 마법석으로 변해버린다고 한다. 두 사람은 스스로 몸에 상처를 내서 피를 흘린 다음, 마법석을 만들어서 그걸 팔아서 생활해왔다고 한다.

"자, 자세한 이야기를 들을 수 있게 되기까지도 상당한 시간이 걸렸어요. 경계심이 굉장히 강한 아이들이라서……."

아무래도 아이들은 친척들에게 학대를 당했던 모양이다. 나중에 판명된 일이지만 쌍둥이의 부모님은 이미 오래전에 사망했었고, 친척 집을 전전해 다녔던 것 같다. 그러던 중에 피의 힘이 밝혀졌고 황금알을 낳는 거위 취급을 받으면서 반쯤 가축처럼 길러졌다고 한다.

"착한아이로 있으면 언젠가는 엄마가 데리러 올 거야── 아이들은 그런 저주와도 같은 말에 사로잡혀 있었어요."

말 그대로 피를 흘려가며 생활해온 아이들은 분화로 친척마저 사망하자 둘이서 슬럼가에서 생활하기 시작했다. 그리고 아이들에게 난폭한 행동을 하려고 했던 자들이나, 아이들에게 손을 뻗치려고 했던 자들이 마법석으로 변하는 피해가 터졌다.

"두, 두 사람의 피는 뭐든지 가리지 않고 마법석으로 만들어 버리는 건 아닌 것 같아요. 마력이 높은 사람은 마법석으로 변하지 않거든요."

그래서 마력이 높은 릴리 님에게 차례가 돌아오게 됐다는 이야기였다. 그리고 이 이야기는 혁명이 한창일 때 벌어졌던 이야기였기 때문에 릴리 님은 군데군데 기억이 없는 모양이다. 또 하나의 인격으로 인한 폐해다.

"리, 릴리는 끈기 있게 다가간 끝에 어떻게든 아이들을 교회에 보호할 수 있었어요. 하지만 교회로서도 솔직히 아이들을 다루기가 벅차요."

아이들은 자해를 하는 버릇도 있어서, 교회 사람들이 위험에 노출된 상태라고 한다. 그중에는 두 사람을 이단으로 처형해야 한다고 주장하는 과격한 의견까지 나오기 시작했다는 모양이다.

"여, 여행을 떠난다고 해도 두 사람을 내버려 두고 갈 수는 없어요. 아직 어린아이들이라서 데려갈 수도 없는 노릇이고……."

"그래서 저희들이 뭘 해줬으면 하는 거죠?"

"레, 레이 씨는 정체를 알 수 없는 지식을 가지고 계시니까요. 혹시나 이 아이들도 어떻게든 해주실 수 있는 거 아닐까, 하고 제멋대로 기대를."

"으음――……."

릴리 님이 나한테 의지해 주는 건 오히려 영광이다. 하지만 아쉽게도 이런 증상은 들어본 적이 없었다.

"미안합니다. 저도 잘 모르겠습니다."

"그, 그런가요……."

내 말에 릴리 님은 눈에 띄게 풀이 죽고 말았다.

"포기하기에는 아직 일러요. 일단은 아이들을 만나보지 않을래요? 이야기는 그다음이에요."

"그것도 그러네요."

"협력해 주시는 건가요?!"

우리들의 말에 릴리 님이 눈을 반짝였다.

"물론이에요. 해결할 수 있을 거란 보장은 없지만요."

"추, 충분해요! 지금 시간 괜찮으신가요?!"

"오늘은 딱히……. 그래봤자 나갔다 올 때 프라이팬 같은 집기를 사 오는 정도네요."

"그, 그러면 교회로 와주세요. 아이들을 만나 주셨으면 해요."

그렇게 돼서, 클레어 님과 나는 그 신비한 쌍둥이를 만나보기로 했다.

"안녕하신가요."

"안녕."

"“……”"

우리의 인사에 돌아온 건, 의심으로 가득한 시선이었다. 쌍둥이들은 정말 겉으로는 분간할 수 없을 정도로 똑같은 얼굴로 우리들을 경계하고 있었다. 둘 다 금발이었지만 한 아이는 짧고, 다른 아이는 긴 머리를 하고 있었다. 만약에 헤어스타일도 똑같았다면 분명 구별이 가지 않을 게 틀림없었다. 두 쌍의 갈색 눈동자는 릴리 님의 뒤에 숨에서 우리를 빈틈없이 살피고 있었다. 아마 자신들을 상처 입힐 사람들인지 아닌지를 신중하게 품평하고 있는 거겠지.

"이, 이 녀석, 두 사람 모두! 인사는?"

"안녕."

"……안녕."

목소리도 똑같았지만 짧은 머리 아이가 그나마 목소리가 좀 높은가. 두 사람 다 감정의 기복이 없는 어조였지만, 긴 머리 아이 쪽이 한층 더 고저가 없는 목소리였다.

나는 무릎을 꿇고 아이들과 시선을 맞추며 물었다.

"아가씨들, 이름은?"

"이름……?"

"……몰라."

해도 해도 너무한 대답에 나도 모르게 릴리 님을 쳐다봤다.

"두, 두 사람 다 이름을 가르쳐 주질 않아요. 혹은 정말로 이름조차 받지 못했던 건지……. 교회 사람들은 원, 투, 라고 부르는 사람들도 있긴 하지만……."

그건 하나, 둘, 이라는 의미다. 결코 이름이라고는 부를 수 없다.

"대체 그게 무슨 취급인가요!"

크게 화를 내는 클레어 님을 보고 쌍둥이가 겁을 먹었다. 그러나 클레어 님은 그걸 깨닫지 못한 채로,

"알겠어요? 이름이라는 건 정말로 중요한 거예요. 사람은 이름을 가지고서 처음으로 사람이 되는 거예요."

그 말과 함께 잠시 말을 끊고서 클레어 님은 생각에 잠겼다.

"숏 컷을 한 귀여운 당신. 당신은 오늘부터 메이라는 이름을 갖도록 하세요."

"귀여워……? 메이……?"

"롱 헤어를 한 예쁜 당신. 당신은 알레어예요."

"……예쁜? ……알레어?"

클레어 님의 서슬에 압도당한 모양인지 쌍둥이들은 깜짝 놀란 표정이었다.

"왜 그 이름으로?"

"에, 아, 그게. ……혹시 딸이 생긴다면 이런 이름으로 하자고 생각했던 게 저도 모르게."

천사 아닐까.

"괜찮은 거죠, 메이?"

"……."

"당신 말이에요, 당신. 대답은?"

"네……."

"그리고 알레어?"

"……."

"대답!"

"……네."

"좋아요."

그렇게 클레어 님은 반쯤 억지로 아이들에게 이름을 붙여주었다.

"릴리 추기경. 아이들을 당분간 저희 집에 맡겨주지 않겠어요?"

"에, 에……? 그건 그…… 상관은 없지만……?"

"레이도 그래도 괜찮죠?"

"저는 언제나 클레어 님이 하시는 일을 존중하니까요. 하지만 어떻게 하시려고요?"

릴리 님과 나, 우리 두 명분의 의문부호를 받으며, 클레어 님이 대답했다.

"물론, 특훈이에요!"

"트, 특훈이요?"

"메이랑 알레어가 평범한 생활을 보낼 수 있도록 우리들이 가르치겠어요."

"그, 그건 감사한 일이지만, 그게 가능한 건가요?"

"가능 불가능을 따지지 않고, 오직 할 뿐이에요. 이런 어린아이들이 고통스러운 일을 겪고 있다니, 있어선 안 되는 일인걸요."

아무래도 클레어 님의 모성본능을 자극한 모양이었다.

"하지만 실제로 어떻게 하실 건가요? 피에 관련된 문제도 있으니."

"피의 문제보다도 일반 상식이에요. 물론 피의 문제도 내버려 둘 수는 없지만, 먼저 메이랑 알레어가 평범한 아이들처럼 생활할 수 있도록 만드는 게 선결과제에요."

분명 그 말이 맞을지도 모른다. 하지만 과연 그게 생각처럼 잘 풀릴까.

"레이. 지금 그게 가능할까, 하고 생각하는 표정이네요?"

"아뇨, 아뇨. 그럴 리가요."

"훤히 다 보여요. 하지만 알겠어요? 이런 어린아이의 문제조차 해결할 수 사람이 다른 사람을 가르칠 자격이 있을 거라 생각해요?"

과연 어떨까. 어떤 의미로는 상대와 선을 긋는 게 오히려 잘 가르칠 수 있지 않을까 싶다. 하지만 클레어 님의 의욕에 찬물을 끼얹는 것도 좀 그러니까 나는 가만히 고개를 끄덕였다.

"메이랑 알레어도 그걸로 괜찮은 거죠?"

""……""

"대답!"

"네."

"……네."

기계적으로 고개를 끄덕이는 메이랑 알레어를 보면서, 나는 이거 정말 괜찮을까 하는 생각이 들었다.

"그럼, 메이랑 알레어는 이 방을 쓰도록 해."

집으로 돌아오자 클레어 님과 나는 빈방 중 하나를 정리한 다음 메이랑 알레어의 방으로 삼았다. 애들 방치고는 너무 넓고 텅 빈 방이었지만 그건 차차 생각해 보기로 하자.

"두 사람은 교회에서 뭘 하면서 지냈어요?"

"?"

"……?"

메이랑 알레어는 질문의 의미를 이해하지 못한 것 같았다. 클레어 님이 안타까운 듯 다시 한번 말했다.

"자, 뭔가 있잖아요? 책을 읽었다든가, 집짓기 놀이를 했다든가."

"""……"""

아이들은 가만히 고개를 저었다.

"아무것도 하지 않았다는 말인가요?"

"""……"""

이번에는 가만히 끄덕인다. 그 대답에 클레어 님은 머리를 감싸 쥐었다.

"릴리 추기경은 대체 뭘 한건가요……."

"아뇨, 릴리 님도 혁명 이후, 지금까지 계속 바쁜 몸이었잖아요."

주로 사라스 때문에.

"……그러네요. 릴리 추기경을 탓하는 건 번지수를 잘못 찾는 거네요."
"메이, 알레어. 뭔가 해보고 싶은 거 있어?"
다시금 무릎을 꿇고, 아이들과 시선을 맞추면서 물었다. 아이들은 고민하는 것처럼 보였다.
"아까 전에도 그러더니, 그 동작엔 뭔가 의미가 있는 거예요?"
클레어 님은 내가 무릎을 꿇는 걸 보고서 신기하다는 듯 물었다.
"어른이 위에서 내려다보고 있으면 아이들 입장에선 위압감을 느끼게 됩니다. 이렇게 같은 눈높이로 맞춰주면 조금은 위압감이 줄어들어요."
"그런 건 빨리 말하라고요!"
클레어 님도 황급히 무릎을 꿇었다.
"그래서, 뭔가 생각난 게 있나요?"
"“……”"
아이들은 끄덕끄덕 고개를 움직였다.
"어떤 거니?"
내가 최대한 상냥한 목소리로 물었다.
"마법석."
"……만들어."
아이들의 대답에 클레어 님도, 나도 말문이 막혔다.
"이제 더는 그런 일 안 해도 괜찮아요."
"응. 좀 더 하고 싶은 다른 일은 없어? 자자, 배고프진 않니?"

우리들의 말에 쌍둥이는 고개를 저었다.
"우리들은."
"……이것뿐."
다시금 말문이 막힌 우리. 이건 중증이다.
"알겠어. 그러면 우리랑 같이 놀자."
아이들에게 하고 싶은 일을 자발적으로 떠올리게 하는 건 아직 이른 모양이라, 나는 일단 아이들에게 논다는 일부터 가르쳐 주기로 했다.
"메이랑 알레어는 집 안에 있는 거랑 밖에서 몸을 움직이는 것 중에 어느 쪽이 좋아?"
"밖."
"……밖."
선입견만으로 소꿉놀이 같은 걸 하자고 하지 않아서 다행이다. 여자애들이라도 밖에서 뛰노는 걸 좋아하는 애들은 얼마든지 있다.
"오케이. 그럼 술래잡기를 하자."
"술래잡기?"
"……뭐야, 그게?"
이 나이가 되도록 아직 술래잡기를 모른다니, 정말로 어떤 생활을 보내온 걸까.
"한 사람은 쫓아다니는 역할을 하고, 다른 사람들은 도망가는 역할이 되는 거예요. 술래한테 터치 당하면 그때는 터치 당한 사람이 술래가 돼서 다른 사람들을 쫓는 거죠."

"이해했니?"

""……""

메이랑 알레어는 무표정으로 끄덕였다.

"그럼 어디 한번 직접 해볼까?"

클레어 님과 나는 메이랑 알레어를 데리고서 정원으로 나갔다.

"처음에는 내가 술래가 될게."

그렇게 말했지만, 메이랑 알레어는 움직이지 않고 가만히 있었다.

"자자, 도망쳐, 도망쳐."

클레어 님이 아이들의 등을 떠밀면서 거리를 벌렸다. 아이들은 느릿느릿한 발걸음이다.

"으아—, 붙잡아버리겠다—!"

나는 엄청 더딘 발걸음으로 아이들을 쫓아갔다. 아이들은 스스로 움직이려고 하지 않았기 때문에 클레어 님이 손을 잡아 이끌었다. 아이들의 표정은 여전히 움직이지 않고 있었다.

"좋아, 잡았다!"

"……."

메이를 터치했다. 메이는 깜짝 놀란 얼굴로 가만히 서 있었다.

"이번에는 메이가 쫓아다닐 차례야."

"자자, 알레어는 도망쳐요, 도망쳐."

메이는 잠시 멍한 얼굴로 가만히 있었지만, 이윽고 호다닥, 달려 나갔다. 클레어 님을 뒤쫓는다. 클레어 님은 거리를 좁혔

다가 벌렸다가 하면서, 잠깐 동안 도망 다니다가 붙잡혔다.
"아주 잘했어요, 메이. 정말 장하네요."
"장해?"
"그래요. 메이는 영리한 아이네요."
"……."
지금까지 칭찬을 받아본 경험이 거의 없었던 걸까. 메이는 이상하다는 표정으로 클레어 님의 말을 곱씹고 있는 것 같았다.
"이번엔 제가 술래네요."
클레어 님은 이번엔 알레어의 뒤를 쫓았다. 알레어는 역시나 느릿느릿한 발걸음으로 도망치다가 금방 잡히고 말았다.
"알레어가 쫓을 차례에요."
"……네."
알레어는 고개를 끄덕이며, 메이가 했던 것처럼 클레어 님을 쫓기 시작했다.
나는 안중에도 없어서 조금 외롭다.
"붙잡히고 말았네요. 알레어는 발이 빠르군요."
"……."
칭찬하고 있다는 사실이 제대로 전해지고 있는 걸까. 알레어는 이상하다는 표정을 지으며 클레어 님의 칭찬을 듣고 있었다.
"……이래서야, 앞일이 걱정되는데."
나는 앞으로 갈 길이 불안했지만, 몇 분 후──.
"메, 메이, 잠깐 멈춰보세요."
"안 멈춰."

메이가 클레어 님을 껴안았다. 이어서 알레어도 클레어 님을 껴안았다.

"도망쳐."

"……도망쳐."

술래잡기는 어느 순간부터 규칙이 달라져서, 메이랑 알레어가 둘이 합세해서 술래를 하고 클레어 님이 도망 다니는 놀이가 되어있었다. 상대가 아이들이라고 얕보아선 안 된다. 아이들의 체력은 무한대니까. 처음에야 클레어 님도 여유로운 미소를 짓고 있었지만, 도중부터는 지쳐서 흐느적거리고 있었다. 호신술과 사교댄스로 단련된 바로 그 클레어 님이 말이다.

"잠깐만 쉬자, 두 사람 다."

나는 완전히 소외되었기 때문에 부엌에서 간식을 만들어왔다. 물통에는 홍차가 들어있었다. 달콤한 음식으로 아이들의 마음을 낚으려는 작전이었지만,

"좀 더 술래잡기."

"……하고 싶어."

아이들은 술래잡기가 몹시 마음에 든 모양이었다.

"그럼, 레이랑 교대해서——."

"싫어."

"……네가 좋아."

아이들은 클레어 님을 엄청 따르는 것 같다.

……외롭거나 하지 않다고.

"알레어, 다른 사람을 너, 라고 부르는 건 그만두세요."

"……어째서?"

"무례하기 때문이에요."

"……무례?"

"맞아요."

클레어 님은 무릎을 꿇고서 말을 이었다.

"사람은 품성이라는 걸 몸에 익혀야 해요. 예의범절을 몸에 익히고 있지 않다면, 벌거벗고 다니는 거나 마찬가지일 정도로 창피한 일이에요."

"……."

클레어 님의 설명을 전부 이해하지는 못한 것 같았지만, 알레어는 일단 고개를 끄덕였다.

"……그럼, 뭐라고 불러야 해?"

"우리들, 이름을 못 들었어."

깜빡하고 있었다. 그러고 보니 이름을 댄 기억이 없다. 메이랑 알레어의 형편이 너무 딱한 나머지 그런 당연한 일조차 까맣게 잊고 있었다.

"저는 클레어. 이쪽은 레이에요."

"잘 부탁해, 두 사람 다."

"""……."""

아이들은 끄덕, 하고 고개를 숙였다.

"그럼 다시 술래잡기해볼까요."

"에. 클레어 님, 괜찮으세요? 상당히 지치신 것처럼 보이는데요."

"괜찮지 못하니까 회복마법 좀 걸어줄래요?"

아, 그런 수가 있었다. 나는 재빨리 클레어 님에게 수속성 마법을 걸어서 체력을 회복시켰다.

"클레어, 괜찮은 거야?"

"……아직 놀 수 있어?"

"네에. 이번엔 제가 쫓을 건데요? 자자, 도망쳐요, 도망쳐."

"!"

"……!"

아이들이 이리저리 도망가고, 클레어 님이 그걸 뒤쫓았다.

"즐거워 보이네."

이런 단순한 놀이가, 어째선지 정말로 즐거워 보였다. 쌍둥이들은 여전히 무표정이었지만, 그럼에도 어딘지 모르게 기분이 들떠있는 기색이 느껴졌다. 아마 클레어 님의 반응이 재미있는 거겠지.

응, 아주 잘 알아, 그 마음.

아이들의 마음에 공감하면서도 일단 미리 준비는 해두려고 간식을 차리고 있었더니——.

"앗."

메이가 넘어지고 말았다.

"괜찮아요?!"

재빠르게 클레어 님이 달려갔다. 나도 차를 준비하던 손을 멈추고 메이 곁으로 달려갔다.

"……다리가 살짝 까졌네요."

클레어 님이 메이의 몸을 살펴보니 그 외의 상처는 없는 것 같았다. 메이의 피에는 저주가 있다. 그러니 다친 곳을 정확하게 확인할 필요가 있다.

"많이 아팠겠네요. 울지 않는다니 정말로 장해요. 빨리 치료를——."

"어째서?"

"? 어째서라니, 무슨 뜻인가요?"

갑자기 던져진 메이의 질문에, 클레어 님은 이해하지 못한 표정이었다.

"클레어, 슬픈 얼굴을 하고 있어."

"당연하잖아요. 많이 아팠죠?"

"……우리들이 다치면, 모두들 기뻐했어."

"——!"

알레어의 말에 클레어 님의 표정이 얼어붙었다. 거기에다——.

"이거."

"……답례."

메이는 자기 피로 인해서 마법석으로 변한 스커트를 톡 하고 잘라 떼더니 클레어 님에게 내밀었다.

"무슨 생각을 하는 거예요!"

이 행동엔 역시 클레어 님의 어조도 격해졌다.

"뭐냐니……."

"……답례."

"그런 걸 답례로 주면 안 돼요!"

"어째서? 우리들은."

"……피를 흘리기 위해서 태어났어."

아이들은 멍하니 중얼거리듯 말했다. 이건 저주다. 아니, 이것이야말로 저주다.

"우리들이 상처 입으면."

"……모두들, 기뻐해."

"그렇지 않아요!!"

클레어 님은 비통한 외침으로 그 슬픈 말을 가로막으며 아이들의 조그만 몸을 껴안았다.

"당신들은 행복해지기 위해서 태어난 거예요! 상처를 입기 위해서 태어났다고 생각해선 안 돼!"

"하지만, 우리들은."

"……저주받았어."

"저주 같은 건 아무래도 좋아요! 메이, 알레어. 당신들은 지금까지 많이 아팠죠? 괴로웠던 거네요."

클레어 님은 울고 있었다. 누구보다도 굳센 그녀가 우는 건 드문 일이었다. 클레어 님은 아이들을 상냥하게 포옹하면서, 애정을 담아 부드럽게 머리를 쓰다듬었다.

메이도 알레어도 잠시 당황하는 눈치였지만 이윽고 조금씩 변화가 일어났다. 뭔가가 떠오르는 듯, 떠오르지 않는 듯, 그런 애달픈 표정이었다.

"우리들……."

"……이걸, 알고 있어."

이거, 라는 말은 뭘 가리키는 걸까. 나는 어쩐지 알 수 있었다. 아이들의 기억 저편에, 누군가가 포옹 해줬던 기억이 있는 거겠지.

"그건 분명 두 사람의 엄마 아닐까?"

"엄……."

"……마?"

그 단어를 듣자 두 사람은 뭔가 깨달은 표정이었다. 지금까지 미동도 없이 무표정이었던 아이들의 표정에 균열이 일어났다.

"으……."

"……훌쩍."

일그러진 표정은 이윽고 오열로서 터져 나오기 시작했다.

"계속……."

"……기다렸어."

혼잣말처럼 말하면서, 메이와 알레어는 지금까지 잃었던 것들을 되찾는 것처럼 울었다.

"착해요, 착해. 둘 다, 착한 아이들이에요…… 정말로 착한 아이……."

클레어 님이 힘껏 아이들을 달랬다. 그런데도 두 사람은 좀처럼 울음을 그치지 않았다. 잠시 동안 우리 주변으로 두 아이의 훌쩍이는 울음소리가 들렸다.

"메이, 알레어. 당신들에게 좋은 걸 가르쳐주겠어요."

클레어 님은 일단 아이들을 껴안고 있던 자세를 풀고서, 그렇게 말했다.

"?"

"……?"

"아플 때 말하는 주문이에요."

그 말과 함께, 클레어 님은 메이의 상처 부위에 손을 가져다 대며 이렇게 말했다.

"나아라, 나아라, 아픈 거 아픈 거 다 날아가라."

"?"

"……?"

"어때요? 아직 아픈가요?"

클레어 님이 묻자, 메이는 절레절레 고개를 저었다.

"그래요, 다행이에요."

"……나한테도 해줘?"

"알레어도요? 알겠어요. 나아라, 나아라, 아픈 거 아픈 거 다 날아가라."

클레어 님의 주문은 분명, 다리의 아픔뿐만 아니라 아이들이 지금까지 짊어지고 있었던 많은 상처를 치료해 준 마법의 말이 틀림없었다.

"그런 일도 있었죠."

나는 클레어 님이 감개무량한 듯이 말하는 목소리를 들으면서 차를 끓이고 있었다. 우리들은 정원에 천을 깔고 미니 피크닉을 즐기고 있었다. 메이랑 알레어는 레레어를 상대로 오늘도 씩씩하게 술래잡기를 하고 있었다.

클레어 님과 나는 아이들을 정식으로 입양했다. 정식이라고는 해도 왕국에선 아직 동성혼을 인정하지 않기 때문에 아이들의 보호자라는 입장이긴 하지만. 물론 그래도 아이들은 이제 우리들의 생활의 일부분이었다.

"평민운동으로 학교가 소란스러웠던 때를 기억하고 있어요?"

"클레어 님에 관한 일이라면 뭐든지."

"그렇게 또 장난치지 말고요."

클레어 님이 나한테 딱밤을 놨다. 아프다. 우리 업계에선 포상입니다.

"그 소란 도중에 마을에서 구걸하는 사람을 본 적이 있었는데, 그때 저는 그 모습을 보고 불쾌감밖에 느끼질 못했어요."

불쾌감만을 느꼈다가 아니라 느끼질 못했다는 점에서 클레어 님의 성장을 엿볼 수 있다. 과거의 자신을 씁쓸하게 여기는 모양이지만.

"아아, 그때 봤던 아이들이라면 요전에 다시 본 적 있습니다. 교회의 창문을 닦고 있었어요. 교회에서 제대로 보호하고 있는 모양이네요."

"그랬군요……. 그건 기쁜 보고에요."

클레어 님은 안심한 듯 눈을 가늘게 떴다.

"메이도 알레어도 이제 상당히 표정이 풍부해졌지만, 당신이 어떻게 해주지 않았다면 저 아이들도 지금처럼 명랑하게 웃을 수 없었겠죠."

정말 고마워요, 클레어 님이 말했다.

"하지만, 설마하니 녹이 결정적인 수단일 줄은……."

"설마가 사람 잡네요~."

메이랑 알레어가 눈물을 터뜨렸던 날, 나는 아이들의 눈물이 클레어 님의 옷을 마법석으로 만들지 않았다는 사실을 깨달았다. 눈물과 혈액은 본디 똑같은 체액일 텐데 둘의 차이가 마법석의 변화 여부를 나누는 거라면, 혈액에 포함된 주성분에 간섭해서 해결할 수 있는 거 아닐까, 그렇게 생각했다. 혈액의 주성분인 적혈구는 철분으로 이루어져 있다. 그렇다면 혈액 속 철분을 녹슬게 만든다면 어떨까, 그 발상이 결정적이었다. 나는 레레어에게 러스트 몬스터를 먹인 다음, 녹을 발생시키는 능력을 모방하게 했다. 그리고서 아이들의 곁에 레레어를 놔둬 봤더니 혈액으로도 마법석 변화가 일어나지 않았던 것이다.

"뭐, 일시적인 처치일 뿐이지만요."

언젠가는 유 님에게 부탁해서 달의 눈물을 써보려고 생각하고 있다. 달의 눈물은 유 님 사건 때 한번 사용했기 때문에 지금은 달빛을 충전하고 있는 중이다. 본래는 교회의 가장 중요한 보물을 쓸 수 있게 해줄 리가 없겠지만 그 점은 인맥과 지금까지의 공헌이 있다. 약간의 어리광은 봐주길 바란다.

"릴리 추기경도 안심하고 여행을 계속하고 있겠죠."

"그랬으면 좋겠네요."

릴리 님은 메이랑 알레어의 일이 해결되자 바로 여행을 떠났다. 엄청나게 감사를 받아서 클레어 님과 아이들이 질릴 정도였다. 릴리 님한테선 지금도 가끔씩 편지가 오고 있다. 지금은 유클레드에 있는 모양인지, 우리 엄마를 찾아갔다가 옷이 벗겨졌다고 한다.

릴리 님 귀여우니까 말이야.

"아이들을 맡게 된 이상, 빨리 생활을 안정시킬 필요가 있겠어요."

"교사 일, 함께 힘내죠."

"그것도 그렇지만 좀 더 근본적인 부분이에요."

내가 이해하지 못하고 있자, 클레어 님이 말을 보탰다.

"넷이서 앞으로도 행복하게 살아가겠다는 각오…… 와도 같은 그런 거 말이에요."

클레어 님의 표정엔 어른스러운 분위기가 서려 있었다.

"이번에야말로 저는 신에게 맹세하겠어요. 메이, 알레어, 그리고 레이. 세 사람을 언제나 계속 사랑하겠다고."

그렇게 말하며 웃는 클레어 님을 보며 내 마음은 사랑으로 북받쳤다. 아무 말 없이 고개를 끄덕이며 강하게 끌어안았다.

"엄마들, 무슨 이야기 하고 있었어~?"

"우리들도 같이 끼워주세요~"

메이랑 알레어가 다가왔다. 표정이 풍부해진 아이들의 얼굴은, 처음 만났던 당시의 그늘은 조금도 찾아볼 수 없었다.

"두 사람 다, 이제는 잘 웃게 됐구나, 하는 이야기를 했어."

"? 즐거우니까 웃는 건데~?"

"이상한 레이 엄마~."

그렇게 말하며 얼굴을 마주 보더니, 둘이서 자지러지게 웃었다.

네, 귀여워.

초기에는 전혀 나를 따르지 않았던 아이들과도 저주를 해결하게 된 걸 계기로 조금씩 거리를 좁혀나갈 수 있었다. 그럼에도 클레어 님처럼 확 다가서지는 못한 채, 꽤나 고전하는 중이지만. 호감도로 따지면 레레어보다도 아래라는 사실을 깨달았을 때는 꽤나 좌절하고 말았다.

"레레어, 느려~!"

"느린 거예요~"

꾸물꾸물하는 발걸음으로 레레어도 다가왔다. 메이랑 알레어의 무한한 체력에 끌려다닌 탓인지, 꽤나 피곤한 기색이 역력했다.

"이제 레레어한테는 지지 않네~"

"이제 곧 클레어 엄마랑 레이 엄마한테도 이길 거예요~"

마침 지금 처음 만났을 무렵의 이야기를 하고 있었던 참이라서, 지금 아이들의 천진난만한 웃음에 살짝 가슴이 뭉클했다.

"클레어 엄마, 무슨 일이야~?"

"무슨 일 있으세요~?"

클레어 님도 나와 같은 마음이었는지, 눈 끝에서 반짝이는 무언가가 있었다. 아무것도 아니에요, 라는 말로 얼버무렸지만 메이랑 알레어는 걱정스러운 기색이다.

"메이, 알레어. 그걸 해주면 어떨까?"

"뭘 말하는 거야~? 알레어는 알겠어~?"

"메이, 분명 그거를 말하는 거예요~"

둘이서 소곤소곤 비밀이야기를 한다. 클레어 님이 어리둥절한 표정을 지었다.

""클레어 엄마~.""

메이랑 알레어는 방긋 웃으면서 한목소리로 말했다.

——나아라, 나아라, 아픈 거 아픈 거 다 날아가라.

— 끝 —

후기

〈내 최애는 악역 영애〉 제2권을 구입해주셔서 정말 감사합니다. 작가인 이노리。입니다. 이렇게 제2권을 전해드릴 수 있어서 정말 기쁩니다. 이 책은 WEB연재분의 제4장부터 에필로그까지에 더해서 새로운 권말 부록 에피소드 1화를 수록한 책입니다. 재미있게 즐겨주셨나요.

독자 여러분 덕분에 1권은 호평을 받은 모양이라 아마존 랭킹에도 랭크인 하는 영예를 누렸습니다. 모두 응원해주신 여러분들 덕분입니다. 정말 감사합니다. 이 책도 잘 팔렸으면 좋겠다는 등 세속적인 마음을 품고 마는 이노리。를 부디 용서해주세요. 그렇지만 가끔씩은 맛있는 밥을 먹고 싶다고요!

자 그래서, 레이랑 클레어의 이야기는 일단 완결을 냈습니다. 아직까지 다 쓰지 못한 부분도 있습니다만 그 부분은 독자 여러분의 상상에 맡기고 싶다고 생각합니다. 혹시 마음이 내키실 때 본 작품 1권 서두부터 다시 읽어보시면 여기가 복선이었구나, 하고 씨익 웃으실 수 있을 거라고 생각합니다. 그러니 부디 또 다시 레이와 클레어를 만나러 와주세요.

마지막으로 사과의 말을 하게 해주세요.

먼저 GL문고 편집부의 나카무라 씨. 저번 권에 이어서, 이번 권의 출판도 정말 고마웠습니다. 무사히 완결을 낼 수 있도록 해주셔서 정말 뭐라고 감사드려야 할지 모르겠습니다.

멋진 일러스트를 붙여주신 하나가타 님. 후기를 쓰는 시점에서는 아직 일러스트를 보지는 못했지만 하나가타님이 그려주시는 일러스트라면 틀림없을 거라고 확신하고 있습니다.

제 파트너인 아키 씨. 무사히 완결 낼 수 있었습니다. 정식으로 출판하게 된다면 또 둘이서 축하하도록 해요.

그리고 당연한 말이지만 이 책을 손에 들어주신 독자 여러분들에게 무엇보다도 가장 깊이, 깊이 감사드립니다.

혹시 또 낼 수 있게 된다면 다음 작품에서 꼭 뵙고 싶습니다.

그러면 이만 실례하겠습니다.

2019년 3월 2일 이노리。올림.

[내 최애는 악역 영애.] 2

2021년 4월 1일 1판 3쇄 발행

저자 이노리.
일러스트 하나가타
옮긴이 정백송
발행인 유재옥
본부장 조병권
담당편집 정영길
편집1팀 이준환 정현희
편집2팀 정영길 김민지 조찬희
편집3팀 오준영 곽혜민 김혜주
미술 김보라 서정원
라이츠담당 김슬비 한주원
디지털 박상섭 이성호 최서윤
발행처 ㈜소미미디어
제작처 코리아피앤피
등록 제2015-000008호
주소 서울시 마포구 토정로 222, 403호 (신수동, 한국출판콘텐츠센터)
판매 ㈜소미미디어
마케팅 한민지 이주희
전화 편집부 (070)4164-3962, 3963 **기획실** (02)567-3388
판매 및 마케팅 (070)4165-6888 **Fax** (02)322-7665

ISBN 979-11-6507-484-5 (04830)
ISBN 979-11-6507-482-1 (세트)

레이

동그란 눈매

클레어
날카로운 눈매
하얀 타이즈

미샤
살짝
날카로운 눈매

레네
처진 눈

마나리아
갈게 째진 눈매

릴리
처진 눈

유 (여성)
상냥한 느낌의
처진 눈